U0147120

凝煉知識 品味閱讀

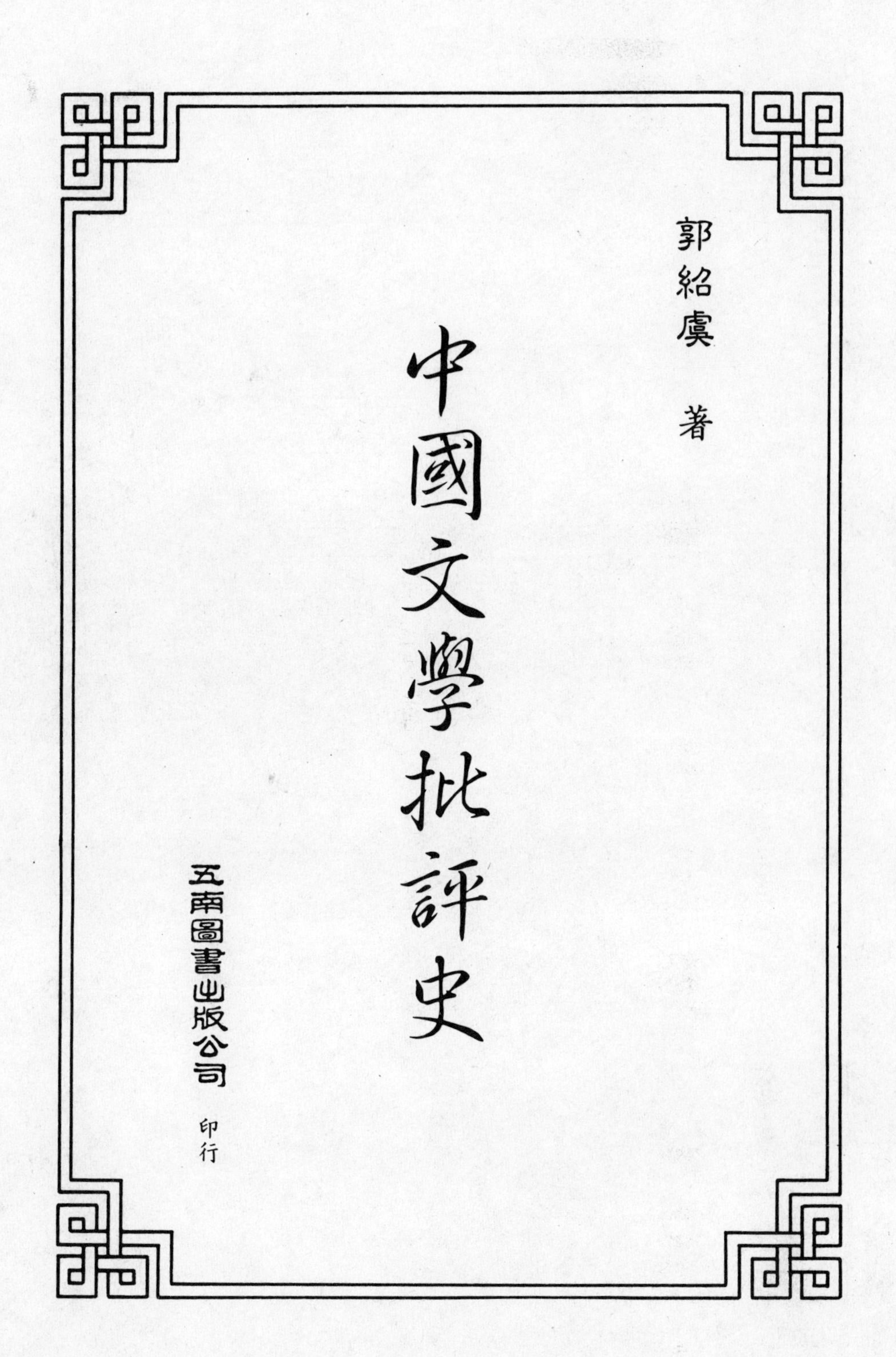

郭紹虞 著

中國文學批評史

五南圖書出版公司 印行

前言

這部《中國文學批評史》，雖是一九四九年以後印行的，但由於學識歷練所限，因而我認爲只能算是「一部資料性的作品」。當然，所謂「資料性」，也不僅僅是羅列一些表面現象；在介紹一些較有系統的著作時，我也不是全然没有自己的見解。

我常想：研究文學批評史應當有一個基本原則：對於這些材料，至少要有一些比較深入的研究，能解決一些問題，絕不是講義式的僅僅組織一下、敍述一下就可以了事的。爲什麼？因爲以前文學理論批評上的術語，昔人並没有嚴格地規定它的含義，所以同樣一詞，甲可以這麼用，乙又可以那麼用，假使混而爲一，就不免牛頭不對馬嘴了。而且，即在同一書中，昔人用詞也没有嚴格的科學性，往往前後所指，不是同一概念，若不加分析，也容易導致結論的錯誤。所以不應該浮光掠影只作表面的論述。

又，我以前著手研究批評史時，從浩如煙海的古籍中搜羅剔抉，收集這方面的材料，加以融會貫通，也費過一番經營擘畫。此後由於學習的逐步加强，對自己著作的要求也格外嚴格，所以長期以來，我總想把此書修改得差强人意，使它多少有利於文學批評史理論的建立，但是目標愈高，愈覺畏縮，未能如願，直到今天，還只能把這部資料性的作品貢獻在讀者面前，這是非常抱歉和慚愧的。

在比較完整的中國文學批評史還没有誕生之前，我自知將此書羅列在中國文學批評史之林是十分不夠的，但如果能因此引起廣大讀者們的思考，如果能因此而引起更多的讀者來關心古代文藝理論的研究，如果能因此而獲得進一步修改本書的意見，那我就感到滿足了。

郭紹虞

一九七九年四月

目次

參考沈老师講義

《詩人玉屑》

有哪些文學批評的專書。

壹 緒 論

◎一 文學批評是怎樣產生的◎

文學批評的產生和發展，是在文學的產生和發展之後。在文學產生並且相當發展以後，於是要整理，整理就是批評。經過整理以後，類聚區分，一方面可以看出文學和其他學術的不同，一方面也可以看出文學作品本身之「本同而末異」，於是也就認清了文章的體制和風格。所以《詩賦略》在《藝文志》中占一席地位，也是批評的開端。於次，再要選擇，選擇也就是批評。選擇好的，淘汰壞的，不能不有一些眼光，這眼光就是批評的眼光；同時也不能不有一些標準，這標準也就是批評的標準。以前的目錄學者常把總集與文史合爲一類，是也有相當理由的。所以摯虞《流別》，李充《翰林》，也就成爲文學批評的濫觴。這兩種可以說都是幫助讀者解決問題的。再進一步，於是再要給予一定的評價，這就是所謂品第，而品第就更是批評了。曹丕之於建安七子，就是在這方面開了風氣的。但是這種批評，很容易憑各人主觀的愛好，妄加論斷，於是變得批評沒有準的，也就更需要批評的理論作根據。於是爲批評的批評也就產生了，這樣，批評理論可以指導批評，同時也再可以指導作家。到這地步，才發揮了批評的力量，文學批評的意義和價值就在這一點。

這樣講，是說文學批評必須在文學相當發展之後，才能產生，才能發展，才能完成。可是，事實又不完全如此。文學批評和文學又常是結合在一起的，因爲這兩種都是離不開社會，離不開人生的。所以文學批評的產生雖在文學之後，但是只須文學在發展中有一點缺點，自然會有人看到而指出、而糾正。同時，也只須文學在社會中發生了一些作用或影響，也自然會有人肯定它的成績和作用。所以儒家尚文尚用的主張和墨家尚質不尚文的主張，都透露了一些批評的理論，而後來的批評理論之所以能建立，還是以這種思想做依據的。

所以從歷史的發展來看，文學史和文學批評史是有密切的關係的。

◎二　中國文學批評的發展◎

中國文學批評的發展大致可以分成三個時期：一是文學觀念演進期，一是文學觀念復古期，又一是文學批評完成期。從周秦到南北朝是文學觀念演進期；從隋唐到北宋，是文學觀念復古期。這兩個時期造成中國文學批評分途發展的現象。前一時期的批評風氣偏於文，重在從形式上去認識文學；後一時期的批評風氣又偏於質，重在從內容上去認識文學。因此，這兩個時期的批評理論，可以說是跟著它對於文學的認識而改變它的主張的。至於以後，從南宋一直到清代，才以文學批評本身的理論為中心，而文學觀念只成為文學批評中的問題之一，我們假使就中國封建時代的文學批評來講，那麼在這個時期，可以說是這種文學批評的完成期。在這時期中，也有八百多年，因此再把它分成三個小時期：南宋、金、元為第一期，是批評家正想建立其思想體系的時期；明代為第二期，是批評理論各主一說極端偏向的時期；清代為第三期，是批評理論折衷調和綜合集成的時期。在第三期中，即使偏主一端的理論也能吸收種種不同的見解以自圓其說，所以又成為清代文學批評的特點。

這是一個簡單的輪廓，從這簡單的輪廓，假使再加以鉤勒，那麼可以再說得詳細一些。

在文學觀念演進期中可以分為三個階段：周秦為一期，兩漢為一期，魏晉南北朝又為一期。為什麼這樣分呢？這是根據當時對「文學」有不同的含義，有不同的認識，才加以區分的。

周秦時期所謂「文學」，是最廣義的文學觀念，所以也是最初期的文學觀念。當時所謂「文學」，是和學術分不開的，文即是學，學不離文，所以兼有「文章」「博學」兩重意義。

到了兩漢，「文」和「學」分開來講了，「文學」和「文章」也分開來講了。他們把屬於詞章一類的作品稱之爲「文」或「文章」，把含有學術意義的作品稱之爲「學」或「文學」。所以「文學」這名詞，雖則和我們現在所稱的意義不一樣，但是不可否認當時有文學和學術的分別。這可以說是漢人對「文學」作了更進一步的認識。

進到魏晉南北朝，於是對「文學」認識得更清楚，看作學術中間的一種，遂有所謂「經學」「史學」「玄學」「文學」的名稱。到這時，「文學」一名之含義，始與現代人所用的一樣，這是一種進步。不但如此，他們再於「文學」中間，有「文」「筆」之分。「文」是美感的文學，「筆」是應用的文學；「文」是情感的文學，「筆」是理智的文學。那麼「文」「筆」之分也就和近人所說的純文學雜文學之分有些類似了。

經過了這樣三個階段，方才對於「文學」獲得一個正確而清晰的認識，所以這是文學觀念演進期。

復古期也分兩個階段：隋唐五代爲第一期，北宋爲第二期。

第一期取消了六朝「文」「筆」之分。他們以「筆」爲「文」，所以反對駢儷，看不起專講藻飾、音節而言之無物的文章；他們以「筆」爲「文」，所以重在內容，主張明道，不妨成爲一些應用的、理智的文章。他們標榜他們所作的是「古文」，是「上規姚姒」以古聖賢人爲法的文章。他們要「障百川而東之，回狂瀾於既倒」，所以態度是復古的。

可是，唐人雖主張明道，結果還偏於學文，所以從他們所標榜的口號來說，只做到以古昔聖賢之著作爲標準，沒有完全做到以古昔聖賢之思想爲標準。到了北宋的一輩道學家，那才完全重道輕文，主張文以載道，主張爲道而作文，於是不是以「筆」爲「文」，簡直是以「學」爲「文」。所以到了第二期又取消了兩漢「學」與「文」的分別，「文學」和「文章」的分別。這樣，文學觀念的復古可說是到了家，又把「文章」和「博學」合爲一談了。所以這兩個時期成爲文學觀念復古期。

其實，演進期是從形式方面去認識文學的，復古期是從內容方面去認識文學的，形式和內容本要求一致，所以相反的也適以相成，於是到了以後能成爲文學批評完成期。

就完成期的三個時期來講：

第一期，南宋金元，可說是「明而未融」的時期。批評家很想建立他的思想體系，可是，新興的文學還引不起批評界的注意，而舊有的文學則蹈常習故，始終不脫古人的窠臼，所以也就翻不出新花樣，不容易建立體系。

第二期，明代，學風是偏於文藝的，文藝理論又比較偏於純藝術的，所以「空疏不學」又成爲明代文人的通病。由於空疏不學，於是人無定見，容易爲時風衆勢所左右。任何領袖主持文壇都足以號召羣衆，做他的羽翼；到後來，風會遷移，於是攻謫交加，又往往集中攻擊這一兩個領袖，造成此起彼仆的局面。這種流派互爭的風氣既已形成，於是即在同時也各立門庭，出主入奴，互相攻擊，造成空前的熱鬧。一部明代文學批評史也就成爲文人分門立戶、標榜攻擊的歷史。這樣，徒然增加了文壇的糾紛，然而文學批評中偏勝的理論、極端的主張，卻因此而盛極一時。

說明代文人眞是「空疏不學」嗎？明人的「空疏不學」也自有它的特點，因爲明代是陽明學派流行的時代。陽明學派從理學轉變爲心學，正和南宋蹈常習故的風氣絕不相同。理學精神是傳統的，所以當時像薛瑄這樣，甚至謂「自朱子後斯道大明，無煩著作，直須躬行」。心學精神是反抗傳統的，所以當時像李贄這樣，甚至以爲「《六經》《語》《孟》乃道學之口實，假人之淵藪」。由於這種不顧一切的大膽精神，所以才會造成文學批評偏勝的風氣。他們寧願以偏勝之故，而罅漏百出，受人指謫，然而一段精光，不可偏廢者也在此。他們要求別出手眼，他們不要騎兩頭馬。他們精神的表現爲狂，爲怪，爲極端，然而另一方面爲卓異，爲英特。

第三期，清代。清代學風又恰恰與明代相反，不是偏勝而是集大成。

清代學術有一特殊的現象，即是沒有它自己一代的特點，而能兼有以前各代的特點。它沒有漢人的經學而能有漢學之長，它也沒有宋人的理學而能擷宋學之精。他如天算、地理、歷史、金石、目錄諸學都能在昔人成功的領域以內，自有它的成就。就拿文學來講，周秦以子稱，楚人以騷稱，漢人以賦稱，魏晉六朝以駢文稱，唐人以詩稱，宋人以詞稱，元人以曲稱，明人以小說、戲曲或制藝稱，至於清代的文學則於上述各種中間，或於上述各種以外，沒有一種比較特殊的足以稱爲清代的文學，卻也沒有一種不成爲清代的文學。蓋由清代文學而言，也是包羅萬象兼有以前各代的特點的。

所以清代的文學批評也是如此。以前論詩論文的種種主張，無論是極端的尚質或極端的尚文，極端的主應用或極端的主純美，種種相反的或調和的主張，在古人曾經說過的，清人沒有不加以演繹而重行申述之。五花八門，無不具備，從傳統的文學批評來講，也可說是極文壇之奇觀。從這一點講，清代的文學批評可以說是極發達的時代。可惜這所謂發達還是只限於詩論文論方面。

又清代學術再有它特殊的風氣，就是不喜歡逞空論，而喜歡重實驗。實事求是，無徵不信，差不多成爲一般學者所持守之信條。不但經學、小學重在考據的是這樣，就是佛學、理學以及文學等等，凡可以逞玄談、構幻想或尚虛辭的，在清人說來無不求其著實，求其切實，決不是無根據的游談，無內容的浮談。

而清代的文學批評，其成就也正在於此。對於文集詩集等等的序跋，決不肯泛述交情以資點綴，或徒貢諛辭作爲敷衍，於是必根據理論作爲批評的標準，或找尋例證作爲說明的材料。儘管他所根據的理論可能是不正確的，所找尋的例證也可能是不全面的，但是他的方法他的態度總是比較切實而著實的。至於論詩論文的書信，往復辨難，更成一時的風氣。所以在以前各時代人的文集中不容易看到他的文學主張，而在清人文集中則比較容易看出他對文學的見解。從這一點講，清代的文學批評又可稱為極普遍的時代。

不但如此，清代學術再有它特殊的成就，即是不僅各人或各派分擅以前各代之特長，更重要的，在能融化各代各派各人之特長以歸之於一己或一派。如經學有漢宋兼採之論，文學有駢散合一之風，都是這種精神的表現。明白這一點，就可知道清代的論文主張所以要考據、義理、詞章三者之合一，自有它相關的因素了。所以清代的文學批評，四平八穩，即使是偏勝的理論也沒有偏勝的流弊。假使再從這一點講，那麼清代的文學批評，可以稱為集大成的時代。然而，也只是集以前傳統文論的大成而已。

這是就鴉片戰爭時代以前的文學批評加以比較概括的說明。在鴉片戰爭以後，接受了歐美各國新的文藝思想，於是文學批評又換了一種新面貌，不再是以前的舊姿態了。

我們現在根據以上所說中國文學批評的發展情況，把鴉片戰爭以前的中國文學批評史分為下列三個階段來敍述：

上古期——自上古至東漢（紀元前？——紀元一九〇年）；

中古期——自東漢建安至五代（紀元一九一——九五九年）；

近古期——自北宋至清代中葉（紀元九六〇——一八三九年）。

文學和文學批評是經常結合在一起的，所以這個分期是按照一般文學史的分期來敍述的，這樣就不致孤立地看問題，而且有些需要說明的歷史因素，凡在文學史裡已經講到、已經解決的，也就可以從略，不必重複。這是現在分期所以和文學史配合的理由。

本於這樣的分期，本書所講的也可說是鴉片戰爭以前的中國文學批評史——中國正統的屬於舊傳統的文學批評史。

貳 上古期

——自上古至東漢

（紀元前？——紀元一九〇年）

◎三　孔門的文學觀◎

在周秦諸子的學說中本來無所謂文學批評，不過，這不等於說周秦諸子對於文學沒有一種看法就是後來文學批評的萌芽，對於後世的文學批評起著相當大的影響，——尤其是儒家。

孔子，是開創儒家學派的人。他的思想和他及門弟子的記述是不可分的，所以現在先講孔門的文學觀。儒，本身就是所謂文學之士；他們可以背誦古訓，所謂鄒魯縉紳先生之道詩書禮樂者，就是這一幫人。孔子，就是這一幫人中間更有代表性的思想家。他自己好古敏求，開門設教，並且有教無類，這樣，才使儒學成為當時的顯學。

他學的教的是些什麼呢？他自己說：「述而不作，信而好古。」可知他是專門接受古代豐富的遺產的，所以「子以四教，文行忠信」，「文」就是他施教的一種項目。他的門徒分成四科，「文學」就成為四科中間的一種。《論語．先進》篇說：「文學子游、子夏」，游、夏就是文學科中的代表。我們看揚雄《法言．吾子》篇云：「子游子夏得其書矣」，邢昺《論語疏》云：「文章博學則有子游子夏二人」，可知所謂「文學」云者是學習古代的典籍，用來豐富他廣博的知識的。這樣，文學和學術是沒有什麼分別的。邢昺所謂「文章博學」，並不是把「文學」一科再分為二，而是說這兩科在後世可分，在當時是合一的。這是孔門對於「文學」的含義，同時我們也應當認識到這是當時習用的術語。

不過「文學」雖是書本知識，而書本本身就有不同的性質。我們從當時人的稱名，就可以看出：就典籍的性質講，有「詩」「書」之分；就文辭的體裁講，有「詩」「文」之分。因此，孔門所謂「文學」，雖不分別「文章」「博學」二科，而講到「詩」的時候，就比較偏於「文章」的意義，講到「文」或「書」的時候，又比較重在「博學」的意義。如說：「詩可以興，可以觀，可以羣，可以怨。」（《論語．陽貨》）說的就是文章的作用；如說：「敏而好學不恥下問，是以謂之文也。」（《論語．公冶長》）說的就是博學的意義。這是從他稱名用字方面來看出當時「文學」一詞所包含的意義。

我們從這一點，也就可以看出孔門的文學觀，所以有尚文和尚用兩種似乎矛盾的主張了。

本於他論「詩」的主張，當然會有尚文的結論。所謂「不學詩無以言」（《論語．季氏》），並不是說要學詩以後才會說話，而是說學詩以後才會說漂亮的話，說得體的話。《左傳．襄公二十五年》引孔子語云：「志有之：言以足志，文以足言；不言，誰知其志！言之無文，行而不遠。」可知孔門的文學觀是比較尚文的。再有，詩與樂是連帶著的，孔子特別注重詩教，當然也特別注重音樂。他「在齊聞韶，三月不知肉味」，可知他對音樂是如何的愛好。他「自衞反魯，然後樂正，雅頌各得其所」，可知他對音樂又是有相當的研究的。可惜，由於他「信而好古」的關係，不免帶些復古的色彩。

可是，他同時又是注重實際，著重實用的思想家，這正如近人所說關心治道解明倫理的「賢人作風」①。所以又注重尚用，開後世文道合一的先聲。《論語．憲問》篇謂「有德者必有言，有言者不必有德」，這即是後世道學家重道輕文的主張。所以他論詩重在「無邪」，重在「邇之事父，遠之事君」，論修辭重在「達」，重在「立誠」，就可以看出他的文學觀是偏重在質，而所謂質，又是以道德爲標準的。因此，尚文成爲手段，尚用才是目的。

① 見侯外廬、杜守素、紀玄冰合著的《中國思想通史》一一五頁。

這兩個觀念，尙文則宜超於實用，尙用則宜忽於文辭，好似有些衝突，但是他卻能折衷調劑恰到好處。後來人再加推闡，就不免偏於一端了。正因爲他企圖調劑種種矛盾衝突，所以就孔子整個的思想體系來講，他處在經濟制度變動的時代，也是一方面有進步性而一方面有保守性的。

◎四　墨家的文學觀◎

比孔子稍後，成爲另一派顯學，就是墨家。《淮南子．要略》說「墨子學儒者之業，受孔子之術」，他和儒家本是比較接近的，但是他取的是反對的態度，至少也是批判的態度。近人稱「墨子及其弟子是接近手工業者的士，也可以說是手工業者出身的知識分子」②。所以孔子可以接受古代文化的詩書禮樂，而墨子只接受詩書而反對禮樂，把禮樂看作統治階級的奢侈浪費，這樣對於西周文化所謂制禮作樂這一點來講是不合的，所以《要略》說他「背周道而用夏政」。

「郁郁乎文哉，吾從周」，這是孔子的態度，而墨子是背周道而用夏政的，所以儒家尙文，墨家便尙質。可是，他們畢竟都是「學儒者之業」的，畢竟也是屬於「賢人作風」一流的，所以儒家尙用，墨家也尙用。於是，問題就在這兒：儒家文學觀中的尙文與尙用是一致的，是不衝突的；墨家文學觀中的尙質與尙用，當然也是一致的，也是不衝突的。正因爲他們的思想、他們的文學觀並不矛盾，所以儒家的尙用，和墨家的尙用也就不可能是同一意義。因此，我們可以這樣說：儒家的尙用是「非功利」的尙用，是爲復古的尙用，是爲

---

② 見張岱年《墨子的階級立場與中心思想》（《哲學研究》一期）。

剝削階級服務的用，所以與尚文思想不相衝突，「言之無文，行而不遠」，文也正就是用；墨家的尚用是絕對功利主義的尙用，是强調百姓人民之利的用，所以充其量可成爲極端的尙質。這是儒墨文學觀不同的一點。

因此，墨子書中所說的「文學」，就等於學術文、理論文，而這種爲文學的方法，也就近於邏輯性。《非命》上篇說：「言必立儀」；《非命》中篇也說：「凡出言談，由文學之爲道也，則不可而不先立義法。」所謂「儀」，所謂「義法」，都是標準的意思。爲要立標準，所以他提出三表法。《非命》上篇說：

有本之者：——於何本之？上本之於古者聖王之事，「天鬼之志」。（此據《非命》中篇補）

有原之者：——於何原之？下原察百姓耳目之實。

有用之者：——於何用之？發以爲刑政，觀其中國家百姓人民之利。

這即是他出言談爲文學的標準和方法。第一點，所謂本之，就是說要言必有據。不管它出於古者聖王之事也好，天鬼之志也好，總之要有所本。墨學是尚天和明鬼的，所以「考之天鬼之志」也就不妨成爲後來宗教的墨學之論證方法。第二點，所謂原之，要原察百姓耳目之實，這更是重在經驗，搜求論證的主張。《小取》篇說：「摹略萬物之然，論求羣言之比。」就是由於原察百姓耳目之實，進一步成爲歸納的論理，於是遂有「類」的觀念。《小取》篇所說：「以類取，以類予。」《大取》篇所說：「夫辭，以類行者也；立辭而不明於其類，則必困矣。」這是一般墨家爲文學的論證方法，對於論辯文是一個新的貢獻。第三點，所謂用之，要「發以爲刑政，觀其中國家百姓人民之利」，那就是他論辯的目的論，也即是他尙用的文學觀。《兼愛》下篇說：「用而不可，雖我亦將非之，且焉有善而不可用者！」他以爲善的必須是合於應用的，那就帶有功利的眼光了。

由於墨家這樣主張功利的用，所以對於儒家尚文之說是最反對的。《韓非子・外儲說》有一節故事，可以看出墨家的文學觀和儒家尚文的觀點是根本衝突的。這故事是這樣：

楚王謂田鳩曰：「墨子者，顯學也；其身體則可，其言多而不辯，何也？」曰：「昔秦伯嫁其女於晉公子，為之飾裝，從文衣之媵七十人。至晉，晉人愛其妾而賤公女。此可謂善嫁妾而未可謂善嫁女也。楚人有賣其珠於鄭者，為木蘭之柜，薰以桂椒，綴以珠玉，飾以玫瑰，輯以羽翠。鄭人買其櫝而還其珠。此可謂善賣櫝矣，未可謂善鬻珠也。今世之談也，皆道辯說文辭之言，人主覽其文而忘其用。墨子之說，傳先王之道，論聖人之言，以宣告人；若辯其辭，則恐人懷其文，忘其用，直以文害用也。此與楚人鬻珠、秦伯嫁女同類。故其言多不辯。」

韓非就是接受墨家這種尚用反文的文學觀的，所以樂於傳述這一種故事。總之「這三表法，推其究竟，是以實踐的經驗為基礎的。所謂『本之於古者聖王之事』，即是根據古時聖王實踐所得的經驗。所謂『原察百姓耳目之實』，即是參酌當時百姓在實踐中所獲得的經驗。至於第三表：所謂『發以為刑政，觀其中國家百姓人民之利』，即是要於實踐中去檢查理論是否適合實際，是否合於眞理。換句話說，就是以實踐來做眞理的規準。《墨經》在認識論上，對於墨子這種見解，也一脈相承地發揚而光大之」。③這是墨家對科學的論辯文的一種貢

③ 見侯外廬、杜守素、紀玄冰《中國思想通史》四二八頁。

獻，不過對於文藝的關係比較少一些罷了。

◎五　莊子思想與文學批評◎

道家是唯心論者，他對於現實、對於人生都抱一種懷疑的態度，當然更不會正面談到文學問題，可是他們的思想卻可以和後來的文學批評發生相當的關係，尤其是在莊子。葉適說：「自周之書出，世之悅而好之者有四焉：好文者資其辭，求道者意其妙，汩俗者遺其累，奸邪者濟其欲。」（《水心別集》六）的確這樣，他的思想影響著一般知識分子。現在，我們再可以補一句，叫做「談藝者師其神」。

這個唯心論者的神秘主義，儘管說得「諔詭可觀」，要「與天地精神往來」，但是一碰到實際，不能脫俗，結果卻變爲順俗，所以「奸邪者濟其欲」。這種思想是有毒素的，但是他爲了要說明這種「芴漠無形，變化無常」的道，不得不用「謬悠之說，荒唐之言，無端崖之辭」（均見《莊子・天下》篇）。於是說得恍恍惚惚好似接觸到了一些文藝的神秘性。其實，文藝是沒有什麼神秘性的，不過從他的理論體系上看，不得不說成神秘性罷了。

他以精神爲絕對的實在，而外象則屬於虛假。於是不得不創爲「心齋」之說，要「心」和「精神」與物質相脫離，於是他的知識也就不是從耳目之實，而是從純粹的思想得來的。《人間世》篇說：

> 無聽之以耳，而聽之以心；無聽之以心，而聽之以氣。耳止於聽（舊作「聽止於耳」，今從俞樾校改）；心止於符。氣也者，虛而待物者也。惟道集虛；虛者，心齋也。

這一段話，眞是玄之又玄，不是常識所能領會的。假使聽之以氣而能有所感受，說得好聽些，勉强可以稱它爲直覺；說得實在些，簡直是一種幻覺。可是，後來的禪宗和宋明的理學，卻正喜歡玩這套把戲，於是要什麼心如明鏡，於是要什麼心如止水，把活生生的人變成枯木，變成死灰。清代顏元就否定這種理論。他說：「有耳目則不能無視聽，……佛不能使人無耳目，安在其能空乎？……道不能使耳目不視聽，安在其能靜乎？」（《存人》編卷一㈢）這眞是一針見血之論。他稱這種是幻覺之性。幻覺之性就是不科學的，但是莊子卻本於這個前提，發爲更迷離恍惚的言論。《秋水》篇說：

> 可以言論者，物之粗也；可以意致者，物之精也。言之所不能論，意之所不能察致者，不期精粗焉。

郭象注云：「唯無而已，何精粗之有哉！夫言意者有也，而所言所意者無也，故求之於言意之表而入乎無言無意之域而後至焉。」於是這種思想，到了禪宗就有所謂離言說相、離文字相之說。可是話盡說得玄妙，假使不承認他的前提，根本沒有赤裸裸的思想存在，豈不是一切都落空了吧！唯心論所以是不科學的，就在這一點。可是後來的文學批評者拾了這些話頭，於是有的只會籠統地喊「好」喊「妙」，究竟好在什麼地方，是怎樣的好法，爲什麼會這樣好，那就不加分析，方且以爲自已是直契精微，別人是體會不到，這簡直是自欺欺人。有的爲了「求之於言意之表」，於是穿鑿附會，說得牛頭不對馬嘴，方且以爲別有會心。這都是一輩妄人的嚇唬手段，在以前文藝界中的名士派就靠這些本領。

這種唯心的講法是應當批判的，可是，他說明爲什麼要「求之於言意之表」的理由，卻說出了文藝成功的至理。這個關鍵，這個消息，是在《天道》篇裡透露出來的。《天道》篇說：

世之所貴道者書也。書不過語，語有貴也；語之所貴者意也。意有所隨；意之所隨者，不可以言傳也。而世因貴言傳書。世雖貴之，我猶不足貴也，爲其貴非其貴也。

這即是上文所引《秋水》篇所說的意思，也是要「求之於言意之表」。但是他在下面接著講一段故事說明這理由：

桓公讀書於堂上。輪扁斫輪於堂下，釋椎鑿而上，問桓公曰：「敢問公之所讀者何言邪？」公曰：「聖人之言也。」曰：「聖人在乎？」曰：「已死矣。」曰：「然則君之所讀者，古人之糟粕已夫！」桓公曰：「寡人讀書，輪人安得議乎？有說則可，無說則死。」輪扁曰：「臣也，以臣之事觀之：斫輪徐則甘而不固，疾則苦而不入；不徐不疾，得之於手而應於心，口不能言，有數存焉於其間。臣不能以喻臣之子，臣之子亦不能受之於臣。是以行年七十而老斫輪。古之人與其不可傳也，死矣。然則君之所讀者，古人之糟粕已夫！」

以他這種主觀唯心的虛無之道，本來是不可捉摸，難以言說的。要用科學的語言來說明這種不科學的幻覺，本來像捕風捉影，簡直沒有著手處，於是他就利用寓言以藝事相喻。可是，他不知道這種比喻，恰恰打了自己的嘴巴。爲什麼？因爲這種「不徐不疾，得之於手而應於心」的工夫，是從實踐來的。實踐以後，逐漸做到熟練的地步，才能有此工夫，才能到此境界。有此工夫，到此境界以後，要把這來教人固然是有些困難的，可是工夫要自己修練，初步的方法還是可以教的。他用這種不能教人的境界來說明這種不可言說的幻覺，可謂擬於不倫。所以他認爲有赤裸裸的思想在言意之表，這是應當否定的。但是他這種擬於不倫的寓言，說明實踐的重要，對於文學批評倒是有些好的影響的。《莊子》書中這一類的比喻很多，像庖丁解牛之喻（《養生主》篇），呂梁丈夫蹈水之喻，痀僂承蜩之喻（均見《達生》篇），都是這一些意思。他引孔子的話：「用志不分，乃凝於神。」這眞是學習文藝的金言。

◎六　荀子奠定了傳統的文學觀◎

孔子以後，孟荀並稱，但是從文學批評來講，荀子要比孟子爲重要。荀子《非十二子》篇之論子思孟子，稱爲「略法先生而不知其統」；的確，就文學批評講，也是荀子爲得其統。所以荀子奠定了後世封建時代的傳統的文學觀。論理，荀子是比較接受道墨兩家素樸的辯證法和唯物思想的，爲什麼會奠定了傳統的文學觀呢？這即是因荀子畢竟是儒家、是代表著統治階級的意圖的，所以他的思想會有這種現象，而他的文學觀會成爲傳統的文學觀，也就是後來古文家和道學家共同標榜的文道合一的文學觀。這樣，荀子書中所說到的「文學」，就不僅是含有文章博學二義的文學，而且很可能被後人誤解成爲孔門文學一科與德行一科之合流。《大略》篇說：

> 人之於文學也，猶玉之於琢磨也。詩曰：「如切如磋，如琢如磨。」謂學問也。和之璧，井里之厥也，玉人琢之爲天子寶。子贛、季路故鄙人也，被文學，服禮義，爲天下列士。

這就說明了文學對於人有琢磨的力量。他在《禮論》篇中說：「性者本始材樸也，僞者文理隆盛也。」也是這種意思。人的性只是一種本能，必被以文學，加以琢磨；琢磨就是「僞」的工夫，所以說「無僞則性不能自美」。這樣，他對於文學的觀念，也就看得與文理隆盛的「僞」一樣。因此，他的文學觀念，雖有唯物的傾向，但由於含義太廣，也容易使人誤解爲含有「道」的唯心因素在裡邊。

他論到「言」，論到「辯」，也都有同樣的意義。《非相》篇說：

> 故君子之於言也，志好之，行安之，樂言之，故君子必辯。凡人莫不好言其所善，而君子爲甚。故贈人以言，重於金石珠玉；觀人以言，美於黼黻文章；聽人以言，樂於鐘鼓琴瑟。故君子之於言無厭。鄙夫反是，好其實不恤其文。

言，有善的內容，善的作用，那麼應當「於言無厭」。《正名》篇說：「君子之言，涉然而精，俯然而類，差差然而齊；彼正其名，當其辭，以務白其志義者也。」「白其志義」，是道的內容；「涉然而精，俯然而類，差差然而齊，正其名，當其辭」，是文的工夫。文是需要的，「好其實不恤其文」是不對的；但是道也是需要的。「言必當理」（見《儒效》篇）是他正面的主張；「小人辯言險而君子辯言仁」（見《非相》篇），是他對君子小人辯言文辭的內容之分別。所以他說：「言而非仁之中也，則其言不若其默也，其辯不若其吶也；言而仁之中也，則好言者上矣，不好言者下也。」這是很明顯地指出文必顧到道，而道也不能廢文的意思。因此，所謂「道」，要作唯物唯心之分，不要和後世所講的孔孟之道混在一起講。

文學的性質和作用既是這樣，所以他以爲：

> 凡議必將立隆正，然後可也。無隆正則是非不分，而辯訟不決。……故凡言議期命以聖王爲師。

（《正論》）

這就是後人論文主於徵聖的先聲。他又以爲：

聖人也者，道之管也。天下之道管是矣，百王之道一是矣，故詩書禮樂之〔道〕（據劉臺拱校增）歸是矣。詩言是其志也，書言是其事也，禮言是其行也，樂言是其和也，春秋言是其微也。（《儒效》）

這又是後人論文主於宗經的先聲。他再說：

多言而類，聖人也；少言而法，君子也；多少無法而流湎然，雖辯，小人也。故……辯說譬喻齊給便利而不順禮義謂之姦說。……聖人之所禁也。（《非十二子》）

不順禮義的就是奸說，這更是後人文以明道的主張了。《非相》篇也說：「凡言不合先王，不順禮義，謂之奸言。」傳統的文學觀本來是把明道、徵聖、宗經三種意義合而爲一的，所以我以爲傳統的文學觀，其根基即確定於荀子。

◎七　荀子論詩樂◎

荀子論詩也與孟子不同。孟子論詩重在求其義，荀子言詩重在盡其用。所以孟子論詩不及於樂，而荀子則以重禮的關係處處牽涉到樂的問題。荀子《勸學》篇說：「詩者中聲之所止也。」這似乎只說到詩的風格，然而卻也與樂理相通。這是他對於詩所下的定義，同時也即是他對於樂所下的定義。所以楊倞注說：「詩謂樂章，所以節聲音，至乎中而止，不使流淫也」。

《論語．泰伯》篇說：「興於詩，立於禮，成於樂。」詩教的應用，必待合於樂，而後在人事上的應用始廣。孔子在詩教上的兩種作用，即是㈠正樂，㈡說義。所謂「自衛反魯，然後樂正，雅頌各得其所」（《論語．子罕》），所謂「惡鄭聲之亂雅樂也」（《論語．陽貨》），都是孔子正樂的表示。所謂「學詩乎」（《論語．季氏》），「爲周南召南矣乎」（《論語．陽貨》），所謂「啓予者商也」（《論語．八佾》），又都是孔子說義的表示。孔門詩教，本兼重在這兩方面的。後來漢儒以說相高，這固然太偏；然必如鄭樵所謂「孔子編詩爲燕享祀之時，用以歌而非用以說義」（《通志．樂府總序》），則也是僅得其一端。我們明白這一點不同，然後知道孟荀詩教各不相同。孟子重在說義，而荀子則重在合樂。——雖則荀子書中也依舊帶著不少說義的部分。

儒家以主尚用而推重禮樂，墨家卻也主尚用而推翻禮樂。正因墨子書中有《非樂》一篇，所以荀子書中必有《樂論》一篇，以反駁之。《樂論》篇說：「先王惡其亂也，故制雅頌之聲以道之，使其聲足以樂而不流，使其文足以辨而不諰，使其曲直繁省廉肉節奏，足以感動人之善心。」這即是雅頌之聲在政教上的作用。而所謂樂而不流辨而不諰云云，也正是「中聲之所止」的絕妙注解。《論語．八佾》篇稱：「《關雎》樂而不淫，哀而不傷。」這恐怕也是孔子爲正樂的關係所得到的論詩見解。

我們覺得，荀子所論畢竟還是儒家觀點。詩貴中聲，所以樂也貴中聲。荀子之重正聲而不重奸聲，即是孔子之重雅樂而不重鄭聲。在孟子便不是如此，「今之樂猶古之樂也」，固然有些進步意義，但也不免有些迎合時主的意思了。

「夫聲樂之入人也深，其化人也速。故先王謹爲之文。樂中平則民和而不亂，樂肅莊則民齊而不亂。」（《荀子．樂論》）雅頌之聲之作用有如此，所以荀子之論詩樂，也歸結到道。《儒效》篇云：「故風之所以爲不逐者，取是（指儒道，下同）以節之也；小雅之所以爲小雅者，取是而文之也；大雅之所以爲大雅者，取是而光之也；頌之所以爲至者，取是而通之也。」全部《詩經》，都離不開道的關係，所以最後再接著說：「天下之道畢是矣。」凡言之不合先王、不順禮義者謂之奸言；凡樂之不合雅頌之聲者謂之奸聲。荀子之論詩樂，原來也是從他的文學觀方面出發的。

◎八　諸子思想和他們的作風◎

周秦諸子的思想在當時固然是百花齊放，各有成就，即就他們創造完成的散文來講，也是各有風格。這種風格，顯然和他們的邏輯思想有密切的關係。

一般講來，孟子和莊子爲一路，墨家和荀子又爲一路。

孟子的邏輯思想是主觀主義的比附方法，這在後面講到漢人詩說的時候要提到的。正因爲他用的是比附的邏輯方法，所以孟子書中用譬喻的地方就特別多。他是利用譬喻作爲他論辯的輔佐的，據侯、杜、紀三氏《中國思想通史》的統計，謂「《孟子》全書二百六十一章，共三萬四千六百八十五字，其運用比附方法以論述問題的竟達六十一次之多；此外，其以古例今，像借文王湯武等等而啓示當時，尙不在內」。所以可以說這是孟子散文的一種特徵。而這種特徵就是跟他的邏輯思想有關的。

他這種邏輯思想，是主觀的、唯心的、不科學的，所以他把這種思想用到考證論古方面，就發生流弊，尤其表現在他說詩的部分。可是，他是很聰明的，想像力很豐富的，也就是很善於用譬喻的。譬喻之爲用，本來重在說明。意義之難知的不能說，則用易知的說明之；意義之抽象的不能說，則用具體的說明之。他和當時這些侯王談話，或和當時一些知識分子辯論，有時要開導他們，有時要說服他們，就不得不多方利用譬喻。如五十步與百步之喻，舉一羽與見輿薪之喻，折枝與挾泰山之喻，都用當前事物，兩兩相比而事理自顯，也就省掉了不少的廢話。又如白羽之白與白雪之白，白雪之白與白玉之白，紾兄之臂而奪之食，逾東家牆而摟其處子諸喻，又設為反詰，那就不必正面說話，而針鋒相接也自然使人無從置答。至如緣木求魚之喻，揠苗助長之喻，更能想入非非，於警策之中具幽默之趣，這都是他善用譬喻的地方。由於他這樣善用譬喻，所以他的話儘管是偏鋒，甚至是不合邏輯，但是當他和人辯論談說的一瞬間，卻會使人一時無從置答，甚至要「顧左右而言他」，這就可以說明他辯鋒的犀利了。

莊子更是絕對的唯心論者。他所謂「道」，本來是虛無恍惚不可捉摸之道，於是更不能不用譬喻。他也和孟子一樣善於用比喻，如杯水芥舟之喻，鷦鷯巢林、偃鼠飲河之喻，越俎代庖之喻，不龜手之藥之喻，犛牛執鼠之喻，狙公賦茅之喻，處於材不材之間之喻，都是妙趣環生，啓發性靈。而莊子比孟子更進一步，不僅用比喻，而且用寓言。寓言也有比喻性質，可是再有化成作用。它可以使一切物變為人化，也可以使所有人變為神化。《莊子》書中寓言十九，在這一方面，也就成為莊子散文的特徵，如斥鴳笑鵬的寓言，列子御風的寓言，藐姑射之山神人的寓言，罔兩問景的寓言，天根遊於殷陽的寓言，渾沌鑿竅的寓言，也是用豐富的想像來表獨到的理解。他如支離疏、王駘、叔山無趾以及瞿鵲子、長梧子、意而子諸人的故事也都是寓言性質。所以《莊子》一書，也有人簡直把它當作文學書看。

比喻和寓言，已經很富有文學意義了，但是孟子莊子散文的長處，還不止於是。由於他們善用比喻與寓言，所以他們再善於描寫，善於敍事，使文章更活潑，更生動。如《孟子》中齊人有一妻一妾章，描寫世態，入木三分，眞是形容到骨子裡頭去了。《莊子》中過惠子墓一節，只借匠石斫鼻的故事，而寫出心中無限的感慨，這都是他們在論辯之外開小說先聲。至如《莊子》書中講到地籟天籟的部分，繪聲繪形，簡直可以當作風賦讀，又開後人寫景的法門了。

這都是他們的文學觀影響到他們作品的例證，但是他們在同的中間又各有它的異點，所以就孟子、莊子的文學來看，也是各人有各人的風格。

相反的，在於墨家，就不是這樣。他是很有條理的；他是肯定論辯的價值的，並且了解論辯的方法的。墨子書中充滿著論辯的精神，而論辯精神的發揮就靠他方法的嚴密。他的方法重在「類」與「故」。《非攻》下篇說：「子未察吾言之類，未明其故者也」。「類」和「故」是必須首先明辨的。《大取》篇說：「夫辭（『夫辭』二字舊脫），以故生，以理長，以類行者也（『者也』二字舊倒）。」所以「類」和「故」的概念在墨子文中是經常運用著的。這樣，所以墨家散文又別成一風格。到了荀子，也接受這兩概念，不過塗附了儒家的思想，所以他的作風，謹嚴與墨子同，論斷與墨子異。

在荀子以前，莊子、孟子和墨家固然都是論辯說理之文的創始者，但是完成嚴謹的論辯說理的體制，應當歸功於荀子。爲什麼？莊子之文，可說是由一段一段的故事累積而成篇，至一段一段故事的銜接關係是若即若離的，因此，就通篇來看，不會有嚴密的條理。孟子似乎有些條理，但是常借助於問答體，才能發揮自己的意見。這種情形，在墨家後學記墨子語的時候，也還有這種情形。雖則不是兩個人的問答，經常要冠以「子墨子曰」四字，用來作爲前後的連綴。這說明些什麼呢？這就說明要成爲一篇結構嚴密的理論文是比較不容易的。到了荀子，就可以不用問答體，不用述言體，而能很有條理地組成一篇結構比較嚴密的文辭。而荀子所以能完成這樣縝密謹嚴的作品，不得不說和他的邏輯思想，和他的文學觀有相當的關係。

我們只須看，從荀子以後，「子」也有「集」的傾向，如《賈子新書》，就有些像單篇散文的結集。可以知道這是理論文逐漸成熟的表現。章學誠看到這種現象，認爲「著作衰而有文集」（《文史通義》三），其實，假使從這一點來看，正是文學的演進，不必看作是退化。這種現象，到韓非而更進一步，從嚴謹的體制中發爲銳利的論調，有墨荀之密，兼有莊孟之肆，於是他的作風也就另成一格。

諸子的文學觀和他的思想有關係，而他的思想又和他的作風有關係，所以這不僅是文學批評史的問題，也是文學史的問題。

◎九　漢人對於文學的認識◎

到了兩漢，文化逐漸提高，文學作品也漸多，一般人對於文學的認識也比以前來得清楚一些，於是把「文章」和「博學」兩種意義分別開來，這也就是說把文學與學術分離開來了。不過當時的術語，還用博學的意義稱「文學」，如《史記．孝武本紀》：「上鄉儒術，招賢良，趙綰王臧等以文學爲公卿」；又「上徵文學之士公孫弘等。」這所謂「文學」，指的是經學；《鼂錯傳》：「鼂錯以文學爲太常掌故。」這所謂「文學」，指的是史學。所以儒林傳中講到「文學」常與「儒者」及「掌故」連類而言，如：

> 及今上即位，趙綰王臧之屬，明儒學而上亦鄉之，於是招方正賢良文學之士。
> 延文學儒者數百人，而公孫弘以《春秋》，白衣爲天子三公。
> 能通一藝以上補文學掌故缺。
> 治禮，次治掌故，以文學禮義爲官。

至如《史記・自序》稱「漢興，蕭何次律令，韓信申軍法，張蒼爲章程，叔孫通定禮儀，則文學彬彬稍進」。那麼，即律令、軍法、章程、禮儀之類也都把它當作文學看了。所以可以知道當時所謂「文學」，說得廣一些，是一切學術的意思；說得狹一些，是指儒術，指經學。

至於不指學術而帶有詞章的意義者，則稱爲「文章」或「文辭」。如：

> 擇郡國吏木詘於文辭，重厚長者，則召除爲丞相史。（《曹相國世家》）
>
> 燕齊之事無足採者，然封立三王，天子恭讓，羣臣守義，文辭爛然，甚可觀也。（《三王世家》）
>
> 屈原既死之後，楚有宋玉、唐勒、景差之徒者，皆好辭而以賦見稱。（《屈原賈生列傳》）
>
> 臣謹案詔書律令下者，明天人分際，通古今之義，文章爾雅，訓辭深厚，恩施甚美，小吏淺聞不能究宣。（《儒林列傳》）

以上諸例均見《史記》。再證之以《漢書》，如《公孫弘傳・贊》中說：「文章則司馬遷相如」；又說：「劉向王褒以文章顯。」就可以知道漢時對辭賦、史傳文或奏議文，都稱之爲「文章」。這種分別，到三國時候還是這樣。《魏志・劉劭傳》：「夏侯惠薦劭曰：『文學之士，嘉其推步詳密；文章之士，爰其著論屬辭。』」這是分用最明顯的例。即劉劭《人物志流業》篇亦稱「能屬文著述，是謂文章，司馬遷班固是也；能傳聖人之業而不能干事施政，是謂儒學；毛公貫公是也」。所以我們稱漢人有文學文章之分是有可靠的根據的。

漢人何以會有這樣的認識呢？我想最重要的原因還在於辭賦的發展。辭賦發展了，文學類的創作和學術性的著作顯然劃分了鴻溝。這道鴻溝，是從性質上分的，不是從形式上分的。以前分詩文二類，是形式上韻散的分別，到劉歆班固分出詩賦略一類，與《六藝略》《諸子略》並列，那就對於文學的性質，已經有比較正確的認識了。清代劉天惠文筆考對於這一點說得很明白。他說：

> 漢尚辭賦，所稱能文，必工於賦頌者也。《藝文志》先六經，次諸子，次詩賦，次兵書，次術數，次方技。六經謂之六藝，兵書術數方技亦子也。班氏序諸子曰：「今異家者各推所長，窮知究慮，以明其旨，雖有蔽短，合其要歸，亦六經支與流裔。」據此，則西京以經與子爲藝，詩賦爲文矣。

這是最顯著的一點，所以《藝文志》中首先把詩賦略別出爲一類。我們根據這一點，也就可以說明漢人所以會有「文學」「文章」分別的原因。不過原因還不止這一項。以詩賦爲文，這是清代學者主張文筆之分的說法，即如劉天惠說：「至若董子工於對策，而敍傳但稱其屬書，司馬遷長於敍事，而傳贊但稱其史才，皆不得混能文之譽焉。」事實上，「文章則司馬遷相如」，明明見於《公孫弘傳．贊》，不是敍事也是文章嗎？「劉向、王褒以文章顯」，也見於《公孫弘傳．贊》，而劉向就是以奏議著稱的，不是對策也是文章嗎？所以漢人所謂「文章」，並不像後人所說，只限於詩賦，只因漢人所作的奏議、論說、敍記之文還不成爲集，只稱爲子或史，所以這些文章也就不可能像辭賦這樣顯得突出罷了。其實，漢人之「子」，像《賈子新書》這樣，已經可以說是「文集化」了。事實上，明明有雜文，有短文，明明是秦以後新興的體制，因此，也就不可能不承認爲文章。所以漢人分別文學文章的原因還不完全由於辭賦之發展，它和當時新興的雜文也有相當關係的。

「文學」「文章」都是複音詞，假使用單音詞的時候，那就把「文學」一名而析言之，以文章之義稱「文」，以博學之義稱「學」。《漢學．賈生傳》云：「以能誦詩書屬文聞於郡中」；《終軍傳》云：「以博辨能屬文聞於郡中。」這是稱文章爲「文」的證據。《漢書．韋賢傳．贊》云：「漢承亡秦絕學之後，祖宗之制因時施宜，自元成後，學者蕃滋」；《眭兩夏侯京翼李傳．贊》云：「仲舒下吏，夏侯囚執，眭孟誅戮，李尋流放，此學者之大戒也。」這又是稱文學爲「學」的證據。

我們假使知道漢時有「文學」「文章」之分，「學」與「文」之分，那就可以知道六朝所謂「文」「筆」之分，就是從漢時「文」或「文章」一詞再加區分罷了。如果不經這個階段，斷不會從包含文章博學二義的「文學」一詞，分別出「文」「筆」來的。梁元帝《金樓子．立言》篇說：「古之學者有二，今之學者有四。」他所謂「二」，也正是指「文學」「文章」之分。

◎一○　從孟子到漢人的詩說◎

首先要知道，這些詩說是《六藝略》中的詩說，不是《詩賦略》中的詩說。因爲是《六藝略》中的詩說，所以勢所不免要塗上一些儒家的思想。說得明白一些，就是用封建的儒家思想來說詩，而不是從文學的或歷史的觀點來說詩。

其次再要說明的，就是漢人的詩說所受孟子的影響遠勝於受荀子的影響。漢代的經學大都出於荀子的傳授，詩學也是這樣，何以漢人詩說反而受孟子的影響呢？這原因就在荀子一方面儘管吸收在他以前各家各派的學術思想，而另一方面又畢竟是一個儒者，堅守儒家的立場，所以韓非就稱他爲孫氏之儒。論理，孟子是偏於唯心的，荀子是偏於唯物的，孟子的方法不會爲荀子所接受，也不會影響到荀子後學的經學家，可是由於荀子同時接受儒家形而上學思想的影響，也就不能堅持唯物的立場，所以由他所傳的詩學，不免反而深受孟子的影響。

侯杜紀三氏的《中國思想通史》中說：「在邏輯思想方面，思孟則一以曾子自己省察的內在論方法爲依歸，由曾子的『以己形物』出發，導出了主觀主義的比附方法。在這種主觀爲本的比附方法裡，雖然貌似『類比』，而實則全然爲一種『無故』『亂類』的恣意推論。荀子說思孟的思想爲『僻違而無類』，此『無類』二字，確足以概括思孟學派邏輯思想的特徵。」（三一二頁）我們明白了孟子邏輯思想的特徵，那就可以看出孟子的詩說爲什麼不可靠，而由荀子所傳的詩說，爲什麼我們稱他受孟子影響的原因。

孟子也不是沒有歷史觀點的。《萬章》篇說：「頌其詩，讀其書，不知其人可乎？是以論其世也。」他也想從知人論世上著手，看出它的時代意義，可是他的論詩卻時多錯誤，這又是什麼原因呢？這關鍵就在主觀主義的邏輯思想。有了這種主觀主義的邏輯，於是他的說詩，就處處牽引到王道上去。「寡人有疾，寡人好勇」，不要緊，有詩爲證。推之「好貨」「好色」也都不要緊，都可以牽引到幾句古詩，隨便比附，這樣就不符合他的知人論世的方法了。尤其危險的，是孟子歪曲了以意逆志的方法。他說：「故說詩者不以文害辭，不以辭害志，以意逆志，是爲得之。」（《萬章》上）這幾句話說的並不錯，他能深深探求詩人的情志，知道詩人當情感强烈的時候，措辭不免有抑揚過甚的地方，不要拘泥在字面上推求，所以論他的方法也不能算錯。但是，「以意逆志」是要在知人論世的條件下才不會錯誤。而他呢，因爲蔽於他的主觀主義邏輯思想，根本沒有注意到知人論世，因此，他的以意逆志，也就成爲主觀的體會了。只憑主觀的體會是很危險的，愈深求也就愈穿鑿，愈附會，愈沒有標準，也愈不近眞實。爲什麼？因爲各人都憑各人自己的意，去逆詩人之志，那不是詩人之志愈變得歪曲了嗎？偏偏漢代的經學家卻繼承他的衣缽，於是詩有齊、魯、韓、毛四家，而四家之說也就像瞎子斷匾一樣，各是其所是，結果也與「外傳」的多方附會差不多。

沿襲孟子以意逆志的方法，於是有《詩序》。《詩序》說明詩的本事，也可算是解釋的批評。只因他們歪曲了以意逆志的方法，認爲只有委曲求解，才得詩人之志，於是《詩序》所說也就變得根本不可靠，這是主觀的以意逆志所發生的危險。

沿襲孟子論世知人的方法，於是有《詩譜》。《詩譜》說明詩的時地關係，也可算是歷史的批評。鄭玄《詩譜・序》說：「欲知源流清濁之所處，則循其上下而省之；欲知風化芳臭氣澤之所及，則旁行而觀之。」以縱表示時代，以橫表示方域，這也是研究《詩經》的一個好方法，但因漢人以意逆志所推測出來的本事根本靠不住，那麼《詩譜》的方法，也就只成爲《詩序》的功臣而已。

此外，《毛詩・大序》一篇對後世的文學批評雖有相當大的影響，但是也不出儒家論詩的意見，沒有什麼新義，所以也不多講了。

◎二　揚雄發展了傳統的文學觀◎

荀子以後再度發揮傳統的文學觀的是揚雄。揚雄，字子雲，生在西漢末年，當時經學辭賦都相當發達，但是他「不爲章句，訓詁通而已」（見《漢書・揚雄傳》），那就比當時的經生勝過一籌了。他曾一度愛好辭賦，沈溺其中，但是不久也就擺脫出來，看作雕蟲篆刻，壯夫不爲了。這又比當時的賦家勝過一籌。他要成爲學者，成爲思想家，可是當時的時代限制了他，使他只能成爲儒學的繼承者。

揚雄思想和興趣的轉變，大抵在漢成帝陽朔四年。這一年，揚雄給事黃門，得觀書於石室，於是開始不好沈博絕麗之文而傾向在學的方面。所以《法言・吾子》篇中說：「或問吾子少而好賦？曰然。童子雕蟲篆刻。俄而曰，壯夫不爲也。」這是他自述興趣轉變的經過。

正因爲他有了這樣一個轉變，所以他對於司馬相如的看法，也就有不同的論調。託於劉歆所撰的《西京雜記》中有一節云：

司馬長卿賦，時人皆稱典而麗，雖詩人之作不能加也。揚子雲曰：「長卿賦不似從人間來，其神化所至耶？」子雲學相如而弗逮，故雅服焉。

這一些話也見於桓譚《新論》，或者可靠，所以可以說他曾有一度極端推崇司馬相如的。可是《漢書．揚雄傳》中說：

雄以爲賦者，將以風之，必推類而言，極靡麗之辭，閎侈巨衍，競於使人不能加也；既乃歸之於正，然覽者已過矣。往時武帝好神仙，相如上《大人賦》欲以風，帝反縹縹有凌雲之志。繇是言之，賦勸而不止，明矣。又頗似俳優淳于髡、優孟之徒，非法度所存，賢人君子詩賦之正也，於是輟不復爲。

在這一節裡，對於司馬相如又頗有微辭了。正因爲他這樣用儒家眼光來論賦，所以在他晚年所著的《法言》中間，對於辭賦就有不滿的論調。如《吾子》篇說：

或曰：賦者可以諷乎？曰：諷乎！諷則已；不已，吾恐不免於勸也。

詩人之賦麗以則，辭人之賦麗以淫。如孔氏之門用賦也，則賈誼升堂，相如入室矣。如其不用何！

這種論調都是站在儒家的立場來說的。自從他這樣轉變以後，當然他的文學觀只成爲儒家傳統的文學觀，《法言》中所說的全是這一類話。如《吾子》篇云：「好書而不要諸仲尼，書肆也；好說而不要諸仲尼，說鈴也。」這即是後人所說徵聖的意思。《問神》篇云：「書不經，非書也；言不經，非言也。言書不經，多多贅矣。」這即是後人所說宗經的意思。《君子》篇說：「或問君子言則成文，動則成德，何以也？曰：以其弸中而彪外也。」李軌注云：「弸，滿也；彪，文也。積行內滿，文辭外發。」那麼這又是文道合一的主張，即後人所說明道的意思了。

以他這樣復古的思想，加上了他有古文奇字的知識，有鋪張靡麗的技能，於是形式上也不免模擬經典，故作艱深，不得不求知己於後世了。《法言．問神》篇說：

> 或問聖人之經不可使易知與？曰：「不可。天俄而可度，則其覆物也淺矣；地俄而可測，則其載物也薄矣。大哉天地之爲萬物郭，五經之爲衆說郛。」
>
> 或問經之艱易？曰：「存亡。」或人不諭。曰：「其人存則易，亡則艱。」

這都是他所以要摹古而又故作艱深的理論。這樣，他的艱深，也眞如蘇軾所說以艱深文淺陋了。傳統的文學觀，發展到這樣，眞可說是走上了魔道。論理，揚雄是同時接受老子「素樸的唯物論」之影響的，他在當時學者中多少表示一些唯物論色彩，可以說是帶些進步性的；可是，他畢竟不是具有獨創性的思想家，所以束縛於儒家的傳統教條，也就在文學批評中形成了復古的思想。這樣，他所取於老子的也就只有「貴知我者希」一語。這句話，他在《解難》篇也引以自解的。以復古思想與「貴知我者希」一語相結合，於是他的著作也就只能有待於後世之「子雲」了。

東漢初期，有個傑出的思想家，就是王充。上文講過：漢代有「文學」「文章」之分，但是在他所著的《論衡》中間，講到「文」或「文章」的地方，依舊還有博學的意義，所以他的文學觀可說是傳統的文學觀。只因他有較進步的文學理論，所以我們稱他爲修正了傳統的文學觀。

◇一二　王充修正了傳統的文學觀◇

他何以能這樣呢？我們先講他的思想淵源。侯外廬等合著的《中國思想通史》稱：「王充的時代特徵，就政治上說是農民戰爭的衰落期與農民生活的慢性飢餓期，同時又是農民戰爭第二個高潮的準備期；就思想上說是『正宗』思想由今文神學墮落爲讖緯迷信的徹底黑暗期，同時又是『異端』思想由反今文到反讖緯的開始形成期。而王充的思想，則一方面具有著農民的素樸性格，另方面又是『正宗的反對者』與『異端的綜合者』。」（第二卷上冊二四三頁）因此，他們講到王充思想的學術性問題，認爲屬於道家。但是又覺得與先秦的老莊思想頗有區別，於是又說：「王充的宇宙觀，在實質上來看，與其說是祖述著道家，毋寧說是承籍於荀子。」（同上二五七頁）其實，就王充的批判精神來講，是和道家思想有些關係的。不但和道家思想有關係，即和漢代的墨俠精神也是有連帶關係的。至於講到他的學術方面，尤其在文學批評方面，那麼他對當時經古文家的影響，的確也有淵源關係。在當時的經古文家中影響他最大的，尤其是桓譚和班彪。由於受桓譚的影響，所以論文主於眞；由於受班彪的影響，所以論文又主於善。主於眞，所以要「釋物類同異，正時俗嫌疑」（《本傳》），而富有批判的精神；主於善，所以「雖違儒家之說，合黃老之義」（《自然》篇），而反抗了漢代的統制政策。這都是他思想進步的一方面。可是，他畢竟不能完全擺脫儒家思想的束縛，所以主於眞的影響，只開了後人考訂辨僞的風氣，出於善的結果，又成爲偏重義理道德的主張。結果，他的文學觀依舊比較接近傳統的文學觀。《論衡．超奇》篇說：「君山（桓譚）作《新論》論世間事，辨照然否；虛妄之言，僞飾之辭，莫不證定。」這是他推崇桓譚的言論，而他所以推崇桓譚的原因就因爲桓譚能辨照然否，證定虛妄之言和僞飾之辭。他是這樣欽佩桓譚的，也是這樣向桓譚學習的，所以他自評其《論衡》謂：「可以一言蔽之曰疾虛妄。」（《自紀》篇）他在《對作》篇中也說：「故論衡者所以銓輕重之言，立眞僞之平，非苟調文飾辭爲奇偉之觀也。」調文飾辭爲奇偉之觀，就是華僞之文，而他是要熄滅華僞之文的，因此反對流行當時的辭賦。《定賢》篇說：「以敏於賦頌爲弘麗之文爲賢乎？則夫司馬長卿揚子雲是也。文麗而務巨，言眇而趨深，然而不能處定是非，辨然否之實。」這樣，可以看出他的宗旨要「立眞僞之平」「辨然否之實」，所以說他論文主於眞。

《後漢書．王充傳》說他「師事扶風班彪」，而其《論衡．自紀》篇卻說：「經明德就，謝師而專門，援筆而衆奇。」不曾提到「師事班彪」，這雖似有些矛盾，但他曾從班彪學，受他的影響，則也是事實。班彪是以史學著名的，而王充對於古代的學者又是相當推崇司馬遷的，因此他的論文也就近於史家的態度。《佚文》篇說：「文豈徒調墨弄筆爲美麗之觀哉！載人之名，傳人之行也。」這就是史家的任務。史家有「載人之名，傳人之行」的任務，所以史家的文也就起一定的作用。《佚文》篇再說：「善人願載，思勉爲善；邪人惡載，力自禁裁。然則文人之筆，勸善懲惡也。諡法所以彰善，即以著惡也。加一字之諡，人猶勸懲；……況極筆墨之力，定善惡之實，言行畢載，文以千數，流傳於世，成爲丹青，故可尊也。」這又是說文有勸善懲惡的作用，所以認爲文的作用是「定善惡之實」。因此，可以說他論文又主於善。

可是，他的學問思想雖受桓譚班彪的影響，卻並不局限於他們兩人的成就，尤其是班彪。他是當時異軍突起的思想家，是大膽批判當時學術思想的思想家。西漢學術主於解經，而王充卻不囿於經生的見解，不言烏煙瘴氣的陰陽五行之說，反而批判了讖緯迷信的思想。這一點是和桓譚相同的，但是比桓譚做得更徹底。在這方面，經學中的古文學家要比西漢今文學家好一些，可是像開創古文學先路的劉歆，卻又在另一方面走錯了道路，甚至僞造古籍，竄亂古籍，這就離開了求眞的態度了。西漢文學又重在辭賦，而王充卻又能不染賦家的習氣，不玩雕蟲篆刻的把戲。這一點是超過班彪的，班彪還不免爲時風衆勢所左右。在這一方面，揚雄自悔其少作，可以說已經開了輕視辭賦、批判辭賦的風氣，但是揚雄又走上另一段歪路，結果反而以艱深文淺陋，疲精勞神於被人覆瓿的事業。王充不與劉歆揚雄一樣，這就是王充特殊的成就。他不僅不同於劉歆揚雄，抑且不限於桓譚班彪，所以我們稱他修正了傳統的文學觀。

由於他論文主於「眞」與「善」，近於傳統的文學觀，所以《論衡》書中對於「文」及「文章」諸名之含義獨與當時不同。《佚文》篇說：「五經六藝爲文，諸子傳書爲文，造論著說爲文，上書奏記爲文，文德之操爲文。」又謂：「天憎秦，滅其文章。」可知他指的都是最廣義的「文」。

所以他一方面仍主張「尚文」，認爲「人無文則爲樸人」，「人無文德不爲聖賢」，甚至說：「棘子成欲彌文，子貢譏之，謂文不足奇者，子成之徒也。」（均見《書解》篇）一方面也主張「尚用」，《自紀》篇說：「爲世用者百篇無害；不爲用者一章無補。如皆爲用，則多者爲上，少者爲下。」這簡直與荀子《非相》篇所說：「言而仁之中也，則好言者上矣，不好言者下也。」沒有什麼兩樣了。

哲人之文足以立眞僞之平，史家之文又足以定善惡之實，所以他所謂文，一種是重在抒發思想，一種是重在記載事實。就抒發思想言，於是覺得上面所引《佚文》篇中說的五種「文」，應當以造論著說之文爲高，因爲這是「論發胸臆，文成手中」。另一方面，從人的造詣來講，又應當以鴻儒爲最。《超奇》篇說：「能說一經者爲儒生，博覽古今者爲通人，採掇傳書以上書奏記者爲文人，能精思著文連結篇章者爲鴻儒。儒生過俗人，通人勝儒生，文人逾通人，鴻儒逾文人。」他竟隱隱以鴻儒自負了。《超奇》篇又說：「說論之徒君山爲甲。」他所取於桓譚的就在這一點。就記載事實言，他再有「文儒」「世儒」之分。《書解》篇說：「著作者爲文儒，說經者爲世儒。……世儒當時雖尊，不遭文儒之書，其跡不傳。……世傳詩家魯申公，書家千乘歐陽公孫，不遭太史公，世人不聞。夫以業自顯，孰與須人乃顯！夫能紀百人，孰與廑能顯其名！」這是能褒頌記載的鴻筆之人所以比世儒爲重要的原因。不但如此，他看史家也等於思想家。《超奇》篇說：「孔子得史記以作《春秋》，及其立義創意，褒貶賞誅，不復因史記者，眇思自出胸中也。」這一節話，尤其重要，他能說出史家立義創意的精神所在。孔子說：「吾欲託之空言，不若見諸行事之深切著明也。」（見《史記．太史公自序》）司馬遷《報任少卿書》也說：「究天地之際，窮古今之變，成一家之言。」都說明史家並不機械地敍述事實，而是說史家都有他的「史觀」的。《佚文》篇稱班叔皮不爲恩撓，載鄉里人以爲惡戒，恐怕他所取於班彪的也就在這一點了。

他所重的是這種「論發胸臆」的文，是這種「褒頌記載」的文，總之，都是有內容的文，所以他有內容決定形式的主張。《超奇》篇說：

> 察文之人，人之傑也。有根株於下，有榮葉於上；有實核於內，有皮殼於外。文墨辭說，士之榮葉皮殼也，實誠在胸臆，文墨著竹帛。外內表裡，自相副稱。意奮而筆縱，故文見而實露也。人之有文也，猶禽之有毛也，毛有五色，皆生於體；苟有文無實，是則五色之禽毛妄生也。

他認爲才高知深，學問充實於中，則美麗的文辭自然流露於外。只須意奮，則筆自縱，所以成爲內容決定形式。由其文之將成時言，是「意奮而筆縱」；由其文之既成後言，又是所謂「文見而實露」。文只求所以露其實而已，不必「調墨弄筆爲美麗之觀」。這樣，所以他所認爲美的不在形式而在內容，只須「眞」的方面做到切理饜心的地步，「善」的方面做到入情入理的地步，自然也就美了。《佚文》篇說：

玩揚子雲之篇，樂於居千石之官；挾桓君山之書，富於積猗頓之財。韓非之書傳在秦庭，始皇歎曰：「獨不得與此人同時。」陸賈新語每奏一篇，高祖左右稱曰「萬歲」。夫歎思其人與喜稱萬歲，豈可空爲哉？誠見其美，歡氣發於內也。

這些話可以和後來周德卿的話相對照。周德卿語王若虛云：「文章工於外而拙於內者，可以驚四筵而不可以適獨坐，可以取口稱而不可以得首肯。」（見《滹南遺老集》及《金史．文藝傳》）這就說明了韓非陸賈揚雄桓譚之書所以能動人，都在有精闢獨到的內容，才可以適獨坐而得首肯。

由於他的論文不限於傳統的文學觀，所以他再能有獨到的見解。這些見解即使有些不免過偏，但是在他的思想體系上，總是成爲一家之言的。

他受桓譚「辨照然否」的影響，於是對於文學作品也取疾虛妄的態度，攻擊文人之好奇，反對誇飾的修辭。《藝增》篇說：

世俗所患，患言事增其實；著文垂辭，辭出溢其眞；稱美過其善，進惡沒其罪。何則？俗人好奇，不奇，言不用也。故譽人不增其美，則聞者不快其意；毀人不益其惡，則聽者不愜於心。聞一增以爲十，見百益以爲千，使夫純樸之事，十剖百判；審然之語，千反萬畔。墨子哭於練絲，楊子哭於歧道，蓋傷失本，悲離其實也。

他再舉些例說：

詩曰：「維周黎民，靡有孑遺。」是謂周宣王之時，遭大旱之災也。詩人傷旱之甚，民被其害，言無有孑遺一人不愁痛者。夫旱甚，則有之矣！言無孑遺一人，增之也。（《藝增》篇）

儒書言楚養由基善射，射一楊葉，能百發百中之，是稱其巧於射也。夫言其時射一楊葉中之，可也；言其百發而百中，增之也。（《儒增》篇）

類此之例，全書很多，我們也不能備舉，大抵都屬於修辭誇飾一類。其實，誇飾與徵實之學本不相同，一概相衡，也就未免以文害辭，以辭害志。所以這種主張確是不免稍偏，不過能使文人屬辭，注意到一些事實的眞相，那還是有它的需要的。

至於他用歷史的觀念來論文，也許可能受史家的影響。揚雄反對辭賦就成爲復古，王充反對辭賦卻成爲革新。這就因爲王充有歷史的觀念。《自紀》篇說：「經傳之文，賢聖之語，古今言殊，四方談異也。當言事時，非務難知，使指隱閉也。後人不曉，世相離遠，此名曰語異，不名曰材鴻。」他知道一時代有一時代的詞彙和語法，也就應各時代有不同的文辭。所以說：「夫文由（同猶）語也。」（《自紀》篇）言文合一的主張，恐怕只有像王充這般有歷史觀念的人，才會提出；否則，束縛於儒家的傳統文學觀中，只有走向復古一條路。

王充正因為有歷史觀念所以不主張摹擬。這也和揚雄不一樣，恰恰走了相反的路線。他以為「飾貌以強類者失形，調辭以務似者失情」；他再以為「美色不同面，皆佳於目；悲音不共聲，皆快於耳」（均見《自紀》篇）。各人自有各人的個性，不應抹殺個性以遷就古人，所以認為不用摹古，不用相襲。他又以為「賢聖之興文也，起事不空為因，因不妄作，作有益於化，化有補於正」（《對作》篇）。這又是說各人又有各人的環境，賢聖與文都各有其背景，所以更不能摹擬。

這種主張，都可說是修正的傳統文學觀。

叁　中古期

——自東漢建安至五代

（紀元一九一——九五九年）

◎一三　典論論文及其他◎

見中国历代文論選上 P.124

由於兩漢辭賦的發展，這種侈麗閎衍之辭的寫作技巧，給當時文人一種新的啓發，於是文學就逐漸走向駢儷的道路，甚至記敍文也用駢偶，而韻文也傾向於駢偶。這種傾向是不是對，我們姑且不談，不過由於有這種傾向，於是使一般人逐漸從文學的形式上認識到文學的性質，於是文學批評也就有了相當的發展和成就。所以到了魏晉，始有專門論文的作品。

另一方面，由於漢末的淸議，重在人物的品藻，於是從人的言論風采方面轉移到文學作品方面，也就產生了自覺的文學批評。

《文心雕龍．序志》一篇稱，魏時論文之著，有魏文述《典》，陳思序《書》，應瑒《文論》三種，並再加以批語云：「魏《典》密而不周，陳《書》辨而無當，應《論》華而疏略」。此外只講到「公幹（劉楨）亦泛議文意，往往間出」。他所說的「魏文述《典》」即魏文帝曹丕的《典論．論文》；「陳思序《書》」即陳思王曹植的《與楊德祖書》等文。至於「應瑒《文論》」，現在只有一篇《文質論》，見嚴可均所輯《全後漢文》中，內容似與文論無關。此外劉楨之說，也只有論「氣」的話，還見他書稱引。所以講到魏代的文學批評，也只有以《典論．論文》爲中心。

曹丕、曹植對於文學究竟採取怎樣的態度呢？曹丕的《典論．論文》說：

> 蓋文章經國之大業，不朽之盛事。年壽有時而盡，榮樂止乎其身，二者必至之常期，未若文章之無窮。是以古之作者，寄身於翰墨，見意於篇籍；不假良史之辭，不託飛馳之勢，而聲名自傳於後。故西伯

幽而演《易》，周旦顯而制《禮》，不以隱約而忽務，不以康樂而加思。

這種論調，雖則肯定了文章的價值，但是依舊不脫儒家的見地。曹植更是這樣。所以看輕辭賦而要「採史官之實錄，辯時俗之得失，定仁義之衷，成一家之言」（見《與楊德祖書》）。說得明白一些，就是要做有內容、有價值的理論文，而不限於侈麗閎衍的文藝文。這樣，文章儘管爲不朽盛事，但是離不開經國大業。這就因爲他們畢竟是統治階級，所以作風儘管偏於形式技巧，但是論調總還以儒家思想爲中心。只有這樣，才能使偏重形式技巧的文學，不暴露現實，不反對政治。我們明白這一點，那就可以明瞭曹丕對於建安七子，所以獨推崇徐幹的理由。他《與吳質書》說：「觀古今文人，類不護細行，鮮能以名節自立；而偉長（徐幹）獨懷文抱質，恬淡寡欲，有箕山之志，可謂彬彬君子者矣。著《中論》二十餘篇，成一家之言，辭義典雅，足傳於後，此子爲不朽矣。」至於他對孔融就稱他「不能持論，理不勝詞」，不免有些微辭了。

了解這一點，就可以知道《典論．論文》，眞是就文論文，並沒有什麼理論的根據。由於就文論文，所以討論的不外是文體和文氣的問題。

《典論．論文》說：「夫文本同而末異。蓋奏議宜雅，書論宜理，銘誄尙實，詩賦欲麗。」後人對於文體的區分，就是從這幾句話開始的。他認識到文的本同而末異，於是也就認識到各種體裁都有它特殊的作用與風格，都有它不同的修辭標準。

《典論．論文》再說：「文以氣爲主。氣之清濁有體，不可力强而致。譬諸音樂，曲度雖均，節奏同檢，至於引氣不齊，巧拙有素，雖在父兄不能以移子弟。」這又是從作者方面說明風格的不同，所以拈出「氣」字。這裡所謂「氣」，是指才氣說的。至如他再講到「徐幹時有齊氣」，又《與吳質書》也說：「公幹有逸氣，但未遒耳。」這裡所謂「氣」，又是指語氣說的。「齊氣」是說語氣的舒緩①，「逸氣」是說語氣的奔放，這一樣也可以形成文章的風格。事實上，語氣的不同，也還是跟著才氣變的。

從作品方面，看到由於內容和作用之不同，形成不同的風格，於是有文體之分。從作者方面，看到由於才性習染或學力的不同，也會造成不同的風格，於是有文氣之說。最後，他綜合起來，得出這樣的結論：

此四科不同，故能之者偏也。惟通才能備其體。

這是他對於文學批評的基本觀念。他品評當時作家說明他們的長短，就是應用這觀念，作為「能之者偏」的例證。

由於才異，所以能偏；由於「能之者偏」，於是文有利病可摭，美惡可言，而品評以起。曹植《與楊德祖書》說：「世人著述不能無病。僕常好人譏彈其文，有不善者應時改定。昔丁敬禮常作小文，使僕潤飾之，僕自以才不過若人，辭不為也。敬禮謂僕：『卿何所疑難！文之佳惡，吾自得之，後世誰相知定吾文者耶？』吾常嘆此達言，以為美談。」「能之者偏」，固然可以使「世人著述不能無病」，可是，正由於「能之者偏」，也可以使世人著述各有專長。以各有專長的眼光，來品評不同的作品，於是很自然的會使批評漫無定準，莫衷一是，而陷於文人相輕的陋習。

① 此從舊說。近范寧《魏文帝典論論文齊氣解》載《國文月刊》六十三期，謂齊氣乃高氣之誤，亦頗有理。

所以曹丕《典論・論文》這樣說：

文人相輕，自古而然。傅毅之於班固，伯仲之間耳；而固小之，與弟超書曰：「武仲（傅毅）以能屬文，爲蘭臺令史，下筆不能自休。」夫人善於自見，而文非一體，鮮能備善。是以各以所長，相輕所短。里語曰：「家有敝帚，享之千金。」斯不自見之患也。

所以曹植《與楊德祖書》又這樣說：

蓋有南威之容乃可以論於淑媛，有龍淵之利乃可以議於斷割。劉季緒才不能逮於作者，而好詆訶文章，掎摭利病。昔田巴毀五帝、罪三王、呰五霸於稷下，一旦而服千人，魯連一說，使終身杜口。劉生之辯未若田氏，今之仲連求之不難，可無歎息乎？

這都是看到「能之者偏」，各有所長，不要輕易批評的意思。同時也就不免把批評與創作混而爲一，而品評也就只成爲潤飾改定種種技巧方面的事了。我們假使明白他批評的基本觀念「惟通才能備其體」，那麼這種必作者始可言利病的主張，實在也是當然的結論。

◎一四　陸機文賦◎

比典論論文更美、精細、更易引共鳴

見历代文論選 P.136

陸機在文學史上是駢文的創始者，當然，他的論文也只能重在修辭技巧方面，這即是他《文賦自序》中所說的「夫放言遺辭，良多變矣，妍蚩好惡，可得而言」。因此，我們也就不必對他有什麼過高的要求。杜甫《醉歌行》云：「陸機二十作《文賦》」(其實是三十歲)，可見《文賦》還是他早年之作，也就不能不受一定的限制。

劉勰《文心雕龍．總術》篇說：「昔陸氏《文賦》，號爲曲盡，然泛論纖悉而實體未該」；又《序志》篇說：「《文賦》巧而碎亂。」這批評也相當正確。不過由於爲賦體所限，當然不能像散文這般具有條貫。這也是沒法避免的事。至於鍾嶸《詩品序》稱「陸機《文賦》通而無貶」，那更不是《文賦》的缺點，因爲《文賦》主旨本不重在品評。

大抵陸機所得，也只在作文之利害所由，所以說「普辭條與文律，良余膺之所服」。重在辭條文律，於是即選辭、謀篇、剪裁諸法也成爲討論的材料，這就不免陷於「泛論纖悉」之病。事實上，他對於行文甘苦，卻是深有體會的。他認爲重質而輕辭，則雖應而不和；重辭而遺情，則雖和而不悲；任情而無檢，則雖悲而不雅；約情而止禮，則既雅而不豔。要因宜適變，恰到好處，確是很困難的。於是他提出了文學上的幾項問題。

第一項是天才的問題。這裡所謂天才，是包括學力說的。他說：

彼瓊敷與玉藻，若中原之有菽。同橐籥之罔窮，與天地乎並育。雖紛藹於此世，嗟不盈於予掬。患挈瓶之屢空，病昌言之難屬。故踸踔於短垣，放庸音以足曲。

這是說自己才力短弱不能採擷詞華，只能發爲庸音，也就說明了才與學是很重要的一項。

第二項是情感的問題。這裡所謂情感，又是包括景物講的。他說：

遵四時以嘆逝，瞻萬物而思紛；悲落葉於勁秋，喜柔條於芳春。心懍懍以懷霜，志眇眇而臨雲。……慨投篇而援筆，聊宣之乎斯文。

一方面說明情由景生，一方面再說明所生之情表現提煉的人生，這樣才能寫成好文，所以也是很重要的。但是把景物侷限於四時萬物，那麼這情感也只是士大夫階級的情感而已。

第三項是想像的問題，他在這方面描寫得很精彩。

其始也，皆收視反聽，耽思傍訊，精騖八極，心遊萬仞。其致也，情曈曨而彌鮮，物昭晣而互進；傾羣言之瀝液，漱六藝之芳潤；浮天淵以安流，濯下泉而潛浸。於是沈辭怫悅，若游魚銜鉤而出重淵之深；浮藻聯翩，若翰鳥纓繳而墜曾雲之峻。收百世之闕文，採千載之遺韻；謝朝華於已披，啓夕秀於未振；觀古今於須臾，撫四海於一瞬。

說得上天下地，往古來今，都在想像力所能及的範圍之內。要「籠天地於形內」，要「挫萬物於筆端」，才見得想像力的豐富瑰偉。

第四項是感興的問題。不論何種藝術，待到它組成作品的時候，總不能越過感興一個階段；文學作品尤其是這樣。這也是陸機獨到的見解，說得也很精彩。他說：

若夫應感之會，通塞之紀，來不可遏，去不可止，藏若景滅，行猶響起。方天機之駿利，夫何紛而不

> 理；思風發於胸臆，言泉流於脣齒；紛威蕤以馺遝，唯毫素之所擬；文徽徽以溢目，音泠泠而盈耳。及其六情底滯，志往神留，兀若枯木，豁若涸流，攬營魂以探賾，頓精爽於自求，理翳翳而愈伏，思乙乙其若抽。是以或竭情而多悔，或率意而寡尤。

這是說感興方濃，不能遏止其發露，感興不來，也不能勉強去醞釀。當它來的時候，醞釀成熟，故能提起銳筆，一呵而就，所以「或率意而寡尤」。當它不來或已去的時候，即使欲勉強作文，而時機未熟，也不免徒勞無功，所以「或竭情而多悔」。

想像與感興這兩點，是《文賦》中比較突出的部分，他《自序》所謂「每自屬文，尤見其情」者，可能也重在這兩方面。

此外，他在文學批評史上提供的問題，就是：㈠文體的辨析，㈡駢偶的主張，㈢音律的問題。總之，也都是屬於修辭技巧方面的。

《文賦》論文體比《典論．論文》又詳細一些。他說：

> 詩緣情而綺靡；賦體物而瀏亮；碑披文以相質；誄纏綿而淒愴；銘博約而溫潤；箴頓挫而清壯；頌優遊以彬蔚；論精微而朗暢；奏平徹以閑雅；說煒曄而譎誑；雖區分之在茲，亦禁邪而制放；要辭達而理舉，故無取乎冗長。

對文體的分析逐漸精密，也就影響到總集的編纂。稍後如摯虞之《文章流別集》，李充的《翰林論》，都可說是從文體區分的基礎上才能完成的。不過摯虞所編，重在類聚區分，所以所論的只及到文體；李充所編，重在菁華，所以所論的又及到對於作家或作品的品評。文學批評和總集的關係，本來是相當緊密的，所以這也是文學批評初起時應有的現象。

陸機以駢文著稱，所以論文也偏主姸麗。上文所舉的「詩緣情而綺靡，賦體物而瀏亮」，謝榛《四溟詩話》就稱「綺靡重六朝之弊，瀏亮非兩漢之體」，不贊成他的說法；不知陸機所論本是重在新體，當然不必泥於古說。《文賦》中再說：「其爲物也多姿，其爲體也屢遷，其會意也尚巧，其遣言也貴姸。」這種主張，就開後來「元嘉文學」的風氣。

他再講到音律的重要。他說：「曁音聲之迭代，若五色之相宣」，他已經注意到同聲相應異音相從的問題了。不過因爲當時對於文字聲韻的辨析不精，所以還不可能制定人爲的音律；但是他說「或寄辭於瘁音，徒靡言（一作『言徒靡』）而弗華」，他確實已經注意到調勻音節的重要性了。這種主張，又開了後來「永明文學」的風氣。

◎一五　左思論賦與葛洪論文◎

爲什麼要把左思葛洪相提並論呢？因爲這兩人有些相近的地方。左思是文學家，他在當時駢文風靡的時代，其創作路線，是比較保守的；葛洪是思想家，他在當時清談流行的時代，其論調主張也是比較傳統的。可是他們兩人似乎都受王充的影響，卻都發揮了王充的學說。因此，把他們合在一起講。

揚雄班固摯虞諸人之論辭賦，皆以古義相繩，謂辭人之賦沒其風諭之義。他們的論點，可以說都是著眼在善。至左思又一變其論調，謂後人之賦近於虛誕失實，這顯然是受王充的影響的。其《三都賦序》云：

蓋詩有六義焉，其二曰賦。揚雄曰：「詩人之賦麗以則」；班固曰：「賦者古詩之流也」。先王採焉，以觀土風，見「綠竹猗猗」則知衛地淇澳之產，見「在其板屋」則知秦野西戎之宅，故能居然而辨八方。然相如賦《上林》而引「盧橘夏熟」，揚雄賦《甘泉》而陳「玉樹青葱」，班固賦《西都》而嘆「以出比目」，張衡賦《西京》而述「以游海若」，假稱珍怪，以為潤色。若斯之類，匪啻於茲。考之果木則生非其壤，校之神物則出非其所，於辭則易為藻飾，於義則虛而無徵。

這種作賦求眞的主張，對不對自是另一問題。王觀國《學林》卷七《三都賦序》條已駁左思之說而爲相如諸人辯護。他認爲「盧橘夏熟」云云，正所以見上林之富麗，四海之嘉木珍果莫不移植其中；「以出比目」云云，也所以極言感格之所致，雖魚鳥之飛潛也有不召而致者。這本是誇飾揚厲的關係，只有在王充才認爲是藝增。他若「玉樹青葱」云云，則玉樹本非指天產，並不限於地域；「以游海若」云云，也只言武帝好神仙，治太液池，有蓬萊、方丈、瀛洲、壺梁像海中神仙之宅，龜魚之屬，以俟神人，並不與事實不合。那麼左思所列舉以爲疵病的也就未必盡當了。

由於左思論賦，偏於情實，於是他定詩賦的界說云：

發言爲詩者，詠其所志也；升高能賦者，頌其所見也。美物者貴依其本，贊事者宜本其實，匪本匪實，覽者奚信？

他這樣定詩賦的區別，也有些不很妥當。爲什麼？古人所謂發言爲詩者，不過說這是情之自內生者而已；所謂升高能賦者，不過說這是情之自外起者而已，並不是說詩可逞虛而賦必核實。所以左思論賦是有些偏見的。

我們現在就要說明左思爲什麼會有這樣的偏見。我認爲這還是文學史上的問題。我們要知道魏晉時代的賦，又走上一條新的路線，就是不用來述事而用來抒情或寫景。這樣，所以也就不需要長篇而改變爲短制。這是魏晉以來賦的新方向。陸機說：「賦體物而瀏亮」，就是指新的演變講的。而在於左思呢，他是這方面的守舊人物。他「既思摹《二京》而賦《三都》」，就可知道他是循著舊路線進行的。但是在舊路線中又不能不有些轉變，於是接受王充的學說，提出求真的主張。《晉書．文藝傳》稱他「欲賦《三都》，會妹芬入宮，移家京師，乃詣著作郎張載，訪岷邛之事，遂構思十年，門庭藩溷，皆著筆紙，遇得一句，即便疏之。自以所見不博，求爲秘書郎」。可見他的賦《三都》，眞是「稽之地圖」，「驗之方志」，完全是科學求眞的態度。我們如果著眼在這一點，就可以知道爲什麼在《三都賦》未成以前，陸機、陸雲要嘲他爲「傖父」，而在他《三都賦》既成之後，又居然能洛陽紙貴，風行一時。

於次，再講葛洪。葛洪是深受王充影響的，可是他對當時的思想界也是背道而馳的。他生在晉代清談最盛的時代，但是他有反對清談的表示。他的《正郭》（郭泰）《彈禰》（禰衡）《詰鮑》（鮑敬言），以及《疾謬》、《譏惑》、《刺驕》等篇，都是摹仿《論衡》的作風，而用來諷刺清談的先導者和當時的實行者。所以他的思想一方面是方士，一方面又是傳統的儒家思想。

儘管他是傳統的儒家思想，但是他論文還有進化的觀念，這不能不說是受王充的影響。葛洪所著有《抱朴子》，其《鈞世》篇云：

> 古書之多隱，未必昔人故欲難曉，或世異語變，或方言不同；經荒歷亂，埋藏積久，簡編朽絕，亡失

者多，或雜續殘闕，或脫去章句：是以難知，似若至深耳。且夫《尚書》者，政事之集也，然未若近代之優文詔策軍書奏議之清富贍麗；《毛詩》者，華彩之辭也，然不及《上林》《羽獵》《二京》《三都》之汪濊博富。然則古之子書，能勝今之作者，何也？守株之徒，嘍嘍所玩，有耳無目，何肯謂爾！其於古人所作爲神，今世所著爲淺，貴遠賤近，有自來矣。故新劍以詐刻加價，弊方以僞題見寶。是以古書雖質樸，而俗儒謂之墮於天也；今文雖金玉，而常人同之於瓦礫也。若夫俱論宮室，而奚斯路寢之頌，何如王生之賦靈光乎？同說遊獵，而《叔畋》、《盧鈴》之詩，何如相如之言上林乎？並美祭祀，而《清廟》、《雲漢》之辭，何如郭氏《南郊》之豔乎？等稱征伐，而《出車》、《六月》之作，何如陳琳《武軍》之壯乎？近者夏侯湛、潘安仁並作補亡詩，《白華》、《由庚》、《南陔》、《華黍》之屬，諸碩儒高才之賞文者，咸以古詩三百，未有足以偶二賢之所作也。

這種論調說明文學的進化，說明品評文學不可貴古賤今，這都是比較重要的地方。這些意見雖也本於王充，但是他說今文所以勝於古文的緣故，由於古樸而今麗，那麼又是受當時駢文發達的影響，可以說比王充思想更進一步了。《鈞世》篇再說：

且夫古者事事醇素，今則莫不雕飾，時移世改，理自然也。至於罽錦麗而且堅，未可謂之減於蓑衣；輜軿妍而又牢，未可謂之不及椎車也。書猶言也，若言以易曉爲辯，則書何故以難知爲好哉？若舟車之代步涉，文墨之改結繩，諸後作而善於前事，其功業相次千萬者，不可復縷舉也。世人皆知快於曩矣，何以獨文章不及古耶？

葛洪的歷史觀點也是受王充影響的，而葛洪本於歷史觀點發爲這種論調，可謂「青出於藍」。再有，葛洪思想也不是無條件的主張姸麗，如《尚博》篇、《百家》篇中都對當時「貴愛詩賦淺近之細文，忽薄深美富博之子書」，加以慨嘆，則又是尊子書，忽文藝的主張了。又如《辭義》篇說：「古詩刺過失，故有益而貴；今詩純虛譽，故有損而賤。」那麼，就「用」的觀點來衡量，又變成貴古而賤今了。事實上，這不是矛盾，而是論點不同。就古詩暴露現實這一點來講，的確比當時只講塗飾詞藻而沒有內容的詩要高明得多。

◎一六　南朝在文學批評史上的地位◎

南朝——宋、齊、梁、陳——核計其年代雖不過二百年左右，但在文學史上，尤其在文學批評史上卻占有相當重要的地位。這是什麼原因呢？㈠南朝文學批評所討論的問題，空前而啓後。它不囿於傳統的思想，所以是空前；它又能範圍後來的作者，指導後來的批評家，所以又是啓後。如文筆的問題，如音律的問題，都是値得大書特書的。㈡南朝才有文學批評的專著，如鍾嶸《詩品》，劉勰《文心雕龍》等書，到現在還流傳；而《文心雕龍》尤其是重要的著作，原始以表末，推粗以及精，敷陳詳核，條理密察，在文學批評史上一直有它的地位。㈢南朝的文學批評家能應用種種批評的方法，有的重在歷史的批評，如《詩品》之溯流別及《文心雕龍》的《時序》篇；有的重在比較的批評，如蕭子顯《南齊書‧文學傳論》及《文心雕龍》的《體性》篇；有的重在推理的批評，如蕭統《文選序》及《文心雕龍》中的《原道》《宗經》等篇。此外如歸納的批評，審美的批評，判斷的批評，考證的批評無不具備，這也可以看出當時批評風氣的發展。㈣南朝的批評家才眞是純粹的批評家。在以前，有的主張以作家兼批評家，如曹丕、曹植；有的主張以學者兼批評家，如王充、葛洪；有的竟以選家兼批評家，如摯虞、李充。以選家兼的只提出了「那些好」的問題，以作家兼的只提出了「怎樣好」的問題，以學者兼的只提出了「爲什麼好」的問題，所以都不夠全面。㈤正因當時的批評家是純粹的批評家，所以要對各項問題加以持平之論，對各種方法也要適當運用，於是要分析，於是要博觀，於是要從分析、博觀的結果獲得公正的態度。《文心雕龍．序志》篇說：「有同乎舊談者，非雷同也，勢自不可異也；有異乎前論者，非苟異也，理自不可同也。同之與異，不屑古今，擘肌分理，唯務折衷。」這種態度，也是當時批評所以較有價值的原因。有這樣五種原因，所以南朝的文學批評也就比以前各個時期都來得重要。

南朝的文學批評既這樣重要，可是，在以前，一般人卻不加重視，這大概是由於輕視當時文學的關係。當時的創作界是極端偏於駢儷的，這種風氣影響到文學批評也不免較重在形式方面。因此，一般人既反對當時的作風，也就不會重視當時的批評。說得明白一些，就是一般人受了此後古文家和道學家的影響，把南朝的文學，不管創作與批評，整個都加以否定。其實，南朝的文學批評，正因當時作風尚駢儷，重藻飾，反而認清了文學的性質。當時「文」「筆」的區分就是這一點關係。再有，批評家和作家，可以在同一風氣之下有同一主張，但是也可以和作家採取對立的態度，或糾正的態度，所以我們更不能爲了不滿作家的作風而把批評家的主張也一筆抹煞。我們要知道南朝文學批評的主張，有好多正是替後世古文家種下根苗的，但是古文家卻不加理會，自矜創革之功，這也是不應該的。

◎一七　文心雕龍與詩品◎

講到南朝的文學批評，就不得不提到兩部比較重要的著作：《文心雕龍》與《詩品》。這兩部書是南朝文學批評劃時代的著作，因爲它不偈限於以前的範圍。在南朝，也有一些有關文學批評的著作，如宋傅亮的《續文章志》，宋明帝的《晉江左文章志》（均見《隋書．經籍志》），邱淵之的《文章錄》及《別集錄》（見《玉海》五十四），王微的《鴻寶》（見鍾嶸《詩品序》），齊丘靈鞠的《江左文章錄序》（見《玉海》五十四），張騭的《文士傳》，梁沈約的《宋世文章志》（均見《隋書．經籍志》），任昉的《文章始》（今本稱《文章緣起》），陳姚察的《續文章始》（見《隋書．經籍志》），大概都是「就談文體而不顯優劣」。這些著作都不出摯虞《文章志》與《文章流別論》的範圍，所以都是繼承前人規模而不是特創的。

《文心雕龍》和《詩品》就不是這樣。這兩部書都是適應當時時代的需要而產生的著作。論理，就當時的需要言，應當先有《詩品》後有《文心雕龍》；可是，從時代講，是《文心雕龍》的成書在前而《詩品》在後。這樣，所以《文心雕龍》的難能可貴，比《詩品》更勝一籌。

《文心雕龍》的作者是劉勰，勰字彥和，東莞莒人，年輕時，依沙門僧祐。梁武帝時，爲南康王記室兼東宮舍人。《梁書》有傳。據《文心．時序》篇稱「暨皇齊馭寶」云云，可知《文心雕龍》的時代，當著手於齊而成於梁初。此書寫成以後，劉勰欲取定於沈約，於是候沈約出，帶了書求見於車前，沈約讀後，謂爲深得文理，由是有名。其後勰出家，改名慧地，以僧終。這是這位文學批評家的簡歷。

至於《文心雕龍》的時代意義，就文學講，可說是這樣。在當時，從漢一直到南朝，作品太多，不易遍讀，於是必須經過批評家的選擇和鑑定，摯虞以後的種種選集，就是適應這種需要而產生的。選擇也不能沒有標準，於是要品評，李充以後的種種選集或摘句，一直到鍾嶸的《詩品》，又都是適應這種需要而產生的。梁元帝（蕭繹）《金樓子．立言》篇說：「諸子興於戰國，文集盛於兩漢，至家家有制，人人有集。其美者足以敍情志，敦風俗；其弊者只以煩簡牘，疲後生。往者既積，來者未已，翹足志學，白首不遍；或昔之所重今反輕，今之所重古之所賤。嗟我後生博達之士，有能品藻異同，刪整蕪穢，使卷無瑕玷，覽無遺功，可謂學矣。」這可見當時對於選家和批評家是怎樣迫切的要求了。但是選既不易，批評更不易。爲什麼？假使各人都憑自己主觀的好惡，是丹非素，任意去取，或妄加雌黃，那麼批評本身也就發生混淆了。所以到這時也就需要爲批評的批評。唐劉知幾《史通．自序》說：「詞人屬文，其體非一，譬甘辛殊味，丹素異彩。後來祖述，識昧圓通，家有詆訶，人相掎摭，故劉勰文心生焉。」他說明《文心雕龍》的時代意義，可謂「一語破的」。《文心雕龍》的確是爲了當時批評界的漫無準的而寫成的。

我以前這樣說：

> 當時人所需要於批評者，不外二種作用：一是文學作品的指導者，又一是文學批評的指導者。文學作品日多，則需要批評以指導，才可使覽無遺功；文學批評日淆，則也需要更健全的批評以主持，才可使準的有依。所以前者是爲文學的批評，後者是爲文學批評的批評。前者較偏於賞鑑的批評，後者常傾向於歸納的和推理的批評。而《詩品》與《文心雕龍》恰恰可以代表這兩方面。

所以就需要講，應當先有《詩品》，後有《文心雕龍》。可是，二書成書的先後，又恰恰相反。這特殊的現象，並不證明在《文心雕龍》以前批評界的不混亂。相反地，恰恰證明了當時有批評界混亂的現象。鍾嶸《詩品》序說：「觀王公縉紳之士，每博論之餘，何嘗不以詩爲口實，隨其嗜欲，商榷不同，淄澠並泛，朱紫相奪，喧議競起，準的無依。近彭城劉士章（繪），俊賞之士，疾其淆亂，欲爲當世詩品，口陳標榜，其文未遂。」那就可知《詩品》宗旨也是爲了廓清批評界的混亂。不過《詩品》用的舊方法，只以較正確的賞鑑式批評代替那不正確的賞鑑式批評，而《文心雕龍》則提出了有關批評的理論，所以能在批評界中立一正確的標準。

這是《文心雕龍》重要的地方，我們要在這方面認識《文心雕龍》。

賞鑑的批評是有它的缺點的。缺點在有所蔽。劉勰於《知音》篇極言得眞賞之難，或「鑑照洞明而貴古賤今」，或「才實鴻懿而崇己抑人」，或「學不逮文而信僞迷眞」。這都足爲批評之蔽。何況賞鑑的批評，又多溺於偏見，只憑自己主觀的好惡呢？他再說：

> 夫篇章雜沓，質文交加，知多偏好，人莫圓該。慷慨者逆聲而擊節，醞藉者見密而高蹈，浮慧者觀綺而躍心，愛奇者聞詭而驚聽。會己則嗟諷，異我則沮棄，各執一隅之解，欲擬萬端之變。所謂東向而望不見西牆也。（《知音》篇）

這正說明當時批評界的缺點，所以他想在漫無標準中指出個標準。因此，他首先肯定批評的可能。《知音》篇說：「夫綴文者情動而辭發，觀文者披文以入情，沿波討源，雖幽必顯。世遠莫見其面，觀文輒見其心。豈成篇之足深，患識照之自淺耳。」這是說明批評並不難，關鍵在批評者的識照。爲要幫助批評者識照的深入而正確，於是再提出「六觀」的方法：

> 是以將閱文情，先標六觀：一觀位體，二觀置辭，三觀通變，四觀奇正，五觀事義，六觀宮商，斯術既形，則優劣見矣。

這樣，便由賞鑑的批評轉而爲判斷的批評了。

再有，劉氏以前的論文主張，即非賞鑑的批評，也不免有局部的、片面的弊病。《文心雕龍．序志》篇歷舉時人論文之作而總括一句，謂「並未能振葉以尋根，觀瀾而索源」，所以他的著作，一方面要「彌綸羣言」，使局部而散漫者得有綱領，一方面又要「擘肌分理」，使漫無標準者得以折衷。綱領既明，毛目也顯，《文心雕龍》所以成爲當時文論之集大成者以此，所以成爲條理綿密的文學批評之偉著者也以此。

《詩品》作者鍾嶸，字仲偉，潁川長社人，仕齊，爲南康王侍郎。梁武帝時，官中軍臨川王行參軍。衡陽王元簡出守會稽，引爲寧朔記室，專掌文翰。《梁書》亦有傳。《詩品》成書，在沈約卒後；沈約卒於公元五一三年（梁天監十二年），所以《詩品》在《文心雕龍》之後。

鍾嶸寫《詩品》的動機也和劉勰一樣，爲了當時批評的準的無依；不過他：㈠專論五言詩不及其他文體，討論的範圍就縮小了；㈡評詩還是用賞鑑的批評，因此也不能建立批評理論的標準。

《詩品》的另一個名稱，稱作「詩評」，所以《詩品》實在有兩重意義：一是取評選的態度，一是取品第的態度。

就評選的態度言，《詩品》雖不同於選集，但是與以前選集的旨趣和作用都是一樣的。所以序文所舉警策之例，也就可以作選集看：

陳思贈弟，仲宣《七哀》，公幹思友，阮籍《詠懷》，子卿雙鳧，叔夜雙鸞，茂先寒夕，平叔夜單，安仁倦暑，景陽苦雨，靈運《鄴中》，士衡《擬古》，越石感亂，景純詠仙，王微風月，謝客山泉，叔源離宴，鮑照戍邊，太沖《詠史》，顏延入洛，陶公《詠貧》之制，惠連《擣衣》之作，斯皆五言之警策者也。此謂篇章之珠澤，文采之鄧林。

這種風氣，在當時頗爲流行，如蕭子顯《南齊書．文學傳論》所舉「若陳思代馬羣章，王粲飛鸞諸制，四言之美，前超後絕。少卿離辭五言，才骨難與爭鶩。桂林湘水，平子之華篇；飛館玉池，魏文之麗篆；七言之作，非此誰先！」也是摘句舉篇加以評論，這就是受摯虞、李充諸人選集的影響。蕭子顯再提到「張眎摘句褒貶」，大概也是這一類。這種傾向，已開後世句圖的先聲了。

就品第的態度講，《詩品》是很受《漢書》九品論人以及魏時九品官人的影響的。《詩品》和以前批評風氣不同的地方就在顯優劣，有品第。《詩品》敍說：

> 陸機《文賦》，通而無貶；李充《翰林》，疏而不切；王微《鴻寶》，密而無裁；顏延論文，精而難曉；摯虞《文志》，詳而博贍，頗曰知言。觀斯數家，皆就談文體，而不顯優劣。至於謝客集詩，逢詩輒取；張騭《文士》，逢文即書。諸英志錄，並義在文，曾無品第。

這是說明他的書分上中下三品，而於評論之中還要各顯優劣的旨趣。在以前，政治風俗上的批評雖區分了等第，顯出了優劣，但是文學批評上還沒有這種習慣，只談長處，不談缺點。假使像劉季緒這般在口頭稍有詆訶，便以「才不能逮於作者」相誚。只有曹丕以領袖資格才能老氣橫秋地有些指摘，這可算是當時批評界的一種弱點。到《文心雕龍》因爲建立了批評的標準，剛才舉出作家或作品的優缺點。大抵當時風氣講究門第，文壇方面也有文閥，所以鍾嶸說：「觀王公縉紳之士，每博論之餘，何嘗不以詩爲口實。」我們就從這幾句話來看，也就可知當時文閥氣焰之高。劉繪也要口陳標榜而其文未遂，也許是爲有所顧忌。假使從這一點來看，那麼《詩品》的價值也就有重大意義了。

由於他取評選的態度和品第的態度，所以能提高賞鑑的標準，同時也開創了新的歷史的批評之方法。

◎一八　南朝作家對文學的認識◎

南朝文學偏於駢儷，自有它時代的因素。批評界在這時風衆勢之下，當然也不能不受一些影響。不過從一般講來，批評界還不致走向極端，主張純藝術論。

梁蕭綱（簡文帝）《答湘東王書》謂：

又時有效謝康樂（靈運）裴鴻臚（子野）文者，亦頗有惑焉。何者？謝客吐言天拔，出於自然，時有不拘，是其糟粕。裴氏乃是良史之才，了無篇什之美。是爲學謝則不屆其精華，但得其冗長；師裴則蔑絕其所長，惟得其所短。謝故巧不可階，裴亦質不宜慕。

像謝靈運這樣吐言天拔，出於自然的，猶須加以修飾精煉之功，才不致成爲糟粕；至於了無篇什之美者，當然更不宜慕了。所以他下文即憤慨地說：

玉徽金銑，反爲拙目所嗤；《巴人下里》，更合郢中之聽。《陽春》高而不和，妙聲絕而不尋，竟不精討錙銖，核量文質，有異巧心，終愧妍手。是以握瑜懷玉之士，瞻鄭邦而知退；章甫翠履之人，望閩鄉而嘆息。詩既若此，筆又如之。徒以煙墨不言，受其驅染；紙札無情，任其搖襞。甚矣哉，文之橫流一至於此！

這種批評是有些過火的。從漢以來，門閥勢力逐漸强大，文化特權也就掌握在門閥手中，他們受到家庭環境的薰染，自修有典籍，教養有父兄，商討切磋有師友，所以王筠稱「七葉之中人人有集」（見《南史・王筠傳》），劉孝綽兄弟羣從諸子侄一時七十餘人並能屬文（見《梁書・劉孝綽傳》），謝混與族子靈運、瞻、晦、曜以文義賞會，謂之烏衣之遊（見《南史・謝弘微傳》），在這種環境和風氣中，文學偏重藻飾，也是可能的。而蕭綱還要推波助瀾，强調文飾，也不免太過了。裴子野是寫過《雕蟲論》，反對麗靡之詞的，可能在當時發生了影響，於是蕭綱也要這般大聲疾呼地加以反對了。

蕭統《文選序》說：「若夫椎輪爲大輅之始，大輅寧有椎輪之質；增冰爲積水所成，積水曾微增冰之凜。何哉？蓋踵其事而增華，變其本而加厲，物既有之，文亦宜然。」這雖說明了文學應當趨向藻飾，但是他在另一篇《答湘東王求文集及詩苑英華書》卻說：「夫文典則累野，麗則傷浮；能麗而不浮，典而不野，文質彬彬，有君子之致，吾嘗欲爲之，但恨未逮耳。」那就並不廢質。

《文心雕龍・序志》篇說：「古來文章以雕縟成體」，《情采》篇再舉出例證，謂「《孝經》垂典，喪言不文，故知君子常言，未嘗質也；老子疾僞，故稱『美言不信』，而五千精妙，則非棄美矣」。似乎也是强調美的方面。但是《情采》篇講到「立文之道其理有三：一曰形文，五色是也；二曰聲文，五音是也；三曰情文，五性是也。五色雜而成黼黻，五音比而成韶夏，五情（疑作性）發而爲辭章，神理之數也。」那麼，形文聲文之外也並不廢情文。所以《文心雕龍》中如《麗辭》、《煉字》諸篇，雖强調形文，《聲律》篇雖强調聲文，但如《原道》、《徵聖》、《宗經》以及《情采》諸篇都是强調情文。所以說：「故情者文之經，辭者理之緯；經正而後緯成，理定而後辭暢，此立文之本源也。」（《情采》篇）

◎一九　從文體的辨析到文筆的區分◎

文章體制的分類，一方面須重在形式的歧異，一方面又須顧到性質的相同，歸納的與分析的方法要同時並用，事實上也不容易求其完善無疵。所以後人吹毛求疵，對於當時人文體的分類，尋垢索瘢，挑剔過分，也不免苛刻一些。

文體分類的開始，由於結集的需要。我們只須看《後漢書》諸傳所載，如《馮衍傳》謂「所著賦、誄、銘、說、問交、德誥、愼情、書記、說、自序、官錄、說策五十篇」，《崔駰傳》謂「所著詩、賦、銘、頌、書記、表、七依、婚禮結言、達旨、酒警合二十一篇」，《蔡邕傳》於舉其著述之後，再說「所著詩、賦、碑、誄、銘、贊、連珠、弔、箴、論議、獨斷、勸學、釋誨、敍樂、女訓、篆勢、祝文、章表、書記凡百四篇傳於世」，就可知道這些記載是何等的繁瑣。後來把這種雜著，納諸文集之中，那就只須說文集幾卷好了，所以這是一種進步。不但如此，編入文集，也就再要加以類聚區分，才能眉目清楚。這種情形，在編選總集尤其需要。所以曹丕《論文》只分四科，陸機《文賦》也不過分到十種，至摯虞撰《文章流別集》，就分得更繁。這種愈析愈細的趨勢是必然的，——尤其在應用到編總集的時候，更是當然的。所以蕭統《文選》就不得不分得更細，別爲三十九目②。章學誠《文史通義．詩教》下篇，攻擊蕭《選》分體，幾無完膚，但是曹丕早已說過：「夫文本同而末異」，文體之分，正在要指出末的方面之不同。那麼多立名目，也不能說有什麼嚴重的錯誤。

《文心雕龍》之論文章體制，就比較精密。第一，以文筆分類。劉師培《中古文學史》云：「即《雕龍》篇次言之，由第六迄第十五，以明《詩》、《樂府》、《詮賦》、《頌贊》、《祝盟》、《銘箴》、《誄碑》、《哀弔》、《雜文》、《諧隱》諸篇相次，是均有韻之文也；由第十六迄於第二十五，以《史傳》、《諸子》、《論說》、《詔策》、《檄移》、

《封禪》、《章表》、《奏啓》、《議對》、《書記》諸篇相次，是均無韻之筆也。此非《雕龍》隱區文筆二體之驗乎？」這是一點。第二，以性質別體，並不拘於形貌。如頌贊、祝盟、銘箴、誄碑、哀弔、諧隱、論說、詔策、檄移、章表、奏啓、議對、書記諸篇，都是選擇兩種文體之性質相近者合而論之。這樣，各體同異之間可以分得更清楚。第三，無可分者則別爲一類，如於有韻之「文」則把對問、七發、連珠等都納入雜文一類；於無韻之「筆」則把譜、籍、簿、錄、方術、占、式等附於書記一類。這樣，又把一些正在發展，暫時不能獨立的都能有個歸宿。大綱細目，羅羅淸疏，可說對於文體的辨析，基本上確定了基礎了。

《文心雕龍》之於文體，不但辨析，而且再加闡說。㈠給予各體明白適當的定義，如「詩者持也」「賦者鋪也」之類。㈡辨別各體不同的風格，如論「頌」則謂「敷寫似賦而不入華侈之區，敬愼如銘而異乎規戒之域」之類。㈢論述各體的源流，說明它的演變，這在《文心》論文體各篇又都是這樣的。㈣評述各體之代表作家及代表作品，作爲各體的標準模範。以上㈠㈡兩項，同於陸機《文賦》而疏解較詳，第㈢項同於摯虞《流別》而論述較備，第㈣項又略同曹丕《典論》、李充《翰林》而評斷較允，所以即就文體的研究而論，《文心雕龍》也可說是集以前之大成了。

從文體的辨析再進一步，於是就提出了「文」「筆」的問題。

---

② 文選分目，有賦、詩、騷、七、詔、册、令、教、文、表、上書、啓、彈事、箋、奏記、書、移、檄、對問、設論、辭、序、頌、贊、符命、史論、史述贊、論、連珠、箴、銘、誄、哀文、哀策、碑文、墓誌、行狀、弔文、祭文諸稱。

文筆問題是怎樣產生的呢?就是從漢人「文學」「文章」之分再作進一步的分析而產生的。梁蕭繹(元帝)《金樓子·立言》篇說:「古之學者有二,今之學者有四。」所謂有二,就是指漢人文學文章之分;所謂有四,就是從「文學」中分出「儒」與「學」,從「文章」中分出「文」與「筆」。我們試看《文心雕龍·總術》篇也這樣說:「今之常言有文有筆」,又說「別目兩名,自近代耳」。這些話就可與《金樓子·立言》篇相印證。這樣,可以知道一切溯源之說,如阮元《文言說》、《文韻說》及《書文選序後》諸文,以《易》之《文言》為千古文章之祖,而梁光釗《文筆考》,更加推闡,說孔子所作《文言》是文,《春秋》是筆,就不免近於臆說不足為據。即劉天惠《文筆考》謂西漢以經與子為藝,詩賦為文,以此為文筆之始,也不妥當③。漢人可能有些朦朧的看法,但是不會像南朝人這樣分析得明確。

為什麼到了南朝會從「文章」一名,作進一步的分析呢?這關鍵就在文體的辨析,因為從辨析文體的結果,就很容易體會出,也就是歸納出「文」「筆」兩大類。

於何證之?我們只須看「文」「筆」之稱在習慣使用上的意義就可以明白,南朝文筆的分別是從辨析文體得來的。文筆之分雖始於南朝,但是文筆之稱卻不始於南朝。《漢書·司馬相如敘傳》稱「文艷用寡,《子虛》、《烏有》」,而《樓護傳》亦有「谷子云筆札」之語,似乎漢人就有文筆的分別,但是這分別是很朦朧的。這所謂的「文」和「筆札」,只泛言兩人的著述,並不能看出對立的意義。這和《論衡·超奇》篇所說的「文筆不足類也」,把文筆組成連語的用法是一樣的。後來如《晉書·蔡謨傳》稱:「文筆議論有集行於世」,《習鑿齒傳》

③ 梁光釗、劉天惠二文均見《學海堂集》。

稱：「以文筆著稱」，《文苑．張翰傳》稱：「其文筆數十篇行於世」，《曹毗傳》稱：「所著文筆十五卷傳於世」，以及《袁弘傳》稱：「桓溫重其文筆專綜書記」等，這些都是文筆二字連綴成詞的例④。凡這些連綴而成的連語，事實上不一定指對稱的「文」和「筆」，也可能指一切屬綴的文辭。這就是習慣使用上的意義，並不是當時人加以分別後的意義。這一點是我們首先必須弄清楚的。明白這一點，然後知道當時人所謂「文筆」，有時也沿用習慣使用的意義，並不能看作對立的「文」和「筆」。不但「文筆」是這樣，就是「辭筆」「詩筆」之稱，有時也是這樣的。這一點說明些什麼呢？這就說明了「文筆」之稱原來統指一切的文辭，也就是統指所有的文體。到後來從形式上或性質上辨析文體而得到新的體會，於是就利用這「文筆」的名稱而析之爲二，因爲原來也可以分開用的。正因這樣，所以在當時文筆之義還有前期後期的分別。不論在前期也好，後期也好，前後期的解釋各不相同也好，總之都是利用舊名稱來作分別的標準，在這一點上卻是一致的。正因這樣，所以在當時還有「辭筆」「詩筆」「詩文」「文史」「文記」諸稱，這些名稱也是原來區別文體的舊名稱，不過到這時，就另外賦予新意義罷了。這樣，所以我們說文筆之分是從漢以來文章日多，辨析文體以後逐漸獲得的結果，同時，也是駢文講究對偶聲律的結果。

---

④《國文月刊》七十三期王利器《文筆新解》謂「文筆之分，求之晉人造述，實有跡象可尋」。因舉《古文苑》聞人牟准《魏敬侯衛覬碑陰文》「所著述注解故訓及文筆等甚多，皆已失墜」爲例。此亦文筆二字連綴成詞之例。又舉《抱朴子．外篇自序》云「凡著內篇二十卷，外篇五十卷，碑頌詩賦百卷，軍書檄移章表箴記三十卷」，謂此即以文筆分類。是晉人也可能比漢人更進一步，有比較明晰的分別。

把文筆對舉而再說明它的區別，則是開始於南朝的。《南史．顏延之傳》：「宋文帝問延之諸子才能。延之曰：『竣得臣筆，測得臣文。』」這是文筆二字對立分用的開始。范曄《獄中與甥侄書》云：「手筆差易，文不拘韻故也。」那再說明了文與筆形式上的不同。這是當時人分別「文」「筆」的意義，所以《文心雕龍．總術》篇說：「今之常言有文有筆，以爲無韻者筆也，有韻者文也。」這可以證明這是當時人給「文」「筆」的新意義，但是這還是前期的見解。

劉勰之撰《文心雕龍》是在齊末，所以論文章體制的時候，明明以文筆區分，但是講到文筆分別的時候，還是根據當時一般講法只重在形式之區分。至如《金樓子．立言》篇所說：「屈原、宋玉、枚乘、長卿之徒止於辭賦則謂之文。……至如不便爲詩如閻纂，善爲章奏如伯松，若此之流泛謂之筆。」又說：「吟詠風謠流連哀思者謂之文。……筆，退則非謂成篇，進則不云取義，神其巧惠，筆端而已。至如文者，惟須綺縠紛披，宮徵靡曼，脣吻遒會，情靈搖蕩。」那就顯然和劉勰所說不同。他以情靈搖蕩流連哀思者謂之文，善爲章奏善緝流略之流謂之筆，明明是著眼在性質上之差異，不僅是有韻無韻形式上的不同了。在《金樓子》以前雖也有一些見解重在性質的分別，但是總沒有說得這般淸晰而肯定的。又在《金樓子》中雖猶以吟詠風謠者謂之文，不便爲詩者謂之筆，似乎也重在形式上的區分，但與專在形式上作區分者總是不同，所以這是文筆區分之後期的見解。後世如阮元等只知有韻無韻之分，泥於形式來講南朝的文筆，當然不免成爲曲解了。但是阮元的《文韻說》還是有一定的見地的。

此外，「辭筆」「詩筆」「文史」「文記」諸稱也常見南朝文士引用，實在可以看作「文筆」的同義詞。不過這些名稱，六朝人用法也還有些分別。這在下文還要說明的。

現在，我們首先應當提到的，就是當時人是不是僅僅只知文筆的分別；說得再廣一些，就是當時人是不是只知辭筆、詩筆、文史、文記諸稱的分別。不，我們要知道當時人除文筆、辭筆、詩筆等等名稱之外，還有「筆」和「言」或「語」的分別。這分別更重要。由於有這一個分別，才能對文學認識得更清楚。

「言」或「語」是對「筆」而言的。「筆」是「言」與「語」之文者；「言」與「語」則所謂「直言之言，論難之語」而已。自阮元《文言說》以單行的古文爲古人所謂「直言之言，論難之語」，於是阮福《文筆對》遂以「直言無文采者爲筆」。劉天惠《文筆考》亦以筆「爲直言序述之辭」。這種錯誤，都由於把「筆」當作直言。而這種錯誤之所由產生，又在泥於形式以論六朝的「文」「筆」，以偶語韻文爲「文」的緣故。既以偶語韻文爲「文」，當然不得不以散體直言爲「筆」。實則筆之與言，正不相同。《文心雕龍．總術》篇引顏延之說云：「筆之爲體，言之文也。經典則言而非筆，傳記則筆而非言。」此數語定「筆」與「言」的分別正極分明。筆雖不必如文之「綺縠紛披，宮徵靡曼」，然而也決不同於「直言之言」與「論難之語」，所以爲「言之文」。而劉勰乃不以爲然，認爲「《易》之《文言》豈非言文；若筆不言文，不得云經典非筆矣。將以立論，未必其論立也」。實則顏延之所言是就經典的共相言之，所以稱爲「言而非筆」；劉勰所言，只指《易》之《文言》，是就經典一部分的特點言之，不是同一對象，不能引來作證。再有，顏延之所言，是就「筆」和「言」的分別講的，並不是就「筆」和「文」的分別講的。而劉勰乃牽涉到「文」「筆」的分別，當然更不得要領了。

現在，再就當時史籍之以筆與言對舉者證之。《晉書．樂廣傳》云：「廣善清言而不長於筆，將讓尹，請潘岳爲表。岳曰，當得君意。廣乃作二百句語述己之志。岳因取次比，便稱名筆。」我們就從這一節來看，就可知道「語」和「筆」不同。所謂「因取次比」就是所以文飾其「言」，文飾其言，當然可以成爲名筆了。這也可以說晉人已有筆和言語的分別，不過這分別還是朦朧的，所以到南朝還會引起劉勰對顏延之不同的意見。

這個區分所以重要，就因爲這樣一分，「言」和「語」可不在文學範圍之內，而對於文學的認識，也就更清楚。

「言」和「語」爲什麼不在文學範圍之內，就因爲它根本不成爲「文章」。漢代有「文學」「文章」之分，「文章」就是現在人所說的文學作品。當時人把「文章」與「文學」合而爲一，所以以「文學」作爲屬綴文章的學問，而以「文章」爲文學的作品。這樣用法，和現在正相一致，所以「文章」「文學」只是一件事的兩種看法。《北史．李昶傳》云：「文章之事不足流於後世」，此所謂「文章之事」，就是指「文學」。下文再接著說：「故所作文筆了無藁草」，這所謂「文筆」就是指「文章」。正因他不重視文學，所以也不重視自己所寫的文章。《梁書．簡文帝紀》云：「引納文學之士，賞接無倦，恆討論篇籍，繼以文章。」此所謂「文章」就指文學的作品，所以討論文章必須引納文學之士。這是當時人從體制上認清了「文章」的意義，不把「言」和「語」混稱爲「筆」，所以才能進一步認識到「文學」的性質，把「文學」與「文章」合而爲一。

「文章」，是指文學作品說的，所以對於文學作品的區分，只能重在形式方面，體制方面，因此，有韻無韻就成爲區分文筆的標準。當時人再有詩筆之稱，如劉孝綽有「三（孝儀）筆六（孝威）詩」之語，《任昉傳》有「任（昉）筆沈（約）詩」之目，也是形式體制上的分類。至於沿用舊稱以詩文對擧的，也是這樣。

把文學與文章合而爲一，才能明確「文學」的性質，於是所謂「文學」也就能獨立自成一科，不再看作學術的總稱了。宋文帝立四學，命雷次宗立儒學，何尚之立玄學，何承天立史學，謝玄立文學；其後明帝立總明館亦分「儒」「道」「文」「史」「陰陽」爲五部。這樣，「文學」一名之含義，始與現在一樣。所以說當時人對文學的認識，比以前更清楚。

「文學」，是就它的性質說的，是就它可以獨立成爲一科的性質說的。因此，從性質方面再區分，也就看出了情靈搖蕩，流連哀思，和善爲章奏，善緝流略，顯然再有性質上的分別。所以文筆之分也可以著眼在性質上的不同。當時人文史之稱，也和文筆相同。潘岳《西征賦》云：「長卿（司馬相如）淵（王褒字子淵）雲（揚雄字子雲）之文，子長（司馬遷）政（劉向字子政）駿（劉歆字子駿）之史」，文史對舉，也和文筆對學一樣。《金樓子・立言》篇說：「任彥升甲部闕如，才長筆翰，善緝流略，遂有龍門之名。」可知任昉所以以筆著名，正因他長於史才。《陳書・岑之敬傳》稱：「之敬始以經業進，而博涉文史，雅有辭筆」，「文史」與「辭筆」正是修辭互文易辭之例。從他所讀的來講，則稱「文史」，從他所寫的來講，則稱「辭筆」。所以「文史」也可以看作「文筆」的異稱。又再有文記之稱，也是一樣。《後漢書・文苑・葛龔傳》云：「和帝時以善文記知名，……著文、賦、碑、誄、書記十二篇。」「文記」之稱，究竟是不是後漢時已有的，或是范曄所創的固不得而知，但是「記」有記室書記之義，和當時所稱善爲章奏的「筆」，正相符合，所以「文記」也可以看作「文筆」的異稱。而這些異稱，就都是重在性質上分別的。

至於「辭筆」之稱則與「文筆」一樣，可以作爲形式上的分別，也可以作爲性質上的分別。如《南史・孔珪傳》「與江淹對掌辭筆」，《陳書・岑之敬傳》「博涉文史，雅有辭筆」之類，也是文筆的異稱，不過用得比較少一些罷了。

這樣，我們可以明確地說：就文學性質言，可以分爲「文」「筆」兩種，「文」指詩賦，兼及箴銘、碑誄、哀弔諸體屬於純文學一類的作品；「筆」指章奏、論議、史傳諸體，屬於雜文學一類的作品。所以不稱「文筆」也可稱「文史」或「文記」。文章既指文學的作品，所以就文學體制言，也可分爲「文」「筆」兩種，「文」指有韻之作，「筆」是無韻之作。有時不稱「文筆」，也可稱「詩筆」或「詩文」。總括來說：文筆、文史、文記諸稱都可以作爲「文學」這一共名中的分名；文筆、詩筆、詩文諸稱，又可以作爲「文章」這一共名中的分名。

明「文學」為文與筆之共名，則知《文苑傳》中之人物，即所謂文學之士，不妨兼擅文與筆。《梁書・鮑泉傳》：「兼有文筆」，《周書・劉璠傳》：「兼善文筆」，即是其例。侯康《惠氏後漢書補注跋》乃謂：「六朝以有韻為文，無韻為筆；兩漢文章惟詔策、章奏等無韻，其密爾自娛者則皆有韻。文苑諸子不與漢廷大事，故文多筆少，蔚宗因以文苑名篇。」這錯誤就在用文章體制的文筆來解釋文學的文筆。《文苑傳》之所謂「文」，乃是指文學之「文」而言。指文學之「文」而言，則所謂「文學之士」，那能不「善為章奏」，那能不「善緝流略」！

明「文」或「文章」為文與筆或詩與筆之共名，則知文集中之所薈萃，即所謂文章著述，又不妨兼賅詩與筆。當時阮孝緒撰《七錄》，即以文集別為一類，而時人文集，大率兼包詩筆二體。《北史・蕭圓肅傳》云：「撰時人詩筆為《文海》四十卷」，亦即其例。這樣，就可以知道蕭統《文選》所以兼輯詩筆，而劉勰《文心》亦總論韻散的緣故了。阮元《文韻說》不明此義，泥於有韻為文之說，於是對於無韻之文，只能以句中宮商當之。此說只說對了一半，不能包括「文」的全部，所以沒有得到當時許多人的同意。

阮元之論文既謬，於是其論筆也未當。他們最大的錯誤，即在硬以散行者為筆。阮元《文韻說》云：「今人所便單行之語，極其奧折奔放者，乃古之筆，非古之文也。」梁國珍《文筆考》也說：「韻語比偶者為文，單行散體者為筆。」這種講法，章炳麟就不以為然，他的《文學總略》說：「《南史・任昉傳》：『既以文才見知，時人云任筆沈詩』；《徐陵傳》：『國家有大手筆，必命陵草之。』詳此諸證，則文即詩賦，筆即公文，乃當時恒語。阮元之徒，猥謂儷語為文，單語為筆，任昉與徐陵所作，可云非儷語耶？」今案日本弘法大師《文鏡秘府論》中之《論諸病》，每先舉五言詩為例，次論賦頌，又次及諸手筆，而諸手筆所舉之例，正是全屬儷語，則知章說為是。蓋時人之所謂「筆」，本與駢散無關，所以可兼駢散二體。其有以駢體為筆者，此《金樓子》所謂

「善爲章奏」者是；其有以散體爲筆者，則又《金樓子》所謂「善緝流略」者是。阮元所謂奧折奔放者只能指後一種，而不足以賅章奏；章炳麟所謂「公文」者，又只能指前一種而不足以包乙部。大抵手筆之稱原指公文，所以《漢書・樓護傳》有「谷子云筆札」之語；其後範圍稍廣，始兼賅乙部，所以《隋書・經籍志》又有《前漢雜筆》、《吳晉雜筆》諸書。

最後，將上所論證，列爲概括的表式如次：

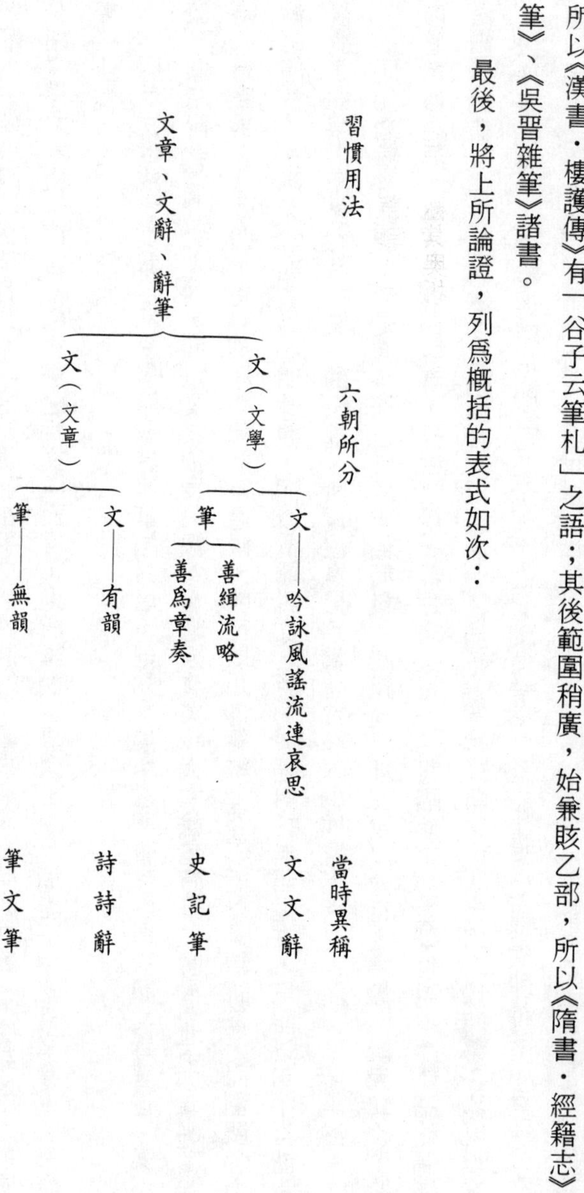

◎二〇　風格與神氣◎

《文心雕龍・體性》篇說：

> 若總其歸塗，則數窮八體：一曰典雅，二曰遠奧，三曰精約，四曰顯附，五曰繁縟，六曰壯麗，七曰新奇，八曰輕靡。典雅者，熔式經誥，方軌儒門者也；遠奧者，馥采典文，經理玄宗者也；精約者，核字省句，剖析毫釐者也；顯附者，辭直義暢，切理厭心者也；繁縟者，博喻醲采，煒燁枝派者也；壯麗者，高論宏裁，卓煉異采者也；新奇者，擯古競今，危側趣詭者也；輕靡者，浮文弱植，縹緲附俗者也。故雅與奇反，奧與顯殊，繁與約舛，壯與輕乖，文辭根葉，苑囿其中矣。

此所謂八體，不是指文章的體制而是說文章的風格，就文章的風格而加以區分，這應當算是最早的材料了。後來日本《文鏡秘府論》卷四《論體》篇，有博雅、清典、綺艷、宏壯、要約、切至六目，就是本《文心雕龍》所舉八體，稍加改易而去了新奇輕靡二體。唐代皎然《詩式》以十九字括詩之體，司空圖有二十四《詩品》，雖品目較多，然而沒有《文心雕龍》所說的扼要。蓋劉氏所說的八體，可以歸納爲四類：雅與奇爲一組，奧與顯爲一組，繁與約爲一組，壯與輕爲一組。這四組就是所由構成風格原因的四類。雅與奇指體式言，體式所以會形成這兩種不同的風格，就視其所習，所以說：「體式雅鄭鮮有反其習。」奧與顯指事義言，事義所以會形成這兩種不同的風格，又視其所學，所以說：「事義淺深未聞乖其學。」繁與約指辭理言，構成之因視其才，所以說：「辭理庸俊莫能翻其才。」壯與輕由風趣言，構成之因視其氣，所以說：「風趣剛柔寧或改其氣。」在這裡，雅奇、奧顯、繁約、壯輕是兩種相等的不同的風格，雅鄭、淺深、庸俊、剛柔，又是兩種相對的表示優劣的評語，兩相配合，固然不能盡當，但是雅奇和習，奧顯和學，繁約和才，壯輕和氣，卻是很有關係的，所以我們還可以這樣比附。在此四類之中再可以綜爲二綱，這即是他所說的「情性所鑠，陶染所凝」。情性出於先天，所以才和氣可以合爲一組，所謂「才有天資」。陶染出於後天，所以學和習又可合爲一組，所謂「學慎始習」。

才和氣的關係即《體性》篇所舉「賈生俊發故文潔而體清，長卿傲誕故理侈而辭溢」諸例。他總結所學各例說：「觸類以推，表裡必符，豈非自然之恆資，才氣之大略哉？」這就說明了個性和風格的問題。

學和習的關係，即《定勢》篇所說：「模經爲式者自入典雅之懿；效騷命篇者，必歸艷逸之華。」以及「章表、奏議則準的乎典雅，賦頌、歌詩則羽儀乎清麗，符檄、書移則楷式於明斷，史論、序注則師範於覈要，箴銘、碑誄則體制於宏深，連珠、七辭則從事於巧艷」。他如《文鏡秘府論．論體》篇所說：「稱博雅，則頌論爲其據；語清典，則銘贊居其極；陳綺艷，則詩賦表其華；敍宏壯，則詔檄振其響；論要約，則表啟擅其能；言切至，則箴誄得其實。」這都說明了文章體制和風格的問題。

此外，《文心雕龍》還有《時序》一篇說明風格與時代的關係，《物色》一篇說明風格與地域的關係，也可以作參考。風格問題，本來也是受當時玄學的影響，多少不免帶些唯心的色彩，不過像《文心雕龍》這樣講，說明風格和種種具體事實的關係，尚不致令人有不可捉摸的感覺。

因此，我們可以再從這個觀點上，討論他所指出的「神」與「氣」的問題。

先講他的論「神」。《神思》篇說：「至於思表纖旨，文外曲致，言所不追，筆固知止。至精而後闡其妙，至變而後通其數，伊摯不能言鼎，輪扁不能語斤，其微矣乎！」這些話好似說得神秘一些，似乎是「不可說不可說」了，其實《神思》篇中所講，還是比較具體的問題。例如：

神居胸臆，而志氣統其關鍵；物沿耳目，而辭令管其樞機。樞機方通，則物無隱貌；關鍵將塞，則神有遁心。是以陶鈞文思，貴在虛靜，疏瀹五藏，澡雪精神。積學以儲寶，酌理以富才，研閱以窮照，馴致以懌辭，然後使玄解之宰，尋聲律而定墨，獨照之匠，窺意象而運斤。此蓋馭文之首術，謀篇之大端。

這些話就說得很具體。他說「樞機方通，則物無隱貌，關鍵將塞，則神有遁心」，指的就是感興，感興好似不可捉摸，但是可從養氣得來，所以說「陶鈞文思貴在虛靜」。至於所謂「積學以儲寶，酌理以富才」，這是很具體的致力之方；「研閱以窮照，馴致以懌辭」，也是很切實的加工之法。所以下文說：「是以臨篇綴慮，必有二患：理鬱者苦貧，辭溺者傷亂，然則博見爲饋貧之糧，貫一爲拯亂之藥，博而能一，亦有助乎心力矣。」至其言「氣」，約有三義：有《養氣》篇所說的「氣」，有《體性》篇所說的「氣」，再有《風骨》篇所說的「氣」。

《養氣》篇所說的「氣」，其義與「神」相近，指的是神氣。所以說：「率志委和，則理融而情暢；鑽礪過分，則神疲而氣衰。」神和氣是相提並論的。這些話就是《神思》篇所說的「陶鈞文思貴在虛靜」。所以說：「是以吐納文藝，務在節宣，淸和其心，調暢其氣，煩而即捨，勿使壅滯。意得則舒懷以命筆，理伏則投筆以卷懷，逍遙以針勞，談笑以藥倦，常弄閒於才鋒，賈余於文勇。」這樣，在人講，是氣旺神酣之時，就文講，成機神洋溢之境，可知抽象的風格，還是根據具體的條件。

《體性》篇所說的「氣」，其義與「性」相近，指的是才氣。所以說，「氣有剛柔」，所以說，「風趣剛柔寧或改其氣」。這即是後人所說的陽剛陰柔之美。氣有清濁，不可力强而致；氣有剛柔，也是情性所煉。這即是所謂「沿隱以至顯，因內而符外」。所以說：「氣以實志，志以定言，吐納英華，莫非情性。」那麼，風格由於個性，這也不是玄妙之談了。

《風骨》篇所說的「氣」，其義與「勢」相近，指的是語氣。劉氏說：「結言端直，則文骨成焉；意氣駿爽，則文風清焉。」又說：「練於骨者，析辭必精，深乎風者，述情必顯。」然則「骨」在說得精，「風」在說得暢。後來古文家論文主「氣」，就因爲駢文家爲了講究塗飾，甚至氣不能舉其辭，成爲行文之累。而他呢，在駢文風行的時候就注意到這個弊病。所以說：「若豐藻克贍，風骨不飛，則振采失鮮，負聲無力。是以綴慮裁篇，務盈守氣，剛健既實，輝光乃新。」他認爲不修飾文辭，固然不妥，只顧到堆砌，也有流弊。所以說：「若瘠義肥辭，繁雜失統，則無骨之徵也。思不環周，索莫乏氣，則無風之驗也。」所以再說：「若風骨乏采，則鷙集翰林，采乏風骨，則雉竄文囿，唯藻耀而高翔，固文筆之鳴鳳也。」

這樣，他的論神論氣，都是比較切實，並不涉於虛玄。後人論文，反在幾個抽象名詞上邊弄玄虛，那就不足道了。

◎二一　永明體與聲律問題◎

假使我們要說明當時永明體與聲律問題，首先必須分別韻文與非韻文的體制。在當時，有韻之「文」與無韻之「筆」二種分別，所以當時永明體對於聲律的考究，也有韻文與非韻文兩方面。

先從韻文來講：當時的永明體和以前的詩歌，在音節上究竟有些什麼不同？這我們可以舉出幾點：㈠古詩歌謠重在內容的律聲，所以節奏的組合可以跟著不同的內容規定不同的音節，長短錯落，沒有一定，而永明體就偏重在外形的律聲了。永明體雖不致和律體一樣嚴格規定一定的句數，但是已和漢魏古詩不一樣，漢魏古詩即使也講平衡整齊，不重錯落，但是至少長短是沒有固定的，永明體就不免逐漸走上比較固定的長短規律，所以重在外形的律聲。㈡古詩重在自然的音節，所以雖是韻文，依舊和口語相接近，它的音節重在合於語言的協調，所以可以利用語言中雙聲疊韻的優點，發揮語言的音節之美。而永明體就只看到一個個方塊文字的組合，所以永明體的音節也就只能重在每個字的平仄四聲的關係，而對於雙聲疊韻的連用或複用（連語除外），反而看作病犯了。所以以前古詩的音節是自然的音節，而永明體的音節，是人爲的音律。

至於從非韻文講，則所有散文，雖有噓吸疾徐之勢，成爲抑揚抗墜之節，但是因爲是誦說的音節，所以也只成爲內容的律聲。古文家之所謂文氣，一樣可以讀出抑揚頓挫的調子，就是這個道理。駢文，也是散文中間的一種，不過因爲這種文體，講究儷偶，是利用方塊文字的特點，所以形式上可以整齊，音節上也就可以利用永明體韻文的聲律，使駢文的音節成爲進一步的發展，這是永明體「宮羽相變，低昂互節」的原則可以應用到駢文上去的原因。再有，以前的駢文，不是不講音節，但講的是自然的音調。司馬相如所謂「一宮一商」，陸機所謂「音聲迭代」，都就自然的音調說的，所以鍾嶸說「但令清濁通流，口吻調利，斯爲足矣」。到了這時候，既規定了條件，「務爲精密」，以便「襞積細微」「文多拘忌」，那就不能不算是人爲的音律了。所以從駢文與散文講，則散文是內容的律聲，是誦說的音節；而駢文就比較接近外形的律聲，也就是比較接近吟詠的音節。從以前的駢文和永明時的駢文講，則以前的駢文還可算是自然的音調，而永明體的駢文就成爲人爲的音律了。《文鏡秘府論》所引文筆式云：「韻者爲文，非韻者爲筆，文以兩句而會，筆以四句（而）成，文繫於韻，兩句相會，取於諧合也；筆不取韻，四句而成，住於變通。故筆之四句，比（原作此）文之二句。」這就可以看出韻文的音節和非韻文的音節之分別，而同時也可以看出永明後的駢文和永明前的駢文，其音節是有些不同的。所以我們可以說當時永明體所提出的聲律問題，其影響所及實在是及到韻駢兩方面的。

那麼，當時怎樣提出聲律問題，創成永明體的呢？這也可以分兩方面講。

一、從文學方面講，由辭賦逐漸演變爲駢文，實在可以看作文學逐漸離開口語，而創成另一種以發揮文字特點爲重點的書面語。這樣，對於文字的配合也就很容易從形義的對偶，進一步注意到音節的問題。宋范曄《與甥侄書》中說：「性別宮商，識清濁，斯自然也。觀古今文人多不會暸此處；從有會此者，不必從根本中來。言之皆有實證，非爲空談。」齊梁間王融論音律亦謂惟范曄謝莊差能識之（見鍾嶸《詩品敍》），可見范曄對於音律是有些研究的。雖則他所謂從根本中會暸的實證，不曾明白說出，但是他這樣自負，也的確可說是接觸到聲律的問題。所以就駢文演進的趨向言，從自然的音調，講到人爲的音律，可說是符合當時一般文人的要求的。因爲知其然，還要明其所以然；明其所以然，也就要把它定爲規律，應用到寫作上去。

二、從文字方面講，字音的研究，魏晉以來亦漸注意。魏時李登的《聲類》，晉時呂靜的《韻集》，都已開了研究聲韻的風氣。孫炎作《爾雅音義》亦已創立了反切。宋齊以來，加上佛經轉讀的風氣，於是爲了要把單奇的漢語，適合重複的梵音，也就利用二字反切之學使聲音的辨析，更趨於精密。陳寅恪《四聲三問》一文以爲中國文士依據及摹擬當日轉讀佛經之聲分別定爲平上去三聲，合入聲計之適成四聲，於是創爲四聲之說，撰作聲譜。因此，他說：「借轉讀佛經之聲調，應用於中國之美化文，四聲乃盛行。永明七年二月二十日竟陵王子良大集沙門於京邸，造經唄新聲，爲當時考文審音一大事。故四聲說之成立，適值永明之世，而周顒、沈約之徒又適爲此新學說之代表人。」（《清華學報》九卷二期）這樣看來，永明體之聲律說，一方面也是借助於文字審音的成果。所以這種音節，也就成爲發揮文字特點的書面語之音節。此說甚新，但只能說是原因之一。

這是永明體所由成立，而齊梁文人所以能提出聲律問題的原因。《南史・陸厥傳》說：

> 永明時盛爲文章，吳興沈約、陳郡謝朓、琅琊王融以氣類相推轂。汝南周顒善識聲韻，約等文皆用宮商，將平上去入四聲，以此制韻，有平頭、上尾、蜂腰、鶴膝，五字之中音韻悉異，兩句之內角徵不同，不可增減，世呼爲「永明體」。

所以所謂「永明體」云者，不過是利用聲韻研究的成果，以完成文辭上人爲的音律而已。以前不明瞭聲韻的關係，所以古人只能成爲自然的音調，只能知其然不能知其所以然。當時人本於這種人爲的音律以撰寫文辭，也本於這種人爲的音律以批評文辭。沈約《宋書．謝靈運傳論》云：「王褒、劉向、揚、班、崔、蔡之徒，異軌同奔，遞相師祖，雖清辭麗曲，時發乎篇，而蕪音累氣固亦多矣。」又云：「至於先士茂制，諷高歷賞，子建『函京』之作，仲宣『霸岸』之篇，子荊『零雨』之章，正長『朔風』之句，並直舉胸情，非傍詩史，正以音律調韻，取高前式。」一則議其蕪音累氣，一則稱其音律調韻，這都是以音律作中心的批評。

嚴羽《滄浪詩話》之論詩體，謂以時而論，則有「永明體」「齊梁體」諸稱。其注永明體謂「齊年號，齊諸公之詩」，注齊梁體謂「通兩朝而言之」，似乎永明體和齊梁體僅僅只是時代的關係；實則，所謂「永明體」者，係指其詩中音律的特徵而言；稱「齊梁體」者，又就其作風綺艷及作風之纖麗而言（見姚範《援鶉堂筆記》「格詩」條）。這在上文所引的《陸厥傳》就可以看得很明白。所以我們討論永明體的特徵就應注意聲律的問題。《梁書．沈約傳》稱：「約撰《四聲譜》，以爲在昔詞人，累千載而不寤，而獨得胸衿，窮其妙旨，自謂入神之作。」又沈約的《宋書．謝靈運傳論》亦謂「靈均以來此秘未睹」。所以論到人爲的音律，不得不歸功於沈約。沈約就可看作永明體的領袖。沈約《宋書．謝靈運傳論》中說：

若夫敷衽論心，商榷前藻，工拙之數，如有可言。夫五色相宣，八音協暢，由乎玄黃律呂，各適物宜。欲使宮羽相變，低昂互節，若前有浮聲，則後須切響，一簡之內，音韻盡殊，兩句之中，輕重悉異，妙達此旨，始可言文。

這可以說是當時永明體作家所提出的聲律理論。「宮羽相變，低昂互節」還不過是一個原則問題；重要的在如何本此原則，以做到「一簡之內音韻盡殊，兩句之中輕重悉異」，那就不能不規定人爲的音律了。這人爲的音律，在沈約說來就是「聲」與「病」，在劉勰說來就是「韻」與「和」。「聲」指四聲，四聲的作用固然和句中的音節也有關係，但是更重要的是在於韻的分析。劉勰所謂「同聲相應謂之韻」，即指此而言。以前作詩不是沒有韻，但因對韻的辨析不精，所以平仄也可以通押。到這時，文字的審音既經達到了一定的程度，那麼當然可以利用這些成果用來定韻，這即是永明體的條件所謂「以平上去入爲四聲，以此制韻，不可增減」。這樣以平上去入四聲來定韻，那麼聲調相同當然更覺協調，所以劉勰說「同聲相應謂之韻」。這是一點。再有一點，四聲雖定於永明，也不必永明以前定無此分別。《韓非子・外儲說》已有徐呼疾呼之語，《淮南》高誘注也有緩氣急氣之分，《公羊》何休注再有長言短言之別，那麼昔人發音審調也不能說一無分別。但是儘管有些分別，而始終沒有注意到要應用到文辭上去。這又是什麼原因呢？我們要知道這不完全是析韻不精的關係，更重要的原因，是以前的詩，和樂的關係比較密，所以是歌的音節；此時的詩，完全脫離了歌的關係，所以只成爲吟的音節。由於是吟的音節，所以要講究整齊，而對於韻的分析也不得不嚴。此意，在顧炎武《音論》、江永《古韻標準例言》中都曾說過。顧氏說：「古之爲詩者主乎音者也；江左諸公之詩，主乎文者也。文者一定而難移，音者無方而易轉。」他所謂「音」，就是歌的音節；他所謂「文」，就是吟的音節。吟的韻須分析得嚴，故一定難移；歌的韻可隨曲諧適，故無方易轉。所以江氏謂：「如後人詩餘歌曲，正以雜用四聲爲節奏，詩歌何獨不然。」我們看到在四聲分別既已明晰之後，而詞曲用韻猶且可以平仄互叶，那就可以推知四聲未定以前，儘管在語音方面已有聲調之殊，而詩歌用韻，卻並不欲其分別之嚴。所以當時四聲之分，雖是音韻學上的事情，而永明體卻利用之以定其人爲的音律，正因爲是吟的音節的緣故。

「病」指八病，即平頭、上尾、蜂腰、鶴膝、大韻、小韻、旁紐、正紐八種。這是「和」的問題，即劉勰所謂「異音相從謂之和」。「和」既重在異音相從，當然八病就可以歸到「宮羽相變低昂互節」的原則中，成爲「一簡之內音韻盡殊，兩句之中輕重悉異」了。不過「韻」的關係，永明體分得雖密，畢竟還有標準可以遵循；至於「和」的問題，永明體只提病犯，未定規律，那就比較不容易使人明白。劉勰《文心雕龍．聲律》篇說：「韻氣一定，故餘聲易遣；和體抑揚，故遺響難契。屬筆易巧，選和至難；綴詞難精而作韻甚易。」這就因爲「和」的問題是當時新提出的問題，所以覺得難。昔人行文雖也知道一宮一商之異音相從，但是不從根本中來，也就只成空論。從這點講，永明體提出的聲律問題，雖還不夠具體，但確是獨得之秘，也可謂空前之論。

當時人何以要注意到「和」的問題呢？因爲永明體和古體最不相同的一點，就在於篇幅的簡短。這在王闓運《八代詩選》所定的新體詩很可以看出。由於篇幅之短，所以不能講氣勢，不需要自然的音調，也不適於語言的音節。因此有許多在古詩不成問題的，在永明體就成爲問題。我們只須看杜甫的《北征》詩「靡靡逾阡陌，人煙渺蕭瑟」，及「經年至茆屋，妻子衣百結」諸句，不是句末都用入聲嗎？又如他的《彭衙行》「憶昔避賊初，北走經險艱」，及「參差谷鳥吟，不見遊子還」諸句，不是句末都用平聲嗎？這是八病中間最忌的上尾病，而杜甫又是最講究詩律的人，偏偏做的古詩頗多這些病犯，這不是說明古詩不必顧到這些病犯嗎？這原因就在古詩篇幅闊大，氣勢灝瀚，如長江大河挾泥沙以俱下，何必避忌這些纖小的疵累呢？假使短篇這樣，就能令聲調不響，氣體卑弱，因爲小溪小澗中只宜清澈見底，稍一渾濁就令人生厭了。所以講到「和」的問題，我們還要明白長篇的音節和短篇的音節之不同。

我們了解這一點，那就可以知道「和」的問題，實在是永明體聲律的主要問題。這是從古詩轉變到律詩的樞紐，所以不能以古詩的音節來解釋，也不能以律體的音節來附會。

周春《杜詩雙聲疊韻譜》中解釋沈約《宋書．謝靈運傳論》關於音律的主張，以爲雙聲疊韻的配合對偶，就是「和」的問題。他說：「宮羽相變者，指母而言，即雙聲也；低昂互節者，指韻而言，即四聲也。若前有浮聲者，謂前有雙聲疊韻也；則後須切響者，謂下句再有雙聲疊韻以配之也。一簡之內音韻盡殊者，謂雙聲疊韻對偶變換也；兩句之中輕重悉異者，謂平上去入四聲調諧也。」這些話正誤解了永明體的聲律說。劉勰說得很明白：「雙聲隔字而每舛，疊韻雜句而必睽。」八病中也明明有大韻、小韻、旁紐、正紐四病，怎麼說永明體的聲律，反而要雙聲疊韻配合對偶呢？上文講過，雙聲疊韻是古詩音節的條件，所以我以爲《詩經》《楚辭》之用雙聲疊韻，妙合自然，這是天籟；杜律之用雙聲疊韻，以病對病，因難見巧，則是人籟。至於永明體，一方面不能利用語言中的雙聲疊韻，使它成爲一片宮商，而同時律體未定，當然更不能以病對病，在運用文字技巧上顯出語言的特長，所以雙疊在永明體的五字十字之中實在是病，實在是應當避忌的。錢大昕《潛研堂文集》中說得好：「漢代詞賦家好用雙聲疊韻，如『滭浡滵汩，逼側泌瀄』，『蜚纖垂髾』，『翕呷萃蔡』，『紆余委蛇』之等，連篇累牘，讀者聱牙。故周沈矯其失，欲令一句之中平側相間耳。」（見《音韻答問》卷十五）此說最爲通達。雙聲疊韻之過度濫用，眞足爲行文之累。何況這是文字的音節，何況這是吟的音節，何況這更是五字十字的音節呢！

周氏之弊，在以古詩之音節解釋永明體的聲律。相反的，此外諸家，自日人遍照金剛之《文鏡秘府論》《文筆眼心抄》以及李淑之《詩苑類格》，魏慶之之《詩人玉屑》，王世貞之《藝苑卮言》，和劉大白之《舊詩新話》等，都不免或多或少地泥於律體的音節來妄作揣測。尤其極端的如清代吳鎭之《八病說》（載《松花庵全集》中），索性「專以繩律」，那就更與永明體的聲律不生關係了。

所以我們不要把古詩或律體的音節和永明體的聲律混爲一談。然則，我們怎樣站在永明體的立場以考究八病呢？這有幾點應當注意：

第一點，我們且慢批評，不要管八病是不是弊法，是不是拘滯，或是不是謬妄，以及是病不是病。無疑的，用現在的眼光來看，八病毫無討論的價值，可是，㈠我們先得承認這是永明體的音律，是由「古」到「律」中間的音律，所以就永明體的音律來講，也就不可能避免產生這些不很合理的弊法。㈡更得承認這是利用單音文字的特點所形成的音律，這是文字的音律之初步考究，是律體未定以前的音律說。所以我們考究八病，不是批評八病，也不是爲八病辯護，而是想說明由古到律中間一段音律的問題。

然則沈約自己的詩何以多不合八病的規定呢？於是第二點更須注意：㈠當時的詩有新體舊體二種，沈約所撰有時做舊體，有時做新體，假使依據他所做的舊體詩而核以新定的音律，當然有合有不合。所以我們必得如王闓運《八代詩選》之分別古詩與新體詩，才能了解永明體的音律。㈡在一種新體初起的時候，規律尚未完全確定，事實上也不能不有些出入。這和唐人律詩一樣，就是在沈（佺期）宋（之問）確定律體以後，也有不完全遵用的。四聲問題也是這樣，所以顧炎武《音論》謂天監以前，永明以後，去入仍有混用的地方。這樣，就可以知道沈約諸人之作，和當時的聲律主張，本來也有不盡相合的可能。㈢何況八病之中有輕有重，其避忌有嚴有不嚴，其應當避忌之處也有急有緩，假使以不必定避之病來議沈約矛盾自陷之失，也怎能算是公平呢！㈣沈約所作本有早年晚年之別，當時的新體詩本在試驗期間，其體屢變，直至永明，剛才漸趨固定，所以甄琛以其少時文詠犯聲處以詰難之（見《文鏡秘府論・四聲論》），本屬不很公道的事情。我們知道天監以前去入之辨未嚴，卻並不以此懷疑到沈約的四聲之譜，何以獨對於八病生懷疑呢！⑤

最後講到第三點，即是八病的性質問題。我以為㈠八病應分四組：平頭上尾為一組，是同聲之病；蜂腰鶴膝為一組，是同調之病；大韻小韻為一組，是同韻之病；旁紐正紐為一組，是同紐之病。細目有八，大別則四。㈡於四組之中再應分為兩類。平頭、上尾、蜂腰、鶴膝是就兩句的音節講的，大韻、小韻、旁紐、正紐是就一句的音節講的。因為它是一句中的音節，所以在兩句中就比較寬些，不為病犯。因此，可以知道《南史・陸厥傳》所以只舉平頭、上尾、蜂腰、鶴膝四種而不舉其他四種的緣故；因此，也可以知道《文鏡秘府論》所以說「大韻、小韻、旁紐、正紐四病但須知之不必須避」的緣故。《文鏡秘府論》引劉氏⑥說云：「韻紐四病皆五字內之疵，兩句中則非巨疾」，不是說得很明白嗎？我們明白了八病有這兩類的區分，那麼再來讀沈約《宋書・謝靈運傳論》中「一簡之內音韻盡殊，兩句之中輕重悉異」二語，和《南史・陸厥傳》中「五字之中音韻悉異，兩句之內角徵不同」二語，就可以知道所謂「音韻」，眞應當如鄒漢勛《五韻論》所講謂為紐與韻的問題；

⑤　王通《中說・天地》篇稱李伯藥說詩，有「上陳應、劉，下述沈、謝，四聲八病，剛柔清濁，各有端序」之語，阮逸注謂「四聲韻起自沈約，八病未詳」。但盧照鄰《南陽公集序》說：「八病爰起，沈隱侯永作拘囚」；皎然《詩式》也說：「沈休文酷裁八病，碎用四聲。」可知唐人舊說均以八病為沈約所定。

⑥　據儲皖峯說，劉氏即劉善經，隋時人。

而這紐與韻的問題，也很明顯的是一句內的問題。同時，再可知「角徵」和「輕重」是同一意義。「角徵」二字不妨照《五韻論》所講，以商角爲陰陽平，以徵羽爲去入，各爲一類，看作平仄的分別。「輕重」二字，也不妨如蔡寬夫仇兆鰲諸人之說以清濁平仄當之。而這所謂「角徵」「輕重」云者，又很明顯的是兩句內的問題。

於是，先講平頭上尾。平頭上尾是指兩句五言詩句頭句尾同聲之病。《文鏡秘府論》謂「第一字不得與第六字同聲，第二字不得與第七字同聲。同聲者，不得同平上去入四聲」。此說較古，也最合理。這即是後來律體調協平仄的開始。所以永明體於此病還不完全遵守，而在律體既定之後，此病也當然能免掉了。上尾病比較最嚴，自《文鏡秘府論》以後都認爲：「第五字與第十字同聲爲犯上尾，惟連韻者非病」，也沒有什麼歧解。所以《史通．雜說》言：「自梁室云季，雕蟲道長，平頭上尾，尤忌於時。」

於次，再論蜂腰鶴膝。《文鏡秘府論》以第二字與第五字同聲爲蜂腰，第五字與第十五字同聲爲鶴膝。此說不很可信，因爲：㈠與蜂腰鶴膝的名稱沒有關係，㈡永明體的聲律只講兩句間的關係，此卻論到三句。㈢後來的律體詩也不以此爲病犯。因此，我們採用《蔡寬夫詩話》之說。蔡氏謂「所謂蜂腰鶴膝者蓋又出於雙聲之變。若五字首尾皆濁音而中一字清，即爲蜂腰；首尾皆清音而中一字濁，即爲鶴膝」。此說未知其所本，但是他以字音的清濁解釋當時的聲律說，竊以爲最爲近是。理由有三：㈠蜂腰鶴膝之義，應當是指兩頭粗中央細的爲蜂腰，兩頭細中央粗的爲鶴膝。所以蔡說最近情理。劉大白《舊詩新話》「八病正誤條」，認爲指腰和膝的地位，未必可靠。㈡蜂腰鶴膝的分別，正因爲僅僅是兩頭粗細的關係，所以極易混淆。《文鏡秘府論》引沈氏說云：「人或謂鶴膝爲蜂腰，蜂腰爲鶴膝，疑未辨。」假使眞如昔人所說是第二第五字或第五第十五字的關係，那麼很容易辨別，又怎麼會弄錯呢！㈢鍾嶸《詩品序》言「蜂腰鶴膝閭里已具」。這是聲病初起時人說的，是關於蜂腰鶴膝最早的議論，假使蜂腰鶴膝眞是避忌第二字與第五字的同聲，第五字與第十五字的同聲，那麼何能謂爲

「閭里已具」！所以根據上述理由，覺得只有蔡寬夫說較爲近是；因爲辨別聲音之清濁輕重，則歌謠諺語中也可能有各種調協方法的。

那麼，蔡氏所謂「清濁」，指些什麼呢？蔡氏說過：「四聲中又別其清濁以爲雙聲，一韻者以爲疊韻，蓋以輕重爲清濁爾，所謂前有浮聲則後有切響者是也。」根據此節，可知蔡氏所謂清濁，即是輕重。自來音韻學者往往以輕重代平側，或以輕重來說明平側。顧炎武《音論》云：「五方之音有遲疾輕重之不同，……其重其疾則爲入、爲去、爲上，其輕其遲則爲平。」錢大昕《潛研堂集》「音韻答問」云：「古無平上去入之名，若音之輕重緩急，則自有文字以來，固區以別矣。……大率輕重相間，則平側之理已具。」因此，所謂清濁，所謂輕重，也未嘗不可看作平側的異稱。我們要知道有四聲之分然後才有平側之稱。平側之稱是後起的。在當時，或稱爲「輕重」，如沈約《宋書・謝靈運傳論》所謂「兩句之內輕重悉異」，或稱爲「飛沈」，即劉勰《文心雕龍・聲律》篇所謂：「聲有飛沈……沈則響發而斷，飛則聲揚不還。」總之儘管有平側之實，但是所用術語，還不稱爲平側。直到四聲之論十分固定，於是利用輕重飛沈的分別，對於平而言側，才有所謂平側之稱。殷璠《河嶽英靈集序》謂：「至如曹劉詩多直致，語少切對，或五字並側，或十字俱平，而逸韻終存。」平側之分似乎到唐代才有，而平側之實卻是當時所固有。所以，以輕重清濁稱平側，不能算是附會⑦。仇兆鰲《杜詩詳注》謂「今案張衡詩『邂逅承際會』是以濁夾清，爲蜂腰也；如傅玄詩『徽音冠青雲』，是以清夾濁爲鶴膝

---

⑦ 大正新修《大藏經》第八十四卷《悉曇輪略圖抄》卷第七論文筆事，於句末所注之平側聲作（平）（他），可知「他」即對「平」而言，所以平側之稱應屬後起。

也。」這也和蔡寬夫說相近。

這樣講，好似蜂腰鶴膝又成爲一句中的音節了。其實不然，蜂腰鶴膝是相對而言的，所以以清夾濁對以濁夾清，才更顯得是「病」。當時的聲律是顧到兩句的對偶的，因此，蜂腰鶴膝還是兩句的音節，不是一句的音節。意思就是說，從音節的對偶來講，不可能只犯蜂腰或鶴膝一種病的。

最後，可以總講大韻、小韻、旁紐、正紐四病。這四病是一句中的病，所以在永明體不爲巨病，而在律體則以病對病，反而成爲一種聲音之美。鄒漢勛《五韻論》解釋沈約「音韻悉異」之語，謂「音目同紐，韻謂同類。言五字詩一句之中非正用重言連語，不得復用同韻同音之字，犯之即爲病」。這可以算是這四病的總原則。

在這總原則下再從韻的方面來講，則大韻係指與押韻之字同韻之病，小韻則是除韻以外而有迭相犯者，所以《文筆眼心鈔》說：「五字中二五用同韻字名觸絕病，是謂大韻；一三用同音字名傷音病，是謂小韻。」

從紐的方面來講，則旁紐是指雙聲字。馮班《鈍吟雜錄》云：「郭忠恕《佩觿》云：『雕弓之爲敦弓，則又依乎傍紐』，按徵音四字端透定泥，敦字屬元韻端母，雕字屬蕭韻端母，則是旁紐者雙聲字也。」此說找到了昔人所謂旁紐的根據，而且與《文鏡秘府論》、《詩人玉屑》諸書所說相合，所以比較可靠。正紐則指四聲相紐。《封演聞見記》云：「周顒好爲體語，因此切字皆有紐，紐有平上去入之異。」這是紐的根據。所以昔人講到「紐」就往往兼聲與韻而言。仇兆鰲《杜詩詳注》云：「所謂正紐者，如溪起憩三字爲一紐，上句有溪字，下句再用憩字，如庾闡詩『朝濟清溪峯，夕憩五龍泉』是正紐也。」此說解正紐很確，不過當時所謂病犯，是指一句中的音節，不是指兩句中的音節，仇氏沒有注意到這一點罷了。⑧

自從永明體注意到「異音相從」的問題，注意到同音的病犯問題，於是後來才會逐步演變爲律體，完成律詩的音節。這是就韻文的方面說的。其實當時提出的聲律問題，影響所及，並不限於韻文。此後駢體逐漸演為四六，也就是聲律說的影響。《文鏡秘府論》之論諸病，不單限於詩的方面，同樣也舉賦頌銘誄以及各種雜筆為例，可知聲病之說，也是駢文家所遵守的音律。《文心雕龍．聲律》篇說：「凡聲有飛沈，響有雙疊。雙聲隔字而每舛，疊韻雜句而必睽；沈則響發而斷，飛則聲揚不還，並轆轤交往，逆鱗相比，迂其際會，則往蹇來連，其為疾病，亦文家之吃也。」這就說明駢文家的聲律說與古文家的文氣說，有同樣的性質，就是都不要成為「文家之吃」。

聲律說既起，於是同時有提出意見討論的，也有表示反對的。提出討論問題的是陸厥，表示反對意見的是鍾嶸。

沈約《宋書．謝靈運傳論》說：「自靈均以來，多歷年代，雖文體稍精，而此秘未睹。至於高言妙句，音韻天成，皆暗與理合，匪由思至。張、蔡、曹、王曾無先覺，潘、陸、顏、謝去之彌遠。」這話也不免說得誇大

---

⑧　正紐旁紐之說有兩種似是而非的講法，不可不辨。一是劉大白《舊詩新話》之說。他以為「正紐就是正雙聲，例如『關關雎鳩』，關鳩兩字同屬見紐。旁紐就是準雙聲，例如『君子好逑』，君是見紐，逑是羣紐，同屬淺喉音」。此說似就守溫三十六字母確定後的情形而言，當時人尚不知有字母，何從分別正旁！二是周春《杜詩雙聲疊韻譜》之說。他以為「三十六字母有正紐旁紐，平上去入四聲亦有正紐旁紐。字母之正紐旁紐，如『隆』『閭』為正，『宮』『居』為旁是也；四聲之正紐旁紐，如真軫震質為正，之止至質為旁是也」。此說也未嘗不可通，然而當時人何嘗知道陰陽聲之對轉全以入聲為樞紐，而有所謂二平一入之例呢？

一些，自負一些。於是陸厥就有《與沈約書》討論這問題。他說：

夫思有合離，前哲同所不免；文有開塞，即事不得無之。子建所以好人譏彈，士衡所以遺恨終篇。既曰遺恨，非盡美之作，理可詆訶。君子執其詆訶，便謂合理爲暗，豈如指其合理，而寄詆訶爲遺恨耶？自魏文屬論，深以清濁爲言，劉楨奏書，大明體勢之致；岨峿妥帖之談，操末續顚之說；興玄黃於律呂，比五色之相宣。苟此秘未睹，茲論爲何所指耶？愚謂前英已早識宮徵，但未屈曲指的，若今論所申。至於掩瑕藏疾，合少謬多，則臨淄所云，「人之著述不能無病」者也。非知之而不改，謂不改則不知，斯曹陸又稱「竭情多悔」「不可力强」者也。今許以有病有悔爲言，則必自知無悔無病之地；引其不了不合爲暗，何獨誣其一了一合之明乎？意者亦質文時異，今古好殊，將急在情物而緩於章句。情物，文之所急，美惡猶且相半；章句，意之所緩，故合少而謬多。義在於斯，必非不知明矣。……一人之思，遲速天懸，一家之文，工拙壤隔，何獨宮商律呂，必責其如一耶？論者乃可言未窮其致，不得言曾無先覺也。

案陸厥所言不外數端：㈠古人文辭既有會合音律之處，即古人未嘗不明音律。㈡昔人亦有論及音律之處，不得云此秘未睹。㈢昔人急在情物而緩於章句，故不重在音律的考究。㈣一人之文思且有遲速工拙，則於音律當然不免有或合或不合之處。實則陸厥所云，是指自然的音調，沈約所云，是指人爲的音律，根本不是同一事物。惟其爲自然的音調，所以以人爲的音律衡之，就不免有或合或不合之處；即使偶有會合，亦不得謂爲明瞭人爲的音律。至於謂昔人急在情物而緩於章句，則固已自己供出，音律說並非昔人注重的問題了。明白了這一點再來看沈約的答書，然後知道他所謂：「自古詞人豈不知宮羽之殊，商徵之別，雖知五音之異，而其中參差變動，所昧實多」，也就不是强辭答辯了。人爲的音律雖即從自然的音調蛻變而來，但是既已變質，也就不能混爲一談。

至於反對聲律說的，則見於鍾嶸《詩品序》。他說：

> 昔曹劉殆文章之聖，陸謝爲體貳之才，銳精研思，千百年中，而不聞宮商之辨，四聲之論；或謂前達偶然不見，豈其然乎？嘗試言之，古曰詩頌，皆被之金竹，故非調五音無以諧會。若「置酒高堂上」，「明月照高樓」，爲韻之首。故三祖之詞，文或不工，而韻入歌唱。此重音韻之義也；與世之言宮商異矣。今既不被管絃，亦何取於聲律邪？齊有王元長者，嘗謂余云：「宮商與二儀俱生，自古詞人不知之；唯顏憲子乃云律呂音調，而其實大謬，唯見范曄謝莊頗識之耳。」嘗欲造《知音論》，未就。王元長創其首，謝朓沈約揚其波。三賢咸貴公子孫，幼有文辯，於是士流景慕，務爲精密，襞積細微，專相陵架，故使文多拘忌，傷其眞美。余謂文制本須諷讀，不可蹇礙，但令清濁通流，口吻調利，斯爲足矣。至平上去入，則余病未能；蜂腰鶴膝，閭里已具。

他所反對的理由，不外二端：㈠不被管弦，又何取聲律！㈡文多拘忌轉傷眞美。實則這兩點都偏而不全，只知其一而未知其二。詩既不被管弦，當然與音樂脫離關係，那麼詩的音節也就只能向誦說的或吟詠的兩途發展。誦說的音節可以重在自然的音調，不講聲律，但是吟詠的音節就不妨利用，而且也必須利用聲律以助長吟短詠之美。至於因聲律之束縛而傷其眞美，這種現象固是難免，但是因考究聲律而增其眞美的也未嘗沒有。所以關於這方面，沈約鍾嶸也各有理由，不必作左右袒。不過有一點應當注意的，就是形式必須結合內容，假使離開了內容專講形式技巧，也就忽略了文學的任務。所以從這一點講，那麼鍾嶸的主張就比沈約要有意義些。

◎二二　歷史的批評◎

在初期的文學批評，本不免與文學史相混。即如當時論文諸作，鍾嶸的《詩品序》可作爲五言詩的演變史觀，沈約的《宋書．謝靈運傳論》可作爲漢魏六朝的文學史觀，而《文心雕龍．時序》一篇更是規模粗具的文學史了。混文學史與文學批評而爲一，固是不很妥當，但正因著眼在文風之流變，於是㈠文學進化的觀念，㈡文學流別的窺測，㈢文學與歷史的關係，——這些問題，都成爲當時重要的問題了。

文學進化的觀念，自王充葛洪以來，已經不是新鮮的問題了。不過問題雖舊，解說還是可以翻新。梁蕭子顯《南齊書．文學傳論》云：

> 習玩爲理，事久則瀆。在乎文章，彌患凡舊；若無新變，不能代雄。建安一體，《典論》短長互出；潘陸齊名，機岳之文永異。江左風味，盛道家之言，郭璞舉其靈變，許詢極其名理，仲文玄氣猶不盡除，謝混清新得名未盛。顏謝並起，乃各擅奇；休鮑後出，咸亦標世。朱藍共妍，不相祖述。

這是說明建安以後諸家不相祖述之點。「若無新變，不能代雄」，固然是文學進化論的重要觀點，但是他的結論重在「朱藍共妍，不相祖述」，那就不免偏重在形式方面了。由於他們重在形式方面，所以這種新變，儘管如何花樣翻新，結果卻造成了在駢文圈子裡推波助瀾的局面。梁簡文帝《與湘東王書》亦深斥當時模擬的古典文學之非。其言云：

若夫六典三禮，所施則有地；吉凶嘉賓，用之則有所。未聞吟詠情性，反擬《內則》之篇，操筆寫志，更摹《酒誥》之作。遲遲春日，翻學《歸藏》，湛湛江水，遂同《大傳》。吾既拙於為文，不敢輕有掎摭。但以當世之作，歷方古之才人，遠則揚馬曹王，近則潘陸顏謝，而觀其遺辭用心，了不相似。若以今文為是，則古文為非；若昔賢可稱，則今體宜棄。俱為盍各，則未之敢許。

這也說得很有理由，也是本於文學進化的觀點，但是他就不了解當時的復古傾向，正是一個更大的新變。在當時，所謂新變的主張，只是肯定了古樸今麗之說加以推闡而已。所以《梁書．庾肩吾傳》稱「齊永明中，王融謝朓沈約文章始用四聲以為新變」，《南史．徐摛傳》稱「摛屬文好為新變，不拘舊體」，結果，前一個新變成為「永明體」，後一個新變成為「宮體」。新變是新變了，可是每況愈下，愈變而愈濰，這就因為太重在形式，不了解當時文學上主要矛盾的關係。

至於文學流別的窺測，以鍾嶸《詩品》說得最詳。他論各家之作，往往謂其源出某人或某體，所以章學誠《文史通義．詩話》篇說：

《詩品》之於論詩，視《文心雕龍》之於論文，皆專門名家，勒為成書之初祖也。《文心》體大而慮周，《詩品》思深而意遠。蓋《文心》籠罩羣言，而《詩品》深從六藝溯流別也。論詩論文而知溯流別，則可以探源經籍，而進窺天地之純，古人之大體矣。此意非後世詩話家流所能喻也。

他這樣恭維《詩品》固然由於他的偏見，但是文學作風有相互影響的關係卻也是事實。既有影響，當然就有流派；既有流派，也自然可以溯流別。蕭子顯《南齊書・文學傳論》也說「此體之源，出靈運而成也」，「斯鮑照之遺烈也」，可知論文而講源流，本不失為文學批評的一種方法。不過過於泥求，甚至在形式上去推求，就不免近於穿鑿附會了。

此外，論文學與歷史的關係的，以《文心雕龍・時序》一篇講得最詳。他開頭說：「時運交移，質文代變，古今情理，如可言乎！」以下就舉種種例證，說明質文沿時的關係。因此，得出的結論是：「故知文變染乎世情，興廢繫乎時序，原始以要終，雖百世可知也。」

以上各種歷史的批評之主張，對於後世文論，都有很多的啓發。

◎二三　通變問題◎

講到這裡，我們也應當總結一下南朝的文學批評了。上文講過，南朝的文學批評在文學批評史上是有它的地位的。可是，我們要知道這種純藝術的批評也有很大的缺點，那就是脫離現實。所以影響到當時的文學也就有很嚴重的脫離現實的傾向。在當時，脫離實際的玄風是過去了，可是這種風氣卻從思想界轉移到文學界來。起初變為「淡乎寡味」的談玄詩，或是質直自然的隱逸詩，到這時再來了一個「新變」，就成為模山範水的山水文學。這種山水文學和當時隱遁的思想是分不開的，和當時駢儷的文體也是分不開的。山水文學還以描寫見長，再一「新變」就成堆砌塗飾的事類文學。「事類者，蓋文章之外，據事以類義，援古以證今者也。」（見《文心雕龍・事類》篇）引事引言，本來也足以幫助我們表達思想，但是由於崇尚新變的結果，於是只知遵奉陸機「雖杼軸於予懷，怵他人之我先，苟傷廉而愆義，故雖愛而必捐」這幾句話，也就不免捃拾細事，爭疏僻典，或且侈陳古事，使文章殆同書抄了。當時王儉之編《隸事》，梁安成王秀之撰《類苑》，都是供獺祭的材料。

這類文學當然也不會結合實際的。麗辭之外再來一個「新變」，那就變成調協宮商的聲律文學；語其流弊，還成爲襞積細微，文多拘忌，傷其眞美，至演變爲雙聲詩疊韻詩，那就更不足取了。在當時，講究事類和聲律還是比較好的，再來一個「新變」，於是成爲艷歌麗曲之類的靡靡之音，那就不免愈變愈下了。尤其甚者，成爲纖巧輕薄的遊戲文學。假使這是指斥現實的呢，那還有它的價値，可是有些只是文字遊戲。如數名詩、建除詩、藥名詩、星名詩以及宮殿名詩、州名詩、縣名詩等或顚倒使韻的回文詩，在當時多至不可勝擧，這更有什麼價値呢？所以這種風氣也就非扭轉不可了。

扭轉的責任仍在當時的批評界。鍾嶸和劉勰也就在這方面盡了他們應盡的責任。

鍾嶸反對聲律的意見，前面已經講過。其實，他不但反對聲律，他對當時數典隸事的傾向也是很反對的。反對聲律是指沈約的作風講的；反對數典隸事的傾向是指任昉的作風講的。沈約和任昉是當時文壇的領袖人物，時人稱爲沈詩任筆，而鍾嶸卻能毫無顧忌，加以批評，不能不承認他有批評家公正而堅定的美德了。他說：

夫屬詞比事，乃爲通談。若乃經國文符，應資博古；撰德表奏，宜窮往烈。至於吟詠情性，亦何貴用事！「思君如流水」，既是即目。「高臺多悲風」，亦惟所見。「清晨登隴首」，羌無故實。「明月照積雪」，詎出經史！觀古今勝語，多非補假，皆由直尋。顏延、謝莊尤爲繁密，於時化之，故大明泰始中，文章殆同書抄。近任昉王元長等，辭不貴奇，競須新事。爾來作者寖以成俗；遂乃句無虛語，語無虛字，拘攣補衲，蠹文已甚。但自然英旨，罕値其人。詞既失高，則宜加事義。雖謝大才，且表學問，亦一理乎！

這是他的批評宗旨。《詩品》中評顏延之云：「喜用古事彌見拘束」，評任昉云：「動輒用事，所以詩不得奇」，皆本於這種見解。當時裴子野作《雕蟲論》，反對更烈。甚至說：「若季子聆音，則非興國，鯉也趨室，必有不敢。荀卿有言，『亂代之征，文章匿而采』，豈近之乎？」（《全梁文》五十三）這可說比較激烈的主張了。《梁書》本傳稱：「子野爲文典而速，不尚麗靡之詞；其制作多法古，與今文體異。」可知他的作風也是反駢的。這種主張，這種作風，和當時的風氣是相抵觸的，所以梁簡文帝《與湘東王書》，就說他「了無篇什之美」而加以否定了。

鍾嶸在批評上的貢獻還是消極的。劉勰就提出了積極的主張。《文心雕龍・體性》篇說：「夫情動而言形，理發而文見，蓋沿隱以至顯，因內而符外者也。」曰情曰理，就是提出了情感和思想的問題。

從情感說，以《情采》篇說得最明白。他說：

> 夫鉛黛所以飾容，而盼倩生於淑姿；文采所以飾言，而辯麗本於情性。故情者文之經，辭者理之緯；經正而後緯成，理定而後辭暢，此立文之本源也。昔詩人篇什，爲情而造文；辭人賦頌，爲文而造情。何以明其然？蓋風雅之興，志思蓄憤，而吟詠情性，以諷其上，此爲情而造文也。諸子之徒，心非鬱陶，苟馳誇飾，鬻聲釣世，此爲文而造情也。故爲情者要約而寫眞，爲文者淫麗而煩濫。而後之作者，採濫忽眞，遠棄風雅，近師辭賦，故體情之制日疏，逐文之篇愈盛。故有志深軒冕而諷詠皋壤，心纏幾務而虛述人外，眞宰弗存，翩其反矣。……是以衣錦褧衣，惡文太章；賁象窮白，貴乎反本。

此外，如《定勢》篇謂「因情立體，即體成勢」，《章句》篇謂「設情有宅，置言有位」，《物色》篇謂「情以物遷，辭以情發」，都是說明重在情感的意思。

從思想說，又以《序志》一篇說得最明白。他說：

> 予生七齡，乃夢彩雲若錦，則攀而採之。齒在逾立，則嘗夜夢執丹漆之禮器，隨仲尼而南行；旦而寤，乃怡然而喜，大哉聖人之難見哉，乃小子之垂夢歟！自生人以來，未有如夫子者也。敷贊聖旨，莫若注經，而馬鄭諸儒弘之已精，就有深解，未足立家。唯文章之用，實經典枝條，五禮資之以成，六典因之致用，君臣所以炳煥，軍國所以昭明，詳其本源，莫非經典。而去聖久遠，文體解散，辭人愛奇，言貴浮詭，飾羽尚畫，文綉鞶帨，離本彌甚，將遂訛濫。蓋周書論辭，貴乎體要，尼父陳訓，惡乎異端；辭訓之異，宜體於要。於是搦筆和墨，乃始論文。

這是他的論文宗旨，所以開端《原道》篇就說：「道沿聖以垂文，聖因文而明道」，《徵聖》篇也說：「論文必徵於聖，窺聖必宗於經。」（此據唐寫本）而在《序志》篇再總結一句話說：「不述先哲之誥，無益後生之慮。」劉勰何以會有這種復古的思想呢？這就是他的歷史的文學觀和當時一般人不同的地方。當時人只知道「新變」，只知道「踵事增華」，只知道「變本加厲」，卻沒有知道「通變」。通變，才找出了當時文學界的主要矛盾。紀昀所評《文心．通變》篇的話頗能說明「新變」與「通變」的不同。他說：

> 齊梁間風氣綺靡，轉相神聖，文士所作，如出一手，故彥和以通變立論。然求新於俗尚之中，則小智師心，轉成纖仄，明之竟陵公安，是其明徵，故挽其返而求之古。蓋當代之新聲，既無非濫調，則古人之

舊式轉屬新聲。復古而名以通變，蓋以此爾。

當時所謂「新變」，是「求新於俗尚之中」，這是劉勰已經批判過的。《通變》篇說：

是以九代詠歌，志合文則。黃歌斷竹，質之至也；唐歌在昔則廣於黃世；虞歌《卿雲》則文於唐時；夏歌雕牆縟於虞代；商周篇什麗於夏年。至於序志述時，其揆一也。暨楚之騷文，矩式周人；漢之賦頌，影寫楚世；魏之策制，顧慕漢風；晋之辭章，瞻望魏采。榷而論之，則黃唐淳而質，虞夏質而辨，商周麗而雅，楚漢侈而艷，魏晋淺而綺，宋初訛而新，從質及訛，彌近彌澹。何則？競今疏古，風末氣衰也。

他指出當時所謂「新變」的沒有前途，於是他再說明通變的方法：

今才穎之士，刻意學文，多略漢篇，師範宋集，雖古今備閱，然近附而遠疏矣。夫青生於藍，絳生於蒨，雖逾本色，不能復化。桓君山云：「予見新進麗文，美而無采；及見劉揚言辭，常輒有得。」此其驗也。故練青濯絳，必歸藍蒨。矯訛翻淺，還宗經誥。斯斟酌乎質文之間，而檃括乎雅俗之際，可與言通變矣。

這完全以通變爲復古了。因爲這樣通變，認清了文學的任務，認識了文學的本質，所以復古的主張反能成爲革新。唐人主張古詩古文而都能有些成就者，就是這個原因。清代葉燮《原詩》論文學的演變，所謂因變得盛，或因變得衰，其實就是通變和新變的分別。通變則因變得盛，新變則因變得衰。葉燮的意見說得很有條理，其實就是從《文心雕龍》體會得來的。

◎二四　北朝的文學批評◎

唐李延壽《北史．文苑傳序》云：

> 曁永明天監之際，太和天保之間，洛陽江左，文雅尤盛。彼此好尚，雅有異同。江左宮商發越，貴於清綺；河朔詞義貞剛，重乎氣質。氣質則理勝其詞，清綺則文過其意。理勝者便於時用，文華者宜於詠歌。此其南北詞人得失之大較也。

這說明了當時南北朝的寫作風氣，其實也說明了當時南北朝的批評主張。《魏書．溫子昇傳》稱：「楊遵彥作《文德論》，以爲古今辭人皆負才遺行，澆薄險忌，唯邢子才王元景溫子昇彬彬有德素。」這樣重德輕才，就可以看出南北風氣之不同。北齊劉晝《劉子．言苑》篇說：「畫以摹形，故先質後文；言以寫情，故先實後辯。無質而文，則畫非形也；不實而辯，則言非情也。紅黛粉容欲以爲艷，而動目者稀；揮弦繁弄欲以爲悲，而驚耳者寡；由於質不美也。」這樣重質輕文，也可以看出南北風氣之不同。

就是由南入北之顏之推，其論調也與南朝一般的批評風氣不一樣。顏氏所著有《顏氏家訓》，其文學觀念全在《文章》一篇中，論其大旨，頗與劉勰《文心雕龍》復古的主張相近。固然，《文章》篇說：「吾家世文章甚爲典正，不從流俗」，這和他的批評主張也有一些關係。但是王褒、庾信由南入北而作風一變，那麼，顏之推的批評主張也可能或多或少受些北朝的影響。

他論文章的要素謂：「文章當以理致爲心腎，氣調爲筋骨，事義爲皮膚，華麗爲冠冕。」「華麗」只占文章成分的四分之一，所以不會成爲純藝術的主張。如云：

今世相承，趨末棄本，率多浮艷；辭與理競，辭勝而理伏，事與才爭，事繁而才損。放逸者流宕而忘歸，穿鑿者補綴而不足，時俗如此，安能獨違，但務去泰去甚爾！必有盛才重譽，改革體裁者，實吾所希。

古人之文宏材逸氣，體度風格，去今實遠，但緝綴疏樸，未爲密致爾！今世音律諧靡，章句偶對，諱避精詳，賢於往昔多矣。宜以古之制裁爲本，今之辭調爲末，並須兩存，不可偏棄也。

這種折衷的論調，事實上也開了改革的風氣。尤其在論詩方面，劇賞蕭慤「芙蓉露下落，楊柳月中疏」之句，愛其蕭散，宛然在目，這已經有些開唐詩的風氣了。劉勰主張原道而開唐代文壇的風氣，顏之推主張典正而開唐代詩壇的風氣，這都是值得注意的事。

◎二五　隋代的李諤與王通◎

在隋唐五代三百多年的中間，由一般作家的作風而言，可以分爲三個時期：前一個時期——隋及初唐——約占一百多年，是作風將變，明而未融的時候；此時文學因爲積重難返，還不免承襲梁陳之餘音。中間時期——舊時所謂盛唐及中唐——也占一百多年，是作風丕變，登峯造極的時候。這一時期的詩文，才奏摧陷廓清之功，改變了以前駢儷的面目與浮艷的作風。後一個時期——晚唐及五代——也占一百多年，又是駢儷餘波，迴盪振轉的時候。所以若從古文的立足點而言，則此期的文學史差不多成爲弧形的進展。

至於就此三百多年的批評主張而言，也可以復古運動爲中心而分成上述的三個時期，不過在前一時期是醞釀時代，中間時期是高潮時代，後一時期是消沈時代而已。

隋代時間雖短，但在文學批評史上卻是一個轉變的關鍵。隋文帝開皇四年，詔天下公私文翰並宜實錄，其時泗州刺史司馬幼之以文表華艷至付所司治罪。而當時李諤也有《上隋文帝書》，想糾正當時文體輕薄的風氣。他說：

> 降及後代，風教漸落。魏之三祖，更尚文詞，忽君人之大道，好雕蟲之小藝；下之從上，有同影響，競騁文華，遂成風俗。江左齊梁，其弊彌甚，貴賤賢愚，惟務吟詠，遂復遺理存異，尋虛逐微，競一韻之奇，爭一字之功，連篇累牘，不出月露之形，積案盈箱，唯是風雲之狀。世俗以此相高，朝廷據茲擢士；祿利之路既開，愛尚之情愈篤。於是閭里童昏，貴遊總丱，未窺六甲，先制五言。至如羲皇舜禹之典，伊傅周孔之說，不復關心，何嘗入耳。以傲誕爲清虛，以緣情爲勳績，指儒素爲古拙，用詞賦爲君子。故文筆日繁，其政日亂，良由棄大聖之規模，構無用以爲用也。

這一些話雖則很平常，但對唐代的思想卻很有影響。魏徵《羣書治要序》謂：「近古皇王時有撰述，並皆包括天地，牢籠羣有，競采浮艷之詞，爭馳迂誕之說，騁末學之博聞，飾雕蟲之小技，流蕩忘返，殊途同致。」這也和李諤一樣想從上而下改革這種風氣。武后時薛登爲左補闕，以選舉頗濫，上疏請「斷浮虛之飾詞，收實用之良策。」（《舊唐書・薛登傳》）肅宗時楊綰條奏貢舉之弊也以爲「國之選士必藉賢良」。當時賈至之議亦謂「考文者以聲病爲是非，唯擇浮艷，豈能知移風易俗化天下之事乎？」（《舊唐書・楊綰傳》）類此的議論在唐人文集中也很多，這就可以看出唐代一般知識分子的思想。

王通，《隋書》無傳，惟附見於新、舊《唐書》王質、王勃、王績各傳，稱爲「隋末大儒號文中子」而已。他的著述流傳的有《中說》十卷，不過《中說》中所說的事實，頗多抵牾不合之處，於是有的懷疑《中說》不是文中子所作，有的並且懷疑文中子其人的存在。實則《隋書》雖不爲王通立傳，而唐人言之鑿鑿，不得謂實無其人（見宋釋契嵩《鐔津文集》十三及明焦竑《筆乘》二）。至於《中說》是否出他所撰，固成問題，但如洪邁《容齋隨筆》疑《中說》爲宋代阮逸所作則不免斷得太勇（見宋葉大慶《考古質疑》）。至多只能如焦竑所謂「阮逸不無增損於其間」（見《筆乘》二）。所以我們首先應當肯定唐時已有《中說》，不過《中說》的寫定者卻有些問題：有的稱爲杜淹所撰（見白珽《湛淵靜語》一），有的稱爲薛收、姚義所撰（見盧錫曾《尚志館文述》一），有的稱爲王凝父子所撰（見俞正燮《癸巳類稿》十四），有的稱爲王勃所僞造（見章炳麟《檢論・案唐》篇），總之都不過一種揣測之辭，沒有堅强的佐證，也就不容易作肯定的論斷。同樣是一種揣測，我以爲焦竑、紀昀、陳兆崙諸人所言比較近似。焦氏謂此書原出王通所撰（見《續筆乘》三《王勃集序》條），證以《新唐書・王績傳》所說：「仿古作六經，又爲《中說》以擬《論語》，不爲諸儒稱道，故書不顯，惟《中說》獨傳」，可以知道此說不致大謬。那麼《中說》既是王通所撰，何以事實會有抵牾呢？於是紀昀疑爲其子福郊、福時輩虛相誇飾的結果（見《四庫總目提要》九十一），於是陳兆崙疑爲其徒姚義、賈瓊之屬取其言而實之以人與事（見《紫竹山房集》六），這種揣測，還不很遠離事實。《朱子語類》也說：「《中說》一書如子弟記他言行也煞有好處，雖云其書是後人假託，不會假得許多，須眞有個人坯模如此，方裝點得成。」所以我們這樣的假定，如果不很錯，那麼在《中說》中間，還可以看出王通的思想。

王通既號稱隋末大儒，所以他的思想也就是封建統治階級的思想。這種思想在封建經濟發達的唐代也就造成一定的影響。例如《中說》中首先對於南朝文學施一總攻擊，這即是唐代古文運動的先聲。其《事君》篇云：

子謂文士之行可見：謝靈運小人哉，其文傲；君子則謹。沈休文小人哉！其文治；君子則典。鮑照江淹，古之狷者也，其文急以怨。吳筠孔珪，古之狂者也，其文怪以怒。謝莊王融，古之纖人也，其文碎。徐陵庾信，古之誇人也，其文誕。或問孝綽兄弟？子曰，鄙人也，其文淫。或問湘東王兄弟？子曰，貪人也，其文繁。謝朓，淺人也，其文捷。江總，詭人也，其文虛。——皆古之不利人也。

他於南朝文人中比較滿意的只有顏延之、王儉、任昉三人，稱為「有君子之心焉，其文約以則」。因此對於當時文學下個總批評：「古之文也約以達，今之文也繁以塞。」由於這樣比較的結果，於是提出復古的主張。《天地》篇云：

子曰：學者，博誦云乎哉！必也貫乎道。文者，苟作云乎哉！必也濟乎義。

這即是後來韓愈《送陳秀才彤序》所謂「學所以為道，文所以為理」二語之所本。《中說》雖不顯於當時，但到了中唐以後卻是相當流行的，所以這種思想也有相當的影響。

◎二六　初唐的史家與史學家◎

唐初令狐德棻建議官修前代史書，於是所修各史，有《晉書》一百三十卷，《梁書》五十六卷，《陳書》三十六卷，《北齊書》五十卷，《周書》五十卷，《隋書》八十五卷。當時私人所撰之史，列爲正史者有李延壽之《南史》《北史》。在這些史書中間，都有文苑傳或文學傳，而在這些傳的前面往往有一篇序，或在傳的後面再有一篇論。我們在這些序或論的中間，就可以看出史家的論文見解。

當時史家對於南朝以來的作品，往往是深致不滿的。《隋書．文學傳序》云：「梁自大同之後，雅道淪缺，漸乖典則，爭馳新巧。簡文湘東啓其淫放，徐陵庾信分路揚鑣，其意淺而繁，其文匿而采，詞尚輕險，情多哀思，格以延陵之聽，蓋亦亡國之音乎！」《周書．王褒庾信傳論》甚至以庾信爲詞賦之罪人。這種論調都和王通之見一致。於是或推論文學之源，或追究文學之本，總之都想糾正南朝文學的偏向。

論到文學之源，於是要斟酌古今，重在古和今的折衷。《周書．王褒庾信傳論》謂：「撮其指要，舉其大抵，莫若以氣爲主，以文傳意，……其調也尚遠，其旨也在深，其理也貴當，其辭也欲巧。……權衡輕重，斟酌古今，和而能壯，麗而能典。……夫然，則魏文所謂通才，足以備體矣；士衡所謂難能，足以逮意矣。」這就是折衷的論調。事實上，任何論調都沒有折衷的，折衷也就是轉變。所以推論文源的結果，就很自然的傾向於復古。如《周書．王褒庾信傳論》稱「曲阜多才多藝，鑑二代以正其本，闡理性與天道，修六經以維其末，故能範圍天地，綱紀人倫」。那就以聖賢的述作爲依歸了。又如《梁書．文學傳序》謂「經禮樂而緯國家，通古今而述美惡，非文莫可也」。那又以經邦緯俗，匡主和民爲標準了。

論到文學之本，於是又要重在南和北的折衷。李延壽《北史．文苑傳序》講到南北詞人得失之後，就下結論說：「若能擬彼清音，簡茲累句，各去所短，合其兩長，則文質彬彬，盡美盡善矣。」南朝文學就因太偏於文，所以成爲逐末而離本。本是什麼？就是情性。《周書．王褒庾信傳論》說：「文章之作本乎情性。」《晉書．文苑傳論》說：「夫賞好生於情，剛柔本於性。情之所適，發於詠歌，而感召無象，風律殊制。」這都是說明文學與情性的關係。有了情性，自歸雅正。所以李百藥《北齊書．文苑傳贊》說：「乃眷淫靡，永言麗則，雅以正邦，哀以亡國。」

窮文之源則以古爲式，究文之本則以情爲主，這正是針對著南朝文學之缺點，發爲救弊補偏的論調。因窮文之源而論文主於尚用，就成爲後來文人復古的主張。因究文之本而論文又歸於雅正，則又成後來詩人復古的主張。所以初唐史家的論調也影響到後來的風氣。

史家修史，史論家則論史。修史的不重在論文，所以不容易看出他的論文見解，可是，如果論到的時候所論的倒是眞的文學，所以在文苑傳序或文學傳論之類的作品，很可以看出史家對文學的見解。史論家好似文學批評家，所以很容易看出他的論文見解，可是，所得到的卻是對於史籍文詞的批評意見。因此又只能看作史學家的文學觀。

史論家的著作，在當時有劉知幾的《史通》。《史通》所論只指史籍的文詞，所以注重實錄，反對駢文家的藻飾。《雜說下》說：

自梁室云季，雕蟲道長，平頭上尾尤忌於時，對語儷辭盛行於俗，始自江外，被於洛中。而史之載言，亦同於此。假有辯如酈叟，吃若周昌，子羽修飾而言，仲由率爾而對，莫不拘以文禁，一概而書；必求實錄，多見其妄矣。

不但敍述之文不應偏於駢儷而失實，即論贊之作也不宜流宕忘返，偏重儷辭。他在《論贊》篇中批評後來史家說：「大抵皆華多於實，理少於文，鼓其雄辭，誇其儷事。」因此，他不贊成當時以詞人修史。

可是，他不主張以詞人修史，並不等於說史的記載可以隨便不需要修飾。《史通・覈才》篇說：「文之與史較然異轍」，文和史固然有分別，可是這分別是南朝所謂「文筆」的分別。史本是「筆」的一種，當然也不能不要文飾。論史事須求其翔實，論史文又須期其永久，所以《敍事》篇說：

夫史之稱美者以敍事爲先。至若書功過，記善惡，文而不麗，質而非野，使人味其滋旨，懷其德音，三復忘疲，百遍無斁；自非作者曰聖，其孰能與於此乎？

這種論調，當然會與後來古文家相接近；而且所提出的問題，有些也就是古文家討論的問題。

這可以舉兩個問題來講：一是敍事尚簡之說。《敍事》篇云：「夫國史之美者以敍事爲功；爲敍事之功者以簡要爲主。」又云：「章句之言，有顯有晦。顯也者，繁詞縟說，理盡於篇中；晦也者，省字約文，事溢於句外。然則晦之將顯，優劣不同，較可知矣。夫能略小存大，擧重明輕，一言而巨細咸賅，片語而洪纖靡漏，此皆用晦之道也。」這就是後來古文家反覆討論的問題。自宋代歐陽修、尹洙以後直到淸代桐城派，差不多都是這樣主張的。

又一是模擬得神似說。《模擬》篇云：「夫述者相效，自古而然。……況史臣注記，其言浩博，若不仰範前哲，何以貽厥後來！」因此，他再論模擬之體：

蓋模擬之體厥途有二：一曰貌同而心異，二曰貌異而心同。……世之述者銳志矜奇，喜編次古文，撰敍今事，而巍然自謂五經再生，三史重出，多見其無識者矣。惟夫明識之士則不然。何則？其所擬者非如圖畫之寫眞，熔鑄之象物，以此而似也。其所以爲似者，取其道術相會，義理玄同，若斯而已。……蓋貌異而心同者，模擬之上也；貌同而心異者，模擬之下也。

最後他再講到「擬古而不類乃難之極者」，這正與後來古文家所謂含英咀華得其神似者相同。韓愈《答劉正夫書》謂「爲文宜師古聖賢人」，而申之以「師其意不師其辭」，這即是劉氏所謂「道術相會，義理玄同」之說。韓愈《送高閑上人序》論學張旭之草書，謂「不得其心而逐其跡，未見其能旭也」。這即所謂貌同心異爲模擬之下之說。

◎二七　唐代現實主義的詩論◎

在齊梁文學的流風餘韻依舊存在的初唐，能於詩國首先豎起革命的旗幟，以復古爲號召者，就是陳子昂。韓愈《薦士詩》謂「國朝盛文章，子昂始高蹈」；《新唐書》本傳謂「唐興，文章承徐庾餘風，天下祖尚；子昂始變雅正。」他何以能如此呢？就因爲他提出了「風骨」兩字，提出了「興寄」兩字，注意到詩的現實主義的問題。他的《與東方左史糾修竹篇敍》云：

文章道弊五百年矣！漢魏風骨，晉宋莫傳；然而文獻有可徵者。僕嘗暇時觀齊梁間詩，采麗競繁，而興寄都絕，每以詠嘆，竊思古人，常恐逶迤頹廢，風雅不作，以耿耿也。（《陳伯玉文集》一）

雖則僅僅只有這幾行字，但是提出的問題卻很為重要，因為這是唐詩所以成功的原因。在以前，顏之推提到「古之制裁」了，史家論文也講到「情性」了，可是說來總覺還隔一層。直到陳子昂拈出「風骨」「興寄」諸詞，才算接觸到了現實主義。

我們講這一段文字，對這些名詞先要略加詮釋。什麼是「風骨」？《文心雕龍．風骨》篇說：「結言端直，則文骨成焉；意氣駿爽，則文風清焉。」又說：「練於骨者，析辭必精；深乎風者，述情必顯。」又說：「若瘠義肥辭，繁雜失統，則無骨之徵也；思不環周，索莫乏氣，則無風之驗也。」我們根據這些話，就可以知道「風骨」和「興寄」是有連帶關係的。必須有內容的言，才能有骨，只講形式技巧是不會有骨的；必須一往情深，蘊結於中非吐不可，才能有風，勉強敷衍成篇是不會有風的。有風有骨才能有力。所以他所說的漢魏風骨，也就等於鍾嶸《詩品序》所說的「建安風力」。我們再看「漢魏風骨」是怎樣形成的？《文心雕龍．時序》篇講到建安文學，就說：「觀其時文，雅好慷慨，良由世積亂離，風衰俗怨，並志深而筆長，故梗概而多氣也。」那麼建安文學還是因為暴露現實，反映現實，才會梗概多氣的。但是到晉宋以後，文學根本脫離了現實，所以說「晉宋莫傳」。

於次，再講什麼是「興寄」。興寄也近於昔人所謂「比興」。《文心雕龍．比興》篇說：「比者，附也；興者，起也。附理者切類以指事，起情者依微以擬議。起情故興體以立，附理故比例以生。比則畜憤以斥言，興則環譬以託諷。」所以我們可以說興寄是要暴露現實的。「采麗競繁而興寄都絕」，這正是齊梁間詩的根本毛病。脫離現實的作品只有用現實主義來補救，才是對症良藥。風雅之有價值就是因為是現實主義的作品；而齊梁間的作品卻正是反現實的，所以說「興寄都絕」，所以又慨嘆於「風雅不作」。我們了解這一點意義，然後也可知道白居易《與元九書》所謂「唐興二百年，其間詩人不可勝數……索其風雅比興，十無一焉。」他所以要把風雅比興連綴著講原來也有這樣的用意的。

自從陳子昂提出了這個問題，於是李白杜甫就能在唐代詩壇各有建樹。可惜李、杜對於陳子昂這一些意思體會得不夠深刻，所以論詩還重在形式方面。

白居易批評李、杜詩謂：「詩之豪者世稱李、杜。李之作，才矣，奇矣，人不逮矣；索其風雅比興，十無一焉。杜詩最多，可傳者千餘首，至於貫穿古今，覼縷格律，盡工盡善，又過於李焉。然撮其《新安吏》、《石壕吏》、《潼關吏》、《塞蘆子》、《留花門》之章，『朱門酒肉臭，路有凍死骨』之句，亦不過三四十首。杜尚如此，況不逮杜者乎？」這就是本於現實主義的立場來批評的。

這批評很愜當，正因爲李、杜作風還有這些缺點，所以李、杜詩論也就不可能完全發揮現實主義的理論，尤其是李白。

李白自謂：「梁陳以來，艷薄斯極，將復古道，非我而誰？」（《孟棨本事詩》引）這好像和陳子昂的意見一樣。其實，他所體會到的「漢魏風骨，晉宋莫傳」，只是《文心雕龍．風骨》篇所說：「若豐藻克贍，風骨不飛，則振采失鮮，負聲無力。」所以他所謂「自從建安來，綺麗不足珍」，所謂「一曲斐然子，雕蟲喪天眞」（均見《古風》），都不過是爲「豐藻克贍，風骨不飛」的關係。他不要摹擬古人，也不要拘束聲律，更不要只講藻飾事類，甚至氣不能舉其辭。他只理解到這一點，所以本於他浪漫的氣質，只要崇尚自然，破棄格律，因此說：「大雅思文王，頌聲久崩淪，安得郢中質，一揮成風斤。」他再說：「郢客吟白雪，遺響飛青天。」（見《古風》）這兩句話也許是他用以自況。他的確是「才矣，奇矣，人不逮矣」，「遺響飛青天」矣，可是，「索其風雅比興，十無一焉」。

杜甫則不然，他是「熟精《文選》理」（《宗武生日》）的，他是「晚節漸於詩律細」（《遣悶戲呈路十九曹長》）的，所以他對於六朝文學並不卑視。他說：「庾信文章老更成，凌雲健筆意縱橫。」（《戲爲六絕句》）他說：「清新庾開府，俊逸鮑參軍。」（《春日憶李白》）他是很了解六朝作家的風格的。他說：「頗學陰（鏗）何（遜）苦用心。」（《解悶》）他再說，「謝朓每篇堪諷誦」（《寄岑嘉州》）。他對於六朝作品又是很注意學習的。不但這樣，他對於承襲齊梁餘風的初唐四傑也是相當推崇的。他說：「王（勃）楊（炯）盧（照鄰）駱（賓王）當時體，輕薄爲文哂未休。爾曹身與名俱滅，不廢江河萬古流。」（《戲爲六絕句》）

那麼他是不是也是承襲齊梁餘風呢？則又不然。其《詠懷古跡》詩云：「搖落深知宋玉悲，風流儒雅亦吾師。」他是也有「竊攀屈宋」的意思的。其《解悶》詩云：「李陵蘇武是吾師。」其《追酬故高蜀州人日見寄詩》云：「文章曹植波瀾闊。」他更是推尊漢魏的。不過他是貫穿古今的，所以一方面力親風雅，一方面又不廢齊梁。其《戲爲六絕句》之六云：「未及前賢更勿疑，遞相祖述復先誰。別裁僞體親風雅，轉益多師是汝師。」大抵當時詩壇有兩種風氣，就是元稹《杜工部墓誌銘》所說的「好古者遺近，務華者去實」，而少陵則正告之以別裁僞體多師爲師的標準。僞體云者，不眞之謂。一些沿流失源，甘作齊梁後塵的固然不免於僞；就是放言高論不能虛心以集益的，難道又不是僞體！所以認爲「好古者遺近，務華者去實」，各執一端，兩無是處。於是指示正鵠，要以轉益多師爲宗旨。這是他的詩所以能「貫穿古今，覼縷格律，盡工盡善又過於李」的原因。其《偶題》詩云：

> 文章千古事，得失寸心知。作者皆殊列，名聲豈浪垂！騷人嗟不見，漢道盛於斯。前輩飛騰入，餘波綺麗爲。後賢兼舊制，歷代各清規。

也就是這種主張。「前輩飛騰入，餘波綺麗爲」，他認爲作風之趨於綺麗，是文學演進上自然的趨勢，所以不和李白一樣，一筆抹煞，稱爲「綺麗不足珍」。問題只在「轉益多師」。如能「轉益多師」，就不致沿流失源，而自能「後賢兼舊制」了。問題只在「別裁僞體親風雅」，如能「親風雅」，也自然接觸到現實，而所謂「兼舊制」云者，也就不會甘作後塵，限於形式技巧的模擬了。這樣，能有個性的流露，即所謂「作者皆殊列」；又能有時代性的表現，即所謂「歷代各清規」。他的詩大部分寫成在安史之亂以後，眞能做到這一點，所以作風和論調都比李白更進一步。

白居易所處的時代，社會矛盾更尖銳化了，所以本於陳子昂「風雅不作」之說，更要恢復到《詩經》的現實主義文學。他《與元九書》中論作文大旨云：

> 夫文尚矣！三才各有文：天之文，三光首之；地之文，五材首之；人之文，六經首之。就六經言，詩又首之。何者？聖人感人心而天下和平。感人心者，莫先乎情，莫始乎言，莫切乎聲，莫深乎義。詩者，根情，苗言，華聲，實義。上自賢聖，下至愚騃，微及豚魚，幽及鬼神，羣分而氣同，形異而情一；未有聲入而不應，情交而不感者。聖人知其然，因其言，經之以六義；緣其聲，緯之以五音。音有韻，義有類。韻協則言順，言順則聲易入。類舉則情見，情見則感易交。於是乎孕大含深，貫微洞密，上下通而二氣泰，憂樂合而百志熙。二帝三王所以直道而行，垂拱而理者，揭此以爲大柄，決此以爲大寶也。（《白氏長慶集》二十八）

這些話，雖則多少還帶一些儒家的論調，但是因爲他正確地了解詩的意義和作用，所以雖不用現實主義的名稱，卻接觸到現實主義的實際。且看他對六義的解釋。

> 故聞「元首明，股肱良」之歌，則知虞道昌矣；聞五子洛汭之歌，則知夏政荒矣。言者無罪，聞者足誡，言者聞者莫不兩盡其心焉。
>
> 洎周衰秦興，采詩官廢，上不以詩補察時政，下不以歌洩導人情。用（一作乃）至於諂成之風動，救失之道缺，於時六義始刓矣。
>
> 《國風》變爲《騷》辭，五言始於蘇、李。詩騷皆不遇者各繫其志發而爲文，故河梁之句止於傷別，澤畔之吟歸於怨思，彷徨抑鬱，不暇及他耳。然去《詩》未遠，梗概尚存，故興離別則引雙凫一雁爲喻，諷君子小人則引香草惡鳥爲比，雖義類不具，猶得風人之什二三焉。於時六義始缺矣。
>
> 晋宋已還，得者蓋寡。以康樂之奧博，多溺於山水；以淵明之高古，偏放於田園。江、鮑之流又狹於此。如梁鴻《五噫》之倫者，百無一二。於時六義寖微矣。
>
> 陵夷至於梁陳間，率不過嘲風雪，弄花草而已。噫！風雪花草之物，三百篇中豈捨之乎？顧所用何如耳！設如「北風其涼」，假風以刺威虐；「雨雪霏霏」，因雪以愍徵役；「棠棣之華」，感花以諷兄弟；「采采芣苢」，美草以樂有子也。皆興發於此而義歸於彼。反是者，可乎哉？然則「餘霞散成綺，澄江淨如練」，「歸花先委露，別葉乍辭風」之什，麗則麗矣！吾不知其所諷焉。故僕所謂嘲風雪，弄花草而已。於時六義盡去矣。（《與元九書》）

這樣講法，就比陳子昂說得更明確。因爲六朝人只知道踵事增華爲文學的進化，不知離開了現實，愈講技巧，就愈沒有價值。所以他用「六義」的尺度來衡量，就顯得愈講新變，愈是一代不如一代。他批評李、杜，也是用這個標準。其實，這個標準，就是現實主義的標準。我們且看他悟得的結論：

文章合爲時而著，歌詩合爲事而作。（《與元九書》）

爲時爲事，不就是現在所說反映現實，暴露現實的意義嗎？他在《新樂府自序》裡說得更明白。

其辭質而徑，欲見之者易喻也。其言直而切，欲聞之者深戒也。其事覈而實，使采之者傳信也。其體順而肆，可以播於樂章歌曲也。總而言之，爲君爲臣爲民爲物爲事而作，不爲文而作也。（《白氏長慶集》三）

總括一句話，爲現實而作，不爲文而作。這樣，才有興寄。他的《讀張籍古樂府》云：「爲詩意如何？六義互鋪陳，風雅比興外，未嘗著空文。」（《白氏長慶集》一）這樣，也就不需要采麗。他的《寄唐生詩》云：「非求宮律高，不務文字奇，惟歌生民病，願得天子知。」（同上）可是，他這種暴露現實的態度，在以前的統治階級是不會贊同的，是不會容許他作詩取這種態度的，所以他在《與元九書》中不免很感慨地說出他在當時的困難：

凡聞僕《賀雨》詩，衆口籍籍以爲非宜矣。聞僕《哭孔戡》詩，衆面脈脈盡不悅矣。聞《秦中吟》則權豪貴近者，相目而變色矣。聞《登樂遊園寄足下》詩則執政柄者扼腕矣。聞《宿紫閣》村詩則握軍要者切齒矣。大率如此，不可遍舉。不相與者號爲沽譽，號爲詆訐，號爲訕謗；苟相與者，則如牛僧孺之誡焉；乃至骨肉妻孥皆以我爲非也。其不我非者，舉世不過三兩人。有鄧魴者，見僕詩而喜，無何，魴死。有唐衢者，見僕詩而泣；未幾而衢死。其餘卽足下；足下又十年來困躓若此。嗚呼！豈六藝四始之風，天將破壞不可支持耶？抑又不知天意不欲使下人病苦聞於上耶？不然，何有志於詩者，不利若此之甚也。（《與元九書》）

同時又很憤激地表示他堅決的奮鬥：

僕常痛詩道崩壞，忽忽憤發，或食輟哺，夜輟寢，不量才力，欲扶起之。

然而，鄧魴、唐衢既死，元稹又不是他最合適的同伴，於是一方面正視現實，一方面卻又要逃避現實。於是在這種矛盾中間，巧立名目，稱正視現實的爲諷諭詩，稱逃避現實的爲閒適詩。這樣，他在碰壁之後，又可以心安理得了。他在《與元九書》中也提到這問題。他說：

古人云：「窮則獨善其身，達則兼濟天下。」僕雖不肖，常師此語。大丈夫所守者道，所待者時。時之來也爲雲龍，爲風鵬，勃然突然陳力以出。時之不來也，爲霧豹，爲冥鴻，寂兮寥兮，奉身而退。進退出處，何往而不自得哉！故僕志在兼濟，行在獨善，奉而始終之則爲道，言而發明之則爲詩。謂之諷諭詩，兼濟之志也；謂之閒適詩，獨善之義也。故覽僕詩者，知僕之道焉。

這就是時代給予他的限制。

現實主義的詩論可以說是唐代詩壇的復古運動，在當時，文壇也有一個復古運動，那就是韓（愈）、柳（宗元）提倡的古文運動。

◎二八　古文運動◎

其實，古文運動不始於韓柳，不但不始於韓柳，說得早一些，也可以說不始於唐代。南朝之劉勰，北朝之蘇綽，都可說已經開了這個風氣。

劉勰尤其重要，因爲他是批評家。批評家總有理論，這理論便是古文運動的根據。古文運動是爲了反對南朝言之無物的散文而引起的，所以古文運動的理論根據，也就重在「道」。不過進一步假使追究到「道」是什麼，那眞是道其所道，各人的講法就不很一致了。

不但各人的講法不很一致，就從劉勰《文心雕龍》所言文與道的關係，已經也有一些不一致的地方。《原道》篇說：「心生而言立，言立而文明，自然之道也。」這只是說明文原於道的意思，所以黃侃《文心雕龍札記》說：

> 《序志》篇云：「《文心》之作也本乎道。」案彥和之意，以文章本由自然而生，故篇中數言自然。一則曰：「心生而言立，言立而文明，自然之道也。」再則曰：「夫豈外飾，蓋自然耳。」三則曰：「誰其尸之，亦神理而已。」尋繹其旨，甚爲平易。蓋人有思心，即有言語；既有言語，即有文章。言語以表思心，文章以代言語，惟聖爲能盡文之妙，所謂道者如此而已。此與後世言「文以載道」，截然不同。詳

《淮南王書》有《原道》篇，高誘注曰：「原本也；本道根眞，包裹天地，以歷萬物，故曰『原道』，因以題篇。」《韓非子．解老》篇曰：「道者萬物之所然也，萬理之所稽也。理者成物之文也；道者萬物之所以成也。故曰道，理之者也。……聖人得之以成文章。」《莊子．天下》篇曰：「古之所謂道術者，果惡乎在；曰無乎不在。」案莊韓之言道，猶言萬物之所由然，文章之成亦由自然。故韓子又言：「聖人得之以成文章。」韓子之言，正彥和所祖也。道者玄名也，非著名也；玄名故通於萬里，而莊子且言道在矢溺。今曰：「文以載道」，則未知所載者，即此萬物之所由然乎，抑別有所謂一家之道乎？如前之說，本文章之公理，無庸標揭以自殊於人；如後之說，則亦道其所道而已，文章之事，不如此狹隘也。

這一節話闢文以載道之說，很痛快也很正確，說明《原道》一篇重在論自然之道，也很得當。但是《文心雕龍．宗經》篇說：「經也者，恆久之至道，不刊之鴻教也。」那麼，爲文宗經，也就是宗此「恆久之至道」而已。《序志》篇講到爲了夢見孔子，開始論文，理由是：「文章之用實經典枝條，五禮資之以成，六典因之致用，君臣所以炳煥，軍國所以昭明，詳其本源，莫非經典」，那麼這樣講，似乎也有文以載道的意思，因爲文章之用原是經典枝條啊！說得再明白一些，離經叛道之作也就不可以算作文章了。那麼，《文心雕龍》所說的道，究竟指自然之道呢？還是指儒家的道呢？這個問題似乎不容易解答，但是看到唐代古文運動中對於道的看法，那就可以知道《文心雕龍》所說的雖不一致，卻非矛盾。

我們看到唐人論文，講到文和道的關係，在初期差不多都是以文化爲文；以文化爲文，當然離不開禮樂刑政，所以文與道合。《周書．王褒庾信傳論》云：「兩儀定位，日月揚輝，天文彰矣；八卦以陳，書契有作，人文詳矣。」《北齊書．文苑傳序》云：「夫玄象著明以察時變，天文也；聖達立言化成天下，人文也。達幽顯之情，明天人之際，其在文乎！」史家是這樣講法。楊炯《王勃集序》云：「大矣哉文之時義也！有天文焉，察時以觀其變；有人文焉，立言以重（疑作『垂』）其範。」權德輿《李栖筠文集序》云：「辰象文於天，山川文於地，肖形最靈，經緯教化，鼓天下之動，通萬物之宜，而人才作焉，三才備焉。」李舟《獨孤常州集序》云：「日月星辰，天之文也；邱陵川瀆，地之文也；羽毛彪炳，鳥獸之文也；華葉彩錯，草木之文也。……文之時用大矣哉！在人，賢者得其大者，禮樂刑政勸誡是也。」文人也是這樣講法。這樣講法，與《文心雕龍》所謂「文之爲德也大矣，與天地並生」，有什麼分別呢？所以凡是以天文人文合在一起講的，他所謂「文」當然要合於「道」。假使我們從這種意義來看《文心雕龍》的《原道》篇，那就知道他所謂「作者曰聖」，是說聖人之文取法天地，推原道心，才能創作人文的。所以說：「道沿聖以垂文，聖因文而明道。」後人「徵聖立言」，那麼後人之文不過明聖人之道而已，或載聖人之道而已，這樣，所明的或所載的也就只成爲儒家之道了。這樣講，所以說《文心雕龍》所講的道雖不一致，卻非矛盾。

我們明白了《文心雕龍》中所說的道是一致的，並不矛盾的，那就可以理解到唐代的古文運動，對於它的中心理論——道的問題，雖有不同的看法，卻向著共同的目標，所以也是並不矛盾的。不但不矛盾，而且我們可以在這中間看出古文運動的階段，作爲古文運動分期的標準。第一步，如上文所說以文化爲文，這是早期的很朦朧的文道合一說；第二步，以爲文的作用重在教化，於是雖則還有一些文化的意義，但是已經偏於儒家之所謂「道」了。這到了柳冕的文論就成爲教化中心說。第三步，於是揭出文以明道之旨，韓愈就是這樣主張的。他所謂「道」，就只成爲儒家之道，所以要排異端，所以要闢佛老。

在第一期，因爲是很朦朧的文道合一說，所以作風還沒有變，文體仍尚駢儷。在第二期，因爲重在教化，其文體也較偏於散行，但是所論的卻不一定是散文，也可以指韻文。梁肅《獨孤君集後序》云：「夫大者天道，其次人文，在昔聖王以之經緯百度，臣下以之弼成五教；德文下衰，則怨刺形於歌詠，諷議彰乎史册。」李華《崔孝公集序》云：「有德之文信，無德之文詐。皋陶之歌，史克之頌，信也。子朝之告，宰嚭之詞，詐也；而士君子恥之。」這都是兼指韻散來講的。到第三期，才專重在散行的文，而所做的散體也就成爲更成熟的散體，韓柳的古文就可以作代表。而韓柳之所謂道，也就專指儒家之道了。所謂古文運動，就是這樣逐漸演變而完成的。

◎二九　柳冕的教化中心說◎

柳冕的時代，比韓愈略前一些。大抵在韓愈前一些的文論都是重在教化的。崔元翰《與常州獨孤使君書》云：「治平之主必以文德致時雍；其承輔之臣亦以文事助王政。」梁肅秘書監包府君集序云：「文章之道與政通矣。世教之汙崇，人心之薄厚，與立言立事者邪正臧否皆在焉。」又《李泌文集序》云：「予嘗論古者聰明睿智之君，忠肅恭懿之臣，敍六府三事，同八風七律，莫不言之成文，歌之成聲，然後浹於人心，人心安以樂；播於風俗，風俗厚以順。」這都是偏重教化的主張。到了柳冕，這種主張就更爲純熟，成爲徹頭徹尾的教化主義。這實在是在他以前以文化論文和在他以後以道論文的樞紐。

柳冕《謝杜相公論房杜二相書》云：「故文章之道不根教化，則是一技耳。」與《徐給事論文書》云：「文章本於教化，形於治亂，繫於國風。」《答徐州張尚書論文武書》云：「夫文章者本於教化，發於情性。本於教化，堯舜之道也；發於情性，聖人之言也。」這就是他的教化中心說。

本於他的教化中心說，當然也會有文道合一的主張。其《答荊南裴尚書論文書》云：「夫君子之儒，必有其道，有其道必有其文。道不及文則德勝，文不及道則氣衰，文多道寡，斯爲藝矣。」其《答徐州張尚書論文武書》云：「聖人之道猶聖人之文也。學其道不知其文，君子恥之；學其文不知其教，君子亦恥之。」又《答衢州鄭使君論文書》云：「故言而不能文，非君子之儒也；文而不知道，亦非君子之儒也。」這種論調，顯然同於韓愈的主張，形式方面要學聖人之文，內容方面要學聖人之道，所以柳冕的主張，就是韓柳的先聲。

可是，柳冕的主張卻不是韓柳的文論所能範圍的。事實上，柳冕的教化中心說和以前以文化論文的主張相近，而和以後韓柳的以道論文的主張反而並不相近。為什麼？柳冕所謂「文」，是文學的文，是包括韻文而言的文；韓柳所謂「文」，才專指散行的文，範圍就比較狹得多了。因此，他們所謂「道」也並不一樣。柳冕說：「在君子之心為志，形君子之言為文，論君子之道為教」（《與徐給事論文書》）；又說：「自成康沒，頌聲寢，騷人作，淫麗興，文與教分而為二：不足者強而為文，則不知君子之道，知君子之道者則恥為文。」（《答徐州張尚書論文武書》）原來他所謂「道」也就是教。這顯然和韓柳所講的道，並不一樣。韓柳所講，不過是經籍中的思想內容而已，顯然也要狹小得多。

所以本於柳冕的理論可以接觸到現實主義，而韓柳之所謂道，反而近於幌子，反而成為空洞的理論，反而成為封建的堡壘。柳冕《謝杜相公論房杜二相書》云：

且今之文章與古之文章立意異矣。何則？古之作者，因治亂而感哀樂，因哀樂而為詠歌，因詠歌而成比興。故《大雅》作則王道盛矣，《小雅》作則王道缺矣，《雅》變《風》則王道衰矣，《詩》不作則王澤竭矣。至於屈宋哀而以思，流而不返，皆亡國之音也。至於西漢，揚馬已降，置其盛明之代，而習亡國之音，所失豈不大哉！……於是風雅之文變為形似，比興之體變為飛動，禮義之情變為物色，詩之六義盡矣！何則？屈宋唱之，兩漢扇之，魏晉江左隨波而不返矣。

這種論調就是後來白居易的主張，韓柳能見到這一點嗎？

我們理解到這一點不同，那再可以知道柳冕論「道」要比韓柳更進一步講到變俗，柳冕論「氣」，也比韓柳更深一層要講志氣和風氣。

柳冕在《謝杜相公論房杜二相書》中說：「相公如變其文，即先變其俗。文章風俗其弊一也。變之之術，在教其心，使人日用而不自知也。伏惟尊經術，卑文士。經術尊則教化美，教化美則文章盛，文章盛則王道興，此二者在聖君行之而已。」這些話在現在看來，也許覺得迂腐一些。但是他說「教其心，使人日用而不自知」，那就是說變了風俗，改了環境，一般人的性情心理，也就跟著轉變了。性情跟著轉變，文章當然也跟著改好，所以說「教化美則文章盛」。這就是所謂「有其道必有其文」。再推下去，能做這樣的文，當然合於道，這就是所謂「君子之文必有其道」。這樣文道相合的結果，當然能興王道。所以說：「文章盛則王道興。」變風俗就是教化的開始，興王道就是教化的結果，所以這是徹頭徹尾的教化主義。

至於論「氣」：他也很重視文氣，如其《答衢州鄭使君論文書》云：「夫善爲文者發而爲聲，鼓而爲氣，直則氣雄，精則氣生，使五彩並用而氣行於其中。」可是，他所謂「氣」，不限於文章的氣勢，而含有志氣風氣的意味。其答《楊中丞論文書》云：「天地養才而萬物生焉，聖人養才而文章生焉，風俗養才而志氣生焉。故才多而養之可以鼓天下之氣。天下之氣生，則君子之風盛。」什麼叫做「風俗養才而志氣生」呢？這即是上文所講的變了風俗，所謂「教其心，使人日用而不自知」，也即是上文所說的「教化美則文章盛」。什麼叫做「才多而養之可以鼓天下之氣」呢？這即是上文所說的「文章盛則王道興」，所以「天下之氣生則君子之風盛」。

他這樣講法，比韓愈高明，因爲他所謂「文」包含著「詩」，所以接觸到現實主義的邊緣。但是他這樣講法又比白居易迂腐，因爲他所謂「詩」又是包括在「文」的範圍內的，所以只限於教化，而不很講到比興。

上文講過柳冕的文學批評比韓柳高明，那麼爲什麼古文運動的成功不在柳冕而在韓柳呢？這就因當時的古文運動有兩種意義，一是內容上的革新，變南朝言之無物專事塗澤的作風改爲有內容有思想的作品；又一是形式上的革新，變南朝講究駢儷講究聲律的技巧，改爲直言散行接近口語的作品。總之重在「變浮靡爲雅正」。故柳冕的成功，在內容上的轉變；而韓柳的成功，在形式上的創造。

◎三〇　韓愈與柳宗元◎

韓柳從古人學卻不是搬演古人語言，所謂含英咀華，得其神似，就是從古人書面語中，摸索到一種融化古人語言同時比較接近口語的書面語。這也可說是創造，而柳冕就不能這樣。柳冕自己說：「小子志雖復古，力不足也。言雖近道，辭則不文，雖欲拯其將墜，末由也已。」（《答荆南裴尚書論文書》）又說：「老夫雖知之不能文之，縱文之不能至之。況已衰矣，安能鼓作者之氣，盡先王之教！」（《與滑州盧大夫論文書》）有心無力，見到做不到，這是他不及韓柳的地方。這樣，所以古文運動，還必須等到韓柳而後大成。

但是，正因韓柳的成就，只在形式技巧上的創造，所以也就限制了他們的批評理論，並不能使他們在文學上的成就，進一步發揮文學的性能。而且，這種限制，一直限制到此後一些誦法韓柳的古文家，使古文也脫離了現實。

以韓柳和柳冕比，當然很可看出他們的不同。其實，韓愈和柳宗元雖是齊稱，而因個性之不同，政治見解之不同，其成就也各有差異。

李漢《昌黎先生集序》稱韓愈在文壇上革新的功烈，謂：「先生於文，摧陷廓清之功，比於武事，可謂雄偉不常者矣。」不錯，他在當時，就封建的傳統的眼光來看，眞有雄偉不常的力量，眞有摧陷廓清的功績。而這種力量，這種功績，也的確要比柳宗元要高一些。韓柳的分別也就在這一點上。

韓愈作《伯夷頌》極稱伯夷的「特立獨行」，「信道篤而自知明」，這些話實在是用來比況自己的。他的意志比較堅强，不同柳宗元這樣一遇挫折，就憂恐慘沮，神志衰頽。韓愈《與馮宿論文書》，認爲作古文只會引起人家的怪惡，因此說作者不必要求當時人的賞識，「直百世以俟聖人而不惑，質諸鬼神而不疑耳」。他有這樣堅定的意志，所以能奏當時人所謂「摧陷廓淸」的功績。

正因他的特立獨行，勇於自信，所以他又能在擧世恥相師的風氣之下，毅然地以師自任，毅然地以文爲教。柳宗元就沒有這般膽氣。他《答嚴厚輿論師道書》雖知道「言道講古窮文辭以爲師，則固吾屬事」，但是接下去就說「僕才能勇敢不如韓退之，故又不爲人師」。其《報袁君陳秀才避師名書》云：「僕避師名久矣。……自視以爲不足爲，一也；世久無師弟子，決爲之且見非，且見罪，懼而不爲，二也。」他簡直是不敢爲師，何嘗是不願爲師。他在《答韋中立論師道書》中說：「由魏晉氏以下，人益不事師，今之世不聞有師，有輒嘩笑之，以爲狂人。獨韓愈奮不顧流俗，犯笑侮，收召後學，作師說，因抗顏而爲師。世固羣怪聚罵，指目牽引，而增與爲言辭，愈以是得狂名。」這就說明他和韓愈不同的地方。在當時，儘管有許多人願意從柳宗元學，列弟子籍，但是他都婉言辭謝了。這樣，所以他在文學史上的成就雖則與韓一樣，而在文學批評史上的影響，就遠不及韓。

韓愈《師說》云：「古之學者必有師。師者，所以傳道授業解惑也。」後人解釋此節，謂韓愈一生學道好文，二者兼營，故往往將道與文並言之。這些話解釋得也不錯，不過韓愈雖是學道好文，而在當時尚不可能對道有所闡發，即像李翺這樣，《復性》一書開了宋學風氣，但在當時卻不會成爲一種風氣。這就因爲中國在長期的封建社會中間，所以舊時學術逃不出六藝經典的範圍，不過對六藝經典研究的重點，各時代有些不同罷了。

漢人通其訓詁章句於是有所謂漢學；宋人明其義理，於是有所謂宋學。在唐人則學其文章，恰恰成爲漢宋學術過渡之樞紐。劉勰序述寫《文心雕龍》的原因，就因爲「馬鄭諸儒弘之已精，就有深解，未足立家」，那就可知從訓詁章句之學進一步轉爲研究文章，實在是很自然的趨勢。在研究文章之後，於是再進一步研究文章之義理，才從漢學過渡到宋學。那麼唐人之以文爲教，從這一點講，實在也有它的時代意義的。所以儘管柳宗元不肯爲師，不敢爲師，事實上也還是以文爲教，因爲他對於當時要求學文的人畢竟是有所指示的。

說明了這些問題那就可以看出韓愈和柳宗元的文論雖有些不同，卻是同樣重要。

他們的總目標是相同的。韓愈《送陳秀才彤序》說：「苟行事得其宜，出言得其要，雖不吾面，吾將信其富於文學也。」而柳宗元《報袁君陳秀才避師名書》也說：「大都文以行爲本，在先誠其中。」這種文行相顧的論調，是唐人一般的主張。顧況《文論》甚至說：「昔霍去病辭第，曰：『匈奴未滅何以家爲』，於國如此，不得謂之無文；范蔚宗著《後漢書》，其妻不勝珠翠，其母唯薪樵一廚，於家如此，不得謂之有文。」所以「以行爲本」，可說是古文家共同的口號。韓愈《進學解》云：「沈浸醲郁，含英咀華，作爲文章，其書滿家。上規姚姒，渾渾無涯；《周誥》《殷盤》，佶屈聱牙；《春秋》謹嚴，左氏浮誇；《易》奇而法，《詩》正而葩；下逮《莊》《騷》，太史所錄，子雲、相如，同工異曲。」這是他學文的途徑，而柳宗元《報袁君陳書》也說：「當先讀《六經》，次《論語》、孟軻書，皆經言；左氏《國語》莊周屈原之辭稍採取之；穀梁子太史公，甚峻潔，可以出入；余書俟文成，異日討也，其歸在不出孔子。」他們學文的途徑也是一樣的。韓愈《答李翊書》云：「將蘄至於古之立言者，則無望其速成，無誘於勢利。養其根而俟其實，加其膏而希其光；根之茂者其實遂，膏之沃者其光燁。仁義之人，其言藹如也。」而柳宗元《報袁君陳書》中也說：「秀才志於道，愼勿怪，勿雜，勿務速顯。道苟成則勃然爾，久則蔚然爾。源而流者歲旱不涸，蓄穀者不病凶年，蓄珠玉者不虞殍死矣。然則成而久者，其術可見。」他們對於學文的態度又是一致的。

不過，由於個性不同，習染不同，成就不同，他們的見解也就不可能完全相同。先講古文運動的中心問題——道的問題。

韓愈《進學解》云：「抵排異端，攘斥佛老，補苴罅隙，張皇幽眇，尋墜緒之茫茫，獨旁搜而遠紹，障百川而東之，回狂瀾於既倒。先生之於儒，可謂有勞矣。」所以第一點，先要肯定，他所謂道是儒家之道。其《答李秀才書》云：「愈之所志於古者，不惟其辭之好，好其道焉爾。」這說明了學文就因爲求道。其《送陳秀才彤序》云：「讀書以爲學，纘言以爲文，非以誇多而鬥靡也。蓋學所以爲道，文所以爲理也。」這又說明了作文就因爲明道。因此，第二點，再要肯定，他所說明的，表現在文章中間的也是儒家之道。

那麼，文道合一，是不是和後來道學家的見解相一致呢？不。道學家批評韓愈是因文而及道，所謂因文而及道，是說古文家的目標在學文，學文既久，則才於道也有所得。而道學家的目標就在求道，於道有得，則得魚忘筌，也就不重在文。所以第一步，著手之處就不一樣。再有，「爲文」的作用，在道學家看來是載道，在古文家說來是明道。載道則文是道的工具，明道則文是道所流露。就是說，目標還重在作文，不過不作言之無物的文而作學道有得之文罷了，不作輕薄之文而作言行相顧之文罷了。這是所謂「卒澤於道德仁義，炳如也」（李漢《昌黎先生集序》）。這是所謂「昭晰者無疑，優遊者有餘」（韓愈《答尉遲生書》）。

韓愈《答李翊書》就是他自狀其所得。他說：

> 愈之所爲，不自知其至猶未也。雖然，學之二十餘年矣！始者非三代兩漢之書不敢觀，非聖人之志不敢存，處若忘，行若遺，儼乎其若思，茫乎其若迷；當其取於心而注於手也，惟陳言之務去，戛戛乎其難

哉！其觀於人，不知其非笑之爲非笑也。如是者亦有年，猶不改，然後識古書之眞僞，與雖正而不至焉者，昭昭然白黑分矣。而務去之，乃徐有得也。當其取於心而注於手也，汩汩然來矣。其觀於人也，笑之則以爲喜，譽之則以爲憂，以其猶有人之說者存也。如是者亦有年，然後浩乎其沛然矣。吾又懼其雜也，迎而距之，平心而察之，其皆醇也，然後肆焉。雖然，不可以不養也，行之乎仁義之途，遊之乎詩書之源，無迷其途，無絕其源，終吾身而已矣。氣，水也；言，浮物也。水大而物之浮者大小畢浮。氣之與言，猶是也。氣盛則言之短長與聲之高下者皆宜。雖如是，其敢自謂幾於成乎？（《韓昌黎集》十六）

這一節話要與他的《送高閑上人序》參互比證，才可相互映發。其《送高閑上人序》云：

苟可以寓其巧智，使機應於心，不挫於氣，則神完而守固；雖外物至，不膠於心。堯舜禹湯治天下，養叔治射，庖丁治牛，師曠治音聲，扁鵲治病；僚之於丸，秋之於奕，伯倫之於酒，樂之終身不厭，奚暇外慕！夫外慕徙業者，皆不造其堂，不嚌其胾者也。（《韓昌黎集》二十一）

等到他「昭昭然白黑分矣」，等到他「徐有得也」，才能「當其取於心而注於手也，汩汩然來矣」。這即是「機應於心」之說。「氣盛則言之短長與聲之高下者皆宜」，這即是「不挫於氣」之說。不挫於氣，也就不會「有人之說者存」，所以會「浩乎其沛然矣」。此外，所謂「處若忘，行若遺，儼乎其若思，茫乎其若迷」，就是「雖外物至不膠於心」的意思；所謂「行之乎仁義之途，遊之乎詩書之源，無迷其途，無絕其源，終吾身而已矣」，也就是「樂之終身不厭，奚暇外慕」的意思。所以姚鼐《古文辭類纂》，以《送高閑上人序》爲韓公自狀所得於文事者，確有相當見地。

韓愈於道於文，是這樣沈溺其中，直到工夫到家，才能有所體會，才能自由流露的。而柳宗元呢？一方面他所謂道，不全是儒家之道。韓愈闢佛而柳卻好佛，其《送僧浩初序》明言韓愈闢佛爲忿其外而遺其中，知石而不知韞玉。且謂「吾之所取者與《易》、《論語》合，雖聖人復生，不可得而斥焉」。這竟爲宋人陽儒陰釋的道學樹立先聲了。假使我們要推究韓柳所受時人的影響，那麼，韓出於柳冕而柳近於元結。柳冕對於古文運動的態度是積極的，而元結卻是消極的；因爲取消極的態度，所以元結和柳宗元都不會像柳冕韓愈這般大聲疾呼地宣傳儒家之道。說得再明白一些，那就是韓柳雖都是當時科舉出身的中間階層分子，但是韓愈自認爲封建道德的繼承者，所以無意中變成了大地主集團的代言人，而柳宗元呢，還保存著中間階層改良主義的思想，所以對於道的認識也就不大一樣。

在另一方面，韓柳對於道的態度也不相一致。柳宗元《報崔黯秀才書》云：「聖人之言期以明道，學者務求諸道而遺其辭。辭之傳於世者必由於書。道假辭而明，辭假書而傳，要之之道而已矣。道之及，及乎物而已耳。斯取道之內者也。今世因貴辭而矜書，粉澤以爲工，遒密以爲能，不亦外乎？」這好像也有宋代道學家的看法，不要因文以及道；可是他儘管這般說，而就他學問所得，畢竟重在文的方面，而且這種偏重文的傾向，事實上比韓愈更加强。這從他《答韋中立論師道書》中就可以看出。他說：

始吾幼且少，爲文章以辭爲工；及長，乃知文者以明道，是固不苟爲炳炳烺烺，務彩色，誇聲音，而以爲能也。……故吾每爲文章，未嘗敢以輕心掉之，懼其剽而不留也；未嘗敢以怠心易之，懼其弛而不嚴也；未嘗敢以昏氣出之，懼其昧沒而雜也；未嘗敢以矜氣作之，懼其偃蹇而驕也：抑之欲其奧，揚之欲其明，疏之欲其通，廉之欲其節；激而發之欲其清，固而存之欲其重：此吾所以羽翼夫道也。本之《書》以求其質，本之《詩》以求其恆，本之《禮》以求其宜，本之《春秋》以求其斷，本之《易》以求其動，此吾所以取道之原也。參之穀梁氏以厲其氣，參之孟荀以暢其支，參之莊老以肆其端，參之《國語》以博其趣，參之《離騷》以致其幽，參之太史以著其潔，此吾所以旁推交通，而以之為文也。（《柳河東集》三十四）

這一節話雖則也講到明道，但是畢竟重在論文，因此與韓愈對道的態度就不一樣。韓的態度是沈潛於道，所以會「處若忘，行若遺，儼乎其若思，茫乎其若迷」，所以要「行之乎仁義之途，遊之乎詩書之源」，而再要「無迷其途，無絕其源」，「樂之終身不厭」。而柳宗元呢，只重在「羽翼夫道」而已。「羽翼夫道」，所以只須勿以輕心掉之，怠心易之，昏氣出之，矜氣作之足矣，假使我們要從這方面看出他們的分別，那麼可以說，韓愈所言是孟子所謂養氣之旨，所以重在道；柳宗元所言是劉勰所謂養氣之旨，所以又重在文。孟子說：「我知言，我善養吾浩然之氣。」於是他再加以說明云：「其為氣也，至大至剛，以直養而無害，則塞於天地之間。其為氣也，配義與道；無是，餒也。是集義所生者，非義襲而取之也。行有不慊於心，則餒矣。」韓愈所謂氣，就是這般的。他所謂：「吾又懼其雜也，迎而距之，平心而察之，其皆醇也，然後肆焉。」這即是「配義與道」的工夫。他所謂：「行之乎仁義之途，遊之乎詩書之源」，這也是「配義與道」的工夫。所以我說這是沈潛於道的態度。《文心雕龍．養氣》篇云：「率志委和，則理融而情暢；鑽礪過分，則神疲而氣衰。」這即是柳宗元《與楊京兆憑書》所謂「凡為文以神志為主」之所本。因此，所謂「輕心」「怠心」「昏氣」「矜氣」云者，完全是神志方面的事。所以我說，這種羽翼夫道的態度，是劉勰所謂養氣之旨。這樣，所以說柳宗元的重文傾向比韓愈更加强。

明得此意，然後知柳氏所謂取道之原，——「本之《書》以求其質，本之《詩》以求其恆，本之《禮》以求其宜，本之《春秋》以求其斷，本之《易》以求其動」云云者，雖重在道的方面，重在文的內容方面，而實則《書》《詩》《禮》《春秋》與《易》之風格體制也都包括在內。因爲重在論道，則宜合言之；重在論文，則宜分言之。韓愈《原道》云：「博愛之謂仁，行而宜之之謂義，由是而之焉之謂道，足乎己無待於外之謂德。……其文《詩》《書》《易》《春秋》，其法禮樂刑政，其民士農工商，其位君臣父子師友賓主昆弟朋友。」何曾對於五經之道各別道來！劉勰《文心雕龍．宗經》篇云：「《易》惟談天，《書》實記言，《詩》主言志，《禮》以立體，《春秋》辨理」，又如何能把五經之文綜合言之。所以柳氏對於取道之原，而於五經中求其質，求其恆，求其宜，求其斷，求其動，已不全是道的問題而兼有文的問題了。

明白了這個意思，然後再可以知道柳氏所謂旁推交通而以之爲文者，也正是他「有意窮文章」的地方（見《與楊京兆憑書》）。他不過不做「炳炳烺烺，務彩色，誇聲音」之文而已。不做炳炳烺烺務彩色誇聲音之文，而仍有意窮文章，這就是他所謂「羽翼夫道」了。

這樣，所以他的論文不會偏於道，我們說他對於儒家之道取消極的態度，也就在這一點。

除了這道的問題，柳宗元對於文的方面的主張也與韓愈不很一致。韓愈所謂「文」是純粹指散文講的；柳宗元所謂「文」，是包括韻文講的。柳氏《楊評事文集後序》云：

文有二道：辭令褒貶，本乎著述者也；導揚諷諭，本乎比興者也。著述者流，蓋出於《書》之謨訓，

《易》之象繫，《春秋》之筆削，其要在於高壯廣厚，詞正而理備，謂宜藏於簡冊也。比興者流，蓋出於虞夏之詠歌，殷周之風雅，其要在於麗則淸越，言暢而意美，謂宜流於謠誦也。茲二者，考其旨義，乖離不合，故秉筆之士，恆偏勝獨得，而罕有兼者焉。

可知他所謂「文」是兼詩而言的。韓愈則不然，只以散文爲之，只要改變當時的駢文而特創一體，只在形式技巧上下工夫，所以他在文的方面所抱的態度，是隨波逐流者不傳，特立獨行者傳；與世浮沈者不傳，能自樹立者傳。現在且看他的《答劉正夫書》：

> 夫百物朝夕所見者，人皆不注視也。及睹其異者，則共觀而言之。夫文豈異於是乎？漢朝人莫不能爲文，獨司馬相如太史公劉向揚雄爲之最。然則用功深者其收名也遠。若皆與世沈浮，不自樹立，雖不爲當時所怪，亦必無後世之傳也。足下家中百物，皆賴而用也，然其所珍愛者必非常物。夫君子之於文，豈異於是乎？
>
> 今後進之爲文，能深探而力取之，以古聖賢人爲法者，雖未必皆是，要若有司馬相如太史公劉向揚雄之徒出，必自於此，不自於循常之徒也。若聖人之道不用文則已，用則必尚其能者。能者非他，能自樹立不因循者是也。（《韓昌黎集》十八）

「能自樹立，不因循」，即是他的特性。韓氏《與崔立之書》謂：「誠使古之豪傑之士，若屈原孟軻司馬遷相如揚雄之徒，進於是選（指博學宏辭），必知其懷慚，乃不自進而已耳。」這即是他自負的地方，也就是他「能自樹立」之處。韓氏《上兵部李侍郎書》又說：「性本好文學，因困厄悲愁，無所告語，遂得究窮於經傳史記百家之說，沈潛乎訓義，反覆乎句讀，礱磨乎事業，而奮發乎文章」，這又是他的「不因循」之處。以他這樣的特性，而作文又要一反當時風尚，那麼他的批評主張，當然要不循平常。怎樣能不循平常呢？於是他從學古的途徑來表示不隨俗；不隨俗就是能自樹立了，能自樹立而猶不因循，不自甘暴棄，那麼「用功深者其收名也遠」，也就可以傳於後世了。所以這樣取法於古，是革新而不是返舊；而這樣的爲當時所怪，也是特出流俗而不是背道而馳。「能自樹立」所以表其「異」，「不因循」又所以成其「能」。惟「異」，才可以進於「能」；亦惟「能」，才可以成其「異」。這樣，所以蘇軾稱韓愈文起八代之衰，而王闓運卻說他爲文搗八代之亂。妙語解頤，也不過一個著眼在「能」，一個著眼在「異」而已。這種主張不但引導他的古文走上形式主義的道路，使後世之爲古文者有法可循，而且也使他的詩創造奇特的作風，使江西詩派之詩論也專重在詩格詩法方面。

柳宗元就不是這樣。其《復杜溫夫書》云：

吾雖少，爲文不能自雕斲，引筆行墨，快意累累，意盡便止，亦何所師法；立言狀物未嘗求過人。（《柳河東集》三十四）

他就老實說出「未嘗求過人」。由於未嘗求過人，所以在他自已既何所師法，那麼用來教人，亦無可傳授。所以他說：

但見生用助字不當律令，惟以此奉告。所謂乎、歟、耶、哉、夫者，疑辭也；矣、爾、焉、也者，決辭也。今生則一之；宜考前聞人所使用，與吾言類且異，慎思之則一益也。（同上）

他覺得所可告人者，僅此而已。他眞講得平凡極了。不但如此，他再反對過於尙奇的作風。他《答吳武陵論非國語書》云：「夫爲一書，務富文采，不顧事實，而益之以誣怪，張之以闊誕，以炳然誘後生而終之以僻，是猶用文錦覆陷阱也。不明而出之，則顚者衆矣。」眞的，韓愈以後，像皇甫湜等大都是誤入歧途，偏重形式，以致走上這條僻道的。

◎三一　韓柳以後的文論◎

韓柳以後也有一些作家論及文事，就其比較有特殊見解的，可推裴度、李翺、皇甫湜、劉昫四人。古文運動到韓柳可說完成了，但是完成以後，進到第二階段又很容易成爲蛻分的現象，於是韓柳以後的文論也就不免有些分歧。

裴度，雖不以文名，也不以道名，但是他的論調卻開了宋代道學家的先聲。他當然不贊成駢文家的雕飾，可是他也不贊成韓柳的矯枉過正，於是主張自然，不要以文爲事。這樣，當然接近道學家的主張了。他的《寄李翺書》，歷舉了古代作家，得到這樣的結論，就是「不詭其詞而詞自麗，不異其理而理自新」。於是他再說：

若夫典謨訓誥，文言繫辭，國風雅頌，經聖人之筆削者，則又至易也，至直也，雖大彌天地，細入無間，而奇言怪語，未之或有。意隨文而可見，事隨意而可行，此所謂文可文非常文也。其可文而文之，何常之有！（《全唐文》五三八）

他推溯到古人著述，知道古人著述沒有不出於自然，所以不要可文而文之。駢文家尚對偶，講聲韻，固然是可文而文之，可是古文家的磔裂章句，也何嘗不是可文而文之呢？後來宋人稱韓愈爲有意爲文，就是從這種論調上啓發的。他再說：

觀弟近日制作大旨，常以時世之文，多偶對麗句，屬綴風雲，羈束聲韻，爲文之病甚矣，故以雄詞遠致，一以矯之；則是以文字爲意也。

且文者，聖人假之以達其心；心達則已，理窮則已，非故高之下之，詳之略之也。愚欲去彼取此，則安步而不可及，平居而不可逾，又何必遠關經術，然後騁其材力哉！

昔人有見小人之違道者，恥與之同形貌，共衣服，遂思倒置眉目，反易冠帶以異也。不知其倒之反之之非也；雖非於小人，亦異於君子矣。故文之異，在氣格之高下，思致之深淺，不在磔裂章句，隳廢聲韻也。人之異，在風神之清濁，心志之通塞，不在於倒置眉目，反易冠帶也。

其實，古文家的手法，正在這些高之下之、詳之略之的方法上面，尤其是後來的一輩古文家講所謂義法，那就更重視這些問題。在當時，古文運動之所以成功，和這些問題是有些關係的，必須要形式技巧上有特殊的成就，然後才能完成這種新體制。可是，正因爲這樣，又不免限制了古文的成就，使它不能反映現實。這就因爲韓柳古文一方面以道爲幌子，而一方面卻不知道所謂「道」是要從現實中產生出來的，於是在古文家所自認爲明道的作品，其實，是脫離了現實，只成爲與駢文犯同樣錯誤的以文爲事的作品。這樣，所以傳奇小說明明是受古文運動的發展而成功的，也明明是因古文運動的成功而發展的，可是古文與傳奇小說卻始終各走各的路，成爲兩不相關似的，就因古文家處處牽附到道，也就使得傳奇小說不敢高攀了。這樣，所以從道學家看來，又看穿了這些伎倆，於是批評他們以文爲事，看作和駢文一樣，和時文一樣。而裴氏就是最早提出這些見解的。這種論調，最合後來道學家的脾胃，而清代的駢文家，有些也申闡裴論，以爲駢文張目，這恐怕不是裴氏的意思了。

李翺是韓門弟子。韓愈死後，李翺和皇甫湜都有哀悼紀念的文章，而二人對於韓愈的評價，卻各有不同的著眼之點。李翺《祭吏部韓侍郎文》云：「嗚呼！孔子云遠，楊朱恣行，孟軻距之，乃壞於成。戎風混華，異學魁橫，兄嘗辯之，孔道益明。」這是重在道的方面講的。就是講到「文」的方面，也稱「及兄之爲，思動鬼神，撥去其華，得其本根，……六經之學，絕而復新」（《李文公集》十六）。也是比較重在道的方面。而皇甫湜的《韓文公墓誌銘》就說：「茹古涵今，無有端涯，渾渾灝灝，不可窺校。及其酣放，毫曲快字，凌紙怪發，鯨鏗春麗，驚耀天下；然而栗密窈眇，章妥句適，精能之至，入神出天。」（《皇甫持正文集》六）那就比較重在文的方面了。由於李翺與皇甫湜對於韓愈的認識不一樣，所以二人之作風和成就也不相一致。李翺作風平易，論文重道；皇甫湜作風奇特，論文也尚奇。

李翺《答朱》（一作王，一作梁）《載言書》自述其作古文之旨云：「吾所以不協於時而學古文者，悅古人之行也。悅古人之行者，愛古人之道也。故學其言不可以不行其行，行其行不可以不重其道，重其道不可以不循其禮。」（《李文公集》六）此書說明他學古文之旨，全與韓愈相同。李翺此書爲其論文主旨所在，與韓之《答李翺書》，柳之《答韋中立書》，同樣重要。他說：

> 列天地，立君臣，親父子，別夫婦，明長幼，浹朋友，六經之旨也。浩乎若江海，高乎若邱山，赫乎若日火，包乎若天地，掇章稱詠，津潤怪麗，六經之詞也。創意造言，皆不相師。故其讀《春秋》也，如未嘗有《詩》也；其讀《詩》也，如未嘗有《易》也；其讀《易》也，如未嘗有《書》也；其讀屈原莊周也，如未嘗有六經也。

此書專討論創意造言二事，而均歸之於「皆不相師」。論創意，韓愈說過：「師其意不師其辭」，似乎意不能不相師。論造言，柳宗元又說過：「參之穀梁氏以厲其氣，參之孟荀以暢其支，參之莊老以肆其端，參之《國語》以博其趣，參之《離騷》以致其幽，參之太史以著其潔」，似乎言也不能不相師。然而他卻說：「創意造言，皆不相師。」這豈不是與韓柳異其旨趣嗎？然而，言各有當，李翺的意思也正是韓柳的意思。在李翺當時，也許有一班人振於韓柳復古之說，而不能了解韓柳以復古為革新的意義，不能理會韓柳從學古以創造的本領。這好似陳子昂李白在號召復古的時候，一輩後生就批評庾信和初唐四傑是同樣的情形。所以他對於朱載言一流人，便不得不急急以「創意造言，皆不相師」為言。

先論創意。他說：

> 故義深則意遠，意遠則理辯，理辯則氣直，氣直則辭盛，辭盛則文工。如山有恆、華、嵩、衡焉，其同者高也，其草木之榮，不必均也；如瀆有淮、濟、河、江焉，其同者出源到海也，其曲直淺深，色黃

白，不必均也；如百品之雜焉，其同者飽於腸也，其味鹹酸苦辛，不必均也。此因學而知者也。此創意之大歸。

他以爲義貴深，意貴遠。義深意遠則理辯氣直而辭盛文工。義之貴深，意之貴遠，正如山之應當高，瀆之應當出源到海，百品之應當足以充腸。深與遠，是義與意的標準，標準可同而所以成其義與意者正不必同。不要以爲在文以明道的旗幟之下，可以儘量容納陳陳相因的老生常談。假使沒有自己獨特的見地，說來必不會透徹。他所謂：「義深則意遠，意遠則理辯，理辯則氣直，氣直則辭盛，辭盛則文工」，應當著眼在這一點。這樣，所以他主張學，——「此因學而知者也」。學愈深則意愈遠，否則，一望皆黃茅白葦，只成爲淺近的同而已。繼論造言。他再說：

天下之語文章，有六說焉：其尚異者，則曰文章辭句，奇險而已。其好理者，則曰文章敍意，苟通而已。其溺於時者，則曰文章必當對。其病於時者，則曰文章不當對。其愛難者，則曰文章宜深不當易。其愛易者，則曰文章宜通不當難。此皆情有所偏，滯而不流，未識文章之所主也。……故義雖深，理雖當，詞不工者不成文，宜不能傳也。文理義三者兼併，乃能獨立於一時，而不泯滅於後代，能必傳也。仲尼曰：「言之無文，行之不遠」；子貢曰：「文猶質也，質猶文也，虎豹之鞟，猶犬羊之鞟」，此之謂也。陸機曰：「怵他人之我先」；韓退之曰：「唯陳言之務去。」假令述笑哂之狀，曰莞爾，則《論語》言之矣；曰啞啞，則《易》言之矣；曰粲然，則穀梁子言之矣；曰攸爾，則班固言之矣；曰輾然，則左思言之矣；吾復言之，與前文何以異也！此造言之大歸。（《李文公集》六）

造言，大概也是當時新起的問題。他先就當時人對於造言問題所舉出的幾點相反的標準，加以總的批評，稱爲未識文章之所主。這些問題，在李翺以前，權德輿已經提出過。權氏的《醉說》云：「嘗聞於師曰，尚氣尚理，有簡有通。能者得之以四，不能者失之亦以是。四者皆得之於全，然則得之矣；失於全則鼓氣者類於怒矣，言理者傷於儒矣；或猖猖而呀口，跕跕以墮水。好簡者則瑣碎以譎怪，或如讖緯。好通者則寬疏以浩蕩，龐亂憔悴。豈無一曲之效，固致遠之必泥。」（《權載之文集》三十）又其《尚書兵部郎中楊君文集序》云：「君嘗以爲尚氣者或不能精密，言理者或不能彪炳。」（《權載之文集》三十三）可知這是當時一般人常提到的問題。一般人總以爲標準愈具體，愈簡單，則愈易明瞭，愈易遵守；但在他則以爲這是不成問題的。他的標準，是造言要工，惟工而後能傳。尚異與好理，對與否，易與難，都是不成問題的。問題在於工。而做到這工的標準，卻又須自己去創造的。「唯陳言之務去」，必不能襲用前人一言一語，這才是革新。所以我說：李翺此書，是專對當時泥古的人發的。

看出了這一點，然後知道他的所謂不用「莞爾」「啞啞」「粲然」「攸爾」「囅然」諸詞，與皇甫湜的尚奇不同。他不過提示人應當有創造的本領，應當善於採用當時的詞彙。至於他所本的則仍是所謂「六經之旨」，他所學的，仍是所謂「六經之詞」。他依舊是偏重在道的方面。

實在，李翺於道，也確是有所得者。即就其《復性書》而論，亦遠勝於韓愈之《原道》。宋儒理學，即很受此書之影響。所以他的論文主張，就「六經之旨」言，也不是空洞的話。其《寄從弟正辭書》云：

> 汝勿信人號文章爲一藝。夫所謂一藝者，乃時世所好之文，或有盛名於近代者是也。其能到古人者則仁義之辭也。惡得以一藝而名之哉？

仲尼孟軻歿千餘年矣！吾不及見其人。吾能知其聖且賢者，以吾讀其辭而得之者也。後來者不可期，安知其讀吾辭也，而不知吾心之所存乎？亦未可誣也。

夫性於仁義者，未見其無文也。有文而能到者，吾未見其不力於仁義也。由仁義而後文者，性也；由文而後仁義者，習也。猶誠明之必相依爾。

貴與富，在乎外者也，吾不能知其有無也；非吾求而能至者也。吾何愛而屑屑於其間哉！仁義與文章，生乎內者也，吾知其有也，而能求而充之者也，吾何懼而不為哉。（《李文公集》八）

他不以文章為一藝，所以偏重在道的方面。他謂「性於仁義者未見其無文也」。這正是上承孔子「有德者必有言」之意，下啓宋儒「道至則文自工」之說。宋人譏韓愈為「倒學」，實則李翶此文，即已逗露此意。「由仁義而後文者性也」，這是宋人論文的見解。「由文而後仁義者，習也」，這是唐人論文的見解，而宋人所譏為倒學者。所以李翶論文，已開宋人之先聲。至其《答皇甫湜書》「欲筆削國史成不刊之書，用仲尼褒貶之心，取天下公是公非以為本」。又《答開元寺僧書》畏後世聖人之責，不敢為釋氏作鐘銘，都可以看出他衞道的熱烈。

至皇甫湜之論文，便偏主於奇。其《答李生第一書》云：

來書所謂今之工文，或先於奇怪者，顧其文工與否耳！夫意新則異於常，異於常則怪矣；詞高則出衆，出衆則奇矣。虎豹之文，不得不炳於犬羊；鸞鳳之音，不得不鏘於烏鵲；金玉之光，不得不炫於瓦石：非有意先之也，乃自然也。必崔嵬然後為岳，必滔天然後為海，明堂之棟必撓雲霓，驪龍之珠必涸深泉。足下以少年氣盛，固當以出拔為意。學文之初，且未自盡其才，何遽稱力不能哉！（《皇甫持正文集》

四）

這種尚奇的主張，完全是尚文的傾向，因爲不脫韓愈所謂「能」與「異」的見解。其《答李生第二書》復申述之云：

夫謂之奇，則非正矣，然亦無傷於正也。謂之奇，即非常矣。非常者謂不如常者；謂不如常乃出常也。無傷於正而出於常，雖尚之亦可也。……夫文者非他，言之華者也。其用，在通理而已，固不務奇，然亦無傷於奇也。使文奇而理正，是尤難也。……

夫言亦可以通理矣，而以文爲貴者，非他，文則遠，無文即不遠也。以非常之文，通至正之理，是所以不朽也；生何嫉之深耶？

夫繪事後素，既謂之文，豈苟簡而已哉！聖人之文，其難及也！作《春秋》，游夏之徒不能措一辭，吾何敢擬議之哉！秦漢已來至今文學之盛，莫如屈原宋玉李斯司馬遷相如揚雄之徒，其文皆奇，其傳皆遠。生書文亦善矣，比之數子，似猶未勝，何必心之高乎？……

《書》之文不奇，《易》之文可謂奇矣，豈礙理傷聖乎？如「龍戰於野，其血玄黃」，「見豕負塗，載鬼一車」，「突如其來如、焚如、死如、棄如」，此何等語也！（《皇甫持正文集》四）

此節謂奇而無傷於正，正而無傷於奇，以文奇理正爲標的，固似較前書爲修正一些，但以尚奇之故總不免偏於修辭方面。其後孫樵論文，亦偏主於奇，就是皇甫湜一派之支流。

孫樵《與友人論文書》自言：「嘗得為文之道於來公無擇，來公無擇得之皇甫公持正，皇甫持正得之韓先生退之」（亦見其《與王霖秀才書》），則其淵源所自，正從皇甫湜一派得來，所以不重在道，而重在文，而其論文亦不尚平而尚奇。其《與王霖秀才書》云：「鸞鳳之音必傾聽，雷霆之聲必駭心。龍章虎皮是何等物！日月五星是何等象！儲思必深，摛辭必高，道人之所不道，到人之所不到，……前輩作者正如是。」（《孫樵集》二）又《與友人論文書》云：「古今所謂文者，辭必高然後為奇，意必深然後為工，煥然如日月之經天也，炳然如虎豹之異犬羊也。是故以之明道則顯而微，以之揚名則久而傳。」（《孫樵集》二）這些話，都是申皇甫湜尚奇之旨。

到了五代，文格既卑，詩體又靡，文學批評也無可論述，但是做《舊唐書》的劉昫，卻有一些和當時古文家相反的見地。這原因，恐怕由於晚唐五代，古文家繼起無人，只有孫樵免強支持殘局，但是又走了皇甫湜的路線，脫離實際，所以令狐楚李商隱輩遂得以復煽駢文之餘波，成為四六。在此風氣之下當然論文見解要與古文家有些出入了。

古文家的論文是重在文行相顧的，但是劉昫卻把它分開，不使相混。《舊唐書．蘇味道李嶠諸人傳論》云：「才出於智，行出於性。故文章巧拙，由智之深淺也；行義詭實，由性之善惡也。然則智性稟之於氣，不可使之强也。蘇味道、李嶠等俱為輔相，各處穹崇，觀其章疏之能，非無奧贍；驗以弼諧之道，罔有貞純。」他這種不以人廢文的態度，比了昔人不以人廢言為更進一步。因為他在教訓的批評流行之後，而能有此見解，亦是值得注意的。

又，古文家因為重道，所以尚學。而《舊唐書．文苑傳序》卻說：「如燕許之潤色王言，吳陸之鋪揚鴻業，元稹、劉蕡之對策，王維、杜甫之雕蟲，並非肄業使然，自是天機秀絕，若隨珠色澤無假淬磨，孔璣翠羽自成華彩。」這又發揮他的天才說了。在四六流行的時候，當然會產生和駢文家一鼻孔出氣的論調。

這樣，所以論到文學的進化，也能打破當時批評界的是古非今說。其《文苑傳序》云：

前代秉筆論文者多矣！莫不憲章謨誥，祖述詩騷，遠宗毛、鄭之訓論，近鄙班、揚之述作；謂采采芣苢，獨高比興之源，湛湛江楓，長擅詠歌之體。殊不知世代有文質，風俗有浮醨，學識有淺深，才性有工拙。昔仲尼演三代之易，刪諸國之詩，非求勝於昔賢，要取名於今代；實以淳樸之時傷質，民俗之語不經，故飾以文言，考之弦誦，然後致遠不泥，永代作程。即知是古非今，未爲通論。

他處於唐代批評界復古說高唱之後，而竟能不爲所囿，謂是古非今未爲通論，也可說是比較特殊的了。但是假使明白在他以前有令狐楚之四六，在他以後有楊億、劉筠之西昆體，那麼這種論調也就不值得驚奇了。

◎三二　司空圖詩品◎

唐代詩論也有和現實主義不相同的，那就是詩佛一派的詩論。假使我們依照舊說，稱李白爲詩仙，杜甫爲詩聖，而再以王維爲詩佛，那麼我們就覺得詩仙詩聖還都有論詩的見解，而獨在詩佛則不落言詮，沒有在這方面表示什麼意見。

王維雖沒有發表過論詩見解，但是在封建主義社會裡，在統治階級的支配之下，像他這種脫離實際的作風，反而比起白居易呼吁疾苦的作風要受人歡迎一些。所以王維雖不講，自會有代言人的。較早的代言人是僧皎然，較後的是司空圖。

皎然名晝，謝靈運十世孫。他是天寶大曆間人，所著據昔人著錄有《詩式》《詩評》《詩議》《中序》諸稱，現在所傳有《詩式》五卷，《詩議》一卷。案其論詩宗旨，大率重在折衷，要自然工力恰到好處。如論詩有二要云：「要力全而不苦澀，要氣足而不怒張。」論詩有六至云：「至險而不僻，至奇而不差，至麗而自然，至苦而無跡，至近而意遠，至放而不迂。」⑨類此諸例，都是不廢工力但要歸到自然。尤其明顯者，如《文鏡秘府論》「論文意」條引《詩評》（或作議）云：

或曰，詩不要苦思，苦思則喪於天眞。此眞不然。固當繹慮於險中，采奇於象外，狀飛動之趣，寫冥奧之思。夫希世之珍必出驪龍之頷，況通幽名變之文哉！但貴成章以後，有其易貌，若不思而得也。

這即是《詩式》序中所謂「放意須險，定句須難，雖取由我衷而得若神表」的意思。又《詩式》卷一論取境云：「取境之時，須至難至險，始見奇句；成篇之後，觀其風貌，有似等閒，不思而得，此高手也。」總之一句話，就是要出人意外，同時又要在人意中。

這種論調說明些什麼呢？只說明了兩點，一是純藝術論，又一是唯心論。皎然論詩雖反對聲律，反對用事，但是同時又不贊同陳子昂李白之復古。這即因照著陳李所指出的方向走去，自會走向古典現實主義的，而他則是純藝術論的，所以不會贊同。他認為「反古曰復，不滯曰變」。其意

⑨　顧龍振《詩學指南》本作七至，有「至難而狀易」一句。

即是說反今之道而宗古者爲復，循今之道而進行者爲變。他要復中有變而變中寓復，所以說「陳子昂復多而變少，沈（佺期）宋（之問）復少而變多。」假使復和變不能相兼的時候，則認爲：「後輩若乏天機，强效復古，反令思擾神沮。何則？夫不工劍術，而欲彈撫干將太阿之鋏，必有傷手之患，宜其戒之哉！」這樣，就要走到反現實主義的路上去了。我嘗認爲當時論詩格詩式詩例一類的著作，特別發展，不外兩種原因：一種是當時士子專爲應舉的需要，講些作法，用來備人作「敲門磚」之用，如王起的《大中新行詩格》，徐夤的《雅道機要》之類。這類書，沒有永久價值，名家所不屑爲，於是很多依託之作，如託於王維的《詩格》，託於王昌齡的《詩格》和《詩中密旨》，託於李嶠的《評詩格》，託於白居易的《金針詩格》、《文苑詩格》，託於賈島的《二南密旨》之類，都是一些庸妄者流，强託風雅，稗販摭拾以寫成的，這是一種。另一種是出於釋子之作。和尚本是出世的人，既要脫離現實，而又要依附風雅，那就只能重在講究格律的方面，所以皎然《詩式》而外，如釋齊己之《風騷旨格》和《玄機分明要覽》，釋虛中之《流類手鑑》，又是屬於這種性質的。

我們再看當時的詩壇。唐詩到中晚以後一般人又只把詩看作純藝術的。賈島詩：「格與功俱造，何人意不降」（《寄柳舍人宗元》）；又「二句三年得，一吟雙淚流」（《題詩後》）。劉威詩：「都由苦思無休日，已證前賢不到心。」（《歐陽示新詩因貽四韻》）李頻詩：「只將五字句，用破一生心。」（《北夢瑣言》引）杜荀鶴詩：「生應無輟日，死是不吟時」（《苦吟》）；又「乍可百年無稱意，難教一日不吟詩。」（《秋日閒居寄先達》）僧歸仁詩：「日日爲詩苦，誰論春與秋；一聯如得意，萬事總忘憂。」（《自遣》）盧延讓詩：「吟安一個字，拈斷數莖鬚，險覓天應悶，狂搜海亦枯。」（《苦吟》）這些詩句都是吟詩成癖，說明狂搜險覓之意。孟郊說：「倚詩爲活計」「至親惟有詩」；杜牧《獻詩啓》亦言：「苦心爲詩，惟求高絕」，這正可看出當時的風氣。然而，結果怎樣呢？只造成晚唐詩格之卑下罷了。即此，也可以證明脫離現實沒有內容的純藝術作品是不會成功的。所以文學批評上的純藝術論是應當否定的。

由於純藝術的本質就是唯心論，所以，他們不了解詩的生命是寄託在現實上的。他們所要了解的是某些詩怎樣好，某些詩又那樣突出，於是就詩論詩，就只注意到風格問題。風格問題，在純藝術論者講來，是憑各人主觀的體會所得到的。這樣，見仁見智，看法已互有不同；即使看得一樣，也還是抽象不可捉摸的問題。而這些純藝術論者，就專門喜歡在這方面考究。於是皎然《詩式》要以十九字括詩之體。他說：

風韻朗暢曰高，體格閑放曰逸，放詞正直曰貞，臨危不變曰忠，持操不改曰節，立性不放曰志，風情耿介曰氣，緣情（一作境）不盡曰情，氣多含蓄曰思，詞溫而正曰德，檢束防閑曰誡，性情疏野曰閒，心跡曠誕曰達，傷甚曰悲，詞理淒切曰怨，立言盤泊曰意，體裁勁健曰力，意中之靜曰靜，意中之遠曰遠。

不必說這種分體，不倫不類，即使承認它正確，對於論詩也沒有什麼幫助，不會起什麼作用的。

純藝術論發展的另一種傾向，就是不用這些抽象名詞，不說「風韻朗暢」「體格閑放」而用形象化的語言，作爲象徵的批評。這種風氣，在六朝人的品評書法，已經開了端，不過論文論詩還不很普遍。如湯惠休謂謝靈運詩如出水芙蓉，顏延年詩似鏤金錯采，不過偶爾擧例，其體未廣。初唐張說論當時文士也用此手法（見《舊唐書・楊炯傳》），但所論也不多。到中唐時，韓愈於詩既偏重技巧，專尚奇崛，於是批評同時詩人，也就擺落陳言，戛戛獨造，創爲形似之語，曲盡形似之妙。如《醉贈張秘書》詩云：「君詩多態度，靄靄春空雲；東野動驚俗，天葩吐奇芬；張籍學古淡，軒鶴避雞羣。」又如《薦士》詩：「有窮者孟郊，受材實雄驁；冥觀洞古今，象外逐幽好。橫空盤硬語，妥貼力排奡。」諸語，也都能殺縛事實，銖兩悉稱。就是論詩法，如「蛟龍弄角牙，造次欲手攬，衆鬼囚大幽，下覷襲元窅。」（《送無本師歸范陽》）及「想見施手時，巨刃磨天揚；垠崖划崩豁，乾坤擺雷硍。」（《調張籍》）等語，也是想入非非，不落凡境。這種手法，在皇甫湜就用它來論文。其《諭業》一文，就是用比說之辭來講各家風格意境的。

> 夫比文之流，其來尚矣！自六經子史，至於近代之作，無不備詳。當朝之作，則燕公悉以評之。自燕公已降，試爲子論之：
>
> 燕公之文如楩木枏枝，締構大廈，上棟下宇，孕育氣象，可以燮陰陽，閱寒暑，坐天子而朝羣后。
>
> 許公之文如應鐘鼙鼓，笙簧錞磬，崇牙樹羽，考以宮縣，可以奉神明，享宗廟。
>
> 李北海之文如赤羽玄甲，延亘平野，如雲如風，有貙有虎，闐然鼓之，吁可畏也！
>
> 賈常侍之文如高冠華簪，曳裾鳴玉，立於廊廟，非法不言，可以望爲羽儀，資以道義。
>
> 李員外之文則如金轝玉輦，雕龍彩鳳，外雖丹青可掬，内亦體骨不飢。
>
> 獨孤尚書之文如危峯絕壁，穿倚霄漢，長松怪石，傾倒溪壑，然而略無和暢，雅德者避之。
>
> 楊崖州之文如長橋新構，鐵騎夜渡，雄震威厲，動心駭耳（一作目）；然而鼓作多容，君子所愼。
>
> 權文公之文如朱門大第，而氣勢宏敞，廊廡廩廐，户牖悉周；然而不能有新規勝概，令人竦觀。
>
> 韓吏部之文如長江大注，千里一道，沖飆激浪，汙流不滯；然而施於灌溉，或爽於用。
>
> 李襄陽之文如燕市夜鴻，華亭曉鶴，嘹唳亦足驚聽；然而才力偕鮮，悠（一作瞥）然高遠。
>
> 故友沈諮議之文則隼擊鷹揚，滅沒空碧，崇蘭繁榮，曜英揚蕤，雖迅擧秀擢，而能沛艾絕景。
>
> 其它握珠璣，奮（一作奪）組綉者，不可一二而紀矣。若數公者，或傳符於玄宰，或受命於神工，或

鳳翥詞林，或虎踞文苑，或抗轡荀孟，攘袂班揚，皆一時之豪彥，筆硯之麟鳳。（《皇甫持正文集》一）

這兩種傾向，喜歡講詩的風格，和用形似之語來刻劃形容抽象的風格，到了司空圖而集其大成。司空圖的《詩品》就是在這種基礎上完成的。清代許印芳《詩法萃編》中也輯《詩品》，其跋稱「《詩品》比物取象，目擊道存」，說得很對。不過他再想在《詩品》中理出頭緒，分別種類和排列先後，那就不免多事。揚廷芝《詩品淺解》也有同樣企圖，都不免近於附會。

我們要了解《詩品》，是應當和他的《與李生論詩書》等相互參證才能有所體會的。他說：

文之難而詩之難尤難。古今之喻多矣。而愚以爲辨於味，而後可以言詩也。江嶺之南，凡足資於適口者，若醯非不酸也，止於酸而已；若鹺非不鹹也，止於鹹而已。華之人所以充飢而遽輟者，知其鹹酸之外，醇美者有所乏耳。……

詩貫六義，則諷諭抑揚，渟蓄淵雅，皆在其間矣。然直致所得，以格自奇，前輩諸集，亦不專工於此，矧其下者邪？王右丞韋蘇州澄澹精致，格在其中，豈妨於遒舉哉（遒舉一作道學）？賈閬仙誠有警句，然視其全篇，意思殊餒，大抵務於寒澀，方可致才，亦爲體之不備也。矧其下者哉！噫，近而不浮，遠而不盡，然後可以言韻外之致耳。

又云：

> 蓋絕句之作本於詣極，此外千變萬狀不知所以神而自神也。豈容易哉！今足下之詩，時輩固有難色，儻復以全美爲工，即知味外之旨矣。

在這兒，他提出了「韻外之致」「味外之旨」。又《與極浦談詩書》云：

> 戴容州云，詩家之景，如藍田日暖，良玉生煙，可望而不可置於眉睫之前也。象外之象，景外之景，豈容易可談哉！然題紀之作，目擊可圖，體勢自別，不可廢也。

在這兒，他又提出了「象外之象，景外之景」。這些好像都是一些不可捉摸的話，其實，凡是唯心論的文藝理論，總是說得這般迷離恍惚的。我們只須看出了他習慣使用的這些手法，那就可以知道他的《詩品》除了分別風格，除了用形似之語說明各種風格之外，再有一點值得注意的，就是用這種韻外之致、味外之旨的標準來論各種風格，於是更覺得這些形似之語格外超脫，也有可望而不可即的景象。所以他論各種風格是本於這種標準來形容比況的。如論雄渾，謂「超以象外，得其環中」；論沖淡，謂「遇之匪深，即之愈稀」；論纖穠，謂「乘之愈往，識之愈眞」；論沈著，謂「所思不遠，若爲平生」；論高古，謂「虛佇神素，脫然畦封」；論典雅，謂「落花無言，人淡如菊」；論自然，謂「俯拾即是，不取諸鄰」；論含蓄，謂「不著一字，盡得風流」；論精神，謂「妙造自然，伊誰與裁」；論縝密，謂「是有眞跡，如不可知」；論清奇，謂「神出古異，澹不可收」；論委曲，謂「似往已回，如幽匪藏」；論實境，謂「遇之自天，泠然希音」；論形容，謂「俱似大道，妙契同塵」；論超詣，謂「遠引若至，臨之已非」；論流動，謂「超超神明，返返冥無」。都是重在「味外之旨」的意思。所以我們要研究《詩品》，就得討論這一個中心問題。

在中國思想史上有了老莊，有了禪宗，那在文藝思想方面也就必然會有這種迷離恍惚的神韻之說。所以先要說明這是這種唯心詩論的根據。在思想上先有了這種不科學的唯心思想，於是對於詩佛一派之詩也就求之神韻興會之間，好似眞有所謂「韻外之致」或「味外之旨」存乎其間了。其實，人世上沒有可以超脫現實的可能，也就不可能有如五城十二樓縹緲俱在天際的詩論。高爾基說：「文學上有兩種基本的潮流或傾向，就是現實主義與浪漫主義。」而所謂浪漫主義，他又分別出兩個不同的傾向：一個是被動的浪漫主義，一個是積極的浪漫主義。他所謂積極的浪漫主義的精神是企圖强固人們對生活的意志，在人們的心中，喚醒對現實的一切壓迫的反抗性，所以積極的浪漫主義是和現實主義的精神相通的。他所謂被動的浪漫主義則是粉飾現實，努力使人與現實相妥協，或逃避現實，使人走向頹廢享樂或虛無主義的作品（見《文學論集》「我的文學修養」）。所以照這樣講，一般說來，詩聖的作品可以說是傾向於現實主義的；詩仙的作品，還能比較的傾向於積極的浪漫主義的；只有詩佛的作品才屬於被動的浪漫主義，所以是反現實主義的。

我們先認識了這一類所謂詩佛詩的本質，那就再可以理解到所謂純藝術論的本質了。

本著這樣的立場，當然司空圖《與王駕評詩書》會說：「元白力勍而氣孱，乃都市豪沽耳。」他是這樣以反現實主義的立場來反對現實主義的作品的。

最後，我們認識了這一類所謂詩佛詩的本質，那就再可以理解到詩佛的代言人所發表的詩論　儘管如何說得超超玄著，而結果只是模糊影響之談，只是欺人之論。許印芳《詩品跋》云：「表聖論詩味在酸鹹之外，因舉右丞蘇州，以示準的，此是詩家高格，不善學之，易落空套。……學者若從澄澹精致外貌求之，必至摹其腔調，襲其字句，未有不落空套者，所謂優孟衣冠也。然欲淘汰熔煉，而不知審端致力之方，或竟探之茫茫，索之渺渺，雖極雕肝鏤腎，亦終惝恍而無憑。……自表聖首揭味外之旨，逮宋滄浪嚴氏，專主其說，衍爲詩話，傳教後進。初學之士，無高情遠識，往往以皮毛之見窺測古人，沿襲模擬，盡落空套，詩道之衰，常坐此病。」這眞是一針見血之談。所以我們必須首先加以批判；然後對於以後嚴羽《滄浪詩話》，王士禎《漁洋詩話》之說也就可以迎刃而解了。事實上，這種論調，不僅誤人，也且自誤。清代翁方綱《石洲詩話》稱司空圖「論詩入超詣，而其所自作全無高韻，與其評詩之語竟不相似，此誠不可解」（卷二）。潘德輿《養一齋詩話》亦謂：「表聖善論詩而自作不逮。」（卷五）就是這些道理。明代李東陽《懷麓堂詩話》，批評嚴羽的《滄浪詩話》也稱：「滄浪所論超塵絕俗，眞若有所自得，……顧其所自爲作，徒得唐人體面，亦少超拔警策之處」，也是這個原因。

因此，我們還是少講這種「超塵絕俗」之論。

肆　近古期

——自北宋至清代中葉

（紀元九六〇——一八三九年）

◎三三　宋初之文與道的運動◎

宋初之文與道的運動，可以看作韓愈的再生。一切論調主張與態度無一不是韓愈精神之復現。這所謂韓愈精神之復現，最明顯的，即是「統」的觀念。因有這「統」的觀念，所以他們有了信仰，也有了奮鬥的目標，產生以斯文斯道自任的魄力，進一步完成「摧陷廓淸」的功績。韓愈之成功在此，宋初人參加文與道的運動者，其主因也完全在此。唐宋兩代本是社會經濟發展的時代，封建思想的一再擡頭，自有它的原因。

論到「統」的觀念之創始，固然不起於韓愈。《孟子．盡心》篇謂由堯舜至於湯，由湯至於文王，由文王至於孔子，由孔子而來至於今云云，這已是道統說之濫觴。《論衡．超奇》篇云：「文王之文在孔子，孔子之文在仲舒，仲舒旣死，豈在長生（周）之徒歟？」這又是文統說之濫觴。但宋人文統道統之說，其淵源似不出此；其關鍵全在於韓愈。韓愈《原道》篇云：「堯以是傳之舜，舜以是傳之禹，禹以是傳之湯，湯以是傳之文武周公，文武周公傳之孔子，孔子傳之孟軻，軻之死不得其傳焉。」這固然是道統說之所本，實在也是文統說之所自出。韓愈一生學道好文，二者兼營，所以斯文斯道一脈之傳，在宋初一般人看來，好似完全集中在韓愈身上。柳開《應責》一文云：「吾之道，孔子孟軻揚雄韓愈之道；吾之文，孔子孟軻揚雄韓愈之文也。」（《河東集》一）他心目中的韓愈，即是能以斯文斯道之重自任者；而他之所自期，也即在繼韓愈之道與文。所以我說這是韓愈精神之復現。

稍後，在孫復石介所言，更可以看出此關係。孫復《信道堂記》云：「吾之所謂道者，堯、舜、禹、湯、文、武、周公、孔子之道也，孟軻、荀卿、揚雄、王通、韓愈之道也。吾學堯、舜、禹、湯、文、武、周公、孔子、孟軻、荀卿、揚雄、王通、韓愈三十年，處乎今之世，故不知進之所以爲進也，退之所以爲退也，喜之所以爲喜也，譬之所以爲譬也。」（《孫明復小集》二）石介《尊韓》一文云：「道始於伏羲氏，而成終於孔子。道已成終矣，不生聖人可也。若孟軻氏，揚雄氏，王通氏，韓愈氏，祖述孔子而師尊之，其智足以爲賢。孔子後，道屢廢塞，闢於孟子，而大明於吏部。道已大明矣，不生賢人可也。故自吏部來三百餘年矣，不生賢人。」他們這樣推尊韓愈，以韓愈繼承道統，都是宋初人的見解。在濂洛未起之前，韓愈的地位是很高的。所以石介在這個運動中便只希望韓愈之復生。其《與裴員外書》云：

> 噫！文之弊已久。……文之本日壞。……吾嘗思得韓孟大賢人出，爲芟去其荊棘，逐去其狐狸，道大闢而無荒磧，人由之直至於聖，不由曲徑小道，而依大路而行，憧憧往來，舟楫通焉，適中夏，之四海，東西南北，坦然廓如，動無有阻礙。往年官在汶上，始得士熙道；今春來南郡，又逢孫明復。韓孟茲遂生矣！斯文之弊，吾不復爲憂；斯道之塞，吾不復以爲懼也。（正誼堂本《石徂徠集》上）

又《上趙先生書》云：

> 傳曰：「五百年一賢人生。」孔子至孟子，孟子至揚子，揚子至文中子，文中子至吏部，吏部至先生，其驗歟？孔子孟子揚子文中子吏部，皆不虛生也；存厥道於億萬世迄於今，而道益明也，名不朽也。今淫文害雅，世教墮壞，扶顛持危，當在有道，先生豈得不危（一作爲）乎？仲尼有云：「吾欲託之空言，不如見之行事深切著明也。」先生如果欲有爲，則請先生爲吏部，介願率士建中之徒，爲李翺李觀。先生唱於上，介等和於下；先生擊其左，介等攻其右；先生犄之，介等角之；又豈知不能勝茲萬百千人之

衆，革茲百數千年之弊，使有宋之文，赫然爲盛，與大漢相視，巨唐同風哉？（《石徂徠集》上）

爲了斯文之弊，爲了斯道之塞，時而以爲韓愈已生，時而復以韓愈期人，這種精神，這種態度，眞與韓愈相同。人家雖未必眞成爲韓愈之再生，而石介自己，卻已成爲韓愈精神之復現了。故其《上張兵部書》又云：「介嘗讀《易》至《序卦》曰：『剝者剝也。物不可以終盡，故受之以復。』……今斯文也，剝已極矣，而不復，天豈遂喪斯文哉！斯文喪則堯舜禹湯周公孔子之道，不可見矣。嗟夫！小子不肖，然每至於斯，未嘗不流涕橫席，終夜不寢也。顧已無孟軻、荀卿、揚雄、文中子、吏部之力，不能亟復斯文，其心亦不敢須臾忘。」（《石徂徠集》上）這種以斯文斯道自任的態度，似乎較韓愈更迫切些。所以我以爲後來文統道統之說，實以受宋初諸人之影響爲多。

事實上，能不能成爲韓愈之再生呢？能不能再同韓愈這樣學道好文二者兼營呢？這不但到後來要分歧，就是在宋初也已經有些分歧了。

柳開，是宋初古文運動中最早的一個人，但是表面上是古文運動，骨子裡早開道學的風氣。我們只看他起初名肩愈字紹先（一作紹元），就可知道他是以韓柳爲宗而以斯文自任。後來易名爲開，字仲涂，其意以爲：「將開古聖賢之道於時也，將開今人之耳目使聰且明也，必欲開之爲其涂矣，使古今由於吾也，……吾欲達於孔子者也」（見《河東集》卷二《補亡先生傳》）；那就可以知道他又以斯道自任了。所以他《應責》一文說明其爲古文的理由完全因於道。其言云：

古文者，非在辭澀言苦，使人難讀誦之；在於古其理，高其意，隨言短長，應變作制，同古人之行事：是謂古文也。子不能味吾書，取吾意；今而視之，今而誦之，不以古道觀吾心，不以古道觀吾志，吾文無過矣。吾若從世之文也，安可垂教於民哉！亦自愧於心矣。欲行古人之道，反類今人之文，譬乎游於海者乘之以驥，可乎哉？苟不可，則吾從於古文。……吾之道孔子，孟軻，揚雄，韓愈之道；吾之文孔子，孟軻，揚雄，韓愈之文也。子不思其言，而妄責於我。責於我也即可矣？責於吾之文與道也，即子為我罪人乎？（《河東集》卷一）

其《上王學士第三書》說得更偏。如云：「文章為道之筌也，筌可妄作乎？筌之不良，獲斯失矣。女惡容之厚於德，不惡德之厚於容也；文惡辭之華於理，不惡理之華於辭也。」（《河東集》五）這就是以道為本而文為末，以道為目的而文為手段的主張，和後來道學家文以載道的口吻沒有什麼不同。

由於明道，於是連帶的再言致用，這又開政治家的論文主張了。宋初理學，本來重在應用，所以胡瑗在湖州學中就分經義治事為兩齋，而范仲淹也以名儒而為名臣。孫復《答張洞（一作洞）書》謂：

《詩書禮樂大易春秋》皆文也；總而謂之經者也。以其終於孔子之手，尊而異之爾！斯聖人之文也。後人力薄，不克以嗣，但當左右名教，夾輔聖人而已。或則發列聖之微旨，或則名諸子之異端，或則發千古之未寤，或則正一時之所失，或則陳仁政之大經，或則斥功利之末術，或則揚賢人之聲烈，或則寫下民之憤嘆，或則陳天人之去就，或則述國家之安危，必皆臨事摭實，有感而作，為論為議，為書疏歌詩贊頌箴銘解說之類，雖其目甚多，同歸於道，皆謂之文也。（《孫明復小集》二）

在這裡所應注意的，就是因爲尚用，所以還接觸到一些現實。他所謂：「或則正一時之所失」，「或則寫下民之憤嘆」，「或則述國家之安危」，這就比古文家以道爲幌子要切實得多，就是比後來道學家空言心性，也要具體。所以古文家論文不及歌詩，而他是包括歌詩的。他在這篇文中再說：「文者道之用也」，這也是文以載道的意思，但是他再說：「道者教之本也」，那就偏於教化，成爲政治家的主張了。

這種意思，到了石介說得更明白。石介《怪說中》攻擊做西崑體的楊億、劉筠，其主旨所在，只因爲：「楊億窮妍極態，綴風月，弄花草，淫巧侈麗，浮華篡組，刓鎪聖人之經，破碎聖人之言，離析聖人之意，蠹傷聖人之道。」所以他反對這些無用之文。其《與張秀才書》云：「伏羲、神農、黃帝、堯、舜、禹、湯、文、武、周公、孔子，所以爲文之道也。由是道則聖人之徒矣；離是道，不楊則墨矣，不佛則老矣，不莊則韓矣。」（《石徂徠集》上）這些話不過是孫復「文者道之用」一語的注腳，而說得更狹一些。又其《上蔡副樞書》云：「兩儀，文之體也；三綱，文之象也；五常，文之質也；九疇，文之數也；道德，文之本也；禮樂，文之飾也；孝悌，文之美也；功業，文之容也；教化，文之明也；刑政，文之綱也；號令，文之聲也。」（《石徂徠集》上）這又是孫復「道者教之本」一語的注腳。假使我們說柳開的主張是道學家文論的先聲，那麼孫復石介的主張可以說是政治家文論的先聲了。

最後再就偏重在文的方面的講一講，那就可舉穆修、宋祁和王禹偁、田錫作代表。穆修也是宋初古文運動中重要的人物，邵伯溫《辨惑》稱其家有唐本韓柳集，乃丐於所親者，得金募工鏤板，印數百部，自鬻於相國寺。我們就從這個故事來看，也可以看出他從事古文運動的一股熱勁。其《唐柳先生文集後序》云：

唐之文章，初未去周隋五代之氣，中間稱得李杜其才，始用爲勝，而號專雄歌詩，道未極其渾備。至韓柳氏起，然後能大吐古人之文，其言與仁義相華實而不雜。如韓《元和聖德》柳《平淮西雅章》之類，皆辭嚴義偉，制述如經，能卒然聳唐德於盛漢之表，蔑愧讓者，非二先生之文則誰與！（《河南集》二）

他甚至再說：「世之學者如不志於古則已，苟志於古，然求踐立言之域，捨二先生而不由，雖曰能之，非予所敢知也。」所以宋代的古文運動，一開始就強調「統」的觀念。《四庫總目提要》稱：「唐時爲古文者主於矯俗體，故成家者蔚爲巨制，不成家者則流於僻澀。宋時爲古文者主於宗先正，故歐曾王蘇而後沿及於元，成家者不能盡闢門戶，不成家者亦具有典型。」這話也有相當的理由。

在當時，古文家一脈相傳，大都是皇甫湜一派，所以柳開穆修的文章，都不免偏於僻澀，而到宋祁爲尤甚。相傳宋祁與歐陽修同修《唐書》，宋嚴於用字，時常改得險怪不可讀，歐陽修戲書「宵寐匪禎札闥洪庥」嘲之。我們從這故事來看，就可以知道《宋景文筆記》中論文之語，所以還多以新奇爲標準。如云：

柳州爲文或取前人陳語用之，不及韓吏部卓然不丐於古而一出諸己。（卷上）

柳子厚云：「嘻笑之怒，甚於裂眦；長歌之音，過於慟哭。」劉夢得云：「駭機一發，浮謗如川。」信文之險語。韓退之云：「婦順夫旨，子嚴父詔。」又云：「耕於寬閒之野，釣於寂寞之濱。」又云：「持被入直三省，丁寧顧婢子，語刺刺不得休。」此等皆新語也。（卷中）

可見他所心折者在此，但其《筆記》中自言：「年過五十，被詔作《唐書》，精思十餘年，盡見前世諸著，乃悟文章之難也。雖悟於心，又求之古人，始得其崖略，因取視五十以前所爲文，赧然汗下，知未嘗得作者藩籬。」

又云：「余於為文似蘧瑗，瑗年五十始知四十九年非；余年六十，始知五十九年非，其庶幾才至於道乎？」又云：「每見舊所作文章，憎之必欲燒棄。」不知他晚年有所悟入者，究竟覺得險澀怪僻之非呢？還是覺得新奇險怪還不夠標準呢？還是所悔的僅僅是早年所作的駢體文呢？我想行年六十，始知五十九年非，也許覺得歐陽修開闢的道路才是康莊大道，剛才有所覺悟吧！但是何以筆記中還有主張新險的意思，而修《唐書》還是必須言艱思苦呢？那對於他的有所悟入，也只能算是一個謎了。

可是，宋初的文論，開歐蘇先聲者也不是沒有人。王禹偁的文論就是主張平易的。王禹偁的時代比穆修宋祁還要早一些，他也同樣推重韓愈，但是所取於韓愈者，並不在其奇險。他說：

> 吾觀吏部之文，未始句之難道也，未始義之難曉也。其間稱樊宗師之文，必出於己，不襲蹈前人一言一句，又稱薛逢為文，以不同俗為主。然樊薛之文不行於世，吏部之文與六籍共盡。此蓋吏部誨人不倦，進二子以勸學者，故吏部曰：「吾不師今，不師古，不師難，不師易，不師多，不師少，唯師是爾。」
> （《小畜集》十八，《答張扶書》）

大抵當時自有一輩人對於所謂「古文」不免有些誤解，不是以為必須「辭澀言苦，使人難讀誦之」；便是以為必須磔裂章句，隳廢聲韻，破偶而用奇。即就柳開而言，他自己說古文非在辭澀言苦，然而他的文體卻正近艱澀。可知一時風氣，在賢者猶未能自外。《宋景文筆記》（上）亦言：「李淑之文……末年尤奧澀，人讀之至有不能曉者」，可知此正是宋初古文一般的風氣。但在王禹偁的意思，便認為不必如此。所以他再說：

夫傳道而明心也，古聖人不得已而爲之也。且人能一乎心，至乎道，修身則無咎，事君則有立。及其無位也，懼乎心之所有不得明乎外，道之所畜不得傳乎後，於是乎有言焉；又懼乎言之易泯也，於是乎有文焉。信哉不得已而爲之也。既不得已而爲之，又欲乎句之難道邪？又欲乎義之難曉邪？必不然矣。

請以六經明之，詩三百篇皆儷其句，諧其音，可以播管弦，薦宗廟，子之所熟也。《書》者，上古之書，二帝三王之世之文也，言古文無出於此，則曰：「惠迪吉，從逆凶」，又曰：「德日新，萬邦惟懷；志自滿，九族乃離。」在《禮》，《儒行》者，夫子之文也，則曰：「衣冠中，動作愼，大讓如慢，小讓如僞」云云者，在《樂》則曰：「鼓無當於五聲，五聲不得不和，水無當於五色，五色不得不彰。」在《春秋》則全以屬辭比事爲教，不可備引焉。在《易》則曰：「乾道成男，坤道成女，日月運行，一寒一暑。」夫豈句之難道邪？夫豈義之難曉邪？今爲文而舍六經，又何法焉！若第取其《書》之所謂「弔由靈」，《易》之所謂「朋合簪」者，模其語而謂之古，亦文之弊也。（《答張扶書》）

由道的方面言，不需要辭澀言苦的古文；由文的方面言，也並不以屬事比辭爲可恥，無須乎章句之磔裂。至其《再答張扶書》則說得更明白：

子之所謂揚雄以文比天地，不當使人易度易測者，僕以爲雄自大之辭也，非格言也，不可取而爲法矣。夫天地，易簡者也。測天者，知剛健不息而行四時；測地者，知含弘光大而生萬物：天地畢矣，何難測度哉？若較其尋尺廣袤而後謂之盡，則天地一器也，安得言其廣大乎？且雄之《太玄》，準《易》也。《易》之道，聖人演之，賢人注之，列於六經，懸爲學科，其義甚明而可曉也。雄之《太玄》，既不用於當時，又不行於後代，謂雄死已來世無文王周孔則信然矣，謂雄之文過於伏羲，吾不信也。僕謂雄之《太玄》，乃空文爾。……子謂韓吏部曰：「僕之爲文，意中以爲好者，人必以爲惡焉，或時應事作俗，下筆令人慚，及示人，人即以爲好者」，此蓋唐初之文，有六朝淫風，有四子豔格，至貞元元和間，吏部首唱古道，人未之從，故吏部意中自是而人能是之者百不一二，下筆自慚而人是之者十有八九，故吏部有是嘆也。今吏部自是者，著之於集矣，自慚者棄之無遺矣。僕獨意《祭裴少卿文》在焉。其略云，「儋石之儲不供（案集作『常空』）於私室，方丈之食每盛於賓筵。」此必吏部自慚而當時人好之者也。今之世亦然也。子著書立言，師吏部之集可矣；應事作俗，取《祭裴文》可矣：夫何惑焉！

又謂漢朝人莫不能文，獨司馬相如劉向揚雄爲之最，是謂功用深其文名遠者。數子之文，班固取之，列於《漢書》，若相如《上林賦》《喻蜀》《封禪文》劉向《諫山陵》揚雄《議邊事》，皆子之所見也；曷嘗語艱而義奧乎？謂功用深者，取其理之當爾，非語迂義暗而謂之功用也。生其志之！

此篇文字至爲重要，他把一般人對於韓愈文論的誤解均能站在平易的立場而細爲說明。韓愈說過「及睹其異者則共觀而言之」；又說：「能者非他，能自樹立不因循者是也。」（均見《答劉正夫書》）這便是韓門尚奇一派的根據。他並不反對韓愈這種主張，而他卻能闡說此意以成爲自己的主張，這便是他的成功。這可以說是宋代古文家文論的淵源。

最後，應當論及的就是田錫。田錫時代比王禹偁還早一些，但是我們列爲最後講，因爲他的論調，不但不和柳開石介等相似，即和穆修、宋祁、王禹偁等也不盡同。他所著有《咸平集》，集中論文之語，很與三蘇相近。田錫三蘇都是蜀人，《咸平集》載有蘇軾的序，所以很可能三蘇文論也受田氏的影響。他《貽宋小著書》云：

若使援毫之際，屬思之時，以情合於性，以性合於道，如天地生於道也，萬物生於天地也。隨其運用而得性，任其方圓而寓理，亦猶微風動水，了無定文，太虛浮雲，莫有常態。則文章之有生氣也，不亦宜哉！（《咸平集》二《貽宋小著書》）

下文再說：

錫以是觀韓吏部之高深，柳外郎之精博，微之長於制誥，樂天善於歌謠，牛僧孺辯論是非，陸宣公條奏利害，李白、杜甫之豪健，張謂、呂溫之雅麗，錫既拙陋，皆不能宗尚其一焉。但爲文爲詩，爲銘爲頌，爲箴爲贊，爲賦爲歌，氤氳吻合，心與言會，任其或類於韓，或肖於柳，或依稀於元白，或彷彿於李杜，或淺緩促數，或飛動抑揚，但卷舒一意於洪濛，出入衆賢之閫閾，隨其所歸矣。使物象不能桎梏於我性，文彩不能拘限於天眞，然後絕筆而觀，澄神以思，不知文有我歟，我有文歟？

照他這樣說，由道言，不偏於儒家之道，由文言，不限於韓柳之文，所以不需要建立什麼「統」。駢文家限於聲病，束於詞藻，這固然是一種桎梏。古文家把他破除了，然而又因「統」的觀念縈廻腦際，於是又加上一種無形的桎梏。宋以後的古文家所以不能生面獨開者，全是這些思想的流毒。田氏則不然，他要「使物象不能桎梏於我性，文彩不能拘限於天眞」，所以與一般古文家不同。而且，一般古文家之文論，只能對於古文而言，不適於論詩賦，更不適於論其他文體。只有如田氏這樣，如三蘇這樣，則雖就古文而言，而其理可以通於一切的文學。

惟其如此，所以他以爲文有常有變。一般古文家所論者是常，而他則兼及於變。在表面上，他並不否定當時人一般的見解；在實際上，他就表示不受這些見解所束縛了。其《貽陳季和書》云：

錫觀乎天之常理，上炳萬象，下覆羣品，顥氣旁魄，莫際其理，世亦靡駭其恢廓也。若卒然雲出連山，風來邃谷，雲與風會，雷與雨交，霹靂一飛，動植咸恐，此則天之變也。亦猶水之常性，澄則鑒物，流則有聲，深則窟宅蛟龍，大則包納河漢；若爲驚潮，勃爲高浪，其進如萬蹄戰馬，其聲若五月豐隆，駕於風，蕩於空，突乎高岸，噴及大野，此則水之變也。非迅雷烈風不足傳天之變；非驚潮高浪不足形水之動。

夫人之有文，經緯大道，得其道，則持正於教化，失其道則忘返於靡曼，孟軻荀卿，得大道也。其文雅正，其理淵奧。厥後揚雄秉筆，乃撰《法言》，馬卿同時，徒有麗藻。邇來文士，頌美箴闕，銘功贊圖，皆文之常態也。若豪氣抑揚，逸詞飛動，聲律不能拘於步驟，鬼神不能秘其幽深，放爲狂歌，目爲古風，此所謂文之變也。李太白天賦俊才，豪俠吾（疑是悟字）道，觀其樂府，得非專變於文歟。樂天有《長恨詞》，《霓裳曲》，五十諷諫，出人意表，大儒端士，誰敢非之！何以明其然也？世稱韓退之柳子厚萌一意，措一詞，苟非美頌時政，則必激揚敎義。故識者觀文於韓柳，則警心於邪僻。抑末扶本，躋人於大道可知也。然李賀作歌，二公嗟賞，豈非豔歌不害於正理，而專變於斯文哉。（《咸平集》二）

古文家束縛於道的見地，而他則不受其限制。古文家太拘了，他還有些浪漫的傾向；古文家太狹了，他還看到文學的全面。所以這種論調在當時濃厚的封建氣氛下也有可取之處。

以上這些敍述，說明些什麼呢？就是說明宋初人的心目中受了韓愈的影響總是橫亙著一個「統」的觀念，而時到宋代，又不可能像韓愈這樣學道好文二者兼營，其勢不能不有些偏，也就是不能不分化。分化以後，一方面因爲文與道是兩個事物，一方面又因「統」的觀念之深入於人心，所以古文家自有其文統的觀念，而道學家也自有其道統的觀念。人皆知道學家好言道統而不知古文家也建立其文統。孫樵《答王霖秀才書》云：「樵得爲文眞訣於來無擇，來無擇得之於皇甫持正，皇甫持正得之於韓吏部退之」，此已儼然有一祖三宗，衣缽傳授之意了。宋人文統之說亦正從此種風氣得來。在宋初一般人之「統」的觀念，大概猶混文與道而言之；到後來，道學家建立他們的道統，古文家建立他們的文統，便各不相謀了。歐陽修《蘇氏文集序》云：「自古治時少而亂時多；幸時治矣，文章或不能純粹，或遲久而不能及，何其難之若是歟！豈非難得其人歟？」（《歐陽文忠公全集》四十一）曾鞏《與王介甫第三書》云：「是道也，過千載以來，至於吾徒，其智始能及之，欲相與守之，然今天下同志者不過三數人爾。」（《元豐類稿》十六）這些話皆有文壇寂寞之感，皆希望有人主盟文壇而隱隱又有以斯文自任之意。此意在蘇氏父子說得更明顯。蘇洵《上歐陽內翰第二書》云：

自孔子沒百有餘年，而孟子生；孟子之後數十年而至荀卿子；後乃稍闊遠，二百餘年而揚雄稱於世；揚雄之死不得其繼，千有餘年而後屬之韓愈氏。韓愈氏沒三百年矣，不知天下之將誰與也。

下文再有「洵一窮布衣，於四子者之文章，誠不敢冀其萬一」云云，則可知其所言是專指文統說了。李廌《師友談記》有一則記東坡談話云：

東坡嘗言文章之任，亦在名世之士相與主盟，則其道不墜。方今太平之盛，文士輩出，要使一時之文有所宗主。昔歐陽文忠常以是任付與某，故不敢不勉；異時文章盟主責在諸君，亦如文忠之付授也。

此又述當時之傳授，儼然有「吾道南矣」的口吻。在此節中所謂「異時文章盟主責在諸君」云云，或不免李廌僞託東坡之言以自重；但所謂「歐陽文忠常以是任付與某」，則歐陽修固早已說過：「當放此人出一頭地」，又曾說過：「更數十年，後世無有誦吾文者」，則知北宋古文家文統的觀念，固不僅在繼往而也重在開來，正與道學家的道統說同一面目了。道統文統既已建立，固宜其壁壘森嚴，相互角勝而各不相下了。不僅如此，即在政治家的文論也有其統的觀念。祖無擇《李泰伯退居類稿序》云：「孔子沒千有餘祀，斯文衰敝，其間作者，孟軻、荀卿、賈誼、董仲舒、揚雄、王通之徒，異代相望，而不能興衰捄敝者，位不得而志不行也。苟得位以行其志，則三代之風，吾知其必復。嗟乎，秦漢以來，禮樂則不爲，而任刑以毆其民，將納於治，適所以亂之也。歷世寖久，皆謂天下當如是，可以致治，而不治者時耳。故有奮筆舌爲章句，卒不及於禮樂者，末哉文也。盱江李泰伯，其有孟軻氏六君子之深心焉：年少志大，常憤疾斯文衰敝，曰墜地已甚，惟其拯之，於是夙夜討論文、武、周公、孔子之遺文舊制，兼明乎當世之務，悉著於篇。」（《祖龍學文集》八）這豈不是政治家所建立的文統或道統嗎？在某種風氣之下總有其同樣的見解與論調，只須細細鉤稽，總可看出它的關係來的。

上文講過，胡瑗在湖州學中分經義治事爲兩齋。後來劉彝述其師胡瑗之學就這樣說：

臣聞聖人之道有體有用有文。君臣父子仁義禮樂，歷世不可變者其體也。詩書史傳子集垂法後世者其文也。舉而措之天下，能潤澤斯民歸於皇極者其用也。國家累朝取士，不以體用爲本，而尚聲律浮華之詞，是以風俗偷薄。臣師當寶元明道之間，尤病其失，遂以明體達用之學授諸生。

他所謂明體之學，就是後來道學家所研究的；他所謂達用之學，也就是後來政治家所主張的。至於文的方面那就是古文家的任務了。聖人之道雖有體有用有文，三者混合而不可分，但到了宋代，又各立門戶而不可合。而在各立門戶之後，還要各爭其統，這不能不說是當時的風氣使然了。

◎三四　古文家歐曾諸人的文論◎

宋初之古文運動，其積極的主張有二：一是明道，一是宗唐。這種宗旨，到歐陽修還沒有變更。其《記舊本韓文後》稱「爲兒童時，得昌黎先生集讀之，見其言深厚而雄博，及舉進士，取所藏韓文復閱之，因喟然嘆曰『學者當至於是而止爾。』」（見《六一題跋》十一）從他提倡以後，於是尹師魯（洙）之徒相與作爲古文。這可以看出他的學古文也是宗韓愈的。不過他宗韓愈，並不宗韓愈奇險的作風，所以能於柳開、穆修、宋祁諸人之外，別創一格。這原因，恐怕他學韓愈是從李翺入手，不從皇甫湜一派入手的緣故。其《讀李翺》文云：

最後讀《幽懷賦》，然後置書而嘆，嘆已，復讀不自休，恨翺不生於今，不得與之交，又恨予不得生翺時，與翺上下其論也。況迺翺一時人有道而能文者，莫若韓愈。愈嘗有賦矣，不過羡二鳥之光榮，嘆一飽之無時爾。推是心使光榮而飽，則不復云矣。若翺獨不然。（《六一題跋》十一）

那就可以看出他傾倒於李翺，比對韓愈還勝過一些。我們看李翺的《幽懷賦》：「衆囂囂而雜處兮，咸嗟老而羞卑；視予心之不然兮，慮行道之猶非。儻中懷之自得兮，終老死其何悲！」這可見李翺能安貧樂道，不同韓愈這樣躁進，所以歐陽修對他佩服。再看《幽懷賦》；「念所懷之未展兮，非悼己而陳私！自祿山之始兵兮，歲周甲而未夷。何神堯之郡縣兮，乃家傳而自持！稅生人而育卒兮，列高城以相維。何茲世之可久兮，宜永念而遐思。」那就可以知道李翺胸中所懷是對於現實的不滿，並不是對他自己身世的傷感。這樣論道，也就更接觸到現實了。我們在這兒，也就可以得到這樣的一條規律，就是脫離現實的才會是純藝術的，接近現實的、反映現實的，也就必須是平易的，爲大衆所容易接受的。在歐陽修以前，好些做古文的都以韓愈自居，但是成就怎樣呢？歐陽修看到這點，所以重在道的方面，而他所謂道也就不像一般古文家這樣說些空洞抽象不切實際的道。即如他的本論和韓愈《原道》是同樣意思的，但是韓愈所言只是空喊口號而已，歐陽修所言就接觸到具體問題了。

不過，歐陽修還是有他的限制的，其《答吳充秀才書》云：

> 夫學者未始不爲道，而至者鮮；非道之於人遠也，學者有所溺焉爾。蓋文之爲言，難工而可喜，易悅而自足。世之學者，往往溺之；一有工焉，則曰吾學足矣。甚者至棄百事不關於心，曰：「吾文士也，職於文而已。」此其所以至之鮮也。昔孔子老而歸魯，六經之作，數年之頃爾。然讀《易》者，如無《春秋》，讀《書》者，如無《詩》（一作「讀《春秋》者如無《詩》《書》」），何其用功少而能極其至也。聖人之文，雖不可及，然大抵道勝者文不難而自至也。故孟子皇皇不暇著書，荀卿蓋亦晚而有作。若子雲（揚雄）仲淹（王通）方勉焉以模言語，此道未足而彊言者也。（《歐陽文忠公全集》四十七）

又《送徐無黨南歸序》云：

> 予讀班固《藝文志》、唐《四庫書目》，見其所列，自三代秦漢以來，著書之士，多者至百餘篇，少者猶三四十篇，其人不可勝數，而散亡磨滅，百不一二存焉。予竊悲其人，文章麗矣，言語工矣，無異草木榮華之飄風，鳥獸好音之過耳也。方其用心與力之勞，亦何異衆人之汲汲營營，而忽焉以死者，雖有遲有速，而卒與三者同歸於泯滅。夫言之不可恃也蓋如此！今之學者，莫不慕古聖賢之不朽，而勤一世以盡心於文字間者，皆可悲也。（《歐陽文忠公文集》四十三）

寄吳一書，言溺於文則遠於道，謂「道勝者文不難而自至」，此與道學家所謂「有德者必有言」之旨相同。送徐一序，又言重在修於身，次則施於事，而不重在見於言，以爲凡「勤一世以盡心於文字間者皆可悲也」，這又與道學家所謂「玩物喪志」之說爲近。所以這些儼然都是道學家的口吻。我們如果欲說明歐陽修所言文與道的關係與道學家不同之處，至多只能說：道學家於道是視爲終身的學問，古文家於道只作爲一時的工夫。視爲終身的學問，故重道而輕文；作爲一時的工夫，故充道以爲文。蓋前者是道學家之修養，而後者只是文人之修養。易言之，即是道學家以文爲工具，而古文家以道爲手段而已。文人對於修養也不能不下一些工夫的，「道」就是文人修養的基本工夫。歐陽修《與樂秀才第一書》云：「古人之於學也，講之深而信之篤；其充於中者足，而後發乎外者大以光。」（《歐陽文忠公全集》六十九）又《答祖擇之書》云：「學者當師經，師經必先求其意。意得則心定，心定則道純，道純則充於中者實，中充實則發爲文者輝光。」都是這些意思。所以歐陽修的主張，只是藉道以爲重，並不是重道而廢文。他只以爲僅僅盡心於文字間，或巧其詞以爲華，或張其言以爲大，那麼不免散亡磨滅，無異草木榮華之飄風，鳥獸好音之過耳罷了。

這樣，古文家於道，一方面不能和道學家一樣講心性義理之學，一方面又不能致力於詩，從詩的方面來暴露現實，於是所謂「道」者，也就眞不免變成幌子了。爲要解決這一方面的矛盾，歐陽修找到了另一道途徑，就是著重在傳記文學，爲後來講古文義法者開了一條路。這樣，才又延續了古文的生命。

歐陽修《代人上王樞密求先集序書》中說：「傳曰，『言之無文，行之不遠』。君子之所學也，言以載事而文以飾言；事信言文乃能表見於後世。」下文再說：「言之所載者大且文，則其傳也章；言之所載者不文而又小，則其傳也不章。」（《歐陽文忠公全集》六十七）那就可以知道古文家的工夫在「善文其言」，而古文家的成功，還在於選擇適合的題材。所以古文家所藉於道德或事功者，不過爲易於流傳計耳。爲流傳計，所以古文家所能致力的也就只有碑誌文字了。一方面要碑誌文字記載得正確，這就是所謂「事信」，而後來古文家之所謂「義」；另一方面，又要剪裁，要含蓄，要能動人，這又是所謂「言文」，而後來古文家之所謂「法」。歐陽修在這方面指示了比較明確的理論，所以古文的生命還得以延續相當長的期間。他曾爲《范文正公神道碑》，及《尹師魯墓誌》，都不能使他們的子孫滿意，不免把他的原作有所增損，所以他撰《杜祁公墓誌》時有《與杜訢書》二通，說明所以這樣寫法的用意。其第一書云：「修文字簡短，止記大節，期於久遠，恐難滿孝子意，但自報知己，盡心於紀錄則可耳。……然能有意於傳久，則須紀大而略小，此可與通識之士語，足下必深曉此。」第二書云：「所紀事皆錄實有稽據，皆大節，與人之所難者。其他常人所能者，在他人更無巨美，不可不書，於公爲可略者，皆不暇書。」（《歐陽文忠公全集》六十九）他做了這些文辭，恐人家不能了解他用意所在，還要反覆申述，也可見他用心之苦了。他在《論尹師魯墓誌》一文講得更透徹。他講到互見之例，在別人文中已經講到的就不必重出。他再講到詩人之義，以爲「其語愈緩，其意愈切，詩人之義也」。所以不必號天叫屈，然後爲師魯稱寃。他再講到詳略的標準，謂「志言天下之人，識與不識，皆知師魯文學議論材能，則文學之長，議論之高，材能之美不言可知。」又謂：

述其文則曰「簡而有法」。……既述其文，則又述其學曰「通知古今」。……既述其學則又述其議論云：「是是非非，務盡其道理，不苟止而妄隨」。……既述其議論則又述其材能，備言師魯歷貶，自興兵便在陝西，尤深知西事，未及施爲，而元昊臣，師魯得罪，使天下之人盡知師魯材能。此三者皆君子之極美，然在師魯猶爲末事，其大節乃篤於仁義，窮達禍福，不愧古人。其事不可徧舉，故舉其要者一兩事以取信，如上書論范公而自請同貶，臨死而語不及私，則平生忠義可知也，其臨窮達禍福，不愧古人又可知也。

爲了碑誌文字不滿於其子孫而反覆剖析，這是一般古文家經常遇到，經常發生的問題。在當時，王安石《答錢公輔學士書》，蘇洵《與楊節推書》，到後來，方苞《與程若韓書》、《與孫以寧書》，所討論的也是同樣的問題。爲什麼這種問題，會經常存在著呢？事實上這也是古文的致命傷。在人家求寫碑誌的，總希望愈具體愈詳備愈好，而古文家，一講剪裁，就不能詳備；一講義法，也就不能具體，所以作者與求者中間始終存在著矛盾。在古文中決不可能有形象化的描寫，於是歐陽修就提出這些主張，作爲後世義法說之先聲，其實還是沒有解決這問題，只是說得冠冕一些而已。曾鞏把這種意思再推廣到史傳文學，在《南齊書．目錄序》中說：

將以是非得失興壞理亂之故，而爲法戒，則必得其所言，而後能傳於久，此史之所以作也。然而所託不得其人，則失其意，或亂其實，或析理之不通，或設辭之不善，故雖有殊功韙德非常之跡，將暗而不彰，鬱而不發，而檮杌嵬瑣奸回凶慝之形，可幸而掩也。嘗試論之，古之所謂良史者，其明必足以周萬事之理，其道必足以適天下之用，其智必足以通難知之意，其文必足以發難顯之情，然後其任可得而稱也。何以知其然耶？昔者唐虞有神明之性，有微妙之德，使由之者不能知，知之者不能明，以為治天下之本；號令之所布，法度之所設，其言至約，其體至備，以為治天下之具。而為《二典》者，推而明之；所記者獨其跡耶，並與其深微之意而傳之。小大精粗，無不盡也；本末先後，無不白也。使誦其說者，如出乎其時，求其指者，如即乎其人。是可不謂明足以周萬事之理，道足以適天下之用，智足以通難知之意，文足以發難顯之情者乎？則方是之時，豈特任政者，皆天下之士哉？蓋執簡操筆而隨者，亦皆聖人之徒也。

這種講法固然也很冠冕，很通達，而且也說出了古文家所以重在明道，與文所以能貫道的原因。曾鞏再本這些意思推到碑銘文字。他說：「人之行有情善而跡非，有意奸而外淑，有善惡相懸而不可以實指，有實大於名，有名侈於實，猶之用人，非畜道德者惡能辨之不惑，議之不徇。」（《元豐類稿》十六，《寄歐陽舍人書》）這即是古文家所以高自位置，必須重道的原因。必析理能通，設辭能善，如曾鞏所謂「畜道德能文章」者，才足以發難顯之情。這樣，雖不言貫道，而實在是貫道了。

但是，事實上是怎樣呢？古文家行文是不肯帶小說氣的。所以義法的理論儘管高，而實際上並沒有辦法解決這矛盾。後人有謂古文之道無施不可，就是不能用來講理；那麼照現在這般講，這矛盾不解決，即用古文來敘事也是有些問題的。

道學風氣，是承繼了以前唯心的佛道思想，並接受了韓愈以後道統思想的觀念而形成的。這種風氣，是從周敦頤開始的，文以載道之說也創始於周氏。周氏《通書》說：

> 文所以載道也。輪轅飾而人弗庸，徒飾也。況虛車乎？文辭，藝也；道德，實也。篤其實，而藝者書之；美則愛，愛則傳焉。賢者得以學而致之，是為教。故曰言之無文，行之不遠。（《文辭》第二十八）

◎三五　北宋道學家的文論◎

他再說：「不知務道德而第以文辭為能者藝焉而已。」這都是重道輕文之意。不過他講到「篤其實而藝者書之」，講到「美則愛，愛則傳」，還並不主張完全廢飾，只是不要徒飾而已。

到了二程——程顥、程頤，再加推闡，那就趨於極端。程顥說：「宰我、子貢善為說辭，冉牛、閔子、顏淵善言德行，孔子兼之，蓋有德者必有言，而曰我於辭命則不能者，不尚言也。」（《二程外書》一）程頤也說：「孔子曰，有德者必有言，何也？和順積於中，英華發於外也。故言則成文，動則成章。」（《二程遺書》二十五）他們都深信「有德者必有言」之語，於是有所謂「倒學」之說。

> 退之晚年為文所得處甚多。學本是修德，有德然後有言，退之卻倒學了。因學文日求所未至，遂有所得：如曰軻之死不得其傳，似此言語非是蹈襲前人，又非鑿空撰得出，必有所見。若無所見，不知言所傳者何事。（《二程遺書》十八）

本來，二程以前，吳孝宗早有「古人好道而及文，韓退之學文而及道」之語（吳幵《優古堂詩話》引）劉敞亦言：「道者文之本也，循本以求末易，循末以求本難」（《公是先生弟子記》），這些似乎即爲程說所本，不過程氏說得更爲明白而已。

於是，進一步且以文章與異端同科。《二程遺書》卷十八云：

> 今之學者有三弊：一溺於文章，二牽於訓詁，三惑於異端；苟無此三者，則將何歸，必趨於道矣。

又卷六云：「今之學者歧而爲三，能文者謂之文士，談經者泥爲講師，惟知道者乃儒學也」；卷十八云：「古之學者一，今之學者三，異端不與焉。一曰文章之學，二曰訓詁之學，三曰儒者之學，欲趨道，捨儒者之學不可。」此雖不與異端並論，但已摒文章於道學之外，欲趨於道者，便不必求其能文了。程頤云：「名數之學君子學之而不以爲本也，言語有序，君子知之而不以爲始也。」（《二程遺書》二十五）此則正離考據詞章與義理而爲三了。在他們的心目中義理之外無學，義理之外即有學也不是學之本。

於是，更進一步有作文害道之說。《二程遺書》（六）稱二先生語：「揚子之學實，韓子之學華，華則涉道淺。」爲了顧到道，勢必不重華，所以學文爲道，成爲不能兼顧的事。程頤《顏子所好何學論》謂：「不求諸己而求諸外，以博聞強記，巧文麗辭爲工，榮華其言，鮮有至於道者。則今之學與顏子所好異矣。」（《伊川文集》四）這已說的很明白，其言愈華，其離道愈遠。至其《答朱長文書》（或云此明道之文）又謂：

> 向之云無多爲文與詩者，非止爲傷心氣也，直以不當輕作爾。聖賢之言不得已也。蓋有是言則是理

明，無是言則天下之理有闕焉。如彼耒耜陶冶之器，一不制，則生人之道有不足矣。聖人之言雖欲已，得乎？……後之人始執卷則以文章爲先，平生所爲，動多於聖人，然有之無所補，無之靡所闕，乃無用之贅言也。不止贅而已，既不得其要，則離眞失正，反害於道必矣。（《伊川文集》五）

這是直言詩文不當輕作，作則反害於道。《語錄》中間也有同樣意思。程顥說：

學者先學文鮮有能至道。至如博觀泛濫，亦自爲害。

程頤說：

問作文害道否？曰害也。凡爲文不專意則不工，若專意則志局於此，又安能與天地同其大也。《書》曰：「玩物喪志」，爲文亦玩物也。呂與叔有詩云：「學如元凱方成癖，文似相如始類俳。獨立孔門無一事，只輸顏氏得心齋。」此詩甚好。古之學者惟務養情性，其他則不學。今爲文者專務章句，悅人耳目；既務悅人，非俳優而何。曰：人見六經便以爲聖人亦作文，不知聖人只攄發胸中所蘊自成文耳。所謂「有德者必有言」也。曰：游夏稱文學，何也？曰：游夏亦何嘗秉筆學爲詞章也。且如「觀乎天文以察時變，觀乎人文以化成天下」，此豈詞章之文也！（《二程遺書》卷十八）

這種論調可用來反對純藝術論，但他們本於形而上學的觀點來反對純藝術論，那就必然以作文爲玩物喪志，成爲道學家的偏見。濂溪論文，猶不廢飾，二程論文，始以爲有德者必有言，不要致力於文。一方面歧文與道爲二，而以爲學文則害道；一方面又合文與道爲一，而以爲明道即能文。於是才主張文不可學，亦不必學。但是對於張載的《西銘》，未嘗不見到此意，卻無這種筆力以達之，那就可知學文固未嘗不有裨於道，而明道的結果還是未必一定能文的了。

二程以後，其門弟子等續有闡說，但是都是重道輕文的主張。楊時本於二程倒學之說，進一步分別唐學宋學所由不同的原因。唐人宗經徵聖，宋人也是宗經徵聖，可是結果怎樣呢？楊時《送吳子正序》中說：「元和之間韓柳輩出，咸以古文名天下，然其論著不詭於聖人蓋寡矣。」學聖人而結果反異於聖人，於是他於《與陳傳道序》中再說明它的原因，認爲「士固不患不知有志乎聖人，而特患乎不知聖人之所以學也。」（均見《楊龜山先生集》二十五）怎樣學呢？他再指出所以學的方法，說：「士之去聖遠矣，捨六經亦何以求聖人哉？要當精思之，力行之，超然默會於言意之表，則庶乎有得矣。」（《與陳傳道序》）

他們認爲，在自己對道未明以前，應當要精思，要超然默會於言意之表。程頤的弟子伊焞也是這樣主張。《和靖集》中有一節云：

馮忠恕曰，先生學聖人之學者也。聖人所言，吾當言也；聖人所爲，吾當爲也。詞章云乎哉！其要有三：一曰玩味，諷詠言辭，研索歸趣，以求聖賢用心之精微。二曰涵養，涵泳自得，蘊蓄不撓，存養氣質，成就充實，至於剛大，然後爲得也。三曰踐履，不徒謂其空言，要須見之行事，躬行之實，施於日用，形於動靜語默開物成務之際，不離此道。所謂修學，如此而已！所謂讀書，如此而已！（《和靖集》八）

在這兒所謂「玩味」，所謂「涵養」，實在就是精思默會的意思。事實上，這種唯心的講法，古文家也是這樣的。《和靖集》中再有一則語錄云：

先生嘗與時敏言，賢欲學文，須熟看韓文公六月念六日白李生足下一書，檢之乃《答李翊》。中云：「無望其速成，無誘於勢利，養其根而俟其實，加其膏而希其光。」先生之意在此。（《和靖集》七）

他們所取於古文家的就是這一點。因為這一點，古文家可以本之以學文，道學家也可以本之以學道，所以是不衝突的。可是，這種方法畢竟是脫離實際的，古文家已走錯了路了，道學家想糾正過來，卻還是採取同樣的方法，當然也不會切合實際了。

他們又認為：在自己對道既明以後，就要重力行，而力行也是從「超然默會於言意之表」得來的。體會到一些聖賢氣象，也就這樣模仿起來，這就是他們所謂「力行」。尹焞《進論語狀》云：「學貴於力行，不貴空言，若欲意義新奇，文辭華瞻，則非臣所知也。」（《和靖集》四）「力行」，也就是上文所講的「踐履」。但是因為脫離實際的關係，所以體會以後即使講力行，也不過規行矩步，成為鄉黨自好之士而已。後來陳亮就反對這種脫離實際的行動。他說：「今世之儒士，自以為得正心誠意之學者，皆風痺不知痛癢之人也。舉一世安於君父之仇，而方低頭拱手以談性命，不知何者謂之性命乎？」（《上孝宗皇帝第一書》）後來周密也反對這種末流虛偽的風氣。他說：「世又有一種淺陋之士，自視無堪以為進取之地，輒亦自附於道學之名，褒衣博帶，危坐闊步，或抄節語錄以資高談，或閉目合眼號為默識。」（《齊東野語》）

從前一點講，他們所玩味的，只是心性之理，根本不重在文辭，從後一點言，即使他們體會有得也不要見諸文字。所以他們所謂「文以載道」已經把「文」看作發表思想的工具，不看作「文學」；再進一步，連這些認爲體會有得的還不要見諸文字，這眞走到極端了。

◎三六　北宋政治家的文論◎

政治家的文論就和道學家的見解不一樣；在當時，最足以代表的就是司馬光和王安石。他們兩人在政治上的意見儘管不一致，但是論文見解卻是一樣的。此外，李覯也可以算是政治學家，其見地也是一樣的。

就反對雕鏤無用的文辭這一點講，政治家和道學家、古文家都是一致的，不過政治家更強調在「用」的方面：就「文」講要重在用，就「道」講也一樣要重在用。這是政治家文論，——也就是政治家學說——最突出的一點。

我們現在先講一講范仲淹和陳舜俞。范仲淹以名儒而爲名臣，陳舜俞政治地位雖不高，但是少學於胡瑗，長師歐陽修，而友司馬光蘇軾等，毅然有經世志，所以學術思想也與政治家相近。范仲淹《上時相議制舉書》云：「夫善國（疑有脫字）者莫先育材，育材之方莫先勸學，勸學之道莫尚宗經。宗經則道大，道大則才大，才大則功大。蓋聖人法度之言存乎《書》，安危之幾存乎《易》，得失之鑒存乎《詩》，是非之辨存乎《春秋》，天下之制存乎《禮》，萬物之情存乎《樂》。故俊哲之人入乎六經，則能服法度之言，察安危之幾，陳得失之鑒，析是非之辯，明天下之制，盡萬物之情。使斯人之徒，輔成王道，復何求哉。」（《范文正公集》九）陳舜俞有一篇文章叫做《說用》，說明道與用的關係，分得更清楚。他說：「六經之旨不同，而其道同歸於用。天下國家所以道其道而民由之，用其用而民從之，非以華言單辭，殊指奧義，爲無益之學也。故《易》有吉凶，吉凶者得失之用也；《書》有典誥，典誥者治亂之用也；《詩》有美刺，美刺者善惡之用也；《春秋》有褒貶，褒貶者賞罰之用也；《禮》有質文，質文者損益之用也；《樂》有雅鄭，雅鄭者性情之用也。故深於《易》者長於變，深於《書》者長於治，深於《詩》者長於風，深於《春秋》者長於斷，深於《禮》者長於制，深於《樂》者長於性。」（《都官集》六）古文家、道學家和政治家一樣的宗經，但是古文家於經中求其文，道學家於經中求其道，而政治家則於經中求其用。這就是一個很明顯的分別。

因其主於用，故其論文，以禮教治政爲文。司馬光《答孔文仲司戶書》云：「光昔也聞諸師友曰，學者貴於行之，而不貴於知之；貴於有用，而不貴於無用。……古之所謂文者，乃所謂禮樂之文，升降進退之容，弦歌雅頌之聲，非今之所謂文也。」（《傳家集》六十一）李覯《上宋舍人書》亦云：「賢人之業，莫先乎文。文者豈徒筆札章句而已，誠治物之器焉。其大則核禮之序，宣樂之和，繕政典，飾刑書，上之爲史則怙亂者懼，下之爲詩則失德者戒。發而爲詔誥，則國體明而官守備；列而爲奏議，則闕政修而民隱露。周還委曲，非文曷濟！」（《直講李先生文集》二十七）王安石《與祖擇之書》云：「治教政令，聖人之所謂文也。書之策，引而被之天下之民，一也。聖人之於道也，蓋心得之。作而爲治敎政令也，則有本末先後，權勢制義，而一之於極。其書之策也，則道其然而已矣。彼陋者不然：一適焉，一否焉，非流焉則泥，非過焉則不至，甚者置其本求之末，當後者反先之，無一焉不悖於極。彼其於道也，非心得之也。其書之策也，獨能不悖耶！故書之策而善，引而被之天下之民反不善焉，無矣。二帝三王引而被之天下之民而善者也；孔子孟子，書之策而善者也：皆聖人也。易地則皆然。」（《臨川集》七十七）這些都是政治家的文學觀。蓋政治家之所謂道，是要見之於事功，不重在體之於身心；是要驗之於當今，不重在修之於一己。故其論旨雖與道學家相近而畢竟不同。司馬光《答陳充秘校書》云：

孔子自稱述而不作，然則孔子之道，非取諸己也，蓋述三皇、五帝、三王之道也。三皇、五帝、三王，亦非取諸己也，鉤探天地之道，以教人也。故學者茍志於道，則莫若本之於天地，考之於先王，質之於孔子，驗之於當今，四者皆冥合無間，然後勉而進之，則其智之所及，力之所勝，雖或近或遠，或大或小，要爲不失其正焉。舍是而求之，有害無益矣。（《傳家集》五十九）

其論道欲本之於天地，驗之於當今，便與道學家之專主折衷於孔子者不同。此與王安石所謂：「聖人之於道也，蓋心得之，作而爲治敎政令也，則有本末先後，權勢制義，而一之於極」，正是同樣意思。政治家因爲主用，故於道必驗之於當今，必作而爲治敎政令，而所謂文者不過「道其然而已矣。」這樣，能「書之策」者，同時必能「引而被之天下之民」，這又是論文主用必然的結果。李覯《上宋舍人書》云：「竊謂文之於化人也深矣。雖五聲八音，或雅或鄭，納諸聽聞，而淪入心竅，不是過也。嘗試從事於簡策間：其讀虛無之書，則心頹然而厭於世；觀軍陣之法，則心奮起而輕其生；味縱橫之說，則思詭譎而忘忠信；熟刑名之學，則憙苛刻而泥廉隅；誦隱遁之說，則意先馳於水石；詠宮體之辭，則志不出於奩匣：文見於外，心動乎內，百變而百從之矣。諒非淳氣素具，通識旁照，則爲其所敗壞如覆手耳。韓子有言曰：『儒以文亂德』，豈謂是乎？」（《直講李先生文集》二十七）此雖就以文亂德方面講，但和王安石所謂：「書之策，引而被之天下之民，一也」，仍是同一意思；不過一從正面說，一從反面說而已。

既主於用，故不會偏主於修辭，而所言遂與古文家異趣。司馬光《答孔文仲司戶書》云：

今之所謂文者，古之辭也。孔子曰：「辭達而已矣」，明其足以達意，斯止矣，無事於華藻宏辯也。

必也，以華藻宏辯爲賢，則屈、宋、唐、景、莊、列、楊、墨、蘇、張、范、蔡皆不在七十子之後也。顏子不違如愚，仲弓仁而不佞，夫豈尚辭哉！（《傳家集》六十）

其解辭達，謂足以達意斯止，這就和蘇軾的意見不一樣。王安石《上人書》云：

嘗謂文者。禮教治政云爾。其書諸策而傳之人，大體歸然而已。而曰「言之不文，行之不遠」云者，徒謂辭之不可以已也，非聖人作文之本意也。且所謂文者，務爲有補於世而已矣。所謂辭者，猶器之有刻鏤繪畫也。誠使巧且華，不必適用；誠使適用，亦不必巧且華。要之以適用爲本，以刻鏤繪畫爲之容而已。不適用，非所以爲器也；不爲之容，其亦若是乎否也？然亦未可已也，勿先之其可也。（《臨川集》七十七）

其解「言之不文，行之不遠」，又謂尙辭非作文之本意，也與蘇軾之言不同。蓋他以爲韓、柳雖嘗語人以文，只是語人以辭，並不曾論作文之本意；古文家之論文，本只是語人以辭，道學家與政治家，則再要論到作文之本意。論到作文之本意，所以「無事於華藻宏辯」，所以「不必巧且華」。然而古文家與政治家的分別正在此。蓋語人以辭，則其所詣各異；論作文之本意，則其歸趣恆同。蘇軾《答張文濳書》云：「文字之衰未有如今日者。其源實出於王氏。王氏之文，未必不善也，而患在於好使人同己。自孔子不能使人同，顏淵之仁，子路之勇，不能以相移，而王氏欲以其學同天下。地之美者同於生物，不同於所生。惟荒瘠斥鹵之地，彌望皆黃茅白葦，此則王氏之同也。」這是古文家攻擊政治家論文的論調。蓋政治家之論文，既以禮教治政爲文，則當然重在教化，而不得不求其道同風一了。

政治家於文於道都重在「用」，所以要驗之於當今。要能驗之於當今，所以必有特殊的識見。因此，一方面不致如古文家之拘於義法。李覯《答黃著作書》云：

> 漢傑罪我不如李習之，不爲僧作鐘銘。習之之論信美矣！然使唐來文士皆效習之所爲，則金園寶剎碑版若林，果誰作也？……聖賢之言，翕張取與，無有定體，其初殊途，歸則一焉。猶李漢所謂：「千態萬貌卒澤於道德仁義，炳如也」，何須開口便隨古人！漢傑使我效李習之，膠柱矣！今之學者誰不爲文，大抵摹勒孟子，劫掠昌黎。若爲文之道，止此而已，則但誦得古文十數篇，拆南補北，染舊作新，盡可爲名士矣！何工拙之辨哉！覯之施爲，異於是矣。（《直講李先生文集》二十八）

這是政治家攻擊古文家的論調。這種見解，實在要比古文家通達一些。歐陽修《與黃校書論文章書》謂：「才識兼通，然後其文博辯而深切，中於時病，而不爲空言。蓋見其弊必見其所以弊之因。若賈生論秦之失而推古養太子之禮，此可謂知其本矣。」（《歐陽文忠公全集》六十七）古文家也不是不講才識兼通，深中時弊，不過因爲古文家有所蔽，所以雖也講到識，往往成爲不切實際之識。

另一方面，就道言，政治家的見解也比道學家爲通達。李覯有《原文》一篇謂：

> 利可言乎？曰人非利不生，曷爲不可言！欲可言乎？曰欲者人之情，曷爲不可言！言而不以禮，是貪與淫，罪矣。不貪不淫，而曰不可言，無乃賊人之生，反人之情！世俗之不熹儒以此。孟子謂「何必曰

利」，激也；焉有仁義而不利者乎？其書數稱湯武將以七十里百里而王天下，利豈小哉！孔子七十所欲不逾矩，非無欲也。……古人之言，豈一端而已矣！夫子於管仲，三歸具官，則小之，合諸侯正天下則仁之，不以過掩功也。韓愈有取於墨翟莊周，而學者乃疑。噫！夫二子皆妄言耶？今之所謂賢士大夫，其超然異於二子者耶？抑有同於二子，而不自知者邪？何訾彼之甚也！（《直講李先生文集》二十九）

此等見解，豈道學家所能有，亦豈道學家所敢說！所以說，政治家之所長在識。因此，照政治家的文論推闡下去，倒會接近一些現實主義。只因他們所謂的「文」，都是局限於傳統的「文章博學」的文，因此也就只能做到適合於「治教政令」的文，適合於思想教育的文；就文體言，適合於「篇什」的文。

◎三七　三蘇與貫道說◎

三蘇——蘇洵、蘇軾、蘇轍的論文就和歐曾及以前一些從事古文運動的人不一樣。洵字明允，號老泉，眉山人，二子軾、轍，軾字子瞻號東坡，轍字子由號潁濱，他們論文，和一般古文家不一樣的地方就在對文學的態度。蘇洵《上歐陽內翰書》自述其學文經歷，謂：

洵少年不學。……其後困益甚，然後取古人之文而讀之，始覺其出言用意與己大異。時復內顧，自思其才，則又似夫不遂止於是而已者。由是盡燒其曩時所爲文數百篇，取《論語》、孟子、韓子及其他聖人賢人之文，而兀然端坐，終日以讀之者，七八年矣。方其始也，入其中而惶然，博觀於其外，而駭然以驚；及其久也，讀之益精，而其胸中豁然以明，若人之言固當然者，然猶未敢自出其言也。時既久，胸中之言

日益多，不能自制，試出而書之，已而再三讀之，渾渾乎覺其來之易矣，然猶未敢以爲是也。（《嘉祐集》十一）

他這種態度不但與道學家不一樣，即和一輩古文家也不一樣。自韓愈說「愈之所志於文者，不惟其辭之好，好其道焉爾」。此後一些古文家自言有志於文，總不敢直接明白地說只是好其辭，但是在蘇洵卻這樣大膽地宣言爲文而學文。再有，在此文中評論昔人和時賢的文章之處，謂：

孟子之文語約而意盡，不爲巉刻斬絕之言，而其鋒不可犯。韓子之文，如長江大河，渾浩流轉，魚黿蛟龍，萬怪惶惑，而抑遏蔽掩，不使自露，而人望見其淵然之光，蒼然之色，亦自畏避不敢迫視。執事之文，紆餘委備，往復百折，而條達疏暢，無所間斷，氣盡語極，急言竭論，而容與閒易，無艱難勞苦之態。此三者，皆斷然自爲一家之文也。惟李翱之文，其味黯然而長，其光油然而幽，俯仰揖讓，有執事之態；陸贄之文，遣言措意，切近的當，有執事之實。而執事之才，又自有過人者。蓋執事之文，非孟子韓子之文，而歐陽子之文也。

這也是就文論文，與道學家及歐曾諸人不同。他所重的，完全重在出言用意的方法。他只是論文的風格，不復論及文的內容。他從作風品格衡量文的價值，而不復拖泥帶水牽及道的問題。這就是三蘇文論突出的地方。

我們必須明確這一點，知道三蘇論文本不重在道，那才可以知道三蘇即使講到道的地方，也是道其所道，非惟不是道學家之所謂道，抑且不是柳、穆、歐、曾諸人之所謂道。明白了三蘇所謂道，和道學家之所謂道，並不一樣，那才能分辨文學批評史上貫道說和載道說之不同。

李漢講過，「文者貫道之器也」，這是唐人的說法，是古文家的說法。周敦頤講過，「文所以載道也」，這是宋人的說法，是道學家的說法。從唐和宋的分別一點來看，所謂貫道與載道，只是對於道的理解程度淺深的不同；從古文家和道學家的分別一點來看，實在還是對於道的性質上的分別，只因以前的古文家都是以儒家之道作爲幌子，所以和道學家所講之道似乎看不出性質上的分別。其實，道何以能貫？文又何以能載？貫，應當文有可貫之點；載，也應當道有能載之理。所以所貫者與所載者應當有意義上之不同。朱子說得好：「這文皆是從道中流出，豈有文反能貫道之理！文是文，道是道，文只如吃飯時下飯耳，若以文貫道，卻是把本爲末。以末爲本，可乎？」這段話就說明了貫道和載道的分別。不過他所說的只能使吾人明瞭貫道說與載道說之異，卻不能使我們信從他的話，因爲他是先戴上了載道的眼鏡來講的。我們須知文學批評中之道的觀念，固然大部分是受儒家思想的影響；實則道的含義很不一致，有儒家所言之道，也有釋老所言之道，各人道其所道，所以昔人之文學觀，對於道的問題，也不妨有性質上的分別。

在韓愈以前，說明文和道的關係者有兩種主張：一種偏於道，如荀卿揚雄便是。荀卿說：「凡言不合先王，不順禮義，謂之奸言。」（《非相》篇）揚雄說：「委大聖而好乎諸子者，惡睹其識道也。」（《法言・吾子》篇）這些話都是偏重在道的方面，而所謂道又是只偏限於儒家之道的。另一種則較偏於文，如劉勰便是。《文心雕龍・原道》篇云：「文之爲德也大矣，與天地並生者何哉？夫玄黃色雜，方圓體分，日月疊璧，以垂麗天之象，山川煥綺，以鋪理地之形，此蓋道之文也。」又云：「故知道沿聖以垂文，聖因文而明道，旁通而無滯，日用而不匱。《易》曰：『鼓天下之動者存乎辭』。辭之所以能鼓天下者，乃道之文也。」這些話又較重在文的方面，而所謂道又似不囿於儒家之見者。論文而偈於儒家之道，以爲非此不可作，所以可以云「載」。論文而不囿於儒家之道，則所謂道者，「萬物之所然也，萬理之所稽也。」「聖人得之以成文章」（併《韓非子・解老》篇語），此所以文與天地並生，而亦可以云「貫」。朱子偏於儒家所言之道，所以說：「豈有文反能貫道之理」；實則假使以所傳之道爲萬物之情，則知所謂貫道云者，正即劉勰所言：「心生而言立，言立而文明，自然之道也。」所以言文以明道，則可以包括貫道載道二者。言載道，則只成爲道學家的文論；言貫道，也只成爲古文家的文論。只可惜貫道之說雖始於唐人，而唐人之論道，總是泥於儒家之說，所以覺得模糊影響，似乎只以道爲幌子。至於蘇軾，在道學家看來，本來當作異端的，所以只有他對於文與道的觀念，反能不偏於儒家之說。此所以載道說固始於北宋，而貫道說亦完成於北宋。

那麼怎樣才是貫道說呢？這即是蘇軾所謂「吾所爲文必與道俱」的意思。而朱子《語類》中就有一節批評這句話。他說：

> 道者文之根本，文者道之枝葉，惟其根本乎道，所以發之於文皆道也。三代聖賢文章皆從此心寫出，文便是道。今東坡之言曰：「吾所爲文必與道俱」，則是文自文而道自道，待作文時，旋去討個道來放入裡面，此是他大病處。只是他每常文字華妙，包籠將去，到此不覺漏逗說出他根本病痛所以然處。緣他都是因作文卻漸漸說上道理來，不是先理會得道理了方作文，所以大本都差。

這一節就是貫道說與載道說的一重公案。朱子所謂「惟其根本乎道，所以發之於文皆道也」，仍即是上文所引朱子語：「這文皆是從道中流出，豈有文反能貫道之理」的意思。這些話語，正是「文所以載道也」一語之絕妙注腳。至於東坡所謂文必與道俱云者，則又是「文者貫道之器也」一語的轉變。朱子處處在載道一方面說話，東坡處處在貫道一方面說話。所以東坡之所謂道，與道學家之所謂道，本來不是指同一的對象。東坡之所謂「道」，其性質蓋通於藝，比了道學家之所謂道，實更爲通脫，更爲透達。其《日喻贈吳彥律》云：

世之言道者，或即其所見而名之，或莫之見而意之，皆求道之過也。然則道卒不可求歟？蘇子曰：道可致而不可求。何謂致？孫武曰：「善戰者致人，不致於人。」孔子曰：「百工居肆以成其事，君子學以致其道。」莫之求而自至，斯以爲致也歟。南方多沒人，日與水居也。七歲而能涉，十歲而能浮，十五而能沒矣。夫沒者豈苟然哉！必將有得於水之道者。日與水居，則十五而得其道；生不識水，則雖壯，見舟而畏之。故北方之勇者，問於沒人，而求其所以沒，以其言試之河，未有不溺者也。故凡不學而務求道，皆北方之學沒者也。（《經進東坡文集事略》五十七）

東坡之所謂道者如此，所以可以因文以求道，所以可以「文必與道俱」。他於道，實在是「莫之求而自至」的，是因於「日與水居，則十五而得其道」的。這正與蘇洵所謂「渾渾乎覺其來之易矣」，是同樣意思。他又何嘗臨文時才去討個道來放入裡面的呢？他不過與世之言道者——或即其所見而名之，或莫之見而意之者，方法有些不同而已。其即其所見而名之者，論道每泥於跡象；其莫之見而意之者，論道又入於虛玄。這才與捫燭扣槃無異。所以他主張學。學文可以得文中之道，學文又可以得行文之道。得文中之道，還是昔人的糟粕，不足以言求道；得行文之道，才可以達其所明之道：這才是所謂致道。但是這豈是生不識水的北方勇者所能明白的呢！當然，朱子要說他爲大本都差了。我們且再看東坡《答謝民師書》，他說：

孔子曰：「言之不文，行而不遠。」又曰：「辭達而已矣。」夫言止於達意，即疑若不文。是大不然：求物之妙，如繫風捕影，能使是物了然於心者，蓋千萬人而不一遇也；而況能使了然於口與手者乎！是之謂辭達。辭至於能達，則文不可勝用矣。（《經進東坡文集事略》四十六）

正因爲他所謂辭達，是這般的辭達，所以他於《答王庠書》再說：「孔子曰：『辭達而已矣』，辭至於達，止矣，不可以有加矣。」（《經進東坡文集事略》四十六）假使觀察事物能了然於心，而描繪情狀又能纖屑不遺，了然於口與手，那麼，這種辭達，當然「不可以有加矣」。這樣，就可以看出他所謂「辭達」和道學家、政治家之所謂「辭達」，顯然有很大的區別了。道學家因爲只要求辭達而無須於文，政治家因爲要辭達，而所須於文者只求其適於功利的用。所以他們所謂達，都不過是質言之的達，而不是文言之的達。質言之的達，只能達其表面，達其糟粕，而不能達其精微。至古文家就和他們不同，必須先能體物之妙，了然於心，攫住其要點，捉到其靈魂，然後隨筆抒寫，自然姿態橫生，常行於所當行，常止於所不可不止，而道呢，也自然莫之求而自至的以寓於其間。這才盡文家之能事。這才是文言之的達。要能得這樣達了以後，才能使了然於一己者，再以之了然於人人。這才是所謂明道。這才盡文辭之用。所以說：「辭至於能達，則文不可勝用矣。」但此所謂不可勝用者，又是無目的的用，是自然的用，是超功利的用。當然，這種用和政治家之所謂用是不會衝突的，可是，也要知道這種用又不是政治家之所謂用所能範圍的。

這種意思，後來李繒是有些了解的。程洵《尊德性齋小集．鍾山先生行狀》中述李氏語云：

嘗曰：「文者所以載道，言之不文，行之不遠，而世儒或以文爲不足學，非也。顧其言於道何如耳。」每爲學者誦眉山之言曰：「物固有是理，患不能知之，知之患不能達之於口與手，辭者達是理而已矣」，以爲此最論文之妙。

李綰雖仍不脫道學的見地，以爲文所以載道，但是說到辭所以達是理，那就知道東坡之文何嘗是「文是文而道自道」！何況，道學家之文說理而墮於理窟，古文家之文說理而不爲理障，反而覺得更勝一籌呢！我們只覺得古文家之文還有一些限制，不能很形象化的描寫事物，刻劃事物，所以所謂「了然於心」，與所謂「了然於口與手」者，也就不免多少有一些限制。歐陽修之文條達疏暢，已經比較接近口語了，但是比了蘇軾還差一點，所以歐公自言，不得不放此人出一頭地。蘇軾自評其文，謂：「吾文如萬斛泉源，不擇地而出，在平地，滔滔汩汩，雖一日千里無難；及其與山石曲折，隨物賦形，而不可知也。所可知者，常行於所當行，常止於不可不止，如是而已矣。其他，雖吾亦不能知也。」（《東坡題跋》一）這些意思，在《答謝民師書》中也說過。這固然須有種種原因，才能達到此種境地，但是接近口語也是條件之一，所以嬉笑怒罵皆成文章，也成爲蘇文成功的一種原因。可是，因爲畢竟是古文，只是比較接近口語而已，還不是完全的口語，所以在這方面不免有了一些限制。另一點，古文家之文偏重敍事，道學家之文偏重說理，所以道學家之文容易墮入理窟，而古文家之文能夠不爲理障。尤其是蘇軾之文，能不受義法束縛，橫說豎說，博辯無礙。錢謙益《讀蘇長公文》謂：「吾讀子瞻《司馬溫公行狀》，《富鄭公神道碑》之類，平鋪直敍，如萬斛水銀，隨地湧出，以爲古今未有此體，茫然莫得其涯涘也。晚讀《華嚴經》，稱心而談，浩如煙海，無所不有，無所不盡，乃喟然而嘆曰，子瞻之文其有得於此乎？」（《初學集》八十三）這話也有相當見地。蘇軾文的確比一般古文家的文爲活潑生動，姿態橫生，但也正因爲是古文，所以總不免受些限制，不能更形象化的寫出。這也是蘇文成功的一種原因，可是也同樣受到一些限制。

再有，道學家認爲有德者必有言，所以說理會墮於理窟，即如歐陽修說：「道勝則文自至」，說「道純則充於中者實，中充實則發爲文者輝光」。也還不免有同樣的弊病。至如蘇洵說：「胸中之言日益多，不能自制，試出而書之」（《上歐陽內翰書》），如蘇軾說：「孔子曰有德者必有言；非有言也，德之發於口者也。」（《范文正公文集敍》）那麼雖似同樣說充於中以發於外，但其意義稍微有些不同。蘇軾《江行唱和集敍》謂：

> 夫昔之爲文者，非能爲之爲工，乃不能不爲之爲工也。山川之有雲霧，草木之有華實，充滿勃鬱，而見於外。夫雖欲無有，其可得耶？自聞家君之論文，以爲古之聖人，有所不能自已而作者。故軾與弟轍爲文至多，而未嘗敢有作文之意。（《經進東坡文集事略》五十六）

則知其所謂充滿勃鬱云者，已指一種興會淋漓不可遏制的狀態。此種興會淋漓不可遏制的狀態，未嘗不由於道，也未嘗不由於學，而道與學均所以積之於平時，至一時臨文之頃，仍不得不有待於興到而神來。這種意義就不是道學家之所能窺見了，而其意亦仍出於蘇洵。蘇洵《仲兄字文甫說》云：

> 且兄嘗見夫水之與風乎？油然而行，淵然而留，渟洄汪洋，滿而上浮者，是水也，而風實起之。蓬蓬然而發乎太空，不終日而行乎四方，蕩乎其無形，飄乎其遠來，既往而不知其跡之所存者，是風也，而水實行之。……故曰「風行水上渙」，此亦天下之至文也。然而此二物者，豈有求乎文哉？無意乎相求，不期而相遭，而文生焉。是其爲文也，非風之文也，非水之文也。二物者非能爲文，而不能不爲文也。物之

相使而文出於其間也。故曰，天下之至文也。今夫玉，非不溫然美矣，而不得以爲文；刻鏤組繡，非不文矣，而不可以論乎自然。故夫天下之無營而文生之者，惟水與風而已。（《嘉祐集》十四）

平常所了然於心者，是水；一時所動盪激發不得不使之了然於口與手者，是風。「是水也，而風實起之」，「是風也，而水實行之」，這樣風水相遭，以備風水之極觀者，這才成爲天下之至文。而此天下之至文，卻正是所謂不能自已而作者。蘇軾《琴詩》云：「若言琴上有琴聲，放在匣中何不鳴？若言聲在指頭上，何不於君指上聽。」（《蘇文忠公詩集》二十一）妙語解頤，其實這就是風水相遭說的翻版。三蘇文——尤其是蘇軾文，在這方面是有他的成就的。當時釋德洪《跋東坡忼池錄》云：

歐陽文忠公以文章宗一世，讀其書，其病在理不通。以理不通，故心多不能平，以是後世之卓絕穎脫而出者皆目笑之。東坡蓋五祖戒禪師之後身，以其理通，故其文渙然如水之質，漫衍浩蕩，則其波亦自然而成文，蓋非語言文字也，皆理故也。自非從般若中來，其何以臻此！（《石門文字禪》二十七）

東坡文得力於莊與釋，也是事實。正因爲得力於莊與釋，所以所謂道就不限於儒家之道，這也是事實。正因爲不限於儒家之道，所以物固有是理，也就能求物之妙而了然於心。了然於心之後，再要等它充滿勃鬱，然後把它了然於口與手。這樣，所以文必與道俱；這樣，所以完成了貫道說。但是正因爲他做的是古文，終究也不免脫離實際，所以這樣如行雲流水的文，如萬斛泉源的文，和一般古文家特殊一些的，至多可說創了一些小品文，並不能完成現實主義的文學。所以我說還是受到一些限制。何況，他的立場，還是以唯心的莊釋反對唯心的道學呢？

蘇軾之弟蘇轍，拈出一個「氣」字，也是說明不敢有作文之意。其《上樞密韓太尉書》云：「轍生好為文，思之至深，以為文者氣之所形；然文不可以學而能，氣可以養而致。」（《欒城集》二十二）一般人只曉得文可以學而能，至於氣則「雖在父兄不能以移子弟」（曹丕語）者，而他卻偏說：「文不可以學而能，氣可以養而致」，這又是什麼原因呢？因為蘇氏弟兄都用力於文字，而同時又都不敢有作文之意。其用力於文字，即老泉所謂：「兀然端坐，終日以讀之者七八年」之意；其不敢有作文之意，又即老泉所謂：「不求有言，不得已而言著」之意。這就是蘇門家學。子瞻才高，能由文以致道，更能因道以成文。用力於文字，則所了然於心者可以了然於口與手；不敢有作文之意，則所了然於口與手者又莫非了然於心之流露。由理言，則不是語言文字而都是理；由文言，則如萬斛泉源不擇地而出，隨物賦形而不可知。這種境界，是子由所不能到的。子由上不能如子瞻之入化境，而下又不敢有作文之意，不欲求工於言語句讀以為奇，此所以謂「文不可以學而能」。但神化妙境雖不可學，言語句讀雖不屑學，而「生好為文」，癖性所嗜，未能忘情，於是不得不求之於氣。蓋理直則氣壯，氣盛則言宜，氣是理與言中間的關鍵，於是想由氣以進乎言宜之域。這樣，所以說文是氣之所形，而養氣則文自工。

養氣之法，他更舉了兩個例：

> 孟子曰：「我善養吾浩然之氣。」今觀其文章，寬厚弘博，充乎天地之間，稱其氣之小大。太史公行天下，周覽四海名山大川，與燕趙間豪俊交遊，故其文疏蕩，頗有奇氣。此二子者，豈嘗執筆學為如此之文哉！其氣充乎其中，而溢乎其貌，動乎其言，而見乎其文而不自知也。（《上樞密韓太尉書》）

在這兩個例中，差不多有兩個意思。孟子一例指修養言，太史公一例指閱歷言。指修養言者，其功夫從內證入，不易為著手之地；從閱歷言者，其功夫從外做起，便有所依據之途。所以他於此二者中間，畢竟還重在後一方面。他又說：

> 轍生十有九年矣！其居家所與遊者，不過其鄰里鄉黨之人，所見不過數百里之間，無高山大野可登覽以自廣。百氏之書雖無所不讀，然皆古人之陳述，不足以激發其志氣。恐遂汩沒，故決然捨去，求天下奇聞壯觀，以知天地之廣大。（《上樞密韓太尉書》）

原來他的所謂養氣功夫，是有待於外方之激發者。所以必須高山大野才可登覽以自廣。所以必須求天下之奇聞壯觀才足以激發其志氣。我們可以這樣說：道學家之論氣，重在修養；古文家之養氣，重在閱歷。所謂文章得江山之助，就是古文家的養氣方法。

◎三八　呂南公◎

古文家與道學家文論之壁壘森嚴，既如上述；但他和政治家文論之衝突，除東坡所謂黃茅白葦之譏以外（蘇軾《答張文潛書》），似乎還不見有什麼針鋒相對的論調。我們假使要在這方面找例證，恐怕只有呂南公的文論或者還可以代表一部分。

南公字次儒，南城人，熙寧中一試禮闈不偶，即絕意進取。他在當時，為了不肯追逐時好，不願以王安石的《三經新義》及《字說》為學，所以寧以灌園終其身。這在古文家一方面講可謂是抱道守志之士了。

他因爲不願以王氏之學爲學，所以提出了文章與經術的問題。他說：「夫揚馬以前，文章何嘗失道之旨哉。今之學士，抑又鼓倡，爭言韓柳未及知道，不足以與明，不如康成王肅諸人，稍近議論。噫，又過矣。夫所爲知道者，果將何爲，必將善於行事而有益於世也。不識康成王肅之行事，有以大過人乎？如以爲行事因時，難相比責，則所以去取重輕者，無乃謂學經貫穿衆說，難於立意成篇乎？是又非吾所信。且天下孰有能飲千鍾而不能三爵者。彼解詁章句，三爵之才而已。陸澄非不能說經，而當時有書廚之譏，此足以見爲文難於解詁；夫使韓柳爲澄之解，而有不能乎？彼韓柳者，蓋知古人之學不如此，是以略其不足爲，精於其可爲者耳。」（《灌園集》十一，《與汪秘校論文書》）這即是王充所謂：「通人勝儒生，文人逾通人，鴻儒逾文人」的見解，這即是王充所定「著作者爲文儒，說經者爲世儒」的分別。後來，此種問題到了清代才重行提出，那是因爲清代學風確有此分別，章句訓詁之學在當時確是風靡一時，所以古文家要起來爭取這個文壇的領導權；但在宋代似乎不見有此顯著的分野，而呂氏乃謂「當今文與經家分黨之際」，似乎文章經術之爭也是壁壘森嚴，那又是什麼原因呢？事實上，王氏經義之學是當時用以取士的，這與唐人所謂時下文字同樣沒有價值。它的力量即使能左右一時，但是時過境遷，誰會再理會到這些！所以在當時一般人的心目中，覺得文與經家分黨，而在歷史上卻不顯出此種分黨的痕跡。①所以呂氏再說：「若堯舜以來，揚馬以前，與夫韓柳之作，此某所謂文者。若乃場屋詭僞劫剽穿鑿猥冗之文，則某之所恥者，往時嘗爲之矣，然未嘗以之比數於文也。」（同上）後

---

① 除呂氏文外，惟毛滂《東堂集》六《上蘇內翰書》亦言蘇王之學之一消一長。程俱《北山集》二十一《答鄭教授書》亦謂：「世之人有以經誼文辭判爲二，是玩其文未玩其實也。」

來，同情於呂氏之意的，只有唐庚。唐氏《上蔡司空書》云：「邇來士大夫崇尚經術以義理相高，而忽略文章不以爲意；夫崇尚經術是矣，文章於道有離有合，不可一概忽也。」（《眉山集》二十三）在此文中也可以看出當時崇尚經術的風氣，所以唐氏主張「宜詔有司取士以古文爲法」。所謂文與經術分黨的情形，在唐氏文中也可以看出一些。

政治家的文論也是依據於道的，也是與道學家一樣重視道而輕視文的，因此經術與文章之爭，也往往引起這樣的說法，就是以經術取士是獎勵實學，以文章取士是獎勵浮艷，於是呂氏再駁斥這種見解。他說：

> 且先王所謂明道者，豈解詁章句之謂乎？後人欲追治古經，而按此以進焉，吾不知其與捕風者何異矣。天下治亂，有常勢也。儒者之才，不務見於事功以助爲國者之福，而希世沽名，茍爲家說以亂古書，自稱高妙，此何所補。陸淳豈不明《春秋》，希聲豈不明《易》，祝欽明豈不明三《禮》，然此徒於當時治亂爲有補乎否也？而後生方倚此論功，不自信其心，以思自古文學道德之變，而更紛紛輕視文人！且文章豈足爲儒者之功，即能之，固不必恃，然解詁人輕之亦錯矣。是飲千鍾者，不自以爲能酒，而三爵者反笑千鍾之醉也。（《與汪秘校論文書》）

所以他認爲文固不能離道，道也不能離文。片面强調道的重要性而忽視文事，這也是不對的。他在《上曾龍圖書》中說：「書契以來，特立之士未有不善於文者也；士無志於立則已，必有志焉則文何可以卑淺！」（《灌園集》十五）他在《讀李文饒集》一文中又說：「士必不得已於言，則文不可以不工。蓋意有餘而文不足，則如吃人之辯訟，心未始不虛，理未始不直，然而或屈者，無助於辭而已矣。噫，古今之人苟有所見，則必加思，加思必有得，有得矣，而不欲著之言以示世，殆非人情，然而偉談劇論，不聞人人各有者，心非文不足故歟？」（《灌園集》十七）因此，他在《與汪秘校論文書》中肯定地說：「古之人以爲道在己而言及人，言而非其序，則不足以致道治人，是故不敢廢文。」

不過，他所謂文，並不是模擬的文，剽竊的文。正因爲他的文論是針對著當時「黃茅白葦」式的經術文章講的，所以他認爲文要「與時而變」，再要流露個性，就是所謂「心氣所到」。他在《與汪秘校論文書》中再說：

> 堯舜以來，其文可得而見，然其辭致抑揚上下，與時而變，不襲一體。蓋言以道爲主，而文以言爲主。當其所值，時事不同，則其心氣所到，亦各成其言，以見於所序，要皆不違乎道而已。

他認爲「韓柳之文未嘗相似」（同上），古文之長也就在這一點。我們看了蘇軾黃茅白葦之喻，那就知道呂南公這種論調是有它的時代因素的，所以可以看作古文家文論和政治家文論的對立。

◎三九 北宋詩論與其作風◎

宋詩，是有它特殊的風格的。這特殊的風格從哪兒來的呢？事實上，還是導源於杜甫。杜甫詩是具有較高的現實性的，所以能開白居易的現實主義的詩論；可是，杜甫詩又是具有多種多樣的藝術技巧的，而他的藝術技巧又是和他的現實性相結合的，而他的多種多樣的藝術技巧又是能相互調劑恰到好處的。杜甫詩「老去詩篇渾漫與」，這固然也開了元白詩風的平易一格，然而杜詩卻不是像晚唐五代的鄭都官（谷）詩，人家用來教小兒的（見歐陽修《六一詩話》）。杜甫詩「語不驚人死不休」，這固然也開了韓愈孟郊一流豪健奇警奧澀等風格，然而杜詩也不是像盧仝這般用奇詭來嚇唬人的。杜甫詩「晚節漸於詩律細」，又說「熟精文選理」，這固然也開了李商隱一流的細膩纖穠風格，然而更不是像周樸詩這樣極其雕琢，月鍛季煉的（見《六一詩話》）。也不是像西昆體這樣撏扯義山的。詩到中唐以後，白居易爲要矯正一時的風氣，所以高唱現實主義，而爲要配合這種現實主義的主張，所以再創造老嫗盡曉的作風，這固然是很正確的，而且白詩也是這樣成功的；可是，這種作風，一方面不易爲當時人所接受，而另一方面接受他作風的，又不能正視現實，發揚現實主義的精神，於是白詩雖有嗣響，結果反而貽人以口實，認爲風格不高。宋詩，就是在這種情形之下，企圖創造高格而成功的特殊風格。

宋詩是不是完全接受白居易所高喊的現實主義呢？那又不盡然。與其說宋詩是由接受白詩現實主義的精神，無寧說宋詩接受韓愈反現實主義的技巧來得更恰當些。韓愈是文人，不是詩人，所以他做不到李杜豪放雄渾之格，於是爲了掩蓋他的以散文爲詩，不得不創爲「橫空盤硬語，妥貼力排奡」的作風，以豪氣來懾服人。但是這一類的橫空硬語，正如老嫗能解的熟語一樣，用於古詩還可以，施於律體就成爲怪僻或奇詭。宋人一方面不要用熟語成爲庸俗，但是一方面又反對西昆體，不要用麗辭成爲雕鏤；要避免這兩種而再要用於律體，所以只能學老杜的夔州以後之作，一方面好似「老去詩篇渾漫與」，一方面卻依然是「語不驚人死不休」，這才成爲宋詩特殊的風格。所以清代學宋詩者有「三元」之稱，就是於開元（唐玄宗年號）宗杜甫，於元和（唐憲宗年號）宗韓愈，於元祐（宋哲宗年號）宗蘇軾和黃庭堅。

於是，可以講北宋的詩論。宋人中間首先開始論詩風氣，而指出宋詩方向的當推歐陽修。歐陽修的《六一詩話》，首先開創了詩話的風氣。以前論詩之作或重在品評，或重在格例，或重在作法，或重在本事，自歐陽修開詩話之體，於是兼收並蓄，爲論詩開了方便法門。章學誠論詩話雖稱爲「以不能名家之學，入趨風好名之習，挾人盡可能之筆，著惟意所欲之言」（《文史通義》五），好似帶些貶辭，實在也說出了它的作用。再有，如歐陽修的《水谷夜行寄子美（蘇舜欽）聖俞（梅堯臣）》等詩，又開了宋人「論詩詩」的風氣。固然，「論詩詩」亦不始於歐陽修，但是宋人「論詩詩」中好議論的風氣，是從歐陽修開始的。

尤其重要的，是歐陽修開創了並且奠定了宋詩的作風。歐詩作風固然力矯西昆體，也近於散文化了，但是他所心折的同時詩人，如梅堯臣和蘇舜欽更是這樣。其《水谷夜行寄子美聖俞詩》說：

> 子美氣尤雄，萬竅號一噫，有時肆顛狂，醉墨灑霶霈，譬（一作勢）如千里馬（一作足），已發不可殺；盈前盡珠璣，一一難柬汰。梅翁事清切，石齒漱寒瀨，作詩三十年，視我猶後（一作後猶無）輩，文詞愈清新，心意雖（一作難）老大，譬如妖韶女，老自有餘態。近詩尤古硬（一作淡），咀嚼苦難嘬，初如食橄欖，眞味久愈在。蘇豪以氣轢（一作爍），舉世徒（一作盡）驚駭；梅窮獨我知（一作我獨奇），古貨今難賣（一作物今誰買）。（《歐陽文忠公文集》一）

在這首詩中對於蘇梅二人之詩雖沒有什麼軒輊，但在別些地方推重梅堯臣的比推重蘇舜欽的似乎更多一些。這又是什麼原因呢？事實上，「蘇豪以氣轢，舉世徒驚駭」，完全是天分的關係，別無可有下手之處。而梅詩呢，「梅窮獨我知，古貨今難賣」，不過不合當時口味而已，假使一般人的嗜好，有一些轉變，那麼，像梅詩的「近詩尤古硬，咀嚼苦難嘬，初如食橄欖，眞味久愈在」者，也會得到一般人的嗜好。歐陽修《六一詩話》云：「子美筆力豪雋，以超邁橫絕爲奇；聖俞覃思精微，以深遠閒談爲意。」那就可知覃思精微，還是工力的問題，還有可以用力之處。所以我認爲歐陽修的品評蘇梅，好似品評了後來的詩人，——蘇軾和黃庭堅。蘇軾之詩如其文，也有「行乎其所不得不行，止乎其所不得不止」的情形，所以歐詩形容蘇舜欽的話都可以用來移贈蘇軾的。黃庭堅詩便不然，講句法，講詩律，於是完成了宋詩獨特的風格，而他的作風也有些古硬，也有些像食橄欖，所以蘇梅之詩好似蘇黃之前身。

因此，歐陽修對於梅聖俞的詩特別强調一些，也就可以理解他的原因所在了。歐陽修《書梅聖俞詩稿後》以樂喻詩，稱聖俞之詩「長於本人情，狀風物，英華雅正，變態百出，哆兮其似春，淒兮其似秋，使人讀之可以喜，可以悲，陶暢酣適，不知手足之將鼓舞也。」認爲這和樂之感人是同樣的理，同樣是不可得而言的；但是有一點卻可以說的，就是工力的問題，也就是造語的問題。歐陽修《六一詩話》引梅聖俞語云：「詩家雖率意而造語亦難；若意新語工，得前人所未道者，斯爲善也。必能狀難寫之景如在目前，含不盡之意見於言外，然後爲至矣。」又說：「詩句義理雖通，語涉淺俗而可笑者，亦其病也。」他們也要「本人情，狀風俗」，但是不要熟也不要俗。梅堯臣《答裴送序意》詩云：「我於詩言豈徒爾，因事激風成小篇，辭雖淺陋頗克苦，未到二雅未忍捐。」（《宛陵集》二十五）因此可以看出他的作風雖是平淡，但是卻從冥搜力案中得來的。所以梅氏《依韻和晏相公詩》雖說：「因吟適情性，稍欲到平淡」（《宛陵集》二十八），而另一方面，在《讀邵不疑學士詩卷》又說：「作詩無古今，惟造平淡難」（《宛陵集》四十六）。

這是宋詩風格所由形成的原因。

於是，再可討論蘇軾和黃庭堅的詩論與其作風，蘇軾謂「新詩如彈丸」（《答王鞏》）又謂「好詩衝口誰能擇」（《重寄孫侔》），又說：「衝口出常言，法度去前軌，人言非妙處，妙處在於是。」（《詩頌》）似乎也是主張自然，並不是純藝術論，但是因爲處在禪宗正盛的時代，所以這種宗尚自然的主張也和純藝術論一樣不會接觸到現實主義的。我們且看東坡《送參寥師詩》說：「欲令詩語妙，無厭空且靜；靜故了羣動，空故納萬境；閱世走人間，觀身臥雲嶺；鹹酸雜衆好，中有至味詠，詩法不相妨，此語當更請。」這是東坡自述其作詩主旨，偏重禪悟的例證。不但如此，就是他論其他藝事也是這樣。如《書吳道子畫後》稱：「畫人物，如以燈取影，逆來順往，旁見側出，橫斜平直，各相乘除，得自然之數不差毫末，出新意於法度之中，寄妙理於毫放之外。」此外，《書蒲永升畫後》稱畫水有死水活水之別。又《文與可畫篔簹谷偃竹記》稱「畫竹必先得成竹於胸中」。以及《書晁補之所藏與可畫竹詩》：「與可畫竹時，見竹不見人；豈惟不見人，嗒然遺其身。其身與竹化，無窮出清新。莊周世無有，誰知此疑神。」這些話頭，都是同樣論調。他的思想，有得於莊與釋，而他的才氣又極奔放，所以能如萬斛泉源，一瀉無餘，而機趣橫生。當時黃庭堅稱他「於般若橫說豎說了無剩語」（釋德洪《冷齋夜話》七引），清代劉熙載也說：「東坡詩善於空諸所有，又善於無中生有，機括實自禪悟中得來。」（《藝概》二）這些話就是從這種標準講的。其實，這般講法還不如《滄浪詩話》所謂「以才學爲詩以議論爲詩」云云爲更愜當一些。這樣講，蘇詩作風也有純藝術的傾向，不過沒有黃詩這般做作罷了。

黃山谷（庭堅）的論詩，就和東坡不同。消極方面，重在識「病」，所以說，「更能識詩家病，方是我眼中人」（《次韻奉酬荊南簽判向和卿六言》）。積極方面重在「法」，重在「律」，故又重在「眼」。如云：「無人知句法，秋月自澄江」（《奉答謝公定》與《榮子邕論狄元規孫少述詩長韻》）；如云：「秋來入詩律，陶謝不枝梧」（《送顧子敦赴河東》）；如云：「拾遺句中有眼」（《贈高子勉》）；均重在作法的討論。所以曾季貍《艇齋詩話》云：「山谷詩妙天下，然自謂得句法於謝師厚，得用事於韓持國，此取諸人以爲善也。」

他既這樣重在句法詩律，所以以詩爲事。朱弁《風月堂詩話》謂：「黃庭堅用昆體工夫而造老杜渾成之地」，這話也有相當見地。黃氏《贈高子勉》四首之一云：「妙在和光同塵，事須鉤深入神。聽它下虎口著，我不爲牛後人。」其戛戛獨造，迴不猶人之意可見。不過戛戛獨造的結果，還是要妥帖，要渾成，所以一方面要鉤深入神，一方面又要和光同塵。就是說和光同塵的結果是從鉤深入神得來的，不是輕鬆隨便，可以俯拾即是的。其《次韻高子勉詩》云：「寒爐餘幾火，灰裡撥陰何。」任淵注：「言作詩當深思苦求，方與古人相見也。」這就是所謂「鉤深入神」的注腳。其《再作答徐天隱詩》所謂：「破的千古下，乃可泣曹劉」，這又是「不爲牛後人」的態度。張耒《讀黃魯直詩》云：「不踐前人舊行跡，獨驚斯世擅風流」，極得山谷眞相。《許彥周詩話》引黃氏譏郭功父語謂：「公做詩費許多氣力做甚」；實則黃氏做詩也是從費許多氣力得來的。正因他這般費氣力，所以才肯不憚煩地講什麼詩法和句律。

那麼他如何不踐前人行跡，而能鉤深入神呢？釋惠洪《冷齋夜話》（一）曾述山谷詩法云：「山谷言：詩意無窮而人才有限；以有限之才追無窮之思，雖淵明少陵不得工也。不易其意而造其語，謂之換骨法；規摹其意形容之，謂之奪胎法。」這即是化朽腐爲神奇的方法，也就是所謂「以故爲新」。江西詩派詩法的技巧就是這一點。再有，宋詩是學杜甫運用文語，運用俗語，使詩體散文化，也使詩體通俗化，卻不使詩意庸俗化，詩句濫熟化，所以宋詩——尤其是山谷詩，就要「鉤深入神」造成特殊的句法，才能達到他們所謂高格。蘇軾《書黃魯直詩後》謂：「魯直詩文如蝤蛑江瑤柱，格韻高絕，盤飧盡廢，然不可多食，多食則發風動氣。」（《東坡題跋》二）也就指這一點。這就是所謂「以俗爲雅」的方法。黃氏《再次韻楊明叔小序》說：「蓋以俗爲雅，以故爲新，百戰百勝，如孫吳之兵，棘端可以破鏃，如甘蠅飛衛之射，此詩人之奇也。」（《山谷詩集注》十二）「以俗爲雅，以故爲新」，這兩句也見蘇軾文中。蘇氏題柳子厚詩云，「詩需要有爲而作，用事當以故爲新，以俗爲雅；好奇務新，乃詩之病。」（《東坡題跋》二）那就可知蘇氏還講到「要有爲而作」，還講到「好奇務新，乃詩之病」，所以蘇氏便不致像黃氏這般完全偏於藝術技巧方面。黃氏《再答洪駒父書》云：「自作語最難。老杜作詩，退之作文，無一字無來處，蓋後人讀書少，故謂韓杜自作此語耳。古之能爲文章者，眞能陶冶萬物，雖取古人之陳言入於翰墨，如靈丹一粒，點鐵成金也。」黃氏就因重在純藝術方面，所以才有杜韓無一字無來處的主張。

這種純藝術的主張，不僅在現在應當受批判，就在以前，也已經遭到許多人的指摘。論黃詩，還不完全重在技巧方面。他《贈高子勉》詩云：「拾遺句中有眼，彭澤意在無弦，顧我今六十老，付公以二百年。」這即是他的詩學宗主。一方面要學杜，學其「鉤深入神」；一方面又要宗陶，取其「和光同塵」。於杜則學其法，於陶則取其超於法。得於法而後工，超於法而後妙。所謂「付公以二百年」者，就是指這一點；其實還是純藝術論。昔人謂「山谷晚年詩皆是悟門」，（見樓鑰《攻媿集》七十，《書張式子詩集後》）所指出的也是這一點。明白這個關係，也就可以理解到後來江西詩人之論詩所以會由「法」而轉到「悟」，也是純藝術論必然的結論。

不論是悟門也罷，不是悟門也罷，但是像王若虛《滹南詩話》所舉山谷詩，「東海得無冤死婦」，「何況人間父子情」諸語，都有語法上的毛病；如「青州從事斬關來」，「殘暑已促裝」諸語，又有修辭上的毛病；他如「人乞祭餘驕妾婦」，「湘東一目誠甘死」，「待而成人吾木拱」諸語，又屬用事上的毛病（均見《滹南遺老集》四十）。我們就從這些例句來看，已經可以看出這種純藝術論是應當否定的了。王若虛《滹南詩話》中再有幾則總論山谷詩的，可以作爲山谷詩的定論。

> 古之詩人雖趣尚不同，體制不一，要皆出於自得；至其詞達理順，皆足以名家，何嘗有以句法繩人哉？魯直開口論句法，此便是不及古人處，而門徒親黨以衣鉢相傳，號稱法嗣，豈詩之眞理也哉？
>
> 魯直論詩有奪胎換骨，點鐵成金之喻，世以爲名言。以予觀之，特剽竊之黠者耳。魯直好勝而恥其出

於前人，故為此強辭而私立名字。

這都是一針見血之談。所以我們要在這方面看出蘇黃詩風有共同之點，也有歧異之處。論理，宋詩接近散文，理應便於反映現實，只因蘇黃都走錯了道路，而黃氏走得更偏，所以成為文學上的反現實主義。黃山谷詩犯上這樣的偏差，而當時門人親黨反相互推尊，把它與蘇軾相抗，與杜甫相並，竟成為江西詩派，也可見盲從者之多了。王若虛的詩說得好：「文章自得方為貴，衣缽相傳豈是眞！已覺祖師低一著，紛紛法嗣復何人？」（《滹南遺老集》四十五）

以上是就可以代表宋詩作風的方面講的。事實上，每一時代總有演變的，也有沿襲的。就文學史方面講，歐梅蘇黃的確創造了宋詩特殊的風格，可以說是演進的，但是正因走上了純藝術的道路，所以這種演進，也就成為「新變」而不成為「通變」。

當時詩人假使比較沿襲舊的作風，根據傳統的見解來論詩的，那就很容易和道學家或政治家的見解相接近。早一些的有王令。令字逢原，詩文為王安石所賞識，王安石《臨川集》中有《王逢原墓誌銘》，極推重其言與行。王令《答呂吉甫書》云：「夫七十子之於仲尼，日聞所不聞，見所不見，彼方瞻之在前，忽焉在後，何暇以作詩為事乎？」（《廣陵集》十九）這種論調就是道學家視詩為閒言語的態度。其《上孫莘老書》云：「古之為詩者有道；禮義政治，詩之主也；風、雅、頌，詩之體也；賦、比、興，詩之言也；正之與變，詩之時也；鳥獸草木，詩之文也。夫禮義政治之道得，則君臣之道正，家國之道順，天下之為父子夫婦之道定。則風者，本是以為風，雅者用是以為雅，而頌者取是以為頌；則賦者賦此者也，比者直而彰此者也，興者曲而明此者也。正之與變，得失於此者也；鳥獸草木，文此者也。是古者為詩者有主，則風、賦、比、興、雅、頌以成之，而鳥獸草木以文之而已爾。」（《廣陵集》十六）他以禮義政治爲詩之主，這又是政治家論文的主張。這種論調，雖沒有什麼闡發，但是不滿當時詩壇純藝術的作風卻是很明顯的。

後來，有魏泰，著《臨漢隱居詩話》。泰爲曾布婦弟，也是王安石一派中人，所以《臨漢隱居詩話》中也就提出韻味，來和蘇黃相抗。他說：

詩者述事以寄情，事貴詳，情貴隱，及乎感會於心，則情見乎詞，此所以入人深也。如將盛氣直述，更無餘味，則感人也淺，烏能使其不知手舞足蹈；又況厚人倫，美教化，動天地，感鬼神乎？「桑之落矣，其黃而隕」，「瞻烏爰止，於誰之屋？」其言止於烏與桑爾；及緣事以審情，則不知涕之無從也。「采薜荔兮江中，搴芙蓉兮木末」，「沅有芷兮澧有蘭，思公子兮未敢言」，「我所思兮在桂林，欲往從之湘水深」之類，皆得詩人之意。至於魏、晉、南北朝樂府，雖未極淳，而亦能隱約意思，有足吟味之者。唐人亦多爲樂府，若張籍、王建、元稹、白居易以此得名，其述情敘怨，委曲周詳，言盡意盡，更無餘味。及其末也，或是詼諧，便使人發笑；此曾不足以宣諷訴之情，況欲使聞者感動而自戒乎？甚者或譎怪，或俚俗，所謂惡詩也，亦何足道哉！凡爲詩當使挹之而源不窮，咀之而味愈長；至如永叔之詩，才力敏邁，句亦清健，但恨其少餘味爾。

詩主優柔感諷，不在逞豪放，而致怒張也。老杜最善評詩，觀其愛李白深矣，至稱白則曰：「李侯有佳句，往往似陰鏗」；又曰：「清新庾開府，俊逸鮑參軍。」信斯言也，而觀陰鏗鮑照之詩，則知予所謂主優柔而不在豪放者，爲不虛矣。

他提出「餘味」，重在優柔感諷，反對蘇黃詩之豪放怒張，也未嘗不有見到的地方，不過他也沒有强調現實，因此，所謂餘味，也就開了後來《滄浪詩話》唯心的論調。

魏泰以後有葉夢得。夢得出蔡京之門，而其婿章沖則章惇之孫，所以論詩也不會與蘇黃相同。其所著《石林詩話》謂：

> 歐陽文忠公詩始矯昆體，專以氣格爲主，故其言多平易疏暢；律詩意所到處，雖語有不倫亦不復同，而學之者往往遂失眞，傾囷倒廩無復餘地。
>
> 長篇最難。魏晋以前詩無過十韻者，蓋常使人以意逆志，初不以敍事傾盡爲工。

此即魏泰不主豪放之旨，也即嚴羽《滄浪詩話》所譏以才學爲詩之意。又云：

> 七言難於氣象雄渾，句中有力，而紆徐不失言外之意。自老杜「錦江春色來天地，玉壘浮雲變古今」，與「五更鼓角聲悲壯，三峽星河影動搖」等句之後，嘗恨無復繼者。韓退之筆力最爲傑出，然每苦意與語俱盡：——《和裴晋公破蔡州回詩》所謂：「將軍舊壓三司貴，相國新兼五等崇」，非不壯也，然意亦盡於此矣。不若劉禹錫《賀晋公留守東都》云：「天子旌旗分一半，八方風雨會中州」，語遠而體大也。

此節亦近魏泰之旨；但與《滄浪詩話》所謂：「坡谷諸公之詩如米元章之字，雖筆力勁健終有子路未事夫子時氣象，盛唐諸公之詩，如顏魯公書，既筆力雄壯，又氣象渾厚」云云爲更相類似。

《石林詩話》中講到王安石的作風云：「王荊公少以意氣自許，故詩語惟其所向，不復更爲涵蓄，……後從宋次道盡假唐人詩集，博觀而約取，晚年始盡深婉不迫之趣」，可知他們譏議歐蘇，也就因宗主王安石的關係。他與魏泰一樣，只知深婉不迫之趣，不知詩的眞生命在反映現實，所以雖否定了山谷純藝術的偏向，但是卻從另一個藝術偏向來作糾正，反而不免走近了唯心的道路。如云：

「池塘生春草，園柳變鳴禽」，世多不解此語爲工，蓋欲以奇求之耳。此語之工正在無所用意，猝然與景相遇，借以成章，不假繩削，故非常情所能到，詩家妙處當須以此爲根本，而思苦言難者往往不悟。……自唐以後，既變以律體，固不能無拘窘，然苟大手筆，亦自不妨削鐻於神志之間，斫輪於甘苦之外也。

古今論詩者多矣，吾獨愛湯惠休稱謝靈運爲「初日芙蕖」，沈約稱王筠爲「彈丸脫手」，兩語最當人意。初日芙蕖，非人力所能爲，而精彩華妙之意，自然見於造化之妙；靈運諸詩，可以當此者亦無幾。彈丸脫手，雖是輸寫便利，動無留礙，然其精圓快速，發之在手，筠亦未能盡也。然作詩審到此地，豈復更有餘事。韓退之《贈張籍》云：「君詩多態度，靄靄春空雲」；司空圖記載叔倫語云：「詩人之詞如藍田日暖，良玉生煙」；亦是形似之微妙者，但學者不能味其言耳。

這就與《滄浪詩話》所謂：「不涉理路，不落言詮」及「透徹玲瓏不可湊泊」者爲同一意旨了。至如下文所引一節：

禪宗論云間有三種語：其一爲隨波逐浪句，謂隨物應機不主故常；其二爲截斷衆流句，謂超出言外非情識所到；其三爲涵蓋乾坤句，謂泯然皆契，無間可伺：其深淺以是爲序。餘嘗戲爲學子言：老杜詩亦有此三種語，但先後不同。「波漂菰米沈雲黑，露冷蓮房墜粉紅」，爲涵蓋乾坤句；以「落花游絲白日靜，鳴鳩乳燕青春深」，爲隨波逐浪句；以「百年地僻柴門迥，五月紅深草閣寒」，爲截斷衆流句。若有解此，當與渠同參。

說得迷離恍惚，更是滄浪以禪喻詩之所本。這也可以看出滄浪論詩是立足在唯心論上面的了。

◎四〇　北宋道學家之詩論◎

道學家之詩論也就是傳統的詩論。但是問題儘管是傳統的，解釋卻可以是新穎的。因此，即使本於傳統的見解也可以給予一種新的時代意義。

北宋道學家之詩論所提出的問題，不外三方面：㈠是知詩，張載可以作這方面的代表；㈡是用詩，二程可以作這方面的代表；㈢是作詩，邵雍又可以作這方面的代表。

知詩之說，大抵出於孟子論詩之緒餘，固然不是當時道學家的特見。然而道學家亦頗能加以發揮，加以補充。孟子說：「說詩者不以文害辭，不以辭害志，以意逆志，是謂得之。」這種說法，經漢人一用，就成爲穿鑿附會。他們以爲只有委曲解詩，才是以意逆志。這種片面的理解，不能不說是漢儒的錯誤。宋人解詩與漢儒異，但是所用的方法，仍是孟子以意逆志的方法。用同樣的方法，而有不同的結果，這又是什麼原因呢？這在張載《經學理窟》（一）《詩書》條中說得好：

古之能知詩者，惟孟子爲以意逆志也。夫詩之志至平易，不必爲艱險求之。今以艱險求詩，則已喪其本心，何由見詩！

原來漢宋儒者的解詩，同樣用以意逆志的方法，但是「逆志」的態度不同，一則艱險求之，一則平易求之，所以所得的結果亦正相反。漢人以艱險求詩，所以多穿鑿；宋儒以平易求詩，所以又一反漢人的見解。說是鑿空，同樣的是鑿空。後來清儒只知揚漢抑宋，於漢人所說則闡揚之不遺餘力，而巧爲圓謊；於宋人所言則排斥之不遺餘力，而詆爲臆說，這也是不公平的。事實上，一個時代的解釋，都有各個不同的時代意義。漢人受了當時隱語的影響，受了《離騷》美人香草的影響，受了賦家諷諭的影響，受了王道的影響，受了以三百五篇作諫書的影響，所以覺得只有以艱險求之，才爲以意逆志。而宋人呢，重在修辭立誠，重在涵養德性，所以又覺得惟有平易求之，才爲以意逆志。同樣的本著儒家的見地，同樣的本著孟子的方法，但是結論不同，這就因於時代的不同。

孟子又說：「頌其詩，讀其書，不知其人可乎？是以論其世也：是尚友也。」這些話經漢人一用，於是有《詩譜》。《詩譜》說明詩的時地關係，本沒有什麼壞處，可是《詩譜》的根據，是在於《詩序》，《詩序》所言既未能盡信，則《詩譜》所說，雖欲求知源流清濁之所處與風化芳臭氣澤之所及，也就不免錯誤了。宋人解詩雖也用同樣的方法，但因否定了詩序，所以也就不像漢儒這般拘泥求之。張載在這方面說得比較通達，他只言其大概而不鑿指事實，所以也較鮮流弊。《經學理窟》（二）《禮樂》條中說：

鄭衛之音自古以爲邪淫之樂，何也？蓋鄭衛之地濱大河，沙地土不厚，其間人自然氣輕浮；其地土苦不費耕耨，物亦能生，故其人偷脫怠惰弛慢頹靡。其人情如此，其聲音同之。故聞其樂能使人如此懈慢。其地平下，其間人自然意氣柔弱怠惰，其土足以生。古所謂息土之民不才者也。

他從一般人的稟賦方面說，他從一般人的氣質方面說，他從一般人的物質條件說，本著環境以論詩，本著氣質以論世，當然不會有漢儒穿鑿之弊了。

用詩之說，可以二程爲代表，因爲二程是不主張作詩的。程頤說：

某素不作詩，亦非是禁止不作，但不欲爲此閒言語。且如今言能詩無如杜甫，如云：「穿花蛺蝶深深見，點水蜻蜓款款飛」；如此閒言語道出做甚！某所以不常作詩。（《二程遺書》十八）

這是因爲他處在詩壇作風提倡純藝術的時代，所以反對這些閒言語。他再說：

學時須是用功，方合詩人格，既用功甚妨事。古人詩云：「吟成五個字，用破一生心」，又謂：「可惜一生心，用在五字上」，此言甚當。

他認爲以有限的精神，做這些閒言語，眞是玩物喪志；而爲了要合詩人之格，又必須「用破一生心」，亦太無聊了。這種主張，似乎有些偏於極端，但是他所否定的是這種閒言語的詩，這種純藝術的詩。至對於詩的本身卻並不否定，因爲他們是主張用詩的。《伊川經說》卷三中說：

詩者言之述也，言之不足而長言之，詠歌之所由興也。其發於誠感之深，至於不知手之舞足之蹈，故其入於人也亦深，至可以動天地感鬼神。

這雖是《詩大序》中的老話，但對於詩的性質和功能，卻也有其合理處。而且他們還在這些老話上，加上一些新的意義。根是舊的根，枝葉卻是新的枝葉，於是道學家之詩論，儘管如何偏於極端，但是不能說他們不了解詩。所可惜的是他們太泥於道的方面，於是一方面只承認《詩經》的詩而否定了後人的詩；一方面儘管於道有所體會，但也只能成爲「濂洛風雅」一類的詩，依舊不能成爲像詩經這般反映現實的詩。

何以他們只會成爲「濂洛風雅」一類的詩，而學詩以後卻不能成爲反映現實暴露現實的詩呢？這就因爲他們學詩的態度，是唯心的，而不是唯物的。程顥說：「學之興起莫先於詩。詩有美刺，歌誦之以知善惡治亂興廢。」（《二程遺書》十一）這幾句話還沒有什麼大的毛病，因爲詩是反映現實的，所以可以知道當時的善惡治亂興廢。但是他另外再說：「學者不可不看詩，看詩便使人長一格價。」（《近思錄》三）那就偏重在自己的修養了。學詩以後何以能提高自己的修養呢？那就是「興於詩」的問題了。程頤說：「興於詩是興起人善意，汪洋浩大皆是此意。」（《近思錄》三）程氏門人游酢《論語雜解》之解「興於詩」云：「興於詩，言學詩者可以感發於善心也。」詩的作用是的確可以鼓舞人類，使人有所興起的。他們爲了要興起人善意。於是重在體會，重在玩味，重在人的詩化。程頤說：「興於詩者，吟詠性情涵暢道德之中而歌動之，有『吾與點也』氣象。」（《程氏外書》三）這就在無意中走上了唯心的道路。《程氏外書》（十二）引《上蔡語錄》云：

伯醇常談詩，並不下一字訓詁，有時只轉卻一兩字點掇地念過，便教人省悟；又曰古人所以貴親炙之也。明道先生善言詩：他又渾不曾章解句釋，但優游玩味吟哦上下，便使人有得處。

這種學詩方法，和昔人是不同一些。昔人只泥於字句，或拘於義類，所以只在章句訓詁或聲色詞藻上推求，而不會體會有得，自己受用；至多做到斷章取義的地步，好似也有些實際上的應用，但是和道學家的讀詩與用詩，畢竟還有分別。道學家於詩，不是枝枝節節去理解的，他是從整個詩篇下手，於整個詩篇中體會到囫圇的而又朦朧的印象，於是自覺在恬吟密詠之餘，好似得到天動神解之妙。這樣，所以他們做詩只會做到「濂洛風雅」這樣風格的詩，而不會做到——也可說是學到——像《詩經》這般反映現實的詩。這是他們的缺點。但是他們雖有此缺點，畢竟因爲否定了純藝術論的作風，所以也有相當的成功。

其一，在解義。《伊川經說》（三）詩解云：

古人之學由詩而興，後世老師宿儒尚不知詩義，後學豈能興起乎？世之能誦三百篇者多矣！果能達政專對乎？是後之人未嘗知詩也。

詩義不明則不能使人興起，於是才感到解義之必要。而一方面體會有得，也自覺別有新義，不得不舉以示人。於是一般道學家遂紛紛別撰詩說，而宋儒說詩遂與漢儒異趣了。此後至朱子之《詩集傳》而集其大成，成爲解詩之別一派，不能說不是這種主張有以促成之。

其又一，在合樂。《近思錄》（十一）錄二程語云：

明道曰，教人未見意趣必不樂學，欲且教之歌舞。如古詩三百篇皆古人作之，如關雎之類，正家之始，故用之鄉人，用之邦國，日使人聞之。此等詩其言簡奥，今人未易曉，欲別作詩略言教童子灑掃應對事長之節，今朝夕歌之，似當有助。

伊川曰，天下有多少才，只爲道不明於天下，故不得有所成就。且古者興於詩，立於禮，成於樂，如今人怎生會得！古人於詩，如今人歌曲一般，雖閭巷童稚，皆習聞其説而曉其義，故能興起於詩。後世老師宿儒尚不能曉其義，怎生教得學者！是不得興於詩也。古禮既廢，人倫不明，以至治家皆無法度，是不得立於禮也。古人有歌詠以養其性情，聲音以養其耳目，舞蹈以養其血脈，今皆無之，是不得成於樂也。

在這些主張中，可見他們都有詩樂離析之憾。本來由於音樂的變遷，在後世實在無法使古詩復有歌唱的可能。但因注意到這一點，自然能使：㈠詩之通俗化；——對於古詩則解其義，對於當時的詩則使成淺近易曉的歌曲。㈡詩之歌化；——採用古詩應用的方法，使之歌詠以養其性情。這都是用詩的極妙方法，後來明朝人的論戲，看作有關教化的事務，即是從這種見解來的。

最後，要講到作詩了。道學家是不很作詩的，當時喜歡作詩的，只有邵雍。邵氏所著有《伊川擊壤集》。其自序云：「《擊壤集》，伊川翁自樂之詩也；非唯自樂，又能樂時與萬物之自得也。」這正說明了他作詩的態度。

他繼續著說：

伊川翁曰，子夏謂詩者志之所之也，在心爲志，發言爲詩，情動於中而形於言，聲成其文而謂之音。

是知懷其時則謂之志，感其物則謂之情；發其志則謂之言，揚其情則謂之聲；言成章則謂之詩，聲成文則謂之音；然後聞其詩，聽其音，則人之志情可知之矣。

這些意思，好像和《詩大序》所言相同，但是有一個很大的分別，他是以「志」和「情」分開來講的。《詩大序》中一方面說：「詩者志之所之也」，一方面又說「情動於中而形於言」，「志」和「情」已經有些相混了。所以後人論詩不是本於《虞書》「詩言志，歌詠言」之說，就是本於陸機《文賦》「詩緣情而綺靡」之說。而這兩種講法，有時相混，有時又相分。邵氏則把它併合起來成爲這樣的體系：

時——志——言——詩

物——情——聲——音

首先他提出了時和志的關係問題。邵氏《論詩吟》云：「何故謂之詩？詩者言其志。既用言成章，遂道心中事。」又《談詩吟》云：「詩者人之志，言者心之聲，志因言以發，聲因律而成。」他也是根據「詩言志」這句老話闡發的。但是什麼是「志」，這就人異其說，不相一致。所以他分爲二類，即是「身也時也。謂身，則一己之休戚也，謂時，則一時之否泰也。一身之休戚則不過貧富貴賤而已；一時之否泰則在夫興廢治亂者焉。」他認爲本於一身之休戚而爲言者，只不過發抒個人的牢騷，或寫其浪漫愉快的生活；這是以一己的窮通出處爲主的，其情都不能盡軌於正。即有論到一時之否泰者，也不過是一己愛憎之私，不足以爲天下是非之公。所以他指出了「懷其時則謂之志」的問題，那麼，暴露人民的疾苦，歌頌人民的喜悅，隨處都與政教有關，也就不會本於一身之休戚而爲言了。所以他又說：「近世詩人窮戚則職於怨懟，榮達則專於淫佚，身之休戚發於喜怒，時之否泰出於愛惡，殊不以天下大義而爲言者，故其詩大率溺於情好也。」這樣，可以看出僅僅以一身的關係發其志而爲言者，是詩人之所謂志，是從小我出發的志，所以發乎情而止乎情；以天下大義而爲言者，則情出於時，是反映時代的，是暴露現實的，是從大我出發的志，這才是道學家之所謂志，這才能發乎情而止乎禮義。所以本於身而言時，則失是非之公；本於時而言身，才是正確之志。

照他這樣講，他的詩應該是現實主義的詩了，但是他講到情和物的關係，就暴露了唯心的論調，結果只做到了白居易的「閒適詩」，沒有做到白居易的「諷諭詩」，因此也還是脫離現實的。他知道詩人之志大率溺於情好，那麼道學家之志就應當爲人民講話，才是「以天下大義而爲言」，可是，他利用了唯心論者慣玩的一套手法，認爲情之溺人與水之覆舟相類。於是說：

> 噫，情之溺人也甚於水！古者謂水能載舟亦能覆舟，是覆載在水也，不在人也。載則爲利，覆則爲害，是利害在人也，不在水也。不知覆載能使人有利害耶，利害能使水有覆載耶？二者之間必有處焉。

於是再說：

> 性者，道之形體也；性傷則道從之矣。心者，性之郛郭也；心傷則性亦從之矣。身者，心之區宇也；身傷則心亦從之矣。物者，身之舟車也；物傷則身亦從之矣。是知以道觀性，以性觀心，以心觀身，以身

觀物，治則治矣，然猶未離乎害者也。不若以道觀道，以性觀性，以心觀心，以身觀身，以物觀物，則雖欲相傷，其可得乎？若然，則以家觀家，以國觀國，以天下觀天下，亦從而可知之矣。

他提出了「以道觀道，以性觀性，以心觀心，以身觀身，以物觀物」的方法，認爲兩不相傷，情累都忘，再有什麼溺於情好的問題呢？因此，他在《觀物外篇》說：「以物觀物，性也；以我觀物，情也。性公而明，情偸而暗。」又說道：「任我則情，情則蔽，蔽則昏矣；因物則性，性則神，神則明矣。」於是覺得「萬物靜觀皆自得」，於是覺得超出於物而不累於物，其實這還是禪宗明鏡止水的話頭，還是唯心論者的手法。

由於這樣一轉變，於是物我兩忘，同時也脫離了現實，結果即作詩也成爲適情之具，取一種「亦不多吟，亦不少吟，亦不不吟，亦不必吟」（《答傅欽之》）的態度了。他《擊壤集自序》中再說：

所未忘者獨有詩在焉。然而雖曰未忘，其實亦若忘之矣。何者？謂其所作異人之所作也。所作不限聲律，不沿愛惡，不立固必，不希名譽，如鑒之應形，如鐘之應聲。其或經道之餘，因靜照物，因時起志，因物寓言，因志發詠，因言成詩，因詠成聲，因詩成音。是故哀而未嘗傷，樂而未嘗淫，雖曰吟詠情性，曾何累於情哉！

這些話好像說得很超脫似的，其實正是極端唯心的論調。其《無苦吟》一詩中說：「行筆因調性，成詩爲寫心；詩揚心造化，筆發性園林。」（《擊壤集》十七）正是唯心論者的自供。他儘管說：「天地精英都已得，鬼神情狀又能知」，他儘管說：「物皆有理我何者，天且不言人代之」（均見《首尾吟》），其實都是所謂「詩揚心造化，筆發性園林」而已。

◎四一　胡銓與樓鑰◎

到了南宋，只有道學家的文論沒有古文家的文論，不過在道學家的文論中間，有兩種類型：一種是就古文家所提出的問題而加以闡說的，這可以胡銓為代表；另一種是純粹道學家的見地，和古文家處於敵對地位的，這可以朱熹為代表。

胡銓在南宋道學家中，時代較早，所著有《澹庵集》。其論詩論文雖也不離一個「道」字，然而說來卻不拖泥帶水，沒有一般道學家的習氣。蓋他所說明的仍是文的問題而不是道的問題；易言之，仍是以前古文家所提出的問題而不是道學家所提出的問題。

澹庵論文見解之中心，即在「文非生於有心，而生於不得已」一語。這句話，古文家也說過，詩人也說過，原不是他的創見，不過他能在這方面塗上一些道的意味，於是雖是古文家的理論而與古文家不同，雖是道學家的思想而說來也比一般道學家為通達。

由「文非生於有心」的問題言，似乎近於道學家所謂「有德者必有言」之意，然而卻用以說明韓愈「氣盛言宜」的理論，那麼，雖主於道而不流於迂腐了。他在《答譚思順》一文中，因譚氏引及孟子觀海難為水，游聖門難為言之論，於是大加發揮；先從海的偉大說明海之難為水之意，再說到聖人之偉大以明聖門之難為言之意。他說：

> 知海之難為水，則知聖門之難為言，亦猶是矣。今夫源深者流必洪，必至之理也；有德者必有言，亦

必至之理也。難爲水者非水之難也，其淵源之大爲難；難爲言者，非言之難也，其德之盛爲難。德，水也；言，浮物也。水大而物之浮者小大畢浮。德盛則其言也旨必遠，理也。昔者孔子道大而德博，其垂世立教，非有心於言也，而能言之類莫能加焉。（《澹庵文集》九）

這一節所說明的是道愈大德愈博則能言之類莫能加。蘇洵以水喻文，固然不錯，然而水有大小，不能一概而論，水愈大則變態愈無窮，所以風水相遭，雖是天下之至文，而這至文之成功，仍在於平日之蓄積，仍在於道之大與德之博。那麼，「有德者必有言」，便找到根據，而此種根據，不落於陳陳相因的老生常談，因爲所說明的仍是古文家的理論。

由「文生於不得已」的問題言，似又近於古文家所謂風水相遭之說，然而卻仍本於道學家的見地，並不同於古文家的口吻。他再在《灊陵文集序》中說明文皆生於不得已的現象，謂：

凡文皆生於不得已，……其歌也或鬱之，其詩也或感之，其諷議箴諫譏刺規戒也或迫之。凡鬱於中而洩於外者，皆有不得已焉者也。（《澹庵文集》十五）

他再舉了好些例，自唐虞三代說起以至孔孟屈荀韓柳李杜諸人，證明其所作皆出於「放逐厄塞羈愁之思」，而不能自已。此說，固不能算是澹庵的特見。然而他下文卻接著說：

然則其何以傳道而示後世哉？曰：書所以衞道，而非所以傳道也。書者道之文也。韓愈《原道》曰：

「其文則《詩書易春秋》」，是《詩書易春秋》，道之文也，而不可以謂之道。況諸子百家之書而謂之道，可乎？道之傳以人而不以書也。《易》曰：「神而明之存乎其人。」堯傳之舜，舜傳之禹，禹傳之湯，湯傳之文武周公孔子，孔子傳之孟軻，軻之死不得其傳焉。是傳道者以人不以書也。孔子於詩，蔽之以一言，曰思無邪；孟子於《書》之《武成》，止取二三策，是聖賢蓋以心傳道，而非專取於《詩書》之文辭而已也。道苟得於心，書雖不作可也，文何有哉！

他謂：「書所以衛道而非所以傳道」，「道之傳以人而不以書」，於是說到「道苟得於心，書雖不作可也，文何有哉」！這些話便不是古文家的見解。所以此文雖也講到風水相遭之說，而與蘇洵的結論不同。風水相遭，他也承認是天下之至文，然而㈠至文之成功，全靠平日的蓄積，同樣的風水相遭，而姿態有大小之異，則可見道大德博的重要了。㈡因此關係，於是對於至文之觀察，不應僅看他一時的變態，更應注意他平時的常態。既知文生於不得已，那麼他所表現的原不過應付此一時不得已的情形而已。假使此一時不得已的情形，變了一種方式，則所表現的也將隨而成爲另一姿態，此所以書只是道之文而不可以謂之道。道之傳以心而不在文，得其心則常變奇正，觸類皆通；不得其心則泥於跡象求之，結果只成爲規範模擬之作而已。由前者言，是欲其水之廣大；由後者言，又欲看到風未起時的景象。所以雖是風水相遭的比喻，而成爲道學家的思想塗澤在古文家的理論上面。

此種見解頗爲重要，直是前人所未發。後來樓鑰論文，即本胡氏此意以闡發。其《答綦君更生論文書》云：

來書謂長江東流，不見其怪，瞿唐灩澦之所迫束，而有動心駭目之觀，誠是也。然豈水之性也哉！水之性本平，彼遇風而紋，遇壑而奔，浙江之濤，蜀川之險，皆非有意於奇變，所謂湛然而平者，固自若也。灩澦之立中流，或謂其乃所以爲平，此言尤有深致。……妄意論文者當以是求之，不必惑於奇而先求其平。唐三百年文章三變而後定，以其歸於平也。而柳子厚之稱韓文公乃曰文益奇，文公亦自謂怪怪奇奇。二公豈不知此，蓋在流俗中以爲奇，而其實則文之正體也。……文人欲高一世，或挾戰國策士之氣以作新之，誠可以傾駭觀聽，要必有太過處。嗚呼，如伊川先生之《易傳》，范太史之《唐鑑》，心平氣和，理正詞直，然後爲文之正體，可以追配古作；而遽讀之者未必深喜。波平水靜，過者以爲無奇，必見高崖懸瀑而後快。韓文公之文，非無奇處，正如長江數千里奇險時一間見，皆有觸而後發，使所在而然，則爲物之害多矣。（《攻媿集》六十六）

此文所言，即本胡氏之意，而發揮得更爲透徹。樓鑰，本是胡氏所賞識的人。隆興元年，樓鑰試南宮，時胡銓爲考官，曰此翰苑長才也，所以樓氏之學雖不出於胡氏，而可以受胡氏思想的影響。此種見解的重要，乃在能破古文家好奇的主張。王禹偁之所論也與此同一見地，不過還是站在古文家的立場；必如胡銓與樓鑰之所論，才是道學家的見地。

◎四二　朱熹◎

朱熹是宋代道學家之權威。宋代道學至朱子而集其大成；宋代道學家之文學批評也至朱子而集其大成。濂溪言文以載道，而朱子即闡載道之旨；伊川言作文害道，而朱子亦言逐末之弊。善取諸人以爲長，這即是他的文論之特點。他在南宋道學家中可謂能文之士，然而他的文學觀卻不帶古文家的意味。他的思想，比了以前的道學家是有些進步的，可是，就論文的一點來講，始終只是道學家中最極端的主張。以前諸家雖不免都有重道輕文的傾向，尚不致卑視古文。他則似乎修洛蜀之舊怨，對於古文家頗有不滿的論調，尤其對於三蘇；三蘇中間，尤其對於蘇軾。

其《答徐載叔》云：「所喻學者之害莫大於時文，此亦救弊之言。然論其極，則古文之與時文，其使學者棄本逐末，爲害等爾。」（《朱子文集大全類編》問答二十六）這即是程頤所謂作文害道的意思。古文家在消極方面總喜歡攻擊時文以自高身價，他卻把古文看作與時文一樣——一樣是學者之害。此意，雖本於裴度寄《李翺書》所譏韓愈以文爲事的見解，然而在他說來，頗能使古文家喪失其自豪的膽氣。

又其《答楊子順書》云：「世之業儒者既大爲利祿所決潰於其前，而文辭組麗之習，見聞掇拾之工，又日夜有以滲洩之於其後，使其心不復自知道之在是，是以雖欲慕其名而勉爲之，然其所安終在彼而不在此也。」（《文集大全》問答三十）這又與二程以學文爲異端云云，是同一見解。古文家在積極方面，又往往標榜明道以自高其身價，而他卻揭露其假面具，以爲「其所安終在彼而不在此」，這更足使古文家喪失其憑藉的根據。

因此，我們研究朱子之文學觀，應當知道他在文學批評史上的重要，不在能「立」，更在能「破」。我們以前說過，在北宋時期，是道學家與古文家分立的時期，所以各不相下。到南宋，由於當時帝王的提倡道學，推崇片面的封建倫理，以痲痺人民的思想，於是道學大盛，也就只見道學家的理論而不見古文家的理論了。何況朱子對於古文家還加以猛烈的攻擊呢！

朱子對古文家的理論所以能破，即因他使古文家與道學家的分野劃得很清楚。他先說明古文家與道學家所研究的雖同一對象而方面不同。其《滄洲精舍諭學者》一文，稱老蘇但欲學古人說話聲響，稱韓退之柳子厚用力之處，也只是要作好文章（見《文集大全》雜著十）。《語類》中謂：「韓退之於大體處見得，而於作用施爲處卻不曉，……緣他費工夫去作文，而於經綸實務不甚究心，所以作用不得。」（《正誼堂本》卷八）又謂：「貫穿百氏及經史，乃所以辨驗是非，明此義理，豈特欲使文詞不陋而已！」（卷八）這些話雖也從二程倒學之說得來，然而他分得更清楚，辨得更嚴格。他以爲這些事根本就不是聖賢事業。古文家把這些事當作聖賢事業，乃是古文家的錯誤。所以研究的對象雖同，而研究的方面則不同。照古文家所研究的，至多只能學得古人說話聲響而已，當然作用不得。

他再說明古文家與道學家所研究的即使是同一對象，同一方面，而所見到的又互異。《語類》中也有論及這方面的話：

或問：「由是而之焉之謂道？」曰：此是說行底，非是說道體。問：「足乎已無待於外之謂德？」曰：此是說行道而有得於身者，非是說自然得之於天者。（卷八）

《原道》中舉《大學》，卻不說「致知在格物」一句。蘇子由《古史論》舉《中庸》「不獲乎上」後，卻不說「不明乎善，不誠乎身」二句。這兩個好做對，司馬溫公說儀秦處，說：「立天下之正位，行天下之大道」，卻不說：「居天下之廣居。」看得這樣底都是個無頭學問。（卷七）

這即說明古文家之所謂道與道學家不同。蓋古文家之所謂道，還是理學未成立前一般人之所謂道，所以重在用而不是講道體。這種態度與政治家之所言爲近，而在純粹的道學家看來卻是無頭學問。因爲他們皆於性理之學不曾追究到底，不曾求個徹底的明瞭。因此，也不會建立成理學。

他再說明古文家與道學家即使所研究的是同一對象，同一方面，而所見到的又相同，然而其方法仍互異。

論到此，就是以前所謂「貫道說」與「載道說」的不同了。他於《通書》解釋載道之義云：

文所以載道猶車所以載物，故為車者必飾其輪轅，為文者必善其詞說，皆欲人之愛而用之。然我飾之而人不用，則猶為虛飾，而無益於實。況不載物之車，不載道之文，雖美其飾，亦何為乎？

《語類》中又辨正貫道之義云：

才卿問韓文李漢序頭一句甚好。曰：「公道好，某看來有病。」陳曰：「文者貫道之器，且如六經是文，其中所道皆是這道理，如何有病？」曰：「不然，這文皆是從道中流出，豈有文反能貫道之理！文是文，道是道，文只如吃飯時下飯耳。若以文貫道，卻是把本為末。以末為本，可乎？其後作文者皆是如此。」（卷八）

這一節話很重要。我們可以從這裡看出古文家和道學家爭論的不同之點。朱子說明理氣的關係，有時把形而上之道謂之理，形而下之器謂之氣（見《文集大全》問答二十九《答黃道夫書》），似乎分別理氣為二，有時卻又說：「理又非別為一物，即存乎是氣之中。」（《語類》一）那麼又似乎合理氣為一。理氣究竟是一是二呢？事實上，這就是唯心論者慣用的手法。他們為什麼要用此手法，說些游移兩可之論呢？即因唯心論者總覺「理」是先天存在的，是另有一個世界的，但他們無法否認形而下之器的存在，於是只能創造一個特別抽象的名詞稱之為「氣」，以說明這具體的事物，於是有時可說理氣為二，有時又可說理在氣中，以掩蓋其矛盾。這種矛盾，應用到文與道的問題上，於是一方面可說「文以載道」，一方面又可說：「這文皆是從道中流出」，變得是一非二了。這是因爲周敦頤的載道說，還是把文辭與道德看作是兩個不同的事物的，而朱熹則因强調唯心的先驗論，所以說理在氣中，這是朱熹在唯心觀點上比周氏作了更進一步的發展。至於以道爲本，以文爲末，則是一樣的。

一講到理氣，何以又會不一樣呢？這又因爲唯心的先驗論總以爲理是一種超社會超現實的東西。比如說，造一房屋，必先有房屋的形式，這形式即是所謂理，也即是建築此屋的根本條件，這就顯得理的重要了。但是，這樣講恰又證實了「文」的重要性，因爲建造房屋畢竟是靠磚瓦木石這些具體事物構成的，而他們以爲房屋構成，房的形式也自然在其中。那麼，這樣的理氣合一說運用到文道合一說上，反而變得文之內容基於氣，而文之形式莫非理了。這樣的重道輕文，在他們的理論上是講得通的，是可以說「這文皆是從道中流出」，「文只是吃飯時下飯耳」。

但是，就文與道的關係來講，總覺有些講不通，所以我們又覺蘇軾的致道說倒反而比較接近唐人的貫道說的。

我們明白了這一點關係，然後可以明白蘇軾和朱熹文論的不同之點。蘇軾看作「物固有是理」，只須求物之妙能了然於心，再了然於口與手，那麼當然文必與道俱，但是了然於心者不一定能了然於口與手，所以文可以貫道。朱熹看作文道合一：文是形式，是風格；道是內容，是意思。形式風格好似理，內容意思好似氣，形式風格就在具體的內容意思之中，所以具體的內容意思必藉形式風格來表達，因此，文可以載道。這是他們爭論的一點分別。其實，有沒有形而上之道，像朱熹之所謂理呢？是不是一能生二，理能生氣，太極能生兩儀，眞像宋代道學家之所言呢？事實上，這種唯心的論調是不能成立的。內容是可以決定形式的，假使說形式好像是先天的存在，那就是錯誤的。

所以從朱熹這種理論推演下去，就會造成兩種偏差。一種是視文章爲小技（見朱熹答《汪叔耕書》），輕視了藝術性。朱熹說：「歐公東坡亦皆於經術本領上用功，今人只是於枝葉上粉澤爾。」又說：「作文字須是靠實說得有條理乃好，不可架空細巧。」（《語類》八）這是他所以不要著意作文章，但須明理的緣故。他認爲理精了後，文字自會典實的。這種思想，到後來眞德秀編《文章正宗》就走到極端。眞德秀之學出於詹體仁，而詹氏是朱子門人，所以眞氏可以說是朱子嫡傳，其論文也不免偏於極端。他在《文章正宗》的序上說：

> 正宗云者，以後世文辭之多變，欲學者識其源流之正也。……夫士之於學，所以窮理而致用也，文雖學之一事，要亦不外乎此。故今所輯以明義理切實用爲主。其體本乎古，其指近乎經者然後取焉，否則辭雖工，不錄。

這種論調，在他的文集中也可以看出。其《跋歐陽四門集》云：「自世之學者離道而爲文，於是以文自命者，知黼黻其言而不知金玉其行，工騷者有登牆之醜，能賦者有滌器之汚」（《眞西山文集》三十四），這即因德行不加修敕，內容有害義理，所以不足取。其《跋彭忠肅文集》云：「漢西都文章最盛，至有唐爲尤盛，然其發揮義理有補世教者，董仲舒氏韓愈氏而止爾。……至濂洛諸先生出，雖非有意爲文，而片言只辭貫綜至理，若《太極西銘》等作，直與六經相出入，又非董韓之可匹矣。」（《眞西山文集》三十六）這又因這些文能明義理切世用，所以認爲最高。其實，這種主張就因韓柳之提倡古文，已經脫離了現實，傾向於復古，所以道學家會更進一步發爲這種極端的論調。《四庫總目提要》之論《文章正宗》謂：「四五百年以來，自講學家以外，未有尊而用之者，豈非不近人情之事，終不能强行於天下歟？」可知這種過偏的論調，在以前也會加以否定的。事實上，古文家之文已經不能算是文學了，而道學家走得更偏，當然是不會强行於天下的。由於他們這樣論文，所以有時不是論文而是論人。眞德秀《日湖文集序》云：「是故致飾語言不若養其氣，求工筆札不若勵於學，氣完而學粹，則雖崇德廣業，亦自此進，況其外之文乎？」（《真西山文集》二十八）同時魏了翁《攻媿樓宣獻公文集序》也說：「辭根於氣，氣命於志，志立於學。氣之薄厚，志之小大，學之粹駁，則辭之險易正邪從之。」（《鶴山大全文集》五十六）這完全是人的修養問題了。

另一種偏差，反從「道」的問題，走向「法」的問題。「法」是文之末事，所討論的只是一些修辭之學與評點之學，而照朱熹的理論推去，也自會傾向到這方面。

朱子論文，重在明白自然，不要架空細巧，可是，在另一方面，又認爲明白自然不是恁地說將去，原來自有個典型在。《語類》說：「前輩云文字自有穩當底字，只有始者思之不精。」又說：「文字自有一個天生成腔子。」（卷八）這所謂天生成腔子，就是一個典型的形。他一樣要用那合用的字，穩當的字，他一樣想鋪排得恁地安穩；他也要用那些琢磨工夫與文人一樣。這就因爲在他的思想體系上有個先天的「理」存在的緣故，所以他以這「天生成腔子」爲自然。明白這些，然後知道朱子雖主自然，而其批評東坡文字不合典型的地方，在他說來也不爲無理由。《語類》（八）記直卿與朱子同看東坡所作《溫公神道碑》，直卿問：「大凡作這般文字，不知還有布置否？」曰：「看他也只是據他一直恁地說將去，初無布置。如此等文字方其說起頭時，自未知後面說甚麼。」隨以手指中間曰：「到這裡自說盡無可說了，卻忽然說起來。如退之南豐之文卻是布置。某舊看二家之文，復看坡文，覺得一段中欠了句，一句中欠了字。」因此，知道東坡所自矜的「行乎其所不得不行，止乎其所不得不止」的行文樂趣，在朱子看來，正是「一直恁地說將去，初無布置」，正還不免「一段中欠了句，一句中欠了字」。對這「天生成腔子」正覺得還不夠貼切。

於是，道學家一方面爲要說明這天生成腔子，一方面爲了科舉的關係，也就利用科舉上一些捷徑式的門徑書，竊取此方法來論古文。於是呂祖謙的《古文關鍵》、樓昉的《崇古文訣》、謝枋得的《文章軌範》，也就先後出現了。

姚瑤之跋《崇古文訣》云：「文者載道之器，……夫能達其辭於道，非深切著明，則道不見也。此文之有關鍵，非深於文者安能發揮其蘊奧而探古人之用心哉！」這是道學家對評點之學的一種解釋。王守仁之序《文章軌範》云：「夫自百家之言興，而後有六經，自學業之習起，而後有所謂古文。古文之去六經遠矣，由古文而學業，又加遠焉。士君子有志聖賢之學，而專求之於學業，何啻千里！然中世以是取士，士雖有聖賢之學、堯舜其君之志，不以是進，終不大行於天下；蓋士之始相見也必以贄，故學業者士君子求見於君之羔雉耳。羔雉之弗飾是謂無禮；無禮，無所庸於交際矣。故夫求工於學業而不事於古作，弗可工也；弗工於學業而求於幸進，是僞飾羔雉以罔其君也。」這也可說是道學家對於評點之學的又一種解釋。道學家不以文爲事，不要學古人的說話聲響，乃其結果與學業生關係，乃其結果成爲「不可揭以告人，只可用以自志」（見章學誠《文史通義·文理》篇）的評點之學。這就是唯心論者時常容易引起的矛盾。

◎四三　南宋道學家之詩論◎

從道學家的理論來論詩，是應當可以接觸到現實主義的。但是正因他們本於唯心的觀點來論詩，所以不論朱熹一派或陸九淵一派，都不會成爲現實主義的詩論。

張栻，與朱熹同時，時相切磋，學者稱南軒先生。盛如梓《庶齋老學叢談》有一節講到他的論詩見解，就可以看出道學家的詩論，可以接觸到現實主義，但是終究不成爲現實主義的詩論。現在引這一節文字在下面：

有以詩集呈南軒先生。先生曰：「詩人之詩也，可惜不禁咀嚼。」或問其故？曰：「非學者之詩，學者詩讀著似質，卻有無限滋味，涵泳愈久，愈覺深長。」又曰：「詩者紀一時之實，只要據眼前實說。古詩皆是道當時實事。今人做詩多愛裝造語言，只要鬥好，卻不思一語不實，便是欺。這上面欺，將何往不欺。」

在這裡，他所說的話雖不多，卻很重要。他分詩爲詩人之詩與學者之詩；他又分詩爲今人之詩與古人之詩。今人之詩，只是詩人之詩而已，是他所不能滿意的。學者之詩，則是想做到古人之詩。所以他論詩的標準即著重在這兩種。他以爲詩不妨作，只是要作讀著似質而有無限滋味的學者之詩，只是要作紀一時之實，據眼前實說的詩。這已在道學家的詩壇上建立了比較建設的詩論而且接觸到詩的本質問題了。可是，道學家太泥於「詩言志」的講法，而且道學家所謂「言志」，事實上就等於「明道」，不是做一些表現德性的詩，就是做一些說明性理的詩，所以始終不會成爲白居易的諷諭詩。論理，講到「詩以明道」，應當包括諷諭詩的。白氏《與元九書》云：

僕志在兼濟，行在獨善。奉而始終之則爲道，言而發明之則爲詩。謂之諷諭詩，兼濟之志也；謂之閒適詩，獨善之義也。故覽僕詩者，知僕之道也。

可知不論講詩以言志或詩以明道，都應該包括諷諭詩的。但是道學家卻脫離了現實，所以張栻剛才講到「詩者紀一時之實，只要據眼前實說」，卻忽然一轉，接下去就說到「一語不實便是欺；這上面欺，將何往不欺」，那就不重在兼濟之志而重在獨善之行了。固然，兼濟之志和獨善之行也是分不開的，有暴露現實的膽量，也就因有大公無私的德性，但是偏重在德性一面看問題，有時就會脫離了現實。張栻《論語解》解「詩三百一言以蔽之曰思無邪」句云：「詩三百篇美惡怨刺雖有不同。而其言之發皆出於惻怛之公心，而非有他也，故思無邪一語足以蔽之。」這就是說詩人之反映現實，道當時實事，應當出於公心，才為不欺，才為無邪，那麼論點的重心，就不重在詩的暴露現實而重在詩人之志了。朱熹《答楊宋卿書》說：「熹聞詩者志之所之，在心為志，發言為詩，然則詩者豈復有工拙哉，亦視其志之所向者高下何如耳。是以古之君子，德足以求其志，必出於高明純一之地，其於詩固不學而能之。」（《朱文公文集》三十九）這種論調，直到後來宋末家鉉翁還是這般主張。其《志堂說》云：

> 昔日讀詩，深有味於《詩序》「在心為志」之旨。以為在心之志，乃喜怒哀樂欲發而未發之端，事雖未形，幾則已動，聖賢學問，每致謹乎此，故曰：「在心為志。」若夫動而見於言，行而見於事，則志之發見於外者，非所謂在心之志也。是以夫子他日語門弟子曰：「詩三百，一言以蔽之曰思無邪。」無邪之思，在心之志，皆端本於未發之際，存誠於幾微之間。迨夫情動而言形，為雅為頌為風為賦為比為興，皆思之所發，志之所存，心之精神實在於是，非外襲而取之也。（《則堂集》三）

這樣闡「在心為志」之說，遂以志乎道德者為在心之志，而以志乎功名，志乎富貴者為中無所守。就詩人之修養言，這種論調也有一些價値的，但是過於强調這一點，以此爲論詩的標準，只看詩人之志，如朱熹《詩經傳序》所謂：「諷詠以昌之，涵濡以體之，察之情性隱微之間，審之言行樞機之始」，那就不免過於强調了作詩的動機著重在詩的教育意義，而忽略了詩的歷史意義了。

陸九淵的論詩主張不多見，但是包恢《敝帚稿略》所言，就可以看作象山學派之詩論。《宋元學案》稱：「恢父揚，世父約，叔父遜，同學於朱陸，而趨向於陸者分數爲多。」（卷七十七）所以包恢與《留通判書》說：「今之學者，終日之間無非倚物：倚聞見，倚議論，倚文字，倚傳注語錄，以此爲奇妙活計，此心此理，未始卓然自立也，若能靜坐而不倚聞見議論，不倚文字傳注語錄，乃是能自作主宰，不徒倚外物以爲主矣。」（《敝帚稿略》二）此種議論即與朱熹思想不相一致處。

本於此種見解以論詩，於是雖申言志之義，而見解各別：張栻朱熹之言志，歸於無邪；包恢之言志，歸於自得。歸於自得，故其論詩傾向於陶潛邵雍一路。

此種意義，可從兩方面看出，一則用此標準以看昔人之詩，一則用此標準以論作詩之法。王安石有兩句詩：「看似尋常最奇崛，成如容易卻艱辛」，包恢論詩，每稱此二語，即以前一句爲讀詩之法，後一句爲作詩之法。

由讀詩法言，不求其表而求其裡，不窺其淺而窺其深。他以知花爲喻，以爲「四時之花其華彩光艷，漏洩呈露者，名品固非一；若春蘭夏蓮秋菊冬梅，則皆意味風韻，含蓄蘊藉而與衆花異者。」（《敝帚稿略》五，《書徐致遠無弦稿後》）於是再本此義以窺詩。

詩有表裡淺深，人直見其表而淺者，孰爲能見其裡而深者哉！猶之花焉：凡其華彩光焰，漏洩呈露，爗然盡發於表而其裡索然絕無餘蘊者，淺也；若其意味風韻，含蓄蘊藉，隱然潛寓於裡，而其表淡然若無外飾者，深也。

《韓非子・解老》篇云：「夫恃貌而論情者，其情惡也；須飾而論質者，其質衰也。」正因情惡質衰所以需要外飾。詩之眞是表現其自得者，便無事於技巧。東坡所謂：「發纖穠於簡古，寄至味於淡泊」，最是難到之境。這即所謂：「看似尋常最奇崛。」

由作詩法言，他又以參禪爲喻：

前輩嘗有「學詩渾似學參禪」之語，彼參禪固有頓悟，亦須有漸修始得，頓悟如初生孩子，一日而肢體已成；漸修如長養成人，歲久而志氣方立。此雖是異端，語亦有理，可施之於詩也。半山云：「看似尋常最奇崛，成如容易卻艱辛」；某謂尋常容易須從奇崛艱辛而入。唐稱韋柳有晋宋高風，而柳實學陶者；山谷嘗寫柳詩與學者云，能如此學陶，乃能近似耳，此語有味。（《敝帚稿略》二，《答傅當可論詩》）

頓悟，是講自得，即所謂流於旣溢之餘；漸修，是講自得之後再加以沙汰陶熔的工夫。所以學陶反須於柳詩中求之。這又是所謂「成如容易卻艱辛」。

自得而出之自然，則存而不露；自然而本於自得，則淡而不厭。此二者原互有關係。所以看詩固應看到詩人之自得，然而也應看出他「閱之多，考之詳，煉之熟，琢之工，所以磨礱圭角而剝落皮膚求造眞實」的工夫（見《書徐致遠無弦稿後》）。作詩固常有「磨礱去圭角」的工夫，然而「亦由其神情沖淡，趣向幽遠，有青山白雲之志，而欲超然出於塵外者」（見《書撫州呂通判開詩稿略》）。由工夫言，宜尚自然；由志言，又貴自得。這樣，才能「其表淡然若無外飾」，而又有「隱然潛寓於裡」者，這才覺其「意味風韻含蓄蘊藉」。總之，他比張栻朱熹更偏於唯心的觀點，所以只重在詩人和詩人的作品，好似歷史上詩壇的活動，就決定於這些作家的修養。因此，他雖反對僅工塗澤有表無裡的詩，但是就他肯定的兩種詩而言，就以道學家的詩，認爲詩中最高的境界。他說：

> 古人於詩不苟作，不多作；而或一詩之出，必極天下之至精，狀理則理趣渾然，狀事則事情昭然，狀物則物態宛然，有窮智極力之所不能到者，猶造化自然之聲也。蓋天機自動，天籟自鳴，鼓以雷霆，豫順以動，發自中節，聲自成文，此詩之至也。（《敝帚稿略》二，《答曾子華論詩》）

這是詩之正，是造化自然之聲，一片天籟，無因而至，可遇而不可求，我們可以稱之爲自發的詩。邵雍詩云：「詩揚心造化，筆發性園林」（《無苦吟》），又云：「坐中知物體，言外到天機」（《罷吟吟》），即是此意。一方面寫物理，寫天機，通造化，代天工；而一方面又是調性，寫心，樂性靈，述意志。蓋他們以爲詩是從心與外界之交感而成，偶然湊泊，天籟自鳴。所以邵雍說：「人和心盡見，天與意相連」（《談詩吟》），包氏論詩主言志而須本於自得，歸於自然者，就是從這種唯心觀點上出發的。我們必須在這一點辨析清楚，那就可以知道包恢所謂自得與自然，與陸游所講自得與自然，還有一些分別。陸游雖用了當時人所常用的術語，但是畢竟是詩人，所以由於自得會悟到現實，由於自然會否定純藝術論；而包氏所講的第一種詩，則是從唯心觀點出發的。因爲陸王學派之求道，本有這種偏差。黃宗羲《明儒學案》之評陳白沙云：「至問所謂得，則曰靜中養出端倪，向求之典册，累年無所得，而一朝以靜坐得之，似與古人之言自得異。孟子曰：『君子深造之以道，欲其自得之也』。不聞其以自然得也。……今考先生（白沙）證學諸語，大都從一段自然工夫，高妙處不容湊泊，終是精魂作弄處。」（《師說》）他稱這樣講自得與自然爲精魂作弄，眞是最愜當的批評。包氏論詩，也就不免墮入這種窠臼中去。

第二種是一般詩人之詩，但也是詩中的高格。他說：

其次則所謂未嘗爲詩，而不能不爲詩，亦顧其所遇如何耳。或遇感觸，或遇扣擊，而後詩出焉。如詩之變風變雅，與後世詩之高者是矣。此蓋如草木本無聲，因有所觸而後鳴；金石本無聲，因有所擊而後鳴，無非自鳴也。如草木無所觸，而自發聲，則爲草木之妖矣；金石無所擊，而自發聲，則爲金石之妖矣。（《答曾子華論詩》）

這是詩之變。此雖與天籟不同，但仍是有所觸擊，不能不爲之詩。我們可以稱這一種是被動的詩。被動的詩並非苟作，所以還比僅工塗澤者爲高一些。

由第一種詩言，是造化自然之聲，或「沖漠有際，冥會無跡」，或「眞景見前，生意呈露」，邵雍所謂：「經道之餘，因靜照物，因時起志，因物寓言，因志發詠」者，即屬此類。

由第二種詩言，是有所觸擊而不得不爲之詩，當然與無病呻吟者不同。然在同一環境之中，受同樣的觸擊，仍因作者之志有大小，而所以反應此觸擊者可不相一致。邵雍所謂一時之否泰與一身之休戚即是此種關係。假使「身之休戚發於喜怒，時之否泰出於愛惡」，那麼雖是有所觸擊而溺於情好，就不是「以天下大義而爲言」了。包氏於是再於《答曾子華論詩書》中闡說此意。

> 在心爲志，發言爲詩，今人只容易看過，多不經思。詩自志出者也。……志之所至，詩亦至焉，豈苟作者哉！……子華之詩，謂因居閒處獨，岑寂無聊而作，則亦不可謂無所觸擊而自鳴者；此亦後世騷人文士之常也。然揆之以志，則有未然者。居閒處獨，不妨顏子陋巷之樂，何爲岑寂而無聊？若如曾子之七日不火食，果能歌聲若出金石乎？陶淵明少學琴書，性愛閒靜，曰：「結廬在人境，而無車馬喧」，曰：「閒居三十載，遂與塵事冥」，彼方以居閒處獨爲樂，若有秋毫岑寂無聊之態，其能道此等語，作此等詩乎？曰：「心遠地自偏」，曰：「此中有眞意」，曰：「聞禽鳥變聲，復欣然忘食」，此其志高矣美矣。好詩者如進於此也，詩當自別矣。太白常有超世之志，固非世態之所得而籠絡；子美一生窮餓，固不掩於詩，而其志浩然未始一日少變，故其詩之光焰不可滅，不可不考也。

這即不欲以身之休戚發於喜怒的意思。在他看來，同一言志，有同於流俗之志，也有高人幾等之志。志高則詩格高，志卑則詩格卑，朱子所謂：「亦視其志之所向者高下何如耳」，便是此意。詩人能高其志，不爲環境所左右，澄然清明，洞然無際，不殉於物，不蔽於情，那麼由第二種詩可以進至第一種詩。包氏所謂：「彭澤一派尚庶幾焉」者，即因於此。照這樣講，他否定了有表無裡的詩，也否定了只發個人牢騷的詩，似乎應當了解詩的本質了，但是由於他的唯心論觀點，也就使他不能了解詩的歷史意義，即對第二種詩，如詩之變風變雅，也只看作是詩人的活動。所以我說道學家之詩論，立論雖高，很能自占地步，但是終究是脫離實際的。這樣，所以只能做到白居易的閒適詩，不能做到白居易的諷諭詩。

◎四四　從韓駒吳可到楊萬里◎

在唯心的禪學和道學流行的時代，詩人之詩論是不能不受它的影響的。假使說道學家之詩論偏於道，那麼蘇軾之詩論就偏於禪。偏於禪，所以一方面不像道學家這般泥於傳統的見解，一方面又不致像黃山谷（庭堅）一派完全走上純藝術的傾向。

現在，就講蘇軾一派的詩論。

韓駒字子蒼，他的詩，蘇氏弟兄比作儲光羲。其學原出蘇氏，所以呂本中把他列入江西派中，韓駒不很同意（見劉克莊《後村詩話》）。吳可字思道，少時亦以詩爲蘇軾劉安世所賞識，所以吳可所著《藏海詩話》，頗多中述東坡詩論之處。這兩人的詩論就可以看作蘇軾一派的主張。

蘇軾論詩已近禪悟，韓駒吳可則說得更明白。韓駒《贈趙伯魚詩》有云：「學詩當如初學禪，未悟且遍參諸方。一朝悟罷正法眼，信手拈出皆成章。」（《陵陽先生詩》二）吳可的《學詩》也是這樣：

學詩渾似學參禪，竹楊蒲團不計年；直待自家都了得，等閒拈出便超然。

學詩渾似學參禪，頭上安頭不足傳；跳出少陵窠臼外，丈夫志氣本沖天。

學詩渾似學參禪，自古圓成有幾聯？春草池塘一句子，驚天動地至今傳。

此詩見《詩人玉屑》卷一所引，不載吳氏《藏海居士集》中。當時龔相亦有《學詩詩》，即和吳氏之作。《詩人玉屑》亦引之云：

學詩渾似學參禪，悟了才知歲是年；點鐵成金猶是妄，高山流水自依然。

學詩渾似學參禪，語可安排意莫傳；會意即超聲律界，不須煉石補青天。

學詩渾似學參禪，幾許搜腸覓句聯；欲識少陵奇絕處，初無言句與人傳。

這都是以禪喻詩，開《滄浪詩話》之先聲。《陵陽室中語》述韓氏語云：「詩道如佛法，當分大乘小乘，邪魔外道，惟知者可以語此。」（《詩人玉屑》卷五引）吳可《藏海詩話》也說：「凡作詩如參禪，須有悟門。」可知他們的論詩宗旨與方法都是一樣的。

這一點說明了什麼呢？這恰說明了蘇詩和黃詩不同的地方。他們因重在「信手拈出」，重在「圓成」，所以論用韻則要以韻就意，勿遷意就韻（《玉屑》六引《室中語》）。論使事則要事自我使，不可反爲事使（《玉屑》七引《室中語》），總之也與東坡一樣以圓熟自然爲標準。《室中語》云：「凡作詩使人讀第一句，知有第二句，讀第二句知有第三句，次第終篇，方爲至妙。」又云：「大概作詩要從首至尾語脈聯屬，如有理詞狀。」（均見《詩人玉屑》卷五引）這些都與山谷論詩之旨不盡同。尤其明顯的是《詩人玉屑》（十六）引《陵陽室中語》的話，「唐末人詩雖格致卑淺，然謂其非詩不可。今人作詩句語軒昂，止可遠聽而其理則不可究。」這顯然是不滿江西詩派的論調了。吳可《藏海詩話》也這樣說：「唐末人詩雖格不高而有衰陋之氣，然造語成就；今人詩多造語不成。」其實，造語成就也是東坡的話。李之儀《姑溪題跋跋吳思道詩》云：「東坡嘗謂余曰，凡造語貴成就，成就則方能自名一家。」所以我們可以說，韓駒吳可都是蘇軾一派之詩論。

到了南宋，最足以代表這種詩論的就是楊萬里。萬里字廷秀，號誠齋，有《誠齋集》，集中有《詩話》一卷。誠齋論詩頗帶禪味。其詩論中禪味最足者，如《書王右丞詩後》云：「晚因子厚識淵明，早學蘇州得右丞；

忽夢少陵談句法，勸參庚信謁陰鏗。」（《誠齋集》七）又《讀唐人及半山詩》云：「不分唐人與半山，無端橫欲割詩壇；半山便遣能參透，猶有唐人是一關。」（《誠齋集》八）《送分寧主簿羅宏材秩滿入京》云：「要知詩客參江西，政如禪客參曹溪，不到南華與修水，於何傳法更傳衣。」（《誠齋集》三十八）答《徐子材談絕句》云：「受業初參且半山，終須投換晚唐間，《國風》此去無多子，關捩挑來只等閒。」（《誠齋集》三十五）這幾首詩都是他的論詩宗旨，比《誠齋詩話》所言尤為重要。而詩中所用字面，如參透，如傳法，如關捩云云都是禪家話頭。其故作不了語，也落禪家機鋒。所以翁方綱《石洲詩話》謂滄浪論詩與之相合，或有滄浪用誠齋之說之處。

誠齋詩論受蘇軾韓駒吳可諸人之影響，當然可帶禪味。他也與東坡一樣，頗闡司空圖味外之味之說。其《習齋論語講義序》云：「讀書必知味外之味；不知味外之味而曰我能讀書者，否也。《國風》之詩曰：『誰謂荼苦，其甘如薺』，吾取以為讀書之法焉。夫含天下之至苦，而得天下之至甘，其食者同乎人，其得者不同乎人矣。同乎人者味也，不同乎人者非味也。」（《誠齋集》七十七）其論學如此，其論詩更是如此。他於《江西宗派詩序》中說：

> 江西宗派詩者，詩江西也，人非皆江西也。人非皆江西而詩曰江西者何？系之也。系之者何？以味不以形也。東坡云：江瑤柱似荔枝，又云杜詩似太史公書，不惟當時聞者憮然，陽應曰諾而已，今猶憮然也。非憮然者之罪也；舍風味而論形似，故應憮然也。形焉而已矣！高子勉不似二謝，二謝不似三洪，三洪不似徐師川，師川不似陳後山，而況似山谷乎？味焉而已矣！酸鹹異和，山海異珍，而調胹之妙，出乎一手也。似與不似求之可也，遺之亦可也。（《誠齋集》七十九）

這種重味而不泥形的主張，尚風致而不尚體貌的主張，頗與滄浪論詩宗旨有些近似。他破了江西一關，便欲進而至唐，這也開滄浪先聲。其《雙桂老人詩集後序》云：「近世此道之盛者，莫盛於江西，然知有江西者不知有唐人。」（《誠齋集》七十八）所以復使人知唐人之詩，即所以藥江西之病。其《讀詩》一首云：「船中活計只詩編，讀了唐詩讀半山（王安石），不是老夫朝不食，半山絕句當朝餐。」（《誠齋集》三十一）也即因半山作風與蘇黃不同，較近唐音而已。宋時論詩風氣，凡尚唐音的，如魏泰葉夢得諸人差不多沒有不宗半山的。

這是誠齋與滄浪相近的地方，然論其歸趣，則又不一致。蓋以禪論詩的結果，每偏於悟，而悟的結果，又須歸於自得。「學我者死」，「汝欲稗販我耶？」禪家教人，總不願人家亦步亦趨，以規隨爲宗旨的。論詩而喻以學禪，其結果也是如此。韓駒詩云：「一朝悟罷正法眼，信手拈出皆成章」；吳可詩云：「跳出少陵窠臼外，丈夫志氣本沖天。」這即是發見自我的禪悟詩人之主張。所以誠齋《和李天麟》詩也說：「學詩須透脫，信手自孤高。」（《誠齋集》四）到此地步，心目中豈復有法在！所以再說：「問儂佳句如何法！無法無盂也沒衣。」（《酬閣皂山碧崖道士甘叔懷贈十古風》）所以再說：「傳派傳宗我替羞，作家各自一風流；黃陳籬下休安腳，陶謝行前更出頭。」（《跋徐恭仲省幹近詩》）到此地步，獨來獨往，不妨從江西派入，何必從江西派出！入室操戈，正是蘇軾一派詩論的主張，其實也是江西詩人的主張。

正因這一點，所以誠齋論詩不與滄浪一樣。蓋從悟罷以後無法無盂一點言，則誠齋之說，適爲以後袁枚性靈說之先聲。他既知道「作家各自一風流」，那肯再同滄浪這樣標舉盛唐，宗主李杜。才破一法，復立一法以自縛，這在誠齋詩論的體系上豈不自相矛盾！因此，誠齋之標舉唐詩，與《滄浪詩話》所論，其不同之點有二：

㈠誠齋把唐詩看作最後一關而不是奉爲宗主。他說：「半山便遣能參透，猶有唐人是一關」，乃是說破了江西一關以後猶有半山，參透半山以後猶有唐人，要並唐人這一關一關打破以後才見本來面目。不歸楊，則歸墨，彼善於此，則有之矣，便可奉爲宗主則未必然。滄浪論詩，正逗留在唐人一關，所以說來雖似頭頭是道，而實在眞是隔靴搔癢。翁方綱仍以神韻之說看誠齋，乃說：「誠齋之參透半山殊似隔壁聽耳；又不知所謂唐人一關在何處也？」這些話便不曾明白誠齋的論詩宗旨。蓋由誠齋之意而言，唐人一關原在唐人一關，有什麼不知道在何處！這即是誠齋與滄浪論唐不同之一點。(二)誠齋於唐也不隨流俗之見，推奉李杜；他所欣賞乃在晚唐。其《讀笠澤叢書》三首之一云：「笠澤詩名千載香，一回一讀斷人腸，晚唐異味同誰賞，近日詩人輕晚唐。」（《誠齋集》二十七）這才是悟後有得之言。滄浪論詩，頗有後臺喝彩的習氣，即因隨人腳跟，所得在皮毛之間而已。他能體會到晚唐的異味，所嗜便與衆人不同，參透了半山以後便到晚唐，參透了晚唐以後便到《國風》。何也？唯其眞也，惟其眞而猶有餘味故也。這是他《詩話》中所謂微婉顯晦的意義。講到此，然後知道《答徐子材談絕句》一詩所謂「受業初參且半山，終須投換晚唐間，《國風》此去無多子，關捩挑來只等閒」的意義。他於《頤庵詩稾序》中也說：「三百篇之後此味絕矣，惟晚唐諸子差近之」（《誠齋集》八十三）。此種見解，豈是無所見而云然！因此，我再想到陸放翁讀誠齋所寄《南海集》的一絕：「飛卿數闋嶠南曲，不許劉郎誇竹枝，四百年來無復繼，如今始有此翁詩」（《劍南詩稿》十九），恐怕也是見到此意吧！

有此關係，所以誠齋論詩頗與後來袁枚相似。《隨園詩話》中似有暗襲誠齋之說之處，而推崇晚唐，也即其中的一點。

◎四五　從江西詩人到陸游姜夔◎

黃庭堅詩有特殊的風格，但是又有可以遵循的方法，因此可以別成一體，同時也容易演成一種宗派。所以到了呂本中就寫成《江西詩社宗派圖》，而同時又有《江西詩派詩集》和《江西續宗派詩》的選輯（《宋史・藝文志》

稱呂本中編正集，曾紘編續集）。黃詩在當時詩壇確是成爲一道洪流。

因此，江西詩人之詩論，又是山谷一派之緒餘，另成一個系統。曾季貍《艇齋詩話》有一節云：「後山（陳師道）論詩說換骨，東湖（徐俯）論詩說中的，東萊（呂本中）論詩說活法，子蒼（韓駒）論詩說飽參，入處雖不同，其實皆一關捩，要知非悟不可。」這正是說明江西詩社中人的論詩主張，是同一論調，同一關捩。蓋自山谷《奉答謝公定》詩有云：「自往見謝公，論詩得濠梁」，已重在「有所悟入」（見任淵注），則知傳江西衣缽者，其論詩當然也重在「悟」了。

現在，先講陳師道的詩論。師道字無已，號後山。魏衍《彭城陳先生集記》，稱：「先生學於曾公，譽望甚偉；及見豫章黃公庭堅詩，愛不捨手，卒從其學。」所以他當然是江西詩社中人。他的作詩，昔人稱其重在苦吟，每偕及門登臨得句，即急歸臥一榻，以被蒙首，甚至其家嬰兒孺子亦抱寄鄰家，其精思苦吟如此。所以黃庭堅有「閉門覓句陳無己」之謔（《病起荊江亭即事》），而其《贈陳師道》詩亦有「陳侯學詩如學道，又似秋蟲噫寒草，日晏腸鳴不俯眉，得意古人便忘老」諸語。當然的，陳氏的《自詠絕句》，更應有「此生精力盡於詩，末歲心存力且疲」之嘆了（見《後山集》三）。

以他這樣苦吟，故其所謂「換骨」云者，實即是火候到時的境界。其《答秦少章詩》云：「學詩如學仙，時到骨自換。」工夫深時，自然能換骨的。這雖以學仙爲喻；但亦未嘗不是禪宗的方法。我們看明釋袾宏《竹窗隨筆》中所論換骨一條即可知學仙學禪初無分別。他說：「陳後山云學詩如學仙，時至骨自換；予亦云學禪如學仙，時至骨自換：故學者不患禪之不成，但患時之不至；不患時之不至，但患學之不勤。」據此，詩與仙禪也可謂是同一關捩，其工夫全在一「悟」字。

今世所傳《後山詩話》，固不足信，然亦未嘗不可於其中節取數語看出他的論詩宗旨。如所謂：「寧拙毋巧，寧樸毋華，寧粗毋弱，寧僻毋俗」，云云，這正是江西派的論詩主張。陳氏《次韻蘇公西湖觀月聽琴》詩說：「近世無高學，舉俗愛許渾」（《後山集》九），也是這種意思。所以我疑此書本是後山未曾寫定之本，以出後人編次，也就不免有些增益竄亂罷了。

於次，再一言徐俯。徐氏論詩，《艇齋詩話》稱其「論詩說中的」，現在以未見《東湖集》，不知所謂中的者何指；但曾敏行《獨醒雜志》有一節云：

汪彥章爲豫章幕官，一日會徐師川於南樓，問師川曰：「作詩法門當如何入？」師川答曰：「即此席間杯柈果蔬使令，以至目力所及皆詩也；君但以意剪裁之，馳驟約束，觸類而長，皆當如人意，切不可閉門合目作鐫空妄實之想也。」彥章頷之；逾月，覆見師川曰：「自受教後，準此程度，一字亦道不成。」師川喜謂之曰：「君此後當能詩矣。」故彥章每謂人曰：「某作詩句法得之師川。」

胡仔《苕溪漁隱叢話》前集四十九引《呂氏童蒙訓》亦述徐氏語云：「詩豈論多少，只要道盡眼前景致耳。」這道盡眼前景致的方法，不知是不是即所謂「中的」的意思。眼前景致本可入詩，能把眼前景致，以意剪裁馳驟約束，這似乎也是單刀直入手段，謂爲中的，原也未嘗不可。不過如《獨醒雜志》所云：「準此程度一字亦道不成」，而師川以爲「此後當能詩矣」，這些話便說得迷離恍惚，不可捉摸。李東陽《懷麓堂詩話》謂：「宋人論詩高者如捕風捉影」，如師川此說就是這般。或者當時江西詩人都帶一些禪味，師川也未能免俗，不免墮於禪門習氣了吧！

又《艇齋詩話》有一節云：

東湖嘗與予言：近世人學詩，止於蘇、黃，又其上則有及老杜者，至六朝詩人皆無人窺見。若學詩而不知有選詩，是大車無輗，小車無軏。

時人論詩，本是各有自得之處；所以《艇齋詩話》又云：「山谷論詩多取楚詞，東湖論詩多取選詩。」各人之所嗜雖不相同，要之都是陳師道之所謂「高學」，決不偏徇流俗之見的。因知《滄浪詩話》所謂「學者須從最上乘，具正法眼，悟第一義」云云，也從江西餘唾得來。

因其如此，所以江西詩人也都有一些自立的氣概。即如徐氏雖為山谷之甥，並且也是江西派的詩，但他磊落不羣之氣，終不肯屈居人下。所以晚年有人稱其源自山谷者，他不以為然，答以小啓云：「涪翁之妙天下，君其問之水濱；斯道之大域中，我獨知之濠上。」（見趙鈛《鶡林子》卷一）他於山谷猶且如此，何況餘子！所以《呂氏童蒙訓》又云：「徐師川言作詩自立意，不可蹈襲前人。」（《漁隱叢話》前集三十七引）這是江西詩人所共持的態度。黃山谷云：「聽它下虎口著，我不為牛後人。」江西詩人持奉這種信條，安得不愈變而愈離其宗。

最後，再一言呂本中之所謂「活法」。呂氏關於論詩之著凡有三種：一為《江西詩社宗派圖》，以選集而兼論評，這是江西詩人的總集。一為《紫薇詩話》，則論詩而及事者為多，又為江西詩人的小傳，或遺聞軼事的記載。其又一則為《呂氏童蒙訓》，其論詩主張，大率在是，這又可作為江西詩人之詩論觀。

不過因於《童蒙訓》本為家塾訓課之本，所以一方面論為詩文之法，一方面又論為人之法。蓋本中本是北宋故家，及見元祐遺老，師友傳授，具有淵源，故言理學則折衷二程，論詩文則取法蘇、黃。他在政和、宣和之間只與王氏之學立異，而於元祐程蘇之學則不復分別，所以是書雖多論詩主張，而不全是論詩。至於今傳各本

《童蒙訓》，均無論詩文之語，則又是朱學盛行以後，欲嚴洛蜀之辨而加以汰除的關係。《童蒙訓》中論詩之語既被汰除，於是別有輯其論詩之語稱爲《童蒙詩訓》者。明葉盛《綠竹堂書目》（四）及楊士奇等所編之《文淵閣書目》（十）均曾著錄，但此書亦不可得見。近來，我就《漁隱叢話》諸書所引各條，掇拾遺文，輯入《宋詩話輯佚》中。

呂氏論詩重在悟入。《童蒙訓》云：「作文必要悟入處；悟入必自工夫中來，非僥倖可得也。如老蘇之於文，魯直之於詩，蓋盡此理也。」所以《紫薇詩話》自述答晁叔用語云：「只熟便是精妙處」。熟，即活法，即工夫，即悟。其《夏均父集序》云：「學詩當識活法。所謂活法者，規矩備具而能出於規矩之外，變化不測而亦不背於規矩也。是道也，蓋有定法而無定法，知是者可與言活法矣。謝玄暉有言，好詩流轉圓美如彈丸，此眞活法也。」（劉克莊《江西詩派小序》引）所以活法是從規矩具備以後的悟的境界，不是可以僥倖獲得的。後來趙蕃之詩完全遵守江西法度，故其《與琛卿論詩》一絕謂：「活法端須自結融，可知琢刻見玲瓏，涪翁不作東萊死，安得斯文日再中。」（《淳熙稿》十七）這完全是呂氏這一些話的翻版。呂氏又有《與曾吉甫論詩第一帖》云：

《楚辭》杜黃，固法度所在，然不若遍考精取，悉爲吾用，則姿態橫生，不窘一律矣。如東坡、太白詩，雖規摹廣大，學者難依，然讀之使人敢道，澡雪滯思，無窮苦艱難之狀，亦一助也。要之此事須令有所悟入，則自然度越諸子。悟入之理，正在工夫勤惰間耳。如張長史見公孫大娘舞劍，頓悟筆法。如張者專意此事，未嘗少忘胸中，故能遇事有得，遂造神妙；使他人觀舞劍有何干涉！（《漁隱叢話》前集四十九引）

又其序《詩社宗派圖》亦謂：「詩有活法，若靈均自得，忽然有入，然後惟意所出，萬變不窮。」這些話都近禪門話頭。蓋江西派論詩雖好論詩法而能不泥於法，所以下了工夫總須換骨才妙。能到換骨境地，然後才能度越諸子，自成一家。呂氏《與曾吉甫論詩第二帖》云：

欲波瀾之闊，先須於規摹令大，涵養吾氣而後可。規摹既大，波瀾自闊；少加治擇，功已倍於古矣。試取東坡黃州已後詩，如種松醫眼之類，及杜子美歌行及長韻近體詩看便可見，若未如此，而事治擇，恐易就而難遠也。退之云：「氣，水也，言，浮物也；水大則物之浮者大小畢浮，氣之與言猶是也；氣盛則言之長短與聲之高下皆宜」，如此則知所以爲文矣。曹子建《七哀詩》之類，宏大深遠，非後作詩者所能及，此蓋未始有意於言語之間也。近世江西之學者，雖左規右矩，不遺餘力，而往往不知出此，故百尺竿頭不能更進一步，亦失山谷之旨也。

百尺竿頭再進一步，便能有所悟。悟入之法，或自工夫中來，此即陳師道所謂：「時至骨自換」之說；或自遍考中來，即韓駒所謂：「未悟且遍參諸方」之意，如《童蒙訓》云。

前人文章各自一種句法，如老杜：「君今起拖春江流，予亦沙邊具小舟」，「同心不減骨肉親，每語見許文章伯」，如此之類，老杜句法也。東坡：「秋水今幾竿」之類，自是東坡句法。魯直：「夏扇日在搖，行樂亦云聊」，此魯直句法也。學者若能遍考前作，自然度越流輩。②（《漁隱叢話》前集八引）

此即遍參之意。江西詩人一方面體會到各人的句法，一方面又不欲流於摹擬剽竊，所以從奪胎換骨之說，一變而爲悟入之論。實則這種悟入，依舊偏重在純藝術方面，所以與蘇軾一派之所謂悟，畢竟有些不同。不過，既有所悟，也就有所自得；有所自得，也就可以自立門庭而合於蘇派之所謂悟了。所以到了南宋，陸游姜夔也就各成風格，非復江西面目了。

陸游，字務觀，號放翁，所著有《渭南文集》五十卷，《劍南詩稿》八十五卷。他的詩名掩其文名，故其所言，亦以偏於論詩者爲多。

放翁詩法傳自曾幾。《詩人玉屑》載趙庚夫《題茶山集詩》所謂：「咄咄逼人門弟子，劍南已見一燈傳」者就是指此。而陸氏所作《呂居仁集序》也自稱源出居仁（呂本中），二人皆江西派，所以放翁詩原自江西派入，但他能不襲黃陳舊格，自闢一宗，故其作風遂與江西派不同。

他何以能如此呢？實則他即循著江西派的理論做去，而再合以道學家的思想而已。江西詩人之論詩，沒有不重在自得，也沒有不重在自然的。自得與自然，本是江西詩人與道學家論詩之共同之點。而他則循此做去，兼有兩方面的長處，去了江西詩人的純藝術論和道學家的唯心論，於是結合時代，接觸現實，也就別創詩格，轉與江西作風不相類似了。

其《示子遹》一詩自述學詩歷程云：

---

② 按陳鵠《西塘集．耆舊續聞》二稱呂居仁云：「學詩須熟看老杜、蘇、黃，亦先見體式，然後遍考他詩，自然工夫度越過人。」蓋即此節而易其語。

> 我初學詩日，但欲工藻繪。中年始少悟，漸若窺弘大。怪奇亦間出，如石漱湍瀨。數仞李杜牆，常恨欠領會。元白才倚門，溫李眞市儈。正令筆扛鼎，亦未造三昧。詩爲六藝一，豈用資狡獪！汝果欲學詩，工夫在詩外。（《劍南詩稿》七十八）

此詩最爲重要，頗足見其論詩主張。所謂藻繪，所謂怪奇，都是詩內工夫。「汝果欲學詩，工夫在詩外」，即是說學詩不應專致力於這些方面。學詩而專工藻繪，不能謂爲自得；學詩而過事怪奇，又不能蘄其自然。所以需要詩外工夫。因此，對於放翁詩論，於其江西詩學之外，更應注意他和道學家思想的關係。他受了道學家思想的影響，所以一方面悟到詩要有爲而發，也就對於南宋半壁江山，偏安妥協的局面，不免感到不滿足，而滿腔憤激，自有北定中原之志。這樣，就從反現實主義走上了現實主義，使他成爲南宋特出的詩人。另一方面，他的熱情豪志無可發展，於是寄情詩酒，歸於閒適，但是這也是受當時道學家的影響。在這方面，並不是他最特出的一點，不過因此不再在藻飾怪奇上下工夫，所以也能使他跳出江西詩派的小圈子。

先就其所謂自得者言。放翁《夜吟詩》云：「六十餘年妄學詩，功夫深處獨心知，夜來一笑寒燈下，始是金丹換骨時。」（《劍南詩稿》五十一）這還可說是江西詩人的說法。後山所謂：「學詩如學仙，時至骨自換」，即是此意。寒燈一笑，即是悟境，而金丹換骨又從工夫深處得來，所以頓悟不離於漸修。他又有《九月一日夜讀詩稿有感走筆作歌一首》，謂：「我昔學詩未有得，殘餘未免從人乞；力孱氣餒心自知，妄取虛名有慚色。」這是未能自得之時，所以雖有虛名難免慚色。待到「四十從戎駐南鄭，酣宴軍中夜連日，打球築場一千步，閱馬列厩三萬匹；華燈縱博聲滿樓，寶釵艷舞光照席，琵琶弦急冰雹亂，羯鼓手勻風雨疾」；這原是與詩不生關涉的境地，可是到此時節，「詩家三昧忽見前，屈賈在眼元歷歷；天機雲錦用在我，剪裁妙處非刀尺。」（見《劍南詩稿》二十五）那麼，正與張長史見公孫大娘舞劍而悟筆法，是同樣情形。思之思之，鬼神通之，觸悟的關捩原不限於一端，夜來一笑，冷汗一身，眼前景物，隨處都成悟境，這也可說是江西詩人之所謂悟，所謂自得。但已接觸到現實，也就不是江西詩人的論調所能範圍的了。至其《示兒詩》云：「文能換骨餘無法，學但窮源自不疑，齒豁頭童方悟此，乃翁見事可憐遲。」（《劍南詩稿》二十五）則又近於道學家的論調了。此外，如：「萬物備於我，本來無欠餘；寠儒可憐生，西抹復東塗」（和《陳魯山》十詩）；又如：「文章最忌百家衣，火龍黼黻世不知，誰能養氣塞天地，吐出自足成虹蜺」云云（《次韻和楊伯子主簿見贈》），顯然又與道學家之所謂自得是同樣的主張了。

於此，再就其所謂自然者言。其《六藝示子聿》一首云：「沛然要似禹行水，卓爾孰如丁解牛！」（《劍南詩稿》五十四）這即呂本中所謂「只熟便是精妙處」之意。其《讀近人詩》云：「琢琱自是文章病，奇險尤傷氣骨多。君看太羹玄酒味，蟹螯蛤柱豈同科。」（《劍南詩稿》七十八）此即「工夫深處卻平夷」之意。此雖非工力所能致，卻除工力外別無致之之道。這是江西詩人的意思。至如《雜興》四首之一云：「詩人肝肺困雕鐫，往往壽非金石堅，我獨適情無傑句，化工不忌遣長年。」（《劍南詩稿》七十三）則又儼有邵康節作詩自適的風度了。所以他在《曾裘父詩集序》中以「安時處順，超然事外，不矜不挫，不誣不懟，發爲文辭沖澹簡遠，讀之者遺聲利，冥得喪，如見東郭順子悠然意消」之境爲難之尤難（見《渭南文集》十五）。此又近於道學家之所謂自然。這是陸游詩論突出的地方。

在江西詩派以後，在《滄浪詩話》以前，可以看出詩論轉變之關鍵的，應當推姜夔《白石道人詩說》了。姜夔字堯章，鄱陽人，自號白石道人，深於詩學，尤善塡詞，爲一代詞宗。宋史無傳。清嚴傑、徐養原等，補擬其傳，見阮元所輯《詁經精舍文集》中。近夏承燾先生，又撰《補傳》載《燕京學報》二十四期《白石道人行實考》中。

此《詩說》一卷，自序謂淳熙丙午得於雲密峯頭老翁，那當然是託辭。但此書論詩，有些特見，又與一般詩話偏主述事，體近筆記者不同。所以在《滄浪詩話》以前，也是一部比較重要的著作。我舊作《論詩話絕句》云：「恆蹊脫盡啓禪宗，衣缽傳來雲密峯，若認丹邱開妙悟，也應白石作先鋒」，意即指此。

論到他的《詩說》以前，先應一讀他的《詩集自序》。

> 詩本無體，三百篇皆天籟自鳴。下逮黃初迄於今人，異醞故所出亦異。……近過梁溪，見尤延之先生，問予詩自誰氏。余對以異時泛閱衆作，已而病其駁如也，三薰三沐，師黃太史氏，居數年，一語噤不敢吐，始大悟學即病，顧不若無所學之爲得，雖黃詩亦偃然高閣矣。（《自敍》一）

> 作者求與古人合，不若求與古人異。求與古人異，不若〔不〕（祠堂本有不字）求與古人合而不能不合，不求與古人異而不能不異。彼惟有見乎詩也，故向也求與古人合，今也求與古人異；及其無見乎詩已，故不求與古人合而不能不合，不求與古人異而不能不異。其來如風，其止如雨，如印印泥，如水在器，其蘇子所謂不能不爲者乎？（《自敍》二）

此二篇《自敍》頗爲重要，可與其《詩說》所言相互發明。他自己說：「余之詩蓋未能進乎此也」，這雖是謙辭，但就詩而論，我們也承認這句話的準確。因爲一時代自有一時代的文體，並且在這方面的造詣，這是風會所限，難以自超的，所以姜氏論詩，見到此而未能進乎此；姜氏作詞，不必見到此，而可說已能進乎此。謝章鋌《賭棋山莊詞話》欲以其詩說改爲詞論（見卷十二），就是這個道理。現在固然不必如此，總之可說此一卷《詩說》是他作詩作詞時體會有得之談，自是無可疑的。

江西詩派到南宋初葉都起了變化。當時幾個大家都是從江西入而不從江西出。這即是江西詩論提倡活法的結果。白石論詩，恐怕也受此種影響。他並不廢法：──「不知詩病何由能詩！不觀詩法，何由知病！」詩法在當時仍不妨是論詩的標準。至於說：「波瀾開闔，如在江湖中一波未平，一波已作；如兵家之陣，方以爲正又復是奇，方以爲奇忽復是正，出入變化不可紀極，而法度不可亂」，則又是呂本中之所謂活法了。

論活法，無定而有定，有定而又無定，不可捉摸，似乎已說得夠微妙了；然而猶有詩之見存。白石說得好：「彼惟有見乎詩也，故向也求與古人合，今也求與古人異。」講法度，固嫌其拘泥；講變化，也還不脫化。必也無見於詩，然後才到悟境。能到悟境，才到妙境。到此地步，「不求與古人合而不能不合，不求與古人異而不能不異」，所謂：「學至於無學」，才是學之止境。所以求與古人合或求與古人異，都只能做到「工」的地步；不求與古人合而不能不合，不求與古人異而不能不異，才能達到「妙」的境界。所以他說：「文以文而工，不以文而妙；然捨文無妙，勝處要自悟。」工在字句之間，妙超字句之外，然而妙仍不能不寓於字句之中，所以說：「不以文而妙，然捨文無妙。」白石所悟，即要悟這超於字句之外的妙境，所以要無見於詩。因此，我們要辨別白石與江西詩派之言悟雖同，而所悟則不盡同。

於是，白石指出：「詩有四種高妙；一曰理高妙，二曰意高妙，三曰想高妙，四曰自然高妙。礙而實通曰理高妙；出自意外曰意高妙；寫出幽微，如清潭見底曰想高妙；非奇非怪，剝落文采，知其妙而不知其所以妙，曰自然高妙。」當然，此四種中尤重在自然高妙。這種高妙，不能於字句中求之，不能於法度中求之，然而，仍和江西詩派一樣沒有跳出純藝術論的範圍。

這是白石由江西詩人之詩論再進一步的見解。

然而白石詩說，似乎還不止於此。他在當時也很受道學家的影響。道學家用興的方法以觀詩，所以要體會到詩人之志，所以要優游玩味。他也有這些意思。如論三百篇云：「三百篇美刺箴怨皆無跡，當以心會心」；如論陶淵明云：「陶淵明天資既高，趣詣又遠，故其詩散而莊，澹而腴，斷不容作邯鄲步也。」他要「以心會心」，他要體會到詩人之趣詣，於是便與道學家之優游玩味相近。又道學家既用興的方法以觀詩，所以尤重在興起人的善心，而推斷到詩人之性情也是溫柔和平的。白石也有這些意思，如云：「喜詞銳，怒詞戾，哀詞傷，樂詞荒，愛詞結，惡詞絕，欲詞屑。樂而不淫，哀而不傷，其惟《關雎》乎？」此又同於道學家的口吻。所以他論詩講到涵養，講到氣象，都不能與道學家之詩論沒有關係。他與道學家不同者，道學家總牽涉到道，總牽涉到用，而他卻全不講這些，純粹在詩的立場以立論而已。

於是白石又指出如何能耐人尋味的方法：「——一篇全在尾句如截奔馬。詞意俱盡，如臨水送將歸是已。意盡詞不盡，如摶扶搖是已。詞盡意不盡，剡溪歸棹是已。詞意俱不盡，溫伯雪子是已。所謂詞意俱盡者，急流中截後語，非謂詞窮理窮者也。所謂意盡詞不盡者，意盡於未當盡者，則詞可以不盡矣，非以長語益之者也。至如詞盡意不盡者，非遺意也；辭中已彷彿可見矣。詞意俱不盡者，不盡之中固已深盡之矣。」在此四種中當然又以詞意俱不盡爲最高。所以他再說：「句中有餘味，篇中有餘意，善之善者也。」

這又是白石由道學家之詩論再深一層的見解。

於是，白石詩學始可得而言。他是從江西派解放出來，而悟到學即是病，因此，作詩不泥於詩法。他又是從道學家轉變過來，而只就詩論詩，因此，讀詩不僅是感發善心，而更重在領略餘味。所以白石詩論不能說是江西派的詩論，不能說是道學家的詩論，然而與江西派和道學家之詩論都不能不發生關係。

他從活法進一步而指出超於法的境，他從興再深一層而講到韻味，這樣，所以與滄浪所論爲很相類似了。《漁洋詩話》稱：「白石詩論未到嚴滄浪，頗亦足參微言」，正可在這方面看出它的關係。

然而，《滄浪詩話》所言不免故為高論，多作可解不可解之言，以自欺欺人，而白石則確是於甘苦備嘗之後發為體會有得之言。漁洋稱其足參微言，即以有些類似神韻之說；而稱其論詩未到嚴滄浪，則又以白石所論，畢竟不全是神韻之說，不全是架空之談。

白石《詩說》，《漁洋詩話》中稱引之而且讚許之，《隨園詩話》中也稱引之而且讚許之。這便是白石與滄浪不同的地方。白石說：「大凡詩自有氣象、體面、血脈、韻度。氣象欲其渾厚，其失也俗；體面欲其宏大，其失也狂；血脈欲其貫穿，其失也露；韻度欲其飄逸，其失也輕。」這便兼有神韻、格調、性靈三義。白石又說：「一家之語，自有一家之風味，如樂之二十四調，各有韻聲乃是歸宿處。模仿者語雖似之，韻亦無矣，雞林其可欺哉！」這也是神韻之中，更有性靈存在。

然而，白石《詩說》不過在這方面比《滄浪詩話》稍勝一籌而已，它和《滄浪詩話》畢竟有同樣的缺點，就是在這個時代裡面一樣帶有唯心的色彩。

◎四六　張戒歲寒堂詩話◎

張戒，正平人，紹興五年以趙鼎薦授國子監丞，及鼎敗，亦隨貶。其名附見《宋史趙鼎傳》，所以錢曾《讀書敏求記》也就誤作「趙戒」。

張戒所著《歲寒堂詩話》二卷，有武英殿本及《歷代詩話續編》本，此外各本都不全。其詩論之重要，乃在蘇黃詩學未替之時，已有不滿的論調。這種論調也給嚴羽《滄浪詩話》一些啓發。

現在，先舉幾條批評蘇黃詩的例。

詩以用事爲博，始於顏光祿而極於杜子美，以押韻爲工，始於韓退之而極於蘇黃。……蘇黃用事押韻之工，至矣盡矣，然究其實，乃詩人中一害。

自漢魏以來，詩妙於子建，成於李杜，而壞於蘇黃。……子瞻以議論作詩，魯直又專以補綴奇字，學者未得其所長而先得其所短，詩人之意掃地矣。

這些話就是滄浪所謂以議論爲詩，以才學爲詩，以文字爲詩之說之所本。滄浪詩論，即在這些小地方也是有所本的。

詩，何以成於李杜而壞於蘇黃呢？這即因蘇黃受李杜的影響而變本加厲，所以滄海橫流，也不成爲李杜。他說：「人才高下固有分限，然亦在所習，不可不謹。其始也學之，其終也豈能過之。屋下（作『上』）架屋，愈見其小。後有作者出，必欲與李杜爭衡，當復從漢魏詩中出爾。」詩至唐而體備，詩至宋而變盡。變盡則復，所以不要再蹈宋人學唐的覆轍，而應進求唐人之所以爲唐之故，於是悟出「其始也學之，其終也豈能過之」，於是悟出「必欲與李杜爭衡，當復從漢魏詩中出爾」。這是《文心雕龍》所謂通變的意思，而滄浪所謂取法乎上之說，也就是從這種主張產生的。

然而滄浪與張戒所同者僅此。由其詩論之出發點言，都是反對蘇黃的，都是取法漢魏的，但是從此分歧，又可以有兩種不同的結論。滄浪盡在詩之虛處著眼，於是尚韻味而歸於禪悟；張戒卻在詩之實處著眼，於是重情志而歸於無邪。假使說滄浪爲王士禎神韻說之前驅，那麼張戒便是沈德潛格調說之先聲。

我們且看張戒論詩怎樣偏重在情志方面。他分詩之要素爲二：㈠言志，㈡詠物。言志，重在主觀的抒寫，詠物，重在客觀的描寫，二者原不可偏廢，然而他似乎更重在言志一邊。他說：「建安陶阮以前詩，專以言志，潘陸以後詩專以詠物，兼而有之者李杜也。言志乃詩人之本意，詠物特詩人之餘事。」那麼，言志詠物，雖都是詩之要素而有本末之分了。他以爲言志是詩之本，而詠物則所以求詩之工。至於宋詩如蘇黃一流，則是「不知詠物之爲工，言志之爲本」者，所以說「風雅自此掃地矣」。

如何是言志爲本，而詠物所以爲工呢？他又說：

> 詩者志之所之也。情動於中而形於言，豈專意於詠物哉？子建：「明月照高樓，流光正徘徊」，本以言婦人清夜獨居愁思之切，非以詠月也；而後人詠月之句，雖極其工巧終莫能及。淵明：「狗吠深巷中，雞鳴桑樹顛」，本以言郊居閒適之趣，非以詠田園；而後人詠田園之句，雖極其工巧，終莫能及。故曰言之不足，故長言之，長言之不足，故詠嘆之，詠嘆之不足，故不知手之舞之，足之蹈之。後人所謂含不盡之意者此也。

他以爲詠物亦不能專重在詠物，必須情景相生，乃見其妙。有情志而無景物，則說來板滯，不足以爲工；有景物而無情志，則模山範水，縱使刻畫形似，總覺與作者之思想情趣了不生關涉。詩人詠物不惜嘔出心肝，而道學家於流連景物之作，又視爲玩物喪志。所以二者皆譏。他則不致如詩人之偏，也不致如道學家之泥。他承認詠物寫景可以幫助言志，可以化質實爲空靈，故云「所以爲工」；但若盡在這方面用力，那又走入魔道了。《詩話》中再有一節話，亦可與此意相映發。

> 古詩：「白楊多悲風，蕭蕭愁殺人」，蕭蕭兩字處處可用，然惟墳墓之間，白楊悲風尤爲至切，所以

爲奇。樂天云：「說喜不得言喜，說怨不得言怨」，樂天特得其粗爾。此句用悲愁字，乃愈見其親切處，何可少耶？詩人之工，特在一時情味，固不可預設法式也。

凡一些流連光景之作，半吞半吐之辭，近於昔人所謂神韻者，大都用暗示襯托的方法，此即所謂「說喜不得言喜，說怨不得言怨」之義。而張氏則以爲不須如此。詩無定式，有以暗示襯托而妙者，有以直陳徑說而妙者，總之要見一時情味乃見其工。所以重要的還在於言志。暗示者景顯而情隱，直陳者情爲主而景爲佐。他雖不廢詠物之工，而總覺必須與情志生關涉乃見其妙。

因爲他論詠物，故不會因言志而偏重在道的方面；因爲他又論言志，故不會因重韻味而走上神韻一路。他是本於以前正統派的詩論而再加以當時詩人所提出的韻味問題，所以不僅比道學家爲通達，即比沈德潛的詩論也似較勝一籌。他分詩爲數等：不知言志之爲本，詠物之爲工者，固不爲張氏之所許；雖知言志，而說來淺露，略無餘蘊者，也不爲張氏之所取。《詩話》中有好幾節論到此意，說：

《國風》云：「愛而不見，搔首踟躕，瞻望弗及，佇立以泣」，其詞婉，其意微，不迫不露，此其所以可貴也。古詩云：「馨香盈懷袖，路遠莫致之」，李太白云：「皓齒終不發，芳心空自持」，皆無愧於《國風》矣。杜牧之云：「多情卻是總無情，惟覺尊前唤不成」，意非不佳，然而詞意淺露，略無餘蘊。元、白、張籍其病正在此，只知道得人心中事，而不知道盡則又淺露也。後來詩人能道得人心中事少爾，尚何無餘蘊之責哉！梅聖俞云：「狀難寫之景如在目前」，元微之云：「道得人心中事」，此固白樂天長處，然情意失於太詳，景物失於太露，遂成淺近，略無餘蘊，此其所短處。

世言白少傅詩格卑，雖誠有之，然亦不可不察也。元、白、張籍詩皆自陶、阮中出，專以道得人心中事爲工，本不應格卑，但其詞傷於太煩，其意傷於太盡，遂成冗長卑陋爾。……若收斂其詞而稍加含蓄，其意味豈復可及也。

道得人心中事，必須有餘蘊。無餘蘊則格卑，有餘蘊才有意味。而所謂餘蘊，仍即本於言志詠物二者之交織關係。但知詠物專講刻畫的不會有餘蘊；但知言志，只是率直以出之者也不會有餘蘊。餘蘊是文學上使人反覆咀嚼體會的藝術手腕。他認爲白居易詩愈求淺顯，愈鮮意趣，愈求詳盡，愈少韻致，即因缺少這一點技巧，所以嫌於率直。餘蘊，又是文學上沈著的妙處，即所謂溫柔敦厚；如下文所舉黃魯直詩矜持過度嫌於做作，斫雕太甚，轉欠自然，又因缺少這一點技巧，所以他詠物則近於刻畫，即言志也多涉邪思。他說：

孔子曰：「詩三百一言以蔽之曰思無邪」，世儒解釋終不了。余嘗觀古今詩人，然後知斯言良有以也。《詩序》有云：「詩者志之所之也，在心爲志，發言爲詩，情動於中而形於言」，其正少，其邪多，孔子刪詩，取其思無邪者而已。自建安七子、六朝、有唐及近世諸人思無邪者，惟陶淵明杜子美耳，餘皆不免落邪思也。六朝顏、鮑、徐、庾，唐李義山，國朝黃魯直乃邪思之尤者。魯直雖不多説婦人，然其韻度矜持，冶容太甚，讀之足以蕩人心魄，此正所謂邪思也。魯直專學子美，然子美詩讀之使人凜然興起，肅然生敬，《詩序》所謂經夫婦，成孝敬，厚人倫，美教化，移風俗者也；豈可與魯直詩同年而語耶。

此論殊奇特。謂六朝顏、鮑、徐、庾，唐李義山諸人詩涉於邪思，這是大家可以承認的，謂山谷詞多涉及邪思，這我們也還可以明瞭。獨於他謂山谷詩乃邪思之尤者，便不免有些費解。其實，照他的理論推去，既不能做到溫柔敦厚，當然便不免落於邪思了。

他的詩論以言志爲本，而又有詠物之妙，所以既尚才氣，又講韻味。他所舉古今詩人合於思無邪的例，一陶淵明，一杜子美。陶，可說是以韻味勝的例；杜，可說是以才氣勝的例。他再認爲白居易有陶之志而無其妙，所以無餘蘊；黃庭堅學杜之工而無其志，所以又落於邪思。這就說明了專講補綴奇字的純藝術作風，是不會有好詩的。這個論點非常正確，但是他對於白居易的詩又有些不滿，那就因爲他所謂言志，是言個人之志，是表現自己德性之志，並不是人民之志，所以他所處的時代雖則也在南宋初期，眼看到中原淪陷，眼看到山河改色，而還是泥於溫柔敦厚的傳統見解，只講餘蘊，講韻味，那眞是脫離現實了。我們只須看清初黃宗羲申涵光諸人對於溫柔敦厚的講法，那就知道張戒的詩論在這方面還是應當加以修正的。

司空圖 P148

◎四七　嚴羽滄浪詩話◎

南宋論詩之著，其比較重要的，應當推嚴羽的《滄浪詩話》。羽，字儀卿，一字丹邱，邵武人，自號滄浪逋客，有《滄浪吟卷》。其詩話即附刻集中，但也有單行的本子。

《滄浪詩話》之重要，在以禪喻詩，在以悟論詩。然而這兩點，都不是滄浪之特見。我們在以前論述各家詩論之時，也曾屢次指出滄浪詩論之淵源。現在，不避繁瑣，再舉一些以前所不曾論及的諸家。

《困學紀聞》載唐戴叔倫語謂：「詩家之景如藍田日暖，良玉生煙，可望而不可即。」這是一般神韻說的詩人所奉爲最早的主張，姑置不論，我們還是注意當時較近的意見。

李之儀，字端叔，景城人（《宋史》作滄州無棣人，據《四庫總目提要》一五五改），所著有《姑溪居士前集》五十卷，《後集》二十卷。嘗從蘇軾幕府，文章亦與張耒、秦觀相上下，故其論詩頗帶禪味，與蘇軾同。蘇軾題其詩有「暫借好詩消永夜，每逢佳處輒參禪」之語，即可看出東坡對他詩的印象。至如他《贈祥瑛上人》一詩所謂：「得句如得仙，悟筆如悟禪。」（《姑溪居士後集》一）云云，得仙悟禪，正可視爲互文之例。其《後集》卷六有《讀淵明詩效其體》十首，即全是佛家思想，所以他對於詩禪之溝通也不無關係。因此，他《與李去言書》竟大膽地說：「說禪作詩本無差別，但打得過者絕少。」（《前集》二十九）

曾幾字吉甫，贛縣人，高宗時忤秦檜，僑寓上饒茶山寺，自號茶山居士，有《茶山集》。其《讀呂居仁舊詩有懷》云：「學詩如參禪，愼勿參死句。縱橫無不可，乃在歡喜處。又如學仙子，辛苦終不遇，忽然毛骨換，政用口訣故。居仁說活法，大意欲人悟；常言古作者，一一從此路」云云，此亦以禪喻詩。

葛天民，山陰人，有《無懷小集》。其《寄楊誠齋》詩云：「參禪學詩無兩法，死蛇解弄活潑潑；氣正心空眼自高，吹毛不動全生殺。生機熟語卻不俳，近代惟有楊誠齋；才名萬古付公論，風月四時輸好懷。知公別具頂門竅，參得徹兮吟得到，趙州禪在口頭邊，淵明詩寫胸中妙。」此亦以參禪學詩二者並舉。

趙蕃字昌父，號章泉，嘗問學於朱熹，所著有《乾道稿》一卷，《淳熙稿》二十卷，《章泉稿》五卷。他爲太和主簿時，受知於楊萬里，萬里贈詩有云：「西昌主簿如禪僧，日餐秋菊嚼春冰。」此以禪僧相比，蓋亦與東坡題李端叔詩相類。章泉詩論，專祖曾呂，嘗檃括呂氏《與曾吉甫第二帖》中語，爲詩云：「若欲波瀾闊，規模須放弘。端由吾氣養，匪自歷階升。忽漫工夫覓，況於治擇能，斯言誰語汝，呂昔告於曾。」更有《詩法詩》云：「問詩端合如何作，待欲學耶無用學。今一禿翁曾總角，學竟無方作無略。欲從鄙律恐坐縛，力若不足還病弱。眼前草樹聊渠若，子結成陰花自落。」又和吳可《學詩詩》云：「學詩渾似學參禪，識取初年與暮年；巧匠何能雕朽木，燎原寧復死灰燃。」「學詩渾似學參禪，要保心傳與耳傳；秋菊春蘭寧易地，清風明月本同天。」「學詩渾似學參禪，束縛寧能句與聯；四海九洲何歷歷，千秋萬歲孰傳傳。」以上諸詩，並見《詩人玉屑》，其主旨均不脫曾呂緒餘，頗有禪家習氣。

戴復古與嚴羽同時，《石屏集》中有《贈二嚴詩》。其《論詩十絕》有云：「欲參詩律似參禪，妙趣不由文字傳；箇裡稍關心有悟，發爲言句自超然。」

楊夢信，有《題亞愚江浙紀行集句詩》二絕，其一云：「學詩元不離參禪，萬象森羅總現前，觸著見成佳句子，隨機飣餖便天然。」

徐瑞，字山玉，鄱陽人，有《松巢漫稿》。其《論詩》云：「大雅久寂寥，落落爲誰語；我欲友古人，參到無言處。」又《雪中夜坐雜詠》十首之一云：「文章有皮有骨髓，欲參此語如參禪；我從諸老得印可，妙處可悟不可傳。」

這些都是以禪喻詩之例。可知詩禪之說原已成當時人的口頭禪了。

不過這些話說得還空洞。詩禪所以能相喻之故，即在於悟，故也有不提及禪而專論悟者。現在也舉一些例以見一時風氣。

范溫，字元實，成都人，有《潛溪詩眼》一卷，已佚，見余所輯《宋詩話輯佚》中。他說：「學者先以識爲主，禪家所謂正法眼；直須具此眼目，方可入道。」又云：「識文章者，當如禪家有悟門。夫法門百千差別，要須自一轉語悟入；如古人文章直須先悟得一處，乃可通其他妙處。」又云：「老杜《櫻桃詩》……如禪家所謂信手拈來，頭頭是道者，直書目前所見，平易委曲，得人心所同然，但他人艱難不能發耳。」此則禪悟兼言，全與滄浪相同。

張鎡，字功甫，一字時可，號約齋，秦川成紀人，有《南湖集》十卷。楊萬里有《進退格寄張功甫姜堯章詩》

云：「尤、蕭、范、陸四詩翁，此後誰當第一功，新拜南湖爲上將，更差白石作先鋒。」（《誠齋集》四十一）

故其論詩亦與誠齋、白石相類。其《詩本》一詩云：「詩本無心作，君看蝕木虫。旁人無鼻孔，我輩豈神通。風雅難齊駕，心胸未發蒙。吾雖知此理，恐墮見聞中。」《題尚友軒》云：「作者無如八老詩，古今模軌更求誰！淵明次及寒山子，太白還同杜拾遺。白傅東坡俱可法，涪翁無已總堪師。胸中活底仍須悟，若泥陳言卻是癡。」（《南湖集》五）《擕楊秘監詩一編登舟因成二絕》，其二云：「造化精神無盡期，跳騰踔厲即時追，目前言句知多少，罕有先生活法詩。」（《南湖集》七）《覓句》云：「覓句先須莫苦心，從來瓦注勝如金；見成若不拈來使，箭已離弦作麼尋！」（《南湖集》九）此亦禪悟兼言而側重在悟。

張煒，字子昭，杭人，有《芝田小詩》。其《學吟》有云：「池塘春草英靈處，水月梅花穎悟時。我亦學吟功未進，每將此理叩心師。」

鄧允端，字茂初，臨江人，《題社友詩稿》云：「詩裡玄機海樣深，散於章句領於心。會時要似庖丁刃，妙處應同靖節琴。」

葉茵，字景文，笠澤人，有《順適堂吟稿》。其《二子讀詩戲成》云：「翁琢五七字，兒親三百篇。要知皆學力，未可以言傳。得處有深淺，覺來無後先。殊途歸一轍，飛躍自魚鳶。」

這些都是論詩主悟之說。據是可知禪悟之義，原不始於滄浪。

爲什麼我們要這樣仔細講呢？這就說明了在當時禪學和道學流行的時代，有《滄浪詩話》這種主張，是毫不足奇的。而嚴氏自謂：「僕之詩辨乃斷千百年公案，誠驚世絕俗之談，至當歸一之論，……是自家實證實悟者，是自家閉門鑿破此片田地，即非傍人籬壁，拾人涕唾得來者。」所以我們要羅列證據，使大家知道不是這回事。

滄浪論詩主旨，只在禪悟二字。禪悟二字，可分而不可分，不可分而可分，已如上述。所以昔人之批評《滄浪詩話》，有的贊成禪悟之說，有的反對禪悟之說，也有的贊其悟而不贊其禪。現在爲便於說明起見，也姑且分別言之。

先論其所謂禪。

第一點，滄浪以禪喻詩究竟合不合。這一點，我們誠不能爲滄浪諱。他雖以禪喻詩，然而對於禪學並沒有弄清楚。他以漢、魏、盛唐爲第一義，大曆爲小乘禪，晚唐爲聲聞辟支果，殊不知乘只有大小之別，聲聞辟支也即在小乘之中。他稱：「學漢、魏、晉與盛唐詩者，臨濟下也；學大曆已還之詩者，曹洞下也。」是又不知禪家只有南北之分。而臨濟元禪師，曹山寂禪師，洞山價禪師，三人並出南宋，原無高下勝劣可言。何況臨濟、曹、洞俱是最上一乘，而現在分別比喻，似乎又以曹、洞爲小乘了。這些話都見陳繼儒《偃曝談餘》，錢謙益《唐詩英華序》及馮班《滄浪詩話糾謬》。所以方棨如《偶然欲書》中稱之爲野狐禪，也不爲苛刻之論。不過這些錯誤，我以爲是小問題，不足爲滄浪病。滄浪於禪雖無多大研究，但他所處的時代，禪學很盛，當時人的文藝與思想殆無不受其影響，所以滄浪雖道聽塗說，一知半解，似乎不能謂其對於禪義全不明了。滄浪的錯誤即在不曾深切研究，可以稱之爲口頭禪，卻不可稱之爲野狐禪。所以重要關鍵，還在第二點，究竟能不能以禪喻詩。

第二點，是禪與詩的問題。馮班《嚴氏糾謬》，引劉後村語：「詩家以少陵爲祖，其說曰：『語不驚人死不休』，禪家以達摩爲祖，其說曰：『不立文字』。詩之不可爲禪，猶禪之不可爲詩。」以爲此論足使羽卿（案當作「儀卿」，此馮氏沿牧齋之誤）輩結舌。李重華《貞一齋詩說》亦謂：「詩教自尼父論定，何緣墮入佛事。」他們都以爲禪與詩絕對不生關係，絕對不能比喻。但是我覺得此說亦不免稍偏。杜甫不是說過嗎？「老去詩篇渾漫與」，漫與云者便非語必驚人之謂，何得據杜氏一端之說，便以爲詩禪絕對是二事呢？《隨園詩話》不是也說過嗎？「孔子與子夏論詩曰：『窺其門未入其室，安見其奧藏之所在乎？前高岸，後深谷，泠泠然不見其裡，所謂深微者也。』此數言即是嚴滄浪羚羊挂角、香象渡河之先聲。」（卷二）隨園所引即不能信爲孔子之言，但總可知漢以前所謂詩教之說，有此一義，何得便以墮入佛事爲病。所以我以爲比較公允的話，還是徐增《而庵詩話》所說：「滄浪病在不知禪，不在以禪論詩也。」以禪論詩，就以前的詩壇來講，也有相當的長處。蓋一般人只知求詩於詩內，不是論其內容，以道德繩詩，便是論其辭句，以規律衡詩。惟以禪論詩則可以超於跡象，無事拘泥，不即不離，不黏不脫，以導人啓悟。所以詩禪二者，不是絕無關係。論到此，我覺得自來論詩禪之分別與關係者，當以傅占衡《釋竺裔詩序》爲恰到好處。他說：「昔嚴儀卿以禪論詩；余嘗申其說焉：教外有禪，始悟律苦；詩中有律，未覺詩亡。兩者先後，略相同異。然大要縛律迷眞，無論詩之與禪均是病痛耳。」（《湘帆堂集》四）詩與禪的分別，似應著眼在這一方面。他再說：「偭然繩墨之中，即禪而不禪也，不律而律也；飄然蹊徑之外，即律而不律也，不禪而禪也。」這又是詩禪之共通與關係之點。滄浪所謂：「不落言筌，不涉理路」云者，正應如此看法。所以馮班駁之，未爲中肯。何況詩禪之說，昔人言之屢屢，而馮氏只集矢於滄浪，亦豈得謂爲公允！

何以馮班駁滄浪的話未爲中肯？蓋馮氏所論重在禪義，所以說：「夫迷悟相覺則假言以爲筌，邪正相背斯循理而得路。迷者既覺，則向來之言還歸無言，邪者既返，則向來之路未嘗涉路，是以經教紛紜，實無一法可說也。」而不知此說即《抱朴子》「筌可以棄，而魚未獲則不得無筌」之義，與滄浪所云不同。滄浪只是指出詩禪有其共通之點不要拘泥執著而已。所以滄浪所論，並不是要把禪義混到詩中間去。把禪義混入詩中，結果成爲寒山拾得一流之詩。即使不然，如李鄴嗣《慰弘禪師集天竺語詩序》所舉唐人妙詩：「若《遊明禪師西山蘭若詩》，此亦孟襄陽之禪也，而不得耑謂之詩。《白龍窟泛舟寄天臺學道者詩》，此亦常徵君之禪也，而不得耑謂之詩。《聽嘉陵江水聲寄深上人詩》，此亦韋蘇州之禪也，而不得耑謂之詩。」（《杲堂文鈔》二）此數詩由詩思言，誠入禪關，即孟、常、韋諸人之學亦誠能默契禪宗，然而滄浪之以禪喻詩卻並不重在這方面。

詩禪既可以相喻，於是第三點應進究滄浪之詩禪說與以前之詩禪說是否相同，這才是很重要的一點。我覺得滄浪之詩禪說可以分為二義：他所謂「不涉理路，不落言筌」，與「羚羊挂角，無跡可求」云云，是以禪論詩，其說與以前一般的詩禪說同。至他所謂「學者須從最上乘，具正法眼，悟第一義」與「入門須正，立志須高」云云，是以禪喻詩。此又是本於《潛溪詩眼》之說而加以闡發的。這才是滄浪的特見。其長處在是，其短處亦在是。至如江西詩人之以詩擬禪，重在工力方面的一旦超悟，則是《滄浪詩話》所不大論及的。滄浪所論只此二義而已。以禪論詩，是就禪理與詩理相通之點而言的；以禪喻詩，又是就禪法與詩法相類之點而比擬的。看出此項分別，然後知道後來神韻說之所以本於《滄浪詩話》，然後知道後來格調說之所以也本於《滄浪詩話》。我只覺得滄浪詩論依違於此二者之間，不能有一明顯之主張，這才是滄浪的缺點。至於他的更基本的缺點，當然還在於他的詩論根本就是唯心論的。至於能不能以禪喻詩，以及論禪是否有錯誤，這倒是小問題。

於次，再論其所謂悟。滄浪以為「禪道惟在妙悟，詩道亦在妙悟」，這原是宋代詩論極普通的見解。不過，在這裡，我們也應分析研究：㈠悟與禪與詩的關係，㈡滄浪之所謂悟與其詩論的關係。

由前一點言，原是昔人常有的議論，所以後人於此贊否不一。其完全贊同滄浪之說者，如范晞文《對床夜語》云：「文章之高下，隨其所悟之深淺，若看破此理，一味妙悟，則徑超直造，四無窒礙，古人即我，我即古人也。」此即完全贊同滄浪之說：——贊同他的論禪，也贊同他的因論禪而兼及論悟。其與此見解完全相反者，為錢牧齋的《唐詩英華序》。錢氏既指摘他分別第一義第二義與大乘小乘之說，更攻擊他所謂妙悟之語。他以爲三百篇中有議論之語，有道理之語，有發露之語，有指陳之語，何嘗一味講悟！他再以爲因悟而分別大乘小乘，分別初、盛、中、晚更是一知半見似是而非之論（《有學集》十五）。這是不贊成他的論悟，同時也不贊成他的論禪。此外更有折衷於此二者之間，反對滄浪之以禪言詩，而不反對滄浪之以妙悟言詩。這又是潘德輿《養一齋詩話》之說。他謂：「以妙悟言詩猶之可也，以禪言詩則不可。詩乃人生日用中事，禪何爲者！」（卷一）綜上所論，可知昔人對於滄浪之說，有贊同與反對二種主張，而於滄浪之所謂悟，又有與禪有關及與禪無關二義。

因此，討論滄浪妙悟之說，應先注意是否有可以指摘之點。我覺得這也是後人對於滄浪詩說所起的誤會。後人只看了滄浪所謂「詩有別材非關書也，詩有別趣非關理也」二語，而忽略了他的下文，「然非多讀書多窮理則不能極其至」，遂以爲滄浪不主張讀書窮理。這是一個最普通的誤會，昔人也曾指出過（見宋咸熙《詩話耐冷談》八及張宗泰《魯巖所學集》十三，《書潛研堂文集甌北集序後》）。關於妙悟，也是如此。昔人只看了滄浪所謂「詩道亦在妙悟」，與「惟悟乃爲當行，乃爲本色」諸語，而忽略了他的「漢魏尚矣，不假悟也」一語。我們須知滄浪所謂妙悟，原只是說詩中有此一義，卻並不是說除此一義之外別無他義。詩原有不假妙悟之處，漢魏且不假妙悟，何況三百篇！所以錢牧齋以三百篇中議論道理發露指陳之語以駁滄浪之說，可謂全不曾搔著癢處。潘德輿說得好：「訾滄浪者謂其專以妙悟言詩，非溫柔敦厚之本，是又不知宋人率以議論爲詩，故滄浪拈此救之，非得已也。」（《養一齋詩話》一）

由第二點言，我們須知滄浪之所謂悟，與其論禪一樣，也應分別二義：一是所謂透徹之悟，一是所謂第一義之悟，要之都不是江西詩人之所謂換骨之悟。透徹之悟，由於以禪論詩，只是指出禪道與詩道有相通之處，所以與禪無關；第一義之悟，由於以禪喻詩，乃是以學禪的方法去學詩，所以與禪有關。透徹之悟爲王漁洋所常言；而第一義之悟，則又明代前後七子所常言。看出此分別，然後可以各別討論。

滄浪之論透徹之悟，莫過於下面的一段話：

> 悟有淺深，有分限。有透徹之悟，有但得一知半解之悟。漢魏尚矣，不假悟也。謝靈運至盛唐諸公，透徹之悟也。他雖有悟者，皆非第一義也。
>
> 夫詩有別材，非關書也，詩有別趣，非關理也。然非多讀書，多窮理，則不能極其至，所謂不涉理路不落言筌者上也。詩者，吟詠情性也。盛唐諸公惟在興趣，羚羊挂角，無跡可求，故其妙處透徹玲瓏，不可湊泊，如空中之音，相中之色，水中之月，鏡中之象，言有盡而意無窮。

根據了這節話，我們不要以爲僅僅是神韻說之所出，我們須知這也是性靈說之所本。滄浪論詩，在當時流輩中確是別有見地，但比了後來一輩人，則覺其所謂從頂領上做來者，工夫猶有未至；所以細細看去，時覺其有牴悟或罅漏之處。不過話雖如此說，而察其意所側重者，畢竟還在神韻方面。在此節中，他不過謂詩自有詩的標準，搬弄不得學問，發揮不得義理；於學問義理以外去求詩，才能見其別材別趣，才是所謂「羚羊挂角，無跡可求」。假使賣弄學問，闡發性理，則數典之作與格言之詩都是有跡可尋，而與所謂空中之音，相中之色，水中之月，鏡中之象云云者，全不相似。此說原未嘗錯誤。不過因爲他太偏於神韻方面，帶著濃厚的唯心色彩，所以不但與性靈無關，而且也遠離了現實。吳喬《圍爐詩話》謂：「詩於唐人無所悟入，終落死局。嚴滄浪謂詩貴妙悟，此言是也。然彼不知興比，教人何從悟入，實無見於唐人，作玄妙恍惚語，說詩、說禪、說教俱無本據。」就指這一點說的。

滄浪之論第一義之悟，又應看下面的一段話：

禪家者流，乘有小大，宗有南北，道有邪正。學者須從最上乘，具正法眼，悟第一義，若小乘禪聲聞辟支果皆非正也。論詩如論禪。漢、魏、晋與盛唐之詩則第一義也。大曆以還之詩，則小乘禪也；已落第二義矣。晚唐之詩，則聲聞辟支果也。學漢、魏、晋與盛唐詩者，臨濟下也。學大曆以還之詩者，曹洞下也。……吾評之非僭也，辯之非妄也。天下有可廢之人，無可廢之言。詩道如是也！若以爲不然，則是見詩之不廣，參詩之不熟耳。試取漢魏之詩而熟參之，次取晋宋之詩而熟參之，次取南北朝之詩而熟參之，次取沈、宋、王、楊、盧、駱、陳拾遺之詩而熟參之，次取開元、天寶諸家之詩而熟參之，又取本朝蘇、黃以下諸家之詩而熟參之，其眞是非自有不能隱者。儻猶於此而無見焉，則是野狐外道，蒙蔽其眞識，不可救藥，終不悟也。夫學詩者以識爲主，入門須正，立志須高，以漢、魏、晋、盛唐爲師，不作開元、天寶以下人物。若有退屈，即有下劣詩魔入其肺腑之間，由立志之不高也。行有未至，可加工力，路頭一差，愈騖愈遠，由入門之不正也。故曰學其上僅得其中，學其中斯爲下矣。又曰，見過於師，僅堪傳授，見與師齊，減師半德也。工夫須從上做下，不可從下做上。先須熟讀《楚辭》，朝夕諷詠，以爲之本，乃讀古詩十九首，樂府四篇，李陵、蘇武、漢、魏五言，皆須熟讀，即以李、杜二集枕藉觀之，如今人之治經，然後博取盛唐名家醞釀胸中，久之自然悟入。雖學之不至，亦不失正路，此乃是從頂𩕳上做來，謂之向上一路，謂之直截根源，謂之頓門，謂之單刀直入也。

本於此種見解，於是他所謂悟，似乎不限於王、孟家數。他正是以李、杜爲宗，奉盛唐爲主，與明代前後七子同一主張。這是他把古今諸詩熟參的結果。熟參以後覺得漢、魏則不假悟，盛唐則是透徹之悟，說理而不墮理窟，有學問而不賣弄學問，於是覺得惟有李、杜二集恰到好處。這樣，不作開元、天寶以下的人物，也是當然的結論。然而他的錯誤也即在這上面。此種錯誤，葉燮在《原詩》裡已經指出：

> 羽之言曰：「學詩者以識爲主，入門須正，立意須高，以漢、魏、晉、盛唐爲師，不作開元、天寶以下人物，若自退屈，即有下劣詩魔入其肺腑」。夫羽言學詩須識，是矣。既有識，則當以漢、魏、六朝、全唐及宋之詩，悉陳於前，彼必自能知所抉擇，知所依歸，所謂信手拈來，無不是道。若云漢、魏、盛唐，則五尺童子，三家村塾師之學詩者，亦熟於聽聞，得於授受久矣。此如康莊之路，衆所羣趨，即瞽者亦能相隨而行，何待有識而方知乎？吾以爲若無識則一一步趨漢、魏、盛唐而無處不是詩魔；苟有識，即不步趨漢、魏、盛唐而詩魔悉是智慧，仍不害漢、魏、盛唐也。羽之言何其謬戾而意且矛盾也！

滄浪本於他的透徹之悟的見地，以熟參漢、魏以下各家之詩，於是以漢、魏、盛唐爲師，這在理論上似乎也不失爲他的特識。其實，由他這種唯心的論調去熟參古人之詩，當然所得者只在詩的風格體制方面，而不會分析到詩的思想內容了。他既體會到詩的風格體制，自然也就要選擇一個最標準的作爲學詩的標準了。他說：「看詩須著金剛眼睛，庶不眩於旁門小法。」這固然不錯，但是他提出了這個結論，而欲使人一起走這康莊大道，則無論立法雖正，要之卻使人無識。禪家的方法本重在自己去思想，自己去頓悟，自己去尋一個應付生死的智慧，所以滄浪謂實證實悟，謂自家闢此田地，這原合於禪義。但是他不拿這方法教人，而偏拿他所認爲實證實悟自家開闢的田地去教人，那就是嚼飯餵人，而不合於禪了。葉燮所爭正在這一點。明代前後七子的錯誤，也正在這一點。錢牧齋說：「今仞其一知半見，指為妙悟，……以為詩之妙解盡在是。……目翳者別見空華，熱傷者旁指鬼物。」這正指出他翳熱的病根之所在。他本要去掉下劣詩魔，而不知下劣詩魔卻搖身一變即潛藏在其詩論中間，這就是唯心的詩論所必然走到的結果。

滄浪論妙悟而結果卻使人不悟，論識而結果卻使人無識，論興趣而結果卻成為興趣索然，論透徹玲瓏，不可湊泊，而結果卻成為生吞活剝摹擬剽竊的贋作。這種錯誤，這種弊病的癥結所在，全由於他的詩論是唯心論的關係，也就是說他的詩論不過是以神韻說的骨幹，而加上了一件格調說的外衣。明代前後七子只見了他的外衣，所以上了他的當；清代王漁洋（士禎）去掉了這件外衣，便覺得一變黃鐘大呂而為清角變徵之音。所以我說他的論禪與論悟都有神韻與格調二義。於是他的論詩也不免時有牴牾之處。

然則他何以要留著這牴牾之處呢？這即與他的別材別趣與讀書窮理之說有關。我們要曉得當時詩禪之說，又開了性靈一派。吳可《學詩詩》云：「學詩渾似學參禪，自古圓成有幾聯，春草池塘一句子，驚天動地至今傳。」龔相《學詩詩》云：「學詩渾似學參禪，語可安排意莫傳。會意即超聲律界，不須煉石補青天。」這即是詩禪說之走向性靈的結論。楊萬里的詩便是如此。而滄浪既不贊成江西詩派，又不贊成江湖詩人。多務使事不問興致之作既難為正宗，而挾枯寂之胸求渺冥之悟者，也未為高格。正為他沒有注意到詩的現實主義，所以論詩到此，便入窮境。滄浪就因處於這二重時弊之下而欲救正其失，所以一方面主張別材別趣以救江西末流之失，一方面復主張讀書窮理，以使所謂別材者不流於粗才，別趣者不墮於惡趣，以救江湖詩人之失。這樣，他只能徘徊於二者之間，而神韻說遂於無意中蒙上了格調說的外衣。

袁枚《隨園詩話》謂：

嚴滄浪借禪喻詩，所謂羚羊挂角，香象渡河，有神韻可味，無跡象可尋，此說甚是，然不過詩中一格耳。阮亭奉爲至論，馮鈍吟笑爲謬談，皆非知詩者。詩不必首首如是，亦不可不知此種境界。如作近體短章不是半吞半吐，超超元著，斷不能得弦外之音，甘餘之味。滄浪之言如何可詆！若作七古長篇，五言百韻，即以禪喻，自當天魔獻舞，花雨彌空，雖造八萬四千寶塔不爲多也。又何能一羊一象，顯渡河挂角之小神通哉！總在相題行事，能放能收，方稱作手。（卷八）

此說雖仍認神韻說爲《滄浪詩話》的中心思想，不免與滄浪詩旨不盡同，然而他以爲神韻說只是小神通，七古長篇五言百韻便無須乎此，則道個正著。滄浪恐怕也正因不欲以小神通自限，故其論詩歸宗李、杜而不標舉王、孟。我常以爲滄浪論詩只舉神字，漁洋論詩才講神韻（見《小說月報》十九卷一號，《中國文學批評史上之神氣說》）。此雖只是一字之出入，正足見其論詩主旨之不盡同。

滄浪論詩，謂：「其大概有二，曰優游不迫，曰沈著痛快。」他所說這兩大界限，也可把古今詩體，包舉無遺。優游不迫，取出世態度，什麼都可放過。沈著痛快，取入世態度，什麼都不放過。這二種都是吟詠情性。然而優游不迫的詩，從容閒適，自然與所謂「羚羊挂角，無跡可求」者爲近。而沈著痛快的詩，掀雷抉電，驅駕氣勢，當然與「羚羊挂角」的境界要遠一些，但是也未嘗不可做到「言有盡而意無窮」的地步。由這種境界言，似乎沈著痛快的詩比較來得更難。所以他說：「詩之極致有一，曰入神。詩而入神，至矣盡矣，蔑以加矣！惟李杜得之，他人得之蓋寡也。」在這一節話中，以入神爲詩之極致，而再以李杜爲入神，那麼所指的似乎只是沈著痛快的詩而不是優游不迫的詩。這大概因優游不迫的詩，其入神較易，而沈著痛快的詩其入神較難。逸品之神易得，神品之神難求。這即是所謂小神通與大神通的分別。大神通固然應如天魔獻舞，花雨彌空。然而設使八萬四千寶塔，堆砌起來，如蘇黃之詩，才情奔放，只見痛快，不見沈著，仍不能說爲入神。其《答吳景仙書》中爭辯雄渾與雄健的分別，即在一是沈著痛快，而一是痛快而不沈著的關係。此所以入神之難。李杜之中，尤其是杜，眞能做到這種境界，所以爲入神。

他是要以近於小神通的理論而表現大神通，所以他的詩論遂成爲神韻與格調二說之溝通了。

滄浪詩論，雖開了前後七子的風氣，以致爲人詬病，然而照他這樣熟參之結果，而產生所謂「金剛眼睛」，在當時也有他的貢獻。這即是對於體制之辨與對於家數之辨。固然體制家數之辨也頗爲錢牧齋所反對，然而此即現代所謂風格，於文學批評上並非一無用處。

論詩體，馮班於《嚴氏糾謬》中也舉出不少錯誤，甚至說滄浪「胸中不通一竅，不識一字，東牽西扯而已。」枝枝節節舉出許多小疵病而加以攻擊，實在不免過於苛刻。王漁洋《分甘餘話》稱爲風雅中的羅織經，誠是很幽默的批評。滄浪之論詩體，分「以詩而論」，「以人而論」諸目，雖則名稱都是沿襲舊有，然而從這方面以建立詩評，不能不說是他的特識。如他說：

大曆以前分明別是一副言語，晚唐分明別是一副言語，本朝諸公分明別是一副言語。如此見方許具一隻眼。

唐人與本朝人詩未論工拙，直是氣象不同。

唐人命題言語，亦自不同。雜古人之集而觀之，不必見詩，望其題引，而知其爲唐人今人矣。

大曆之詩，高者尚未失盛唐，下者漸入晚唐矣。晚唐之下者，亦墮野狐外道鬼窟中。

詩有詞理意興：南朝人尚詞而病於理，本朝人尚理而病於意興，唐人尚意興而理在其中，漢、魏之詩詞理意興無跡可求。

這些批評，都是著重在時代方面。後人論詩，嚴唐、宋之界，而於唐詩，復嚴初、盛、中、晚之別，都是受他的影響。錢牧齋因反對明詩風氣，於是併此種分別而抹煞之，也是矯枉過正。固然，牧齋所舉出的許多例外，似乎也有事實上難以釐分時代之處，然而滄浪也早已說過：「盛唐人詩亦有一二濫觴晚唐者，晚唐人詩亦有一二可入盛唐者，要當論其大概耳。」滄浪原不過就一時代大概的風氣而言，何曾教人死看著來！

滄浪評詩的標準，除時代關係而外，也更重在個性的分別。他說：

五言絕句，衆唐人是一樣，少陵是一樣，韓退之是一樣，王荊公是一樣，本朝諸公是一樣。

子美不能爲太白之飄逸，太白不能爲子美之沈鬱。太白《夢遊天姥吟》、《遠離別》等，子美不能道；子美《北征》、《兵車行》、《垂老別》等，太白不能作。

少陵詩法如孫、吳，太白詩法如李廣。

李杜數公如金鳷擘海，香象渡河，下視郊島輩直蟲吟草間耳。

玉川之怪，長吉之瑰詭，天地間自欠此體不得。

高、岑之詩悲壯，讀之使人感慨；孟郊之詩刻苦，讀之使人不歡。

這些話又是就各人的風格說的。無論是以時而論，或以人而論，在他說明這些抽象的風格，都是從具體的言語內容，各方面體會出來。具體的言語內容等等，都是有跡可求的；有跡可求，而他尋求的方法與態度，卻不泥於跡而超於跡，不取唯物的態度而取唯心的態度，所以他所得到的，只是一個朦朧的印象。這即是他所謂「氣象」（《呂氏童蒙訓》所舉老杜、東坡、魯直句法，《誠齋詩話》所論李、杜、蘇、黃詩體，皆已開滄浪先聲。）他的本領，即在能識這種氣象。他自負謂能於數十篇隱匿姓名的詩中，分別得體制，這即是他善觀氣象的本領。此種本領全自熟參得來，全從「諷詠之久」，「歌之抑揚」得來，全從他主觀的體會得來，所以這種「參詩精子」的方法，是唯心的而不是唯物的。

正因爲是唯心的，所以他於辨盡諸家體制之後，再加一句「不爲旁門所惑」的話。既不要爲旁門所惑，那麼，大家走康莊大道足矣，爲什麼再要後人辨什麼諸家體制。錢牧齋說：「俾唐人之耳目蒙冪於千載之上，而後人之心眼沈錮於千載之下」（《唐詩鼓吹序》）。滄浪論詩的結果，眞有這種弊病。

就因滄浪取這種唯心的態度而再要用來教人，所以不但誤了人家，也且誤了自己。他說：「詩之是非不必爭，試以己詩置之古人詩中，與識者觀之而不能辨，則眞古人矣。」滄浪詩之所以「徒得唐人體面者」，正在於此。這句話，不知誤了明代多少詩人。

吳大受《詩筏》云：「嚴滄浪云：『唐人與宋人詩未論工拙，直是氣象不同』。此語切中竅要。但余謂作詩未論氣象，先看本色，若貨郎效士大夫舉止，暴富兒效貴公子衣冠，縱氣象有一二相似，然村鄙本色自在。宋人雖無唐人氣象，猶不失宋人本色。若近時人氣象非不甚似唐人，而本色相去遠矣。」這些話，即所以補救氣象之說的弊病。

徐增《而庵詩話》有云：「夫詩一字不可亂下，禪家著一擬議不得，詩亦著一擬議不得。禪需作家，詩亦需作家。學人能以一棒打盡從來佛祖，方是個宗門大漢子。詩人能以一筆掃盡從來窠臼，方是個詩家大作者。可見作詩除去參禪，更無別法也。」乃不謂滄浪以參禪論詩，反偏偏落了昔人窠臼。照這樣講，以禪論詩的結果，還不及以性靈論詩，比較實際一些。

◎四八 王若虛與金代文論◎

金代文學，不脫北宋之窠臼，其文論也不外北宋的問題。不僅如此，因其在北宋範圍內互有宗主，反形成了派別，分立著壁壘。早一些的，有趙秉文與李之純的對立；後一些的，有王若虛與雷希顏的對立。

趙秉文，字周臣，號閑閑老人，滏陽人，所著有《滏水集》等。他是金代第一流的作家，其地位好似歐陽修之在北宋，巋然為一代宗主。論其學術文章的成就，尚不應有如此崇高的地位，然而他竟能如此者，則以㈠兼採古文與道學之長，㈡兼宗歐陽修與蘇軾之文。這樣，雖無特殊的成績，也就不妨為一代宗主了。

趙秉文欲兼擅昔人之長，而實則有得於蘇，所以郝經《題閑閑畫像》即有「金源一代一坡仙」之語，於是李之純便以宗黃山谷之故而與之對立。

李之純，號屏山，其集雖不傳，但其論文主張猶可考知一二。他似乎深受黃山谷的影響，故與閑閑之宗蘇不同。今就劉祁《歸潛志》中選錄幾則，以見他們論調之互異。如：

> 屏山教後學為文欲自成一家，每曰：「當別轉一路，勿隨人腳跟」，故多喜奇怪。然其文亦不出莊、左、柳、蘇，詩不出盧仝、李賀。晚甚愛楊萬里詩，曰：活潑刺底人難及也。趙閑閑教後進為詩文，則曰：「文章不可執一體，有時奇古，有時平淡，何拘。」李嘗與余論趙文曰：「才甚高，氣象甚雄，然不免有失枝墮節處，蓋學東坡而不成者。」趙亦語余曰：「之純文字止一體，詩只一句去也。」（一云詩只一向去也）又趙詩多犯古人語，一篇或有數句，此亦文章病。屏山嘗序其《閑閑集》云：「公詩往往有李太

白、白樂天語，某輒能識之。」又云：「生爲男子，不食人唾後，當與之純天英作眞文字」，亦陰讖云。

（卷八）

興定、元光間，余在南京從趙閒閒、李屏山、王從之、雷希顏諸公遊，多論爲文作詩。趙於詩最細，貴含蓄工夫，於文頗粗，止論氣象大概。李於文甚細，說關鍵賓主抑揚，於詩頗粗，止論詞氣才巧。故余於趙則取其作詩法，於李則取其爲文法。

在此兩則中可知趙、李之異：大抵李尚奇怪，趙尚平易；李主一體，趙主集成；李矜獨創，趙犯古語；李論文細而論詩粗，趙論詩細而論文粗。所以李氏論旨與蘇遠而與黃近，因爲都是力矯平熟一路。黃山谷詩：「聽他下虎口著，我不爲牛後人。」此即李氏所謂別轉一路勿隨人脚跟之所本。趙秉文《復李天英書》即商量到此。其言謂：

足下立言措意，不蹈襲前人一語，此最詩人妙處，然亦從古人中入。譬如彈琴不師譜，稱物不師衡，工匠不師繩墨，獨自師心，雖終身無成可也。（《滏水集》十九）

他的意思是謂可以不從古人出，但是應從古人入。屏山論詩正與相反。李天英受了屏山的影響，其詩也以詭奇爲工，故閑閑論其詩云：

然此迄今大成，不過長吉、盧仝，合而爲一，未能以故爲新，以俗爲雅，非所望於吾友也。昔人有吹簫學鳳者，鳳鳴不可得聞，時有梟音耳。君詩無乃間有梟音乎？向者屏山嘗語足下云：自李賀死，二百年無此作矣。理誠有之，僕亦云然。李公愛才，然愛足下之深者，宜莫如老夫。願足下以古人之心爲心，不願足下受之天而不受之人，如世輕薄子也。（《滏水集》十九）

在此文中，也可見趙、李二人論調不同，所以所賞互異。他稱李天英詩爲梟音，可見對長吉一派之不能滿意。現在我們雖不能確知屏山、天英諸人之議論如何，然而當時長吉一派之能自成一種風氣，則是事實。觀趙衍《重刊李長吉詩集序》所言：「龍山先生爲文章，法六經，尚奇語，詩極精深，體備諸家，尤長於賀」，則知劉仲尹（龍山）是提倡長吉的。他再說：「渾源、劉京叔爲《龍山小集敍》云：『《古漆井苦夜長》等詩，雷翰林希顏、麻徵君知幾諸公稱之，以爲全類李長吉』」，則知劉祁（京叔）雷希顏麻知幾又全是傾向長吉的。他再說：「及龍山入燕，吾友孫伯成從之學；余繼起海上，朝夕侍側垂十五年」，則知孫伯成、趙衍也都屬於長吉一派的。趙衍在此文末，再附帶一句謂：「至有博洽書傳，而賀集不一過目爲可惜也。」這恐怕是有所指的，或者便是指斥趙秉文、王若虛一輩人了。

稍後，王若虛與雷希顏之爭，又繼之以起。王若虛的文論，下面再講，但對於王、雷相爭的一段故事，不妨先說一說。《歸潛志》中也有兩節記此一重公案：

王從之則議論文字有體致，不喜出奇，下字止欲如家人語言，尤以助辭爲首，與屏山之純學大不同。嘗曰：「之純雖才高，好作險句怪語，無意味」，亦不喜司馬遷《史記》，云失枝墮節多。……千古以來，惟推東坡爲第一。……雷則論文尚簡古。全法退之，詩亦喜韓，兼好黃魯直新巧。每作詩文好與朋友相商訂，有不安相告，立改之，此亦人所難也。

正大中，王翰林從之在史院領史事，雷翰林希顏爲應奉兼編修官，同修《宣宗實錄》。二公由文體不同，多紛爭。蓋王平日好平淡紀實，雷尚奇峭造語也。王則云：「《實錄》止文其當時事，貴不失真，若是作史則又異也。」雷則云：「作文字無句法。委靡不振，不足觀。」故雷所作，王多改革。雷大憤不平。語人曰：「請將吾二人所作令天下文士定其是非。」王亦不屑。王嘗曰：「希顏作文好用惡硬字，何以爲奇。」雷亦曰：「從之持論甚高，文章亦難止以經義科舉法繩之也。」

《歸潛志》中明言王氏推尊東坡，雷氏好黃魯直，那麼，可知趙、李之爭猶是蘇、黃二派旁面的衝突，到王、雷之爭，那便成爲蘇、黃正面的衝突了。此種各奉宗主以相詆諆，與北朝邢、魏之依附沈、任，同一情形。這固然是無聊的舉動，不關重要。不過我們知道有此一重公案則對於《滹南遺老集》中論史之攻擊宋祁，與《詩話》之尊蘇抑黃，便知是有爲而發，比較容易了解其意旨之所在而已。

王若虛，字從之，藁城人。他是金末最有根柢的學者，所著有《滹南遺老集》，集中有《文辨》四卷，《詩話》三卷，頗多論文論詩之語，而且在這些文辭中間，自有其一貫的主張，當然可以成一權威的批評家。北宋蘇氏之學傳至金源，在趙秉文則暗襲其說，在王若虛則用以建立其批評，在元好問則用以抒寫成作品。「程學盛南蘇學北」，翁方綱之說原不是無所見的。

然而王氏之文學批評畢竟亦有與蘇氏不同的地方，蓋王氏所得雖出於蘇而亦近於白居易。白、蘇之文本有可以相通之處，後世如公安派袁中郎輩就是要合白、蘇而爲一，所以滹南之推尊白、蘇，原亦不過啓其先聲而已。

大概王氏學問淵源以得於其舅周德卿（昂）者爲多。《金史·文藝傳》載周德卿教王氏語云：

其甥王若虛嘗學於昂。昂教之曰：「文章工於外而拙於內者，可以驚四筵而不可以適獨坐，可以取口稱而不可以得首肯。」又云：「文章以意爲主，以言語爲役。主强而役弱，則無令不從。今人往往驕其所役至跋扈難制，甚者反役其主，雖極辭語之工，而豈文之正哉！」

這些話於其《文辨》《詩話》中亦載之，蓋即王氏論詩論文主旨之所出。周德卿之論文主旨既重在工於內，重在以意爲主，所以王氏本之得以溝通白、蘇而重在「眞」。今錄數則如下：

揚雄之經，宋祁之史，江西諸子之詩，皆斯文之蠹也。散文至宋人始是眞文字，詩則反是矣（《文辨》四）。

郊寒白俗，詩人類鄙薄之；然鄭厚評詩，荊公、蘇、黃輩曾不比數，而云樂天如柳陰春鶯，東野如草根秋蟲，皆造化中一妙。何哉？哀樂之眞發乎情性，此詩之正理也。（《詩話》上）

本於這種觀點，故論詩文不主奇詭，同時又不主藻飾。《詩話》卷上又引其舅氏語云：「雕琢太甚，則傷其全，經營過深，則失其本。」凡尚奇詭者，由經營過深之故；凡主藻飾者，又有雕琢太甚之弊。所以《滹南》的結論是：「凡爲文章須是典實過於浮華，平易多於奇險，始爲知本。」（《文辨》四）因此可知他的議論全本於周德卿，而周氏之議論恐怕也是針對著李屏山一流人而言的。

看出了他的論文見解，看出了當時的文壇情形，也就知道他於詩宗白，於文宗蘇，正是當然的歸宿。然則他的議論是否即與公安派相同呢？則又不然。㈠王氏是金代特出的學者，詩文之外兼長經史考證之學，故常以經史考證之學爲其論文論詩之助，自然不會流於公安之空疏。㈡王氏在趙閒閒李屏山之後，也不能不受其影響。劉祁《歸潛志》稱趙氏論詩最細，李氏論文最細，而劉氏則欲兼取其長。現在，滹南雖反對詩法句律之說，然論詩論文也有講得細的習慣。因此，利用他的學問根柢以討論詩文之瑣屑問題，遂建立了初步的文法學與修辭學。這是他的貢獻。

也許有人於此將發生疑問，這是不是一種矛盾的現象呢？是的，我們固然可以稱他爲矛盾，但是在他說來，絕不是矛盾。《文辨》卷四有一段極圓通的話：

或問文章有體乎？曰：無。又問無體乎？曰：有。然則果何如！曰：定體則無，大體須有。

這種話我們可以稱他爲矛盾嗎？他本於這種大體須有的標準，所以他的討論文法，討論修辭，依舊著眼在一「眞」字。

下文，我們再舉一些例。洪邁《容齋隨筆》有一則云：

「石駘仲卒，有庶子六人，僕所以爲後者，曰：沐浴佩玉則兆。五人者皆沐浴佩玉。石祁子曰：『孰有執親之喪，而沐浴佩玉者乎？』不沐浴佩玉。」此《檀弓》之文也。今之爲文者不然，必曰：「沐浴佩玉則兆，五人者如之。祁子獨不可，曰孰有執親之喪而若此者乎？」似亦足以盡其事，然古意衰矣。

這一節話很得古文家之稱許，蓋古文家之所謂法，原有一部分是重在用詞繁簡方面的，但是他則以為不然，「夫文章須求真是而已，須存古意何為哉？」（見《文辨》一）釋文瑩《湘山野錄》中也有一則云：

謝希深、尹師魯、歐陽永叔，各為錢思公作《河南驛記》。希深僅七百字，歐陽五百字，師魯止三百八十餘字。歐公不伏在師魯之下，別撰一記，更減十二字，尤完粹有法。師魯曰：「歐九真一日千里也。」

這也是一則古文家所艷稱的故事，簡而又簡，簡至無可簡，才以為「完粹有法」，而他也不以為然。他以為：「此特少年豪俊，一時爭勝而然耳。若以文章正理論之，亦惟適其宜而已，豈專以是為貴哉？」（《文辨》一）此外，如習之論文所舉述笑哂之狀一例，以為不宜襲用陳言，他則以為不必字字求異至於如此（見《文辨》三）。山谷論詩，有奪胎換骨、點鐵成金之喻，而他則稱為剽竊之雄（見《詩話》下）。凡以前文人詩人之所謂法，他均不以為法，他要在文法或修辭方面找到理論的根據，而不要在詞句方面定模擬的標準。所以一般人於《史記》中求法，而他以為司馬遷之法最疏。《滹南遺老集》中甚至有一卷《史記辨惑》全是指摘《史記》文法疏舛之處。法之名同而其實異，所以滹南所言之文法詩法，儘管入細而並不違真。

《文辨》卷一論揚雄《解嘲》：「為可為於可為之時則從，為不可為於不可為之時則凶」，論庾信《哀江南賦》：「崩於巨鹿之沙，碎於長平之瓦」，以為均不成文理。《文辨》卷三論歐陽修用「然」字，用「其」字，用「然其」二字，多乖戾之處。《詩話》卷下，論山谷《閔雨詩》，「東海得無冤死婦」，謂「得無」猶「無乃」，欠「有」字之意。山谷《弔邢惇夫詩》：「眼看白璧埋黃壤，何況人間父子情」，謂「既下何況字，須有他人猶痛惜之意乃可」。這些都是就文法方面說的。

《文辨》卷一言韓愈《送窮文》以鬼爲主名，故可問答往復。揚雄《逐貧賦》，但云：「呼貧與語」，「貧曰唯」。便覺未妥。又論陶潛《歸去來辭》，謂爲文有遙想而言之者，有追憶而言之者，今《歸去來辭》乃將歸而賦，而自問途以下，皆追錄之語，便覺不合。《詩話》卷下謂荊公「兩山排闥送青來」之句，猶不覺詭異，而山谷「青州從事斬關來」，便令人駭愕。類此諸例，又是就修辭方面說的。

由文法與修辭再進一步，於是他想建立文例。《文辨》中類此之例也甚多，如論韓愈《盤谷序》，既稱「友人李愿居之」，便不應復用昌黎韓愈字，這是辨稱謂之例。如論蘇轍《潁濱遺老傳》歷述平生出處言行之詳，且詆訾衆人之短，爲不合自傳之體，這又是辨文體之例。後來潘昂霄的《金石文例》恐怕也受滹南學說的影響。

就上述三項而言，《滹南遺老集》中可以找出不少的例。這些零星札記雖不能在積極方面建設有系統的文法學、修辭學與文章學，然就以前文論詩論言之，求其比較能在這方面注意的，恐怕不得不推滹南爲濫觴了。

這樣，所以他以經史考證之學論詩文，非惟不覺其窒，抑且彌見其通。他雖長於考證，但決不以考據去穿鑿附會。《詩話》卷上於杜甫詩稱李白「天子呼來不上船」一語，把古來鑿說一掃而空，以爲這是一時事實，不盡可考，即使不知此義，亦無害解詩，此眞十分通達之見。《詩話》卷中論東坡「白衣送酒舞淵明」之句，或疑「舞」字太過，《碧溪詩話》特爲找出舞字出處，而滹南則以爲「疑者但謂淵明身上不宜用耳，何論其所本哉！」這也是何等通達之見。詩本性靈中事，他又何肯在這方面賣弄學問。

他雖長於經史考證之學，而治詩文則尚典實平易，並不在詩文中矜其博贍；另一方面，他雖尚典實平易，而論詩論文復講得入細，並不以矜尚自然而說得空疏。他講「法」而破除以前文人詩人之所謂法，正因「定體則無」之故；他反對昔人之所謂法，而開了後人之所謂例，又因「大體須有」之故。定體則無，大體須有，所以只求眞是，而不會墜於古人一隅的偏見。

◎四九　元好問論詩絕句◎

王若虛外，金代文學批評之足稱者，當推元好問了。好問字裕之，號遺山，太原秀容人，所著有《遺山集》。集中有《論詩絕句》三十首，最爲後人著稱，現在研究他的詩論，也應以此爲最重要的材料。元氏《論詩絕句》的第一首：「漢謠魏什久紛紜，正體無人與細論。誰是詩中疏鑿手？暫教涇渭各清渾。」查愼行《初白菴詩評》云：「分明自任疏鑿手。」不錯，這是開宗明義的第一章，下所論量，全可見其疏鑿本領，全可窺其疏鑿宗旨。「鴛鴦繡了從教看，莫把金針度與人」，但是他同時也把金針度人了。

不過，元遺山的《論詩絕句》，與他人之論詩絕句，猶有些不同。自杜少陵《戲爲六絕句》，開論詩絕句之端，於是作者紛起。其最早者，在南宋有戴石屛的《論詩十絕》，在金有元遺山的論詩三十首。此二者都是源本少陵，但是各得其一體。戴氏所作，重在闡說原理；元氏所作，重在衡量作家。這正開了後來論詩絕句的兩大支派。到清代，王士禎規仿元氏之作，於是論詩絕句遂多偏於論量方面：或就一時代的作家論之，或就一地方的作家論之，其甚者，摭拾瑣事以資點綴，闡說本事以爲考據，而論詩絕句，遂眞不易看出作者之疏鑿微旨了。

所以論詩絕句之闡說原理者，其宗旨本不必說；論詩絕句之僅僅衡量作家者，其宗旨也無可說。只有元氏之作與少陵六絕雖不完全同軌，但於衡量作家之中，仍可爲其論詩宗旨之注腳或說明，固不是漫無立場，妄施疏鑿的。金針即在繡出的鴛鴦中間，我們正可於他繡出的《論詩絕句》中看出他論詩的金針。

然而，元氏之疏鑿微旨，亦正不易言。烏程施氏之《元遺山詩注》，於此詩僅疏故實，未加闡說。查愼行的《初白菴詩評》，顧奎光的《金詩選》，雖間有評述，但寥寥數語，亦嫌未能詳盡。只有翁方綱《石洲詩話》卷七專解此詩，宗廷輔《古今論詩絕句》亦頗爲此詩疏解。此二種較多精義，然於元氏論詩微旨，終覺猶隔一塵。此外，徐世昌《淸畿輔書徵》謂有寧河高賡恩《元遺山張雋三論詩九十首注解》二卷；又宗廷輔《古今論詩絕句自跋》亦謂：「往在陸寄庵姑丈家閱其書目，見有《元遺山論詩絕句注》一卷，不著作者，欲索觀而未暇。」這是專注元氏《論詩絕句》之書，當有妙義，可惜不曾見到。現在所論，只能匯萃諸家舊說而比觀之；同時，再就元氏集中論詩文諸語，相互參證，以元注元，或於元氏疏鑿微旨，比較能看出一些。

遺山論詩，是否寓有家國興亡之感？昔人雖有以此稱之者，然於實際情形，未必相符。元氏詩雖多憂國感憤之辭，而在《論詩絕句》中卻不必一定如此。翁方綱《元遺山先生年譜》謂：「金宣宗興定元年丁丑，先生二十八歲，在三鄉作《論詩絕句》。」那麼《論詩絕句》是他少時之作，此時金雖危殆，尚未到滅亡地步，興亡之感，實無所施。《論詩三十首》的末一首：「撼樹蚍蜉自覺狂，書生技癢愛論量，老來留得詩千首，卻被何人校短長。」這不已和盤托出，承認是文人習氣，不必別有作用的嗎？

遺山論詩，究竟有沒有貴賤之見？元氏別有《論詩三首》，其一云：「坎底鳴蛙自一天，江山放眼更超然；情知春草池塘句，不到柴煙糞火邊。」李希聖《雁影齋詩》根據此詩，遂以爲遺山論詩有貴賤之見，並作詩正之云：「面目都隨貴賤遷，陶公枯淡謝公姸；暮雲春酒詞淸麗，卻在柴煙糞火邊。」眞冤枉！遺山論詩，何嘗如市井小人般只生一副勢利眼睛，以貴賤定高下！他不滿意窮愁苦吟之詩，那是他的疏鑿微旨，原與貴賤之見無關。他明明說過：「出處殊途聽所安，山林何得賤衣冠。華歆一擲金隨重，大是渠儂被眼謾。」這正見得他對於山林臺閣二體沒有什麼偏重。宗廷輔云：「山林臺閣各是一體。宋季方回撰《瀛奎律髓》往往偏重江湖道學，意當時風氣，或有藉以自重者，故喝破之。」這還是比較公允的論調。說他有意矯時弊則或者有之，說他有貴賤之見則未必然。

又李希聖謂遺山論詩又有南北之見，因復作詩正之云：「鄴下曹、劉氣不馴，江東諸謝擅清新，風雲變後兼兒女，溫、李原來是北人。」此說也有一些隔膜。固然，「慷慨歌謠絕不傳，穹廬一曲本天然，中州萬古英雄氣，也到陰山敕勒川」，這一首特別表彰北齊斛律金唱的《敕勒歌》，大為北人吐氣，似乎遺山也不免鄉曲之見。尤其明顯的，如其《自題中州集後》五首之一云：「鄴下曹劉氣盡豪，江東諸謝韻尤高。若從華實評詩品，未便吳儂得錦袍。」這一首詩，揚北抑南十分明顯，李氏之詩或即指此而言。然而，我們千萬不要誤會。這是元氏本於他的疏鑿標準所下的結論，並不是先存了南北之見，才去論量的。易言之，即是南北之見，雖與他的疏鑿標準不相違反，但不能說是他的疏鑿標準。

所以我們只需說明他的論詩主張，不必看他有無寄託；即使說他有些偏見，也是他論詩主張中所應有的話。

遺山詩學出自東坡，這在翁方綱說得很明白。翁氏《書遺山集後》云：「程學盛南蘇學北。」又《齋中與友論詩》云：「蘇學盛於北，景行遺山仰。」《讀元遺山詩》云：「遺山接眉山，浩乎海波翻，效忠蘇門後，此意豈易言。」這些話本未嘗錯誤。我們看金代其他諸人的詩集，也可看出此中消息，——尤其是王若虛的《滹南遺老集》。蘇學在金，既成一時風氣，則遺山景仰東坡，薪火所傳，也在情理之中。周壽昌《思益堂日札》卷六有這樣一節：

遺山《論詩》：「蘇門若有忠臣在，肯放坡詩百態新。」又云：「只知詩到蘇黃盡，滄海橫流卻是誰。」是遺山於蘇詩，頗存刺謬之意。然案遺山《洛陽詩》云：「城頭大匠論蒸土，地底中郎待摸金」；查初白云：「摸金校尉，非中郎也，東坡誤用，先生仍而不改。」夫遺山用典，尚承東坡之誤，謂非服習坡詩有素者乎？

他很曉得遺山之不滿蘇詩，然而他不能不承認遺山之服習蘇詩，潘德輿《養一齋詩話》很不贊成翁方綱的說法。他說：「翁氏偏愛蘇詩，以遺山《論詩絕句》中攻蘇之作，亦傅會爲愛蘇之論。」他又說：「遺山貶蘇如此，而石洲猶以爲程學盛於南，蘇學盛於北，屢屢舉此語以教人，古人有知，豈不爲遺山所笑！」他這樣不贊成翁氏所謂遺山宗蘇之說，然而他自己在《論遺山詩》一首中卻說：

評論正體齊梁上，慷慨歌謠字字道。新態無端學坡谷，未須滄海說橫流。

則潘氏固亦承認遺山詩學是受蘇詩影響了。就當時學習風氣言之，翁氏所云，實在也有一些見地的。

明白了遺山詩學出自東坡，然後其疏鑿標準可得而言。遺山才氣奔放，本近東坡，故其論詩，只取凌雲健筆，頗譏俯仰隨人，窘步相仍之作。他說：「窘步相仍死不前，唱酬無復見前賢。縱橫正有凌雲筆，俯仰隨人亦可憐。」又其《論詩三首》之一云：「詩腸搜苦白頭生，故紙塵昏枉乞靈，不信驪珠不難得，試看金翅擘滄溟。」這些詩都可看出他尚壯美，重豪放之旨。所以論劉琨詩則云：「曹、劉坐嘯虎生風，四海無人角兩雄，可惜并州劉越石，不教橫槊建安中」；論張華詩則云：「鄴下風流在晉多，壯懷猶見缺壺歌，風雲若恨張華少，溫、李新聲奈爾何。」他不滿意孟郊的詩——「東野窮愁死不休，高天厚地一詩囚；江山萬古潮陽筆，合臥元龍百尺樓。」推尊退之而鄙薄東野，這即是東坡詩所謂：「要當斗僧清，未足當韓豪」之旨。他也不滿意秦觀的詩——「有情芍藥含春淚，無力薔薇臥晚枝；拈出退之山石句，始知渠是女郎詩。」稱秦少游詩爲女郎風格，這也同於東坡責少游學柳屯田詞之旨。他稱讚李白的詩，——「筆底銀河落九天，何曾憔悴飯山前！世間東抹西塗手，枉著書生待魯連。」尚邁往，尚自然，這即是東坡所謂「好詩衝口誰能擇」之意。所謂「遺山接眉山」者，於此等處最容易看出。

然而，遺山論詩也不是一味主張粗豪的。他說過：「斗靡誇多費覽觀，陸文猶恨冗於潘；心聲只要傳心了，布谷瀾翻可是難。」則知徒逞才氣，一瀉無餘者，未必爲遺山之所好了。他又說過：「排比鋪張特一途，藩籬如此亦區區，少陵自有連城璧，爭奈微之識碔砆。」則知排比鋪張，雖不爲遺山所反對，亦不是遺山之所主張。宗廷輔云：「夫詩以言志，志盡則言竭。自蘇黃創爲長篇次韻，於是牽於韻腳，不得不藉端生議，牽連比附而辭費矣。」則是二詩且有暗箴宋人之意。所以《論詩絕句》中論宋詩諸首，都有一些不滿意的論調。

奇外無奇更出奇，一波才動萬波隨，只知詩到蘇黃盡，滄海橫流卻是誰。

金入洪爐不厭頻，精眞那計（一作許）受纖塵。蘇門果有忠臣在，肯放坡詩百態新！

百年才覺古風回，元祐諸人次第來。諱學金陵猶有說，竟將何罪廢歐梅。

古雅難將子美親，精純全失義山眞，論詩寧下涪翁拜，未作江西社裡人。

池塘春草謝家春，萬古千秋五字新。傳語閉門陳正字，可憐無補費精神。

這幾首詩中，應當分兩組去看。其論黃、陳者，宗派不一，當然難免有貶辭，查初白謂：「涪翁生拗錘煉，自成一家，値得下拜」，這不是遺山的意思。翁覃溪謂：「論黃一首並非不滿江西社，論陳一首亦並非斥陳後山，此皆力爭上游之語，讀者勿誤會。」這也不甚得遺山之宗旨。遺山正因力爭上游，所以對於黃、陳覺得不滿。遺山《自題中州集後》五首之一云：「陶謝風流到百家，半山老眼淨無花；北人不拾江西唾，未要曾郎借齒牙。」眞的，北人不拾江西唾，他們都不願作江西社裡的人。周昂《讀陳後山詩》：「子美神功接混茫，人間無路可升堂；一斑管內時時見，賺得陳郎兩鬢蒼。」王若虛之論東坡山谷云：「戲論誰知是至公，蝤蛑信美恐生風，奪胎換骨何多樣，都在先生一笑中。」「文章自得方爲貴，衣缽相傳豈是眞！已覺祖師低一著，紛紛法嗣復何人。」這些詩，都可以看出金代一般的風氣。

然則，何以對於東坡也有微辭呢？難道是入室操戈，難道是知之深故論之切！關於這，莫怪潘德輿要與翁方綱打筆墨官司。翁氏於這幾首處處稱遺山之力爭上游，處處說不是不滿東坡。而潘氏則就遺山原詩，謂《奇外無奇》一首「明以滄海橫流責蘇」；《金入洪爐》一首「明言蘇門無忠直之言，故致坡詩竟出新態」；《百年才覺》一首「明言歐梅甫能復古，而元祐蘇黃諸人次第變古」，所以說：「凡石洲所解，皆與遺山本詩義理迴不入，脈絡絕不貫，不知何以下筆。蓋旣爲偏好蘇詩所蔽，而又不敢駁遺山，故於無可解說處，亦强爲附會，遂使人覽之茫然耳。」這些話頗中翁氏之病，然而卻未必能使翁氏心服。蓋遺山之受蘇學影響，誠是事實。受其影響而入室操戈，或未必爲遺山之所願爲。但是就其《論詩絕句》言之，確是有些不滿之辭。所以我們假使能於遺山學蘇之處，看出他貶蘇之故，則翁氏之旨得以大白，而潘氏之詰難也可以沒有。

最早，便想在這方面作一種調停之辭者，是清高宗所選輯的《唐宋詩醇》。《唐宋詩醇》之論蘇詩極稱其「能驂駕杜、韓，卓然自成一家，而雄視百代」，極稱其「地負海涵，不名一體」。他以爲蘇詩是於曹、劉、陶、謝、李、杜、韓、白諸家無所不學，亦無所不工的。他以廣大敎主視蘇軾，所以對於元遺山，論蘇之語發生下列的見解：

其詩氣豪體大，有非後哲所易學步者。是以元好問論詩有云：「只知詩到蘇黃盡，滄海橫流卻是誰」；又云：「蘇門果有忠臣在，肯放坡詩百態新」，蓋非用此爲譏議，乃正以見其不可模擬耳。

用這些話來替東坡回護，未嘗不可，但是假使說這些話爲元遺山論詩之旨，則未必然。其比較近是者，爲宗廷輔的說法。他說：

新聲創則古調亡，自蘇、黃派行而唐代風流至是盡泯。明何仲默《答李獻吉書》云：「文靡於隋，韓力振之，然古文之法亡於韓；詩溺於陶，謝力振之，然古詩之法亡於謝。」世或駭其言。然東坡亦言：「書之美者莫如顏魯公，然書法之壞自魯公始；詩之美者莫如韓退之，然詩格之變，自退之始。」語見《詩人玉屑》，何書即此意耳。

明白這些意思，則知遺山之詩雖接踵蘇詩，不妨仍有不滿蘇詩之語。其所謂「滄海橫流」所謂「百態新」云者，原不妨爲貶詞，何必定爲蘇詩回護。東坡《書黃子思詩集後》云：「予嘗論書以謂鍾王之跡，蕭散閒遠，妙在筆墨之外，至唐顏、柳始集古今筆法，而盡發之，極書之變，天下翕然以爲宗師，而鍾、王之法益微。至於詩亦然；蘇、李之天成，曹、劉之自得，陶、謝之超然，蓋亦至矣，而李太白、杜子美以英瑋絕世之姿，凌跨百代，古今詩人盡廢，然魏、晉以來高風絕塵，亦少衰矣。」這與《詩人玉屑》卷十五所引東坡語，同一意

古人所未發，實則與東坡仲默所云，也正是同樣的意思，何嘗爲古人所未發！

清代陸奎勛《題杜少陵詩》云：「文選理熟精，宋元格具有，五霸紹三王，罪魁而功首。」昔人謂爲石破天驚，

思。假使以辭害意，謂這是東坡貶彈李、杜，貶彈韓愈，寧非笑話！那麼我們再回頭來看遺山的《奇外無奇》一首，豈不與東坡這些話頭一鼻孔出氣！因此我們可以知道即在元氏《論詩》中貶蘇之詞，也是學蘇的。

於是，我們再進一步探討何以元氏會有這種見解？說是這種見解本諸東坡的，那麼何以東坡會有這種見解。我們須知自來傳統的文學觀，——所謂原道、宗經、徵聖，三位一體的文學觀，總離不開以一個「古」字作中心。而在宋代禪風正盛之時，又不能不受禪學的影響。所以他們看到古詩的妙處，只是「蘇、李之天成，曹、劉之自得，陶、謝之超然，蓋亦至矣。」他於古詩中只取天成、自得、超然諸種風格，而此種風格，卻正是賣逞不得才華，搬弄不得學問的。沒有才的做不到，而才氣奔放的卻離此愈遠；不學固不成，而畢生學之也不一定能到此境界。愈是嚮往這種風格而欲追求之，卻愈做不到。因此感覺到作詩之難，因此感覺到作詩之所以難乃由於古之難復。一方面因時代的關係受時人新變的影響，而一方面中心所嚮往而追求的卻在古人「天成」「自得」「超然」的風格。所以做到的是一種境界，而看到的是另一種心目中認爲更高的境界。這是唯心論者脫離了現實的社會基礎和生活實踐，而專從藝術上著眼，必然會遇到的課題。元遺山便有這般見解，其《陶然集詩序》云：

> 詩之極致可以動天地，感鬼神，故傳之師，本之經，眞積之力久，而有不能復古者。自「匪我愆期，子無良媒」，「自伯之東，首如飛蓬」，「愛而不見，搔首踟躕」，「既見復關，載笑載言」之什觀之，皆以小夫賤婦滿心而發，肆口而成，見取於採詩之官，而聖人删詩亦不敢盡廢。後世雖傳之師，本之經，眞積力久，而不能至焉者，何古今難易不相侔之如是耶？……故文字以來，詩爲難；魏、晋以來復古爲難；唐以來，合規矩準繩尤難。後世果以詩爲專門之學，求追配古人，欲不死生於詩，其可已乎？（《遺山

集》三十七）

其《東坡詩雅引》亦言：

五言以來，六朝之陶、謝，唐之陳子昂、韋應物、柳子厚，最爲近風雅，自余多以雜體爲之。詩之亡久矣！雜體愈備，則去風雅愈遠，其理然也。近世蘇子瞻絶愛陶、柳二家，極其詩之所至，誠亦陶柳之亞，然評者尚以其能似陶、柳，而不能不爲風俗所移爲可恨耳。夫詩至於子瞻而且有不能近古之恨，後人無所望矣。（《遺山集》三十六）

他深曉得復古之難，尤其以復到這些近風雅有遠韻的風格爲尤難。我嘗謂東坡詩的作風，與其論詩主旨不盡相同，恰恰元遺山也有同樣情形。當然的，這都是受禪學之影響。東坡論詩之帶有禪味，我已經說過，我們試看元遺山爲何如？他於《陶然集詩序》，說了一大篇爲詩之難，究竟他怎樣解決這難題呢？他輕輕一轉也轉到禪路上去：

雖然，方外之學有爲道日損之說，又有學至於無學之說，詩家亦有之。子美夔州以後，樂天香山以後，東坡海南以後，皆不煩繩削而自合，非技進於道者能之乎？詩家所以異於方外者，渠輩談道不在文字，不離文字。詩家聖處，不離文字，不在文字。唐賢所謂情性之外，不知有文字云耳。（《遺山集》三十七）

這樣，所以不必於文字中求詩。其《雙溪集序》云：「槁項黃馘，一節寒餓之士，以是物爲顓門，有白首不能道劉長卿一字者，青雲貴公子乃咳唾嚬呻而得之，是可貴也。」此即所謂「詩有別才非關學」之說。即使欲於文字中去求，也須做到「學至於無學」的地步。其《杜詩學引》云：「竊嘗謂子美之妙，釋氏所謂學至於無學者耳。……夫金屑丹砂芝朮參桂，識者例能指名之，至於合而爲劑，其君臣佐使之互用，甘苦酸鹹之相入，有不可復以金屑丹砂芝朮參桂而名之者矣。故謂杜詩無一字無來處可也，謂不從古人中來亦可也。」這些話也即滄浪「不落言筌」的注腳。所以他《贈嵩山雋侍者學詩》云：「詩爲禪客添花錦，禪是詩家切玉刀」（見《遺山集》三十七，《嵩和尚頌序》），詩與禪的關係，遺山固已深深體會到了。翁方綱《石洲詩話》謂：「《論詩絕句》三十首，已開阮亭神韻二字之端，但未說出耳」，亦可謂善於體會領悟者。

所以我說他們於古詩中獨取「天成」「自得」「超然」諸境界，多少受一些禪的影響，還是受當時唯心論者的限制。這樣，他的詩雖帶些家國興亡之感，而在論詩絕句中卻看不出來。

以東坡這樣才氣奔放的人，發爲豪邁雄渾的詩，而「南遷二友」乃是陶、柳二集。其別有會心之處，正是此中消息透露的所在。元遺山也是如此：一方面對於鄴下曹、劉的豪氣，與江東諸謝的高韻，有所抑揚，而一方面對於陶、柳之詩卻亦深致推許。

> 一語天然萬古新，豪華落盡見眞淳。南窗白日羲皇上，未害淵明是晉人。
> 謝客風容映古今，發源誰似柳州深？朱弦一拂遺音在，卻是當年寂寞心。

原來其論詩特識，也是有所秉承的。

然則遺山論詩是否與滄浪一樣完全以禪喻詩呢？則又不然。其《感興》四首之一云：「廓達靈光見太初，眼中無復野狐書；詩家關捩知多少，一鑰拈來便有餘。」這是妙悟，似乎頗帶一些禪味。然而他於這一方面，非惟不和滄浪一樣，即與東坡相比，也似乎覺得更淡一些。

遺山《小亨集序》中論唐詩云：

唐人之詩，其知本乎？溫柔敦厚，藹然仁義之言爲多；幽憂憔悴，寒饑困憊，一寓於詩，而其厄窮而不憫，遺佚而不怨者故在也。至於傷讒疾惡，不平之氣，不能自揜，責之愈深，其旨愈婉；怨之愈深，其辭愈緩；優柔饜飫，使人涵泳於先王之澤，情性之外不知有文字。（《遺山集》三十六）

這是他情性之外不知有文字的另一種看法。這樣一說，所以偏於古的意味來得强一些，而偏於禪的意味反而淡一些；偏於現實的意義來得强一些，而偏於神韻的意義也反而淡一些。於是他所謂「一鑰拈來」者，以妙悟之說解之，似乎還不如看作這一篇文中之所謂知本。

然則他所謂根本關捩何所指？我以爲二字足以盡之，曰「誠」，曰「雅」。誠是集義，故能雅；雅不違心，故能誠。誠是詩之本，雅是詩之品。能知本，則品自高。這些意思在他的《小亨集序》中說得很明白。他說：

唐詩所以絕出於三百篇之後者，知本焉爾矣。何謂本？誠是也。……故由心而誠，由誠而言，由言而詩也。三者相爲一。情動乎中而形於言，言發乎邇而見乎遠，同聲相應，同氣相求，雖小夫賤婦孤臣孽子之感諷，皆可以厚人倫，美風化，無他道也。故曰：不誠無物。夫惟不誠，故言無所主，心口別爲二物，物我邈其千里，漠然而往，悠然而來，人之聽之，若春風之過馬耳。其欲動天地、感鬼神難矣。其是之謂本。

這是所謂「誠」。他又說：

初余學詩以十數條自警云：無怨懟，無謔浪，無驁狠，無崖異，無狡訐，無媕阿，無傅會，無籠絡，無衒鬻，無矯飾，無爲堅白辨，無爲賢聖癲，無爲妾婦妒，無爲仇敵謗傷，無爲聾俗哄傳，無爲瞽師皮相，無爲黥卒醉橫，無爲黠兒白捻，無爲田舍翁木强，無爲法家醜詆，無爲牙郎轉販，無爲市倡怨恩，無爲琵琶娘人魂韻詞，無爲村夫子兔園册，無爲算沙僧困義學，無爲稠梗治禁詞，無爲天地一我，今古一我，無爲薄惡所移，無爲正人端士所不道。

這又是所謂「雅」。本此二觀點以看他的《論詩絕句》，然後知其所以稱許阮籍者——「縱橫詩筆見高情，何物能澆磈磊平？老阮不狂誰會得，出門一笑大江橫」云云，即因他《詠懷》之作，掩抑隱蔽之處，在在見其眞情之流露，有符於「怨之愈深，其辭愈婉」之旨。其所以稱許陳子昂者——「沈、宋橫馳翰墨場，風流初不廢齊、梁，論功若准平吳例，合著黃金鑄子昂」云云，又因其「常恐逶迤頹廢，風雅不作」始返雅道的緣故。同時也可看出他所謂：「萬古文章有坦途，縱橫誰似玉川盧，眞書不入今人眼，兒輩從教鬼畫符」；及「曲學虛荒小說欺，俳諧怒罵豈詩宜！今人合笑古人拙，除卻雅言都不知」云云者，其病又在於不雅。

這是他的疏鑿標準。他所謂「暫教涇渭各清渾」者，正可於此看出。假使我們要說遺山論詩異於蘇學之處，那麼就在這一點了。然而，這也未嘗不可說是對於東坡詩論的修正。

◎五〇　元代的文學批評◎

元代的文學批評沒有什麼特別可以提出的地方。戲曲是當時新興的文學，但是在文學批評上還沒有引起大家的注意。加上金元又是破壞生產的落後民族，因此元代的文學批評就比較岑寂一些。

現在，只能就幾個開明代文論風氣的講一講。

第一，是郝經。經字伯常，陵川人，所著有《陵川集》。他一方面是道學家，是趙復的弟子，一方面又從元好問學詩文，所以他的學問是比較廣博的。其《原古錄序》云：

> 昊天有至文，聖人有大經，所以昭示道奥，發揮神蘊，經緯天地，潤色皇度，立我人極者也。……道非文不著，文非道不生。自有天地，即有斯文，所以為道之用而經因之以立也。……故斯文之大成，大經之垂世，名教之立極，仲尼之力也，斯文之益大，名教之不亡，異端之不害，衆賢之功也。自源徂流以求斯文之本，必自大經始；溯流求源，以徵斯文之跡，衆賢之書不可廢也。（《陵川集》二十九）

在此文中有明道、宗經、征聖三位一體的主張，有聖人之道有體有用有文的意思。一方面窮源探本，以明文道之合一，體用之相輔；一方面沿流竟委，以明道術之分裂，枝葉之繁滋。這樣源流兼顧，所以覺得聖人之經與衆賢之書都不可廢。其學問規模之大，即因於此。

他具有這樣大的規模，所以不贊成有道學之名。其《與北平王子正先生論道學書》以爲自道之全體壞，大用分，而後有所謂儒；儒之名立而禍及於學者，道學之名立而禍且及於天下後世（見《陵川集》二十三）。所以只以聖人之道爲道，聖人之學爲學，而欲泯儒林道學之分。這種態度，這種規模，和明初宋濂也有一些相似。明白他所謂學，是這樣大規模的學，明白他所謂文，也是最廣義的文，那麼所謂文道合一，體用相輔，原是當然的了。他從文說到理，本於文法問題以說明「有德者必有言」之意；他又從理說到文，本於養氣問題，以說明「氣盛言宜」的方法：所以文道爲不可分。

陵川以爲有德有言即是理與法的關係。「理者法之源，法者理之具，理致夫道，法工夫技」（見《答友人論文法書》），所以不必撇開理而求法。文人離道以講文，所以只於文求法而成爲模擬；學者明德以立言，所以不於文求法而能自爲法。他說：「古之爲文，法在文成之後，辭由理出，文自辭生，法以文著，相因而成也。」（同上）那麼，理明義熟，眞是最根本的條件了。因此，再說：

夫理，文之本也；法，文之末也。有理則有法矣，未有無理而有法者也。六經理之極，文之至，法之備也。故《易》有陰陽奇耦之理，然後有卦畫爻象之法；《書》有道德仁義之理，而後有典謨訓誥之法；《詩》有性情教化之理，而後有風賦比興之法；《春秋》有是非邪正之理，而後有褒貶筆削之法；《禮》有卑高上下之理，然後有隆殺度數之法；《樂》有清濁盛衰之理，而後有律呂舒綴之法；始皆法在文中，文在理中，聖人制作裁成，然後爲大法，使天下萬世知理之所在而用之也。自孔孟氏沒，理寖廢，文寖彰，法寖多，於是左氏釋經而有傳注之法，莊、荀著書而有辯論之法，屈、宋尚辭而有騷賦之法，馬遷作史而有序事之法，自賈誼、董仲舒、劉向、揚雄、班固至韓、柳、歐、蘇氏作爲文章，而有文章之法，皆以理爲辭，而文法自具。篇篇有法，句句有法，字字有法，所以爲百世之師也。故今之爲文者，不必求人之法以爲法，明夫理而已矣。精窮天下之理，而造化在我，以是理，爲是辭，作是文，成是法，皆自我作。……則法亦不可勝用，我亦古之作者，亦可爲百世師矣。豈規規孑孑求人之法，而後爲之乎？（《答友人論文法書》）

這才發揮了所謂「有德者必有言」的理論。有理則有法，只須精窮天下之理，而造化在我，以是理，爲是辭，作是文，成是法，理爲天下之至理，文亦成天下之至文，這樣才說明了文與道的關係。然而這樣說明的結果，卻並不如道學家之偏於一端，因爲他下文所舉本於理以立法的人，都不是道學家。他說：

故先秦之文，則稱左氏、《國語》、《戰國策》，莊、荀、屈、宋；二漢之文，則稱賈誼、董仲舒、司馬遷、劉向、揚雄、班固、蔡邕；唐之文則稱韓、柳；宋之文則稱歐、蘇；中間千有餘年，不啻數千百人，皆弗稱也。騷賦之法，則本屈、宋；作史之法則本馬遷；著述之法，則本班、揚；金石之法，則本蔡邕；古文之法，則本韓、柳；論議之法，則本歐、蘇。中間千有餘年，不啻數千百文，皆弗法也。何者？能自得理而立法耳；故能名家而爲人之法。茍志於人之法而爲之，何以能名家乎？（同上）

眞奇怪，他發揮「有德者必有言」之理論，並不爲道學家的文論張目，依舊成爲古文家的文論。故於下文再接著說：「三國六朝無名家，以先秦二漢爲法而不敢自爲也；五季及今無名家，以唐宋爲法而不敢自爲也。韓文公每語人以力去陳言，……不當蹈襲故爛……皆此意也。」

於是，他再說明如何自爲法之法。他說：

文有大法，無定法。觀前人之法而自爲之，而自立其法。彼爲綺，我爲錦；彼爲榭，我爲觀；彼爲舟，我爲車；則其法不死，文自新而法無窮矣。近世以來，紛紛焉求人之法以爲法，玩物喪志，窺竊模寫之不暇，一失步驟，則以爲狂爲惑，於是不敢自作，……總爲循規蹈矩決科之程文，卑弱日下，又甚齊、梁、五季之際矣。嗚呼！文固有法，不必志於法。法當立諸己，不當尼諸人。不欲爲作者則已，欲爲作者名家而如古之人，捨是將安之乎？（同上）

此種意思，又成清初魏禧一流古文家的文論。其論學很像清初的學者，其論文也像清初的文人。就傳統的文學觀來講，尤其是就金元之際來講，這眞是一篇很重要的文字。

陵川又以爲氣盛言宜，即是學與文的關係。蘇轍論文以爲：「文者氣之所形，然文不可以學而能，氣可以養而致。」那麼，似乎頗能說明氣與文的關係了；然而他於所學養氣二例，一是孟子，一是太史公，畢竟還是側重在太史公一方面，所以欲求天下奇聞壯觀，以知天地之廣大。這樣養氣，在陵川便不以爲然，他以爲「果如是，則遷之爲遷亦下矣。勤於足跡之餘，會於觀覽之末，激其志而益其氣，僅發於文辭，而不能成事業，則其遊也外，而所得者小也」。因此，他提出內遊的方法。外遊所以增其閱歷，內遊則重在修養。外遊猶有時空的限制，內遊便不如此。故其《內遊》一篇謂：

身不離於衽席之上，而遊於六合之外，生乎千古之下，而遊於千古之上，豈區區於足跡之餘，觀覽之末者所能也。持心御氣，明正精一，遊於内而不滯於内，應於外而不逐於外；常止而行，常動而靜，常誠而不妄，常和而不悖；如止水，衆止不能易；如明鏡，衆形不能逃；如平衡之權，輕重在我，無偏無倚，無汚無滯，無撓無蕩，每寓於物而遊焉。於經也……既周流而歷覽之……而後易志賾精而遊乎史。……既遊矣，既得矣，而後洗心齋戒，退藏於密。視當其可者，時時而出之，可以動則動，可以止則止，可以久則久，可以速則速，蘊而爲德行，行而爲事業，固不以文辭而已也。如是則吾之卓爾之道，浩然之氣，巖乎與天地一，固不待於山川之助也。（《陵川集》二十）

這樣內遊，實即所謂積理以養氣而已。積理以養氣，所以他很贊成孟子的養氣方法。他於《養說》中謂：「至大至剛，養而無害，浩然塞於天地間，此孟子之所以養其氣也。由此觀之，聖之所以爲聖，賢之所以爲賢，大之所以爲大，皆養之使然也。」養之使然，原不待於山川之助，這是他主張內遊的理由。蓋他又用了道學家的理論以說明氣盛言宜的現象，而說明的結果，卻亦異於一般古文家的文論。在以前，胡銓已曾用「有德者必有言」之意以說明「氣盛言宜」之旨，而無陵川發揮得透徹。在以後，宋濂又是以規模闊大之學，說明廣義的道學與廣義的文之關係，而陵川又開其先聲。這一點，已可看出他在文學批評史上的重要了。

其次是戴表元。表元字帥初，一字曾伯。奉化人，宋咸淳中登進士乙科，元大德中以荐除信州教授，調婺州，移疾歸。所著有《剡源集》。宋濂序其集云：「濂嘗學文於黃文獻公，公於宋季辭章之士樂道之而弗已者，惟剡源戴先生爲然。」（《宋學士全集》六）顧嗣立《元詩選小傳》稱：「宋季文章，氣萎薾而詞骫骳，帥初慨然以振起斯文爲己任」，所以他在元初文壇，也有很重要的地位。

戴氏論文，猶與宋代道學家之主張不甚異。至其論詩，似乎比較重要，因爲他能轉變宋詩風氣，提出復古主張而爲明詩先聲的緣故。

大概戴氏論詩之主張唐音，有兩種原因：一是由於道學家之廢詩不爲；又一是由於詩人之溺於時風衆勢而不知自拔。

道學家之瞧不起詩，大概眞如戴氏所說：「異時搢紳先生無所事詩，見有攢眉擁鼻而吟者，輒靳之曰，是唐聲也，是不足爲吾學也。吾學大出之，可以詠歌唐虞，小出之不失爲孔氏之徒，而何用是喁喁爲哉！」（《剡源集》八，《張仲實詩序》）道學家的一股酸勁，一種傲態，全從這幾句話裡流露出來。因爲道學家取這種態度；激得詩人又起而相抗，「於是性情理義之具，嘩爲訟媒而人始駭矣」。戴氏習聞此種爭論，而覺其無聊，所以以爲「姑無深誅唐乎？」唐詩雖異於古，然亦不必以詩爲病。以詩爲病，而詩道遂益以不振。他於《陳晦父詩序》說當時風氣，謂：「所見名卿大夫，十有八九出於場屋科舉，其得之之道，非明經則詞賦，固無有以詩進者。間有一二以詩進，謂之雜流，人不齒錄。」（《剡源集》九）然則，即就科舉的風氣而言，已足使詩道不振了。

他再在《洪潛甫詩序》中說明宋詩所以不能復於唐音之故。

> 始時汴梁諸公言詩，絕無唐風，其博贍者謂之義山，豁達者謂之樂天而已矣。宣城梅聖俞出，一變爲沖淡，沖淡之至者可唐，而天下之詩於是非聖俞不爲；然及其久也，人知爲聖俞，而不知爲唐。豫章黃魯直出，又一變而爲雄厚，雄厚之至者尤可唐，而天下之詩於是非魯直不發；然及其久也，人又知爲魯直而不知爲唐。非聖俞、魯直之不使人爲唐也，安於聖俞、魯直而不自暇爲唐也。邇來百年間，聖俞、魯直之學皆厭，永嘉葉正則倡四靈之目，一變而爲清圓。清圓之至者亦可唐，而凡枵中捷口之徒，皆能託於四靈，而益不暇爲唐。唐且不暇爲，尚安得古！（《剡源集》九）

是則宋詩風氣之愈轉愈下，即因溺於時風衆勢，奉時人爲宗主的緣故。所以他既以爲不必以詩爲病，則欲振詩道，當然非宗古不可了。

這種主張，由前言，與滄浪爲近；由後言，又與明代七子相類。然而他可以啓七子之先聲而不致造成七子之流弊者，則以他所謂復古，也有一種很通達的看法。其《余景游樂府編序》謂：

> 詞章之體累變而爲今之樂府，猶字書降於後世，累變而爲草也。草之於書，樂府之於詞章，禮法士所不爲。余於童時，亦棄不學，及後有聞，乃知二藝者，本爲不悖於古。而余所知，特未盡也。今夫小學之家，鈎毫布畫，一人意而創之，千萬人楷而習之者，世之所謂正書，而古法之壞，則自夫正書者始也。放焉而爲草，草之自然，其視篆相去，反無幾耳。（《剡源集》九）

那麼，所謂復古，原不必一定泥於體制形貌之間，只須不失古意便得，何必一定在舊瓶裡裝舊酒！這也是他高出明代前後七子的地方，可惜他著重的還在形式技巧方面。

再次，是劉將孫。將孫字尚友，廬陵人，所著有《養吾齋集》。他在南宋道學家否定古文家之後，所以再來一個否定之否定，遂有古文道學合一的主張。其《趙青山先生墓表》云：「歐蘇起而常變極於化，伊洛興而講貫達於粹，然尚其文者不能暢於理，據於理者不能推之文」（《養吾齋集》二十九），此言正中宋人文道分裂之弊。所以他想「以歐蘇之發越，造伊洛之精微」（同上），所以他再想「將義理融爲文章，而學問措之事業。」（《養吾齋集》十五，《吉州路重修儒道碑記》）

他何以會有這樣主張呢？事實上，宋末歐陽守道的文論就已經有這種傾向。歐陽守道是將孫父親辰翁的先生，他文論的中心即在《送曲江侯淸卿序》中「文資於理，理資於學」二語（《巽齋文集》十二）。他以舜之韶樂爲喩，以爲文之聲音節奏猶樂之聲音節奏。離開了聲音節奏固無所謂文，亦無所謂樂，然而文與樂之所以能盡美者在此，而所以能盡善者則不在此。盡美是文的關係，盡善則是理的關係。於是他再說：「原舜樂之所自，本乎父子慈愛之間推而達諸宇宙民物之生意。」所以應於盡美之中進而求其盡善者，才不泥於跡而有以見古人之心。有以見古人之心，則理明於心，無所滯礙，然後滔滔汩汩發爲文章，盡善而兼盡美。這是他所謂「文資於理」。這種主張到劉辰翁就更進一步。辰翁《答劉英伯書》中亦以文與樂相喩，不過論旨與歐陽守道又有些出入。他道：「文猶樂也，若累句換字，讀之如斷弦失譜，或急不暇舂容，或緩不得收斂，胸中嘗有咽咽不自宣者，何爲聽之哉！」（《須溪集》七）那就可知辰翁所說，更重在聲音節奏的方面了。

這樣，所以將孫文論也因注重聲音節奏之末，而能有得於起伏高下先後變化之法，於是這種主張也就開了明代文人之先聲。大抵注意到聲音節奏之末，自會體會到古文和時文之一脈相通。辰翁《答劉英伯書》中說及「韓文言適盡意，亦不過如時文止耳」，無意中已提出了古文與時文的關係。將孫論文，更在這方面發揮。其最重要的有《題曾同父文後》一篇：

> 文字無二法，自韓退之創爲古文之名，而後之談文者必以經賦論策爲時文，碑銘敍題贊箴頌爲古文。不知辭達而已，時文之精，即古文之理也。予嘗持一論云：能時文未有不能古文。能古文而不能時文者有矣，未有能時文，爲古文而有餘憾者也。如韓、柳、歐、蘇皆以時文擅名，及其爲古文也，如取之固有。韓《顏子論》、蘇《刑賞論》，古文何以加之。……每見皇甫湜、樊宗師、尹師魯、穆伯長，諸家之作，寧無奇字妙語，幽情苦思，所爲不得與大家作者並，時文有不及焉故也。時文起伏高下先後變化之不知，所以

宜腴而約，方暢而澀，可引而信之者乃隱而不發，不必舒而長之者乃推之而極。若究極而論，亦本無所謂古文，雖退之政未免時文耳。由此言之，必有悟於文之趣，而後能不以愚言爲疑也。（《養吾齋集》二十五）

此意實昔人所未發，而明以後的古文家，則都有悟於此。此中關係，恐怕也是受《古文關鍵》、《文章軌範》一類評點之書的影響。辰翁之於詩文本是長在評點的，那麼，將孫於此有得，而悟到時文與古文的關係本不足怪。他說：「文字無二法」，說：「時文之精，即古文之理」，這已是一般古文家所不肯說不敢說的。只有道學家如朱熹這樣，才以爲「古文之與時文，其使學者棄本逐末爲害等爾」。然而這又是離開了文學的立場而說的。求如將孫這樣以文學的眼光論古文與時文之關係，而說：「能古文而不能時文者有矣，未有能時文，爲古文而有餘憾者也。」那才是驚人妙論。我們以前稱古文家以復古爲革新，即因此理；然而在現在人悟到此理並不爲奇，在元時而竟敢大膽的說：「本無所謂古文，雖退之政未免時文耳。」安得不令人驚其卓識。

最後，是楊維楨。維楨字廉夫，號鐵崖，諸暨人，元泰定進士。明興，詔徵遺逸之士修纂禮樂，維楨被召，所纂敍例略定，即乞歸。所著有《東維子集》、《鐵崖古樂府》等。

鐵崖於文雖受王彝「文妖」之譏，然其文尚不甚奇譎。至其詩歌，則出入盧仝、李賀之間，不免稍涉於怪，所以當時有「鐵崖體」之稱。因此，我們不舉他的文論，僅述他的詩論。

宋濂爲楊氏墓誌銘，於《序》中稱其「聲光殷殷，摩戛霄漢，吳越諸生多歸之，殆猶山之宗岱，河之走海，如是者四十餘年」。此可見當時「鐵崖體」的影響之大。故於其後風氣將轉，王彝《文妖》一文即集矢於楊氏。實則楊氏影響何止限於當代，即在明代前後七子與公安派，也都是「鐵崖體」的變相。

何以說「公安派」是受「鐵崖體」的影響呢？元人論詩都帶一些性靈的傾向。由鐵崖體的作風之表面而言，怪怪奇奇，似與性靈說相抵觸，實則他的怪怪奇奇即是他的性靈之表現，所以與他詩論之主張性靈不相衝突。鐵崖嘗說：「詩者，人之情性也，人各有情性，則人各有詩也。得於師者，其得爲吾自家之詩哉？」（《東維子文集》七，《李仲虞詩序》）又說：「詩得於言，言得於志。人各有志有言以爲詩，非跡人以得之者也。」（同上，《張北山和陶集序》）這是很明顯的提倡性靈的主張。他既是一時文壇主盟，於是此種論調也常見於其同時人之文。吳復是鐵崖的門人，其《鐵崖先生古樂府序》云：「君子論詩，先情性而後體格」，這即發揮其師鐵崖的詩說。所以於此文中，再稱引其師說云：「認詩如認人。人之認聲認貌，易也；認性，難也；認神，又難也。習詩於古而未認其性與神，罔爲詩也。」可知鐵崖論詩，原是要超於格調而進於性靈或神韻的。吳氏此序作於至正六年（一三四六），其受鐵崖影響，固不待論。稍後有吳興人錢鼒爲《大雅集序》亦謂：「詩，志之所存，情之所感，而言之所從以出者乎？……古之人以情爲詩，而其言莫不麗以則；後之人則以詩爲情，而言不出於情者有矣。況麗而有不則者哉！」這也與鐵崖之序《吳復詩錄》所謂：「摹擬愈逼，而去古愈遠」，是同樣的意思。錢氏此序作於至正壬寅（一三六二），而《大雅集》又經鐵崖所評點，是錢氏詩論也不免受鐵崖的影響。此外，如汪澤民之《梧溪集序》，張美和之《吾吾類稿序》，李繼本之《傅子敬紀行詩序》，羅大巳之《靜思集序》，何淑之《鄧伯言玉笥集序》，大都是同時之作，其論調亦殆相一致，元末明初之一種風氣，正可於此看出。所以「鐵崖體」的眞相，應在這方面加以認識。

然則「鐵崖體」何以又怪怪奇奇呢？那又與他怪癖的性情有關。《明史》本傳稱：「維楨少時日記書數千言，父宏築樓鐵崖山中，繞樓植梅百株，聚書數萬卷，去其梯，俾誦讀樓上者五年」，他的學問，固然植基於此，恐怕他的癖性也與此種環境有關。本傳中又稱其「酒酣以往，筆墨橫飛，或戴華陽巾，披羽衣，坐船屋上吹鐵笛，作《梅花弄》，或呼侍兒歌《白雪》之辭，自倚鳳琶和之，賓客皆蹁躚起舞，以爲神仙中人。」在此節中所描寫的鐵崖，狂態可掬，可是這種性格最不適於抗塵走俗，所以《明史》又稱其「狷直忤物，十年不調」。以他這般不諧於俗的人而主張性靈，當然不會偏於平易淺俗的。不但如此，以他這樣誦讀樓上五年的結果，所培養的適足爲其作風高古之資。於是無形中於性靈說上又塗澤一些格調的色彩。前後七子所受「鐵崖體」的影響或在此。

於是，請讀楊氏之《趙氏詩錄序》：

> 評詩之品無異人品也。人有面目骨骼，有性情神氣；詩之醜好高下亦然。《風雅》而降爲《騷》，而降爲十九首，十九首而降爲陶、杜，爲二李，其情性不野，神氣不羣，故其骨骼不庳，面目不鄙。嘻！此詩之品，在後無尚也。下是爲齊、梁，爲晚唐、季宋，其面目日鄙，骨骼日庳，其情性神氣可知也。嘻！學詩於晚唐、季宋，而欲上下陶、杜、二李以薄乎《騷》《雅》，亦落落乎其難哉！然詩之情性神氣古今無間也。得古之情性神氣，則古之詩在也。然而面目未識而〔謂〕（當脫謂字）得其骨骼妄矣，骨骼未得而謂得其情性妄矣，情性未得而謂得其神氣益妄矣。（《東維子文集》七）

在此文中很可看出由性靈以進爲格調的意義。詩固不可無情性，然而情性不能離面目骨骼，所以性靈原不與格調相衝突。又情性有高下，欲求其情性之高，不得不取法於古，不得不取法於古人之高格，所以性靈又不能離格調。他一方面說：「宗杜要隨其人之資，其資甚似杜者，故其爲詩不似之者或寡矣。」（見《李仲虞詩序》）他一方面卻又因杜詩品格之高，所以不欲學晚唐季宋之詩。雙管齊下，於是所謂性靈與格調，遂兼攝在所謂鐵崖體之中。他的《古樂府》即是在此種主張下以產生的。宋濂所撰《楊氏墓誌銘》云：「君遂大肆於文辭，非先秦兩漢弗之學。久與俱化，見諸論撰，如睹商敦周彝，雲雷成文，而寒芒橫逸，奪人目睛。其於詩尤號名家，震盪淩厲，駸駸將逼盛唐。」貝瓊所撰《鐵崖先生大全集序》云：「先生嘗病國朝承宋以來，政龐文抏，而未有能振起之者。務鏟一代之陋，歸於渾厚雄健，故其所著，卓然成一家言。」（見《清江集》十一）此種傾向又與前後七子有什麼分別！

所以我說，前後七子與公安派都是「鐵崖體」的變相。

◎五一　宋濂之文論◎

宋濂，字景濂，浦江人。他是明初學者，又是開國名臣，所以他在明代文學史或文學批評史上的地位，頗爲重要。

明代的文學與文學批評，有復古與啓新二種潮流，宋濂便是明代復古潮流中的代表。而在明代的復古潮流中，又有學者主持之復古，與文人主持之復古，宋濂則屬於前一種的復古。至文人主持之復古，再有秦漢與唐宋之分，但無論宗秦漢或宗唐宋，要之都重在文章形貌的方面。惟學者主持之復古，則文以唐宋爲歸，學以義理爲宗，形式之外兼及內容，所以古文家推尊宋濂，理學家也推尊宋濂，總之由正統派的眼光看來，宋濂成爲值得推尊的中心。

宋濂文論也確有值得推崇的理由。他可以說是集以前正統派的大成，使古文道學合而爲一，所以能有兼收並蓄的現象。現在，就其學統而言也可看出此關係。他是金華人，不能不受金華學風的影響。《宋元學案》說：「金華之學，自白雲（許謙）一輩而下，多流而爲文人。夫文與道不相離，文顯而道薄耳，雖然，道之不亡也，猶幸有斯。」（卷八十二論宋潛溪學）所以由金華學風而言，宋氏當然可以古文名世。

者。

這樣，宋濂在明初是極重要的文學家，同時也是比較重要的思想家。以他這樣的學統關係，而又逢到元運告終，政治上起了一大變動，復古思想當然趁此機會勃發起來。時勢造英雄，他便因此成為時代思想的代表者。

但是，他雖是時代思想的代表者，而論他的成就在思想方面並沒有什麼特殊的建立。他可謂是思想的繼承者，而不是思想的開創者。他的重要，不過與後來文人所主持之復古潮流，有些不同而已。他於《贈梁建中序》中分文人為三級：「其文之明由其德之立；其德之立宏深而正大，則其見於言自然光明而俊偉，此上焉者之事也。優柔於藝文之場，饜飫於今古之家，搴英而咀華，溯本而探源，其近道者則而效之，其害教者闢而絕之，俟心與理涵，行與心一，然後筆之於書無非以明道為務，此中焉者之事也。其閱書也搜文而摘句，其執筆也厭常而務新，晝夜孜孜，日以學文為事，……此下焉者之事也。」他再說：「上焉者吾不可得而見之，得見中焉者斯可矣。」他再說：「余自十七八時，輒以古文辭為事，自以為有得也；至三十時頓覺用心之殊，微悔之，及逾四十，輒大悔之。然如猩猩之嗜屐，雖深自懲戒，時復一踐之。五十以後，非惟悔之，輒大愧之，非惟愧之，輒大恨之。自以為七尺之軀，參於三才，而與周公仲尼同一恒性，乃溺於文辭，流蕩忘返，不知老之將至，其可乎哉。自此焚毀筆硯，而遊心於沂泗之濱矣。」（《宋學士全集》九）所以他是想從「中焉者」以進到「上焉者」的文人。因此，他雖與僅僅以學文為事的文人不同，但終究只成為文人而不成為思想家。

同時，也正因他不是思想家，所以沒有道學家的偏執。朱、陸之辯，陳、朱之爭，在他以為都不成問題。蓋他所謂道，是廣義的道，不限於道學家所探討的道。自道學成立以後，儒家之道演化為二途；一重實際，一重理論。重實際的偏於應用，成為政治家的見解；重理論的偏於思索，成為道學家的哲學。前者以社會為對象，所講的乃是治人之道；後者以一己為對象，所體會的常在身心幾微之間而成為修己之道。因此，同樣的講儒家之道而宗旨意趣各不相同。宋濂《送翁好古教授廣州序》云：「今我聖明一遵三代爲治，初入小學習以禮樂射數，及升大學則明修己治人之道。」(《宋學士全集》八)可知他所謂道，本是兼此兩方面的，所以我們稱他爲道的繼承者。

他所謂道，既是廣義的道，故所謂文也是廣義的文。其《訥齋集序》云：

凡天地間青與赤謂之文，以其兩色相交，彪炳蔚耀，秩然而可睹也。故事之有倫有脊，錯綜而成章者，皆名之以文。……斯文也，非指夫辭章而已也。(《宋學士全集》十八)

此外，如曾助教文集序稱：「天地之間萬物有條理而弗紊者莫非文，而三綱九法，尤爲文之著者。」(《宋學士全集》七)如《文原》上篇稱：「凡有關民用及一切彌綸範圍之具，悉囿乎文。」(《宋學士全集》二十五)都是這些意思。蓋他所謂「文」，即是自然現象間有條理而弗紊的物；後來取法乎此，以成有條理而弗紊的事；再後來，事爲既著，於是再記載之以有條理而弗紊的文，然後可以行遠。所以辭翰之文乃是後起之事而非爲文之本。爲文之本，即在這些三綱九法上面，所以他再說：「傳有之，三代無文人，六經無文法。無文人者動作威儀人皆成文；無文法者，物理即文。而非法之可拘也。」(《曾助教文集序》)

因此，他的復古旨趣，是想於古人之辭，以窺古人之事，則文非虛設；再於古人之事以窺古人之學，則道亦非空談。他在《師古齋箴》中說：「所謂古者何？古之書也，古之道也，古之心也。道存諸心，心之言，形諸書，日誦之，日履之，與之俱化，無間古今也。若曰專溺辭章之間，上法周虞，下蹴唐宋，美則美矣，豈師古者乎？」(《宋學士全集》十五)據是，可知他所謂古，有道有文。由道與文，以進窺古人之心，於是所謂「聖賢之精微常流行於事物」者亦可得而見。正因他這樣復古，故其學雖不如宋儒所見之精，卻比宋儒所見爲大。

論道，論文，他覺得都是後人提出的問題。他直溯往古，而欲綜合這一些無謂的分別與爭論，於是他只提出宗經。宗經，則道在是，文在是，學亦在是，事功亦在是，他有這樣偉大的魄力，當然不暇精究性理之微。我稱他是道的繼承者，而不是思想的開創者，也並不爲貶辭。

論到此，有三篇文辭很重要：一篇是《經畬堂記》（《宋學士全集》二），一篇是《六經論》（《宋學士全集》二十八），一篇是《浦陽人物記》的《文學篇序》。他以爲經中有心學，有理學。《六經論》中說：「六經皆心學也，心中之理無不具，故六經之言無不該，六經所以筆吾心之理者也。……人無二心，六經無二理，因心有是理，故經有是言。」這樣一說，於是因經的關係打通了朱陸之異。他又以爲經中有義理，有事功。《經畬堂記》說：「有漢以降，聖賢不作，異說滋橫，凡外夷小道，以及星曆、地理、占卜、醫養、種樹、養馬、詭誕淺近之言，皆以經名，千餘年間，時益歲加，書之以經名者，布乎四海之內。學者眩於其名趣而陷溺焉者甚衆，而五經孔孟之道晦矣。然非彼之過也；學五經孔、孟者不能明其道，見諸事功故也。夫五經孔、孟之言，唐虞三代治天下之成效存焉。其君：堯、舜、禹、湯、文、武；其臣：皐、夔、益、契、伊、傅、周公；其具：道德、仁義、禮樂、封建、井田；小用之則小治，大施之則大治，豈止浮辭而已乎。」這樣一說，於是又因經的關係溝通了陳朱之爭。他再以爲經中有文有道。《文學篇序》說：「文學之事自古及今，以之自任者衆矣，然當以聖人之文爲宗。……天地之間，至大至剛，而吾籍之以生者，非氣也耶？必能養之而後道明，道明而後氣充，氣充而後文雄，文雄而後追配乎聖經，不若是，不足謂之文也。」這樣一說，於是又因經的關係泯除了洛蜀的界限。

如上所述，宋濂的復古理論是這樣：古之所以當復與古之所以可復，即因以往的傳統的唯心思想有所謂

「心同理同」，有所謂「天不變，道亦不變」之說。「六經皆心學也」，「經有顯晦，心無古今，天下豈無豪傑之士，以心感心於千載之上者哉！」這是他《六經說》中的話，也即是他所以要師古之心的理由。文章以經爲宗，即所謂師古之書；經中有道，故又須師古之道；再窮究下去，道基於心，於是要師古之心。能師古聖之心，才可以發展開去，見之於事功，發之爲文章。故由聖作言，則基於心以見道，本於道以爲經；由學者言，則必由經以窺道，由道以師心。這是他以文爲中心而建立的復古理論，傳統的集成的復古理論。

本於這種復古理論，所以他對於古文家所注意的才與氣的問題，也都成爲道學家的見解。其論才說：

……有一人之人，有十人之人，有百人之人，有千萬人之人，有億兆人之人，其賦受有不齊，故其著見亦不一而足。所謂億兆人之人，聖人是也；千萬人之人，賢人是也，百十人之人，衆人是也。衆人之文不足論。賢人之文，則措之一鄉而準，措之一國而準，措之四海而準。聖人之文則斡天地之心，宰陰陽之權，掇五行之精，無巨弗涵，無微弗攝。雷霆有時而藏，而其文弗息也；風雲有時而收，而其文弗停也。日月有時而蝕，而其文弗晦也；山崖有時而崩，而其文弗變也。其博大偉碩，有如此者！而其運量則不越乎倫品之間。蓋其所稟者盛，故發之必弘；所予者周，故該之必備。嗚呼，此豈非體大而用宏者歟？（《宋學士全集》七，《靈隱大師復公文集序》）

說來說去，歸結到聖人之文由於有聖人之才，那麼，還是心和理的問題。

論氣，莫詳於《文原》下篇，而他於《蘇平仲文集序》亦發其義。他說：

古之爲文者未嘗相師，鬱積於中，攄之於外，而自然成文，其道明也，其事核也，引而伸之，浩然而有餘，豈必竊取辭語以爲工哉。自秦以下，莫盛於宋，宋之文莫盛於蘇氏。若文公之變化傀偉，文忠公之雄邁奔放，文定公之汪洋秀傑，載籍以來，不可多遇，其初亦奚暇追琢飾繪以爲言乎？卒至於斯極而不可掩者，其所養可知也。近世道漓氣弱，文之不振已甚，樂恣肆者失之駁而不醇，好摹擬者拘於局而不暢，合喙比聲，不得稍自凌厲以震盪人之耳目。譬猶敝帚漏卮，雖家畜而人有之，其視魯弓郜鼎亦已遠矣。每讀三公之文未嘗不太息也。

此文所論，以三蘇爲標準，也即因論文言氣與論文言道本不相衝突。宋孝宗爲《東坡文集贊序》即說過：「成一代之文章，必能立天下之大節；立天下之大節，非其氣足以高天下者未之能焉。……蓋存之於身謂之氣，見之於事謂之節。節也，氣也，合而言之，道也。以是成文，剛而無餒，故能參天地之化，關盛衰之運。」這樣言氣，仍與道合。而宋氏所論，正與宋孝宗所言爲近。《文原》下云：「爲文必在養氣。氣與天地同，苟能充之，則可配序三靈，管攝萬匯。不然，則一介之小夫爾。……氣得其養，無所不周，無所不極也。攬而爲文，無所不參，無所不包也。……嗚呼，斯文也，聖人得之則傳之萬世爲經；賢者得之則放諸四海而準。輔相天地而不過，昭明日月而不忒，調燮四時而無愆，此豈非文之至者乎？」（《宋學士全集》二十五）那麼，他所謂氣，仍是上文不欲心氣失養的意思。所以宋氏論氣，仍可視爲道學家的意見。

這種見解，只有他的弟子方孝孺還加以發揮。方氏死後，一般人就只重在形式上的復古了。

◎五二　明初之詩論◎

欲論前後七子之詩論，不可不先述七子以前之詩壇，從明初講起。明初道學家之詩論，如宋濂、如方孝孺，都是根本否定詩人之詩的。宋濂《題許先生古詩後序》說：「詩文本出於一源，……沿及後世，其道愈降，至有儒者詩人之分。自此說一行，仁義道德之辭遂爲詩家大禁，而風花煙鳥之章，留連於海內矣，不亦悲夫！」（《宋學士全集》十二）他根本否定了詩人之詩。方孝孺《劉氏詩序》說：「近世之詩，大異於古，工興趣者超乎形器之外，其弊至於華而不實；務奇巧者窘乎聲律之中，其弊至於拘而無味。或以簡淡爲高，或以繁艷爲美，要之皆非也。」（《遜志齋集》十二）他又根本否認了詩人所定的標格。又其《答張廷璧書》云：「後世之作者，較奇麗之辭於毫末，自謂超乎形器之表矣，而淺陋浮薄，非果能爲奇也。稚子刻雪以爲娛目之具，當其前陳，非不可喜，徐而察之，蕩乎無有，尚焉取其爲奇也哉？」（《遜志齋集》十一）他又根本否認了有所謂作詩之技巧。這種論調好似和前後七子的詩論沒有什麼關係，但是正因他們看不起後世之詩，所以無意中就提出了師古而不師心的主張。宋濂《答章秀才論詩書》（《宋學士全集》二十八）就是這種意見。既要師古，於是辨別諸家之音節體制也就成爲不可缺少的條件。所以宋氏《劉兵部詩集序》又說：「才稱矣，非加稽古之功，審諸家之音節體制不能有以究其施。」（《宋學士全集》六）那麼和前後七子的詩論，也就多少有些關係了。

至於明初詩人之詩論，則更值得重視。貝瓊是明初最早的詩人，他雖學詩於楊維楨，而作風與主張均和「鐵崖體」不盡同。《四庫總目》稱瓊學維楨所長，不學其所短，也說得很對。大抵貝氏論詩，仍主唐音。其《乾坤清氣序》謂：「詩盛於唐，尚矣！盛唐之詩稱李太白杜少陵而止，乾坤清氣常靳於人，二子得所靳而形之詩」（《清江集》一），已經可以看出他宗唐的傾向了。大抵推尊盛唐，標舉李、杜，原是明初詩壇共同的風氣。閩中十子，南園五子，尤足以爲這方面的代表。貝氏在《乾坤清氣序》中雖說：「宋詩推蘇、黃，去李、杜爲近，逮宋季而無詩矣」，似乎還沒有貶薄宋詩的意思，但於《隴上白雲詩稿序》中列舉元代詩家以爲「金春玉應，駸駸然有李、杜之氣骨，而熙寧、元豐諸家爲不足法矣」（《清江集》二十九），則顯然有輕視宋詩之意了。此種見解，差不多支配了明代整個的詩壇。

高啓，字季迪，長洲人。《四庫總目》之論高氏詩，稱其「天才高逸，……擬漢魏似漢魏，擬六朝似六朝，擬唐似唐，擬宋似宋，凡古人之所長無不兼之，……然未能熔鑄變化自爲一家，……特其摹仿古調之中自有精神意象存乎其間。」這話也很對。明初詩壇風氣，本來重在擬古，所以高氏亦未能自外，不過因爲他才情較富，所以比之當時林鴻，後來李何都能勝一格罷了。高氏之詩論云：「詩之要有(三)（當脫三字），曰格，曰意，曰趣而已。格以辨其體，意以達其情，趣以臻其妙也。體不辨則入於邪陋，而師古之義乖；情不達則墮於浮虛，而感人之實淺；妙不臻則流於凡近，而超俗之風微。」（《鳧藻集》二，《獨庵集序》）據此所言，可知其論詩不局於一端，不拘於一格。「格以辨其體」，故能摹仿古調；「意以達其情，趣以臻其妙」，故於摹仿古調之中有自己的精神意象。周傳爲《謝晋蘭庭集序》論及高氏詩，稱其「言選則入於漢魏，言律則入於唐，音響調格宛然相合，而意趣或有過之」（《蘭庭集》卷首），這即因格調性靈同時兼顧之故。後來李、何，李、王與公安竟陵，互相水火，即因各據一端，不能全備詩道，於是成爲牴牾而不相容了。他則不欲如此，故以多師爲師。他於《獨庵集序》中再說：「淵明之善曠，而不可以頌朝廷之光；長吉之工奇，而不足以詠丘園之致；皆未得其全也。故必兼師衆長，隨事摹擬，待其時至心融，渾然自成，始可以名大方，而免夫偏執之弊矣。」這也是後來前後七子的見解，不過前後七子，心胸較狹，宗主單純，不免有譽此詆彼之習，而且僅事摹擬，不曾做到「時至心融，渾然自成」的境地，所以又有生吞活剝之誚。

高棅，字彥恢，後名廷禮，長樂人，所著有《嘯臺集》二十卷，《木天清氣集》十四卷。當時，閩中詩派以林鴻爲領袖。鴻爲詩宗法唐人，尤主盛唐。而爲之羽翼者，有鄭定高棅諸人，時稱十才子。所以高氏論詩亦主盛唐。其所選《唐詩品彙》一書，尤爲後來主格調或神韻說者之所宗。王漁洋《香祖筆記》稱：「宋、元論唐詩，不甚分初、盛、中、晚，故《三體鼓吹》等集，率詳中、晚而略初、盛，覽之憒憒。楊仲宏唐音始稍區別，有正音，有餘響，然猶未暢其說，間有舛謬。迨高廷禮《品彙》出，而所謂正始正宗，大家名家，羽翼接武，正變餘響，皆井然矣。」是則後來初、盛、中、晚分期之確定，與盛唐詩風格之推崇，全出於高氏此選之提創。

高氏《品彙》自序謂：「今試以數十百篇之詩，隱其姓名，以示學者，需要識得何者爲初唐，何者爲盛唐，何者爲中唐，爲晚唐」，是則高氏之於唐詩，仍是滄浪善觀氣象的本領。後來七子論詩之態度與方法，也全出於高氏。所以錢牧齋因反對七子之故，兼訾滄浪，而亦及於高氏此選。實則高氏序中本已說過：略而言之，則有初唐、盛唐、中唐、晚唐之不同，詳而分之，更有各種分別。那麼初、盛、中、晚，原只就大概的趨勢言耳，何嘗教人拘泥著看。他說：

> 貞觀、永徽之時，虞、魏諸公，稍離舊習，王、楊、盧、駱，因加美麗，劉希夷有閨帷之作，上官儀有婉媚之體，此初唐之始制也。神龍以還，洎開元初，陳子昂古風雅正，李巨山文章宿老，沈、宋之新聲，蘇、張之大手筆，此初唐之漸盛也。開元、天寶間，則有李翰林之飄逸，杜工部之沈鬱，孟襄陽之清雅，王右丞之精致，儲光羲之眞率，王昌齡之聲俊，高適、岑參之悲壯，李頎、常建之超凡，此盛唐之盛者也。大曆、貞元中，則有韋蘇州之雅淡，劉隨州之閒曠，錢郎之清贍，皇甫之沖秀，秦公緒之山林，李

從一之臺閣，此中唐之再盛也。下暨元和之際，則有柳愚溪之超然復古，韓昌黎之博大其詞，張、王樂府得其故實，元、白序事務在分明，與夫李賀、盧仝之鬼怪，孟郊、賈島之飢寒，此晚唐之變也。降而開成以後，則有杜牧之豪縱，溫飛卿之綺靡，李義山之隱僻，許用晦之偶對，他若劉滄、馬戴、李頻、李羣玉輩，尚能黽勉氣格，將邁時流，此晚唐變態之極，而遺風餘韻猶有存者焉。

是則每一時代中有沿襲與轉變之分，有溯源與逐流之別，而個人性格，又形成種種不同之風格。諸種分別，原自存在，其所以概以初、盛、中、晚標而舉之者，不過使其大概趨勢易於認識而已。此種方法未嘗無用，正如他所說的：「誠使吟詠情性之士，觀詩以求其人，因人以知其時，以辨其文章之高下，詞氣之盛衰，本乎始以達其終，審其變而歸於正，則優游敦厚之教，未必無小補云。」所以我以為若用文學史的眼光以讀此選，則高氏之論雖有毛病，尚不失為一家之言。若以建立宗派的眼光以讀此選，則誠不免有流弊。高氏於李白諸卷之小序，有「使學者入門立志，取正於斯」之語，似欲以一家之心胸，範圍後人之耳目，那麼當然要為後人所詬病了。

◎五三　茶陵詩派◎

宋、方以後，前後七子以前，其論詩論文足為七子先聲者，即是所謂「茶陵派」。

「茶陵派」以李東陽為領袖。東陽所長在於論詩，至東陽弟子如邵寶諸人始有宗主先秦古文之說。因此，在論述「茶陵派」時亦不妨分別詩文兩方面來講。

東陽，字賓之，號西涯，茶陵人，所著有《懷麓堂集》。集中《詩話》一卷，也有一些重要的理論。《四庫總目提要》之論《懷麓堂詩話》，稱：「李、何未出以前，東陽實以臺閣耆宿，主持文柄，其論詩主於法度音調，而極論剽竊摹擬之非，當時奉以爲宗。至何、李既出，始變其體，然贋古之病，適中其所詆訶，故後人多抑彼而伸此。」其所謂後人，當即指錢謙益一流人。錢氏《初學集》八十三卷有《題懷麓堂詩鈔》一文謂：明詩凡三變，由弱病爲狂病，由狂病而爲鬼病，惟西涯文足以蕩治之云云，當即是所謂抑彼伸此之例了。然我們於此，須知李、何之於西涯，有頗不同之處，也有頗相近之處。由其不同之處言，則抑彼伸此，誠足以蕩治當時詩風之流弊。由其相近之處言，則後來李夢陽雖頗詆李東陽，然淵源所自，原不可誣。王元美云：「東陽之於李、何，猶陳涉之啓漢高也。」公論自在人心，即李、何一派的人，猶且不能不承認這種情形。王士禎《池北偶談》卷十四稱：「海鹽徐豐厓《詩談》云：『本朝詩莫盛國初，莫衰宣正，至弘治，西涯唱之，空同、大復繼之，自是作者森起，於今爲烈。』當時前輩之論如此。蓋空同、大復皆及西涯之門，虞山撰《列朝詩選》，乃力分左右袒，長沙何李，界若鴻溝，後生小子竟不知源流所自，誤後學不淺。」是漁洋也不以錢氏之說爲然。

大抵西涯論詩，還有些近於道學家的見解。如云：「言之成章爲文，文之成聲者則爲詩，詩與文同謂之言，亦各有體而不相亂。」（《懷麓堂集文後稿》四，《匏翁家藏集序》）如云：「夫詩者，人之志興存焉。故觀俗之美者與人之賢者，必於詩。今之爲詩者亦或牽綴刻削，反有失其志之正，信乎有德者必有言，有言者不必有德也。」（《懷麓堂集文稿》二，《王城山人詩集序》）這些話都與宋濂、方孝孺之言爲近。自此種理論推之，當然不會主張摹擬剽竊，而與李、何一流人之以詩爲事者也當然不同。

然而西涯與宋、方之詩論，畢竟有分別。最重要的，在他認識詩文各有體而不相亂，所以他不會同宋、方這樣以論文的見解去論詩。他曾分別詩文之體制云：

夫文者言之成章，而詩又其成聲者也。章之爲用，貴乎紀述鋪敍，發揮而藻飾，操縱開闔，惟所欲爲，而必有一定之準。若歌吟詠嘆，流通動盪之用，則存乎聲，而高下長短之節，亦截乎不可亂。雖律之與度未始不通，而其規制則判而不合。及乎考得失，施勸戒，用於天下則各有所宜，而不可偏廢。古之六經，《易》、《書》、《春秋》、《禮》、《樂》皆文也，惟《風》、《雅》、《頌》則謂之詩，今其爲體固在也。近代之詩，李、杜爲極，而用之於文或有未備。韓、歐之文亦可謂至矣，而詩之用，議者猶有憾焉。況其下者哉。（《懷麓堂集文後稿》三，《春雨堂稿序》）

詩文之體既別，所以他再說：「故有長於紀述，短於吟諷，終其身而不能變者，其難如此，而或庸言諺語，老婦稚子之所通解，以爲絕妙，又若易然。」（《懷麓堂集文稿》五，《滄洲詩集序》）他是眞能在詩之體制上去認識詩，而同時即用詩之標準以論詩，所以又不落於學者或文人的見解。

正因這樣，於是他一方面又開了李、何之詩論。他怎樣在詩之體制上以認識詩呢？他指出兩條途徑，他說：「詩必有具眼，亦必有具耳。眼主格，耳主聲。聞琴斷知爲第幾弦，此具耳也。月下隔窗辨五色線，此具眼也。」（《懷麓堂詩話》）所謂具眼具耳，即是他所謂識。所以述他論詩之識，應當著眼在格與聲兩方面；而李、何詩論之淵源，也應在這兩方面看出其關係。

由聲言，他以爲詩文之分別，即在聲律諷詠的關係。他說：

蓋其所謂有異於文者，以其有聲律諷詠，能使人反覆諷詠以暢達情思，感發志氣，取類於鳥獸草木之微，而有益於名教政事之大，必其識足以知其突奧，而才足以發之，然後爲得。及天機物理之相感觸，則

有不煩繩墨而合者。(《滄洲詩集序》)

從聲律諷詠方面以認識詩之性質,即是他的重要理論。《詩話》中即本滄浪所謂辨別體制的方法,從聲律諷詠方面加以闡說,再補充一些聲樂的關係。他說:

> 詩在六經中別是一教,蓋六藝中之樂也。樂始於詩,終於律。人聲和則樂聲和,又取其聲之和者以陶寫情性,感發志意,動盪血脈,流通精神,有至於手舞足蹈而不自覺者。後世詩與樂判而爲二,雖有格律而無音韻,是不過爲俳偶之文而已。使徒以文而已也,則詩之教何必以詩律爲哉。觀《樂記》論樂聲處,便識得詩法。
>
> 古律詩各有音節,然皆限於字數,求之不難。惟樂府長短句初無定數,最難調疊,然亦有自然之聲。古所謂聲依詠者,謂有長短之節,非徒詠也。故隨其長短皆可以播之律呂,而其太長太短之無節者,則不足以爲樂。
>
> 陳公文論詩專取聲,最得要領。潘楨應昌嘗謂予詩宮聲也。予訝而問之。潘言其父受於鄉先輩曰,詩有五聲,全備者少,惟得宮聲者爲最優,蓋可以兼衆聲也。李太白、杜子美之詩爲宮,韓退之之詩爲角,以此例之,雖百家可知也。予初欲求聲於詩,不過心口相語,然不敢以示人,聞潘言始自信,以爲昔人先得我心,天下之理出於自然者固不約而同也。(均見《詩話》)

由聲樂之關係以論詩之音調,那便與滄浪不盡同。滄浪所論於詩之風格,而西涯所論,則重在詩之抑揚抗墜之處，所以滄浪之推尊李杜，在其氣象，而西涯之推尊杜甫，在其音節之變化。《詩話》中說：

長篇中須有節奏，有操有縱，有正有變，若平鋪穩布，雖多無益。唐詩類有委曲可喜之處，惟杜子美頓挫起伏，變化不測，可駭可愕，蓋其音響與格律正相稱，回視諸作皆在下風。然學者不先得唐調，未可遽爲杜學也。

五七言古詩，仄韻者上句末字類用平聲，惟杜子美多用仄，如《玉華宮》、《哀江頭》諸作，概亦可見。其音調起伏頓挫，獨爲矯健以別出一格。回視純用平字者，便覺萎弱無生氣。自後則韓退之、蘇子瞻有之，故亦健於諸作。此雖細故末節，蓋舉世歷代而不之覺也。偶一啓鑰，爲知音者道之。若用此太多，過於生硬，則又矯枉之失，不可不戒也。

古詩與律不同體，必各用其體乃爲合格，然律猶可間出古意，古不可涉律調。

他能在這種「細故末節」上注意，便是發滄浪之所未發。後來王士禛趙執信諸人之論古詩聲調，恐即受此啓示。

這雖是西涯論詩之特長，然而西涯之論聲，亦有同於滄浪之處。蓋他所謂聲與格，本不可截然分開。假使把聲與格混合言之，那便近於滄浪之所謂「氣象」了。他於《懷麓堂詩話》中說：

今之歌詩者，其聲調有輕重、清濁、長短、高下、緩急之異，聽之者不問而知其爲吳、爲越也。漢以上古詩弗論；所謂律者，非獨字數之同，而凡聲之平仄，亦無不同也。然其調之爲唐、爲宋、爲元者，亦較然明甚。此何故耶？大匠能與人以規矩，不能使人巧。律者，規矩之謂，而其爲調，則有巧存焉。苟非心領神會，自有所得，雖日提耳而教之，無益也。

漢、魏、六朝、唐、宋、元詩，各自爲體。譬之方言，秦、晋、吴、越、閩、楚之類，分疆劃地，音殊調別，彼此不相入。

他所謂調之爲唐、爲宋、爲元，即氣象之殊；他所謂漢、魏、六朝、唐、宋、元詩各自爲體，也即氣象之殊。一時代有一時代的文學，也就一時代有一時代的風格。於是音殊調別，而聲的問題，遂轉移爲格的問題了。由格言，他也受一些滄浪的影響。《詩話》中說：「六朝、宋、元詩，就其佳者亦各有興致，但非本色，只是禪家所謂小乘，道家所謂尸解仙耳。」又說：「宋詩深去唐卻遠，元詩淺去唐卻近。顧元不可爲法，所謂取法乎中，僅得其下耳。」這即是滄浪的說法；而後來李、何之摹擬唐音也正受其啓示。在這方面，與他的論「聲」一樣，出於滄浪而不同於滄浪，即因他能注意小問題，著眼在細故末節的緣故。《詩話》中說：

詩用實字易，用虛字難。盛唐人善用虛字，其開合呼喚，悠揚委曲，皆在於此。用之不善，則柔弱緩散，不復可振，亦當深戒。

唐律多於聯上著工夫，如雍陶《白鷺》，鄭谷《鷓鴣》詩二聯，皆學究之高者。至於起結，即不成語矣。如杜子美《白鷹》起句，錢起《湘靈鼓瑟》結句，若奏金石以破蟋蟀之鳴，豈易得哉。

人但知律詩起結之難，而不知轉語之難，第五第七句，尤宜著力。如許渾詩，前聯是景，後聯又說，殊乏意致耳。

他因格的問題於是注意到用字，注意到起結，注意到承轉，眞可謂細故末節了。此種細故末節，不可泥亦不可廢。他說：「律詩起承轉合不爲無法，但不可泥。泥於法而爲之，則撐柱對待，四方八角，無圓活生動之意。然必待法度既定，從容閒習之餘，或溢而爲波，或變而爲奇，乃有自然之妙。」（《詩話》）所以細故末節雖不可廢，仍欲其溢而爲波，變而爲奇，使有圓活生動之意乃佳。他由聲講到律，由格講到法，可以說得玄妙，也可以說得入細。因此，他所謂欲得盛唐內法手，點化當時詩人者，即與滄浪之空言宗盛唐不同。

由上述二點言，可知李、何詩論可以淵源西涯，而終究與西涯不同。蓋其淵源西涯者，只在聲與格的問題，都出《滄浪詩話》的關係；而如西涯這般講聲與格，即與李、何不一樣：李、何抽象而西涯具體，李、何言輪廓而西涯入細。因此，李、何宗主可以單純，而西涯則不主一格，所以西涯之詩論中可以包括李、何，而李、何之詩論中不能包括西涯。

西涯既不主一格，所以也不主摹擬。他說：

> 今之爲詩者能軼宋窺唐已爲極致。兩漢之體已不復講，而或者又曰，必爲唐，必爲宋，規規焉俯首縮步，至不敢易一辭出一語，縱使似之，亦不足貴矣；況未必似乎。說者謂詩有別才非關乎書，詩有別趣非關乎理，然非讀書之多，識理之至，則不能作。必博學以聚乎理，取物以廣夫才，而比之以聲韻，和之以節奏，則其爲辭，高可諷，長可詠，近可以述，而遠則可以傳矣。豈必模某家，效某代，然後謂之詩哉。
>
> （《懷麓堂集文稿》八，《鏡川先生詩集序》）

他只是在聲調格律中間指出比較具體的方法，並不於聲調格律中以第一義詔人而强人服從，這即他勝於滄浪的地方。他於《詩話》中很不贊成林子羽《鳴盛集》之學唐，與袁凱《在野集》之學杜，因其並無流出肺腑，卓爾有立之處。這即是以第一義詔人的病痛所在。我們不能說西涯論詩不宗唐，不主杜，但是假使說西涯論詩只在宗唐主杜，那就大誤。他因不主一格，故於李、杜之外兼取王、孟，而詩論遂重在淡遠。他說：「王詩豐縟而不華靡，孟卻專心古澹而悠遠深厚」又說：「詩貴意，意貴遠不貴近，貴淡不貴濃。」（均見《詩話》）這即是王漁洋神韻說之所自出。漁洋作風之變七子或即受此種論調的暗示。又他既不主一格，自然又不屬於第一義之詩。他說：「漢、魏以前詩格簡古，世間一切細事長語皆著不得，其勢必久而漸窮。賴杜詩一出，乃稍爲開擴，庶幾可盡天下之情事。韓一衍之，蘇再衍之，於是情與事無不可盡，而其爲格亦漸粗矣。然非具宏才博學，逢泉而泛應，誰與開後學之路哉！」（《詩話》）這又與「公安派」之論調相似，而爲後來錢牧齋之所宗。牧齋之反七子，其理論即建築在此種基礎上的。

自李東陽主持文場以後，獎掖後進，推挽才秀，一時出其門者甚衆，天下稱之爲「茶陵詩派」。「茶陵詩派」之於詩文，前變臺閣體嘽緩冗沓之習，而後啓七子句摹字竊，矜才使氣之風。詩的方面已如前述，文的方面，又以邵寶、何孟春之論調爲其轉變之樞紐。

邵寶，字國賢，無錫人，學者稱二泉先生，有《容春堂集》。浦瑾序其《容春堂前集》述邵氏論詩文之語云：「瑾晚末無似，辱公寵而教之。嘗從容問公曰：『文將安師？』曰：『師今之名天下者；無以，則先進乎？無以，則古之人乎？』曰：『先進而上宋，古乎？』曰：『有唐，有東西漢者在。』『唐兩漢古乎？』曰：『有先秦古文在。』『古至先秦至已乎？』曰：『庶乎其亦古也已。』曰：『將不有六經在？』曰：『六經尚已，夫學文而曰必且爲六經，吾則不敢也。』」可知他雖不以六經爲文的最高標準，與宋濂方孝孺等學者畢竟有些出入，然而逆推而歸於古，則正是七子復古之先聲。

何孟春，字子元，郴州人，有《燕泉集》，《餘冬敍錄》諸書。陳田《明詩紀事》「稱子元及西涯之門，觀所著《餘冬敍錄》，於西涯詩話諸論娓娓不倦，並夢中亦讀《西涯詩稿》」（丁籤卷六），所以何氏也是茶陵派的人物。

《餘冬敍錄》之《論詩文》稱：「六經之文不可尚已！後世言文者至西漢而止，言詩者至魏而止。何也？後世文趨對偶而文不古，詩拘聲律而詩不古也。文不古而有宮體焉，文益病矣。詩不古而有崑體焉，詩益病矣。復古之作，是有望於大家。」（卷五十）此種見解亦與邵寶相同。可知風氣之轉變，原非一朝一夕之故。

稍後，與李夢陽同時，而以理學著名之崔銑，也是這般見解。銑字子鍾，安陽人，有《洹詞》十二卷。崔氏之學，以程朱爲的，力排象山、陽明爲異說，甚至詆陽明爲霸儒，謂其不當捨良能而談良知，所以爲道學中之正統派。他的學問，由道言之則宗程、朱；由文言之則宗秦、漢。一般道學家之論文，每推崇韓、歐，而宗主唐、宋的古文家又多尙理學。獨有他，則言道宗程、朱，爲文宗秦、漢。這不能不說是受時代的影響了。

他論明以來詩文流派云：

洪武文臣，皆元材也。永樂而後，乃可得而稱數。方天臺辭若蘇氏，言必周、孔，大哉志乎？東里入閣司文，既專且久，詩法唐，文法歐，依之者效之。弘治中南城羅玘，思振頹靡，獨師韓文，其艱思奇句偉哉！武功康海，好馬遷之史，入對大廷，文制古辯，元老宿儒，見而驚服。其時北郡李夢陽、信陽何景明，協表師法，曰漢無騷，唐無賦，宋無詩，二子抗節遐舉，故能成章。李之雄厚，何之逸爽，學者尊如李、杜焉。

則知其宗主秦、漢，完全是受時風之所轉移。爲文既宗秦、漢，而又推崇程、朱，所以他又站在道學的立場以反對唐、宋古文。他說：

崔子曰，昌黎氏約六經之旨爲文，析理陳事，昭晰不蒙，誠哉貫道之器。君子謂之曰外，非其不自躬行得之也。況乎混粒珠於魚目，啜餘滴於糟粕乎。是故李翶之《復性》，歐陽修之《論性》，蘇軾暨轍之《論道》，君子斥而放之。（《洹詞》十，《評文喻學者》）

可知他的反對唐、宋古文，不是爲文而是爲道。在他看來，正因其彌近是而大亂眞，所以要斥而放之。

◎五四　李夢陽◎

李夢陽字獻吉，慶陽人，自號空同子，與何景明、徐禎卿、邊貢、王廷相、康海、王九思等，有七才子之稱，而李、何實爲領袖。《明史》稱：「夢陽才思雄鷙，卓然以復古自命，弘治時，宰相李東陽主文柄，天下翕然宗之，夢陽獨譏其萎弱，倡言文必秦漢，詩必盛唐，非是者弗道。」（《文苑傳》）這段話述夢陽論文宗旨，頗爲扼要。《明史》又論其詩文謂：「華州王維楨以爲七言律自杜甫以後善用頓挫倒插之法，惟夢陽一人。而後有譏夢陽詩文者，則謂其模擬剽竊，得史遷少陵之似而失其眞云。」此數語批評夢陽詩文也很愜當，不過這些話還不免簡單一些。

先就文言，論文非夢陽之所長，即其所作，亦是文不如詩。夢陽《文箴》有云：「古之文以行，今之文以葩，葩爲詞腴，行爲道華。」（《空同集》六十）此言雖主復古，然只是道學家的論調。惟《空同子論學》上篇有云：「西京之後，作者勿論矣。」似有文必秦漢之意。此外，只有在作品中猶可窺出其摹擬秦漢之跡。所以所謂文必秦漢云者，在批評上並沒有什麼明顯的主張。

其比較精彩的批評，還是在詩的方面。論詩，空同並不專主盛唐，他只是受滄浪所謂第一義的影響，而於各種體制之中，都擇其高格以爲標的而已。古體宗漢魏，近體宗盛唐，而七古則兼及初唐。這是他的詩學宗主。其《潛虬山人記》中論及詩文標準，說：「山人商宋梁時，猶學宋人詩。會李子客梁，謂之曰宋無詩。山人於是遂棄宋而學唐。已問唐所無，曰唐無賦哉！問漢，曰漢無騷哉！山人於是則又究心賦騷於唐漢之上。」（《空同集》四十七）此可知其論詩論文，全以第一義爲標準。王國維《人間詞話》云：「文體通行既久，染指遂多，自成習套，豪傑之士亦難於其中自出新意，故遁而作他體，以自解脫，一切文體所以始盛終衰者，皆由於此。」李氏所舉的各體的標準，都是恰當始盛之時，那麼，奉爲準的，原亦無可譏議。不過以其盛氣矜心，倚第一義以壓倒一切，也就不免矯枉過正之處，所以在當時已不能無異議。薛蕙詩云：「粗豪不解李空同」，何景明云：「高處是古人影子耳」，後人受此種影響，以耳爲目，於是或議其徒得聲響，或譏其食古不化，而空同詩論遂亦覺得只須「詩必盛唐」四字可以了之了。

其實，空同論詩何嘗不主情。其《詩集自序》引王叔武語云：「夫詩者天地自然之音也。今途咢而巷謳，勞呻而康吟，一唱而羣和者，其眞也，斯之謂風也。孔子曰：『禮失而求之野』，今眞詩乃在民間，而文人學士顧往往爲韻言謂之詩。」（《空同集》五十）又云：「詩有六義，比興要焉。夫文人學士，比興寡而直率多，何也？出於情寡而工於詞多也。夫途巷蠢蠢之夫，固無文也，乃其謳也，咢也，呻也，吟也，行呫而坐歌，食咄而寤嗟，此唱而彼和，無不有比焉興焉，無非其情也，斯足以觀義矣。故曰，詩者天地自然之音也。」（同上）他引這些話以序其詩集，寧非怪事！這些話是後來公安派用以反對李、何者，而他竟稱引以冠其集。不僅如此，他於稱引之餘，再用此標準以自評其詩，謂：

自錄其詩，藏篋笥中，今二十年矣。乃有刻而布之者，李子聞之懼且慚，曰：予之詩非眞也，王子所謂文人學子韻言耳，出之情寡而工之詞多者也。（《空同集》五十）

是則空同詩之非眞，何待後人譏議，彼且自知之而自言之了。他再用此標準以評人之詩，在《林公詩序》中說：

夫詩者，人之鑒者也。夫人，動之志必著之言，言斯詠，詠斯聲，聲斯律，律和而應，應詠而節，言弗睽志，發之以章，而後詩生焉。故詩者非徒言者也。（《空同集》五十）

我們再看他的《張生詩序》：

夫詩發之情乎！聲氣其區乎？正變者時乎？（《空同集》五十）

再看他的《梅月先生詩序》：

情者動乎遇者也。……遇者物也，動者情也，情動則會，心會則契，神契則音，所謂隨遇而發者也。……故遇者因乎情，詩者形乎遇。（《空同集》五十）

再看他的《敍九日宴集》一文：

夫天下百慮而一致；故人不必同，同於心，言不必同，同於情。故心者所爲歡者也，情者所爲言者也。是故科有文武，位有榮卑，時有鈍利，運有通塞；後先長少，人之序也，行藏顯晦，天之界也。是故其爲言也，直宛區，憂樂殊，同境而異途，均感而各應之矣；至其情則無不同也。何也？出諸心者一也。故曰：「詩可以觀。」（《空同集》五十八）

再看他的《與徐氏論文書》：

夫詩，宣志而道和者也。故貴宛不貴嶮，貴質不貴靡，貴情不貴繁，貴融洽不貴工巧。（《空同集》六十二）

這些話又豈像主張詩必盛唐的口吻！錢牧齋稱：「有學詩於李空同者，空同教以唱《瑣南枝》」（《初學集》三十二，《王元昭集序》），由上文所引各文言之，簡直可稱爲公安派的論調。然則他的詩論是否矛盾呢？則又不然。他於《潛虬山人記》中說：「夫詩有七難，格古、調逸、氣舒、句渾、音圓、思沖，情以發之，七者備而後詩昌也。」他於《駁何氏論文書》中也說：「柔澹者，思也。含蓄者，意也。典厚者，義也。高古者，格也。宛亮者，調也。沈著、雄麗、淸峻、閒雅者，才之類也。而發於辭，辭之暢者其氣也，中和者，氣之最也。夫然，又華之以色，永之以味，溢之以音；是以古之文者一揮而衆善具也。」則是他所謂格調云者，原只是詩文之一端。他固不曾以主格調之故而抹煞一切！

再有，即使說主情與主格調成爲極端衝突，那也與空同之詩論不相妨礙。他於《詩集自序》中也曾批評王叔武的話云：「雖然，子之論者風耳！夫雅頌不出文人學士手乎？」風雅異體，那麼風可主情，雅頌不妨主格調。於是他再述與王子論文人學士之詩而自述其作詩經歷。

王子曰，是音也（指雅頌），不見於世久矣。雖有作者，微矣！李子於是憮然失己，灑然醒也。於是廢唐近體諸篇而爲李杜歌行。王子曰，斯馳騁之技也。李子於是爲六朝詩。王子曰，斯綺麗之餘也。於是詩爲晋魏。曰，比辭而屬義，斯謂有意。於是爲賦騷，曰，異其意而襲其言，斯謂有蹊。於是爲琴操古歌詩，曰，似矣，然糟粕也。於是爲四言，入風出雅，曰近之矣，然無所用之矣。子其休矣！

由文人學士之詩而言，在當時的環境裡，本來和平民百姓是有距離的，那麼只求工於詞，只求其格之古與調之逸，從他所處的時代講是可以容許的。

何況，所謂格乃是學古人之法；法不可廢，則學古又何足爲病。其《駁何氏論文書》云：

古之工，如倕如班，堂非不殊，户非同也，至其爲方也，圓也，弗能捨規矩。何也？規矩者，法也。僕之尺尺而寸寸之者，固法也。假令僕竊古之意，盜古之形，剪裁古辭以爲文，謂之影子誠可；若以我之情，述今之事，尺寸古法，罔襲其辭，猶班圓倕之圓，倕方班之方，而倕之木，非班之木也。此奚不可也？夫筏我二也，猶兔之蹄，魚之筌，捨之可也；規矩者，方圓之自也，即欲捨之，烏乎捨！子試築一堂

開一户，措規矩而能之乎？措規矩而能之，必並方圓而遺之可矣。何有於法！何有於規矩！（《空同集》六十一）

何況，學古之法，仍不妨礙其變化自得，在他看來，學古原是必經的步驟。其《駁何氏論文書》中又云：

阿房之巨，靈光之巋，臨春結綺之侈麗，揚亭葛廬之幽之寂，未必皆倕與班爲之也；乃其爲之也，大小鮮不中方圓也。何也？有必同者也。獲所必同，寂可也，幽可也，侈以麗可也，巋可也，巨可也。守之不易，久而推移，因質順勢，融熔而不自知，於是爲曹爲劉，爲阮爲陸，爲李爲杜，即令爲何大復，何不可哉！此變化之要也。故不泥法而法嘗由，不求異而其言人人殊。《易》曰：「同歸而殊途，一致而百慮」，謂此也。非自築一堂奧，開一户牖，而後爲道也。

何況，他所謂學古，又混高格與規矩而爲一，則所謂規矩，乃是運用此規矩的標準格。何良俊《四友齋叢說》，引顧東橋（璘）述李空同語：

作詩必須學杜，詩至杜子美，如至圓不能加規，至方不能加矩矣。

此說，顧東橋雖以爲過言，謂：「規矩方圓之至，故匠者皆用之，杜亦在規矩中耳，若說必要學杜則是學某匠，何得就以子美爲規矩耶？」案東橋所言未嘗不是。實則空同詩論原是帶一些矛盾性的。他所學學杜之說，正是運用此規矩的標準格。所以由學其高格言，則近於擬議；由學其規矩言，則不妨變化。

何況，他所謂學古，又是標舉第一義之格，則正屬情文並茂之作。因此，主格調與主情，非惟不相衝突，反而適相吻合。其《與徐氏論文書》云：

夫詩，宣志而道和者也，故貴宛不貴嶮，貴質不貴靡，貴情不貴繁，貴融洽不貴工巧，故曰聞其樂而知其德。故音也者，愚智之大防，莊詖簡侈浮孚之界分也。至元白韓孟皮陸之徒為詩，始連聯鬥押，累累數千百言不相下，此何異於入市攫金、登場角戲也！彼睹冠冕佩玉，有不縮脫投竿而走者乎？何也？恥其非君子也。三代而下，漢魏最近古，鄉使繁巧嶮靡之習，誠貴於情質宛洽，而莊詖簡侈浮孚，意義殊無大高下，漢魏諸子不先為之耶？（《空同集》六十一）

那麼，所謂「詩必盛唐」云云，原是取法乎上的意思。正因其情質宛洽，而無繁巧嶮靡之習，所以為可貴。這樣復古，原不妨引王叔武的話，以自敍其詩集。看到這一點，然後知道何景明的《明月》篇序，所以要說：「子美之詩，博涉世故，出於夫婦者常少，致兼雅頌而風人之意或缺。」所以要說：「夫詩本性情之發者也，其切而易見者，莫如夫婦之間。是以三百篇首乎雎鳩，六義首乎風，而漢魏作者，義關君臣朋友，辭必託諸夫婦，以宣鬱而達情焉。」他們簡直不重在雅頌，而重在提倡風。

何況，所謂第一義之格，不僅情文並茂，原是則法自然。其《答周子書》云：

文必有法式，然後中諧音度，如方圓之於規矩。古人用之，非自作之，實天生之也。今人法式古人，

非法式古人也，實物之自則也。（《空同集》六十一）

論到此，他的復古論可謂系統分明，建設完成了。然而，自然之與摹擬，總覺有些格格不入。說他的復古論建設在取法自然上面，恐怕驟聽之，誰都要覺得奇怪！蓋既重在物之自則，則應如道學家所謂「有德者必有言」，才爲合理。但是他便不贊成「文主理已矣，何必法也」的話（見《答周子書》）。《論學》下篇有云：

「小子何莫學夫詩」，孔子非不貴詩也。「言之不文，行而不遠」，孔子非不貴文也。乃後世謂詩文爲末技，何歟？豈今之文非古之文，今之詩非古之詩歟？

所以他要於詩文方面復古，而不是於道的方面復古。易言之，即偏重在文之形式復古，而不重文之內容復古。因此，他的復古論終究偏在格調一方面。其《缶音序》云：

詩至唐，古調亡矣，然自有唐調可歌詠，高者猶足被管弦。宋人主理而不主調，於是唐調亦亡。……夫詩，比興錯雜，假物以神變者也。……故其氣柔厚，其聲悠揚，其言切而不迫，故歌之心暢，而聞之者動也。宋人主理作理語，於是薄風雲月露，一切鏟去不爲，又作詩話教人，人不復知詩矣。詩何嘗無理，若專作理語，何不作文，而詩爲耶？今人作性理詩，輒自賢於穿花蛺蝶點水蜻蜓等句，此何異癡人前說夢也？即以理言，則所謂深深款款者何物耶？詩云：鳶飛戾天，魚躍於淵。又何說也？（《空同集》五十一）

這是很通達的話。這樣復古，所以能取法自然，而不同於道學家的論調。

由這種思想體系上以建成的格調說，何至爲後人詬病！然而竟爲後人詬病者，則以與何大復往復辯難的關係。一般耳食者，習熟於大復所譏尺尺寸寸之語，遂亦妄謂空同此說爲學古不化而已。

◎五五　何景明◎

何景明，字仲默，號大復山人，信陽人，與李夢陽齊名，所著有《大復集》。

何氏論詩之語不多，因他是隨從風氣而不是開創風氣或轉移風氣的人。他的論詩主旨，大半也與李夢陽相同。《大復集》中如《海叟集序》《漢魏詩乘序》諸文，或主宗古，或尙漢魏，與空同主張並無衝突之處。楊愼《升庵詩話》中曾記一則故事，謂仲默嘗言宋人書不必收，宋人詩不必觀。升庵因舉張文潛《蓮花詩》，杜衍《雨中荷花詩》等訊之，曰此何人詩？仲默說是唐詩，及升庵告以出處，仲默沈吟久之，曰，細看亦不佳。即就此節故事而言，仲默的態度，也與空同一樣，都是一種極偏的見解。

其與空同論詩見解不同的地方，實在還因於作風的關係。空同之詩對於當時臺閣雍容之作，不可謂非救時艮藥，然而僅學第一義之詩，則取法過於單簡，不足以範圍一世之材，也不足以盡詩之變化。所以即在同時氣類之中，大復之俊逸，已不同於空同之粗豪。而徐昌谷與高子業之詩又與李何不同。因作風之互異，於是遂形成見解之相歧。李何往復辯難之書，實在即起因於此。

明人詩論，頗有壓倒一切的氣焰，而李夢陽即是開此種風氣的人。大抵空同不免太好强不同以爲同，於是時有盛氣凌人之處。李何之氣類雖同，然在空同看來，猶未能引爲眞實同志。所以先《贈景明書》，論其詩弊，勸其改步，卻不料招到反響，引出了何景明的《與李空同論詩書》。這在法西斯式的詩壇主盟，那能容此情形。

於是一駁之不足則再駁之，直至景明不復答辯而後已。

在此種爭論中，所欣幸的，即是因此問題，引出了大復自己的意見。否則他既不是開創風氣的人，並無表示意見的必要，也許連這一些話也不願申述呢！大抵由作風言，空同粗豪，大復俊逸；粗豪故重在氣骨，俊逸故富於才情。李維楨《彭伯子詩跋》云：「李由北地家大梁，多北方之音，以氣骨稱雄；何家申（信）陽近江漢，多南方之音，以才情致勝。」（《大泌山房集》一百三十一）這正說明了他們詩格不同之點一。又由工力言，空同學富，大復才高；學富故重在擬議，才高故偏於變化。王廷相之序《空同集》：「稱其會詮往古之典，用成一家之言」（《王氏家藏集》二十三），而序《大復集》則云：「夫人墳籍孰不探，道旨孰不詮，文辭孰不修，風調孰不循，德履孰不習，終格於不類者，天畀之解未神爾！」（見同上）這又說明了他們詩格不同之點二。由於這二點不同，故其論詩主旨，雖大體相類而終難盡合。何氏書中有云：「近詩以盛唐爲尙，宋人似蒼老而實疏鹵，元人似秀峻而實淺俗，今僕詩不免元習，而空同近作，間入於宋。」這是他們自述同源異流之處。何氏又云：「譬之樂，衆響赴會，條理乃貫，一音獨奏，成章則難。故絲竹之音要眇，木革之音殺直，若獨取殺直，而並棄要眇之聲，何以窮極至妙，感精飾聽也？」這也說明他們風格不同，終至異流的原因。蓋空同學唐，得其氣象，學之愈甚，愈近膚廓。大復學唐得其神情，才分既多，貌似自少。所以大復所謂「空同近作，間入於宋」，這句話我們尤應仔細分別。空同之間入於宋，只在似乎蒼老的一點，而至於如何達此蒼老之境，則空同與宋人並不走同一的道路。空同只於氣象方面，學唐而求其蒼老，所以愈學愈離，結果成爲「木革之音殺直」，而不中金石。大復學唐重在神情，故可運自己的才情，然由氣象方面言之，則愈學而離唐愈遠。

何氏說：「譬之爲詩，僕則可謂弗及者，若空同求之則過矣。」所謂過與不及，正應著眼在這一點的關係。然而，假使僅僅過與不及的關係，不過一個學之太似，一個學之不似而已。這尙不致引起空同的非難。空同之非難，正因照何氏的路走去，結果非僅同源異流，抑且要入室操戈，可以打倒「文必秦漢，詩必盛唐」的口號。這是空同所不能容忍的。空同雖講學古之法仍可歸於變化自得，但是空同之所謂法，是規矩，是標準。他認爲方式可變，而規矩不可廢，標準不可紊。大復雖講自築一堂奥，自開一戶牖，似乎重於變化而不重擬議，但是大復之所謂法，是格局，所以標準可變，而方式反似乎有定。這是他們中間重要的分別。他們爭論之點也就在這一點。何氏說：「僕嘗謂詩文有不可易之法者。辭斷而意屬，聯類而比物也。上考古聖立言，中徵秦漢緒論，下採魏晉聲詩，莫之有易也。」空同重法，而其法反可以變化，因質順勢，不妨爲曹爲劉爲阮爲陸爲李爲杜。大復不重法而其所謂法反是莫之有易。故知他們所論不是同一的對象。這「莫之有易」的法，有定而實則無定。所以何氏說：「僕則欲富於材積，領會神情，臨景構結，不仿形跡。」這是所謂「惟其有之，是以似之」。然而這樣，便成爲後來公安派反對前後七子的話頭了。二者之不同如此，固莫怪空同要大聲疾呼地說：「短僕者必曰李某豈善文者，但能守古而尺尺寸寸之耳，必如仲默出入由己，乃爲捨筏而登岸。斯言也，禍子者也。……禍子者，禍文之道也。不知其言禍己與禍文之道，而反規規於法者是攻，子亦謂操戈入室者矣。」

空同是由古入而仍由古出，大復是由古入而不必由古出，至後來公安派則是不由古入，當然也不由古出。仍由古出，所以空同於古只見其同；不由古出，所以大復於古，只見其異。空同《再與何氏書》云：「《詩》云有物有則，故曹劉阮陸李杜能用之而不能異，能異之而不能不同。今人只見其異而不見其同，宜其謂守法者爲影子，而支離失眞者，以捨筏登岸自寬也。」這也是他們自述的不同之點，我們應在這些方面加以注意，也就可以知道這僅僅是純藝術論中爭論的問題。

前七子雖喊出了「文必秦漢、詩必盛唐」的口號，但是論詩的意見多，論文的主張少。因此要找出他們「文必秦漢」的主張卻不很容易。我們現在不能得到他們正面的意見，但從當時文壇的情況和反對派的意見還可以看出一些端倪。

◎五六　唐宋派的文論◎

大抵元代以蒙古族統治中國，原有文化受到摧殘，所以一到明代，復古機運也就擡頭。朱元璋一做皇帝，在洪武元年就詔復衣冠如唐制，影響所及，文壇也籠罩著復古的色彩。加上《滄浪詩話》從最上乘，悟第一義之說，於是也就提出「文必秦漢」的口號。

「文必秦漢」，對於當時嘽緩冗沓的臺閣體是可以起一些作用的。只因受了純藝術論的影響，重在形式上的復古，於是就變成生吞活剝了。在當時，「文必秦漢」的口號，事實上是與江西詩人之講句法詩律是同樣的純藝術的觀點，而且也是同樣的手法，都是想用古硬雄厚峻峭的風格來振起痿痹，而不知只從形式上著眼，就必然走上聱牙戟口的道路。所以當時唐宋派的文人就要以「文從字順」的主張來矯正其弊。

唐宋派中學歐曾古文最早的是王愼中。愼中字道思，號遵岩，晋江人。《明史．文苑傳》稱「愼中爲文初主秦漢，謂東京以下無可取，已悟歐曾作文之法，乃盡焚舊作，一意師仿，尤得力於曾鞏；順之初不服，久亦變而從之。壯年廢棄，益肆力古文，演迤詳贍，卓然成家。……李攀龍、王世貞後起力排之，卒不能掩。」這些話假使與《遵岩集》中《再上顧未齋書》（《遵岩集》十五）相互比證，那就更容易看出他由秦漢而轉變到唐宋的經過。

遵岩《與江午坡書》云：「文字法度規矩一不敢背於古，而卒歸於自爲其言」（《遵岩集》十七），這即是他論文的宗旨。要歸於自爲其言，所以「義」必前人所未發；又要法度規矩不背於古，所以「法」又成爲學者所應注意的問題。他認爲時人之所以誤入歧途，即因「病於法之難入，困於義之難精」（見《曾南豐文粹序》），這種論調可以看作他的義法說。

王氏論文見解還不很重要，比較重要的要推唐順之。順之字應德，一字義修，武進人，所著有《荊川集》及《文編》等。他的學問很博，是個多方面的人。《明史》本傳稱其「自天文、樂律、地理、兵法、弧矢、勾股、壬奇、禽乙莫不究極原委；盡取古今載籍，剖裂補綴，區分部居，爲《左右文武儒裨》六編傳於世，學者不能測其奧也。」我們先須認識他的人是這樣多方面的，然後可以知道他所接受的時代影響也是多方面的。他的一生，起初嗜好詩文，先學李夢陽，及受王愼中的影響始改宗歐、曾，而爲唐宋派的領袖。四十以後傾向學道，自言對王龍谿只少一拜。所以他《答王遵岩書》就說：「近年來將四十年前伎倆頭頭放捨，四十年前意見種種抹煞。」（《荊川集》六）由於他一生有這樣一個轉變，所以他的文論，也就有兩個特點：㈠在唐宋派中頗能說明「法」的重要，也就是所以宗主歐曾的理由；㈡王龍谿是王學中的左派，因此他論學以天機爲宗，而論文也就主張隨意流露，又不要拘泥於法了。

先講第一點。荊川有一部重要的選集，即是《文編》。《文編》選輯自周至宋之文，分體排纂，頗示文章法度。其自序謂：「不能無文而文不能無法，是編者，文之工匠而法之至也。」他即提出一個「法」字來與「秦漢派」立異。實則「秦漢派」也講法，不過對於「法」的意義並不一樣。秦漢派之所謂「法」，重在氣象；氣象不可見，於是於詞句求之，於字面求之；結果，求深而得淺，反落於剽竊摹擬。唐宋派之所謂「法」，重在神明；神明亦不可見，於是於開闔順逆求之，於經緯錯綜求之，由有定以進窺無定，於是可出新意於繩墨之餘。這就是「秦漢」與「唐宋」二派的分別；這就是「秦漢」與「唐宋」二派所以同樣是摹擬而成就不同的原因。

何況，開闔順逆之法，原自唐宋文人創之，所以規範唐宋之文，自比較容易。羅萬藻代人作《韓臨之制藝序》云：「文字之規矩繩墨，自唐宋而下，所謂抑揚開闔起伏呼照之法，晋漢以上，絕無所聞，而韓、柳、歐、蘇諸大儒設之，遂以爲家。出入有度，而神氣自流，故自上古之文至此而別爲一界。」（《此觀堂集》一）這是中國散文史上的一段變遷，而這一點是從前人所不曾說明的。秦漢之文原無規矩繩墨可言，故不易窺其法；唐宋之文本有規矩繩墨可遵，所以也易於學。這又是秦漢與唐宋二派的分別，而這二派所以成就不同的原因也在於此。

何況，唐宋之文與當時之語言爲接近，秦漢之文與當時之語言相隔閡。所以摹唐宋者易於抑揚頓挫種種神情上揣摹，而學秦漢者，便不得不兼學昔人之詞彙，與昔人之語法。用昔人之詞彙，套昔人之語法，即使能肖，而神明不在是，而變化仍不可能。所以由唐宋門徑以讀秦漢之文，則神明在心，變化由己；由秦漢派之說以學秦漢之文，則所謂「尺尺而寸之」耳，所謂「影子」而已！同樣的復古，同樣的摹古，只因古今語言之異，而成此不同的結果。這更是「秦漢」與「唐宋」二派重要的分別。

《文編序》云：

> 聖人以神明而達之於文，文士研精於文以窺神明之奧。其窺之也有偏有全，有小有大，有駁有醇，而能有得也，而神明未嘗不在焉。所謂法者，神明之變化也。（《荊川集》十）

「文必秦漢」而秦漢文之氣象——格——有定，故其窺之也雖欲窺其全而得偏，雖欲窺其大而得小，雖欲窺其醇而得駁，誠以不如是則秦漢文之氣象不可得而擬也。如以神明變化爲法，則所謂「聖人以神明而達之於文」者，彷佛如見；而我之學之，所以以新意達之於文者，亦彷佛有由入之途，有可循之跡。這是所謂窺其全，窺其大，窺其醇。論到此，不得不一讀他的《董中峯侍郎文集序》：

> 喉中以轉氣，管中以轉聲。氣有湮而復暢，聲有歇而復宣，闔之以助開，尾之以引首，此皆發於天機之自然，而凡爲樂者，莫不能然也。最善爲樂者，則不然。其妙常在於喉管之交，而其用常潛乎聲氣之表。氣轉於氣之未湮，是以湮暢百變，而常若一氣；聲轉於聲之未歇，是以歇宣萬殊，而常若一聲。使喉管聲氣融而爲一，而莫可以窺，蓋其機微矣。然而其聲與氣之必有所轉，而所謂開闔首尾之節，凡爲樂者莫不皆然者，則不容異也。使不轉氣與聲，則何以爲樂，使其轉氣與聲，而可以窺也，則樂何以爲神！有賤工者見夫善爲樂者之若無所轉，而以爲果無所轉也，於是直其氣與聲而出之，戞戞然一往而不復，是擊腐木濕鼓之音也。言文者何以異此！漢以前之文，未嘗無法，而未嘗有法；法寓於無法之中，故其爲法也密而不可窺。唐與近代之文，不能無法，而能毫釐不失乎法；以有法爲法，故其爲法也嚴而不可犯。密則疑於無所謂法。嚴則疑於有法而可窺。然而文之必有法，出乎自然而不可易者，則不容異也。且夫不能有法而何以議於無法。有人焉，見夫漢以前之文，疑於無法，而以爲果無法也，於是率然而出之，決裂以爲體，餖飣以爲詞，盡去自古以來開闔首尾經緯錯綜之法，而別爲一種臃腫佶澀浮蕩之文。其氣離而不屬，其聲離而不節，其意卑，其語澀，以爲秦與漢之文如是也；豈不猶腐木濕鼓之音，而且詫曰，吾之樂合乎神。嗚呼！今之言秦與漢者，紛紛是矣！知其果秦乎漢乎否也？（《荊川集》十）

他所謂：「氣有湮而復暢，聲有歇而復宣，闔之以助開，尾之以引首」，即是所謂開闔順逆之法。然而此法猶有跡可求，唐以後之文屬此。他所謂：「氣轉於氣之未湮，是以湮暢百變而常若一氣，聲轉於聲之未歇，是以歇宣萬殊而常若一聲」，也仍不外開闔順逆之法，然而無跡可求，漢以前之文屬此。此其別，實在不是法之嚴與密的問題，乃是法之可窺與不可窺的問題。而法之所以有可窺或不可窺者，乃是語言變遷的關係。語言變遷了，於是疑於無所謂法，而其法遂成爲不可窺。不窺其法而徒襲其跡，這是秦漢派所以失敗的理由。因此，法遂成了反抗秦漢派的口號，成爲反抗秦漢派的法寶。

由秦漢文之氣象以學秦漢文，僅成貌似；由唐宋文之門徑以學秦漢文，轉可得其神解。王遵岩《與道原弟書》亦言：「學馬遷莫如歐，學班固莫如曾。」（《遵岩集》二十）即是此意。《四庫總目提要》之論《文編》云：「自正嘉之後，北地、信陽聲價奔走一世，太倉、歷下流派彌長；而日久論定，言古文者終以順之及歸有光、王愼中三家爲歸。」其原因即在於此。荊川《與兩湖書》云：「以應酬之故，亦時不免於爲文。每一抽思了了如見古人爲文之意，乃知千古作家，別自有正法眼藏在，蓋其首尾節奏，天然之度，自不可差；而得意於筆墨蹊徑之外，則惟神解者而後可以語此。近時文人說秦說漢，說班說馬多是寱語耳。莊定山之論文曰：『得乎心，應乎手，若輪扁之斫輪，不疾不徐，若伯樂之相馬，非牡非牝。』庶足以形容其妙乎。顧自以精神短少，不欲更弊之於此，故不能窮其妙也。」（《荊川集》五）

迨到後來，杜門習靜，專精求道，不再欲用此閒精神於文字技倆，於是文格既隨以稍變，而論文主張更隨以大變。蓋有志於文則總期闖入古人閫域，所以有所謂「法」的問題。若無志於文，則目無古人，更有何法之可言。其《答茅鹿門書》云：「至如鹿門所疑於我，本是欲工文字之人，而不語人以求工文字者，此則有說，鹿門所見於吾者，殆故吾也；而未嘗見夫槁形灰心之吾乎？」（《荊川集》七）「故吾」與「今吾」不同，所以荊川文論到了晚年又別走一路。其下文即說明「今吾」之不重在文字技倆。他說：

吾豈欺鹿門者哉！其不語人以求工文字者，非謂一切抹撥以文字絕不足爲也。蓋謂學者先務，有源委本末之別耳。文莫猶人，躬行未得，此一段公案姑不敢論。只就文章家論之，雖其繩墨布置，奇正轉折，自有專門師法，至於中一段精神命脈骨髓；則非洗滌心源，獨立物表，具古今隻眼者，不足以與此。今有兩人：其一人心地超然，所謂具千古隻眼人也；即使未嘗操紙筆呻吟學爲文章，但直據胸臆，信手寫出如寫家書，雖或疏鹵，然絕無煙火酸餡習氣，便是宇宙間一樣絕好文章。其一人猶然塵中人也，雖其顳顬學爲文章，其於所謂繩墨布置則盡是矣，然翻來覆去，不過是這幾句婆子舌頭語，索其所謂眞精神與千古不可磨滅之見，絕無有也；則文雖工而不免爲下格。此文章本色也。……

且夫兩漢而下之文之不如古者，豈其所謂繩墨轉折之精之不盡如哉？秦漢以前，儒家有儒家本色，至如老莊家有老莊家本色，縱橫家有縱橫家本色，名家、墨家、陰陽家皆有本色。雖其爲術也駁，而莫不皆有一段千古不可磨滅之見。是以老家必不肯勦儒家之說，縱橫家必不肯借墨家之談，各自其本色而鳴之爲言。其所言者其本色也，是以精光注焉，而其言遂不泯於世。唐宋而下，文人莫不語性命，談治道，滿紙炫然，一切自託於儒家，然非其涵養畜聚之素，非眞有一段千古不可磨滅之見，而影響勦說，蓋頭竊尾，如貧人借富人之衣，莊農作大賈之飾，極力裝做，醜態盡露，是以精光枵焉，而其言遂不久湮廢。（《荊川集》七）

此種論調，簡直同於李卓吾（贄）的口吻了，簡直成爲公安派的主張了。論文到此，唐宋歐曾學不足尙，而又何法之可言！他只要「道得幾句千古說不出的說話」，他何肯再費其精神盡於言語文字之間。所以他說：「藝苑之門，久已掃跡，雖或意到處，作一兩詩，及世緣不得已，作一兩篇應酬文字，率鄙陋無一足觀者。其爲詩也，率意信口，不調不格，大率似以《寒山》《擊壤》爲宗，而欲摹效之，而又不能摹效之然者。其於文也，大率所謂宋頭巾氣習，求一秦字漢語，了不可得。凡此皆不爲好古之士所喜，而亦自笑其迂拙而無成也。」（《荊川文集》六，《答皇甫百泉郎中》）

上文說過，由何景明之論推之，可以打倒文必秦漢的口號；荊川論法略同大復，何況更加以龍溪之學，所以更會走近公安一路。如云：

> 文章稍不自胸中流出，雖若不用別人一字一句，只是別人字句，差處只是別人的差，是處只是別人的是也。若皆自胸中流出，則爐錘在我，金鐵盡熔，雖用他人字句亦是自己字句，如《四書》中引《書》引《詩》之類是也。（《荊川集》七，《與洪方洲書》）

> 近來覺得詩文一事，只是直寫胸臆，如諺語所謂開口見喉嚨者，使後人讀之如眞見其面目，瑜瑕俱不容掩，所謂本色，此爲上乘文字。揚子雲閃縮譎怪，欲說不說，不說又說，此最下者，其心術亦略可知。（同上）

從此看來，謂公安、竟陵之文出自左派王學，眞是確見。只須於王學有所會得，自會走上這一路去。欲看出荊川文論之轉變，不可不於此加以注意。

最後，講到歸有光。有光，字熙甫，號震川，昆山人，所著有《震川集》。震川晚年始中進士，名位不顯，故其年雖較王唐爲長，而在文學批評史上的關係則較王唐爲遲。王唐所反對的目標爲李何，而震川所攻擊的對象則爲王世貞。世貞中進士，在嘉靖二十六年，時震川已四十二歲，迨元美主盟文壇更在其後。故知歸王之詆諆，也是震川晚年的事。

震川之攻擊元美，見於《項思堯文集序》。他說：

> 蓋今世之所爲文者，難言矣。未始爲古人之學，而苟得一二妄庸人，爲之巨子，爭附和之，以詆排前人。韓文公云：「李杜文章在，光焰萬丈長，不知羣兒愚，那用故謗傷，蚍蜉撼大樹，可笑不自量。」文章至於宋元諸名家，其力足以追數千載之上，而與之頡頏，而世直以蚍蜉撼之，可悲也。無乃一二妄庸人爲之巨子，以倡道之歟？（《震川集》二）

此文所謂妄庸巨子即指王世貞。世貞聞而笑曰：「妄誠有之，庸則未敢聞命。」震川說：「唯庸故妄，未有妄而不庸者也。」此則故事，見錢牧齋《題歸太僕文集》（《初學集》八十三）。牧齋文中再記一則故事，謂「傳聞熙甫上公車，賃騾車以行，熙甫儼然中坐，後生弟子執書夾侍。嘉定徐宗伯年最少，從容問李空同文云何，因取集中《于肅愍廟碑》以進。熙甫讀畢揮之曰：『文理那得通』。偶拈一帙，得曾子固《書魏鄭公傳後》，挾册朗誦至五十餘遍。聽者皆欠申欲臥，熙甫沈吟諷詠，猶有餘味」云云，可知歸氏之學亦宗南豐。他可以稱是唐宋派的後殿。後來之爲古文者，殆無不受震川的影響。震川在文學批評史上的關係雖較王唐爲遲，而其影響所及，似較王唐爲巨。他說：「文章天地之元氣，得之者其氣直與天地同流，雖彼其權足以榮辱毀譽其人，而不能以與寫於吾文章之事。」（《項思堯文集序》）他又說：「僕文何能爲古人，但今世相尚以琢句爲工，自謂欲追秦漢，然不過剽竊齊梁之餘，而海內宗之，翕然成風，可爲悼嘆耳！區區里巷童子强作解事者，此誠何足辨也。」（《震川別集》七，《與沈敬甫》）此老倔强，可於此數語見之。何況他又喜歡講評點之學，以法度語人，當然影響比王、唐爲更大。

◎五七 後七子派的詩論◎

嘉靖間，李攀龍、王世貞、謝榛、宗臣、梁有譽、徐中行、吳國倫等。復揚李夢陽、何景明之餘波以主持文壇，於是又有後七子之稱。他們於詩當然還是宗主盛唐，但是已經不能不有一些轉變。

七人之外，如王世懋，是王世貞的兄弟，如胡應麟、屠隆、李維楨又在王世貞所謂「末五子」之列。這些人氣味相投，所以也可以列入後七子派。由於這些人也在同一派系之中，所以他們詩論更不能不有些轉變。

此七人中，謝榛的年齡最高，而且當開始結社的時候，謝榛是盟長，所以作詩蘄向與論詩宗旨，大都出於謝氏。只因後來李攀龍名譽漸盛，位置漸高，而謝榛始終是個布衣，文人相輕，不免有些磨擦，於是李攀龍也就挾其地位，貽書謝榛與之絕交，王世貞等也袒護攀龍，削其名於七子五子之列。在這種純藝術的風氣之下，文人間的標榜和傾軋，原是必然的趨勢。這幕喜劇，不過表現得更突出罷了。

李攀龍與謝榛因論詩不合而終致割席，這是後來的事，實則於結社之初，謝榛的主張已和前七子有些出入。錢謙益《列朝詩集》謂：「當七子結社之始，尚論有唐諸家，茫無適從。茂秦（謝榛）曰：「選李杜十四家之最佳者，熟讀之以奪神氣，歌詠之以求聲調，玩味之以裒精華，得此三要則造乎渾淪，不必塑謫仙而畫少陵也。」諸人心師其言，厥後雖爭擯茂秦，其稱詩之指要，實自茂秦發之。」（《列朝詩集小傳》丁上）這一節論詩故事，就根據謝氏所著《四溟詩話》卷三所述，所以比較可靠。由於開始結社時的詩論就有些出入，所以後七子派之詩論也不能不轉變。

謝榛以後，李攀龍雖主持文壇，但是沒有什麼論詩見解。攀龍死後，王世貞繼主文盟，前後達二十年。到了晚年，攻者漸起，自己的作風也有一些轉變。張汝瑚之爲《王弇州傳》稱：「先生少時才情意氣皆足以絕世，爲于鱗（李攀龍）七子輩撈籠推挽，門戶既立，聲價復重，譬乘風破浪，已及中流，不能復返。迨乎晚年，閱盡天地間盛衰禍福之倚伏，江河陵谷之遷流，與夫國事政體之眞是非，才品文章之眞脈絡，而慨然悟水落石出之旨，於紛濃繁盛之時，故其詩若文盡脫去牙角繩縛而以恬淡自然爲宗。」這也是事實，而且亦不是張氏一人之私言。不過，我們於此要更進一步，說明元美（王世貞）才情本不與于鱗相同。此種異趣之處即在少時已如此，不必至晚年而始顯。汪道昆之序其《四部稿》稱：「于鱗於古爲徒，其書非先秦兩漢不讀，其言非古昔先王不稱。元美於書無所不讀，於體無所不諳。……大較于鱗之業專，專則精而獨至，元美之才敏，敏則洽而旁通。」據是，可知李王才情本不相同，那麼論詩見解之有些出入，也就不足爲怪。

此外，如王世懋字敬美，所著有《藝圃擷餘》；胡應麟字元瑞，所著有《詩藪》，其議論都比較重在神韻。神韻之說雖與李何的論調不相一致，但前七子中如徐禎卿的作風和他所著的《談藝錄》，早已開此風氣。所以王世懋《藝圃擷餘》論詩的作風以徐昌穀（禎卿）和高子業（叔嗣）並舉，謂：「徐能以高韻勝，有蟬蛻軒舉之風；高能以深情勝，有秋閨愁婦之態。更千百年，李何尚有廢興，二君必無絕響。」而胡應麟《詩藪》於《滄浪詩話》還議其未得向上關捩子，獨於《談藝錄》則稱：「昌穀始中要領，大暢玄風」（《內編》二），也可見他們的主張接近徐禎卿而和李何有些不同了。事實上，這種不同，在王世貞的《藝苑卮言》裡邊也已經透露一些，不過元美拈其端，敬美衍其緒，元美說得隱，敬美說得顯罷了。敬美元瑞說得明顯，那麼後七子派的詩論，對於前七子，尤其是李何的作風和主張來講，也就顯得有很突出的轉變了。

此外，如屠隆，字長卿，鄞人，所著有《由拳》、《白榆》、《栖眞館》諸集。他的詩文瑰奇橫逸，全以才氣見長，因此有時又能不爲格調所束縛，反有折入公安派的傾向。本來，由屠氏所處的時和地來講，有此現象，原不足怪。屠氏前接王世貞而後又與三袁同時，袁中郎尺牘有《與屠長卿書》，而與袁中郎交好的人如湯義仍（顯祖）王百穀（穉登）等，屠氏也很相熟，當然不能不受公安派的影響。又《明史》稱屠氏嘗學詩於沈明臣，而沈氏與徐文長（渭）同在胡宗憲幕，徐氏就是公安派極力推崇的人物，那麼屠氏於徐，也不能不受他的影響，明臣雖亦列名於元美四十子之目，然與元美實在異同離合之間。這好似王百穀一樣，元美四十才子詩雖說：「百穀命世才，興文自綺歲」，很加賞嘆，但不以錄於五子之列。那麼也可知屠氏即在《由拳集》中的見解，也不能與七子相同了。《四庫總目提要》稱他：「沿王李之塗飾而又兼三袁之纖佻」（卷一七九），也是確論。

屠隆是由七子而轉變到公安的，所以他爲青浦令時所刊的《由拳集》，和他最後的結集《白榆集》，前後見解，就有不相一致的地方。至於李維楨，時代更後，眼看到很多反對的論調，所以論詩雖以格調爲中心，也不能不顧到性靈方面。

以上種種，就是後七子派的詩論不能不轉變的原因。現在，依次來講各家的詩論。

先講謝榛，榛字茂秦，自號四溟山人，臨清人，有《四溟集》二十四卷，末四卷爲《詩家直說》，一名《四溟詩話》。

茂秦論詩，本從格調說出發。他說：「古人作詩，譬諸行長安大道，不由狹斜小徑，以正爲主，則通於四海略無阻滯。」（《詩話》三）他又說：「學其上僅得其中，學其中斯爲下矣，豈有不法前賢而法同時者？」（《詩話》一）這些話都本滄浪、空同之說，都是以詩之高格教人，所以和于鱗諸人還沒有什麼分別。可是，同一行大道，而太白、子美有飄逸沈重之不同；同一法前賢，又有蹈其故跡與避其故跡之不同。蹈其故跡則偏於擬議而或未能變化。避其故跡，則不拘繩墨又或不循正規。至於他則以爲：「夫大道乃盛唐諸公之所共由者。予則曳裾躡屩，由乎中正，縱橫於古人衆跡之中，及乎成家，如蜂採百花爲蜜，其味自別，使人莫之辨也。」（《詩話》三）這即是他欲出入盛唐十四家之間，俾人莫知所宗，而於十四家外又添一家的意思。何以欲別成一家？即因他說：「夫萬物一我也，千古一心也。」（《詩話》三）所以不妨縱橫古人衆跡之中而自留其跡，出入十四家之間而又添一家。茂秦論詩，自謂洩露天機，原不免帶些狂氣，不無大言欺人之處。但也正因這一點關係，師心自用，終究與于鱗不合。

大抵他的論詩所以與于鱗元美不合，不外二因。其一，由於帶一些性靈的傾向，與何景明一樣，可以入室操戈，而且有反戈相向的嫌疑。其又一，是批評太嚴，指摘太過，有時掎摭利病，或不免爲氣盛志滿之李、王所不能接受。

茂秦論詩，謂：「體貴正大，志貴高遠，氣貴雄渾，韻貴雋永，四者之本，非養無以發其眞，非悟無以入其妙。」（《詩話》一）他所謂體、志、氣、韻四者，與李、王之論詩標準並不衝突。李、王之所輕忽，或即在後邊二語——「非養無以發其眞，非悟無以入其妙。」不重發其眞，所以遠於性靈；未能入其妙，所以又憚於潤飾。遠於性靈，所以不能接受茂秦的見解；憚於潤飾，所以更不能接受茂秦的批評。

如何由養以發其眞？他說：

> 自古詩人養氣各有主焉。蘊乎內，著乎外，其隱見異同，人莫之辨也。熟讀初唐盛唐諸家所作，有雄渾如大海奔濤，秀拔如孤峯峭壁，壯麗如層樓疊閣，古雅如瑤瑟朱弦，老健如朔漠橫雕，清逸如九皋鳴鶴，明淨如亂山積雪，高遠如長空片雲，芳潤如露蕙春蘭，奇絕如鯨波蜃氣，此見諸家所養之不同也。

（《詩話》三）

這即是說一家有一家之風格。主性靈說者，往往有此類言語。可惜他下文再接著說：「學者能集衆長，合而爲一，若易牙之五味調和則爲全味矣。」則仍不免染上一些時人兼併古人之毒，因爲他原不是公安派啊！他又說：

賦詩要有英雄氣象。人不敢道，我則道之；人不肯爲，我則爲之；厲鬼不能奪其正，利劍不能折其剛。古人制作，各有奇處，觀者自當甄別。（《詩話》四）

這即是袁枚所謂：「寧可爲野馬，不可爲疲驢」（《隨園詩話補遺》九），與「不能作甘言，便作辣語荒唐語，亦復可愛」（同上十）之意。他又說：

作詩譬如江南諸郡造酒，皆以麴米爲料，釀成則醇味各一，善飲者歷歷嘗之曰，此南京酒也，此蘇州酒也，此鎮江酒也，此金華酒也。其美雖同，嘗之各有甄別，做手不同故爾。（《詩話》三）

所謂所養不同，所謂各有奇處，所謂做手不同，都是他近於性靈的見解。他說：「譬如產一嬰兒，形體雖具，不可無啼聲也。」（《詩話》一）格調是所以求形體之具，性靈則是所謂啼聲了。他又說：「今之學子美者，處富有而言窮愁，遇承平而言干戈，不老曰老，無病曰病，此摹擬太甚。殊非性情之眞也。」（《詩話》二）學杜所以合格調，不欲摹擬太甚又所以全性靈。

正因他重視這一點啼聲的關係，所以論詩主興。他說：「詩有四格，曰興，曰趣，曰意，曰理」（《詩話》二），似乎「興」只是詩中一格，但由其論詩之語比合觀之，即可知他所謂「興」，實在可以溝通格調與性靈二者之異。他說：「詩有天機，待時而發，觸物而成，雖幽尋苦索不易得也。」（《詩話》二）又云：「詩有不立意造句，以興爲主，漫然成篇，此詩之入化也。」（《詩話》一）這樣論「興」，不僅與性靈說不相抵觸，即與神韻說也可溝通。爲什麼？因爲以天機論「興」，則由感興一點言，與性靈說爲近；由不涉理路一點言，又與神韻說爲近。他說：「凡作詩悲歡皆由乎興，非興則造語弗工。歡喜之意有限，悲感之意無窮。歡喜詩興中得者雖佳，但宜乎短章；悲感詩興中得者更佳。至於千言反覆，愈長愈健，熟讀李杜全集方知無處無時而非興也。」（《詩話》三）這即與性靈說相通之處。他又說：「詩有辭前意，辭後意。唐人兼之，婉而有味，渾而無跡。宋人必先命意，涉於理路，殊無思致。」（《詩話》一）此又與神韻說相通之處。所以這般講「興」，根本不須有什麼性靈格調神韻之分別。

不僅如此，這樣講「興」，同時又溝通了他所謂「養以發其眞」與「悟以入其妙」二種關係。文生於情，自覺其眞；情生於文，自覺其妙。他又說：

> 作詩有專用學問而堆垛者，或不用學問而勻淨者，二者悟不悟之間耳。惟神會以定取捨，自趨乎大道，不涉於歧路矣。譬如楊升庵狀元謫戍滇南，猶尚奢侈，其粳糯黍稷，膊鸛殺膾，種種羅於前，而箸不周品，此乃用學問之癖也。又如客遊五臺山訪僧侶，廚下見一胡僧執爨，但以清泉注釜，不用粒米，沸則自成饘粥。此無中生有，暗合古人出處。此不專於學問，又非無學問者所能到也。（《詩話》三）

他所謂「無米粥」之法，最得「興」字三昧。他為了說得抽象，恐人不易領悟，所以他再舉他所作《別調曲》、《怨歌行》、《遠別曲》、《搗衣曲》諸詩為例。現在，即舉其《別調曲》一首以便說明——「家住鄴城門向西，青樓上與鄴城齊。郎行好記門前柳，春夢南來路不迷」。這就是所謂興。像這一類興的作品，如何可用性靈神韻格調諸語以解釋之。所謂性靈也，神韻也，格調也，眞所謂強作解事，眞所謂巧立名目。他是在此種關係上使格調說成為性靈的傾向。

類此之詩，于鱗不能做得這般空靈，元美不能講得這般透徹。後來只有屠隆論詩因為也偏於性靈，才能闡發其義。而屠氏所作如《竹枝詞》三十首，宛然也是茂秦《別調曲》之嗣響。屠氏自序謂：「適情事有感，忽得口號一首，沓不知從何來。」這即是所謂「興」的解釋。

如何由悟以入其妙？這於討論「興」的問題時，已講一些。尚有與此相反而適相成者，即是改詩的問題。他說：「『新詩改罷自長吟』，此少陵苦思處，使不深入溟渤，焉得驪頷之珠哉？」又說：「詩不厭改，貴乎精也。」（均見《詩話》二）他又說：「思未周處，病之根也。數改求穩，一悟得純。子美所謂『新詩改罷自長吟』是也。」（《詩話》三）這即是由悟入妙之法。以興為主，漫然成篇，固是入化；數改求穩，一悟得純，也未嘗不是入妙。所以他再說：「自然妙者為上，精工者次之，此著力不著力之分，學之者不必專一而逼眞也。專於陶者失之淺易，專於謝者失之餖飣，孰能處於陶謝之間，易其貌，換其骨，而神存千古！子美云：『安得思如陶謝手』，此老猶以為難，況其他者乎？」（《詩話》四）他欲處於陶謝之間，所以主興與改詩便不相衝突，當時盧枏為詩，直寫胸蘊，以為「格貴雄渾，句宜自然」，而茂秦勸其再假思索以成無瑕之玉（見《詩話》三）。也是這種意思。

盧枏已有些倔強不服善了。恐怕當時不服善的更有人在。茂秦與于鱗論詩不合，與此或不無關係。《詩話》

中屢言不要自滿，應當接受詆訶（見卷二與卷三）。並且說：「能入乎天下之目，則百世之目可知。」（《詩話》三）言外之意，顯然要想糾正盛氣凌人的詩壇風氣。

於次，再論王世貞。世貞，字元美，太倉人，所著有《弇州山人四部稿》等。他的詩論雖仍是格調說，然於正之外兼承認變。所以欲於第一義之詩取其格，於第一義以外之詩博其趣，這就和李夢陽李攀龍諸人的意見稍有出入了。此義見其所撰《藝苑巵言》。他說：

世人選體，往往談西京建安，便薄陶謝，此似曉不曉者。毋論彼時諸公，即齊梁纖調，李杜變風，亦自可采。貞元而後，方足覆瓿。大抵詩以專詣爲境，以饒美爲材，師匠宜高，捃拾宜博。（《巵言》一）

他論選體而兼及李杜，便與高談漢魏者不同。「師匠宜高，捃拾宜博」，這在格調說中已可謂變了。不僅如此，他再序愼子正的《宋詩選》，謂：

自北地（李夢陽）信陽（何景明）顯弘正間，古體樂府非東京而下至三謝，近體非顯慶而下至大曆，俱亡論也。二季（宋元）繇是屈矣。吳興愼侍御子正，顧獨取《宋詩選》而梓之，以序屬余。余故嘗從二三君子後，抑宋者也。子正何以梓之，余何以從子正之請而序之。余所以抑宋者，爲惜格也。然而代不能廢人，人不能廢篇，篇不能廢句，蓋不止前數公（指歐梅蘇黃）而已。此語於格之外者也。今夫取食色之重者與禮之輕者比之，奚啻食色重。夫醫師不以參苓而捐溲勃，大官不以八珍而捐胡祿障泥，爲能善用之也。雖然，以彼爲我則可，以我爲彼則不可。子正非求爲伸宋者也，將善用宋者也。（《弇州山人續稿》四十

（二）

在此文中，雖仍不廢格調派的主張，不變格調派的立場，然而既可用宋，就沒有不讀唐以後書這般嚴格了。李維楨《宋元詩序》謂：「頃自二三大家，王元美、李于田、胡元瑞、袁中郎諸君以爲有一代之才即有一代之詩，何可廢也，稍爲摘取評目。」（《大泌山房集》九）便可知由這一點言，王世貞與袁中郎並沒有什麼分別。

因此，他論學古，常講到離合問題。如其《李氏擬古樂府序》云：「夫合而離也者，毋寧離而合也者，此伯承旨也。」（《四部稿》六四）又《藝苑卮言》云：「法合者必窮力而自運，法離者必凝神而並歸。合而離，離而合，有悟存焉。」（卷一）這些話中，都可看出他學古的標準。離合問題本不始於弇州，其語實本於何景明「意象應曰合，意象乖曰離」二語。由這方面言，王與何的意見爲近，蓋所謂捨筏登岸，本不應以摹擬爲事。何之與獻吉，與王之與于鱗，頗有些類似，都想從格調入，而不一定從格調出。所以他《與吳明卿書》曾說：「不佞傷離，于鱗傷合。」（《四部稿》一二一）同道異趣，這便是何王高處。

王氏詩論，可以說是格調派之轉變者。王氏之解釋格調，是：「才生思，思生調，調生格。詩即才之用，調即詩之境，格即調之界。」（《藝苑卮言》一）他說明格調的分別，由於才思的關係，這就是獻吉于鱗之所未發。有此探源窮本之論，那麼拘泥於形貌求之，當然成爲雖合而實離了。

然則，弇州的主張是怎樣呢？他是以格調說爲中心，而朦朧地逗出一些類似性靈說與神韻說的見解，所以只是格調說之變。關於第一義之悟，他是承認的，而且是贊同的。他說：

李獻吉勸人勿讀唐以後文，吾始甚狹之，今乃信其然耳。記聞既雜，下筆之際，自然於筆端攪擾，驅

斥爲難。（《藝苑卮言》一）

於是他取第一義的佳作，「熟讀涵泳之，令其漸漬汪洋，遇有操觚，一師心匠，氣從意暢，神與境合，分途策馭，默受指揮」，這是所以要學第一義詩的理由。他再說：「世亦有知是古非今者，然使招之而後來，麾之而後卻，已落第二義矣。」（均見《藝苑卮言》一）諷誦之久，神與古會，於是操觚之時，亦氣從意暢，神與境合，雖出於古而依舊一師心匠。這即是隨園所謂不使古人白晝現形的意思；所以我說有些類似性靈說的見解。

不僅如此，他於《徐汝思詩集序》再說明詩必盛唐之旨。他說：

夫近體爲律：夫律法也，法家嚴而寡恩；又於樂亦爲律，律亦樂法也，其翕純皦繹，秩然而不可亂也。是故推盛唐。盛唐之於詩也，其氣完，其聲鏗以平，其色麗以雅，其力沈而雄，其意融而無跡，故曰盛唐其則也。（四部稿六五）

據此理由，他不贊成一般「竊元和長慶之餘似而祖述之」的人，因爲「氣則灕矣，意纖然露矣，歌之無聲也，目之無色也，按之無力也」（見同上）。這也是取則第一義詩的理由。然而稱到盛唐之詩，其意融而無跡，那便很帶些神韻的意味了。《藝苑卮言》中再有一節說到學古而化的境界，謂：「西京建安，似非琢磨可到，要在專習凝領之久，神與境會，忽然而來，渾然而就，無歧級可尋，無色聲可指」（《卮言》一），那更是類似神韻說的地方。

因爲他有些近性靈說的見解，故其學古與于鱗不同。他於《答周組書》中曾說明此義。他說：

> 始僕嘗病前輩之稱名家者，命意措語，往往不甚懸殊，大較巧於用寡而拙於用衆。故稍反之，使庀材博旨，曲盡變風變雅之致，如是而已。至於山川土俗，出不必異，而成不必同；務當於有物有則之一語。而會昨者涖魏，行戍燕、趙，其地莽蒼磊塊，故於辭慷慨多節而清厲。尋轉治武林、吳興間，其所遇清嘉而麗柔，故其辭婉而柔當於致。足下見僕魏詩而怪之，或見僕吳篇而合也。雖然，僕所不自得者，或求工於字而少下其句，或求工其句而少下其篇，未能盡程古如于鱗耳。（《四部稿》一二八）

作風須隨境而變，這便是性靈派的主張。他《與徐子與書》謂：「自楚、蜀以至中原，山川莽蒼渾渾，江左雅秀鬱鬱，詠歌描寫須各極其致。吾輩篇什既富，又須窮態極變，光景常新。……時名易襲，身後可念。」（《四部稿》一一八），這眞是沈痛自悔的話。我們讀弇州之詩，如《小伊州》、《書庚戌秋事》諸首，頗有晚唐風格，此外，有近白香山者，有近李義山者，與盛唐聲調頗不相似。「時名易襲，身後可念」，恐怕是他從格調說轉變之主要原因。其《金臺十八子詩選序》云：「夫詩，心之精神發而聲者也。其精神發於協氣，而天地之和應焉；其精神發於噫氣，而天地之變悉焉。」（《四部稿》六十五）又《章給事詩集序》云：「自昔人謂言爲心之聲！而詩又其精者。予竊以詩而得其人。……後之人好剽竊餘似，以苟獵一時之好，思踳而格雜，無取於性情之眞，得其言而不得其人，與得其集而不得其時者，相比比也。」（《四部稿》六十九）這簡直是性靈派的主張了。得其言而不得其人，與得其集而不得其時，這是後人詬病《四部稿》者，乃不謂於《四部稿》中竟有此語。

又因爲他有些近於神韻說的見解，故其論詩又與獻吉不同。獻吉之序徐昌穀詩稱其大而未化，而弇州則謂：「昌穀之所不足者大也，非化也。昌穀其夷惠乎？偏至而之化者也。」（《四部稿》六十八，《青蘿館詩集序》）因此，他所謂化，亦與漁洋之見爲近，而與獻吉爲遠。《藝苑卮言》云：

篇法之妙，有不見句法者；句法之妙，有不見字法者。此是法極無跡，人能之至，境與天會，未易求也。有俱屬象而妙者，有俱屬意而妙者，有俱作高調而妙者，有直下不偶對而妙者，皆興與境詣，神合氣完使之然。（卷一）

則於格調之中隱寓神韻之意。所以《藝苑卮言》之論五言絕句謂：「絕句固自難，五言尤甚，離首即尾，離尾即首，而要腹亦自不可少。妙在愈小而大，愈促而緩。吾嘗讀《維摩經》得此法，一丈室中置恆河沙諸天寶座，丈室不增，諸天不減。又一剎那定作六十小劫。須如是乃得。」（卷一）此種議論，已早抉發漁洋詩論之妙了。漁洋《香祖筆記》極稱弇州「朦朧萌拆，情之來也；明雋清圓，詞之藻也」數語（見卷八），亦即因其論詩宗旨有相似而已。又弇州稱李白、王維、杜甫三家之詩「眞是三分鼎足，他皆莫及也」（《讀書後》三），這即後來漁洋推摩詰爲詩佛之先聲。二王詩論之相同多如此。

明白這些關係，然後知道人以剽竊摹擬病李王者，而弇州卻正不以剽竊摹擬爲然。如云：

剽竊摹擬，詩之大病，亦有神與境觸，師心獨造，偶合古語者，……不妨俱美，定非竊也。其次裒覽既富，機鋒亦圓，古語口吻間若不自覺。……近世獻吉用修亦時失之，然尚可言。又有全取古文，小加裁剪，……已是下乘，然猶彼我趣合，未足致厭。乃至割綴古語，用文已陋，痕跡宛然，……斯醜方極。摹擬之妙者，分歧逞力，窮勢盡態，不唯敓手，兼之無跡，方爲得耳。若陸機《辨亡》，傅玄《秋胡》，近日獻吉「打鼓鳴鑼何處船」語，令人一見匿笑，再見嘔噦，皆不免爲盜跖優孟所訾。（《藝苑卮言》四）

今天下人握夜光，途遵上乘，然不免邯鄲之步，無復合浦之還，則以深造之力微，自得之趣寡。詩云：「有物有則」，又曰：「無聲無臭」，……然則情景妙合，風格自上，不爲古役，不墮蹊徑者，最也。隨質成分，隨分成詣，門戶既立，聲實可觀者，次也。或名爲閏繼，實則盜魁，外堪皮相，中乃庸立，以此言家，久必敗矣。（《藝苑巵言》五）

他也正看到格調派的流弊，徒摹聲響，不見才情，所以他要有些轉變。後人只知弇州自悔其所作《巵言》，而不知即就《巵言》論之，其論調本不偏於一端。錢牧齋《列朝詩集》謂：「今之君子，未嘗盡讀弇州之書，徒奉《巵言》爲金科玉條，之死不變，其亦陋而可笑矣。」（《列朝詩集小傳》上）然則死奉《巵言》者，其病根仍在不善讀《巵言》。

不過弇州總想巧於用衆，所以仍落格調一派。他一方面說昌穀偏至而之化，一方面卻說：「昌穀偏工雖在至境，要不得言具體，何能化乎？」（《四部稿》一二一，《與吳明卿書》）這不能不說是弇州受病之處。《四部稿》中諸體俱備，衆格兼羅，大則大矣，而不能勝漁洋者正坐此。漁洋曾說過：「工於五言不必工於七言，工於古體不必工於近體」（《居易錄》十四），昌穀漁洋正以偏拈一格見長，而弇州議其偏至，這即是格調與神韻論詩宗旨的分別。因此，漁洋之論王孟，以爲孟不如王者，其病在俗（見《漁洋詩話》及《香祖筆記》八），而弇州則以爲由於才短（見《四部稿》六十四，《謝茂秦集序》）。這即因二人立場不同，漁洋主神韻而弇州主格調的緣故。

再次，講王世懋。世懋字敬美，號麟洲，李攀龍輩稱爲少美。他的詩論比其兄世貞轉變得更突出，所以後人甚至以爲元美敬美論詩互異，而有「不爲《藝苑巵言》束縛，可謂鳳洲諍弟」之語（見汪端《明三十家詩選》初集六下）。我們固不必如此看法，但是他的論調的確比元美更明朗一些。

敬美論詩，固然也是站在格調派的立場。如云：

作古詩先須辨體，無論兩漢難至，苦心模仿，時隔一塵；即爲建安，不可墮落六朝一語，爲三謝，縱極排麗，不可雜唐音。小詩欲作王、韋，長篇欲作老杜，便應全用其體，第不可羊質虎皮，虎頭蛇尾。詞曲家非當行本色，雖麗語博學無用，況此道乎？（《藝圃擷餘》）

這即是格調派的主張。不過此種主張，可與神韻相通，所以王漁洋稱引其語，以爲即是彼所謂「錦則全體皆錦，布則全體皆布」之喻，即是彼所謂「五言感興宜阮陳，山水閒適宜王韋，亂離行役鋪張敍述宜老杜」之旨（均見《池北偶談》卷十二）。因爲這些主張在格調與神韻二派是並不衝突的。明此關係，然後知道他一方面有些反對格調，而一方面又推崇二李，原不爲矛盾自陷。許印芳《詩法萃編》中跋《藝圃擷餘》以爲類此處宜分別觀之，殊誤。我以爲類此處正宜綜合觀之，才可看出他是格調說的轉變者。翁方綱謂神韻即格調，並且說：「吾謂神韻即格調者，特專就漁洋之承接李何王李而言之耳。」（見《復初齋文集》八，《格調論》上，《神韻論》下）這話也相當的對。假使用此說以看敬美之詩論，那麼，更容易看出其關係。

《藝圃擷餘》中說：

詩四始之體……率因觸物比類，宣其性情，恍惚遊衍，往往無定，……後世惟《十九首》猶存此意，使人擊節詠嘆而未能盡究指歸。次則阮公《詠懷》，亦自深於寄託。潘陸而後，雖爲四言詩，聯比牽合，蕩然無情。蓋至於今，餞送投贈之作，七言四韻，援引故事，麗以姓名，象以品地，而拘攣極矣。豈所謂詩之

> 極變乎？
>
> 今人作詩，必入故事。有持清虛之説者，謂盛唐詩，即景造意，何嘗有此，是則然矣，然亦一家言，未盡古今之變也。……善使故事者，勿爲故事所使，如禪家云，轉法華勿爲法華轉。使事之妙，在有而若無，實而若虛，可意悟，不可言傳，可力學得，不可倉卒得也。宋人使事最多，而最不善使，故詩道衰。我朝越宋繼唐，正以有豪傑數輩，得使事三昧耳。第恐二十年後，必有厭而掃除者，則其濫觴末弩爲之也。

這也是格調與神韻相同的主張。漁洋所謂「興會超妙」，即是這些意思。滄浪所謂「漢魏尙矣，不假悟也」，也是此種關係。他並不專尙清虛，他也知道踵事增華，爲文學演進不可避免的趨勢。所以他不以赤手空拳爲高，但以爲用事有限度，有標準，須得使事三昧而已。這也不失爲通達之論。

於是他再論到使事之法。他以爲「作詩到神情傳處，隨分自佳，下得不覺痕跡，縱使一句兩入，兩句重犯，亦自無傷。如太白《峨眉山月歌》四句，入地名者五，然古今目爲絕唱，殊不厭重」，這話也與漁洋相近。因此，他再説明宗主盛唐之旨，不一定在第一義之悟，而在透徹之悟。他説：

> 晚唐詩，萎薾無足言，獨七言絶句，膾炙人口，其妙至欲勝盛唐。愚謂絶句覺妙，正是晚唐未妙處，其勝盛唐，乃其所以不及盛唐也。絶句之源，出於樂府，貴有風人之致，其聲可歌，其趣在有意無意之間，使人莫可捉著。盛唐惟青蓮龍標二家詣極，李更自然，故居王上。晚唐快心露骨便非本色。議論高處，逗宋詩之徑；聲調卑處，開大石之門。

這便是以神韻講格調，說明第一義之悟也即由透徹之悟的關係。所以漁洋講佇興，敬美也講佇興；漁洋以為意盡即止，敬美卻早已拈出此義。他說：「今人作詩多從中對聯起，往往得聯多而韻不協，勢既不能易韻以就我，又不忍以長物棄之，因就一題衍為眾律，然聯雖旁出，意盡聯中，而起結之意，每苦無餘，於是別生枝節而傅會，或即一意以支吾。掣衿露肘，浩博之士猶然；架屋疊床，貧儉之才彌窘」。這全由不知意盡即止的道理。由此，他再悟到少陵漫興之作，以為「少陵諸作，多有漫興，時於篇中取題，意興不局。豈非柏梁之餘材創為別館，武昌之剩竹貯作船釘！」妙喻新義，這誠是前人所未發。照此種論詩標準，當然有取於王孟，有取於徐昌穀高子業了。「巧於用短」，這原已抉出了神韻之精義。

這樣，所以我們稱他為格調派的轉變者。

他何以會這樣轉變呢？蓋格調派的流弊，到此時已逐漸顯著。他知道文壇情形不是可用暴力劫持的，儘管所標榜者是第一義之悟，然而用以號召，便多流弊。他說：「少陵何嘗不自高自任！然其詩曰：『文章千古事，得失寸心知』，曰：『新詩句句好，應任老夫傳』，溫然其辭而隱然言外，何嘗有所謂吾道主盟代興哉？」是則格調派的態度，根本便要不得。以這種暴力劫持的態度，只能吸收一般盲從者流，黃茅白葦望而生厭。因此，他再說：

> 今世五尺之童，才拈聲律，便能薄棄晚唐，自傅初盛；有稱大曆而下，色便赧然，然使誦其詩，果為初邪，盛邪，中邪，晚邪？大都取法固當上宗，論詩亦莫輕道。詩必自運而後可以辨體，詩必成家而後可以言格。晚唐詩人如溫庭筠之才，許渾之致，見豈五尺之童下，直風會使然耳。覽者悲其衰運可也。故予謂今之作者，但須眞才實學，本性求情，且莫理論格調。

這簡直是反對格調的論調了。然而他何嘗反對格調。他對於眞能追配古人者如獻吉于鱗兩家，原是極端推崇的。他所反對的只是矯正格調派末流之失而已。他爲要矯正格調末流之失，所以指出兩條途徑：㈠宗其盛更須溯其源；㈡知其正更須明其變。前一義如：

> 李于鱗七言律，俊潔響亮，余兄極推轂之。海内爲詩者，爭事剽竊，紛紛刻鶩，至使人厭。余謂學于鱗不如學老杜，學老杜尚不如學盛唐。何者？老杜結構自爲一家言，盛唐散漫無宗，人各自以意象聲響得之。政如韓柳之文，何有不從《左史》來者，彼學而成爲韓爲柳，吾卻又從韓柳學，便落一塵矣。輕薄子遽笑韓柳非古，與夫一字一語，必步趨二家者皆非也。

後一義如：

> 唐律由初而盛，由盛而中，由中而晚，時代聲調，故自必不可同，然亦有初而逗盛，盛而逗中，中而逗晚者。何則？逗者變之漸也，非逗故無繇變。……學者固當嚴於格調，然必謂盛唐人無一語落中，中唐人無一語落盛，則亦固哉其言詩矣。

求之其前再求之其後，宗主一家再博取數家，那麼，雖仍是格調說，也就沒有格調說的流弊了。謝榛的論詩宗旨本來就是如此的。

這樣，我們又可以稱他爲格調派的修正者。

再次，講胡應麟。胡氏詩論，全出於大美少美，而以得於少美者爲尤多。他本於大美「師匠宜高」之語，他又本於少美「非迫則無由變」之語，於是一方面尙格，一方面論變。這兩種有些分別，一是文學批評家品評的標準，一是文學史家流別的識鑒，可以衝突，也可以調和。即如他的《詩藪》於《內編》分體，於《外編》《雜編》分時代，即是一以示其格，一以窺其變。不僅如此，他於《內編》常講到各種體制之流變，而於《外編》《雜編》的分別，卻以唐以前詩入《外編》，宋詩入《雜編》，仍有上下其手的意思。我們於此，可知他的詩論是欲調和此二端的。

《詩藪》中論詩主變的話，觸目皆是，不可勝舉。正因他論詩主變，所以尙有不主摹擬之論。如云：

> 上下千年，雖氣運推移，文質迭尙，而異曲同工，咸臻厥美。《國風》《雅》《頌》溫厚和平，《離騷》《九章》愴惻濃至，《東西二京》神奇渾璞，建安諸子雄贍高華，六朝俳偶靡曼精工，唐人律調淸圓秀朗，此聲歌之各擅也。《風》《雅》之規，典則居要；《離騷》之致，深永爲宗；古詩之妙，專求意象；歌行之暢，必由才氣；近體之攻，務先法律；絕句之構，獨主風神；此結撰之殊途也。（《內編》一）

> 古人作詩各成己調，未嘗互相師襲。以太白之才就聲律，即不能爲杜，何必遽減嘉州；以少陵之才攻絕句，即不能爲李，詎謂不若摩詰！彼自有不可磨滅者，毋事更屑屑也。（《內編》六）

歷代既聲歌各擅，何必摹擬！作家既各成己調，焉用師襲！論詩到此，似乎與前後七子的理論也站在反對的立場了。然而不然，《詩藪》第一則就言：

四言變而《離騷》，《離騷》變而五言，五言變而七言，七言變而律詩，律詩變而絕句，詩之體以代變也。《三百篇》降而《騷》，《騷》降而漢，漢降而魏，魏降而六朝，六朝降而三唐，詩之格以代降也。（《內編》一）

他一方面承認體以代變，一方面卻指出格以代降，這些正與上文所引一方面指出聲歌各擅，而一方面卻復言結撰殊途，雙管齊下，正是同樣的用意。他儘管可以承認變，可以聲歌各擅，但是不能不承認結撰殊途。結撰殊途，即是各體有各體之高格，而不應取法乎下了。所以他說：「行遠自邇，登高自卑，造道之等也；立志欲高，取法欲遠，精藝之衡也。」他再舉例以說明之云：「登岱者必於岱之麓也，不至其顛非岱也，故學業貴成也。不至其顛猶岱也，故師法貴上也。登龜、蒙、梟、繹峯者即躋峯造極，龜、蒙、梟、繹已耳。由龜、蒙、梟、繹而岱焉，吾未聞也。」這是他的巧爲調和之一。李維楨《大泌山房集》二十一《亦適編序》也有同樣的意思。

不僅如此，《詩藪》第二則又云：

曰風，曰雅，曰頌，三代之音也。曰歌，曰行，曰吟，曰操，曰詞，曰曲，曰謠，曰諺，兩漢之音也。曰律，曰排律，曰絕句，唐人之音也。詩至於唐而格備，至於絕而體窮，故宋人不得不變而之詞，元人不得不變而之曲。詞勝而詩亡矣，曲勝而詞亦亡矣。明不致工於作，而致工於述，不求多於專門，而求多於具體，所以度越元宋，苞綜漢唐也。（《內編》一）

這樣一說，於是反於正者固為變，而合於正者也為變。致工於作者宜變，致工於述者不必變。明人復古，卻正以復古為變。這在復古運動上找到嶄新的理論，又是他的巧為調和之一。一般反對復古論者都以「變」為中心，而他卻於變的理論上建設他的復古論。當時李維楨之《弇州集序》（《大泌山房集》十一）稱明文兼周漢，而其所以兼周漢之故，在體備用繁，若周之無可益；又在法式前代，若周之無不監。而弇州之長即在「能以周漢諸君子之才，精其學而窮其變，文章家所應有者無一不有」。這與胡氏所言若相印合。我們於此，可以看出明代文學之風氣，也可以看出明代復古論之根據。

他又本於大美「法家嚴而寡恩」之說，與少美所謂「趣在有意無意之間，使人莫可捉著」之語，於是一方面尚法，一方面又重悟。《詩藪》中云：「漢唐以後談詩者吾於宋嚴羽卿（嚴羽字儀卿，明人多誤作嚴儀字羽卿，或當時自有所據）得一悟字，於明李獻吉得一法字，皆千古詞場大關鍵。第二者不可偏廢：法而不悟，如小僧縛律；悟不由法，外道野狐耳。」（《內編》五）他是要這樣調劑於悟與法之中，所以，當然的，由格調折入到神韻了。說得更明白一些的，如云：

> 作詩大要不過二端，體格聲調興象風神而已。體格聲調，有則可循；興象風神，無方可執。故作者但求體正格高，聲雄調鬯，積習之久，矜持盡化，形跡俱融，興象風神，自爾超邁。譬則鏡花水月，體格聲調，水與鏡也；興象風神，月與花也。必水澄鏡朗，然後花月宛然；詎容昏鑒濁流求睹二者！故法所當先，而悟不容强也。（《詩藪．內編》五）

他是欲從有則可循者進至無方可執，所以由格調以折入神韻。而他同時復以為「必水澄鏡朗，然後花月宛然」，所以仍以爲「法所當先」。滄浪鏡花水月之喻，猶嫌過於抽象，無由入之途，無用力之方，而他則把此種理論建築在格調說上面，這尤其是他的巧爲調和之處。

不僅如此，他再說到詩與禪異的地方，說到詩與悟後之依舊不能離法。他說：

嚴氏以禪喻詩，旨哉！禪則一悟之後，萬法皆空，棒喝怒呵，無非至理。詩則一悟之後，萬象冥會，呻吟咳唾，動觸天眞。然禪必深造而後能悟，詩雖悟後仍須深造。自昔瑰奇之士，往往有識窺上乘，業阻半途者。（《詩藪・內編》二）

這樣說，詩不是一悟之後可以捨筏而廢法，所以他的詩論，始終不離其宗，依舊建築在格調說上面。這更是他的巧爲調和之處。由前者言，他有些傾向何景明，而不很贊成李夢陽之擬則前人。由後者言，他又有些傾向李夢陽，而不贊同何景明之捨筏登岸。李何論詩，到此始得到調和，成爲一貫的主張，這就是胡應麟詩論重要的地方了。

再次，講到屠隆。何以我們說他是從格調以折入性靈呢？這在他《唐詩品彙選釋斷序》中已可以看出。他說：

夫詩由性情生者也。詩自《三百篇》而降，作者多矣，乃世人往往好稱唐人，何也？則其所託興者深也。非獨其所託興者深也，謂其猶有風人之遺也，非獨謂其猶有風人之遺也，則其生乎性情者也。……唐人之言，繁華綺麗，優游清曠，盛矣，其言邊塞征戍，離別窮愁，率感慨沈抑，頓挫深長，足動人者，即悲壯可喜也。讀宋而下詩，則悶矣。其調俗，其味短，無論哀思，即其言愉快，讀之則不快。何也？《三百篇》博大，博大則詩；漢魏詩雄渾，雄渾則詩；唐人詩婉壯，婉壯則詩。彼宋而下何爲！詩道其亡乎！（《由拳集》十二）

這是他《由拳集》中的文字；雖則揚唐抑宋，仍是格調之說，然而他的解釋已與他人不同。他所以揚唐抑宋之故，由於唐詩託興之深，而託興之深，又因生乎性情。那麼，就比謝榛之論更近於性靈說了。他在《由拳集》中的見解已是如此，則在《白榆集》所言，當然更與「公安」爲近。所以如《劉子威先生澹思集敍》及《抱侗集序》諸文，簡直都是詩本性情，才緣質殊之旨（見《白榆集》二）。此外，如《鴻苞論詩文》一節謂：

> 詩之變隨世遞遷。天地有劫，滄桑有改，而況詩乎！善論詩者，政不必區區以古繩今，各求其至，可也。論漢魏者，當就漢魏求其至處，不必責其不如《三百篇》；論六朝者，當就六朝求其至處，不必責其不如漢魏；論唐人者，當就唐人求其至處，不必責其不如六朝，……宋詩河漢不入品裁，非謂其不如唐，謂其不至也。如必相襲，而後爲佳，詩止《三百篇》，刪後果無詩矣。至我明之詩，則不患其不雅，而患其太襲，不患其無辭采，而患其鮮自得也。夫鮮自得則不至也。即文章亦然，操觚者不可不慮也。（《鴻苞》十七）

此言說得更爲露骨。《鴻苞》中類此之例多不勝舉，所以可斷言這是他詩論的轉變。大抵他所以轉變之故，由其學問思想，與「公安」接近，固有關係，然其較重要者恐怕還在他感覺到學古之不可能。學古之弊，成爲偏師，則嫌單調，兼併古人，又嫌蕪雜。他們於各種體制，都擇定了高格而欲奔赴之，儘管在理論上極圓滿而在事實上爲不可能。事實上所可做到者，不過學古而贋而已；學古而贋，又何足貴！長卿恐怕在這方面嘗試以後，而感覺到此路難通。他說：

> 古今之人，才智不甚遠絕，殫精竭神，終其身而爲之，而格以代降，體緣才限。俊流英彥，逞其雄心於此道，淺者欲其深，深者欲其暢，蹇者欲其疏，疏者欲其實，弱者欲其勁，勁者欲其和，俗者欲其秀，秀者欲其沈，狹者欲其博，博者欲其潔，以並駕前人，誇美後世。其心蓋人人有之，而賦材既定，骨格已成，即終身力爭，而卒莫能改其本色，越其故步而止。以精工存乎力學，而其所以工者非學也；以超妙存乎苦思，而其所以妙者非思也。三唐之不能爲六代，亦猶六代之不能爲三唐；五七言近體之不能爲《十九首》，亦猶《十九首》之不能爲五七言近體；徐庾之不能爲陶韋，亦猶陶韋之不能爲徐庾；青蓮之不能爲少陵，亦猶少陵之不能爲青蓮；世有智籠宇宙，力格羆虎，而用之聲詩則短；辯倒江海，巧雕衆形，而施之吟詠則拙。故雖小道，亦有不可强而能者。（《白榆集》二）

並駕前人，誇美後世，當時如王世貞胡應麟諸人何嘗不同此心理！但是：「賦材既定，骨格已成，即終身力爭而卒莫能改其本色，越其故步」，所以他到此便不復論格調而只論性情了。《鴻苞》（十七）中《論詩文》謂：「元美論詩極精，賞詩極妙，乃至自運多不如其所評，其病在欲無所不有，急急以此道壓一世也」，此語可謂深中元美病痛。「格以代降，體緣才限」，明白到這八字眞言，那便不會再被復古說所蒙蔽了。因此，他說：「夫詩者神來，故詩可以窺神。士之寥廓者語遠，端亮者語莊，寬舒者語和，褊急者語峭，浮華者語綺，清枯者語幽，疏朗者語暢，沈著者語深，譎蕩者語荒，陰鷙者語險。讀其詩千載而下如見其人。士不務養神而務工詩，刻畫斧藻，肌理粗具，氣骨索然，終不詣化境。」（《白榆集》三，《王茂大修竹亭稿序》）此即謝榛所謂「非養無以發其眞」之說。長卿所言，所以與茂秦相近者在此。

再有，長卿論詩又頗雜以禪義。長卿晚年留意釋典，當然要闡詩禪相通之理。他以爲詩禪之關係有幾點：㈠詩中有禪義，如白香山詩之深入玄解，即是其理，屠氏詩也有此傾向。㈡以禪品詩，如他以「《三百篇》是如來祖師，《十九首》是大乘菩薩」云云（見《鴻苞》十七），用此譬況，成爲象徵的批評。㈢以禪的境界論詩，於是近於神韻之說。長卿所論，不過不曾拈出神韻二字而已。其實他所說的都與漁洋相合。其《李山人詩集序》云：

> 夫水之觸石也，松之遇風也，泠泠蕭蕭嘹然而清遠，出而土囊，吹而爲吷，胡其負乎，則其所託者然也。騷人墨卿，無代無之，後人乃往往好讀仲長統、梁鴻、鄭子眞、尚平、韓伯休、陶靖節、王無功、孟襄陽諸家名言，豈非以其抱幽貞之操，達柔淡之趣，寥廓散朗以氣韻勝哉！（《白榆集》三）

此即漁洋神韻說中先天一義，其說猶近於性靈。《鴻苞》之論詩文，貴品格而不貴體格，即是此種關係。他又說：

> 詩道有法，昔人貴在妙悟。新不欲杜撰，舊不欲剿襲，實不欲黏帶，虛不欲空疏，濃不欲脂粉，淡不欲乾枯，深不欲艱澀，淺不欲率易，奇不欲譎怪，平不欲凡陋，沈不欲黯慘，響不欲叫嘯，華不欲輕艷，

質不欲俚野。如禪門之作三觀，如玄門之煉九還，觀熟斯現心珠，煉久斯結黍米，豈易臻化境者！（《鴻苞》十七）

詩非博學不工，而所以工非學；詩非高才不妙，而所以妙非才。杜撰則離，離非超脱之謂；格雖自創，神契古人，則體離而意未嘗不合。程古則合，合非摹擬之謂；字句雖因，神情不傳，則體合而意未嘗不離。（同上）

此又漁洋神韻說中後天一義，其說也不違於格調。摹古師心，不即不離；逞才逞學，恰到好處；這正是以數十年全力凝神的結果。唐人詩如「明月松間照，清泉石上流」，「野曠天低樹，江清月近人」，「雨中山果落，燈下草蟲鳴」，「夜靜江水白，路回山月斜」，雖似常境常談，究非腹有萬卷，胸無一點塵者不能辨（見《白榆集》三，《高以達少參選唐詩序》）。我們看了長卿之論詩，然後知漁洋神韻說之有所自來。然而此又與謝榛所謂「非悟無以入其妙」之說相近。

最後，講李維楨。他覺得詩道至廣，未可偏主一端。偏主一端，過則為病，所以說：「豐贍者失於繁猥，姸美者失於儇佻，莊重者失於拘滯，含蓄者失於晦僻，古淡者失於枯槁，新特者失於穿鑿，平易者失於庸俚，雄壯者失於粗厲。」（《大泌山房集》二十一，《雷起部詩選序》）他又覺得詩才互異，未可兼併古人，合則兩傷。所以又說：「格由時降而適於其時者善；體由代異而適於其體者善。乃若才，人人殊矣，而適於其才者善。孟韋之清曠，沈宋之工麗，不相入而各擅其勝，貪而合之則兩傷矣。拾遺聖於律而鮮為絕，供奉聖於絕而鮮為律。瑜不掩瑕，瑕不掩瑜，諱而兼之則均病矣。宗廟朝庭閨闈邊塞，異地；禮樂軍戎慶弔離合，異事；莊嚴淒惋發揚紆曲，異情；雜而施之，則失倫矣。」（《大泌山房集》二十一，《亦適編序》）此種主張即後來錢謙益之所本。李氏以此修正七子之論調，錢氏則用來攻擊七子之主張，時代不同，態度互異，實則淵源所自，仍是七子餘派之緒論。

在當時，公安竟陵之氣焰方張，七子之餘風漸泯，是非得失，亦以爭辯而漸歸論定。所以李氏對於七子之主張自不能不加以修正。然而修正儘管修正，立場總是不變，於是一方面雖採用公安派的主張，而一方面總不滿公安竟陵的作風。他於《邵仲魯詩草序》中說：

嘉隆間稱詩者必則古昔，如故國舊家，守其先世之遺，無敢失墜，故詩與開元大曆相上下。自頃好奇者學怪於李長吉，學淺於白居易，學僻於孟郊，學澀於樊宗師，學浮艷於《西崑》，而詩之體敝矣。（《大泌山房集》二十三）

他於《吳韓詩選題辭》中又說：

七子沒垂三十年而後生妄肆詆訶，左袒中晚唐人，信口信腕，以爲天籟元聲。般丹陽所臚列野體，鄙體，俗體，無所不有。寡識淺學，喜其苟就，靡然從之。詩道陵遲，將何底止！（《大泌山房集》一三二）

他於《二酉洞草序》甚至出以戲謔的態度說：

杜少陵，讀書萬卷，下筆有神，……而孤陋寡聞之士，以爲詩本性情，眼前光景口頭語，無一不可成詩。……「無書不讀」，昔人以爲美事，而今人中分之而相詆。執是詆以衡人，病「無書」者十九，病「不讀」者十一，若之何能爲少陵詩也。（《大泌山房集》二十）

他於《朱修能詩跋》中甚至以罵詈的態度說：

今爲詩者，仿古人調格，摘古人字句，殘膏餘沫，誠可取厭。然而詩之所以爲詩，情景事理，自古迄今，故無二道。惟才識之士，擬議以成變化，臭腐可爲神奇，安能離去古人，別造一壇宇耶？離去古人而自爲之，譬之易四肢五官以爲人，則妖孽而已矣！（《大泌山房集》一二九）

這都是攻擊公安竟陵的論調，而於公安爲尤甚。

然則他如何採用公安派的主張以建立詩論呢？他認爲：

夫詩有音節，抑揚開闔，文質淺深，可謂無法乎？意象風神，立於言前，而浮於言外，是寧盡法乎？師古者有成心，而師心者無成法。譬之驅市人而戰，與能讀父書者，取敗等耳。（《大泌山房集》十九，《來使君詩序》）

今學詩者工摹擬而非情實，善雕鏤而傷天趣，增蛇足，續鳧脛，失之彌遠。抑或取里巷語，不加修飾潤色，曰此古人之風，可以被弦管金石也。敝帚自享，均以供識者嘔噦而已。（同上，《綠雨亭詩序》）

今詩之弊約有二端：師古者排而獻笑，涕而無從，甚則學步效顰矣；師心者冶金自躍，覂駕自騁，甚

則驅市人野戰，必敗矣。（《大泌山房集》一三一，《書程長文詩後》）

七子與公安互有流弊，他於這方面原看得很清楚。七子之弊，在摹擬，在法古。何況末流承風，變本加厲，安得不暴露其弱點，而招致世人之攻擊！他於《吳汝忠集序》中論七子學古之病云：「其氣不得靡，故擬者失而粗厲；其格不得逾，故擬者失而拘攣；其業不得儉，故擬者失而龐雜；其語不得繁，故擬者失而詭僻。」（《大泌山房集》十二）可知這原是法古者必有的現象。七子末流有此缺點，誠是事實，然而不可因噎廢食，遽謂學詩不妨無師承；更不可矯枉過正，以爲作詩不必有法度。因此，取法於古，仍是李氏積極的主張。不過法古也有限度，過此限度，便非合作。師古師心，本是互有流弊。必須一方面能合先民法度，一方面又能自成一家之言；一方面是匠心而出，一方面又法古而通；這才達到理想的標準。於是他便在此二者之間，成一折衷的論調。即是：「取材於古而不以摹擬傷質；緣情於今而不以率易病格。」（《大泌山房集》二十一，《方於魯詩序》）他便是在這種關係上以採用公安派的主張，以修正七子之理論。實則他的修正七子之說，與其謂本於公安，無寧謂仍本於七子。作詩以道性情，李夢陽早已講過；學古重在捨筏，何景明便是如此。李氏所論仍不外在這兩方面加以發揮而已。我們上文說過，作風猶可以偏詣，理論必求其圓到。這正如六朝之時，作者多溺於時風不能自拔，而批評家則力挽頹習，反足爲後來古文家之先聲。所以李氏所取性靈之說，可以說本於公安，也可以說仍出於七子。

惟其如此，所以他的詩論成爲折衷調和的主張。自來主性靈說者，每輕視說理用事，而他則以爲：「夫有別才別趣，則必有正才正趣。理學何所不該，寧分別正！」而且：「理之融浹也，趣呈其體；學之宏博也，才善其用。才得學而後雄，得理而後全；趣得理而後超，得學而後發。」（均見《大泌山房集》一三一，《郝公琰詩跋》）才學理趣正是相得益彰，何嘗不相關涉！所以他憤慨地說：「詩何病於理學，理學何病於詩，而離之始雙美，合之則兩傷！固哉今之爲詩也。」（《大泌山房集》二十二，《劉宗魯詩序》）這即是與「公安」不同的地方。

他從格調說轉變而修正之，以爲格調說本身不誤而其弊在學者之誤。學者「步趨形骸，割裂餖飣，口實法古而去古彌遠，害古彌甚」（《大泌山房集》二十一，《閻汝用詩序》），所以不是古之不當法，乃是所以法古者未得其道。「古之學以積習，今之學以躐等。古之學以涵養，今之學以捃摭。古之學以潛修，今之學以誇詡。是故驁博不免雜，信古不免襲，偏嗜不免固，而詩與學俱病矣。」（同上，《陳憲使詩序》）學之不得其道，所以格調說會有這些弊病。

他又對性靈說而糾正之，以爲性靈固屬重要，然何能廢法，何能廢學。其《彭飛仲小刻題辭》云：「昔信陽有捨筏之喻，蓋既濟而後可以無筏，未有無筏而可以濟者。」（《大泌山房集》一百三十二）其《張司馬集序》又云：「夫詩文雖小道，其才必豐於天，而其學必極於人。就其才之所近而輔之以學，師匠高而取精多，專習凝領之久，神與境會，手與心謀，非可襲而致也。」（《大泌山房集》十一）這樣講，由才言，是斂才就範；由學言，又所謂水到渠成。於是才與法交相爲用，而不相爲病。

他是這樣集大成的，所以性靈格調可以兼收並取，我們不妨再引一些他的話以實我論。

景傅於情，聲諧於調，才合於法，蹊徑絕而神采流，風骨立而態韻勝。（《大泌山房集》十九，《董司寇詩集序》）

觸景以生情，而不迫情以就景；取古以證事，而不役事以騁材；因詞以定韻，而不窮韻以累趣；緣調

以成體，而不備體以示瑕。（同上，《青蓮閣集序》）

法不隱才，采不廢質，取態濃淡之間，而見巧虛實之際。（《大泌山房集》二十三，《吳凝父稿序》）

這種標準，即是後來錢牧齋論詩之所本，然而牧齋卻用以攻七子。

◎五八　後七子派的文論◎

前後七子均長於論詩而短於論文，故詩論每掩其文論。七子派中如王廷相李維楨等大率囿於傳統見解，並無特異之處，而且與李何諸人之持論不盡同，可不贅述。

求其眞能闡說文必秦漢之旨者，惟王世貞與屠隆二人。王氏之評歸有光文，稱其「單辭甚工，邊幅不足，每得其文讀之，未竟輒解，隨解輒竭」（《弇州四部稿》一二八，《答陸汝順》）這也是歸文定評。不僅歸文，凡宗唐宋古文者，大率都有此病。《藝苑卮言》中謂唐之文庸，宋之文陋（見卷三），唐宋文何以視爲庸且陋，即因認爲愈趨愈下，安於凡近的緣故。王氏於《古四大家摘言序》云：「宋則廬陵臨川南豐眉學者，稍又變之，彼見以爲捨筏而覓津，不知其造益易而益就下。明興，弘正間學士先生稍又變之，非先秦西京弗述，彼見以爲溯流而獲源，不知其猶墮於蹊也。夫所謂古者，不能據上游以厭羣志，而一時輕敏之士，樂於宋之易構而名易獵，衆然而趨之。」（《四部稿》六十八）則可知他對於獻吉諸人之蹊徑未化，不足以厭羣志，雖深致惋惜，然其力爭上游，固不妨引爲同調。至於流連忘返，愈趨愈下的風氣，在他也認爲必須改革的。

不過王氏雖引其端而未暢厥旨，後來屠隆論文，始大闡王李之說。屠氏有一篇《文論》，是他文學批評極重要的一篇。此文雖長，我們不能不全引之。他先申論歷代文學以明文必秦漢之旨。他說：

世人談六經者，率謂六經寫聖人之心，聖人所稱道術，醇粹潔白，曉告天下萬世，燦然如揭日月而行，是以天下萬世貴之也。夫六經之所貴者道術，固也，吾知之；即其文字奚不盛哉？《易》之沖玄，《詩》之和婉，《書》之莊雅，《春秋》之簡嚴，絕無後世文人學士纖穠佻巧之態，而風骨格力，高視千古；若《禮．檀弓》、《周禮．考工記》等篇，則又峯巒峭拔，波濤層起，而姿態橫生，信文章之大觀也。六經而下，《左》《國》之文高峻嚴整，古雅藻麗，……賈馬之文疏朗豪宕，雄健雋古。……其他若屈大夫之詞賦，……莊列之文，……亦天下之奇作矣。譬之大造，寥廓清曠，風日熙明，時固然也，而飄風震雷，揚沙走石，以動威萬物，亦豈可少哉？諸子之風骨格力，即言人人殊，其道術之醇粹潔白，皆不敢望六經，乃其爲古文辭一也。由建安下逮六朝，鮑謝顏沈之流，盛粉澤而掩質素，繪面目而失神情，繁枝葉而離本根，周漢之聲，蕩焉盡矣。然而穠華色澤，比物連匯，亦種種動人。譬之南威西子麗服靚妝，雖非姜姒之雅，端人莊士，或棄而不睨，其實天下之麗，洵美且都矣。

在此節中，他完全站在文學的見地，以說明六經之文章技巧，以說明《左》《國》賈馬屈宋莊列諸子之文學價值，乃至建安六朝之文所以也有可取之處。於是他再說明唐後無文之意。他說：

文體靡於六朝，而唐昌黎氏反之，然而文至昌黎氏大壞焉。……昌黎氏蓋所謂文起八代之衰者，今讀其文，僅能摧駢儷爲散文耳。妍華雖去，而淡乎無采也；醲腴雖除，而索乎無味也；繁音雖削，而瘖乎無聲也。其氣弱，其格卑，其情緩，其法疏，求之六經諸子，是遵何以哉？世人厭六朝之駢儷，而樂昌黎之疏散，翕然相與宗師之。是以韓氏之文，遂爲後世之楷模，建標藝壇之上，而羣趨旌幹之下，一夫奮臂，六合同聲，斯不亦任耳而不任目之過乎？六經而下，古文詞咸在，正變離合，總總夥矣，然未有若昌黎氏者。昌黎之文，果何法也！藉令昌黎氏之文出於周漢，則不得傳。何者？周漢之文無此者，周漢誠無用此文爲也。昌黎氏之所以爲當時宗師而名後世者，徒散文耳。今姑無論其他。即如兩漢制誥，誰非散文，沖夷平淡，都無波峭之氣，而樸茂深嚴，遠而望之，則穆然光沈，迫而視之則神采隱隱，風骨格力，往往而在。昌黎氏之文若是邪？論者謂善繪者傳其神，善書者模其意，昌黎氏之文蓋傳先哲之神，而脫其軀殼，模古人之意，而迂其形畫者也。奚必六經，必諸子哉！且風骨格力，韓子焉不有也！嗟乎！今韓子不屑屑於擬古，而古意矯然具存，即奚必如六經，如諸子，而自爲韓子一家之言可也。今第觀其文，卑者單弱而不振，高者詰屈而聱牙，多者裝綴而繁蕪，寡者率略而簡易，雖有他美，吾不得而知之矣。尚焉取風骨格力於其間哉！厥後歐蘇曾王之文，大都出於韓子，讀之可一氣盡也，而玩之則使人意消。余每讀諸子之文，蓋幾不能終篇也。標而趨之者，非韓子與？（《文論》）

「文靡於隋，韓力振之，然古文之法亡於韓」，這原是何景明的話，不過何氏於此，未曾加以發揮，長卿則稱其「淡乎無采」「索乎無味」「瘖乎無聲」，稱其「氣弱」「格卑」「情緩」「法疏」，稱其「卑者單弱而不振，高者詰屈而聱牙，多者裝綴而繁蕪，寡者率略而簡易，尚焉取風格骨力於其間哉！」於是覺得昌黎之文與六經諸子之文氣象全不合，而所謂古文之法亡於韓者，於此可以看出其關係。長卿再有一篇《與友人論詩文》（《由拳集》二十三），也曾發揮此意。人家說：「昌黎蓋文章家之武庫也，何所不有矣」，他則說：「謂昌黎何所不有，周漢獨何所無耶？」人家說：「昌黎文大抵雅馴不詭於大道」，他則說：「謂昌黎不詭於大道，周漢獨與大道詭耶？」兩兩相較，高下自顯，所以他以爲只有立剖判之先，出六合之外，高自出奇，才可全不學古。否則，「獨奈何能捨周漢而學昌黎氏也」。

這樣說明，眞所謂能立能破，在李、何，李、王諸人的文論中確未曾見如此博辯閎肆之文，可謂復古潮流中的健將。不僅如此，他於李、何，李、王末流之弊亦痛切言之。他說：

明興，北地李獻吉，信陽何仲默，姑蘇徐昌穀，始力興周漢之文；詩自《三百篇》而下，則主初唐。厥後諸公繼起，氣昌而才雄，徒衆而力倍，古道遂以大興，可謂盛矣。然學士大夫之奮起其間者，或抱長才，而乏遠識，踔厲之氣盛，而陶鎔之力淺。學《左》《國》者得其高峻而遺其和平；法《史》《漢》者，得其豪宕而遺其渾博；模辭擬法，拘而不化。獨觀其一，則古色蒼然，總而讀之，則千篇一律也。愚嘗取以自諗，蓋亦時時有之，有之而思變之，猶未得其要領焉。嗟乎，文難言哉！愚意作者必取材於經史，而鎔意於心神，借聲於周漢，而命辭於今日。不必字字而琢之，句句而擬之，而浩博雄渾，識者自知其爲周漢之文，不作昌黎以下語，斯其至乎？今文章家獨有周漢之句法耳，而其渾博之體未備也，變化之機未熟也，超妙之理未臻也，故吾願與海內諸君子勉之矣。夫文不程古則不登於上品，見非超妙，則傍古人之藩籬而已。……二三君子，茍非得之超妙，無輕議古，茍非深於古，無輕呰韓歐也。夫挾天子以令諸侯，諸侯將奔走焉；麋而虎皮，人得而寢處之矣。深於古以呰韓歐，是挾天子以令諸侯也。影響古人而求勝之，則麋而虎皮矣。諸君子其無爲韓歐寢處哉！（《文論》）

文必秦漢，詩必盛唐，學第一義的高格以語人，這是挾天子以令諸侯，似乎在當時是無可反對。不過模辭擬法，拘而不化，一方面是影響古人，一方面亦千篇一律，此則不能不說是學古之病。所以他要「取材於經史而鎔意於心神，借聲於周漢，而命辭於今日」。他覺得當時文章家「獨有周漢之句法耳」，所以主張「不必字字而琢之，句句而擬之」。這實是當時復古說中修正的論調。

「取材於經史而鎔意於心神，借聲於周漢而命辭於今日」，這是兩句很重要的話。我們特別提出這兩句話可以看出復古說之所以爲人詬病，與長卿之怎樣修正當時的復古文學。李維楨《大泌山房集》（二十三）《許覺父集序》中也有兩句名語，是：「體格法古人而不必立異於今人，句意超今人而不必襲跡於古人」，與長卿所言正是異曲同工。

我常想，由長卿之理論言之，則復古之說，眞是能立能破，可謂挾天子以令諸侯，理應有所成功；然而結果徒襲形貌，拘而不化，不必待日後之論定，即在當時已起許多非難，那又是什麼原因呢？推原其故，不外兩種：㈠是古今語言變遷的關係，㈡是文章本質的問題。在當時，宗秦漢與宗唐宋，同樣是復古，同樣是模擬，實在不過是百步與五十步的分別。然而一般人總覺唐宋者得其神，而宗秦漢者拘於貌，此其故，恐怕只有在語言變遷的關係上說明之。語言變遷愈甚，則古今文章的形貌愈離。古今文章的形貌愈離，則規摹學擬，不得不先從形貌上著手。於是「字字而琢之，句句而擬之」，也成爲不得不然的現象了。因爲不如是則不能得其聲調。不能得其聲調，則更不能法其氣象，而又何風骨格力之足言。所以他說：「借聲於周漢而命辭於今日。」借聲於周漢，指句法言；命辭於今日，則變化矣。不妨用古人的句法，不妨襲古人的聲調，但不可不用現代人的思想。易言之，即不可不說現代的話。瓶是舊的，酒卻是新的。何以瓶宜其舊？因爲是骨董，其工致可愛，其古雅可賞，所謂「文不程古則不登於上品」。何以酒宜其新？又因其適時，有眞味可品，有厚味可甘，所謂「八珍醇醴，以視古者太羹玄酒之風則愧矣，蓋太上不貴而後世爭馳，天下之甘旨也」（均見《文論》）。這是他要修正的一點。

又在當時，李何李王何以要崛起於文壇，不是爲了臺閣體末流之嘽緩冗沓嗎？不是爲了唐以後文之氣弱格卑情緩法疏嗎？「讀之可一氣盡也，而玩之則使人意消」，這誠深中唐宋古文之弊。所以李何李王一以奇崛雄健矯之；其中以二李爲尤甚。他們只知學唐宋古文者之卑與弱，而不知其致病之由，乃在別無創見，乃在「超妙之理未臻也」。他們不從超妙之見著手，而只於文章之形貌注意，於是所取於秦漢者，偏主奇崛，則陷於單調，如李于鱗便是；兼取其長則傷於蕪雜，如王元美便是。要之都是所謂「傍人藩籬，拾人咳唾」者。《由拳集》中又有一篇《與王元美先生書》，論好奇之病云：

今夫天，有揚沙走石，則有和風惠日。今夫地，有危峯峭壁，則有平原曠野。今夫江海，有濁浪崩雲，則有平波展鏡。今夫人物，有戈矛叱咤，則有俎豆晏笑。斯物之固然也，藉使天一於揚沙走石，地一於危峯峭壁，江海一於濁浪崩雲，人物一於戈矛叱咤，好奇不太過乎？將習見者厭矣。文章大觀，奇正離合，瑰麗爾雅，險壯溫夷，何所不有！嘗試取先民鴻制大作讀之，《書》如《盤庚》，《禮》如《檀弓》，《周禮》如《考工記》，亦云奇苦近險矣，而不過偶一爲之；其平曠瑩澈，揭日月而臨大道者，固多。他如《穆天子傳》《左》《國》《莊》《騷》秦碑《呂覽》諸篇，雖云魁壘多奇，而其中平易者，亦往往不少。惟揚子雲好奇，言言艱棘，後世而下，論者爲何？平生辛苦，蟲魚自況；出奇間道，終屬偏師。（《由拳集》十四）

在當時李于鱗之文，其病正坐此。所以他說：「信如于鱗標異，凌厲千古，吞掩前後，則六籍之粹白，漢詔誥之溫厚，賈長沙之浩蕩，司馬子長之疏朗，長卿之詞藻，王子淵之才俊，六朝之語麗，不盡廢乎？即天又奚以和風惠日爲也！」至於王元美之文則包羅《左》《國》，吐納《莊》《騷》，出入揚馬，鞭箠褒雄，廣大變化，似乎與李不同了；然而他又竊有疑焉：「雋永之中，不嫌雜俎，閎麗之極，間出麤毫，又撰著太多，篇章太富，宇宙羣品，題詠靡遺，古今萬狀，搜羅略盡，無乃傷於雜乎！」王李都是當時復古的大家而受病若是，其他諸人，更可知矣。所以他要「取材於經史而鎔意於心神」。取材於經史，則「風骨格力往往而在」；鎔意於心神，則所謂「得之超妙」，自然不致傍人藩籬了。學古而陶鎔之，便不至成為偏師；陶鎔而運以心神，便不致傷於無雜。此中有我，呼之欲出，而又何贋古之足病！學古到此，於是「浩博雄渾，識者自知其為周漢之文」，而於文中自能表現個性，這又是他要修正的另一點。

此種講法，在當時李維楨說來，便是才與法的問題。李氏《太函集序》云：「文章之道，有才有法。……法者前人作之，後人述焉，猶射之彀率，工之規矩準繩也。知巧，則存乎才矣。……所貴乎才者，作於法之前，法必可述；述於法之後，法若始作；遊於法之中，法不病我；軼於法之外，我不病法；擬議以成其變化，若有法，若無法，而後無遺憾。」（《大泌山房集》十一）這也與屠氏所言是同樣的意思。重法，所以必須學古；尚才，自然不致泥法。前者不妨取裁於經史，後者必須鎔意於心神。李氏在此文中之批評李王謂：「歷下語不作漢以後，字不失漢以前，而鉤棘澀吻，不必合也；弇州篇或有累句，句或有累字，不必合也。」也與長卿的批評有些相類，可知這是時人共有的公論。

這樣修正，是不是同於一般人之反對七子，詆其摹擬呢？則又不然。主唐宋者不欲摹秦漢之辭，擬秦漢之法；近公安者根本便不主張摹辭擬法；而他則於摹辭擬法之外，似乎覺得應更進一步備其渾博之體，熟其變化之機，而臻其超妙之理。他始終只成為復古論的轉變者與修正者，而不成為復古論的反抗者。這就是他們所受時代的限制。

前後七子的復古論調儘管說得如何動聽，但因：㈠違反了文學演進的原理，㈡脫不掉純藝術論的缺點。所以即在七子派本身已不能不加以修正，何況是七子派所不能牢籠的其他派別呢！

在當時，反對前後七子最有力的中心部隊就是公安派。公安派的成功，即因針對著七子的中心理論以進攻，創造相反的作風，建立相反的理論，所以公安派才是七子的勁敵，而宗主唐宋的古文家還搆不上條件。不過，公安派也不是無因而起的，所以論述公安派的時候，不得不先講公安派的前驅與羽翼。

◇五九　公安派的前驅與羽翼◇

公安派的主張之所由形成，不外幾方面：一是思想的關係，以李贄焦竑的影響爲最巨；二是戲曲家的關係，又以徐渭湯顯祖的影響爲最深；三是詩人的關係，那麼于愼行公鼐諸人的言論與作風也不能沒有一些影響。

現在先講思想界的關係。

李贄，號卓吾，一曰篤吾，泉州晋江人，所著有《李氏焚書》等。

卓吾是當時一個怪人。性褊窄，而讀書又眼光甚銳，能時出新意。爲文不阡不陌，作字亦瘦勁險絕。對俗客則寂無一語，遇勝友則終日晤言，滑稽排調衝口而發。爲和尚而獨存鬢鬚，服儒冠而身居蘭若。怪怪奇奇，所以很不合於流俗；而卒致爲人所構陷。當時王心齋、顏山農、何心隱一流人大抵都有此態度，也往往爲人所驚怪，所傾陷。

大抵當時王學既以悟性爲宗，自由解放，所以只須個性稍强的人，自會走上狂者一路。何況再加上王門中的所謂「泰州學派」如王心齋是鹽丁出身，韓樂吾是窯匠出身；此外有的是樵夫，有的是農夫，也有的是商賈戍卒等等，階級不同，所以「致良知」的結果，反會有和封建思想相反的見解。人家詆卓吾爲狂禪，爲左道，他何嘗顧慮到流俗這些毀譽，他只行吾心之所是而已。他「平生不愛屬人管」（見《焚書》四，《豫約》篇《感慨平生》條），而他「是非又大戾昔人」（見《焚書》六，《讀書樂引》），所以頗有許多驚人的言行。袁小修《珂雪齋遊居柿錄》（九）論中郎詩文，稱其「才高膽大，無心於世之毀譽，聊以舒其意之所欲言耳」。此種態度，恐即受卓吾的影響。當中郎見卓吾的時候，卓吾大加賞識，贈詩有「誦君玉屑句，執鞭亦欣慕；早得從君言，不當有老苦」之語，因爲卓吾以老年無朋，曾作書曰老苦的緣故（見《公安縣志》，《袁宏道傳》）。卓吾喜中郎至，有詩云：「世道由來未可孤，百年端的是吾徒」（《焚書》八），中郎訪卓吾，也題詩云：「李贄便爲今李耳，西陵還似古西周。」（《袁中郎全集》三十三）又《懷龍湖詩》云：「老子本將龍作性，楚人元以鳳爲歌。」（《袁中郎全集》三十九）兩心相印，契合無間，中郎能不受卓吾大刀闊斧，獨來獨往的影響嗎？

卓吾文論之抒其獨見者，即在一篇《童心說》（《焚書》三）。「童心者眞心也」。「失卻童心便失卻眞心；失卻眞心，便失卻眞人」。他是基於此種理由以存其眞心的。這些話原自陽明致良知之說轉變得來。而他爲要做「眞人」，存「眞心」，所以以爲道理聞見都是童心之障。這樣，是非大戾於時人，是非也大戾於昔人。他說：

> 然童心胡然而遽失也？蓋方其始也，有聞見從耳目而入，而以爲主於其內而童心失；其長也有道理從聞見而入，而以爲主於其內而童心失。其久也道理聞見日以益多，則所知所覺，日以益廣，於是焉又知美名之可好也，而務欲以揚之，而童心失；知不美之名之可醜也，而務欲以掩之而童心失。夫道理聞見，皆自多讀書識義理而來也。古之聖人曷嘗不讀書哉！然縱不讀書，童心固自在也。縱多讀書，亦以護此童心

而使之勿失焉耳。非若學者反以多讀書識義理而反障之也。

「童心既障，於是發而爲言語，則言語不由衷；見而爲政事，則政事無根柢，著而爲文辭，則文辭不能達。」一般人方以道理聞見，爲立言之要，爲載道之文，而他卻以爲不是內含以章美，不是篤實生輝光，所以「欲求一句有德之言卒不可得」。理既非天下之至理，文亦難成天下之至文，而一般人方且蹈常習故，陳陳相因，自以爲「有德者必有言」，所以他不得不作獅子吼，一醒世人之耳目了。

夫既以聞見道理爲心矣，則所言者皆聞見道理之言，非童心自出之言也。言雖工，於我何與！豈非以假人言假言，而事假事，文假文乎？蓋其人既假，則無所不假矣。由是而以假言與假人言，則假人喜；以假事與假人道，則假人喜。無所不假，則無所不喜。滿場是假，矮場何辯也！然則雖有天下之至文，其湮滅於假人而不盡見於後世者，又豈少哉！何也？天下之至文，未有不出於童心焉者也。

苟童心常存，則道理不行，聞見不立，無時不文，無人不文，無一樣創制體格文字而非文者。詩何必古選！文何必先秦；降而爲六朝，變而爲近體，又變而爲傳奇，變而爲院本，爲雜劇，爲《西廂曲》，爲《水滸傳》，爲今之舉子業，大賢言，聖人之道，皆古今至文，不可得而時勢先後論也。

這種論調，正是公安派中最明顯最痛快的主張。「詩何必古選，文何必先秦」，他早已對於格調派加以攻擊了。「更說什麼六經，更說什麼《語》《孟》乎？」同時他又對於正統派加以攻擊了。主格調者，標舉秦漢，而他以爲「無時不文，無人不文，無一樣創制體格文字而非文者」；守正統者，宗主唐宋，侈談性理，而他卻又以爲「《六經》《語》《孟》乃道學之口實，假人之淵藪也；斷斷乎其不可以語於童心之言明矣」。他眞可以代表著當時新的潮流的主張。

他是本於這樣見解以推重所謂童心之言，所以他以爲：

> 且夫世之眞能文者，比其初皆非有意於爲文也。其胸中有如許無狀可怪之事，其喉間有如許欲吐而不敢吐之物，其口頭又時時有許多欲語而莫可以告語之處。蓄極積久，勢不能遏，一旦見景生情，觸目興嘆，奪他人之酒杯，澆自己之壘塊，訴心中之不平，感數奇於千載。既已噴玉唾珠，昭回雲漢，爲章於天矣；遂亦自負，發狂大叫，流涕慟哭不能自止。寧使見者聞者切齒咬牙，欲殺欲割而終不忍藏於名山，投之水火。（《焚書》三，《雜說》）

要「蓄極積久，不能自遏」，要「發狂大叫，流涕慟哭不能自止」，同時又要「寧使見者聞者切齒咬牙，欲殺欲割而終不忍藏於名山，投之水火」，這即是公安派人所常說的「一段精光」。必須有這一段精光者，他們才認爲是天下之至文。

李贄之外，和中郎也有一些關係的，就是焦竑。竑，字弱侯，江寧人，自號澹園，所著有《澹園集》、《澹園續集》及《焦氏筆乘》等。弱侯之學，出耿天臺羅近溪，而又篤信李卓吾之學，故頗近於禪。其撰《管東溟墓志》謂：「冀以西來之意密證六經，東魯之矩收攝二氏」（《澹園續集》十四），即可見其論學宗旨。因此關係，所以他論詩論文的主張，不斷與公安近而自然與公安合。可是，公安三袁是文人而不是學者，焦竑是學者而不是詩人，所以他論詩論文的主張，縱欲與公安合，仍不能不與公安異。

先就其與公安相合之點言。袁中郎之卒，雖在焦氏之前，而其生，實後於焦氏二十餘年。《袁中郎集》中有《送焦弱侯老師使梁因之楚訪李宏甫先生》之詩，李宏甫即李卓吾，中郎就是深受他們兩人影響的。弱侯有一篇《與友人論文書》，是很重要的文字。他說：

夫詞非文之急也，而古之詞又不以相襲爲美。《書》不借采於《易》，《詩》非假途於《春秋》也。至於馬、班、韓、柳乃不能無本祖；顧如花在蜜，蘗在酒，始也不能不藉二物以胎之，而脫棄陳骸，自標靈采。……斯不謂善法古者哉！

近世不求其先於文者，而獨詞之知，乃曰以古之詞屬今之事，此爲古文云爾。韓子不云乎？「惟古於詞必己出，降而不能乃剽賊」。夫古以爲賊，今以爲程。……謬種流傳，浸以成習，至有作者當其前，反忽視而不顧，斯可怪矣！（《澹園集》十二）

此文攻擊七子之摹擬剽竊，頗與公安之論調相同。不僅如此，即在積極方面，公安派之所宗主，一爲眉山（蘇軾），一爲香山（白居易），而焦氏論詩論文所推崇的也即此二人。

弱侯論文，眞可謂是蘇氏之學。其集中有《刻蘇長公集序》、《刻蘇長公外集序》，及《刻兩蘇經解序》，可見其於蘇文寢饋之深。李卓吾對於坡文也有特別嗜好。《焚書》卷二有《復焦弱侯書》云：「蘇長公何如人，故其文章自然驚天動地。世人不知，只以文章稱之，不知文章直彼餘事耳！世未有其人不能卓立，而能文章垂不朽者。」可知李卓吾對於東坡也是十分傾倒的。後來袁中郎因爲卓吾已曾選過蘇文，故復特賞蘇詩（見《袁中郎全集》二十三，《答梅客生開府》）。是則他們見解，在這一方面可說是一致的。

弱侯文論之最能闡明東坡之旨者，爲其《刻蘇長公外集序》。

孔子曰：「詞達而已矣。」世有心知之而不能傳之以言，口言之而不能應之以手；心能知之，口能傳之，而手又能應之，夫是之謂詞達。唐宋以來如韓歐曾之於法，至矣，而中靡獨見，是非議論或依傍前人。子厚、習之、子由乃有窺焉，於言有所鬱勃而未暢。獨長公洞覽流略，於濠上竺乾之趣，貫穿馳騁，而得其精微，以故得心應手，落筆千言，坌然溢出，若有所相。至於忠國惠民，鑿鑿可見之實用，絕非詞人哆口無當者之所及。（《澹園續集》一）

此文即以東坡論文之語，論述東坡之文，闡說東坡之論文見解，而同時也即是焦氏的論文見解。蓋弱侯於道，以佛學爲聖學，謂老莊同孔孟，所以與東坡之學爲近。焦氏《續筆乘》謂「釋氏諸經即孔門之義疏」（卷二），而其《莊子翼序》又謂「老莊庶幾乎助孔孟之所不及」（《澹園集》十四）。焦氏也於濠上竺乾之趣，貫穿馳騁而得其精微，以發爲文章，當然會有此種論文見解。

弱侯論詩，又可謂是白氏之學。焦氏少愛邵堯夫《擊壤集》，其後始讀樂天《長慶集》，因鈔其警策若干篇，並刻而傳之。其《刻白氏長慶集鈔序》云：「樂天見地故高，又博綜內典，時有獨悟，宜其自運於手，不爲詞家蹊徑所束縛如此。近世宗尚子美，往往卑其音節，不復數第，膚革稍近，而神情邈若燕越，非但不知樂天，亦非所以學杜也。」（《澹園集》十五）此種見解，更是公安派的先聲了。焦氏《雅娛閣集序》云：「詩非他，人之性靈之所寄也。苟其感不至則情不深；情不深則無以驚心動魄，垂世而行遠。」（《澹園集》十五）又《竹浪齋詩集序》云：「詩也者率自道其所欲言而已。以彼體物指事，發乎自然，悼遊傷離，本之襟度，蓋悲喜在內，嘯歌以宣，非强而自鳴也。」（《澹園續集》二）這也可視爲他論詩的性靈說。

這都是他與公安相合的地方。

至就其與「公安」相異之點言，即「公安」有意矯枉，而弱侯尚庶幾「允執厥中」。弱侯由博返約，所以才與學可相得益彰。昔人以爲詩有別才非關學，而他則以爲博學並不妨礙作詩。他謂：「詩有實有虛，虛者其宗趣也，實者其名物也。」（《澹園集》十四，《詩名物疏序》）才毗於虛而學偏於實，所以才與學不能偏廢。在詩中賣弄學問固不可，然欲不持寸鐵以鼓行詞場，也不爲弱侯之所許。《筆乘》卷四有《作詩不讀書》及《杜詩無一字無來歷》諸條，也即說不妨以學問爲詩。

弱侯既論詩主學，於是悟與法又不成爲衝突。他論書法，謂「有字學不可無性，有字性不可無學」。（《澹園續集》九，《書趙松雪秋興賦》）有學自然合法，有性自然入悟。他於《刻蘇長公集序》云：「譬之嗜音者必尊信古始，尋聲布爪，唯譜之歸，而又得碩師焉以指授之。乃成連於伯牙，猶必徙之岑寂之濱，及夫山林杳冥，海水洞湧，然後恍有得於絲桐之表，而水山之操爲天下妙。若曚者偶觸於琴而有聲，輒曰音在是矣；遂以爲仰不必師於古，俯不必悟於心，而傲然可自信也。豈理也哉！」（《澹園集》十四）此語甚妙，惟知師古而尺尺寸寸以求之，這叫做不悟於心；惟知師心而以本色獨造爲高，這叫做不師於古。矯枉則過正，公安之弊，殆亦與七子相同。所以他認爲從師古以求悟於心，才算四面八方都打得通。這是和公安派不同之點，但是大體說來，公安三袁是受到他一部分的影響的，不過因爲稍偏，所以只做到焦氏一半功夫罷了。

於次，再講公安派受戲曲家的影響。戲曲是當時新興的文學，所以對於戲曲有特嗜的人，往往也即是反對復古的人。虞淳熙（長孺）之《徐文長集序》，稱：「元美于鱗，文苑之南面王也。……李長髯而修下，王短鬢而豐下，體貌無奇異，而囊括無異士。所不能包者二人，頎偉之徐文長，小銳之湯若士也。」徐文長，名渭，山陰人。湯若士名顯祖，一字義仍，臨川人，這兩人恰恰都以戲曲著名。文長所著有《四聲猿》雜劇，又撰《南詞敍錄》。若士所著，有《荊釵》《還魂》《南柯》《邯鄲》四記，世稱「臨川四夢」。在此復古潮流振盪一世之時，而王李主持之文壇，所不能包者即是戲曲作家，此中消息不是值得注意的嗎？固然，我們也可以說前後七子對於戲曲也都相當了解。李空同曾說董解元《西廂詞》可直繼《離騷》，康對山（海）王敬夫（九思）諸人又都是戲曲作家，然而求其眞能了解戲曲而對於傳統文學也能另用一副手法，另取一種眼光者，則不得不推徐湯諸氏了。徐氏《答許北口書》云：「公之選詩可謂一歸於正，復得其大矣。此事更無他端，即公所謂可興可觀可羣可怨一訣盡之矣。試取所選者讀之，果能如冷水澆背，陡然一驚，便是興觀羣怨之品。如其不然，便不是矣。然有一種直展橫鋪，粗而似豪，質而似雅，可動俗眼，如頑塊大臠，入嘉筵則斥，在屠手則取者，不可不愼之也。」（《青藤書屋文集》十七）他所說的，雖仍是興觀羣怨的舊話，然而意義不同。他是要取其「能如冷水澆背，陡然一驚」者，這便是另一種心眼，另一副手法。

怎樣才能如冷水澆背，陡然一驚呢？求之於內則尚眞，求之於外則尚奇。尚眞則不主模擬了，尚奇則不局一格了。不主模擬，不局一格，則詩之實未亡，而興觀羣怨之用以顯。他說：

人有學爲鳥言者，其音則鳥也，而性則人也。鳥有學爲人言者，其音則人也，而性則鳥也。此可以定人與鳥之衡哉？今之爲詩者何以異於是！不出於己之所自得，而徒竊於人之所嘗言，曰某篇是某體，某篇則否；某句似某人，某句則否。此雖極工逼肖，而已不免鳥之爲人言矣。（《青藤書屋文集》二十，《葉子肅詩序》）

這即是不主模擬之說。他又說：

> 韓愈、孟郊、盧仝、李賀詩，近頗閱之，乃知李、杜之外復有如此奇種，眼界始稍寬闊。不知近日學王、孟人，何故伎倆如此狹小？在他面前說李、杜不得，何況此四家耶？殊可怪嘆！菽粟雖常嗜，不信有卻龍肝鳳髓都不理耶？（《青藤書屋文集》十七，《與季友》）

這又是不局一格之意。這種意思，都與復古派的論調不合，實在即因對於戲曲有特嗜，而深受民間文學影響之故。文長論「興」，更有一個妙解，其《奉師季先生書》中有云：「詩之興體，起句絕無意味，自古樂府亦已然。樂府蓋取民俗之謠正與古國風一類。今之南北東西雖殊，而婦女兒童耕夫舟子，塞曲征吟，市歌巷引，若所謂竹枝詞，無不皆然。此眞天機自動，觸物發聲，以啓其下段欲寫之情，默會亦自有妙處，決不可以意義說者。不知夫子以爲何如？」（《青藤書屋文集》十七）此意是前人所未發。顧頡剛先生以研究吳歌之故也曾悟出此理，而不知文長在數百年前早已說過。蓋明人以重視此種新體文學之故，於是對於市歌巷引也有相當的認識。小曲的流行，即因此種關係而起的。所以我說還是受了民間文學的影響。

湯若士與袁中郎同時，故其論調更與「公安」相接近。賀貽孫《激書》卷二《滌習條》舉一則故事云：

> 近世黃君輔之學舉子業也，揣摩十年，自謂守溪昆湖之復見矣！乃遊湯義仍先生之門。先生方爲《牡丹》塡詞，與君輔言，即鄙之，每進所業，輒擲之地，曰：「汝不足敎也。汝筆無鋒刄，墨無煙雲，硯無波濤，紙無香澤，四友不靈，雖勤無益也。」君輔涕泣求敎益虔。先生乃曰：「汝能焚所爲文，澄懷蕩

胸，看吾塡詞乎？」君輔唯唯。乃授以《牡丹記》。君輔閉户展玩，久之，見其藻思綺合，麗情葩發，即啼即笑；即幻即眞。忽悟曰：「先生教我文章變化在於是矣。若閬苑瓊花，天孫霧綃，目睫空艷，不知何生；若桂月光浮，梅雪暗動，鼻端妙香，不知何自；若雲中綠綺，天半紫簫，耳根幽籟，不知何來。先生塡詞之奇如此也。其擧業亦如此矣。」由是文思泉湧，揮毫數紙，以呈先生。先生喜曰：「汝文成矣，鋒刄具矣，煙雲生矣，波濤動矣，香澤渥矣，疇昔臭惡化芳鮮矣」，趣歸就試，遂捷秋場，稱吉州名士。

此則故事頗爲重要。他所謂四友之靈，即徐文長冷水澆背，陡然一驚之意。而尤其應當注意者即是他看戲曲與時文沒有什麼分別。他可以塡詞的方法作時文，也可以塡詞的標準論時文。於此關打得破，則自然筆有鋒刃，墨有煙雲，硯有波濤，紙有香澤，而四友自靈。這即是性靈說。大抵當時論詩論文與七子異趣者，對於戲曲時文每有獨到之處，即因能把此種關鍵，應用到詩文上去而已。徐文長長於戲曲，袁中郎長於時文，而湯若士則兼此二者。

因此，我們先得看他對於戲曲與時文的見解。湯氏之於戲曲，自謂是意之所至，不妨拗折天下人嗓子者（見《玉茗堂尺牘》三，《答孫俟居書》）。他爲什麼要如此，即因他視才情重於規律。其《答呂姜山書》云：「凡文以意趣神色爲主，四者到時，或有麗辭俊句可用，爾時能一一顧九宮四聲否？如必按字模聲，即爲窒滯迸洩之苦，恐不能成句矣。」（《玉茗堂尺牘》四）這是他所以不重視規律的主張。即就音律而言，他也以爲宜重自然。他說：「上自葛天，下至胡元，皆是歌曲。曲者，句字轉聲而已。葛天短而胡元長，時勢使然。總之偶方奇圓，節數隨異，四六之言，二字而節，五言三，七言四，歌詩者自然而然。」（《玉茗堂尺牘》四，《答淩初成》）他所以有此論調即因他的曲是案頭之曲，而不是場上之曲。他寧拗折天下人歌的嗓子，而不願使文詞受窒滯迸洩之苦，因爲這不致拗折人吟誦的嗓子。所以他對於呂玉繩的改竄《牡丹亭記》以迎合歌喉便深致不滿。他說：「若有人嫌摩詰之冬景芭蕉，割蕉加梅，冬則冬矣，然非王摩詰冬景也。其中駘蕩淫夷，轉在筆墨之外耳。」（《尺牘》四，《答凌初成》）

他論時文也重才情。其《王季重小題文字序》即以「時文字能於筆墨之外言所欲言」爲標準（見《玉茗堂文集》五）。此即偏重才情的見解。因此，他於《朱懋忠制義序》更提出氣機二字。他說：「通天地之化者在氣機，奪天地之化者亦在氣機。化之所至，氣必至焉，氣之所至，機必至焉。」（《玉茗文堂集》四）此文所謂氣機云者，也即是於筆墨之外言所欲言而已。何謂化？「即啼即笑即幻即眞」，便是化；「目睫空艷不知何生」，「鼻端妙香不知何自」，「耳根幽籟不知何來」，便是化。此是文章化境，即所謂「通天地之化」。至於何以能到此化境？則全由於一片靈機，出於感興之自然。在作者不過能擒住此一刹那間的感興，以使「藻思綺合，麗情葩發」而已。這即是所謂「奪天地之化」。有了感興，才情自生，這是所謂「化之所至，氣必至焉」。才情橫溢，機趣自來，這又是所謂「氣之所至，機必至焉」。氣至機至，那文章自有鋒刃，有煙雲，有波濤，有香澤了，那自然能於筆墨之外，言所欲言了，這便是所謂才情。也可說是當時唯心論者之所謂才情。

他對戲曲對時文的見解，都有偏於性靈的傾向。所以當時反對七子者，不妨都是擅戲曲、工制藝的人。因爲這種觀念，也可用於評詩論文，他《答王澹生書》云：

> 嘗與友人論文，以爲漢、宋文章各極其趣者，非可易而學也。學宋文不成，不失類鶩；學漢文不成，不止不成虎也。因於敝鄉帥膳郎舍，論李獻吉，於歷城趙儀郎舍論李于鱗，於金壇鄧孺孝館中論元美，各標其文賦中用事出處，及增減漢史唐詩字面處，見此道神情聲色已盡於昔人，今人更無可稱雄，妙者稱能

而已。（《玉茗堂尺牘》一）

他以爲在漢宋以後，再欲造其神情聲色爲事實上所不可能。既不可能，反不如自抒機軸，自寫性靈，吾存吾眞，轉不失本來面目。這是公安派人共同的持論，而若士亦頗有此傾向。所以他說：

世間惟拘儒老生，不可與言文。耳多未聞，目多未見，而出其鄙委牽拘之識，相天下文章，寧復有文章乎？予謂文章之妙，不在步趨形似之間，自然靈氣恍惚而來，不思而至，怪怪奇奇，莫可名狀，非夫尋常得以合之。蘇子瞻畫枯株竹石，絕異古今，畫格乃愈奇妙。若以畫格程之，幾不入格。米家山水人物不多用意，略施數筆，形象宛然；正使有意爲之，亦復不佳。故夫筆墨小技可以入神而證聖。自非通人，誰與解此。（《玉茗堂文集》五，《合奇序》）

文既本於自然靈氣，所以七子講入格，若士正講不入格。蓋七子重在習，習則自有定程；若士重在性，性則不妨決裂文體。所以他以龍爲喩，謂：「觀物之動者自龍至極微，莫不有體。文之大小類是，獨有靈性者，自爲龍耳。」（《玉茗堂文集》五，《張元長噓雲軒文字序》）龍之變化不可窮，龍之變化亦不可測。惟變化不可窮而又不可測者，始爲天下之至文，亦爲天下之奇文。這是他論文所以欲「於筆墨之外言所欲言」的原因。言所欲言，則「下上天地，來去古今，可以屈伸長短，生滅如意」。這才見出奇士的靈心。七子爲常人說法，所以標舉典型，可以轉移一時之耳目；若士爲奇士說法，所以獨往獨來，自不爲七子所範圍。此義，於其《序丘毛伯稿》一文中亦言之。七子處處持其入格的理論，若士偏持其不入格的理論。明代小品文的發展，即建立在這種理論上的。但是這種理論雖與七子相反，卻同樣是純藝術的，而且是唯心的。所以戲曲只成為案頭之戲曲，而時文更只是舉業進身的敲門磚罷了。在明代這種學術思想的風氣之下，即性靈說也不會接觸現實的。

最後，講一講詩人的意見。王漁洋《論詩絕句》云：「草堂樂府擅驚奇，杜老哀時託興微，元白張王皆古意，不曾辛苦學妃豨。」並於《池北偶談》，舉公文介（鼐）于文定（慎行）二人之說，以為此即于公二氏之緒論。所以于公二氏也是不贊同七子的人。

于慎行字可遠，更字無垢，東阿人，諡文定，所著有《穀城山館集》、《穀山筆麈》等。公鼐字孝與，蒙陰人，諡文介，所著有《問次齋集》。于公二人生當隆慶、萬曆之際，李、王之勢焰正高，而又為李氏鄉人，其論詩卻能不為所囿，且有箴砭之論，不得不佩其卓識了。當時與于公二氏同其見解者，尚有一山東人，為馮琦，字用韞，一字琢庵，臨朐人，諡文敏，所著有《宗伯集》。

于慎行之敍《宗伯馮琢庵文集》云：

> 天壤之間有形有質之物，未有能不朽者；必化而後不朽。金石之堅，泐且銛焉而朽；土木之膴，蠹且蘇焉而朽；惟毋化也。水之洋洋，代而不盡，朽乎哉！火之炎炎，傳而不盡，朽乎哉！何者？化也。人心之精，吐而為言，言之倫要，粤而為文，此必有變而之化者。無所變而之化，而欲高馳虎眎，樹千載之標，豈其質哉？近世名家輩出，非先秦、西京口不得談，筆不得下，至土苴趙宋之言，目為卑淺，而眉山氏之家法，亦若曰姑舍是云。鄙人少而操縵，亦謂為然，久而思之，不也。蓋先秦、西京之文，化而後為眉山氏，眉山氏之文化而後為弇州氏，眉山氏發泰、漢之精蘊，化其體而為虛；弇州氏攬眉山之杼軸，化其材而為古：其變一也。世人不知，一以為趙宋，一以為先秦、西京，徒皮相爾。且夫先秦、西京之世，

有以文命者哉？漆園之洸洋，則論著之書也；韓非之精切，則短長之策也；長沙之宏贍，則陳對之牘也；龍門之逖蕩，則紀述之史也：此皆眉山氏之所釀而爲文者也。盍嘗取而紬之，廓之宏篇，約之單語，安所尋其軌跡，安所索其斧痕。故能不爲秦、漢者，而後能爲秦、漢，此則不可朽爾。何者？文以神化者也。不會之以神，而合之以體，不合之以體，而摹之以辭，則物之形質也。方興方圮，方新方故，不朽何之！……頃者先正諸公，亟稱擬議以成其變化，豈非名言！然擬之議之爲欲成其變化也，無所變而之化，而姑以擬議當之，所成謂何？

馮琦之序于愼行父《于宗伯集》云：

夫詩以抒情，文以貌事。古人立言，終不能外人情事理，而他爲異；而後之作者，往往求之情與事之外。求之彌深，失之彌遠，則求之者之過也。亡論《詩三百篇》，大半採之民風，即如漢、魏以來，民謠里諺，出自閭巷兒女子之口，即使騷人墨士，窮情盡變，有以益乎？當戰國時，士抵掌談世事，皆以取給一時，快心千古，即司馬遷爲《史記》，仍其語不能損益也。故知詩以抒情，情達而詩工；文以貌事，事悉而文暢。古人之言，盡於此矣。而後之作者高唱矜步以爲雄，多言繁稱以爲博，取古人之陳言，比而櫛之以爲古調古法。調不合則强情以就之，法不合則飾事以符之。夫句比字櫛，終不可爲調爲法，即調與法亦終不可爲古人；然則徒失今人情與事耳。夫蛩吟鳥語，皆能使人動心，即繁絲急管，不能與爭，故絲不如竹，竹不如肉。古人所由傳，正以獨詣爲宗，自然爲致，無復有古人於前耳。今柰何襲古人以爲古人乎？竊以爲調欲遠，情欲近，法在古人，事在今日。必不得已，寧不得其調與法，而無失其情與事。故里巷歌

謠，協之皆可以爲詩；几席談說，次之皆可以爲文。何者？其情與事近也。（《宗伯集》二）

他們二人的論調，一吹一唱，似相孚應。于氏以爲文不妨學古，但須由擬議以成其變化。七子之流弊，即在擬議而不化。馮氏以爲調與法雖可求古，情與事必須合今。專從調與法上注意，有時失今人之情與事；不如從情與事上著眼，轉得冥合古人之調與法。于氏舉了目標，馮氏言其方法。所以于氏稱許馮氏之文，即在於能化，化秦、漢而爲虛；而馮氏亦自稱此種持論爲于氏所許可。他們雖不至反對宗尚秦、漢，取法盛唐的主張，然卻反對擬襲秦、漢、盛唐的詩文。

于愼行之論古樂府云：

唐人不爲古樂府，是知古樂府也。辭聲相雜，既無從辨；音節未會，又難於歌：故不爲爾。然不效其體而時假其名，以達所欲出，斯慕古而託焉者乎？近世一二名家，至乃逐形模以追遺響，則唐人所吐棄矣。（《穀城山館詩集》一）

漢曲多不可解，蓋樂府傳寫，大字爲辭，細字爲聲，聲辭合寫，故至錯迕。……近代一二名家嗜古好奇，往往採綴古詞，曲加模擬，詞旨典奧，豈不彬彬！第其律呂音節已不可考，又不辨其聲詞之謬，而橫以爲奇僻；如胡人學漢語，可詫胡，不可欺漢。令古人有知，當爲絕倒耳。（《穀山筆麈》八）

又論五言古詩云：

魏晉之於五言，豈非神化，學之則迂矣。何者？意象空洞，樸而不敢琱，軌塗整嚴，制而不敢騁，少則難變，多則易窮，古所謂鸚鵡語不過數聲耳。原本性靈，極命物態，洪纖明滅，畢究精韞，唐果無五言古詩哉？（《穀城山館詩集》二）

公鼐之《樂府自敍》云：

《風》《雅》之後有樂府，如唐詩之後有詞曲，聲聽之變有所必趨，情辭之遷有所必至。古樂之不可復久矣，後人之不能漢、魏，猶漢、魏之不能《風》、《雅》，勢使然也。……近乃有擬古樂府者，遂顓以擬名，其詩但取漢、魏所傳之詞，句撫而字合之，中間陶陰之誤，夏五之脫，遂所不較，或假借以附益，或因文而增損，蹋踖床屋之下，探胠縢篋之間，乃藝林之根蝨，學人之路阱矣。（《池北偶談》引）

此二人的論調又是若合符節。公鼐之《贈邢子願長歌》云：「余子紛紛未易說，擬議原非吾所悅；丈夫樹立自有眞，何必效彼西家顰。」而馮琦之《詩京兆詩序》亦標舉尚情肖眞之旨，稱其詩事無牽會，語無輳泊，因實境所至而命之意，合於古人之所謂情，而他之所謂眞（見《宗伯集》二）。此也其見解相同之處。于愼行《穀山筆麈》之論詩文，又謂「古人之詩如畫意，人物衣冠不必盡似，而風骨宛然。近代之詩如寫照，毛髮耳目，無一不合，而神氣索然。彼以神運，此以形求也」。而馮琦《謝京兆詩序》中亦稱古人之詩，若遠若近，若切若不切，而可以紓己之情，可以諭人之情。後人之詩，其人其地其事，與夫官秩姓氏，皆引古事相符合以爲典切，而己情不必紓，人情不必諭。這也是他們相同的論調。此三人之見解，眞可謂同出一模。這種見解，也可能給公安派一些啓示。即使說公安三袁和他們的時代並不太遠，未必受他們的影響，那麼這種論調至少也可說是公安派的羽翼。

◎六〇　公安派◎

袁宏道字中郎，號石公，公安人，所著有《瀟碧堂》、《瓶花齋》諸集，後人合刻爲《袁中郎全集》。

中郎與兄宗道（伯修）弟中道（小修）並有名，號三袁，而中郎尤著。他是「公安派」的領袖，是反對王李的健將。在明代的文學與文學批評，有學古與趨新二種潮流，而中郎便是代表著新的潮流的人物。

此種新的潮流之形成，最基本的當然是由於經濟發達，有新興的市民階層；而另外和袁中郎文論有更直接關係的又有二種力量：自文學上的關係言，爲戲曲小說之發達；自思想上的關係言，爲王學之產生。前者可於中郎之傾倒於徐文長見之，後者可於中郎之傾倒於李卓吾見之。伯修之《答陶石簣書》稱「中郎極不滿近時諸公詩」（《白蘇齋類集》十六），小修之《解脫集序》亦稱「中郎力矯敝習，大革頹風」（《珂雪齋文集》一）。三袁之中確以中郎爲最突出，當時之反王李運動也確以中郎爲領袖。

不過中郎之成功，與弟兄間的相互切磋也不無關係。所以伯修小修的文學批評，也應於此附帶論述，以見「公安派」的整個主張。

中郎所長在於論詩，而伯修有《論文》二篇，正足以補中郎之所未及。其《論文》上反對模擬，反對撏扯古語，反對地名官銜不用時制，這猶是消極的主張。其《論文》下謂學者宜從學以生理，從理以生文，以學問意見爲主，這便是積極的主張。《論文》上專論文之「辭」，故以消極的主張爲多；《論文》下專論文之「意」，故又以積極的主張爲多。

由消極的主張以推究，於是謂「口舌代心者也，文章又代口舌者也。展轉隔礙，雖寫得暢顯，已恐不如口舌矣，況能如心之所存乎？」（《白蘇齋類集》二十）所以主張辭達。必須文章能如口舌，口舌能如心，然後爲達。正因如此，所以反對王李之學古。他說：

> 古文貴達。學達即所以學古也，學其意不必泥其字句也。今之圓領之袍，所以學古人之綴葉蔽皮也。今之五味煎熬，所以學古人之茹毛飲血也。何也？古人之意期於飽口腹，蔽形體，今人之意亦期於飽口腹蔽形體，未嘗異也。彼摘古字句入己著作者，是無異綴皮葉於衣袂之中，投毛血於殽核之內也。大抵古人之文專期於達，而今人之文，專期於不達。以不達學達，是可謂學古者乎？（同上）

我們屢言秦、漢派學古之失敗，即由古今語言之異。所以伯修以摘古字句，爲王、李之病，可謂一針見血之談。

由積極的主張以推究，於是他以滄溟之「視古修詞寧失諸理」，爲强賴古人失理；以鳳洲之「六經固理藪，已盡，不復措語」，爲不許今人有理。辭所欲達，正達此理，而他們因爲學古之故，徒以摹擬形貌爲事，不再著重於思想；所以他以爲只須有理，雖驅之使模亦不可得。於是又說：

> 有一派學問，則釀出一種意見；有一種意見，則創出一般言語。無意見則虛浮，虛浮則雷同矣。大喜者必絕倒，大哀者必痛號，大怒者必叫吼動地，髮上指冠；惟戲場中人，心中本無可喜事而欲强笑，亦無可哀事而欲强哭，其勢不得不假借摹擬耳。（同上）

以卓見眞情爲文，自然可以破摹擬之敝，這又同於李卓吾的論調，而成爲建設的文論了。小修於《解脫集序》亦謂：「文章之道本無今昔，但精光不磨自可垂後」（《珂雪齋文集》一）。這是公安三袁的共同主張。

以上是伯修之文論，至於小修的意見也有幾點與中郎不同，可以特別論述。其一，是對於竟陵派的攻擊；其又一，是爲中郎辯護而有時足爲中郎文論之修正。

錢謙益《列朝詩集小傳》謂：「小修又嘗告余，杜之《秋興》，白之《長恨歌》，元之《連昌宮辭》，皆千古絕調，文章之元氣也。楚人何知，妄加評竄，吾與子當昌言擊排，點出手眼，無令後生墮彼雲霧。」（丁中）是則牧齋之攻擊竟陵，正是本於小修的意見。蓋公安、竟陵之於詩，其反王、李同，而所以反王、李者則不同。公安期於明暢，竟陵期於幽峭，所以牧齋以鬼趣兵象喻之。

小修《淡成集序》云：「天下之文莫妙於言有盡而意無窮，其次則能言其意之所欲言。」（《珂雪齋文集》二）公安論文雖主辭達本不欲發洩太盡，不過因爲「由含裹而披敷」，原是時勢所必至。那麼，不得已而求其次，言其意之所欲言，一瀉無餘，也不失爲高的標準。至於吞吞吐吐，扭扭捏捏，「本無言外之意，而又不能達意中之言」，便不足貴了。「大丈夫意所欲言，尙患口門狹，手腕遲，而不能盡抒其胸中之奇，安能囁囁嚅嚅如三日新婦爲也。」（均見《淡成集序》）此雖論時文，而其對竟陵之不滿，也即本於此種見地。故他於《吳表海先生詩序》云：「言有盡而意無窮，古人謂水中鹽味，色裡膠青，決定是有，不見其形者，即《三百篇》不多得也。漢魏《十九首》庶幾近之。盛唐之合者不數人，人不數首，而況中晚乎？才人致士情有所必宣，景有所必寫，倒困而出之，若決河放溜，猶恨口窄腕遲，而不能盡吾意也。而彳亍，而囁嚅，以效先人之顰步，而博目前庸流之譽，果何爲者！」（《珂雪齋文集》二）此則便是攻擊竟陵的論調了。

至其爲中郎辯護而修正中郎之說者，於其集中時可遇到。小修比中郎爲後死，或者對於公安末流之弊，看得清楚一些，或者對於攻擊公安之論調也不能不接受一些。此種關係，即由小修與中郎論「變」的見解，已可看出有些出入之處。小修之《宋元詩序》云：「宋、元承三唐之後，殫工極巧，天地之英華，幾洩盡無餘，爲詩者處窮而必變之地，寧各出手眼，各爲機局，以達其意所欲言，終不肯雷同剿襲，拾他人殘唾，死前人語下，於是乎情窮而遂無所不寫，景窮而遂無所不收。」（《珂雪齋文集》二）這樣論變猶與中郎相同。中郎正因要各極其變，各窮其趣，所以不怕譏訕，不肯隨波逐流。由變以存其人之眞，時之眞，同時也由眞以窮其體之變，格之變。宋、元詩之變即宋、元詩之眞；宋、元詩之眞，自造成宋、元詩之變。中郎之詩所以不能無疵，然而卻能獨創一格者，其情形也正與之同。大概中郎詩以不合庸衆耳目，太受時人指摘，所以小修便不能不加以說明。他以爲中郎少年所作或快爽之極，浮而不沈，又以意在破人執縛，不免時涉遊戲，然而「學以年變，筆隨歲老」（見《珂雪齋文集》三，《中郎先生全集序》）。中郎後來所作原並不如此；所以一般人之妄肆譏彈，全由成心不化之故。又中郎詩文家刻不精，吳刻不備，近時刻者又多雜以贋書，這也是中郎蒙譏之故。「至於一二學語者流，粗知趨向，又取先生偶爾率易之語，效顰學步，其究爲俚語，爲纖巧，爲莽蕩，譬之百花開而荊棘之花亦開，泉水流而糞壤之水亦流」（見同上）。那又是公安末流之弊，不能由中郎負其責的。中郎處於剽竊雷同的風氣正盛之時，獨能使人「以意役法，不以法役意，一洗應酬格套之習。……至於今天下之慧人才士，始知心靈無涯，搜之愈出，相與各呈其奇而互窮其變，然後人人有一段眞面目溢露於楮筆之間。」（見同上）那麼，中郎整刷之功，更有其歷史的價值！

正因小修看到這一點：看到整刷之功，同時也看到末流之弊，看到矯枉之功，同時也看到過正之弊，所以他於「變」又有另一種看法。他正是就「變」言變，而不必以「眞」言變。他於《花雲賦引》云：「天下無百年不變之文章。有作始自有末流，有末流還有作始。其變也皆若有氣行乎其間，創爲變者與受變者皆不及知。是故性情之發，無所不吐，其勢必互異而趨俚。趨於俚又將變矣！作者始不得不以法律救性情之窮。法律之持無所不束，其勢必互同而趨浮。趨於浮又將變矣！作者始不得不以性情救法律之窮。夫昔之繁無有持法律者救之，今之剽竊又將有主性情者救之矣。此必變之勢也。」(《珂雪齋文集》一)這樣論變，所以有功而也有其弊，無所謂功也無所謂罪；其須能完成其歷史的價值而已，只須能解決當時的主要矛盾而已。因此，他於《阮集之詩序》中再說明矯正公安風氣的主張。他說：

> 國朝有功於《風》《雅》者，莫如歷下。其意以氣格高華爲主，力塞大曆後之竇，於是宋、元近代之習爲之一洗。及其後也，學之者浸成格套，以浮響虛聲相高，凡胸中所欲言者，皆鬱而不能言，而詩道病矣。先兄中郎矯之，其志以發抒性靈爲主，始大暢其意所欲言，極其韻致，窮其變化，謝華啓秀，耳目爲之一新。及其後也，學之者稍入俚易，境無不收，情無不寫，未免衝口而發，不復檢括；而詩道又將病矣。由此觀之，凡學之者，害之者也；變之者，功之者也。中郎以不忍世之害歷下也，而力變之，爲歷下功臣。後之君子其可不以中郎之功歷下者功中郎也哉！……夫昔之功歷下者，學其氣格高華，而力塞後來浮泛之病；今之功中郎者，學其發抒性靈，而力塞後來俚易之習。有作始自宜有末流，有末流自宜有鼎革，此千古詩人之脈所以相禪於無窮者也。(《珂雪齋文集》二)

這樣論變，那麼矯正公安末流的作風，也正是中郎的主張了。小修之詩論，足以補充中郎所未及者，以這一點爲最重要。這又是以性靈爲中心而兼重格調的主張。這種論調正說明了當時公安派的主張與作風同樣是純藝術的，同樣是脫離現實的。所以他語其侄子祈年彭年謂：「若輩當熟讀漢魏及三唐人詩，然後下筆，切莫率自肣臆，便謂不阡不陌，可以名世也。」他眞這樣深自懺悔的說：「取漢魏三唐諸詩細心研入，合而離，離而復合，不效七子之詩，亦不效袁氏少年未定詩，而宛然復傳盛唐詩之神則善矣。」（均見《珂雪齋文集》一，《蔡不瑕詩序》）

以上是伯修與小修的見解，下文再述中郎的見解。

我們假使於一時代取其代表的文學，於漢取賦，於六朝取駢，於唐取詩，於宋取詞，於元取曲，那麼於明代無寧取時文。時文，似乎是昌黎所謂「俗下文字，下筆令人慚」者，然而，時文在明代文壇的關係，則我們不能忽略視之。正統派的文人本之以論「法」，叛統派的文人本之以知「變」。明代的文人，殆無不與時文生關係；明代的文學或文學批評，殆也無不直接間接受著時文的影響。所以這一點也是我們研究公安派的文論所應當注意的。

《公安縣志．袁宏道傳》稱其「總角，工爲時藝，塾師大奇之，入鄉校，年方十五六，即結文社於城南，自爲社長，社友三十以下者皆師之，奉其約束不敢犯，時於學業外，爲聲歌古文詞」，可知中郎便是長於時文的能手。以長於時文的能手而爲聲歌古文辭，當然能看出他息息相通之處。本來劉將孫已曾說過，「時文之精即古文之理」，「本無所謂古文，雖退之政未免時文耳」。此種意思昔人早已見到，何況中郎再受卓吾的影響呢！

大抵中郎受卓吾的影響很深。因此，他的詩集「《錦帆》《解脱》，意在破人之縛執」。他們都是以新姿態來廓淸舊思想的。不過卓吾是思想家，而中郎畢竟是文人，所以卓吾的影響與建樹是多方面的，而中郎的影響與建樹則僅在文學批評而已。人家都知道中郞是反王、李的，實則中郞何止反王、李。上文已經說過，卓吾文論一方面攻擊宗主秦、漢的格調派，一方面又何嘗不攻擊宗主唐、宋的正統派！我們於論述中郎文論時，也應注意這一點。由中郎對於戲曲小說的認識，對一切民間文學的認識，於是重在「眞」；由中郎對於時文的認識，於是重在「變」。惟眞才能見其變，所謂前無古人；亦惟變才能見其眞，所謂各有本色。由眞言，所以應反王、李；由變言，所以也不妨反歸、唐。只因中郎畢竟是詩人，所以即就文學批評而論，其影響與建樹也只偏在詩論一方面；因此，後人遂只見中郎之反王李，而不見其反歸、唐了。實則，照中郎的理論推去，宗主唐、宋的正統派，又何曾在他眼底！

眞與變，是中郎文論的核心，所以我們於知道他對戲曲小說的認識以外，更須知道他對於時文的認識。他正因對於這兩方面有深切的認識，所以眞與變在他文論中是不可分離的。不僅如此，重在眞，所以反王、李，而所以反王、李者，是爲文學與情的問題；重在變，所以反歸、唐，而所以反歸、唐者，又爲文學與理的問題。於情，不欲其品之卑，於是再論韻，有韻則有趣。於理，不欲其語之腐，於是又重在趣，有趣則有韻。韻與趣，我們雖這般分別言之，而在中郎也是不可分離的。中郎思想所以不如卓吾之積極，中郎主張所以不如卓吾之徹底，而中郎生活所以會傾向到頹廢一路，中郎成就所以會只偏於詩文方面，其原因又全在於此。正因他重在韻，重在趣，於是雖受了新的潮流的洗禮，而不妨安於象牙之塔了。所以小修也說「然其後亦漸趨謹嚴」（《珂雪齋遊居杮錄》九）。

此種關係，全可於其論時文的見解見之。其《與友人論時文書》云：

當代以文取士，謂之舉業，士雖備以取世資，弗貴也，厭其時也。走獨謬謂不然。夫以後視今，今猶古也，以文取士，文猶詩也，後千百年，安知不瞿唐而盧駱之，顧奚必古文詞而後不朽哉！且公所謂古文者，至今日而敝極矣！何也？優於漢，謂之文，不文矣；奴於唐，謂之詩，不詩矣；取宋元諸公之餘沫，而潤色之，謂之詞曲諸家，不詞曲諸家矣。大約愈古愈近，愈似愈贋，天地間眞文澌滅殆盡。獨博士家言，猶有可取，其體無沿襲，其詞必極才之所至，其調年變而月不同，手眼各出，機軸亦異。二百年來，上之所以取士，與士子之伸其獨往者，僅有此文，而卑今之士反以爲文不類古，至擯斥之，不見齒於詞林。嗟夫！彼不知有時也安知有文。夫沈之畫，祝之字，今也；然有僞爲吳興之筆，永和之書者，不敢與之論高下矣。宣之陶，方之金，今也，然有僞爲古鐘鼎及哥柴等窰者，不得與之論輕重矣。何則？貴其眞也。今之所謂可傳者，大抵皆假骨董，贋法帖類也。彼聖人賢者，理雖近腐而意則常新，詞雖近卑而調則無前，以彼較此，孰傳而孰不可傳也哉！（《袁中郎全集》二十一）

他所取於時文者，取其眞，取其「伸其獨往」；取其變，取其「年變而月不同，手眼各出，機軸亦異」。「理雖近腐而意則常新，詞雖近卑而調則無前」，於是所謂韻與趣者亦寓於其中。其《時文敍》云：「學業之用，在乎得雋，不時則不雋；不窮新而極變，則不時。」時即由窮新極變得來，所以我說：「叛統派的文人本之以知變。」稍後，羅萬藻以於時文有得，鄭鄤又以深嗜戲曲，且又工於制藝，其論詩見解均與公安相同。可知當時之文學批評，也與文學有關係。羅萬藻所著有《此觀堂集》，鄭鄤所著有《峚陽草堂集》。二人所言，雖無特殊見解，然亦足窺一時之風氣。

中郎論變似有二義：一是同體的變，一是異體的變。同體的變，是風格的變；異體的變，是體制的變。《時文敍》云：「才江之僻也，長吉之幽也，《錦瑟》之蕩也，《丁卯》之麗也，非獨其才然也，體不更則目不豔，雖李杜復生其道不得不出於此也，時爲之也。」此即指風格之變而言。由風格言，於同一體制之中正以獨創爲奇。《雪濤閣集序》云：「夫古有古之時，今有今之時，襲古人語言之跡而冒以爲古，是處嚴冬而襲夏之葛者也。《騷》之不襲《雅》也，《雅》之體窮於怨，不《騷》不足以寄也。後人有擬而爲之者，終不肖也，何也，彼直求《騷》於《騷》之中也。至蘇李述別及十九等篇，《騷》之音節體致皆變矣，然不謂之眞《騷》不可也。」（《袁中郎全集》一）此又指體制之變而言。由體制言，於同一情調之中又以不襲跡貌爲高。前者是同體的變，後者是異體的變，這是他所謂變。無論是同體或異體的變，要之都是藝術技巧上的進步。既是進步，所以不必摹古。他《與丘長孺尺牘》中說：

今之君子，乃欲概天下而唐之，又且以不唐病宋。夫既以不唐病宋矣，何不以不《選》病唐，不漢魏病《選》，不《三百篇》病漢，不結繩鳥跡病《三百篇》耶？果爾，反不如一張白紙。詩燈一派，掃土而盡矣。夫詩之氣一代減一代，故古也厚，今也薄。詩之奇之妙之工之無所不極，一代盛一代，故古有不盡之情，今無不寫之景。然則古何必高，今何必卑哉！（《袁中郎全集》二十一）

他《與江進之尺牘》中又說：

近日讀古今名人諸賦，始知蘇子瞻、歐陽永叔輩，見識眞不可及。夫物始繁者終必簡，始晦者終必明，始亂者終必整，始艱者終必流麗痛快。其繁也，晦也，亂也，艱也，文之始也。……其簡也，明也，整也，流麗痛快也，文之變也。夫豈不能爲繁，爲亂，爲艱，爲晦，然已簡安用繁，已整安用亂，已明安用晦，已流麗痛快安用聱牙之語，艱深之辭。譬如《周書》《大誥》《多方》等篇，古之告示也，今尚可作告示不？《毛詩》鄭、衛等風，古之淫詞媟語也，今之所唱《銀柳絲》《挂針兒》之類，可一字相襲不？世道既變，文亦因之，今之不必摹古者亦勢也。張、左之賦，稍異揚馬，至江淹庾信諸人，抑又異矣。唐賦最明白簡易，至蘇子瞻直文耳。然賦體日變，賦心益工，古不可優，後不可劣；若使今日執筆，機軸尤爲不同。何也？人事物態有時而更，鄉語方面有時而易，事今日之事，則亦文今日之文而已矣。（《袁中郎全集》二十二）

他是這樣本於純藝術的觀點以完成他「變」的理論。而同時又是本於這樣的歷史的演變以反抗當時之復古潮流的。因此，他對於初、盛、中、晚之說，又有特殊的見解。

今代爲詩者，類出於制舉之餘，不則其才之不逮，逃於詩以自文其陋者，故其詩多不工。而時文乃童而習之，萃天下之精神，注之一的，故文之變態，常百倍於詩。……夫王、瞿者，時藝之沈、宋也。至太倉而盛。鄧、馮則王、岑也。變而爲家太史，是爲錢、劉之初。至金陵而人巧始極，遂有晚音，晚而文之態不可勝窮矣。公琰爲詩，爲舉子業，取之初以逸其氣，取之盛以老其格，取之中以暢其情，取之晚以刻其思，富有而新之，無不合也。（《袁中郎全集》一，《郝公琰詩敍》）

梁啓超之《清代學術概論》謂：「佛說一切流轉相，例分四期，曰：生、住、異、滅。思潮之流轉也正然，例分四期：一啓蒙期（生），二全盛期（住），三蛻分期（異），四衰落期（滅），無論何國何時代之思潮，其發展變遷，多循斯軌。」乃不謂袁中郎之論初、盛、中、晚，正有些同此見解。

他何以要這樣重在變呢？蓋即所以存其眞。「古有古之時，今有今之時」，此乃所以存其時之眞。「我面不能同君面，而況古人之面貌乎？」此又所以存其人之眞。「唐自有詩也不必選體也；初盛中晚自有詩也，不必初盛也；李、杜、王、岑、錢、劉，下迨元、白、盧、鄭，各自有詩也，不必李、杜也。趙宋亦然，陳、歐、蘇、黃諸人有一字襲唐者乎？又有一字相襲者乎？」見《與丘長孺尺牘》所以必須變才能見其眞。因此，他不反對復古，而反對贋古，反對以剿襲爲復古。其《雪濤閣集序》云：

> 夫法因於敝而成於過者也。矯六朝駢麗餖飣之習者，以流麗勝。餖飣者固流麗之因也，然其過在輕纖。盛唐諸人以闊大矯之。已闊矣，又因闊而生莽；是故續盛唐者，以情實矯之。已實矣，又因實而生俚；是故續中唐者以奇僻矯之。然奇則其境必狹，而僻則務爲不根以相勝，故詩之道至晚唐而益小。有宋，歐蘇輩出，大變晚習，於物無所不收，於法無所不有，於情無所不暢，於境無所不取，滔滔莽莽，有若江河，今人徒見宋之不唐法，而不知宋因唐而有法者也。如淡非濃，而濃實因於淡，然其敝至以文爲詩，流而爲理學，流而爲歌訣，流而爲偈誦，詩之弊又有不可勝言者矣。近代文人，始爲復古之說以勝之。夫復古是已！然至以剿襲爲復古，句比字擬，務爲牽合，棄目前之景，摭腐濫之辭，有才者詘於法而不敢自伸其才，無之者拾一二浮泛之語，幫湊成詩。智者牽於習，而愚者樂其易。一唱億和，優人騶從，共談雅道。吁！詩至此，抑可羞哉！

革新的復古，以復古爲變，是他所贊同的；雷同的復古，以復古爲襲，是他所反對的。變則有其眞，襲則亡其眞，所以他師心而不師法。法，是格調派喊出的口號；心，是公安派宣傳的旗幟。其分野在是。於是他說：

詩道之穢未有如今日者。其高者爲格套所縛，如殺翮之鳥，欲飛不得；而其卑者，剽竊影響，若老嫗之傅粉。其能獨抒己見，信心而言，寄口於腕者，余所見蓋無幾也。（《袁中郎全集》一，《敘梅子馬王程稿》）。

善畫者師物不師人，善學者師心不師道。善爲詩者師森羅萬象，不師先輩。法李唐者，豈謂其機格與字句哉！法其不爲漢，不爲魏，不爲六朝之心而已，是眞法者也。是故減灶背水之法，跡而敗，未若反而勝也。夫反，所以跡也。今之作者，見人一語肖物，目爲新詩，取古人一二浮濫之語，句規而字矩之，謬謂復古。是跡其法，不跡其勝者也，敗之道也。嗟夫！是猶呼傅粉抹墨之人，而直謂之蔡中郎，豈不悖哉？（《袁中郎全集》一，《敘竹林集》）

格調派，本於滄浪所謂第一義之悟而欲取法乎上，本也有他們理論上的根據；不過在公安派看來，知正更須知變，無所謂第一義與第二義的分別。蓋一是文學家評選的眼光，一是文學史家論流變的眼光。一則所取的標準嚴，一則所取的標準寬，所以各不相同。因此，格調派講優劣，而公安派不講優劣。其《敘小修詩》云：

……足跡所至，幾半天下。而詩文亦因之以日進。大都獨抒性靈，不拘格套，非從自己胸臆流出不肯下筆。有時情與境會，頃刻千言，如水東注，令人奪魄，其間有佳處，亦有疵處，自不必言，即疵處亦多本色獨造語。然予則極喜其疵處，而所佳音，尚不能不以粉飾蹈襲爲恨，以爲未能盡脫近代文人氣習故也。蓋詩文至近代而卑極矣，文則必欲準於秦漢，詩則必欲準於盛唐，剿襲模擬，影響步趨，見人有一語不相肖者，則共指以爲野狐外道。曾不知文準秦漢矣，秦漢人曷嘗字字學六經歟？詩準盛唐矣，盛唐人曷嘗字字學漢魏歟？秦漢而學六經，豈復有秦漢之文！盛唐而學漢魏，豈復有盛唐之詩！唯夫代有升降，而法不相沿，各極其變，各窮其趣，所以可貴，原不可以優劣論也。（《袁中郎全集》一）

中郎便不肯立一標準的格，所以要各極其變，各窮其趣，於是佳處固可稱，疵處亦有可取。爲什麼？因爲它是變，因爲它是變而後能存其眞。

一方面，固然是變而後能存其眞；反過來說，亦惟眞而後能盡其變。爲什麼？翻盡窠臼，自出手眼，這是眞，同時也就正是變。所以他說：「文章新奇，無定格式，只要發人所不能發，句法字法調法，一一從自己胸中流出，此眞新奇也。」所以他說：「若只同尋常人一般知見，一般度日，衆人所趨者，我亦趨之，如蠅之逐膻，即此便是小人行徑矣。」（均見《袁中郎全集》二十四，《答李元善》）正因新奇變態都須從自己胸中流出，所以隨波逐流，亦步亦趨者，不能眞，也便不能變。雷思霈之序中郎《瀟碧堂集》，謂「眞者精誠之至。不精不誠，不能動人。强笑者不歡，强合者不親。夫惟有眞人而後有眞言。眞者識地絕高，才情既富，言人之所欲言，言人之所不能言，言人之所不敢言。」此即是所謂由眞而盡變之意。此意，在中郎《與張幼于尺牘》中說得更痛快。

至於詩，則不肖聊戲筆耳。信心而出，信口而談，世人喜唐，僕則曰唐無詩；世人喜秦漢，僕則曰秦漢無文；世人卑宋黜元，僕則曰詩文在宋元諸大家。昔老子欲死聖人，莊生譏毀孔子，然至今其書不廢。荀卿言性惡，亦得與孟子同傳。何者？見從己出，不曾依傍半個古人，所以他頂天立地。今人雖譏訕得，卻是廢他不得。不然，糞裡嚼渣，順口接屁，倚勢欺良，如今蘇州投靠家人一般，記得幾個爛熟故事，便曰博識，用得幾個見成字眼，亦曰騷人。計騙杜工部，囤扎李空同，一個八寸三分帽子，人人戴得，以是言詩，安在而不詩哉！不肖惡之深，所以立言亦自有矯枉之過。公謂僕詩亦似唐人，此言極是。然要之幼于所取者，皆僕似唐之詩，非僕得意詩也。夫其似唐者見取，則其不取者斷斷乎非唐詩可知。既非唐詩，安得不謂中郎自有之詩，又安得以幼于之不取，保中郎之不自得意耶？僕求自得而已，他則何敢知。

（《袁中郎全集》二十二）

他是要頂天立地見從己出的，所以愈眞亦愈變，愈變亦愈奇。中郎詩云：「莫把古人來比我，同床各夢不相干」（《袁中郎全集》三十八，《舟居詩》之七），眞到極點，亦即變到極點，奇到極點。「天下之物孤行則必不可無，必不可無雖欲廢焉而不能；雷同則可以不有，可以不有則雖欲存焉而不能」（見《敍小修詩》）。這即是所謂「今人雖譏訕得，卻是廢他不得」。惟其不講優劣，所以譏訕得；惟其眞，所以廢他不得。「今人雖譏訕得，卻是廢他不得」，這即是雷思霈所謂「言人所不敢言」，也即是袁小修所謂「爲宇宙間開拓多少心胸」。易言之，實即是李卓吾所謂「寧使見者聞者切齒咬牙，欲殺欲割而終不忍藏於名山，投之水火。」然而此中自有分際。有心中了了而舉似不得者，借妙筆妙舌以達之，此則所謂言人之所欲言。有不可摹之境與難寫之情，而能片言釋之或數千言描寫之，此則所謂言人之所不能言。有人所不經道之語，一經拈出，推翻千古公案，此則所謂言人之所不敢言。然而中郎於此，只侷限在文學方面。他在文學上開闢許多法門，創造許多境界，而不是在思想上建立許多新奇可怪之論。這是與李卓吾的不同處。因此，中郎之所謂眞與變，不能離韻與趣。

中郎之《敍陳正甫會心集》云：

世人所難得者唯趣。趣如山上之色，水中之味，花中之光，女中之態，雖善說者，不能下一語，唯會心者知之。今之人慕趣之名，求趣之似，於是有辨說書畫，涉獵古董以為清，寄意玄虛，脫跡塵紛以為遠；又其下則有如蘇州之燒香煮茶者，此等皆趣之皮毛，何關神情。夫趣，得之自然者深，得之學問者淺。當其為童子也，不知有趣，然無往而非趣也。面無端容，目無定睛，口喃喃而欲語，足跳躍而不定，人生之至樂，眞無逾於此時者。孟子所謂不失赤子，老子所謂能嬰兒，蓋指此也。趣之正等正覺，最上乘也。山林之人，無拘無縛，得自在度日；故雖不求趣而趣近之。愚不肖之近趣也，以無品也。品愈卑，故所求愈下，或為酒肉，或為聲伎，率心而行，無所忌憚，自以為絕望於世，故舉世非笑之不顧也。此又一趣也。迨夫年漸長，官漸高，品漸大，有身如梏，有心如棘，毛孔骨節，俱為聞見知識所縛，入理愈深，然其去趣愈遠矣。（《袁中郎全集》一）

又其《壽存參張公七十序》云：

山有色，嵐是也；水有文，波是也；學道有致，韻是也。山無嵐則枯，水無波則腐，學道無韻則老學究而已。昔夫子之賢回也，以樂；而其與曾點也，以童冠詠歌。夫樂與詠歌，固學道人之波瀾色澤也。江左之士，喜為任達，而至今談名理者，必宗之。俗儒不知，叱為放誕，而一一繩之以理，於是高明玄曠清虛淡達者，一切皆歸之二氏，而所謂腐濫纖嗇，卑滯局局者，盡取為吾儒之受用。吾不知諸儒何所師承，而冒焉以為孔氏之學脈也。且夫任達不足以持世，是安石之談笑，不足以靜江表也；曠逸不足以出世，是白蘇之風流，不足以談物外也。大都士之有韻者理必入微；而理又不可以得韻。故叫跳反擲者，稚子之韻也；嬉笑怒罵者，醉人之韻也。醉者無心，稚子亦無心。無心故理無所託，而自然之韻出焉。由斯以觀，理者是非之窟宅，而韻者大解脫之場也。（《袁中郎全集》二）

此即李卓吾《童心說》之意。童心易失，韻趣難求，所以他以爲「世情當出不當入，塵緣當解不當結，人我勝負心當退不當進」（《袁中郎全集》二十四，《答李元善》）。這樣，或者還庶幾保存童心於萬一。然而，就因此種關係，造成了中郎的生活態度，形成爲中郎的詩文風格。以前所謂名士風流，便是如此。袁小修《南北遊詩序》云：「夫名士者固皆有過人之才，能以文章不朽者也。然使其骨不勁而趣不深，則雖才不足取。」（《珂雪齋文集》一）他們論文如此，論人也如此。

爲人尚眞，眞而後有韻與趣。中郎爲人當然率心而行，無所忌憚，然而雅俗之見，又時縈繞於中郎胸際。所以「有身如梏，有心如棘」固爲中郎之所不喜，而「面無端容，目無定睛」，卻也是中郎之所難爲。無已，欲求其所謂不失赤子，求其所謂能嬰兒，只有如山林之人無拘無縛，得自在度日，爲最近於趣了。「叫跳反擲者稚子之韻也；嬉笑怒罵者醉人之韻也」。事實上已爲成人，不能返老爲童；事實上清醒白醒，又不能無端嬉笑怒罵。於是覺得只有曠逸任達，爲差近於稚子醉人。何以故？因爲都是無心故。物的方面，遁跡山林，庶不爲聞見知識所縛，心的方面，放誕風流絕無罣礙，自然也有波瀾色澤。這是他所謂「世情當出不當入，塵緣當解不當結」的理由。在此種關係上造成了中郎的生活態度，——脫離實際的生活態度。

爲文爲學也尚眞。「學道無韻，則老學究而已」，「理者是非之窟宅，而韻者大解脫之場也」，所以他也要與李卓吾一樣，所言者是本於童心自出之言，而不欲聞見道理之言。本於童心，是眞也，然能不爲讀書識理所障，那便是大解脫了。他在《行素園存稿引》中說：

物之傳者必以質。文之不傳，非曰不工，質不至也。樹之不實，非無花葉也，人之不澤，非無膚髮也，文章亦爾。……古之爲文者，刋華而求質，敝精神而學之，唯恐眞之不極也。博學而詳說，吾已大其蓄矣，然猶未能會諸心也；久而胸中渙然，若有所釋焉，如醉之忽醒，而漲水之思決也。雖然，試諸手猶若掣也，一變而去辭，再變而去理，三變而吾爲文之意忽盡，如水之極於淡，而芭蕉之極於空，機境偶觸，文忽生焉。風高響作，月動影隨，天下翕然而文之，而古之人不自以爲文也，曰是質之至焉者矣。大都入之愈深，則其言愈質，言之愈質，則其傳愈遠。夫質猶面也，以爲不華而飾之朱粉，妍者必減，媸者必增也。（《袁中郎全集》三）

此文自狀其作文步驟，學文經歷，頗與昌黎《答李翊書》、老泉《上歐陽內翰書》相類。博學而詳說，以大其蓄，反求諸心以歸於約，如醉之忽醒，如漲水之思決，這即是所謂眞；然而還不夠，必待一變而去辭，再變而去理，三變而吾爲文之意忽盡，然後「機境偶觸文忽生焉」：這即是所謂韻，所謂解脫。必待層層剝落而後所謂眞者乃益顯。直到「吾爲文之意忽盡」，即是上文所謂「無心」。「無心故理無所託，而自然之韻出焉」，所以我說「中郎之所謂眞與變，不能離韻與趣」。在此種關係上，又形成了中郎的詩文風格。文到無心，而韻自生，而趣自出。所以中郎論詩又以淡爲標的。其《𫖯氏家繩集序》云：

蘇子瞻酷嗜陶令詩，貴其淡而適也。凡物釀之得甘，炙之得苦，惟淡也不可造；不可造，是文之眞性靈也。濃者不復薄，甘者不復辛，惟淡也無不可造；無不可造，是文之眞變態也。風値水而漪生，日薄山而嵐出，雖有顧吳，不能設色也，淡之至也。元亮以之。東野長江，欲以人力取淡，刻露之極，遂成寒

瘦。香山之率也，玉局之放也，而一累於理，一累於學，故皆望岫焉而卻，其才非不至也，非淡之本色也。（《袁中郎全集》一）

照這樣講，累於理則趣薄，累於學則韻滅，都不成爲淡之本色，所以比陶令詩總隔一層。必須如「風值水而漪生，日薄山而嵐出」，自然成文，是淡之至，也即是韻之至。文之愈淡者是文之眞性靈，以其「不可造」；同時也即是文之眞變態，以其「無不可造」。所以由眞與變言固可講到韻與趣，而由韻與趣言，也可合到眞與變。那麼這樣的性靈說，也就成爲唯心論者的性靈說了。

◎六一 竟陵派◎

鍾惺字伯敬，譚元春字友夏，皆竟陵人。二人以選《詩歸》齊名，時稱其作風爲竟陵派。鍾氏所著有《隱秀軒集》，譚氏所著有《譚友夏合集》。

錢牧齋之論鍾譚，謂「伯敬擢第之後思別出手眼，另立深幽孤峭之宗，以驅駕古人之上」。謂「當其創獲之初，亦嘗覃思苦心，尋味古人之微言奧旨，少有一知半見，掠影希光，以求絕出於時俗」（見《列朝詩集小傳》丁中）。這些話尙說得公允。蓋鍾譚於詩原不是無所知見，而本其知見，也確想另立一宗。譚友夏之《退谷先生墓誌銘》，稱鍾氏「嘗恨世人聞見汩沒，守文難破，故潛思遐覽，深入超出，綴古今之命脈，開人我之眼界」（《譚友夏合集》十二）。這也是實情，不爲諛辭。不過鍾譚於詩，雖有所見，但仍沾染明代文人習氣，只在文中討生活，所以覺其不學；只在文中開眼界，所以也多流弊。換句話說，這是還在純藝術論中翻觔斗，所以所謂一知半見，也就等於無所知見。錢牧齋稱其「見日益僻，膽日益粗」，「以俚率爲清眞，以僻澀爲幽峭」，識墮於魔而趣沈於鬼，也未嘗不中其病痛。

不過，平心而論，凡開創一種風氣或矯正一種風氣者，一方面爲功首，一方面又爲罪魁，這本是沒法避免的事。因爲這種偏勝的主張，一方面固然可以去舊疾，一方面也容易致新疾。何況在時風衆勢之下，途徑既成，無論何種主張都不能無流弊。故其罪不在開山的人，而在附和的人。後人懲其流弊，而集矢於開創風氣的人，似未得事理之平。再有，即使開山的人已不能無流弊，然由文學批評史的慣例而言，作風容有偏至之失，批評每多無懈可擊。蓋批評是作者理想的標準，總是比較圓滿；至於作者是否能達此境界，那是另一問題。後人以議其作品之弊而攻擊其批評的主張，似也未得事理之平。

由前一點言，鍾譚不過不欲再循七子途徑而已，不欲復蹈公安覆轍而已。他們於這兩方面原看得很清楚。鍾氏《詩歸序》云：「今非無學古者，大要取古人之極膚極狹極熟便於口手者以爲古人在是。便捷者矯之，必於古人外自爲一人之詩以爲異，要其異又皆同乎古人之險且僻者，不則其俚者也。則何以服學古者之心！」（《隱秀軒文昃集》，序一）譚氏《詩歸序》云：「古人大矣，往印之輒合，遍散之各足，人咸以其所愛之格，所便之調，所易就之字句，得其滯者熟者，木者陋者。曰我學之古人，自以爲理長味深，而傳習之久，反指爲大家，爲正宗。……而有才者至欲以纖與險厭之，則亦若人之過也。夫滯熟木陋，古人以此數者收渾沌之氣，今人以此數者喪精神之原，古人不廢此數者爲藏神奇藏靈幻之區，今人專藉此數者，爲仇神奇仇靈幻之物。」（《譚友夏合集》八）公安矯七子之膚熟，膚熟誠有弊，然而學古不能爲七子之罪。竟陵又矯公安之俚僻，俚僻誠有弊，然而性靈又不能爲公安之非。竟陵正因要學古而不欲墮於膚熟。所以以性靈救之；竟陵又正因主性靈而不欲陷於俚僻，所以又欲以學古矯之。他們正因這樣雙管齊下，二者兼顧，所以要於學古之中得古人之精神。這即是所謂求古人之眞詩。求古人之眞詩，則自然不會襲其面貌，而同時也不會陷於挽近。學古則與古人之精神相冥合，而自有性情；抒情則與一己之精神相映發，而自中法度。論詩到此，就當時純藝術論的觀點來講，豈復更有剩義！

這是鍾譚所以要選《詩歸》之旨。鍾氏《序》云：

> 詩文氣運，不能不代趨而下，而作詩者之意興，慮無不代求其高。高者，取異於途徑耳。夫途徑者，不能不異者也，然其變有窮也。精神者，不能不同者也，然其變無窮也。操其有窮者以求變，而欲以其異與氣運爭，吾以爲能爲異而終不能爲高。其究途徑窮，而異者與之俱窮，不亦愈勞而愈遠乎？此不求古人眞詩之過也。

後人以竟陵詩風，近於深幽孤峭，遂以爲竟陵欲別創深幽孤峭之宗，以取異於途徑。這正誤解了竟陵。後人之誤解，只以竟陵也欲求其高，所以似乎有類「取異於途徑」而已。然而鍾譚都知道取異於途徑者，只能爲異而終不能爲高，所以他們並不欲取異於途徑。鍾譚之病，只在爲了求古人眞詩之故，强欲於古人詩中看出其性靈而已。强於古人詩中求其性靈，於是不得不玩索於一字一句之間。玩索之久，覺得某句奇妙，某字鮮穠，某是苦語，某是很語，某字深甚，某字遠甚，到此地步，雖欲不走入魔道而不可能。這是鍾譚的病痛所在，也是純藝術論者必然的歸宿。譚氏《詩歸序》云：「夫眞有性靈之言，常浮出紙上，決不與衆言伍；而自出眼光之人，專其力，壹其思，以達於古人，覺古人亦有炯炯雙眸，從紙上還矚人。」他這樣疑神疑鬼，於是覃思苦心所得的一知半見，適足爲其入魔之助。牧齋所謂「見日益僻，膽日益粗」者，其原因乃在此。不過我們所應辨析者，乃是鍾譚本意，並不即要走上此僻見，而且他們自已也不覺此種看法爲僻見。譚氏《序》中又云：「法不前定，以筆所至爲法；趣不强括，以詣所安爲趣；詞不準古，以情所迫爲詞；才不由天，以念所冥爲天」，這也是通達之論，何嘗欲走入僻路！然而後人論定總覺其走入僻路者，即因他們只在詩文中討生活，所以也成爲有意欲在詩文中開眼界。有意欲在詩文中開眼界，於是雖不欲取異於途徑，而結果仍成爲取異於途徑。竟陵正欲矯公安之俚與僻，然而牧齋之議竟陵，反說其「以俚率爲清眞，以僻澀爲幽峭」。知及之，學不能副之，作品不能應之，這即是竟陵失敗的原因。而其癥結所在，即因只在詩文中討生活，强欲於古人詩中看出其性靈而已。不於古人詩中求性靈，是公安的流弊；强於古人詩中求性靈，是竟陵的流弊。公安與竟陵之異同，即在這一點。

後來公安的作風逐漸轉變，由性靈而趨向於學古，所以袁小修的見解轉與牧齋爲近。然而竟陵的成就，反由學古而偪促於性靈，卒成爲牧齋所說的鬼趣與兵象，這眞是鍾譚所不及料。所以我總覺得如使僅在詩文中間討生活，則其理論無論如何得最上乘，明第一義，而下劣詩魔，總會入其肺腑之間。鍾氏《詩歸序》云：「選古人詩而名曰《詩歸》，非謂古人之詩以吾所選爲歸，庶幾見吾所選者，以古人爲歸也。引古人之精神，以接後人之心目，使其心目有所止焉，如是而已矣！」所選以古人爲歸，其學古原無可非議，然使後人之心目有所止焉，那便不能無流弊。可是，這眞是沒法避免的事。「何者？人歸之也。選者之權力，能使人歸，又能使古詩之名與實俱徇之，吾其敢易言選哉！」鍾氏原是知道這種關係的。不選，則古人之精神不顯，而鍾譚之心目也無由表現。譚氏《古文瀾編序》云：「選書者非後人選古人書，而後人自著書之道也。」（《譚友夏合集》八）他們正以選詩爲著書，所以可以表現其心目，而同時也可使後人之心目有所止焉。然而，即此，便不能無流弊了。

錢牧齋謂：「《詩歸》盛行於世，承學之士，家置一編，奉之如尼丘之删定」（《列朝詩集小傳》丁中）。一般人的附和推崇，這正是鍾譚的不幸。然而在明代文人的風氣之下，欲使人不附和，不立門戶，又勢所難能。鍾氏《周伯孔詩集序》稱其「遊金陵，欲袖夷門博浪之椎，椎今名下士」（《隱秀軒文昃集》序二）。又《問山亭詩序》云：「今稱詩不排擊李于鱗，則人爭異之，猶之嘉隆間不步趨于鱗者，人爭異之也。」（同上）排擊是時風衆勢，步趨也是時風衆勢。「滔滔者天下皆是也」，所以鍾譚一出，而天下又羣趨於竟陵了。

竟陵何嘗欲自成一派呢？何嘗欲取異於途徑呢？鍾氏於《潘稺恭詩序》云：「稺恭之友有戴孝廉元長者，序稺恭詩，憂近時詩道之衰，歷舉當代名碩，而曰近得竟陵一脈，情深宛至，力追正始。竟陵不知所指。或曰，鍾子竟陵人也。予始逡巡踧踖舌撟而不能舉。近相知中有擬鍾伯敬體者，予聞而省愆者至今。何則？物之有跡者必敝，有名者必窮。昔北地、信陽、歷下、弇州，近之公安諸君子，所以不數傳而異議生者，以其有北地、信陽、歷下、公安之目，而諸君子戀之不能捨也。」（《隱秀軒文昃集》，序又二）自有北地、信陽、歷下、弇州、公安之目而李、何、李、王、三袁之詩以敝；自有竟陵之目，而鍾譚之詩也以敝。敝之者，非北地、信陽、歷下、弇州、公安與竟陵，而是附和北地、信陽、歷下、弇州、公安、竟陵的人。附和者衆，其勢必窮。「勢有窮而必變，物有孤而爲奇」，這是鍾氏《問山亭詩序》中的話。明代文人，所以出主入奴互立壇坫以相爭勝者，全由此種關係。譚氏《萬茂先詩序》云：「吾輩論詩，止有同志，原無同調。」（《譚友夏合集》九）卻不料當時詩人一定要變同志爲同調。

由後一點言，鍾譚以求古人眞詩之故，「察其幽情單緒，孤行靜寄於喧雜之中，而乃以其虛懷定力，獨往冥遊於寥廓之外」（見鍾氏《詩歸序》）。於是不求深幽孤峭，而自然能立深幽孤峭之宗。他强於古人詩中求性靈，神經質地得其所謂「幽情單緒」者。得其所謂「幽情單緒」，於是覺得「詩淸物也。其體好逸，勞則否；其地喜淨，穢則否；其境取幽，雜則否；其味宜淡，濃則否；其遊止貴曠，拘則否」（見《隱秀軒文昃集》序二，《簡遠堂近詩序》）。脫離現實到這般地步，如何能不墮爲鬼趣與兵象！要在詩中表現這種鬼趣與兵象的境界，又如何能不成爲深幽孤峭之宗。鍾氏《答同年尹孔昭書》云：「我輩文字到極無煙火處，便是機鋒，自知之而無可奈何！」（《隱秀軒文往集》，書牘一）又《與譚友夏書》云：「曹能始言我輩詩淸新而未免有痕，卻是極深中微至之言，從此公慧根中出。有痕非他，覺其淸新者是也。」（同上）詩到有機鋒，到有痕可尋，也就是純藝術論有了入手之途，又如何能不別立一宗！

所以鍾譚詩原只詩中一格而已！假使沒有人附和，不成爲風氣，則天地間有此一種詩，孤芳自賞，在以前的環境下原也未爲不可。沈春澤之序《隱秀軒集》云：「後進多有學爲鍾先生語者，大江以南更甚。然而得其形貌，遺其神情，以寂寥言精煉，以寡約言清遠，以俚淺言沖淡，以生澀言新裁；篇章字句之間，每多重複，稍下一二語，輒以號與人曰，吾詩空靈已極。余以爲空則有之，靈則未也。」可知鍾譚詩之流弊，在當時已是如此了。蓋深幽孤峭之宗既立，有機鋒可執，有痕可尋，則學此種詩格者，當然不能無流弊。不僅後進，即鍾譚也不能無此病。錢牧齋之論鍾氏謂「抉擿洗削，以淒聲寒魄爲致，此鬼趣也；尖新割剝，以噍音促節爲能，此兵象也。……鍾譚之類，豈亦《五行志》所謂詩妖者乎？」而其論譚氏詩，又謂「友夏詩貧也，非寒也；薄也，非瘦也；僻也，非幽也；凡也，非近也；昧也，非深也；斷也，非掉也；亂也，非變也。……要其才情不奇故失之纖，學問不厚故失之陋，性靈不貴故失之鬼，風雅不遒故失之鄙」（均見《列朝詩集》）。可知別立一宗的結果，往往走入魔道，能爲異而不能爲高。牧齋之論固不免稍涉苛刻，然在不了解鍾譚詩者，原不妨有此偏激的論調。鍾譚求古人之幽情單緒，雖似稍僻，然而「人有孤懷，有孤詣」（見譚氏《詩歸序》），詩人之所感，原不必即是一般人之所感；詩人一時之所觸，原不必即是一般人習常之所觸。譚氏《汪子戊己詩序》云：「詩隨人皆現，才觸情自生。」又云：「夫作詩者一情獨往，萬象俱開，口忽然吟，手忽然書。即手口原聽我胸中之所流，手口不能測；即胸中原聽我手口之所止，胸中不可強。」（《譚友夏合集》九）這些話很有些近於公安的口吻，然而由有孤懷孤詣的詩人看來，則所謂「一情獨往，萬象俱開」者，正有些近於所謂象徵派詩人的看法。錢牧齋擧吳中朱槐批評鍾譚之語，謂「伯敬詩『桃花少人事』，詆之者曰，李花獨當終日忙乎？友夏詩『秋聲半夜眞』，則甲夜乙夜秋聲尚假乎？」這種話直是不知象徵詩人之所感！孤懷孤詣，原須「以其虛懷定力，獨往冥遊於寥廓之外」，庶幾「如訪者之幾於一逢，求者之幸於一獲」。那得便以這種不周延之語來相詰難！牧齋又說：「世之論者曰，鍾譚一出，海內始知性靈二字，然則鍾譚未出，海內之文人才士皆石人木偶乎？」（《列朝詩集小傳》丁中）我們假使以孤懷孤詣來解釋鍾譚之所謂性靈，那麼，眞所謂「鍾譚一出海內始知性靈二字」。蓋鍾譚之所謂性靈，原不同於一般人之所謂性靈。我們現在只有用唯物的觀點來破除這種唯心的論調，那才使鍾譚詩論無所遁形。假使也用唯心的觀點、純藝術的論調來互相詆諆，是不會使鍾譚低頭的。

我們即使再退一步，說鍾譚之詩，以近象徵詩派之故，不易得人了解，不免落於鬼趣兵象，那麼無論如何，他在文學史上矯正一時風氣，不使黃茅白葦，千篇一律，其功也不可泯沒。鍾氏《問山亭詩序》云：「石公惡世之羣爲于鱗者，使于鱗之精神光焰不復見於世。李氏功臣孰有如石公者！」那麼，在鍾譚之時稱詩者，又一齊化而爲石公，「是豈石公意哉！」（見《昃集》，序二）又其與《王穉恭兄弟》論江進之詩謂「才不及中郎而求與之同調，徒自取狼狽而已」。又謂「國朝詩無眞初盛者，而有眞中晚，眞中晚實勝假初盛，然不可多得」。又謂「學袁江二公與學濟南諸君子何異！恐學袁江二公其弊反有甚於學濟南諸君子也」。他看到當日「牛鬼蛇神，打油定鉸，遍滿世界」，他知道「因襲有因襲之流弊，矯枉有矯枉之流弊。前之共趨，即今之偏廢，今之獨響，即後之同聲」（《隱秀軒文往集》，書牘一）。所以寧願矯異，而遁入僻道，不欲逐流以濟其惡濫。這眞是鍾氏於《再報蔡敬夫書》中自述選輯《詩歸》之旨，所謂「一片老婆心時下轉語，欲以此手口作聾瞽人燈燭輿杖」（見《往集》，書牘一），我們假使就這一點來講，鍾譚詩論對當時的詩壇也不爲無功。

我們即使更退一步，說鍾譚之詩雖能變七子公安之弊，然愈變愈下，其功不能掩其罪，那麼，再看他們的批評是如何？譚氏《袁中郎先生續集序》云：「古今眞文人何處不自信，亦何嘗不自悔。當衆波同瀉，萬家一習之時，而我獨有所見，雖雄裁辯口搖之，不能奪其所信。至於衆爲我轉，我更覺進，舉世方競寫喧傳，而眞文人靈機自檢，已遁之悔中矣。此不可與鈍根浮器人言也。」（《譚友夏合集》八）鍾譚是否有所悔，固不敢言，然由其批評見解言之，卻正不欲成派，不欲落痕。易言之，即不欲其中跡，不欲其有敝。

人家說，鍾譚不學，而他們則正欲以學救其弊。鍾氏《與譚友夏書》云：「輕詆今人詩，不若細看古人詩，細看古人詩，便不暇詆今人也。」（《隱秀軒文往集》，書牘一）他們何曾號呼叫囂，心粗膽橫，如牧齋之所言者。鍾氏《孫曇生詩序》云：「人之爲詩，所入不同，而其所成亦異。從名入才入興入者，心躁而氣浮；……從學入者心平而氣實。」（《隱秀軒文昃集》，序又二）蓋從名入才入興入者，則欲其心之由躁而平，氣之由浮而實，必待年而定；年愈高，學愈進，則詩之所成也隨以異。從學入者便不須如此。可知鍾氏論詩，正以從學入者爲高。是則「竟陵派」之詩論又何嘗廢學！

人家說鍾譚詩貧而非寒，薄而非瘦，而他們又正欲以厚救其弊。譚氏《詩歸序》云：「春未壯時，見綴輯爲詩者，以爲此浮瓜斷梗耳，烏足好！然義類不深，口輒無以奪之。乃與鍾子約爲古學，冥心放懷，期在必厚。」很奇怪，人家於鍾譚詩中看不出他的厚，而他們的論詩，卻是「期在必厚」。鍾氏《陪郎草序》云：「夫詩以靜好柔厚爲教者也。今以爲氣不豪，語不俊，不可以爲詩。予雖勉爲豪，學爲俊，而性不可化，以故詩終不能工。」（《隱秀軒文昃集》，序又二），他所謂豪，即指七子；他所謂俊，即指公安。「豪則喧，俊則薄；喧不如靜，薄不如厚」，所以他要以靜好柔厚爲教。是則鍾譚論詩都拈一「厚」字，何嘗欲其薄，欲其僻呢？

蓋「竟陵」之學，原與「公安」一樣，偏重性靈，其作風也不免均失之於薄；然而「竟陵」又有意與「公安」立異，欲矯「公安」之失，故批評主張遂拈一「厚」字，以爲對症良藥。

因爲厚，不僅對於公安是對症良藥，即對於竟陵也仍是對症良藥。鍾氏《與弟悛書》云：「慧處勿纖，幼處勿離，清處勿薄」（《隱秀軒文往集》，書牘一），即因偏重性靈之作，最易犯此病症。當時曾能始批評鍾譚詩清新而未免有痕，鍾氏極以爲然；也以爲除以厚救之之外，別無辦法。故《與譚友夏書》云：「痕亦不可强融，惟起念起手時，厚之一字可以救之。如我輩數年前詩，同一妙語妙想，當其離心入手，離手入眼時，作者與讀者有所落然於心目，而今反覺味長；有所躍然於心目，而今反覺易盡者，何故？落然者以其深厚，而躍然者以其新奇。深厚者易久，新奇者不易久也。此有痕無痕之原也。」（《隱秀軒文往集》，書牘一）可知他們矯正公安，同時也矯正自己。

他們主張厚出於靈，所以學古而不落格調；他們又主張靈歸於厚，所以論趣而不落於小慧。前者與七子不同，後者又與「公安」不同。這是他們所以雙管齊下之故。然而要到此境地，卻是難得。

鍾氏於《與高孩之觀察書》云：

> 詩至於厚而無餘事矣。然從古未有無靈心而能爲詩者。厚出於靈，而靈者不即能厚。嘗謂古人詩有兩派難入手處。有如元氣大化，聲臭已絕，此以平而厚者也，《古詩十九首》、蘇李是也；有如高岩浚壑，岸壁無階，此以險而厚者也，漢《郊祀鐃鼓》、魏武帝樂府是也。非不靈也，厚之極，靈不足以言之也。然必保此靈心，方可讀書養氣以求其厚。（《隱秀軒文往集》，書牘一）

此即厚出於靈之說。他不是不知詩中有厚的境界，乃是知而未蹈，期而未至。厚必出於靈心，所以不欲摹擬古人之詩。而古人詩中有此境界，他也未嘗不知，只苦於無入手處耳。滄浪所謂無跡可求，殆即謂此。有跡便有痕矣，有痕便有入手處矣。鍾譚論古人之詩，到這些地方，便覺言語道斷。欲在一字一句上求其靈心竟不可得，竟不可能；然而古人之詩又不是沒有靈心的。「非不靈也，厚之極，靈不足以言之也」。所以知其靈更須知其厚，學其厚尤貴學其靈。

鍾氏於《東坡文選序》云：

今之選東坡文者多矣，不察其本末，漫然以趣之一字盡之。故讀其序記論策奏議則勉卒業而恐臥。及其小牘小文，則捐寢食徇之。以李溫陵心眼未免此累，況其下此者乎？夫文之於趣，無之而無之者也。譬之人，趣其所以生也；趣死則死。人之能知覺運動以生者，趣所爲也。能知覺運動以生，而爲聖賢爲豪傑者，非盡趣所爲也。故趣者止於其足以生而已。今取其止於足以生者，以盡東坡之文可乎哉！（《隱秀軒文昃集》，序一）

此又靈歸於厚之說。有靈則有趣，然而趣止於其足以生而已！爲聖賢爲豪傑非盡趣之所爲。所以察其本末，則學問膽識，便不是趣之一字足以盡之。若使僅僅以趣爲主，便落於小智小慧，難成大方家數。爲人不可以小聰明小機趣自限，爲詩又何可以性靈自限。此所以靈又必歸於厚。知靈歸於厚之說，則知「竟陵」作風，未可便以小品目之了。古人詩之所以難於入手，即在這上面；鍾譚詩之所以爲人詬病，又因爲不曾做到這一層。鍾譚之所能說明者，僅於一字一句上探求古人之性靈而已；鍾譚之所能做到者又只於一字一句上表現自己之性靈而已。然而，即此便是機鋒，便是痕。落了機鋒，落了痕，便不會歸於厚。他們儘管見得到，無奈他們不易做得到。這眞是純藝術論者沒有辦法的事。「詩文氣運不能不代趨而下，而作詩者之意興慮無不代求其高」，此種情形，鍾氏原是深深知道的。我們現在論「竟陵」之詩與其詩論，也不可不注意這一點，然後更能深切地看出純藝術論無可避免的缺陷。

◎六二　評點之學的理論◎

如上文所講，明代文壇也可說是熱鬧喧天了。然而結果怎樣呢？最後的結果卻成爲評點之學。我們從這一個歷史的敎訓看來，也就可以知道唯心的觀點和純藝術的論調之爲害於文學與文學批評是沒法估計的。宋代的唯心觀點和純藝術論調成爲嚴羽的《滄浪詩話》，而明代文人受了《滄浪詩話》的影響再加以陽明學派的唯心論，每況愈下，於是文壇上的爭辯儘管熱鬧，結果卻空無所有。明末孫鑛的評經，就可以看作這方面的代表。

孫鑛，字文融，號月峯，餘姚人，所著有《孫月峯評經》《今文選》等。錢謙益《賴古堂文選序》謂「呵《虞書》爲排偶，摘《雅》《頌》爲重複，非聖無法，則餘姚孫氏鑛爲之魁」（《有學集》十七）。他雖不以孫氏評經爲然，然而不能不承認這是「浸淫於世運，薰結於人心」的一種風氣。這種風氣的所由形成，原是一時代學術思想與趣轉移的表現，假使說淸代人對於六經看作都是史，那麼明代人也不妨把六經看作都是文。旣看作六經皆文，也就不妨加以批評，所以我們對於孫氏評經的看法，並不重在經是不是可評，評經以後是不是「非聖無法」，而是著重在孫氏何以會注意到評經，何以評經會盛行一時，形成風氣。這才是我們所要說明的問題。

在孫氏以前，茅坤已主張宗經。坤字順甫，號鹿門，歸安人，所著有《茅鹿門文集》。鹿門之學，也以評選見長。他曾選唐宋文人韓、柳、歐陽、三蘇以及曾、王八家文爲唐宋八大家文鈔。《四庫提要》謂：「秦漢文之有窠臼，自李夢陽始；唐宋文之亦有窠臼，則自坤始。」這話說得一些不錯。鹿門所得，原只在文之轉折波瀾而已，並未能得文之神理。可是鹿門雖僅得唐宋文之轉折波瀾，而其論調，則帽子甚大，也是摭拾一些宗經求道的話。其《復唐荊川司諫書》云：

> 古來文章家氣軸所結，各自不同。譬如堪輿家所指龍法，均之縈折起伏，左回右顧，前拱後繞，不致衝射尖邪，斯合龍法。然其來龍之祖，及其小大力量，當自有別。竊謂馬遷譬之秦中也，韓愈譬之劍閣也，而歐曾譬之金陵吳會也。中間神授，迥自不同，有如古人所稱百二十二之異；而至於六經，則昆侖也，所謂祖龍是已。故愚竊謂今之有志於爲文者，當本之六經以求其祖龍。而至於馬遷，則龍之出遊，所謂太行華陰而之秦中者也。故其氣尚雄厚，其規制尚自宏遠。若遽因歐曾以爲眼界，是猶入金陵而覽吳會，得其江山逶迤之麗，淺風樂土之便，不復思履殽函，以窺秦中者已。（《茅鹿門文集》一）

此外尚有類似的主張。如其《謝陳五嶽序文刻書》云：「文不本之六籍以求聖人之道，而顧沾沾焉淺心浮氣，竟爲拮据其間，譬之剪彩爲花，其所炫耀熠爚者或若目眩而心掉，而要之於古作者之旨，或背而馳矣。」（《茅鹿門文集》六）又《復陳五嶽方伯書》云：「竊謂天地間萬物之情，各有其至，而世之文章家當於六籍中求其吾心者之至，而深於其道，然後從而發之爲文。」（《茅鹿門文集》八）綜上所言，可知他是欲由韓歐以進窺馬遷，由馬遷以進窺六經。題目不可謂不正，帽子不可謂不大，只是他所謂聖人之道，說來模糊影響，膚泛得很，對於古人一段精神命脈，如荊州所言者，似乎全未理會。他的一生似乎只理會到唐宋古文之繩墨布置奇正轉折而已。幸而他的精力，全用在這上面；假使他再有餘力的話，他便將進而評選六經。所以孫月峯之評經，於這一方面也就是受鹿門的影響。

不僅如此，月峯於受鹿門影響之外，恐怕又受七子文論之影響。自七子標擧文必秦漢，詩必盛唐之說，於是復古之風盛極一時。顧以詩文體制不同，所以成就互異，而同時也產生不相同的影響。王世貞於《李于鱗傳》中已說過：「于鱗既以古文辭創起齊魯間……操觚之士不盡見古作者語，謂于鱗師心而務求高，以陰操其勝於人耳目之外而駭之，其駭與尊賞者相半，而至於有韻之文則心服靡間言。」所以論詩宗七子者多，而論文宗七子者少。易言之，即論詩宗七子而有所闡發者尚多，而論文宗七子能自成系統者便不多見。

孫月峯就可視爲七子文論之後勁，而其評經便是較七子文論更進一步的表現。當時如黃道周之學諸子，陳子龍之學六朝，也都可說是七子文論的轉變。七子文論在明末依舊有他的勢力。月峯之自述學文經歷，謂：

> 四十以前大約惟枕藉班馬二史，以雄肆質削爲工。丁亥以後，玩味諸經，乃知文章要領惟在法，精腴簡奧，乃文之上品。……萬古文章，總之無過周者。（《孫月峯集》九，《與李于田論文書》）

> 鑛昔童時，於先君案上，竊取《史記》讀之，見其新奇而偉麗，心極愛之，如獲奇寶，時時誦習，以爲天下書惟此一部而已。又於伯兄所見莊生籍，亦驚喜，苦其難解，因極力研究，顧終不能如龍門之莫逆。他書雖間涉獵，然止是涉獵，與不讀同。至二十五歲，始知愛歐陽文。二十六而熟讀《韓非子》，手節錄之，以資擧業。二十九而始讀《文選》，愛其醲厚深至。再逾年而讀《漢書》，愛其質而錯落，如岩間樹木，不圓正乃佳。逾年釋褐，又一年乃讀《左傳》，熟記與僚友相背誦，然無所得。逾年復讀《漢書》，後復涉獵。至四十四家居，乃盡屏諸書一小厨，獨置馬班二史，益之《國策》、《韓》、《呂》三種，以此五部音節相類，是一家耳。又二年，始讀《國語》，又進之十三經，乃大有悟；蓋文章之法盡於經矣。（同上，《與余君

房論文書》）

可知他童時已誦習漢文，至四十六以後，始玩味諸經，而深有所得。所以他的路線，仍是循七子之途徑，不過更進一步而已。其《與呂甥玉繩論詩文書》云：「世人皆談漢文唐詩，王元美亦自謂詩知大曆以前，文知西京以上，愚今更欲進之古，詩則建安以前，文則七雄而上。文則以《易》《書》《周禮》《禮記》，三《春秋》，《論語》爲主，兩之《語》《策》，參之《老》《莊》《管》；詩以三百篇爲主，兼之楚《騷》、《風雅廣逸》、《漢魏詩乘》。」（《孫月峯集》九）這即是他的主張。他的主張既是如此，那麼在批評風氣盛行復古之時，雌黃及於諸經，原是當然的現象。

他爲了擁護這種主張，於是說明其理由，以爲經之所長在法。

> 古人無紙，汗青刻簡，爲力不易，非千鍾百煉，度必可不朽，豈輕以災竹木。宋人云：「三代無文人，六經無文法」。弟則謂惟三代乃有文人，惟六經乃有文法。周尚文，周末文勝，萬古文章，總之無過周者。《論語》《左氏》《公》《穀》《禮記》最有法。公羊，子夏弟子；《禮運》出於子游，其餘似多係二賢高弟所撰，此皆是孔門文學。《國策》而後乃大變。莊、列、荀、屈、韓、呂諸家，變態極矣。子長承之，祖《論語》，沿戰國餘風，更以奇肆出之，遂爲後代文豪。其實法窮而縱，以嗣周秦之後，即唐宋之蘇氏也。浸淫至於六朝，及唐，惟務綺靡，法益亡。昌黎氏力振之，直探原於經，法乃更出。近人不知，乃顧以縱肆者爲古，規矩者爲今，此迷於初始矣。（《與李于田論文書》）

> 文章之法，盡於經矣。皆千鍾百煉而出者。至子長乃縱肆，蓋沿戰國風氣來，實亦本之《論語》。此即

近代之蘇氏也。後至六朝，靡漫極矣。昌黎起，乃悉反之經，今人不深察，謂縱者爲古，法者爲今，此大誤也。（《與余君房論文書》）

此二文意旨大致相同。他持論主於法古，主張周文漢詩，可謂較七子更進一步。而他所以法古的理由，即以其千錘百煉，精腴簡奥，合於唐宋派之所謂法。在月峯以前，空同論文主法，荆川論文也主法，然而他們的意義不同。空同之所謂法，重在學秦漢文之語法文法，他欲於語句組織上以求其色澤氣象之古。荆川之所謂法，重在學唐宋之作文法，他又欲於文章組織上以求其開闔頓挫變化之方。至於月峯，實在是用唐宋派的文法，以讀周秦之文，於是覺得周秦文中，似斷而實連，與似連而實斷之處，也未嘗無法則可窺。所以我說月峯提出周文漢詩的主張雖本於七子，而其評經的伎倆，則又同於鹿門。他與鹿門一樣於經文中窺到有所謂繩墨布置之法而已。他既在這方面窺到有所謂法，於是覺經文之千錘百煉，於是覺經文之精腴簡奥。他的評經，全是這一種關係。實則，在這方面，唐荆川也早已說過。荆川謂：「漢以前之文未嘗無法，而未嘗有法；法寓於無法之中，故其爲法也密而不可窺。」（《董中峯侍郎文集序》）那麼荆川也知道漢以前文之未嘗無法了。不過他認爲「其爲法也密而不可窺」罷了。何以漢以前之文，其爲法密而不可窺，而唐與近代之文又能毫釐不失乎法呢？何以荆川所認爲密而不可窺的而月峯又可以把它拈出示人呢？這就因爲此雖是作文法上的問題，但是仍不能與語文法沒有關係。由中國的語文法言，至唐宋以後而助詞之作用特別突出，所以丰神搖曳，能夠曲折幫助語言的神態。又至唐宋以後，而連詞之作用也特別突出，所以開闔順逆，抑揚頓挫諸種變化，也都可在文章中表現，這即是所謂「嚴則疑於有法而可窺」。周秦之文，減少了助詞連詞，則此種關係就不很明顯，所以說「密而不可窺」。然於誦讀之際，默加體會，也就覺得於音節歇宣之間，未嘗不有自然之節，與後世之文初無二致，所以成爲「法寓於無法之中」，所以成爲「出乎自然而不可易」。月峯之所體會到者，恐怕就是這一點。總之，這是指遠離口語的文言講的。

明人用文學眼光來讀任何書籍，固然不能說有什麼大錯誤，但因眼光只局於文章的形式技巧，那就所得有限。然而他們沈溺其中，迷不知返，還自以爲走的是正路呢！孫月峯《與余君房論文書》說：「自空同倡爲盛唐、漢魏之說，大曆以下悉捐棄，天下靡然從之，此最是正路，無可議者。然天下事但入正路即難，即作人亦如此。」那麼顯然他的主張是更正的路，可是他卻不知道這是古人所走過而荒廢了的古道。

◎六三　錢謙益與艾南英◎

錢謙益，字受之，號牧齋，常熟人，所著有《初學集》《有學集》等。艾南英，字千子，東鄉人，萬曆末與同郡章世純、羅萬藻、陳際泰以時文名天下，稱章、羅、陳、艾，所著有《天傭子集》。

《明史．艾南英傳》稱：「始王、李之學大行，天下談古文者悉宗之，後鍾、譚出而一變，至是錢謙益負重名於詞林，痛相糾駁，南英和之，排詆王、李，不遺餘力。」我們從這一節記載來看，可以看出二人的主張是一致的，而這樣的糾駁排詆和明代文壇的風氣也是一致的。這可以看作明代文壇習氣的最後的表現了。

明代的文學批評，由於偏重純藝術論，所以常帶一股潑辣辣的覇氣，用來刼持整個的詩壇。他們所持的批評姿態，是盛氣凌人的，是抹煞一切的。正因如此，所以只成爲偏勝的主張；而同時又正因偏勝，所以又需要刼持的力量，以博取一般人的附和。待到時過境遷，詩壇易幟，理論儘管變更，姿態卻仍如舊。所以明代詩壇會造成這一般的趨勢。到了錢謙益、艾南英雖想糾正此種偏差，然而一股潑辣辣的覇氣，還在字裡行間充分地流露著。他們的病根，就在只知片面地看問題，看不到問題的全面。

因此，我們要注意錢艾二氏對於七子和竟陵的攻擊，不僅論到內容問題，同時還論到他們批評的態度。何以要論到批評態度方面呢？即因爲批評態度也可以影響到文學批評。錢氏《湖外野吟序》云：「萌於驕，甲於易，翳於昧，殺於欺，四者得一，即有下劣詩魔入其心腑，牛鬼蛇神飛精說法。」（《有學集》十八）起初因於態度之「驕」「易」「昧」「欺」而有下劣詩魔入其心腑。待到下劣詩魔盤踞心腑以後，於是積非成是，反欲飛精說法爲下劣詩魔建設其理論了。下劣詩魔的詩論，本難說服衆人，於是不得不出以狂易的態度。錢氏《贈別胡靜夫序》中再說：

> 今之稱詩者掉鞅曲踴，號呼叫囂，丹鉛橫飛，旗纛竿立，撈籠當世，詆讕古學，磨牙鑿凶（疑作匈，即胸字），莫敢忤視。譬諸狂易之人中風疾走，眼見神鬼，口吞水火，有物馮之，懵不自知。已而晨朝引鏡，清曉卷書，黎丘之鬼銷亡，演若之頭具顯，試令旋目思之，有不啞然失笑乎？（《有學集》二十二）

他竟以「狂易」二字，批評當時批評界的態度。狂易二字，牧齋文中時常遇到。他在《王貽上詩集序》中更加以解釋。他說：「不知古學之由來而勇於自是，輕於侮昔，則亦同歸於狂易而已。」（《有學集》十七）勇於自是，輕於侮昔，即是我所謂潑辣辣霸氣的表現。其《答徐巨源書》中說得更具體：「兼併古人未已也，已而復排擊之以自尊；稱量古人未已也，已而復敎責之以從我。榷史則曄、壽，廬陵折抑爲皂隸，評詩則李、杜、長吉鞭撻如羣兒。」（《有學集》三十八）這還不是狂易是什麼？以這種霸氣劫持的詩壇，欲圖改革，誠不容易。所以他只能慨嘆著說：「今之爲詩者……才益駁、心益粗、見益卑、膽益橫，此其病中於人心，乘於劫運，非有反經之君子，循其本而救之，則終於胥溺而已矣。」（《有學集》二十，《婁江十子詩序》）

這是就詩壇霸氣的劫持者言，至於被劫持者隨波逐流，也是牧齋所痛心的。這在《族孫遵王詩序》中曾痛切地說過：

竊常論今人之詩所以不如古人者，以謂韓退之之評子厚，有勇於爲人，不自貴重之語，庶幾足以蔽之。何也？今之名能詩者，庀材惟恐其不博，取境惟恐其不變，引聲度律惟恐其不諧美，駢枝斗葉惟恐其不妙麗，詩人之能事可謂盡矣。而詩道固愈遠者，以其詩皆爲人所作，剽耳傭目，追嗜逐好，標新領異之思側出於內，嘩世炫俗之習交攻於外，擿詞拈韻，每怵人之我先，累牘連章，憂慮己之或後。雖其中寫繁會，鋪陳綺雅，而其中之所存者，固已薄而不美，索然而無餘味矣。此所謂勇於爲人者也。生生不息者靈心也，過用之則耗；新新不窮者景物也，多取之則陳。……唐人之詩，或數篇而見古，或隻韻而孤起，不惟自貴重也，兼以貴他人之詩。不自貴則詩之胎性賤；不自重則詩之骨氣輕；不交相貴重，則胥天下以浮華相誘說，僞體相覆蓋，風氣浸淫而江河不可以復挽。故至於不自貴重，而爲人之流敝極矣。（《有學集》十九）

他竟欲於詩壇中覓特立獨行之士，覓不隨流俗毀譽爲進退的人。於此，可以看出時風衆勢之不易擺脫；於此，可以看出捐除舊習改革風氣之大非易事。所以他在《黃子羽詩序》中也慨嘆著說：「近代之學詩者，知空同、元美而已矣。其哆口稱漢、魏，稱盛唐者，知空同、元美之漢、魏、盛唐而已矣。」（《初學集》三十二）由前者言，他將使人看破劫持者的伎倆，可以不爲所動。由後者言，他將使人運用自己的思想，不致輕易爲人劫持。然而在當時，爲七子之學者，尺寸比擬，俯仰隨人，本是牧齋之所謂「奴」。而一方面卻藉他人之地位，攘他人之所有，其不可一世的氣概，儼然像晏平仲的御者，意氣軒昂，目空一切，則又成牧齋之所謂「剽」與「僦」了（見《初學集》三十二，《鄭孔肩文集序》）。爲公安竟陵之學者，師心而妄，雖似乎可以運用自己的思想，然而其心之粗由於其才之駁，其膽之橫由於其才之卑，那麼這又成爲歸有光所謂「惟庸故妄」之說了。模擬者偏饒霸氣，師心者亦帶奴習，這是牧齋所以不得不大聲疾呼對於他們批評態度加以攻擊的理由。於是牧齋再進一步挖他們的病根，歸結到由於不學；不學則模擬剽竊，不學則師心自用，不學則相互詆排，於是論文要通經汲古，論詩要多師爲師。

牧齋於其《答山陰徐伯調書》中說：「僕以孤生謏聞，建立通經汲古之說，以排擊俗學，海內驚噪，以爲希有，而不知其郵傳古昔，非敢創獲以嘩世也。」（《有學集》三十九）他認爲文章之壞就因爲學風之壞，糾正學風自然會轉移文風。他在《賴古堂文選序》中說：「近代之文章，河決魚爛，敗壞而不可救者，凡以百年以來學問之繆種，浸淫於世運，薰結於人心，襲習綸輪，醞釀發作，以至於此極也。」（《有學集》十七）這種論調就和清初學者有些相近了。在當時，艾南英之論時文，也提出了通經學古的口號。

再有，牧齋沒有兼併古人的野心，同時又不作抹煞一切的主張，所以可以多師爲師。他《答徐巨源書》云：「僕嘗觀古之爲文者，經不能兼史，史不能兼經，左不能兼遷，遷不能兼左，韓不能兼柳，柳不能兼韓。其於詩，枚，蔡、曹、劉、潘、陸、陶、謝、李、杜、元、白，各出杼軸，互相陶冶，譬諸春秋日月，異道並行。今之人則不然，家爲總萃，人集大成，數行之內苞孕古今，隻句之中牢籠《風》《雅》。」（《有學集》三十八）這就是說要創造成功自己的風格，不要作兼併古人之想。他《復李叔則書》云：「天地之大也，古今之遠也，文心如此其深，文海如此其廣也，竊竊然戴一二人爲巨子，仰而曰李、何，俯而曰鍾、譚，乘車而入鼠穴，不亦愚而可笑乎？」（《有學集》三十九）這就是說要尊重別人的風格，不可作抹煞一切之論。這樣，才能開拓心胸，才能擴大眼界，才不致盲從瞽說，隨波逐流以自蔽其知見。其《曾房仲詩序》云：「杜有所以爲杜者矣，所謂上薄風雅，下該沈、宋者是也。學杜有所以學杜者矣，所謂別裁僞體，轉益多師者是也。捨近世之學杜者，又捨近世之訾警學杜者，進而求之，無不學無不捨焉，於斯道也，其有不造其極矣乎？」（《初學集》三十二）他是要無不學而又無不捨的。無不學，不致自蔽其知見；無不捨，不致徒襲其面貌。這樣，才成爲眞文眞詩。

因此，他對於文與詩所下的定義是這樣：

文章者天地英淑之氣，與人之靈心結習而成者也。（《初學集》三十一，《李君實恬致堂集序》）

夫文章者，天地變化之所爲也。天地變化與人心之精華交相擊發，而文章之變不可勝窮。（《有學集》三十九，《復李叔則書》）

根於志，溢於言，經之以經史，緯之以規矩，而文章之能事備矣。（《有學集》十九，《周孝逸文稿序》）

詩者志之所之也。陶冶性靈，流連景物，各言其所欲言者而已。（《初學集》三十一，《范璽卿詩集序》）

古之爲詩者，必有深情蓄積於內，奇遇薄射於外，輪囷結轖，朦朧萌析，如所謂驚瀾奔湍，鬱閉而不得流，長鯨蒼虬，偃蹇而不得伸，渾金璞玉，泥沙掩匿而不得用，明星皓月，陰雲蔽蒙而不得出，於是乎不能不發之爲詩，而其詩亦不得不工。（《初學集》三十二，《虞山詩約序》）

古之爲詩者，必有獨至之性，旁出之情，偏詣之學，輪囷逼塞，偃蹇排奡，人不能解而已不自喻者，然後其人始能爲詩而爲之必工。（《初學集》三十二，《馮定遠詩序》）

夫詩者言其志之所之也。志之所之，盈於情，奮於氣，而擊發於境風識浪奔昏交湊之時世。（《有學集》十五，《愛琴館評選詩慰序》）

古之爲詩者有本焉。《國風》之好色，《小雅》之怨誹，《離騷》之疾痛叫呼，結轖於君臣夫婦朋友之間，而發作於身世逼側，時命連蹇之會，夢而噩，病而吟，春歌而溺笑，皆是物也；故曰有本。（《有學集》十七，《周元亮賴古堂合刻序》）

詩言志，志足而情生焉，情萌而氣動焉。如土膏之發，如候蟲之鳴，歡欣噍殺，紆緩促數，窮於時，迫於境，旁薄曲折而不知其使然者，古今之眞詩也。（《有學集》四十七，《題燕市酒人篇》）

我們看了上邊所引的幾節文辭，可以知道牧齋論詩，與七子竟陵有一個絕大的分別，即是他只從詩之內質與外緣上著眼，而不在詩之格律意匠上著眼。他說過：「今之爲詩者，矜聲律，較時代，知見封錮，學術柴塞，片言隻句側出於元和永明之間，以爲失機落節，引繩而批之：是可與言詩乎？」（《有學集》十八，《陳古公詩集序》）所以他是很反對尺尺寸寸，專從格律形式方面去論詩的。他又說過：「古人之詩，了不察其精神脈理，第抉擿一字一句，曰此爲新奇，此爲幽異而已。於古人之高文大篇，所謂鋪陳終始，排比聲韻者，一切抹殺曰，此陳言腐詞而已。斯人也，其夢想入於鼠穴，其聲音發於蚓竅，殫竭其聰明，不足以窺郊、島之一知半解，而況於杜乎。」（《初學集》三十二，《曾房仲詩敍》）所以他又反對專從一字一句上推敲挑剔以論詩的。前者是李、何、李、王輩論詩之誤，後者是鍾、譚輩論詩之誤。人家於詩內求詩，反而失詩之眞；牧齋卻於詩外求詩，反而得詩之本。因此，可以知道他的所謂「情」，所謂「性」，所謂「志」，所謂「才」，所謂「氣」，都是就詩之內質說的。所謂「學」，所謂「識」，所謂「境」，或「遇」，或「會」，都是就詩之外緣說的。

照牧齋這樣講文，所以他並不廢性靈，但是更重在學問。牧齋於《湯義仍先生文集序》又申其義云：

古之人往矣，其學殖之所醞釀，精氣之所結轖，千載之下，倒見側出，恍惚於語言竹帛之間。《易》曰「言有物」，又曰「修辭立其誠」，《記曰》「不誠無物」，皆謂此物也。今之人耳傭目僦，降而剽賊；如弇州四部之書充棟宇而汗牛馬，即而瞟之，枵然無所有，則謂之無物而已矣。（《初學集》三十一）

學殖之所醞釀，即是眞學問的表現；精氣之所結轖，即是眞性靈的表現。言之有物，指眞學問；修辭立其誠，指眞性靈。這如車之兩輪，鳥之雙翼，在牧齋看來，是不能偏廢的。他的《瑞芝山房初集序》本蘇東坡「不能不爲」之說而引申之云：「古之人其胸中無所不有，天地之高下，古今之往來，政治之汚隆，道術之醇駁，苞羅旁魄，如數一二，及其境會相感，情僞相逼，鬱陶駘蕩，無意於文而文生焉，此所謂不能不爲者也。」（《初學集》三十三）這樣闡說東坡之語，便可知學問必須貯之於平時，興會乃是觸發於一旦。有學問而無興會，即無性靈；有興會而胸中無所有，即無學問。這是他所謂「萌拆於靈心，蟄啓於世運，而茁長於學問」（見《有學集》四十九，《題杜蒼略自評詩》文）。

照牧齋這樣講詩，所以他也和公安派一樣講到性情，但是不重在「韻」與「趣」，而重在「時」和「境」。必須透過「時」和「境」來表現的性情，才是眞性情。這樣，也就接觸到現實生活了。因此，他論詩先論有詩無詩。「結轖於君臣夫婦朋友之間，而發作於身世逼側，時命連蹇之會」，「窮於時，迫於境，旁薄曲折而不知其使然」，這才有眞性情，這才算有詩。這是他和公安派很不相同的一點。其《書瞿有仲詩卷後》云：

余嘗謂論詩者不當趣論其詩之妍媸巧拙，而先論其有詩無詩。所謂有詩者惟其志意逼塞，才力僨盈，如風之怒於土囊，如水之壅於息壤，傍魄結轖不能自喻，然後發作而爲詩；凡天地之內恢詭譎怪，身世之間交互緯繣，千容萬狀，皆用以資爲狀：夫然後謂之有詩。夫然後可以叶其宮商，辨其聲病，而指陳其高下得失。如其不然，其中枵然無所以（案當作有）而極其撏扯采擷之力以自命爲詩；剪彩不可以爲花也，刻楮不可以爲葉也。其或矯厲矜氣，寄託感憤，不疾而呻，不哀而悲，皆象物也，皆餘氣也，則終謂之無詩而已矣。（《有學集》四十七）

所謂有詩無詩，用別一種話說來，即是所謂眞詩僞詩。其《季滄葦詩序》云：「有眞好色有眞怨誹，而天下始有眞詩。」那麼，凡不知言志永言眞正血脈，而如孌人學步如傖父學語者，可以稱作無詩，也可以稱作僞詩。惟有眞情，才有眞詩。他說：「詩者情之發於聲音者也。」（《有學集》十九，《陸敕先詩稿序》）只有從外緣激發的情，才是眞情。所以他又說：「古之君子篤於詩教者，其深情感蕩必著見於君臣朋友之間。」（見同上）其《胡致果詩序》云：

孟子曰：「《詩》亡然後《春秋》作」，《春秋》未作以前之《詩》，皆國史也。人知夫子之删詩，不知其爲定史；人知夫子之作《春秋》，不知其爲續《詩》。《詩》也，《書》也，《春秋》也，首尾爲一書，離而三之者也。三代以降，史自史，詩自詩，而詩之義不能本於史。曹之《贈白馬》，阮之《詠懷》，劉之《扶風》，張之《七哀》，千古之興亡升降，感嘆悲憤，皆於詩發之。馴至於少陵，而詩中之史大備，天下稱之曰詩史。唐之詩入宋而衰，宋之亡也，其詩稱盛。臯羽之慟西臺，玉泉之悲竹國，水雲之茗歌，谷音之越吟，如窮冬沍寒，風高氣栗，悲噫怒號，萬籟雜作。古今之詩莫變於此時，亦莫盛於此時。（《有學集》十八）

他闡說詩與史之關係，以爲時愈變則詩也愈盛。這即是所謂「結轖於君臣夫婦朋友之間，而發作於身世逼側時命連蹇之會」。大概牧齋也不能沒有一些時代的刺激吧！故國禾黍，不能無感，所以他以爲隨時代而反應的詩才是眞詩。

艾南英雖附和錢謙益，但是因爲能文而不能詩，所以艾氏就沒有論詩的主張，又因爲艾氏長在時文，所以艾氏論文和錢氏相同的在論時文一方面。至於論古文，就只有《重刻羅文肅公集序》總論有明一代之文，以實學爲衡量的標準（見《天傭子集》四），可說和牧齋的論調相一致。此外，就有一些不一樣。這就因爲明末爲王李之學者，其作風又有些轉變。其一派於文必秦漢之外，又參以六朝之藻麗，陳子龍就是這方面的代表。其又一派學秦漢文之鉤章棘句，以詰屈聱牙爲能事，這是又兼受「竟陵」之影響，文翔鳳王思任又可爲這方面的代表。所以他的詆諆前後七子，又與王唐歸諸人有些相似而畢竟不同。他於攻擊秦漢僞體之外，更攻擊六朝之儷體與古文家中尚奇一派。總之，他們都是「桐城派」的先聲，而千子的主張也就更與桐城爲接近一些。經過了他們這樣辯難討論以後，於是所謂古文之學，其法益嚴而其流益狹。

在姚鼐《古文辭類纂》以前，千子也想編這一類的選集，以定古文之準的。他曾手訂秦漢至元之文，爲《歷代詩文選》，又訂明代諸家爲《皇明古文定》（見《再與周介生論文書》）。此二書雖未成，可以看作《古文辭類纂》的先聲。他所謂古文標準，以爲「千古文章獨一史遷，史遷而後，千有餘年，能存史遷之神者獨一歐公」（見同上）。古文標準愈精而愈約，古文門戶亦愈堅而愈定。所以明代自王唐歸茅以後直至千子，其論文觀念都與桐城派有直接或間接的關係。

千子不僅示人以鵠的，他更欲語人以避忌，於是他再選《文剿》《文妖》《文腐》《文冤》《文戲》五書，此五書雖也不傳，然於《再與周介生論文書》中曾述其義。要之，他於古文門戶，有鵠的，有避忌，雖不言古文義法，而隱隱以義法標準衡量文章了。「桐城」一文之主張雅潔，也不外去此數者之弊而已。

千子論文雖未標雅潔之稱，而實有雅潔之義。以其重在雅，故不主六朝之浮艷；以其重在潔，故又不主樊宗師一流之奇險。前者是對陳子龍發的，後者是對文翔鳳王思任輩發的。他們都是秦漢派之末流旁支，而千子一例輕視之。輕視之故即因他們這些伎倆，可以驚四筵而不可以適獨坐，可以取口稱而不可以得首肯，不雅不潔，僅能博流俗之稱賞而已。其《論文詩》所謂「昔友陳與羅，巨刃摩天揚，蛟龍盤大幽，鬼語爭割强，淩獵經與史，嘈雜奏笙簧。近者思簡淡，淨洗十年藏，先民有典型，震澤方垂裳」云云（見同上），欲由嘈雜而轉變到簡淡，是則他雖不言雅潔，而雅潔已在其中了。他答《夏彝仲論文書》云：「每見六朝及近代王李崇飾句字者輒覺其俚，讀《史記》及昌黎永叔古質典重之文，則輒覺其雅，然後知浮華與古質，則俚雅之別也。」

◎六四　顧炎武黃宗羲與申涵光◎

錢謙益的思想已經有些轉變了，但是轉變明代學風和文風的責任，畢竟在顧炎武和黃宗羲的身上。

顧炎武，初名絳，字寧人，號亭林，昆山人。明魯王時官兵部職方郎中，入清不仕，所著有《日知錄》、《救文格論》、《亭林詩文集》等。黃宗羲，字太沖，號梨洲，餘姚人，明魯王時官左僉都御史，入清不仕，所著有《南雷文案》、《文定》等書。

亭林與梨洲都是清代學術的開山祖師，而同時又是明末的遺老，不能無家國興亡之感，所以所受時代的刺激爲特深。因此，他們的文學批評，應從兩方面注意：一是學者的見解，一是時代的反應。

正因他們是學者，所以都不重空文，不尚雕蟲篆刻。顧亭林《日知錄》中自言不欲爲文人，甚至以失足墜井比喻自刻文集，以投井下石比喻爲人作文集之序（見《文集》四，《與人書》二十），可謂對於文學抱著極端輕視的態度。黃梨洲也說：「且人非流俗之人而後其文非流俗之文。使廬舍血肉之氣充滿胸中，徒以句字擬其形容，紙墨有靈，不受汝欺也。」(《南雷文案》外卷，《錢屺軒七十壽序》)他們都看到明代文人空疏不學，而僅僅以文爲事，於是模擬剽竊，以貌似爲學，於是寱語狂吠，以批尾爲學，於是黃茅白葦，以雷同爲學，於是高自標致，分門別戶，以標榜爲學，以罵詈爲學。愈重在詞章之學，愈不能成爲天下之至文。所以他們都以徒事空文爲可恥。這是他們文論的出發點之一。

可是，何以他們對於空文要這般深惡痛疾呢？那恐怕是受時代的影響了。他們以遺老的身份，從漢族的角度出發，就覺得日月無光，山河變色，不能無家國淪亡之痛，而同時又無起神州陸沈之力，不欲託之空言而同時又不能不託之空言，不能不託之空言而同時又不願徒託於空言。在這樣情形之下，所以一方面承認文學的價值，而一方面又深恨空文之無用。他們所受時代的刺激，實在是太深了，太不能忍受了。那麼，呼天，呼父母，發之於心，自然形之於言，自然著之於聲，到那時，言隨心碎，聲與淚俱，字裡行間莫非眞情之流露。當然，他們的文學批評，不會僅取消遣的態度。這也是他們文論的出發點之一。

在此二種情形交織之下，所以一方面重在文章的眞精神，一方面重在文章的眞作用。《日知錄》卷十九，《文須有益於天下》條，最可以看出顧亭林功利的文學觀了。他說：

文之不可絕於天地間者，曰明道也，紀政事也，察民隱也，樂道人之善也。若此者有益於天下，有益於將來，多一篇多一篇之益矣。若夫怪力亂神之事，無稽之言，剿襲之說，諛佞之文，若此者有損於己，無益於人，多一篇多一篇之損矣。

其《與人書》中亦屢屢說明此旨。如云：「君子之為學以明道也，以救世也，徒以詩文而已，所謂雕蟲篆刻亦何益哉！」（《與人書》二十五）上文所謂紀政事，察民隱，樂道人之善云云，概括說來，「救世」二字亦足以盡之。因此，他所作的不是雕蟲篆刻之文，而是「有王者起將以見諸行事以躋斯世於治古之隆」的著述（同上）。其《與人書》三云：

孔子之刪述六經，即伊尹、太公救民於水火之心，而今之注蟲魚命草木者，皆不足以語此也。故曰載之空言，不如見諸行事。夫《春秋》之作，言焉而已，而謂之行事者，天下後世用以治人之書，將欲謂之空言而不可也。（《亭林文集》四）

這是受了時代刺激，所以欲以所學所懷之足以救世者，載之空言。這種具經綸有作用者，雖是空言，「將欲謂之空言而不可也」，所以他再說：「故凡文之不關於六經之指，當世之務者，一切不為。」（同上）所以他再說：「救民以事，此達而在上者之責也；救民以言，此亦窮而在下位者之責也。」（《日知錄》十九，《直言》條）我所謂「不能不託之空言，而同時又不願徒託諸空言」者為此。

這是就發表思想的文而言。就這點講，黃梨洲也重在經世之學，所以也主張文與道合，文與學合，不過他更強調了文的抒寫性情的作用，於是對於文的眞精神和眞作用，也就講得更全面一些。

錢牧齋之論文，頗重在眞性情，其自為文，當然也自以為是眞性情之流露了，然在梨洲看來，則是「所得在排比鋪張之間，卻是不能入情」。艾千子之論文，也頗攻擊摹擬之非了，然在梨洲看來，也是「只與摹擬王李者爭一頭面」（均見《南雷文約》一，《魯葦庵墓誌銘》）。何以他們之文在梨洲看來，只見其偽不見其眞呢？

這有二因：㈠眞性情也須從自己體會有得之道理得來，否則，「啁啾王李變韓歐，一樣空疏各把筆」（《南雷文定》前集一，《喜萬貞一至自南潯以近文求正詩》），强異一十於二五，亦彼此皆譏而已。艾千子之文，其病即坐此。㈡反過來說，「情不至則亦理之郛郭」（《論文管見》），眞能體會到理的，也一定有眞實性情。他說：「廬陵之志交友無不嗚咽，子厚之言身世莫不淒愴，郝陵川之處眞州，戴剡源之入故都，其言皆能惻惻動人；古今自有一種文章不可磨滅，眞是『天若有情天亦老』者。而世不乏堂堂之陣，正正之旗，皆以大文目之，顧其中無可以移人之情者，所謂剞然無物者也。」（《論文管見》）錢牧齋之文其病又坐此。

因此，他得到這樣的結論——「凡情之至者，其文未有不至者也」（《南雷文約》四，《明文案序》上），惟有一片至情，可歌可泣，才能發爲至文，動天地而感鬼神。梨洲《文案》卷三《張節母葉孺人墓誌銘》中有云：「予讀震川文之爲女婦者，一往深情，每以一二細事見之，使人欲涕。蓋古今來事無巨細，唯此可歌可泣之精神，長留天壤。」因知牧齋文雖誦法震川，而終嫌不能入情者，即在缺少此一段可歌可泣之精神而已。此種精神，假使遇到忠臣義士，爲風雨之鷄聲，則尤爲梨洲之所表彰。其《縮齋文集序》云：

> 澤望之文，可以棄之使其不顯於天下，終不可滅之使其不留於天地：其文蓋天地之陽氣也。陽氣在下，重陰錮之，則擊而爲雷；陰氣在下，重陽包之，則轉而爲風。商之亡也，《采薇》之歌，非陽氣乎？然武王之世，陽明之世也；以陽遇陽，則不能爲雷。宋之亡也，謝皋羽、方韶卿、龔聖予之文，陽氣也；其時遁於黃鐘之管，微不能吹纊轉鷄羽，未百年而發爲迅雷。元之亡也，有席帽九靈之文，陰氣也，包以開國之重陽，蓬蓬然起於大隧，風落山爲蠱，未幾而散矣。今澤望之文亦陽氣也，然視葭灰，不啻千鈞之壓也。錮而不出，豈若劉蛻之文冢，腐爲墟壤，蒸爲芝菌，文人之文而已乎！

這是文天祥《正氣歌》所謂「地維賴以立，天柱賴以尊」，喚醒民族精神的作品。這雖是空言，亦正所謂「將欲謂之空言而不可也」。

顧亭林也有這種意思。《日知錄》卷十九《文辭欺人》條云：「古來以文辭欺人者，莫若謝靈運，次則王維。……今有顛沛之餘，投身異姓，至擯斥不容而後發爲忠憤之論，與夫名汙僞籍而自託乃心，比於康樂、右丞之輩，吾見其愈下矣。」此則直是指斥錢牧齋一流人了。他再說：「黍離之大夫，始而搖搖，中而如噎，既而如醉，無可奈何而付之蒼天者眞也。汨羅之忠臣，言之重，辭之復，心煩意亂而其辭不能以次者，眞也。栗里之徵士，淡然若忘於世，而感憤之懷，有時不能自止，而微見其情者眞也。其汲汲於自表暴而言者僞也。」文之至由於情之至，而情之至又由於情之眞，所以必須有眞性情，才能有動人的眞作用。黃梨洲《鄭禹梅刻稿序》云：「自有宇宙以來無事無不可假，惟文爲學力才稟所成，筆才點牘，則底裡上露。」亭林所說，也即同此意思。

本於這種觀點以論文，那就成爲義理、考據、詞章三位一體的文學觀。這是清代一般文人學者共同的主張，而其意實發自顧黃。由顧氏之說推之，以著述爲文，則重在考據；以明道爲文，則重在義理；而同時復以語錄爲不文（見《日知錄》卷十九，《修辭》條），則又重在詞章。顧氏所言早已透露此意，不過不曾明白地指出而已。顧氏《與人書》二十三云：「能文不爲文人，能講不爲講師」，實則他不爲文人，不爲講師，並非不欲能文，不欲能講，乃是不欲僅僅爲文人，或講師而已。

至於明白地說明此三者合一之關係者，則爲黃梨洲。他先說明文與道之合一。自來論文道合一者多矣，但大都不出一些陳陳相因的話：惟在梨洲，不說文以明道，也不說文以載道，因爲言明道、載道，則文與道似乎又是兩件事。所以他說：「文之美惡，視道合離，文以載道，猶爲二之。」（《文約》一，《李杲堂墓誌銘》）照他這樣說，實在是以文兼道，以道兼文。

這種意思，在他的《沈昭子耿岩草序》中最可以看出。他說：

> 余近讀宋元文集數百家，則兩說似乎有所未盡。夫考亭、象山、伯恭、鶴山、西山、勉齋、魯齋、仁山、靜修、草廬，非所謂承學統者耶？以文而論之，則皆有《史漢》之精神，包舉其內。其他歐、蘇以下，王介甫、劉貢父之經義，陳同甫之事功，陳君舉、唐說齋之典制，其文如江河，大小畢舉，皆學海之川流也。其所謂文章家者，宋初之盛，柳仲塗、穆伯長、蘇子美、尹師魯、石守道淵源最遠，非泛然成家者也。蘇門之盛，淩厲見於筆墨者，皆經術之波瀾也。晚宋二派，江左爲葉水心，江右爲劉須溪，宗葉者以秀峻爲揣摩，宗劉者以清梗爲句讀，莫非微言大義之散殊。元文之盛者，北則姚牧庵、虞道園，蓋得乎江漢之傳，南則黃溍卿、柳道傳、吳禮部，蓋出於仙華之窟。由此而言，則承學統者未有不善於文；彼文之行遠者，未有不本於學，明矣。降而失傳，言理學者懼辭工而勝理，則必直致近譬；言文章者以修辭爲務，則寧失諸理，而曰理學興而文藝絕。嗚呼，亦冤矣！

學統不離道，文統不離學，即是以文兼道，以道兼文的說法。黃氏《與唐翼修廣文論文詩》云：「至文不過家書寫，藝苑還從理學求」，即是如此。

如何以文兼道？我們先須明白他所謂道的意義。道是思想，道是人生觀，道是哲學。全祖望《鮚埼亭集》十一，《梨洲先生神道碑文》引梨洲說云：「讀書不多，無以證斯理之變化；多而不求於心，則爲俗學。」所以他所謂道，都是從心體會，有得於己的。因此，道即是他的思想，他的人生觀，他的哲學。本其從心體會有得的以行而為事，以發而為文，所以能以文兼道。他再說：

所謂古文者，非辭翰之所得專也。一規一矩，一折一旋，天下之至文生焉，其又何假於辭翰乎。且人非流俗之人，而後其文非流俗之文。使廬舍血肉之氣，充滿胸中，徒以句字擬其形容，紙墨有靈，不受汝欺也。……余嘗定有明一代之文，其眞正作家不滿十人，將謂此十人之外，更無一篇文字乎？不可也。故有平昔不以文名而偶見之一二篇者，其文即作家亦不能過。蓋其身之所閱歷，心目之所開明，各有所至焉，而文遂不可掩也。然則學文者亦學其所至而已矣。不能得其所至，雖專心致志於作家，亦終成其為流俗之文耳。（《文案》外卷，《錢屺軒七十壽序》）

學文者學其所至，這句話很重要。所謂學其所至，即是學他的修養，學他的功力，所以道學家離文與道為二物，而梨洲即以道為文人之修養。這樣，自能以文兼道。

如何以道兼文？於此，更應注意他對於文的態度。他也和顧亭林一樣，不主張以語錄為文。他對於釋氏之文，也不很滿意其語錄體裁。其《山翁禪師文集序》云：

世無文章也久矣，而釋氏為尤甚。釋氏以不立文字為教，人亦不以文章家法度律之。故今日釋氏之文，大約以市井常談，兔園四六，支那剩語，三者和會而成，相望於黃茅白葦之間，……蝃蝀在東，莫之敢指。嗟乎，言之不文，不能行遠。夫無言則已，既已有言，則未有不雅馴者。彼佛經祖錄，皆極文章之變化，即如《楞嚴》之敍十八天，五受陰，五妄想，與莊子之《天下》，司馬談之《六家指要》同一機軸。蘇子瞻之《溫公神道碑》且學《華嚴》之隨地涌出。皎然學於韋蘇州，覺范學於蘇子瞻，夢觀學於楊鐵崖，夢堂學於胡長孺。其以文名於一代者，無不受學於當世之大儒。故學術雖異，其於文章無不同也。柰何降爲今之臭腐乎？（《文定》後一）

發表之言應當即其思想；而發表思想的文，應當是雅馴之言。這樣，才是他的文與道合。

實在，我們與其稱他爲文與道合，還不如稱他是文與學合。蓋他以爲科舉盛而學術衰，而古文亡（見《文案》一，《惲仲升文集序》）。文衰即由學衰，學深則文亦深。所以他主張不以文爲學，而同時卻主張以學爲文。他於《李杲堂文鈔序》中說：

余嘗謂文非學者所務，學者固未有不能文者。今見其脫略門面，與歐、曾、《史》《漢》不相似，便謂之不文，此正不可與於斯文者也。濂溪、洛下、紫陽、象山、江門、姚江諸君子之文，方可與歐、曾、《史》《漢》並垂天壤耳。蓋不以文爲學，而後文始至焉。當何、李爲詞章之學，姚江與之更唱迭和，既而棄去，何、李而下，嘆惜其不成，即知之者，亦謂其不欲以文人自命耳，豈知姚江之深於爲文者乎？使其逐何、李之學，充其所至，不過如何、李之文而止。今姚江之文果何如！豈何、李之所敢望耶！（《文案》一）

照他這般說，文非學者之所務了。「學者固未有不能文者」，這即是他文與學合之旨。

我們假使追究他何以會有這種主張？何以文道合一，同時又是文與學合一，那麼，我們便不難知道他所謂道與學原來也是合一的。蓋他所謂道，沒有明末狂禪習氣，重典實而不尚空疏。他很痛心於當時道學家之束書不觀。其《留別海昌同學序》以為「學問之事析之者愈精，逃之者愈巧」（《文定》前一）。由儒分裂而為文苑，為儒林，為理學，為心學，此正是析之欲其精，然而「今之言心學者，則無事乎讀書窮理；言理學者，其所讀之書，不過經生之章句，其所窮之理，不過字義之從違」（見同上）。以空談本心為學術，於是不必讀書。以剿取陳言，株守一先生之言為學術，於是其書則數卷可盡，其學則終朝可畢，黃茅白葦，一望皆是。這樣，所以「讀其文集，不出道德性命，然所言皆土梗耳」（《文約》四，《鄭禹梅刻稿序》）。道既不成為道，學也不成為學，當然文更不成為文。所以他要由博返約，他要學朱子之教，撞來撞去，使將來自有撞著處（見《文案》一，《惲仲升文集序》）。他說：「道非一家之私，聖賢之思路，散殊於百家，求之愈艱，則得之愈眞，雖其得之有至有不至，要不可謂無與於道者也。」（《文案》八，《清溪錢先生墓誌銘》）。所以他所謂道正須窮經通史，實實讀破萬卷得來。全祖望《大理陳公神道碑銘》引陳汝咸說，稱：「梨洲黃子之教人，頗泛濫諸家，然其意在乎博學詳說，以集其成，而其究歸於蕺山愼獨之旨，乍聽之似駁而實未嘗不醇。」（《鮚埼亭集》十六）即是此意。

反之，照他這樣窮經通史，讀破萬卷的結果，又不是徒為記誦之學，與身心無關。他對於當時道學家之「規為措置，與纖兒細士不見短長，天崩地解，落然無與吾事，猶且說同道異，自附於所謂道學者」（見《留別海昌同學序》），正是深惡痛疾。他所謂學，必須確實體會，能自己受用的，能經緯天地的，才為眞實學問。所以他以為濂、洛崛起之後，一般倡者，大率雷同附和，只有「永嘉之經制，永康之事功，龍泉之文章，落落崢嶸於天壤之間，寧為雷同者所排，必不肯自處於淺末」（見《鄭禹梅刻稿序》）。我上文既說他所謂道即是他的思想，那麼，他所謂學即所以完成其思想系統之組織而已。

這樣，所以文與道合一，文與學合一，而道與學又合一，三位一體，不復可分。所以他在《留別海昌同學序》中說：「吾觀諸子之在今日，舉實爲秋，摛藻爲春，將以抵夫文苑也，鑽研服鄭，函雅正，通古今，將以造夫儒林也，由是而斂於身心之際，不塞其自然流行之體，則發之爲文章，皆載道也，垂之爲傳注，皆經術也。將見裂之爲四者，不自諸子復之而爲一乎？」這即是所謂三位一體的文學觀。

我們看到清初的風氣，可知後來的文論，所以會有文人與學者之分。同時可知雖有文人學者之分，而於文人的文論所以仍不廢學，而學者的文論所以也不廢文之故。

下面，再一講他們的詩論。他們受到時代的刺激實在太深了，所以論文則主張有內容，要和道與學合；論詩則主張有性情，而性情還不是浮淺的性情。

顧亭林《日知錄》論詩各條很能說明詩之旨和詩之用，只因他看得太嚴重了，不要隨便做詩，所以甚至說「詩不必人人皆作」（《日知錄》二十一）。因此，論詩的話也就比較少。

黃梨洲則結合學者與詩人的意見，而同時又能免於道學家與詩人之習氣。他下詩的定義謂：「詩也者，聯屬天地萬物而暢吾之精神意志者也。」（《文定四集》一，《陸鈐俟詩序》）易以現代用語，即是運用一切客觀的事物，而暢達吾主觀之性情。

從主觀的性情講，所以他說：「夫詩者哀樂之器也。」（《文定四集》一，《謝莘野詩序》）又說：「爲詩者，亦惟自暢其歌哭。」（《文約》四，《天岳禪師詩集序》）其《寒村詩稿序》中有一節說得最爲透徹：

> 詩之爲道，從性情而出。性情之中，海涵地負，古人不能盡其變化，學者無從窺其隅轍。此處受病，則注目抽心，無所絕港，而徒聲響字腳之假借，曰此爲風雅正宗，曰此爲一知半解，非愚則妄矣。（《文定》後一）

我們統觀黃氏論詩各文，徹頭徹尾，只是咬定一個情字。

不過「詩以道性情」這一句話，誰不知之，誰不能言之，陳言濫套何用再述，但是梨洲論詩雖亦主情，卻有幾點比人家鞭辟入裡之處。

其一，他以爲性情必須是眞摯的性情，並不是淺薄的性情。必須眞摯的性情，才能詩中有我在。所以他以爲「才力功夫，皆性情所出」（《陸鈐俟詩序》）。此意即與其《景州詩集序》所言相發明。他說：「詩人萃天地之清氣，以月露風雲花鳥爲其性情，其景與意不可分也。月露風雲花鳥之在天地間，俄頃滅沒，而詩人能結之不散；常人未嘗不有月露風雲花鳥之詠，非其性情，極雕繢而不能親也。」（《文案》一）我們試想：何以非其性情雖極雕繢而不能親？這即因沒有眞摯的性情，則雖欲「聯屬天地萬物以暢吾之精神意志」，而不可得。他在《黃孚先詩序》中亦曾闡說其義云：「情者，可以貫金石，動鬼神。古之人情與物相遊而不能相捨，不但忠臣之事其君，孝子之事其親，思婦勞人結不可解；即風雲月露，草木蟲魚，無一非眞意之流通，故無溢言曼辭以入章句，無諂笑柔色以資應酬。『唯其有之，是以似之』。今人亦何情之有！情隨事轉，事因世變，乾啼濕哭，總爲膚受，即其父母兄弟，亦若敗梗飛絮，適相遭於江湖之上。『勞苦倦極，未嘗不呼天也；疾痛慘怛，未嘗不呼父母也』，然而習心幻結，俄頃銷亡。其發於心著於聲者，未可便謂之情也。由此論之，今人之詩，非不出於性情也，以無性情之可出也。」（《文案》一）這是何等沈痛的論調。

其二，他以爲性情有一時之性情，有萬古之性情，必須使此一時之性情合於萬古之性情，而後詩才有永久的價值。在現代講，也就是所謂有普遍性的作品。他在《馬雪航詩序》中說：

> 詩以道性情，夫人而能言之。然自古以來，詩之美者多矣，而知性者何其少也。蓋有一時之性情，有

萬古之性情。夫吳歈越唱，怨女逐臣，觸景感物，言乎其所不得不言，此一時之性情也。孔子删之以合乎興觀羣怨思無邪之旨，此萬古之性情也。吾人誦法孔子，茍其言詩，亦必當以孔子之性情爲性情，如徒逐於怨女逐臣，逮其天機之自露，則一偏一曲，其爲性情亦末矣。故言詩者不可以不知性。（《文約》四）

他本是說詩以道性情，而忽然一轉，撇開情而言性。這在儒家的見地原不妨如此；但是他說來，卻不是迂腐的理學家的見解。

認爲性情是成詩的一個條件。在黃氏以前，鹿善繼的詩論就是這樣。鹿氏《儉持堂詩序》云：「詩之亡，亡於離綱常言性情。」又《企華亭詩集序》云：「同此鳥獸，同此草木，騷人點綴，只成套話，一旦而得忠臣孝子，調爲宮商，生氣盎然，忠孝一念固聲韻之元歟？」（均見《三歸草》一）這些話，也許給梨洲很大的啓示。但是僅僅「個性」，僅僅「吾之精神意志」，猶不足以成詩；必也聯屬天地萬物，而後始足以暢吾之精神意志，而後始足以發而爲詩。所謂吾之精神意志，是他論詩的性情說；所謂天地萬物，是他論詩的環境說。《詩曆題辭》中說：「夫詩之道甚廣，一人之性情，天下之治亂皆所藏納。」必藏納性情，更藏納環境，而後始成爲詩。所以性情與環境，必相合而成詩，性情常有待於環境的啓廸，環境常足以觸發性情的流露。他在《汪扶晨詩序》中發揮興觀羣怨之說（《文定四集》一），即著重在環境的方面。至其《陳葦庵年伯詩序》中所說：

蓋詩之爲道，從性情而出。人之性情，其甘苦辛酸之變未盡，則世智所限，容易埋沒；即所遇之時同，而其間有盡不盡者，不盡者終不能與盡者較其貞脆。（《續文案・撰杖集》）

則更說明環境是何等的重要！環境的歷練，正所以激發其眞性情。所以他主張性情的表現，亦宜與其環境相稱；說得溫柔敦厚一些，未嘗不是眞情；說得激昂慷慨一些，亦更是眞情之流露；總之，宜與他所謂天下之時一人之時相合。因時之治亂，而詩分正變則可；因詩分正變，而別其優劣則不可。這是他詩的環境說之主張。所以說：

彼以爲溫柔敦厚之詩教，必委蛇頹墮，有懷而不吐，將相趨於厭厭無氣而後已。若是則四時之發斂寒暑，必發斂乃爲溫柔敦厚，寒暑則非矣；人之喜怒哀樂，必喜樂乃爲溫柔敦厚，怒哀則非矣。其人之爲詩者，亦必閒散放蕩，岩居川觀，無所事事而後可；亦必茗碗薰罏，法書名畫，位置雅潔，入其室者蕭然如睹雲林海岳之風而後可。然吾觀夫子所删，非無《考槃邱中》之什厝乎其間，而諷之令人低徊而不忍去者，必於變風變雅歸焉。蓋其疾惡思古，指事陳情，不異薰風之南來，履冰之中骨，怒則掣電流虹，哀則淒楚蘊結；激揚以抵和平，方可謂之溫柔敦厚也。（《文定四集》一，《萬貞一詩序》）

此種主張，固由於他所遭際的環境之關係。身受到家國淪亡之痛，則一種黍離麥秀之感，自然本其滿腔悲壯怨抑之氣，發爲淒楚蘊結之音。所以尤使他低徊流連的是一種亡國之詩。此意於《萬履安詩序》（《文約》四）中說得最明暢。這是他以爲詩道中間所以藏納天下之治亂的緣故，這是他以爲所以稱爲詩史——史亡而後詩作的緣故。

他在《朱人遠墓誌銘》中說：「夫人生天地之間，天道之顯晦，人事之治否，世變之汚隆，物理之盛衰，吾與之推蕩磨勵於其中，必有不得其平者。故昌黎言『物不得其平則鳴』，此詩之原本也。」所以上述兩端——個性說與環境說，是他詩的本原論。

稍後，申涵光之論詩尙風教，其說也與梨洲相近。他在《王淸有詩引》中說過：「理學風雅，同條共貫。」（《聰山文集》二）他在《馬旻徠詩引》中又說過：「夫理學與詩，判而不一也久矣。儒者斥詩爲末技，比於雕蟲之屬，而太白嘲誚魯儒，備極醜詆。……予謂世俗所謂理學與詩皆非也。……《三百篇》多忠臣孝子之章，至性所激，發而成聲，不煩雕繪而惻然動物。是眞理學即眞詩也。」（《聰山文集》二）這就是理學風雅所以同條共貫的緣故。何以眞理學即眞詩呢？蓋他所謂眞理學也即是眞性情之流露。他說：「詩之精者必眞。夫眞而後可言美惡。……貌謹愿而心澆刻，性情之僞，延於風教，而詩其兆焉。」（《聰山文集》二，《喬文衣詩引》）那麼，假理學便只成爲假性情，所以也不成爲眞詩。何以眞詩又即眞理學呢？蓋他所謂眞詩，也不能不達於理。他說：「《三百篇》皆理學也。敷情陳事而理寓焉；理之未達，無爲貴詩矣。」（《王淸有詩引》）那麼，只有達理者，才有「吾與點也」之意，也只有達理者，才能觸緒成詠。

這樣一講，兩相衝突的理論，可以減少他的摩擦了。不僅減少摩擦，而且可合以而爲一。蓋他所謂溫柔敦厚之說，含有二種意義：其一，以「和」字解釋溫柔敦厚，那即是傳統的說法，如所謂「樂而不淫，哀而不傷」，以及「中聲之所止」之類皆如此。其二，以「不和」解釋溫柔敦厚，如所謂「窮而後工」，如所謂「不得其平則鳴」，這在昔人不以爲是溫柔敦厚，而他以爲也是溫柔敦厚。由前一義言，是重在風教的立場講的；由後一義言，又是重在性情的立場講的；因此，在他的理論體系上便不見其衝突。他可以有傳統的講法，如《連克昌詩序》云：「凡詩之道以和爲正。……乃太史公謂詩三百大抵聖賢發憤之所爲作。夫發憤則和之反也，其間勞臣怨女憫時悲事之詞誠爲不少，而聖兼著之，所以感發善心而得其性情之正，故曰溫柔敦厚詩教也。所以正夫不和者也。」（《聰山文集》一）這即是以「和」字解釋溫柔敦厚的例。他也可以有非傳統的講法，如

《賈黃公詩引》云：「溫柔敦厚詩教也，然吾觀古今爲詩者，大抵憤世嫉俗，多慷慨不平之音。……然則憤而不失其正，固無妨於溫柔敦厚也歟？……夫流連光景以消侘傺，此善於處憤者也。第不失所謂敦厚者而溫柔在是矣。」（《聰山文集》二）這又是以「不和」解釋溫柔敦厚的例。這樣一講，於是以溫柔敦厚爲媒介，而性情與風教得到聯繫了。《詩三百篇》大抵聖賢發憤之所爲作，這即是性情，然而憤而不失其正，這即是溫柔敦厚。即使憤而失其正，然而性情不失，仍足感發善心，這即是溫柔敦厚之詩教。

不僅如此，他再本這一點以論杜甫之詩，而論調便與七子之學杜不同。如《喬文衣詩引》云：

嗟乎！眞之一字，爲世所厭久矣。少陵不云乎：「畏人嫌我眞。」其在當時，流離困躓，皆眞之爲害，故人嫌亦自嫌也。然而光焰萬丈，至今益烈，眞之取效頗長。（《聰山文集》二）

如《嶼舫詩序》云：

古詩類尚和平。吾見古之能詩者，率沈毅多大節，即如杜陵一生褊性畏人，剛腸疾惡，芒刺在眼，除不能待，其人頗近嚴冷，與和平不類也。而古今言詩者宗之。惡惡得其正，性情不失，和平之音出矣。繞指之柔與俗相上下，其爲詩必靡靡者，非眞和平也。（《聰山文集》一）

於是他所取於杜甫者，在其眞，同時也在其溫柔敦厚。這與上文所謂發憤之所爲作而仍不失性情之正，正是同樣意思。鄉愿總成爲鄉愿，儘管八面玲瓏，阿世取寵，決不能肝膽外露，也決不成爲眞詩。大概他所受到的時代刺激也不免太深刻了吧！所以對於張覆輿（蓋）這樣獨行之士，反引爲同調。其行不妨狂怪。其言不妨矯激，正須於不和平中乃見其眞和平。爲什麼？時代便是一個反常的時代呀！他是在這種觀點上聯繫性情與風教的，所以他的學唐宗杜，也不同於前後七子之學唐宗杜。

◎六五 尤侗與李漁◎

上文講過，顧炎武與黃宗羲轉變了明代的學風，同時也轉變了明代的文風。可是，我們這樣講，也不過就一般的趨勢言耳，事實上，一種風氣的轉移並不是那麼容易的，尤其在文風方面。所以儘管反對七子，但是毛先舒的《詩辨坻》，葉燮的《原詩》，還是多少接受格調說的主張的，王士禎所創的神韻說也可以看作格調說的變相的。儘管反對公安、竟陵，而一些浪漫氣氛，一些別出手眼的批評，一些打油釘鉸的作風，一些靈心慧舌的作品，在文壇還有相當的勢力。現在講的尤侗、李漁就可算是這方面的代表。

尤侗字同人，更字展成，號悔庵，晚號艮齋，又號西堂老人，長洲人，所著有《西堂雜組》、《艮齋雜記》、《鶴棲堂文集》等。

西堂爲文，時多新警之思，淸世祖見其遊戲文，嘆爲眞才子，聖祖又稱爲老名士，西堂常以此自負。他爲人放蕩，本不以正統自居，所以他的詩文，也入性靈一路。他說：

> 詩之至者在乎道性情，性情所至，風格立焉，華采見焉，聲調出焉。無性情而矜風格，是鶩集翰苑也；無性情而炫華采，是雉竄文囿也；無性情而夸聲調，亦鴉噪詞壇而已。（《西堂雜組》三集三，《曹德培詩序》）

其論文論詞也同此見解。一切詩文既重在抒發性情，當然不主摹擬了。他在《吳虞升詩序》中說：「有人於此，面目我也，手足我也，一旦憎其貌之不工，欲使眉似堯，瞳似舜，乳似文王，項似皋陶，肩似子產，古則古矣，於我何有哉！今人擬古，何以異此！」（《雜組》二集三）他於《牧靡集序》中又說：「勿問其似何代之詩也，自成其本朝之詩而已；勿問其似何人之詩也，自成其本人之詩而已。」（同上）這雖是一般持性靈說者所常見的論調，而他似乎說得更堅決一些。

然則他是不是成爲公安的繼承者呢？則又不然。他曾說過：「若夫今之詩人，矜才調者守歷下瑯琊爲金科，鑿性靈者奪公安竟陵爲玉尺，……兩者交病而已。」（《雜組》一集二，《蔣虎臣詩序》）是則他固不欲偏於一端，以使兩者交病。他是以眞意爲主，而使聲華格律爲我用而不爲我累。他說：

如以詩論，苟無眞意，則聲華傷於雕琢，格律涉於叫罵，其病臃腫。若捨其聲華格律，而一惟眞意是求，則枵然山澤之癯而已，兩者交失。（《雜組》三集四，《月將堂近草序》）

他可謂是公安的修正者，而不是繼承者。他的集所以稱爲雜組，也是這個意思。他在《西堂雜組二集自序》中分說「雜」「組」二字之義。他先引《易經》「物相雜故曰文」之語，以爲文不厭雜。「江淹之序雜詩曰，『楚謠漢風，既非一骨；魏製晉造，固亦二體』。夫楚漢魏晉時地不同若此，而淹乃合而擬之，其名雜也當矣。詩既有之，文亦宜然」。所以他的集不妨各體全備，各格全備。可是既雜之後，則重在組。他說：「雜之取於組者，樂府有《五雜組》詞，沈約之『五雜組，岡頭草』，王融之『五雜組，慶雲發』是也。組之取於雜者，《考工》具矣。東方謂之靑，南方謂之赤，西方謂之白，北方謂之黑，靑與赤謂之文，赤與白謂之章，白與黑謂之黼，黑與青謂之黼黻，五采備謂之綉，其名雜組者，猶相如之賦合組云爾。」這一節話說得很妙。由組合的普通意義言，只是結集，即把各種體異格異題材異的文合而爲集而已。由組合的另一種意義言，則是融化昔人各種格不相同的著作而組合爲一。所以雜乃在人，組則在己。他不妨「自唐宋以下時一似焉」，然而正不必偈於唐宋的某一家。儘管雜似昔人，仍不礙其爲我，因爲雜而組之者仍是我。那麼，他不妨雜取古人的聲華格律，仍有自己的眞意。

爲要雜取古人的聲華格律以存自己的眞意，所以不妨運用自己的才情，隨處點染，發爲聰明的筆調。爲要有自己的眞意，所以隨其個性之自然發展，不欲偈於道學思想的範圍之中。其《五九枝譚》中說：

> 杜陵身遭離亂，而《贈婦》詩云：「香霧雲鬟濕，清輝玉臂寒，何時倚虛幌，雙照淚痕乾。」昌黎欲燒佛骨者，而詩云：「艷姬踏筵舞，清眸射劍戟。」淵明寂寞東籬，有《閒情》一賦；和靖妻梅子鶴，有《吳山青》一詞。范文正之剛正，而詞云：「酒入愁腸，化作相思淚」；歐陽文忠之勁直，而詞云：「水晶雙枕傍有墜釵橫。」故知情之所鍾，老子於此，興復不淺。「爲君援筆賦梅花，不害廣平心似鐵」。今道學先生才說著情，便欲努目，不知幾時打破這個性字。湯若士云：「人講性，吾講情。」然性情一也，有性無情，是氣非性；有情無性，是欲非情。人孰無情，無情者鳥獸耳，木石耳，奈何執鳥獸木石而呼爲道學先生哉！（《雜組》一集八）

這種大膽反抗道學的主張，很和後來袁枚相像。所以主性靈者大抵也即是封建思想的解放者。尤侗所論重在以前一般文人看作正統的詩文，所以這種主張和作風，就爲同郡汪琬所反對。汪琬有《文戒》

一篇，謂「今幸値右文之時，而後生爲文，往往昧於辭義，叛於經旨，專以新奇可喜，囂然自命作者。……倘亦曾南豐所謂亂道，朱晦翁所謂文中之妖與文中之賊是也」（《堯峯文鈔》一）。大抵當時尤西堂湯卿謀等皆以才子自命，流風所播，很起一些作用，所以汪氏就不得不正言厲色，加以攻擊。

李漁作風也是好與正統派立異，不過他不重在論詩文而重在論詞曲，所以又與尤侗不同。

李漁號笠翁，蘭溪人，所著有《閒情偶寄》，其書卷一卷二皆論戲曲。自元以來，戲曲雖相當發達，但論戲曲之文卻並不多。偶有論到，亦多重在音律品第各方面，講結構的比較少。他則認爲「天地之間有一種文字，即有一種文字之法脈準繩」，那麼他論戲曲還是明人論文講法的觀念。不過他《閒情偶寄》的凡例中有戒剽竊陳言一條，說：

不佞半世操觚，不攘他人一字，空疏自愧者有之，誕妄貽譏者有之，至於剿窠襲臼，嚼前人唾餘，而謬謂舌花新發者，則不特自信其無，而海內名賢，亦盡知其不屑有也。

因此，他講結構，也和明人講法全是八股家本領者不一樣。他講立主腦，就是現在人所說的主題。他說：

古人作文一篇，定有一篇之主腦。主腦非他，即作者立言之本意也。傳奇亦然，一本戲中有無數人名，究竟俱屬陪賓，原其初心，止爲一人而設；即此一人之身，自始至終，離合悲歡，中具無限情由，無窮關目，究竟俱屬衍文，原其初心，又止爲一事而設。此一人一事，即作傳奇之主腦也。……後人作傳奇，但知爲一人而作，不知爲一事而作，盡此一人所行之事，逐節鋪陳，有時散金碎玉，以作零出則可，謂之全本，則爲斷線之珠，無梁之屋。

這種問題，在以前的文論中雖也有講到，但是以前的文是短篇不是長篇，是著述不是文藝，所以在以前不成問題，在他體也不成問題，而在當時的傳奇就必須加以指出。那麼這種講法，也就雖舊而實新。他另一節講減頭緒，其實也是立主腦的意思。又如他講密針線，謂：

編戲有如縫衣，其初則以完全者剪碎，其後又以剪碎者湊成。剪碎易，湊成難。湊成之工，全在針線緊密，一節偶疏，全篇之破綻出矣。每編一折，必須前顧數折，後顧數折。顧前者欲其照映，顧後者便於埋伏。照映埋伏，不止照映一人，埋伏一事，凡是此劇中有名之人，關涉之事，與前此後此所說之話，節節俱要想到。

這也是以前文人所謂起伏照應之法，但也因短篇長篇的關係，性質有些不同。短篇的只成爲八股家起承轉合的死法，長篇的就是注意到通篇的一貫性。

此外，他再講到脫窠臼，要重在新奇，但是又不能涉於荒唐。他說：

世間奇事無多，常事爲多；物理易盡，人情難盡。有一日之君臣父子，即有一日之忠孝節義，性之所發，愈出愈奇，盡有前人未作之事留之以待後人，後人猛發之，較之勝於先輩者。（此說亦見其《窺詞管見》）

這樣，又要平時觀察得深刻，又有細密的體會，才能「說何人，肖何人，議某事，切某事」。才能戒浮泛，這種意見也是雖舊而實新。總之，他們反對正統派的見解，多少帶一些思想上的解放，這是可取的地方。由於反對正統派的見解，於是重視小說戲曲，這也是他們的貢獻。李笠翁再說：「能於淺處見才，方是文章高手。施耐庵之《水滸》，王實甫之《西廂》，世人盡做戲文小說看，金聖嘆特標其名曰『五才子書』『六才子書』者，其意何居，蓋憤天下之小視其道，不知爲古今來絕大文章，故作此等驚人語以標其目。」這可以說是明代公安派以後一般叛離傳統的文人比較重要的成就。

但是，可惜他們終究爲時代所限，爲階級所限。他們反對了正統派，可是他們反脫離了現實。他們和顧炎武黃宗羲是同時代的人物，而從他們的生活來看，卻好似處在兩個世界。這就因公安派雖反對摹擬的格調派，但同樣是唯心論的論調，可能更加强些，所以始終是脫離現實的。因此，金聖嘆雖讚嘆《水滸》的藝術，卻並沒有眞正了解《水滸》的價值，而李漁的《閒情偶寄》也和他的《十種曲》一樣，只期望能點綴太平。這就是從興趣出發，從消遣出發，必然會走到脫離現實的結果。

公安派已經有些脫離現實了，而他們受到時代的考驗，還是走向輕巧淺薄的文字遊戲！當然，論詩文既不會受到正統派的重視，即論戲曲小說，也同樣會走入歧途的。

◇六六　魏禧◇

魏禧，字凝叔，一字叔子，號勺庭，江西寧都人，與兄際瑞弟禮，有「寧都三魏」之稱，又與侯方域汪琬齊名，號三大家，所著有《魏叔子文集》。

叔子論文主張，以《宗子發文集序》爲最重要（《魏叔子文集》八）。他開端便說：「今天下治古文衆矣！好古者株守古人之法，而中一無所有，其弊爲優孟之衣冠；天資卓犖者，師心自用，其弊爲野戰無紀之師，動而取敗。蹈是二者，而主以自滿假之心，輔以流俗謏言，天資學力所至，適足助其背馳；乃欲卓然並立於古人，嗚呼，難哉！」這即是糾正明代文風的言論。接著他就說明如何不至株守古人之法。「師心自用」，其失易明，所以他於這方面不大講。「好古而中無所有，其故非一二言盡也」。所以此文重要之處，即在說明怎樣好古而不致中無所有，怎樣能合古人之法而不致株守古人之法。關於這，我們必先明瞭叔子所謂「法」的觀念是什麼？他以爲文章之法，有常有變，知其常尤應通其變；而對於法的運用，尤須能自此中入再能於此中出。此義，於其《陸懸圃文序》一文中發之：

予嘗與論文章之法。法，譬諸規矩，規之形圓，矩之形方，而規矩所造，爲楕，爲槷，爲眼，爲倨句磬折，一切無可名之形，紛然各出。故曰規矩者，方圓之至也。至也者，能爲方圓，能不爲方圓，能爲不方圓者也。使天下物形不出於方，必出於圓，則其法一再用而窮。言古文者曰伏，曰應，曰斷，曰續。人知所謂伏應而不知無所謂伏應者，伏應之至也；人知所謂斷續，而不知無所謂斷續者，斷續之至也。今夫入壇壝，履鬼神之室，明神肅森，拱挺異列，若生人之可怖，按以人經之法，頰胲廣狹，股腳脽尻之相距，皆不差尺寸。然卒以爲不若人者，俯仰拱挺，終日累年，不能自變化故也。今夫山，屹然嵂岉，終古而不變，此山之法也。瀉水於盂，盂方則方，盂圓則圓者，水之法也。山以不變爲法，水以善變爲法。今夫山，禽獸孕育飛走，草木生落，造雲雨，色四時，一日之間而數變。今夫水，瀉於平地，必注於龜流，其所不平瀉之，萬變而不失。今夫文，何獨不然！故曰：變者，法之至者也。此文之法也。（《魏叔子文集》八）

明人以時文之法爲古文，亦以時文之法讀古文，於是有所謂評點之學，眼光心思，都束縛於所謂伏應斷續之中，這是所謂死法而不是活法。爲文而求合此種死法，即是知其常而不能通其變。不能通其變，則即使伏應斷續全合法度，而如履鬼神之室，明神肅森，總以爲不若人。所以必須神明於法，知道不變者固是法，而善變者也是法；必能於不變之法中知善變之法，又能於善變之法中知不變之法，然後如規矩這般可以爲方圓，也可以不爲方圓，而規矩之用始層出而不窮，所以說：「變者法之至者也。」他《答計甫草書》又說：

今夫石所以量物，衡所以稱物。天下有日蝕星變，山崩水湧，衡之所不能稱，石之所不能量者矣。是故春生夏長，秋殺冬藏者，天地之法度也。哀樂喜怒中其節，聖人之法度也。然且春夏之間，草木有忽枯槁，秋冬有忽萌芽。子之武城聞弦歌之聲，笑曰割雞焉用牛刀，遇舊館人之喪而出涕，是有過乎喜與哀者矣。蓋天地之生殺，聖人之哀樂，當其元氣所鼓動，性情所發，亦間有其不能自主之時，然世不以病天地聖人，而益以見其大。文章亦然。古人法度，猶工師規矩不可叛也。而興會所至，感慨悲憤愉樂之激發，得意疾書，浩然自快其志，此一時也，雖勸以爵祿不肯移，懼以斧鉞不肯止，又安有左氏、司馬遷、班固、韓、柳、歐陽、蘇在其意中哉！至傳志之文，則非法度必不工，此猶兵家之律，御衆分數之法，不可分寸恣意而出之，生動變化，則存乎其人之神明，蓋亦法中之肆焉者也。（《魏叔子文集》五）

傳志之文非法度必不工，即所謂「山以不變爲法」，興會所至得意疾書，即所謂「水以善變爲法」。以善變爲法者，元氣所鼓動不能自主，非惟不以爲病而益以見其大，因爲無所謂伏應，無所謂斷續者，正是伏應斷續之至，所以「萬變而不失」。以不變爲法者，雖似板滯，而生動變化仍存乎其人之神明，即所謂「能自變化」。

能自變化者，所以又可以「一日之間而數變」。因此，他之於「法」，貴神而明之，而不貴「循循縮縮，守之而不敢過」。必須能變，才成爲法之至；必須能變，才不致「株守古人之法」。這是他對於法的觀念。其兄伯子《論文》中說：「不入於法則散亂無紀；不出於法則拘迂而無以盡文章之變。」也是同樣的意思。

於是，他們再講到如何「出於法」的方法；易言之，也即是推求一般人所以株守古人之法的原因。他們以爲病根所在，全由於中無所有。其兄伯子之《學文堂文集序》云：「文章之道，自體格以至章節字句，古人之法已全，而吾或欲與古人爭衡，慨然發吾志之所欲發，則非有其識與議者，必將滅沒沈錮於古人之中而不能以或出。」（《伯子文集》一）所以最重要的還在中有所得。中有所得，則爲文雖「尊法古人，至其所獨是獨非，每不能自貶，以徇古今之衆」（見叔子所爲《八大家文鈔選序》），這樣，所以他要於文外求法。必於文外求法，才能盡法之變。因此，知道《宗子發文集序》中幾句頂精要的話，所謂「養氣之功在於集義，文章之能事在於積理」云云者，正是好古而中無所有的對症良藥。他們所以能有此見解，即因易堂講學，本不限於古文，所以能於文外求法。因此，他肯定地說：「識不高於庸衆，事理不足關係天下國家之故，則雖有奇文，與《左》、《史》、韓、歐陽並立無二，亦可無作。」（《宗子發文集序》）

這樣，所以他提出了兩個問題，一是積理，一是練識。由於積理，於是所謂「識」也不會偏於嗜新逐異；由於練識，於是所謂「理」也不會流於背時而不合於用。

現在，先講他的積理之說。講到理，不能離開氣，所以他講到法的問題，又牽涉到理和氣來講。他的理論是：不欲師心自用，故示之以法；又不欲講法而陷於評點之學，故示之以變。理和氣，就是行文之本，也就是「變」的條件。這兩種，在宋代道學家講來恆偏於理，在宋代古文家講來又偏於氣，而叔子之說則折衷於此二者之間。其《彭躬庵文集序》云：

躬庵先生爲文章，務以理氣自勝，不屑屑古人之法。而予少時喜議論，後乃更好講求法度；獨每見躬庵文，則顏色消沮，心怵惕而不寧。嘗譬之戰鬥，弓人聚六材以爲深弓，矢人相笴眂羽以爲兵矢，而使貫虱承挺者射，然拔山之夫，嗔目直視，則失弓矢落，反馬而入壁。夫然後知氣之盛者，法有所不得施。而躬庵之文，則又非未始有法者。故嘗譬之江河，秋高水落，隨山石爲曲折，盈科次第之跡，可指而數也。大雨時行，百川灌匯，溝澮原潦之水，注而益下，江河溢溢漫衍，亡其故道，而所爲隨山石曲折者，未嘗不在，顧人心目驚潰而不之見。（《魏叔子文集》八）

此語甚妙。他謂「氣之盛者法有所不得施」，即同於韓愈「氣盛言宜」之說。蓋所謂「宜」者即於無法之中而能自合於法，所以「法有所不得施」。此與野戰無紀之師不同，不過在一般人看來，則只覺其大氣磅礴，「心目驚潰而不之見」耳。由此以言，「法」不必學而氣則不可不養。法之常可學而能，法之變不可學而能。法之變雖不可學，而苟能養氣使其充盛，則法之變也不必學而自能。蘇轍所謂「文不可以學而能，氣可以養而致」者，蓋即謂此。這是法本於氣之說。

又其《答曾君有書》云：

竊以謂明理而適於用者，古今文章所由作之本；然言之不文，行之不遠，是以有文。而天下之理與事有不可以盡言者，是以有含蓄之指；有難於直言者，是以有參差斷續變化之法：則皆其後起者也。辟之於水，浸灌萬物，通利舟楫，此水之本也。而江河之行，曲折洄洑波瀾漪縠激瀉，此水之後起，而勢有不得不然者，水蓋不恃此以爲貴。（《魏叔子文集》五）

此文又謂法自理出。評點批尾之學，如茅鹿門輩，只知於含蓄參差斷續變化諸法中以求文，正因泥於行文之跡而不究行文之本。他不知文蓋不恃此以為貴。文章苟能明理適用，則無意守法而自然合法。因為這又是勢有不得不然。此所以謂「文章之能事，在於積理」。此又法本於理之說。

不過法與氣的關係是直接的，法與理的關係是間接的，所以他於《論世堂文集序》中再說：

> 氣之靜也，必資於理，理不實則氣餒；其動也挾才以行，才不大則氣狹隘。然而才與理者，氣之所馮，而不可以言氣。才於氣為尤近，能知乎才與氣之為異者，則知文矣。吹毛而駐於空，吹不息則毛不下；土石至實，氣絕而朽壞，則山崩。夫得其氣則泯小大，易強弱，禽獸木石可以相為制，而況載道之文乎？視之以形而不見，誦之以聲而不聞，求之規矩而不得其法，然後可以舉天下之物，而無所撓敗。（《魏叔子文集》八）

在此文中，他分析得更細，氣有先天後天之分：先天所稟之氣是出於才，後天所養之氣由積於理。然而才不即是氣，正與理之不即是氣一樣。只因「才不大則氣狹隘」，於是一般人遂以「浩瀚蓬勃、出而不窮、動而不止者當之，而蘇軾氏乃以氣特聞」。實則才是才而氣是氣；他所謂氣，猶言精神；精神貫注則精光外發，脈絡分明，處處都能照顧到，也就覺得處處蓄勢，處處有力。而才是所以御氣的，所以說才不大則氣狹隘。這樣講，「才」和「理」對於「法」的關係都是間接的，而對於「氣」的關係則是直接的。先天的才所以御氣，後天的理，所以養氣。這樣，所以講到氣，也就不需要講到「法」，而正是成為法之變。

叔子論文既重在積理養氣，而養氣又重在集義，似乎全是道學家之論調，然而不然，他正與顧亭林、黃梨洲諸人一樣，反對宋、明儒者言之不文之弊。他以爲「語可以不驚人而不可襲古聖賢之常言；其旨原本先聖先儒，而不可搖筆伸紙輒以聖人大儒爲發語之端」（《日錄論文》）。假使卑弱膚庸，漫衍拘牽，則雖不背於道，而使天下後世厭絕其文，視如饐餲之食，魚肉之餒敗，也未免太可惜了。所以他說：

孔子曰，言之不文，行之不遠，於《易》曰，修辭立其誠；立誠以爲質，修之而後言可文也。聖人之於文，蓋惓惓矣。昔者先王之制禮也，敬而已矣！必且辨爲度數品物，儀飾之節，有所謂以多貴者，有所謂以少貴者，有所謂以大以小以高以下以文以素貴者。聖人之於文亦然。文以明道，而繁簡華質洪纖夷險約肆之故，則必有其所以然。蓋禮不如是，不足將其敬；文不如是，不可以明道。孔子曰：「辭達而已矣。」辭之不文，則不足以達意也。而或者以爲不然，則請觀於六經孔子孟子之文，其文不文，蓋可睹矣。（《甘健齋軸園稿序》）

禮之重敬，猶文之重理；禮之重儀，猶文之重法。二者原是相輔爲用不可偏廢的。古文家不求諸理，不明其勢之不得不然，而徒求其含蓄參差斷續變化之跡，固是不合；然在道學家又矯枉過正，一切抹煞全不講究，也何能使其文之行遠。二者皆非，所以他以爲對於文的態度，應當無意於傳之，而不應無意於作之（說見其《研鄰偶存序》）。古文家之病，在有意於傳之，所以有意爲文；道學家知其弊，而不知無意作之之亦非。

他不僅不贊成道學家之無意作文，抑且不同於道學家之陳腐講道。他所謂理，於其未明以前則重在識，於其既明以後，又重在用。他取了宋代政治家的主張，而又符合於淸初學者的論調；適逢其會，他恰能融會而溝通之。其《答施愚山侍讀書》云：

愚嘗以謂爲文之道，欲卓然自立於天下，在於積理而練識。積理之説，見禧敍宗子發文。所謂練識者，博學於文而知理之要，練於物務，識時之所宜。理得其要則言不煩，而躬行可踐；識時宜則不爲高論，見諸行事而有功。是故好奇異以爲文，非眞奇也。至平至實之中，狂生小儒皆有所不能道，是則天下之至奇已。故練識如煉金，金百煉則雜氣盡而精光發。善爲文者，有所不必命之題，有不屑言之理。譬猶治水者沮洳去則波流大，爇火者穢雜除而光明盛也。是故至醇而不流於弱，至清而不流於薄也。（《魏叔子文集》六）

這樣練識，故其所謂積理乃亦不廢「市儈優倡大猾逆賊之情狀，灶婢丐夫米鹽淩雜鄙屑之故」（《宗子發文集序》）。這樣練識，故其所積之理，當然足以達當世之務而適於用。其《俞右吉文集序》謂：「文以宣道義，著事功」，又云：「予生平論文主有用於世。」所以魏禧文論又能合道學家與政治家而爲一。他於《左傳經世序》中說：「讀書所以明理也，明理所以適用也，故讀書不足經世，則雖外極博綜，內析秋毫，與未嘗讀書同。」（《魏叔子文集》八）這是易堂講學的宗旨，他們爲學論文就是如此主張。其《答蔡生書》云：

僕嘗言曰，文章之變於今已盡，無能離古人而自創一格者，獨識力卓越，庶足與古人相增益。是故言不關於世道，識不越於庸衆，則雖有奇文，可以無作。識定則求其暢，所謂了然於手口也。暢則求其健；不簡不練，則氣膚格弱，不足以經遠。三者既立，而欲進求古人之精微，窮其變化，則學至而後知之。（《魏叔子文集》六）

這一些話，也曾在《宗子發文集序》中說過。所以我們假使欲在魏禧文論中看出清初文論偏於並合的傾向，那麼可以說是理、識、法三者之合一。

其兄伯子《答友人論文書》謂：「不深原道情則不可以爲體，不更歷世情則不可以爲用」，這就和叔子要在「市儈優倡大猾逆賊之情狀，灶婢丐夫米鹽凌雜鄙屑之故」中求其所以然之理，是同樣的意思。能在這方面觀察得深，體會得切，那就可以在古文中反映現實，暴露現實，這是當時文論中最值得注意的一點。伯子論文中再有一節講到這問題，可以相互映發。他說：

文章必有所以然處。所以然者在文章之意。然非謂文章以忠孝爲意，便處處應言忠孝。蓋幾微之先，精神眼光興會，有獨得一處者。故言忠孝反不斤斤忠孝之言，人之感之，無往而非忠孝也。文章有耿疚在心，不可舉以示人，並不即能自喻者，正其所以然處，得此而情境所發蓋亦不可窮矣。

這就是上文所講湯顯祖寫傳奇的方法。能這樣，那麼處處說理，自然不會墜入理窟了。清初古文家的眼光見解反而要比桐城派闊大一些。當時黃宗羲表揚柳敬亭的說書，也見到這一點。其《柳敬亭傳》云：「敬亭在軍中久，其豪滑大俠殺人亡命流離遇合破家失國之事，無不身親見之，且五方土音，鄉俗好尙，習見習聞，每發一聲，使人聞之，或如刀劍鐵騎，颯然浮雲，或如風號雨泣，鳥悲獸駭，亡國之恨頓生，檀板之聲無色。」（《南雷續文案》）他們都注意到這些問題了。只因爲古文的體制所限，沒法把「市儈優倡大猾逆賊之情狀，灶婢丐夫米鹽凌雜鄙屑之故」，和它配合起來，所以雖提到了這個問題而沒有什麼成就。從這點講，後來桐城派的主張，反而不是進步的了。

◎六七　葉燮與沈德潛◎

葉燮字星期，號橫山，江南吳江人，著有《已畦集》。

葉氏名位雖不高，但以沈德潛的關係，所謂「橫山門下尚有詩人」，故其影響也不為不大。沈德潛的《說詩晬語》，薛雪的《一瓢詩話》，頗多稱引橫山詩教之處。就是不曾明言是橫山言論者，亦多暗襲橫山之說。

葉氏論詩之著，有《原詩》內外篇四卷，即附《已畦集》中。沈珩序其書，稱「自古宗工宿匠，所以稱詩之說僅一支一節之瑣者耳，未嘗有創闢其識，綜貫成一家言，出以砭其迷，開其悟」，這幾句話，推頌得極為恰當。《原詩》之長，即在精心結構，可以當得起稱能建立一種體系的書。

橫山論詩所以能「創闢其識，綜貫成一家言」者，即在於用文學史家的眼光與方法以批評文學，所以能不立門戶，不囿於一家之說，而卻能窮流溯源獨探風雅之本，以成為一家之言。

我們研究《原詩》，首先應當注意他開宗明義的幾句話。他說：

> 詩始於《三百篇》，而規模體具於漢，自是而魏而六朝、三唐，歷宋、元、明以至昭代，上下三千餘年間，詩之質文體裁格律聲調辭句，遞升降不同，而要之詩有源必有流，有本必達末；又有因流而溯源，循末以返本，其學無窮，其理日出；乃知詩之為道，未有一日不相續相禪而或息者也。

在這幾句話中間，我們所應注意的，即是他一方面說詩變至劇，而一方面又說詩道未息。他能看出文學之演變，所以他不贊成李夢陽之不讀唐以後書，李攀龍之謂唐無古詩。在別人只知奉不變者以為宗，而他卻能知道

「有源必有流，有本必達末」，根本沒有盛衰優劣可言。正因他能知道文學之演變，所以他又能於演變中看出其有不變者存。因此，他又不贊成一般反對李、何、李、王的人之溺於偏畸之私說。所以他又要「因流而溯源，循末以返本」。正因他能這般明瞭詩之源流本末，正變盛衰，所以不滿意於一般論詩之人，而不禁慨嘆地說：「稱詩之人，才短力弱，識又矇焉而不知所衷，既不能知詩之源流本末正變盛衰，互爲循環，並不能辨古今作者之心思才力深淺高下長短，孰爲沿爲革，孰爲創爲因，孰爲流弊而衰，孰爲救衰而盛，一一剖析而縷分之，兼綜而條貫之，徒自詡矜張，爲郛廓隔膜之談，以欺人而自欺也。」在這種情況之下，「於是百喙爭鳴，互自標榜，……是非淆而性情汩，不能不三嘆於風雅之日衰」了。

現在先就他「變」的問題來講，他很能說明文學之演變。他以爲詩變出於自然。「自有天地以來，古今世運氣數，遞變遷以相禪。古云，天道十年一變，此理也，亦勢也，無事無物不然，寧獨詩之一道膠固而不變乎？」於是他再說明必變的理由。㈠踵事增華，以後出者爲精，所以應當變。他說：「大凡物之踵事增華，以漸而進，以至於極。故人之智慧心思，在古人始用之，又漸出之，而未窮未盡者，得後人精求之而益用之出之。乾坤一日不息，則人之智慧心思，必無盡與窮之日。」這是必變之理由一。不過此節還可說是昭明太子所已經說過的話。至於㈡陳言既多，則互相蹈襲，在勢又不得不變。他又說：「唐詩爲八代以來一大變，韓愈爲唐詩之一大變。……開寶之詩，一時非不盛，遞至大曆、貞元、元和之間沿其影響字句者且百年。此百餘年之詩，其傳者已少殊尤出類之作，不傳者更可知矣。必待有人焉，起而撥正之，則不得不改弦而更張之。愈嘗自謂陳言之務去，想其時陳言之爲禍必有出乎目不忍見，耳不堪聞者。」由此義言，雖是本於韓愈，然而如此說明，則爲葉氏的創見。近人每稱王國維《人間詞話》「文體通行既久，染指遂多，自成習套」之語，殊不知《原詩》中早已說過了。這是必變之理由二。

這樣，所以必須能變才是作家；同時，也必須作家才敢言變。變多出於豪傑之士，弱者則隨波逐流而已。蕭子顯云：「若無新變，不能代雄。」所以葉氏又說：「從來豪傑之士，未嘗不隨風會而出，而其力則常能轉風會。即如左思去魏未遠，其才豈不能爲建安詩邪？觀其縱橫躑踏，睥睨千古，絕無絲毫曹劉餘習。鮑照之才，迥出儕偶，而杜甫稱其俊逸。夫俊逸則非建安本色矣。千載後，無不擊節此兩人之詩者，正以其不襲建安也。奈何去古益遠，翻以此繩人邪？」力大者大變，力小者小變，總之，變多出於豪傑之士，所以能轉風會。於是又說：「歷考漢魏以來之詩，循其源流升降，不得謂正爲源而長盛，變爲流而始衰。惟正有漸衰，故變能啓盛。」這才是葉氏重要的見解。

他既這樣說明演變的關係，所以不主張摹仿，不主張復古；既不可謂古盛而今衰，又不能因伸正而詘變。因此，他說：

彼虞廷喜起之歌，詩之土簋擊壤穴居儷皮耳。一增華於《三百篇》，再增華於漢，又增於魏，自後盡態極妍，爭新競異，千狀萬態，差別井然。苟於情於事於景於理隨在有得，而不戾乎風人永言之旨，則就其詩論工拙可耳，何得以一定之程格之而抗言風雅哉。如人適千里者，唐虞之詩如第一步，三代之詩如第二步，彼漢魏之詩，以漸而及，如第三第四步耳。作詩者知此數步，爲道途發始之所必經，而不可謂行路者之必於此數步焉爲歸宿，遂棄前途而弗邁也。且今之稱詩者，祧唐虞而禘商周，宗祀漢魏於明堂是也。何以漢魏以後之詩，遂皆爲不得入廟之主，此大不可解也。譬之井田封建，未嘗非治天下之大經，今時必欲復古而行之，不亦天下之大愚也哉。且蘇李五言與亡名氏之《十九首》，至建安黃初，作者既已增華矣。如必取法乎初，當以蘇李與《十九首》爲宗，則亦吐棄建安黃初之詩可也。詩盛於鄴下，然蘇李《十九首》之意則寖衰矣。使鄴中諸子，欲其一一摹仿蘇李，尚且不能，且亦不欲，乃於數千載之後，胥天下而盡仿曹劉之口吻，得乎哉！

橫山眞是健者，他眞能把當時爭辨不決的問題一掃而空之。沈楙悳《原詩跋》稱：「自有詩以來，求其盡一代之人取古人之詩之氣體聲辭篇章字句節節摹仿而不容纖毫自致其性情，蓋未有如前明者。國初諸老，尙多沿襲，獨橫山起而力破之。」由這一點言，沈氏所說是極合《原詩》的宗旨的。葉氏有兩句名言：「相似而僞，無寧相異而眞。」（《原詩》二）葉氏又有兩句名言：「古人之詩，可似而不可學，學則爲步趨，似則爲吻合。」（《已畦文集》八，《黃葉村莊詩序》）

那麼沿流失源，是不是爲葉氏之所許呢？則又不然。他以爲：「執其源而遺其流者，固已非矣；得其流而棄其源者，又非之非者乎？」（《原詩》二）所以他不主張推崇宋元而菲薄唐人，節取中晚以遺置漢魏。沈德潛《淸詩別裁集》謂：「先生初寓吳時，吳中稱詩者多宗范、陸，究所獵者范、陸之皮毛，幾於千手雷同矣。先生著《原詩》內外篇四卷，力破其非。吳人士始多訾謷之，先生歿後，人轉多從其言者。」他所說與沈楙悳《跋》所言，正不相同。實則我們假使從這不欲沿流失源的一點言，則沈德潛所言，固也未嘗不得橫山的意旨。二沈所言，正是各得橫山之一端。

葉氏先分析變的關係，有二種：一是時變而詩因之的變，一是詩變而時隨之的變。前者是歷史的關係，後者是文學本身的關係。他說：

且夫風雅之有正有變，其正變繫乎時，謂政治風俗之由得而失，由隆而汚。此以時言詩，時有變而詩因之；時變而失正，詩變而仍不失其正，故有盛無衰，詩之源也。吾言後代之詩，有正有變，其正變繫乎詩，謂體格聲調命意措辭新故升降之不同。此以詩言時，詩遞變而時隨之，故有漢魏六朝唐宋元明之互爲盛衰，惟變以救正之衰，故遞衰遞盛，詩之流也。從其源而論，如百川之發源，各異其所從出，雖萬派而皆朝宗於海，無弗同也。從其流而論，如何流之經行天下，而忽播爲九河，河分九而俱朝宗於海，則亦無弗同也。

由詩之源言，即所謂歷史的關係，時異故詩異——內容異，說話的態度異，然而說話的方法與技巧，卻並無所異；要之，都不曾離詩之本，所以有盛無衰。由詩之流言，則是所謂文學本身的關係，由體制之不同以分別時代，由風格之不同以分別時代，由作詩技巧之不同以分別時代，所以對於詩之本有合有離；因此，其詩也有盛有衰。這是他的所謂源流正變本末盛衰的關係。

明白這些意思，然後知道他所謂變，有小變焉，有大變焉。在共同潮流之中而能矯然自成一家者是小變；能矯然自成一家而轉變一時潮流者是大變。大變是「正」之「反」，小變則是由「正」至「反」中間的過程。所以有因變而得盛者，亦有因變而益衰者。變是文學演進自然的趨勢，在變的本身無所謂盛衰。變而與本有合有離，才有所謂盛衰。

於是他爲要說明與本有合有離的關係，再拈出體用二字，體是意，用是文。文有體制技巧各種的關係，一時代儘管有一時代的寫作的形式，但盡不妨各時代有各時代共同的寫作宗旨。意可以不變，文則不妨變。他說：

或曰溫柔敦厚，詩教也。漢魏去古未遠，此意猶存，後此者不及也。不知溫柔敦厚，其意也，所以爲體也；措之於用，則不同。辭者其文也，所以爲用也；返之於體，則不異。漢魏之辭有漢魏之溫柔敦厚；唐宋元之辭，有唐宋元之溫柔敦厚。譬之一草一木，無不得天地之陽春以發生；草木以億萬計，其發生之情狀，亦以億萬計，而未嘗有相同一定之形，無不盎然皆具陽春之意，豈得曰若者得天地之陽春，而若者爲不得者哉！且溫柔敦厚之旨，亦在作者神而明之，如執而泥之，則《巷伯》投畀之章，亦難合於斯言矣。

這樣說，文豈但不妨變，簡實是應當變。他曾設兩個很妙的比喻。他以爲漢魏詩如畫家之落墨，於太虛中初見形象；六朝詩始知烘染設色，微分濃淡了；盛唐詩則濃淡遠近層次方一一分明；宋詩則能事益精，諸法變化無所不極。他又以爲漢魏詩如初架屋，棟梁柱礎門戶已具；六朝詩始有窗櫺楹檻屏蔽開闔；唐詩則於屋中設帳幃床榻器用諸物，而加丹堊雕刻之工；宋詩則制度益精，室中陳設種種玩好，無所不蓄（均見《原詩》四）。這樣說，踵事增華，正是愈變而愈盛，愈變而愈工。不過他再說：「大抵屋宇初建，雖未備物，而規模弘敞，大則宮殿，小亦廳堂也；遞次而降，雖無制不全，無物不具，然規模或如曲房奧室，極足賞心，而冠冕闊大，遜於廣廈矣。」（《原詩》四）所以變亦不能漸離其本。變是應當變的，趨新本不足以爲病；可是本也是應當顧到的，窮古也是應有的條件。變之有盛有衰，其關鍵即在這上面。說得最明白的，莫如下邊的一節話：

不讀《明良》《擊壤》之歌，不知《三百篇》之工也；不讀三百篇，不知漢魏詩之工也；不讀漢魏詩，不知六朝詩之工也；不讀六朝詩，不知唐詩之工也；不讀唐詩，不知宋與元詩之工也。夫惟前者啓之，而後者承之而益之；前者創之，而後者因之而廣大之。使前者未有是言，則後者亦能如前者之初有是言；前者已有是言，則後者乃能因前者之言而另爲他言。總之，後人無前人，何以有其端緒；前人無後人，何以竟其引伸乎？譬諸地之生木然，《三百篇》則其根，蘇李詩則其萌芽由蘖，建安詩則生長至於拱把，六朝詩則有枝葉，唐詩則枝葉垂蔭，宋詩則能開花，而木之能事方畢。自宋以後之詩，不過開花而謝，花謝而復開，其節次雖層層積累，變換而出，而必不能不從根柢而生者也。故無根則由蘖何由生，無由蘖則拱把何由長？不由拱把則何自而有枝葉垂蔭而花開花謝乎？若曰，審如是，則有其根斯足矣。凡根之所發，不必問也；且有由蘖及拱把成其爲木，斯足矣，其枝葉與花，不必問也。則根特蟠於地而具其體耳，由蘖萌芽僅見其形質耳，拱把僅生長而上達耳，而枝葉垂蔭，花開花謝，可遂以已乎？故止知有根芽者，不知木之全用者也；止知有枝葉與花者，不知木之大本者也。（《原詩》三）

木之全用與大本，是一樣的重要。因此崇源與崇流，皆不免錯誤；分唐界宋，只是文人之好事而已。王漁洋《論詩絕句》嘗云：「耳食紛紛談開寶，幾人眼見宋元詩」，清初人的眼光，總比明代格調派要放大一些。那麼，所謂「本」是什麼呢？這是詩之本，是詩人之本，同時也即橫山詩教的根本。除掉了這「本」的觀念，橫山詩教，即找不到一個中心思想。

他先分析所謂「本」是什麼？他說：

曰理曰事曰情，此三言者足以窮盡萬有之變態，凡形形色色，音聲狀貌，舉不能越乎此；此舉在物者而爲言，而無一物之或能去此者也。曰才曰膽曰識曰力，此四言者所以窮盡此心之神明，凡形形色色，音聲狀貌，無不待於此而爲之發宣昭著；此舉在我者而爲言，而無一不如此心以出之者也。以在我之四，衡在物之三，合而爲作者之文章，大之經緯天地，細而一動一植，詠嘆謳吟，俱不能離是而爲言者矣。

（《原詩》二）

在此節中所謂在物之三——理、事、情，即是詩之本。詩不能離此三者而爲言；離此三者而爲言的詩，是摹擬，是剽竊。所謂在我之四——才、膽、識、力，即是詩人之本。詩人不能無此四者以學詩作詩；詩人而無四者，其伎倆當然只能出於摹擬，出於剽竊。《原詩》中一切理論，都是建築在這上面的，所發揮者是此，所反覆辯論者是此。

由這詩之本與詩人之本，於是再推究到作詩之本。在物者是觸興，在我者是胸襟。「原夫作詩者之肇端而有事乎此也，必先有所觸以興起其意，而後措諸辭，屬爲句，敷之而成章」（《原詩》一），所以觸興是作詩之本。「作詩者亦必先有詩之基焉：詩之基，其人之胸襟是也；有胸襟，然後能載其性情智慧聰明才辨以出」，所以胸襟也是作詩之本。二者都是作詩之本，然而有在物在我之分。雖有在物在我之分，然而中間有物焉以聯繫其間，說得抽象些是「氣」，說得具體些是「辭」。

這是橫山詩論的一個簡單的輪廓。下文再就這輪廓上細細地鉤勒。

何以橫山不主張摹仿呢？因爲他知道變。何以他知道變呢？因爲他知道不變之質。他知道了不變之質所以謂詩無定法，而無須摹擬，而不能不變。他說：

自開闢以來，天地之大，古今之變，萬匯之賾，日星河岳，賦物象形，兵刑禮樂，飲食男女，於以發爲文章，形爲詩賦，其道萬千，余得以三語蔽之，曰理，曰事，曰情，不出乎此而已。然則詩文一道豈有定法哉？先揆乎其理，揆之於理而不謬則理得；次徵諸事，徵之於事而不悖則事得；終絜諸情，絜之於情而可通則情得：三者得而不可易，則自然之法立。故法者當乎理，確乎事，酌乎情，爲三者之平準而無所自爲法也。（《原詩》一）

這即是從詩之本，所謂理事情三者而言的。「三者得而不可易，則自然之法立」，所謂平平仄仄，所謂起承轉合，以及一切字法句法章法云云，都是所謂死法。執此以論法，而膠著不變，則詩也不成爲我的詩，不成爲時代的詩。只有著眼在活法，所謂自然之法，而後作者可加以匠心變化，於是也便無所謂法。所以他說：「三者得則胸中通達無阻，出而敷爲辭，則夫子所云辭達。達者通也，通乎理，通乎事，通乎情之謂，而必泥乎法，則反有所不通矣。辭且不通，法更於何有乎？」（《原詩》一）

他再有一妙喻，說明自然之文之自然之法：

天地之大文，風雲雨雷是也。風雲雨雷變化不測，不可端倪，天地之至神也，即至文也。試以一端論，泰山之雲，起於膚寸，不崇朝而遍天下。吾嘗居泰山之下者半載，熟悉雲之情狀，或起於膚寸，彌淪六合，或諸峯競出，升頂即滅，或連陰數月，或食時即散，或黑如漆，或白如雪，或大如鵬翼，或亂如散鬊，或塊然垂天後無繼者，或聯綿纖微相續不絕；又忽而黑雲興，土人以法占之曰將雨，竟不雨；又晴雲出，法占者曰將晴，乃竟雨。雲之態以萬計，無一同也；以至雲之色相，雲之性情，無一同也；雲或有時歸，或有時竟一去不歸，或有時全歸，或有時半歸，無一同也。此天地自然之文，至工也。若以法繩天地之文，則泰山之將出雲也，必先聚雲族而謀之曰，吾將出雲，而爲天地之文矣，先之以某雲，繼之以某雲，以某雲爲起，以某雲爲伏，以某雲爲照應，爲波瀾，以某雲爲逆入，以某雲爲空翻，以某雲爲開，以某雲爲闔，以某雲爲掉尾，如是以出之，如是以歸之，一一使無爽，而天地之文成焉，無乃天地之勞於有泰山，泰山且勞於有是雲，而出雲且無日矣。蘇軾有言「我文如萬斛源泉，隨地而出」，亦可與此相發明也。（《原詩》一）

所以得其本，則變化生心，無所往而不宜；不得其本，則死於法，拘泥於法，也就不可能蘄望詩之有所成就了。

理事情三者，無所往而不在，所以他以爲詩不僅是抒情。理有可言之理，有不可名言之理；事有可述之事，有不可施見之事。「可言之理，人人能言之，又安在詩人之言之；可徵之事，人人能述之，又安在詩人之述之；必有不可言之理，不可述之事，遇之於默會意象之表，而理與事無不燦然於前」（《原詩》二），這才盡詩人之能事。所以照實寫出可言之理，可述之事，與可達之情，這還是理事情之淺的。必須能寫「不可名言之理，不可施見之事，不可徑達之情，則幽渺以爲理，想像以爲事，惝恍以爲情，方爲理至事至情至之語」（《原詩》二）。他在這方面說明得很妙：如舉杜詩「碧瓦初寒外」句爲例，以爲於理於事都不可通，然設身而處當時之境會，則覺此五字之情景，恍若天造地設。又如「月傍九霄多」句，一「多」字也盡括此夜宮殿當前之景象。他如「晨鐘雲外濕」「高城秋自落」諸句皆然。這些例，他從理事情三方面說明之，所以見爲「本」，他人從詩眼各方面說明之，所以見爲「法」。這其間，相差不過幾微之間，然而一則在字面上用工夫，以爲此字用得巧，用得活；一則在觸興上著眼，以爲所以用此字，並不在巧與活上著眼，是其事如是，其理不能不如是，其辭也不能不如是。這是一個分別。所以在字面上用工夫者，可以生吞活剝，可以爲摹擬；而在觸興上注意者，可以為自然之法，可以生變化。這也可說是很大的分別，然而相差只在幾微之間。

以上是就詩之本，所謂理事情三者而言的。現在再說詩人之本。詩人之本，他分為才膽識力四者。他以為一般人所以喜歡講法講格講律，即因為缺少此四者。他說：「大凡人無才則心思不出，無膽則筆墨畏縮，無識則不能取捨，無力則不能自成一家，而且謂古人可罔，世人可欺，稱格稱律，推求字句，動以法度緊嚴，扳駁銖兩，內既無具，援一古人為門戶，藉以壓倒衆口，究之何嘗見古人之眞面目，而辨其詩之源流本末正變盛衰之相因哉。」（《原詩》二）所以他就詩之本言，法非所先；就詩人之本言，依舊是法非所先。

他對這四者的關係，再分別其先後的次第。他以為識居乎才之先，「人惟中藏無識，則理事情錯陳於前，而渾然茫然，是非可否，妍媸黑白，悉眩惑而不能辨。」（見《原詩》二）這樣，先已不能得詩之本了。由是而作詩論詩，全無是處。「既不能知古來作者之意，並不自知其何所興感觸發而為詩；偶或亦聞古今詩家之詩，所謂體裁格力聲調興會等語，不過影響於耳，含糊於心，附會於口，而眼光從無著處，腕力從無措處。」（見《原詩》二）由是而因愚生妄，因妄生驕，因驕而愚且益甚，離詩且益遠。所以他要「不但不隨世人腳跟，並亦不隨古人腳跟」。到此地步，「我之著作與古人同，所謂其揆之一；即有與古人異，乃補古人之所未足，亦可言古人補我之所未足，而後我與古人交為知己。」到此地步，「我之命意發言，一一皆從識見中流布」（均見《原詩》二）。

「識明則膽張」，這是第二步。進而膽張，則橫說豎說，左宜右有，動合自然。到此地步，何有於法！心無古人，故不怕不合於古人；目無今人，故也不怕受指摘於今人。惟無膽者筆墨畏縮不能自由，「強者則曰古人某某之作如是，非我則不能得其法也；弱者亦曰古人某某之作如是，今之聞人某某傳其法如是，而我亦如是也。」於是這只成為文壇登龍術之法，而不成為作詩之法。

膽既詘矣，才何由伸！所以他以為「惟膽能生才」。因此，他更駁斥所謂斂才就法之論。他只以理事情三者為準，而無所謂法。才而不從理事情三者得者，不得謂之才。「於人之所不能知而惟我有才能知之；於人之所不能言而惟我有才能言之。縱其心思之氤氳磅礴，上下縱橫，凡六合以內外，皆不得而囿之，以是措而為文辭，而至理存焉，萬事準焉，深情託焉，是之謂有才。」因為他能掉臂遊行於法之中而自合於法。所以他以為「文章家止有以才御法而驅使之，決無就法而為法之所役，而猶欲詡其才者也」。於是他只言心思，而不言法。他以為「規矩者，即心思之肆應各當之所為也」。心思與法，初無二致。「言心思，則主乎內以言才；言法，則主乎外以言才。主乎內，心思無處不可通，吐而為辭，無物不可通也。夫孰得而範圍其心，又孰得而範圍其言乎？主乎外，則囿於物，而反有所不得於我心，心思不靈，而才銷鑠矣。」（均見《原詩》二）心思與法，其相差也只在幾微之間。雖對立也可以統一的。

最後，才講到「力」。力所以載才，「惟力大而才能堅」。有力者神旺氣足，有境必能造，有造必能成，所以說「立言者無力則不能自成一家」。力有大小，斯家有巨細。「古今之才一一較其所就，視其力之大小遠近如分寸銖兩之悉稱焉。」（《原詩》二）。所以貴自奮其力，而不可依傍想像他人之家以為我之家。於是可知一般摹擬剽竊者其病根所在，即在不肯自奮其力以成家。所以又說「力大者大變，力小者小變」（《原詩》二）。

這是四者先後之序。至就其性質言，則識為體，而才為用，故才識尤較占重要。以才為中心言，則「內得之於識而出之而為才，惟膽以張其才，惟力以克荷之。得全者其才見全，得半者其才見半。」以識為中心言，則「四者無緩急而要在先之以識；使無識則三者俱無所託，無識而有膽，則為妄，為鹵莽，為無知，其言背理叛道蔑如也。無識而有才，雖議論縱橫，思致揮霍，而是非淆亂，黑白顛倒，才反為累矣。無識而有力，則堅僻妄誕之辭，足以誤人而惑世，爲害甚烈。若在騷壇，均爲風雅之罪人。惟有識則能知所從，知所奮，知所決，而後才與膽力，皆確然有以自信，舉世非之，舉世譽之，而不爲其所搖，安有隨人之是非以爲是非者哉。」（《原詩》二）

以上又是就詩人之本而言，所以他以爲作詩又以胸襟爲基。他解釋《虞書》「詩言志」之語，以爲「志」即釋氏所謂「種子」。有是志，而以才識膽力四者充之，則其「仰觀俯察遇物觸景之會，勃然而興，旁見側出，才氣心思溢於筆墨之外」（見《原詩》三）。此與上文云云，正是同一意思。

至於詩之本與詩人之本中間的聯繫，則是氣。氣之具體成形者，即爲辭。何謂氣？他說：

曰理曰事曰情三語，大而乾坤以之定位，日月以之運行，以至一草一木一飛一走，三者缺一則不成物。文章者，所以表天地萬物之情狀也。然具是三者，又有總而持之、條而貫之者，曰氣。事理情之所爲用，氣爲之用也。譬之一木一草，其能發生者理也；其既發生則事也；既發生之後，夭喬滋植，情狀萬千，咸有自得之趣，則情也。苟無氣以行之，能若是乎？又如合抱之木，百尺干霄，纖葉微柯，以萬計，同時而發，無有絲毫異同，是氣之爲也；苟斷其根，則氣盡而立萎，此時理事情，俱無從施矣。吾故曰三者借氣而行者也。得是三者，而氣鼓行於其間，絪緼磅礴，隨其自然所至即爲法，此天地萬象之至文也。豈先有法以馭是氣者哉！不然，天地之生萬物，捨其自然流行之氣，一切以法繩之，夭喬飛走，紛紛於形體之萬殊，不敢過於法，不敢不及於法，將不勝其勞，乾坤亦幾乎息矣。（《原詩》一）

這個氣字說得太抽象了。他雖加以解釋，但似乎仍不容易明白。他說三者借氣而行，而氣即鼓行於其間，則似乎由詩的內容——理事情，進而窺到詩人之才膽識力了。天地間形形色色，聲音狀貌，舉不能越於理事情三者之外，而又有待於才膽識力之爲之發宣昭著。所以說理事情三者借氣以行；易詞言之，即等於說理事情三者「無一不如此心以出之」。因此，我以爲他所謂氣，也可以說是才膽識力四者之總名，至少可說是膽與力二者之總名。一切理，一切事，一切情，都待於此而爲之發宣昭著。這是所謂自然之法。總之，他的立論是針對明代之所謂「法」講的，所以只能用這氣字來代替他的法。

現在，可以總結一下他的詩論體系。他以詩道爲詩之本，詩志爲詩人之本。詩道重在萬有之變態，故以觸興爲詩之肇端；詩志屬於此心之神明，故以胸襟爲詩之基。這樣講，心與物混在一起，所以由詩道言，理、事、情三者爲法之體，而氣爲法之用；由詩志言，才、識、膽、力四者爲法之體，而氣爲法之用。這樣，所以「氣」可以成爲詩之本與詩人之本中間的聯繫，但是這樣一講，也就變得模糊了。至於「辭」，則是法之形，所以在他講來，「辭」和「氣」都與「我」和「物」發生關係。

下面，再講一講他的論詩境。

明白上文所講的演變與不變二方面，然後知道他所論的詩境，同時重在陳熟與生新二種。演變與不變，是他讀昔人詩所悟得的結論；陳熟與生新，是他從這結論中所定的理想的詩境。他於明代七子詩風，病其陳熟；而於公安竟陵詩風，又病其生新。陳熟之因，即因其學五古必漢魏，學七古及諸體必盛唐；其病在不知詩的演變，而懸一成之規以繩詩。生新之因，又因其抹倒一切體裁聲調氣象格律諸說，獨闢蹊徑，而入於瑣屑滑稽險怪荊棘之境；其病又在不知詩自有不變之質，而故趨新奇。所以他說：「陳熟生新，不可一偏，必二者相濟，於陳中見新，生中見熟，方全其美。若主於一，而彼此交譏，則二俱有過。」（《原詩》三）他是多少看到矛盾方面的對立與統一的。

此問題，依舊牽涉到上文所述的法的問題。他說：「法有死法，有活法。若以死法論，今譬一人之美，當問之曰，若固眉在眼上乎，鼻口居中乎？若固手操作而足循履乎？夫姸媸萬態，而此數者必不渝，此死法也。彼美之絕世獨立，不在是也。……然則彼美之絕世獨立，果有法乎？不過即耳目口鼻之常而神明之，而神明之法果可言乎？」（《原詩》一）這個比喻，很近於裴度《答李翺書》所說之喻。七子所論僅得死法，竟陵所變，則成為裴度所說的「倒置眉目，反易冠帶」了。二者皆非，只有即耳目口鼻之常而神明之，才是活法。活法，則可以變，而且於演變之中仍有不變之質。化朽腐為神奇，所以能陳中見新；變而不離其宗，所以又能生中見熟。這才是他理想的詩境。

所以他說：「陳熟生新，二者於義為對待。對待之義，自太極生兩儀以後無事無物不然。……大約對待之兩端各有美有惡，非美惡有所偏於一者也。……生熟新舊二義以凡事物參之，器用以商周為寶，是舊勝新；美人以新知為佳，是新勝舊。肉食，以熟為美者也；果食，以生為美者也。反是則兩惡。推之詩獨不然乎？舒寫胸襟，發揮景物，境皆獨得，意自天成，能令人詠言三嘆尋味不窮，忘其為熟，轉益見新，無適而不可也。若五內空如，毫無寄託，以剿襲浮辭為熟，搜尋險怪為生，均為風雅所擯。論文亦有順逆二義，並可與此參觀發明矣。」（《原詩》三）

李德裕說：「譬如日月，終古常見而光景常新。」這兩句是名言，但很少見人對這兩句加以闡發。今以葉氏之言證之，則所謂陳熟生新，即可於此得到解釋。日月儘管光景常新，而日月之本質未變，所以能生中見熟。今天對著日月，雖覺其別有會心，帶有新奇的感覺，然而似曾相識，對於日月初不是陌生的事物。正因日月之本質未變，而光景常新，所以又能陳中見新。一生盡對著日月，而一生絕沒有對日月生厭的時期。

天下之理事情猶是也。然而昔人有昔人的看法，今人有今人的看法；昔人有昔人的講法，今人又有今人的講法。所謂「終古常見而光景常新」，正須在這方面著眼。

這是葉氏所謂詩境。於次，再講他的論詩質。

明白上文所講的所謂本，然後知道他的論詩重在詩質。體格、聲調、論詩者所稱爲總持門者也，他以爲更有質在。蒼老、波瀾，評詩者所稱爲造詣境者也，他以爲也有質在。

他說：「體是其制，格是其形也。將造是器，得般倕運斤，公輸揮削，器成而尙形合制，無毫發遺憾，體格則至美矣，乃按其質，則枯木朽株也，可以爲美乎？」（《原詩》三）所以論體格不能離開質。至於聲調，固然需要「聲則商宮叶韻，調則高下得宜」，但是他再說：「請以今時俗樂之度曲者譬之，度曲者之聲調，先研精於平仄陰陽，其吐音也，分唇鼻齒顎開閉撮抵諸法，而曼以笙簫，嚴以鼙鼓，節以頭腰截板，所爭在渺忽之間，其於聲調，可謂至矣。然必須其人之發於喉吐於口之音以爲之質，然後其聲繞梁，其調遏雲，乃爲美也。使其發於喉者啞然，出於口者颯然，高之則如蟬，抑之則如蚓，呑吐如振車之鐸，收納如鳴窌之牛，而按其律呂，則於平仄陰陽唇鼻齒顎開閉撮抵諸法，毫無一爽，曲終而無幾微愧色，其聲調是也，而聲調之所麗焉以爲傳者，則非也，則徒恃聲調以爲美，可乎？」（同上）所以論聲調也不能離開質。體格與聲調只是作詩之法，並不是作詩之本。所以他以爲體格聲調云云，只能相詩之皮，非所以相詩之骨。

其次，他再講到蒼老與波瀾。他以爲「蒼老必因乎其質，非凡物可以蒼老概也。即如植物，必松柏而後可言蒼老，松柏之爲物，不必盡干霄百尺，即尋丈楹檻間，其鱗鬣夭矯，具有淩雲磐石之姿，此蒼老所由然也。苟無松柏之勁質，而百卉凡材，彼蒼老何所憑藉以見乎？必不然矣」（《原詩》三）。他以爲波瀾也必因乎其質。「必水之質空虛明淨，坎止流行，而後波瀾生焉，方美觀耳。若汙萊之潴，溷廁之溝瀆，遇風而動，其波

瀾亦猶是也，但揚其穢，曾是云美乎？然則波瀾非能自爲美也，有江湖池沼之水以爲之地，而後波瀾爲美也。」（《原詩》三）

於是，他再總結上文而加以論斷：

彼詩家之體格聲調蒼老波瀾，爲規則，爲能事，固然矣。然必其人具有詩之性情，詩之才調，詩之胸懷，詩之見解，以爲其質。如賦形之有骨焉，而以諸法傳而出之，猶素之受繪，有所受之地，而後可一一增加焉。故體格聲調蒼老波瀾，不可謂爲文也，有待於質焉，則不得不謂之文也；不可謂爲皮之相也，有待於骨焉，則不得不謂之皮相也。

因此，我們可以看出他對於體格聲調蒼老波瀾諸名，也並不反對；不過他所見到的是更進一步，看出還有詩人的性情才調胸懷見解以爲之質，這是他異於前後七子的地方。

由詩境言，陳熟生新，不能外於理事情三者，所以不主張搜尋險怪以爲生。由詩質言，體格聲調蒼老波瀾又不能外於才力膽識四者，所以要質具骨立，然後見美。這依舊是他雙管齊下，而同時又是一以貫之的論詩主張。由此可以看到他的論質與論氣的關係；講得具體些是「質」，抽象些便是「氣」。

這樣，所以他對六朝文評家如劉勰鍾嶸也議其不能持論。但是追究下去，何以他能這樣條理綿密，說得頭頭是道呢？事實上，他的見解還是從格調說產生的。不過他所取的是胡應麟用文學史的眼光來講格調的方法，所以他的弟子沈德潛會完成他的格調說。葉燮和胡應麟不同的地方，只在胡氏講得零碎瑣屑，而他則說得有系統有條理罷了。他所以能持論的緣故就在這一點。

他的弟子沈德潛，字確士，號歸愚，長洲人，其論詩之著，有《說詩晬語》二卷。他的論詩宗旨，全本橫山葉氏。但是他不能持論，說得瑣瑣屑屑，不如《原詩》之有系統，只因他的詩學傳授之廣，所以影響反比葉氏爲大。

昔人之述歸愚詩論者，或舉其溫柔敦厚，或稱其重在格調，實則僅得其一端，歸愚詩論，本是兼此二義的。

橫山詩論於詩人之本與詩之本二者並舉，所以不偏主溫柔敦厚，也不限於格調。沈氏所言，雖也說「有第一等襟抱，第一等學識，斯有第一等眞詩」（《說詩晬語》上），雖也說「凡習於聲歌之道者，鮮有不和平其心者也」（《說詩晬語》下）。似乎也重在胸襟，重在此心之神明，然而他於這方面的話說得不很多。他本於葉氏詩人之本之說，而看到詩教之溫柔敦厚。他又本於葉氏詩之本之說，而看到詩品之應重格調。這是他本於葉氏而又稍異於葉氏的地方。

《說詩晬語》第一節就說：

> 詩之爲道，可以理性情，善倫物，感鬼神，設教邦國，應對諸侯，用如此其重也；秦漢以來，樂府代興，六代繼之，流衍靡曼，至有唐而聲律日工，託興漸失，徒視爲嘲風雪，弄花草，遊歷燕衎之具，而詩教遠矣。學者但知尊唐，而不上窮其源，猶望海者指魚背爲海岸，而不自悟其見之小也。今雖不能竟越三唐之格，然必優柔漸漬，仰溯風雅，詩道始尊。（卷上）

這是他的開宗明義第一章。由格言，可不必越三唐之格；由志言，更須仰溯風雅，然後爲正。所以三唐之格是由「詩之本」以規定的正格；而溫柔敦厚的詩教，乃是由「詩人之本」以規定的正格。

由溫柔敦厚言，所以重在比興，重在蘊蓄，重在反覆唱嘆，重在婉陳，重在主文譎諫；勿過甚，勿過露，勿過失實。《說詩晬語》中評詩之語很多關於這方面的話。由格調言，所以須論法，須學古，講詩格，講詩體，勿求新異，勿近戲弄。《說詩晬語》中論詩之語又很多關於這方面的話。

他既講格調，又講溫柔敦厚，所以不致如神韻說之空廓，同時也不致如性靈說之浮滑。他說：「張文昌王仲初樂府專以口齒利便勝人，雅非貴品。」（《說詩晬語》上）這隱隱是對袁枚講的。

◎六八　從王夫之到王士禎◎

王夫之，衡陽人，字而農，別號薑齋，明亡後隱於湘西之石船山，學者稱船山先生。生平著書甚多，其論詩之著有《詩繹》與《夕堂永日緒論》二種。丁福保即據以輯入《清詩話》，合稱爲《薑齋詩話》。

船山論詩雖本儒家的見地，頗多精闢的見解。黃梨洲曾以興觀羣怨論詩。他根據孔安國、鄭康成之注，以「興」爲「引譬連類」，故後世詠懷、遊覽、詠物之作也是興；以「觀」爲「觀風俗之盛衰」，故後世弔古、詠史、行旅、祖德、郊廟之什也是觀；以「羣」爲「羣居相切磋」，故後世公宴、贈答、送別之類也是羣；以「怨」爲「怨刺上政」，故後世哀傷、挽歌、遣謫、諷諭之篇也是怨。於是再本此以論後世之詩，「謂古之以詩名者，未有能離此四者，然其情各有至處。其意句就境中宣出者，可以興也；言在耳目贈寄八荒者，可以觀也；善於風人答贈者，可以羣也；淒戾爲騷之苗裔者，可以怨也」（見《南雷文定四集》一，《汪扶晨詩序》）。這比了解經學家的訓詁固然要通達得多，但是還把興觀羣怨看成四個物事。而在王船山則不然。他說：「可以云者隨所以而皆可也。於所興而可觀，其興也深；於所觀而可興，其觀也審。以其羣者而怨，怨愈不忘；以其怨者而羣，羣乃益摯。」（《詩繹》）這樣講，興觀羣怨四字，便成活看，不是呆看。蓋梨洲所講的是作詩者之興觀羣怨，而船山所講的乃是讀詩者之興觀羣怨。所以說：「作者用一致之思，讀者各以其情而自得。故《關雎》興也，康王宴朝而即爲冰鑑；『訏謨定命，遠猷辰告』，觀也，謝安欣賞而增其遐心。人情之遊也無涯，而各以其情遇，斯所貴於有詩。」（《詩繹》）此說極妙。假使由作詩者之興觀羣怨言，就不易擺脫經學家的見解。他說：「經生家推《鹿鳴》、《嘉魚》爲羣，《柏舟》、《小弁》爲怨，小人一往之喜怒耳，何足以言詩。」（《夕堂永日緒論》）所以他要由讀詩者之興觀羣怨言，才與文學批評有關。於是又說：「總以曲寫心靈。動人興觀羣怨，卻使陋人無從支借」。因此，《論語》之所謂「可以」，船山之所謂「動人」，都應著眼在讀者的方面的。可以興，是使讀者興，可以觀，也是使讀者觀，推之羣與怨，莫不如此。所以說：「作者用一致之思，讀者各以其情而自得。」

明白這一點，然後知梨洲之與船山，同樣本於儒家的見地，以闡詩道之精蘊，而所得各有不同。梨洲所言處處在指示人如何作詩，如何學詩，所以要說明什麼是詩；船山所言就不是這樣，他處處在指示人如何讀詩，如何去領悟詩，所以只說明詩是怎樣。

然而指示領悟的方法以使「讀者各以其情而自得」，這就不是很容易的事。訓詁家是不能領悟詩趣的，評點家也一樣不能領悟詩趣。拘於字面以解詩，則失之泥，拘於章法以解詩，則失之陋，拘於史跡以解詩，則失之鑿。明人以《詩經》作文學作品讀，不作經學讀本讀，這眼光本是不錯的。不過如孫鑛、鍾惺一流以評點批尾之學當之，則要不得。王船山的《詩繹》也是同此眼光，同此手法，而說來卻高人一籌。他沒有訓詁家道學家的習氣，只用文學的眼光，所以說來精警透徹；他又不如評點家這般膚淺，並不反對儒家見地，所以又覺其切實。以文學眼光去讀詩，則於詩能領悟；不否定儒家見地以論詩，則於詩能受用。《詩繹》中說：「藝苑之士不原本於《三百篇》之律度，則爲刻木之桃李；釋經之儒不證合於漢、魏、唐、宋之正變，抑爲株守之兔罝。」像他才能打通經學與文學之間的一條路。眞的：「漢、魏以還之比興，可上通於風雅；檜、曹而上之條理，可近譯以三唐。」因此，我說王船山的詩論是偏重在讀詩。

昔人講詩，也曾示人以領悟，但是所拈出的是一個「法」字。於法中求悟，便只能偏重在作法方面，而不會理會到詩人作詩之本意。所以他最反對「法」。他說：

近有吳中顧夢麟者，以帖括塾師之識說詩，遇轉則割裂別立一意，不以詩解詩，而以學究之陋解詩，令古人雅度微言，不相比附，陋子學詩，其弊必至於此。（《詩繹》）

古詩及歌行換韻者，必須韻意不雙轉，自《三百篇》以至庾、鮑七言，皆不待鈎鎖，自然蟬連不絕。此法可通於時文，使股法相承，股中換氣。近有顧夢麟者，作《詩經塾講》，以轉韻立界限，劃斷意旨，劣經生桎梏古人，可惡孰甚焉！晋《清商三洲曲》及唐人所作，有長篇折開可作數絕句者，皆蓋蟲相續成一青蛇之陋習也。（《夕堂永日緒論》）

近體中二聯，一情一景，一法也。「雲霞出海曙，梅柳渡江春，淑氣催黃鳥，晴光轉綠蘋」，「雲飛北闕輕陰散，雨歇南山積翠來，御柳已爭梅信發，林花不待曉風開」，皆景也，何者爲情？若四句俱情而無景語者，尤不可勝數。其得謂之非法乎？夫景以情合，情以景生，初不相離，唯意所適，截分兩橛，則情不足興，而景非其景（同上）。起承轉收，一法也，試取初盛唐律驗之，誰必株守此法者。（同上）

他反對以轉韻立界限的法，他反對以情景相配的法，他更反對講起承轉收的法。易言之，即是他反對一切劃地成牢以陷人的法。蓋這些法，都是學究指示初學作詩者的一種門徑。用這些話頭以論昔人之詩，當然覺其枘鑿不入。一方面曲解古詩，一方面也使人拘束得不會作詩，因爲這些都是死法。「死法之立總緣識量狹小，如演雜劇，在方丈臺上，故有花樣步位，稍移一步則錯亂，若馳騁康莊，取途千里，而用此步法，雖至愚者不爲也。」（《夕堂永日緒論》）所以在這些死法中，不會了解詩，也不會作詩。

比這種呆板的法，講得稍微活一些，則有所謂「格」。格的問題，王氏也是不贊成的。因爲格也是藝苑教師的手法。他說：

一解弈者，以誨人弈爲遊資，後遇一高手與對弈，至十數子，輒揶揄之曰，此教師弈耳。詩文立門庭，使人學己，人一學即似者，自詡爲大家，爲才子，亦藝苑教師而已。高廷禮、李獻吉、何大復、李于鱗、王元美、鍾伯敬、譚友夏，所尚異科，其歸一也。才立一門庭，則但有其局格，更無性情，更無興會，更無思致，自縛縛人，誰爲之解者！……李文饒有云：「好驢馬不逐隊行」，立門庭與依傍門庭者，皆逐隊者也。（《夕堂永日緒論》）

建立門庭，自建安始。曹子建鋪排整飾，立階級以賺人升堂，用此致諸趨赴之客，容易成名，伸紙揮毫，雷同一律；子桓精思逸韻，以絕人攀躋，故人不樂從，反爲所掩。子建以是壓倒阿兄，奪其名譽，實則子桓天才駿發，豈子建所能壓倒耶？故嗣是而興者，如郭景純、阮嗣宗、謝客、陶公乃至左太沖、張景陽，皆不屑染指建安之羹鼎，視子建蔑如矣。……是知立才子之目，標一成之法，扇動庸才，旦仿而夕肖者，原不足以羈絡騏驥；唯世無伯樂，則駕鹽車上太行者，自鳴駿足耳。（同上）

立下了法，可以窒塞生機；定下了格，也足以桎梏才情。這樣，都不是性情中事，所以無當於興觀羣怨，只爲建立門庭的方便而已。明人論詩，正因各以偏勝見長，所以分別門戶。清初一般人，大抵都反對這種風氣，不欲以門庭自限。於是有一共同的傾向，都求之於古，同時也即求之於作詩之本。惟有這樣，才能如船山所說「無從開方便法門，任陋人支借也」。

然則船山是否絕對不講法與格呢？那也不然。他也承認近體中二聯一情一景不失爲一法；他也知道法的作用是所以成章。但是他所要破的是陋人之法，是這些小家數的法，是拘泥於法而不知變通的法。因此他不論法與格，而論意與勢。意與勢，即是船山所謂法與格，而實在即是一切法與格所由來之基礎條件。他說：

> 無論詩歌與長行文字，俱以意爲主。意猶帥也，無帥之兵謂之烏合。李杜所以稱大家者，無意之詩，十不得一二也。……以意爲主，勢次之。勢者，意中之神理也。唯謝康樂爲能取勢，宛轉屈伸，以求盡其意，意已盡則止，殆無剩語，夭矯連蜷，煙雲繚繞，乃眞龍，非畫龍也。

船山詩論，與當時牧齋、梨洲諸人都不同。船山固有不滿意李獻吉一流人的言論。然而假使與牧齋、梨洲諸人比，則船山不能算是反對獻吉了。他的言論，只能說是修正獻吉。又船山詩論頗與王漁洋相同，漁洋詩論，實在也是對於李何詩論的修正。所以二王詩論頗有相似之處。這其間固然未必有直接的關係，至少也可見其所見之暗合。我嘗推求其故，恐怕船山所提出的意與勢的問題，就是主要關鍵。不主張建立門庭，不主張守一局格，這是船山與錢、黃諸氏所同的。但錢、黃等都離開了詩而求作詩之本，所以偏重在性情方面。船山則依舊於詩中求詩，然而卻不是死法，不是定格，所以又偏重在神韻方面。

論到勢，所謂「夭矯連蜷，煙雲繚繞」，已有神韻的意思。而尤其與漁洋神韻之說爲相類似者，莫過於下引《夕堂永日緒論》中的一節話：

論畫者曰咫尺有萬里之勢，一勢字宜著眼。若不論勢，則縮萬里於咫尺，直是《廣輿記》前一天下圖耳。五言絕句，以此爲落想時第一義。唯盛唐人能得其妙，如「君家住何處，妾住在橫塘，停船暫借問，或恐是同鄉」，墨氣四射，四表無窮，無字處皆其意也。李獻吉詩「浩浩長江水，黃州若個邊，岸回山一轉，船到堞樓前」，固自不失此風味。

論勢，而於五絕中求之，便有風味可言。否則，只是渾灝流轉的氣勢而已。漁洋論詩最推重白石言盡而意不盡之語，實則也即是咫尺有萬里之勢的意思。

講到意，就是情與景的問題。梨洲論詩，於情景的關係，說得已很妙，然而猶覺其擔板搭實，沒有船山說得空靈。蓋船山之所謂情與景，即從詩意中求，而梨洲所論則是於詩人中求，只是詩人與環境的關係而已。船山說：「煙雲泉石，花鳥苔林，金鋪錦帳，寓意則靈。」是景須待意以靈的；船山又說：「若齊梁綺語，宋人轉合成句之出處（宋人論詩字字求出處），役心向彼掇索，而不恤己情之所自發，此之謂小家數，總在圈繢中求活計也。」（均《夕堂永日緒論》）是意又是以情爲主的。這一節說明意與情景的關係最爲明顯。《夕堂永日緒論》中論情與景的地方很多。如云：

「池塘生春草」，「蝴蝶飛南園」，「明月照積雪」，皆心中目中與相融浹，一出語時，即得珠圓玉潤，要亦各視其所懷，來而與景相迎者也。「日暮天無雲」，「春風散微和」，想見陶令當時胸次，豈夾雜鉛汞人能作此語。「僧敲月下門」，只是妄想揣摩，如說他人夢，縱令形容酷似，何嘗毫髮關心。知然者以其沈吟推敲二字，就他作想也。若即景會心，則或推或敲，必居其一，因景因情，自然靈妙，何勞擬議哉！「長河落日圓」，初無定景，「隔水問樵夫」，初非想得，則禪家所謂現量也。

情景名爲二，而實不可離，神於詩者，妙合無垠，巧者則有情中景，景中情。景中情者如「長安一片月」，自然是孤棲憶遠之情；「影靜千官里」，自然是喜達行在之情。情中景尤難曲寫，如「詩成珠玉在揮毫」，寫出才人翰墨淋漓，自心欣賞之景。凡此類知者遇之；非然，亦鶻突看過，作等閒語耳。

又《詩繹》中云：

興在有意無意之間，比亦不容雕刻；關情者景，自與情相爲珀芥也。情景雖有在心在物之分，而景生情，情生景，哀樂之觸，榮悴之迎，互藏其宅。天情物理，可哀而可樂，用之無窮，流而不滯。窮且滯者不知爾。「吳楚東南坼，乾坤日夜浮」，乍讀之，若雄豪，然而適與「親朋無一字，老病有孤舟」，相爲融浹。當知「倬彼雲漢」，頌作人者增其輝光，憂旱甚者益其炎赫，無適而無不適也。唐末人不能及此，爲玉合底蓋之說，孟郊溫庭筠分爲二疊，天與物，其能爲爾鬮分乎。

這些都是情景融浹之說。能這樣情景融浹，然後在人則見其胸次絕無渣滓，在詩則不煩推敲自然靈妙。景中生情，而後賓主融合，不是全無關涉；情中生景，而後不即不離，自然不會板滯。以寫景的心理言情，同時也以言情的心理寫景，這樣才見情景融浹之妙。這樣才是所謂神韻。所以說：「含情而能達，會景而生心，體物而得神，則自有靈通之句，參化工之妙；若但於句求巧，則性情先爲外蕩，生意索然矣。」（《夕堂永日緒論》）

然而船山卻不拈出神韻兩字爲其論詩主張，則以一經拈出，自有庸人奔來湊附，依舊蹈了建立門庭的覆轍。才破一格，復立一格，這在船山是不爲的。船山何以不爲呢？這在上文已說過，船山所指示的是讀詩的方法，而不是作詩的定格。不過他論讀詩當然也不能全與作詩無關，所以也講到意與勢，也講到情與景，然而照他這樣講法，是所謂意者情與景相融浹的境界而已。意既由情與景的融浹，所以意在言先。而由情與景相融浹以寫出的意，當然有性情，有興會，當然妙合無垠，當然自然湊附，當然能咫尺而有萬里之勢。詩而有勢，即有風味，即是神韻，所以無字處皆是意，而意亦在言後。意在言後，則當然能使讀者從容涵泳，自然生其氣象。所以我說船山詩論，還是重在讀的方面，重在領悟的方面。

於次，再講王士禛。士禛，後易名士禎，字貽上，號阮亭，自號漁洋山人，山東新城人。

漁洋之詩，就以前講，自是一代正宗。在當時，正值大家都厭王、李膚廓，鍾、譚纖仄之後，漁洋獨以大雅之才標舉神韻，揚扢風雅，而聲望又足以奔走天下，文壇主盟，當然非漁洋莫屬。可是漁洋之詩，與其詩論，雖亦聳動一時，而身後詆祺亦頗不少，生前勁敵遇一秋谷，身後評騭又遇一隨園，於是神韻一派在乾嘉以後，便不聞繼響。

大抵漁洋之失，即在標舉神韻。標舉神韻即立一門庭，門庭一立，趨附者固然來了，而攻擊者也有一目標。這還是小問題。最重要的，乃在立了門庭之後，趨附者與攻擊者都生了誤會，誤會一生，流弊斯起。所以我以前說過，由這一點言，王船山就比王漁洋爲聰明。

在這裡，我們不能不先引一篇比較長一些的文字。這即是楊繩武《資政大夫經筵講官刑部尚書王公神道碑銘》。

公之詩既爲天下所宗，天下人人能道之，然而公之詩非一世之詩，公之功非一世之功也。公之詩籠蓋百家，囊括千載，自漢魏六朝以及唐、宋、元、明人，無不有咀其精華，探其堂奧，而尤浸淫於陶、孟、王、韋諸公，有以得其象外之音，意外之神，不雕飾而工，不錘鑄而煉，極沈鬱排奡之氣，而彌近自然，盡鑱刻絢爛之奇，而不由人力。嘗推本司空表聖味在酸鹹之外，及嚴滄浪以禪喻詩之旨，而益伸其說，蓋自來論詩者或尚風格，或矜才調，或崇法律，而公則獨標神韻，神韻得而風格、才調、法律三者悉舉諸此矣。……公於書無所不窺，於學無所不貫。……而或者但執詩以求公之詩，又或執一家之詩以求公詩，其亦終不足以語於知公也明矣。（《清文錄》五十五）

在此文中，固然不免充滿了揄揚的氣氛，然而卻說明了兩點：㈠執一家之詩以論漁洋之詩爲不得要領；㈡執一端之詩以論漁洋之詩論也爲不得要領，因爲「神韻得而風格、才調、法律三者悉舉諸此矣」。神韻中有風格，有才調，有法律，這是向來論神韻者所不曾提到的一點。

我們假使再欲證實此說，則有王漁洋自己所說的言論在。俞兆晟《漁洋詩話序》中曾有一節記載，說他晚居長安，位益尊，詩益老，每勤勤懇懇以教後學，時於酒酣燭灺，興至神王，從容述說下邊的話：

吾老矣，還念生平論詩凡屢變，而交遊中亦如日之隨影，忽不至於轉移也。少年初筮仕，惟務博綜該洽，以求兼長，文章江左，煙月揚州，人海花場，比肩接跡，入吾室者俱操唐音，韻勝於才，推爲祭酒，然亦空存昔夢，何堪涉想。中歲越三唐而事兩宋，良由物情厭故，筆意喜生，耳目爲之頓新，心思於焉避熟。明知長慶以後已有濫觴，而淳熙以前俱奉爲正的，當其燕市逢人，征途揖客，爭相提倡，遠近翕然宗之。既而清利流爲空疏，新靈寖以佶屈，顧瞻世道，愁然心憂，於是以大音希聲，藥淫哇錮習，《唐賢三昧》之選，所謂乃造平淡時也。然而境亦從茲老矣。

則可知神韻之說到晚年始成爲定論。考漁洋選《三昧集》在康熙二十七年，時漁洋已五十五歲。按俞氏序中所言，漁洋詩格與其論詩主張凡經三變，早年宗唐，中年主宋，晚年復歸於唐，這是論漁洋詩與其詩論者，不可不注意之點。此點在漁洋生前，已經引起了爭論。汪季甪與徐健庵二人對於漁洋的認識，便不相一致。當在一個文酒之會，徐健庵稱新城之詩度越有唐，而季甪卻說：「詩不必學唐；吾師之論詩未嘗不兼取宋元。譬之飲食，唐人詩猶粱肉也，若欲嘗山海之珍錯，非討論眉山、山谷、劍南之遺篇，不足以適志快意。吾師之弟子多矣，凡經指授，斐然成章，不名一格。吾師之學無所不該，奈何以唐人比擬！」而健庵則斷斷置辨，以爲漁洋詩惟七言古頗類韓蘇，自餘各體體制風格未嘗廢唐人繩尺。這段爭論，直到後來季甪卒後，徐氏爲漁洋《十種唐詩選書後》，猶且舊事重提，以伸漁洋宗唐之說。所以一般人以神韻之說，與才調無關，此種誤會，原不起於後世。

尤其應該注意的，他們爭論之焦點，還在對於唐詩之認識。漁洋之標舉神韻，一見於其所選《神韻集》。漁洋在揚州，嘗選《唐律絕句五七言》若干卷授其子啓涑兄弟讀之，名曰《神韻集》。時在順治十八年，漁洋僅二十八歲。③可知漁洋標舉神韻並不是晚年之說。又一，見於其所撰《池北偶談》。書中曾引汾陽孔文谷說，論詩以清遠爲尚，而其妙則在神韻（見卷十八）。《池北偶談》之成書，在康熙二十八年，時漁洋已五十六歲，此在他選《唐賢三昧集》之後。若參以俞兆晟《漁洋詩話序》所言，則此言神韻，實可視爲晚年定論。早年晚年並標舉神韻，同時也並宗唐詩，可惜我們現在不曾見到《神韻集》，假使能得到此種選本，以與《唐賢三昧集》相比較，那麼漁洋所謂神韻之說，更容易徹底了解。徐汪之爭，在康熙二十二年，時《唐賢三昧集》與《十種唐詩》均未選定，所以我以爲他們爭論之點，還在對於唐詩之認識。徐氏《十種唐詩選書後》一文中又說過：「季用但知有明前後七子剽竊盛唐，爲後來士大夫訕笑，嘗欲盡祧去開元大曆以前，尊少陵爲祖，而昌黎眉山劍南以次昭穆。先生亦曾首肯其言，季用信謂固然，不尋詩之源流正變，以合乎《國風》《雅》《頌》之遺意，僅取一時之說意，欲以雄詞震盪一時，且謂吾師之教其門人者如是。」這一點，實是他們爭論的焦點。季用之不欲宗唐，則因避免前後七子的習氣，所以一般人以神韻之說與法律無關，此種誤會原亦不起於後世。

論述到此，我們對於漁洋神韻之說，應當分別看出他所以標舉神韻之動機。其一，是由於格調說的影響，早年之標舉神韻，恐即起因於此。其二，是對於宋詩流弊的糾正，即所謂「淸利流爲空疏，新靈寖以佶屈」，於是「以大音希聲藥淫哇錮習」，晚年之標舉神韻，則又起因於此。此二種動機不同，於是所謂神韻也者，即使是同一意義，也不能不異其作用。後人只見到他晚年定論，所以一說到神韻，便與盛唐王孟之詩相聯繫，而似乎覺得與才調格律等等全無關係了。我們假使不看到他們弟子中如俞兆晟、汪懋麟（季用）諸人的話，恐怕誰也不會相信漁洋於詩也曾兼事兩宋。知道他詩非一家之詩，然後知道他的詩論也非一端之說。後人只以神韻爲王孟家數的理論，而且以此爲漁洋詩論之中心，贊成者主是，反對者詆是，紛紛紜紜，何從更見漁洋詩論之

③　此據惠棟所撰《漁洋山人年譜》。又案金榮《精華錄箋注》所撰《年譜》，係此事於康熙元年，時漁洋二十九歲。

眞。所以我說這是建立門庭以後最易引起的誤會。

漁洋生在書香門第，家學淵源，自有其傳統的習慣。在當時，前後七子之緒論，成爲衆矢之的，公安派攻擊他，竟陵派也壓迫他，最後錢牧齋復以東南文壇主盟的資格，加以詆娸，李、何、李、王的氣焰，至是可謂聲銷灰燼。我們假使在此時而欲求其遺風餘韻，恐怕只有李攀龍的故鄉而又是世家如漁洋的十七叔祖季木其人者，爲最足以代表了。而漁洋於詩便是深受八叔祖伯石，十七叔祖季木的啓廸。所以錢牧齋在《王貽上詩集序》中便這樣說：「季木歿三十餘年，從孫貽上復以詩名鵲起，閩人林古度論次其集，推季木爲先河，謂家學門風淵源有自，新城之壇墠大振於聲銷灰燼之餘，而竟陵之光焰熸矣。」（《有學集》十七）正因漁洋之詩有此淵源關係，所以牧齋贈詩，有「瓦釜正雷鳴，君其信所操，勿以獨角麟，媲彼萬牛毛」之句（《有學集》十一，《古詩贈新城王貽上》），而於序中猶且一再提到以前規勸季木的話。

漁洋之詩既出季木，那麼何以又能邀牧齋的賞識呢？則以才情激發，漁洋原有自得之處。漁洋對於牧齋批評季木之語，謂：「季木如西域婆羅門教，邪師外道，自立門庭，終難皈依正法。」（見《列朝詩集小傳》丁下）也未嘗不以此言爲確。蓋季木之詩眞有些像文太淸的贈詩所謂「空同爾獨師」者（見錢謙益《王貽上詩集序引》），所以即在漁洋也以爲《問山亭》前後集中有蕪雜可汰，而漁洋則於前七子之中，所取乃在邊徐二家。邊貢字廷實，歷城人，是濟南詩派的首創者；徐禎卿字昌穀，一字昌國，吳人，二人與李、何又稱弘正四傑。漁洋論詩不宗李何，而推邊徐，此中消息値得注意。何良俊《叢說》謂：「世人獨推何、李爲當代第一，余以爲空同關中人，氣稍過勁，未免失之怒張，大復之俊節亮語，出於天性，亦難到；但工於言句，而乏意外之趣。獨邊華泉興象飄逸，而語尤淸圓，故當共推此人。」此語大可玩味。漁洋推尊邊氏之故，恐怕也在興象飄逸，語尤淸圓上面。姑且退一步說，漁洋之選刻《華泉集》，是爲鄉國文獻的關係，那麼，看他再選刻徐禎卿的《廸功集》。他把徐氏《廸功集》，與稍後高叔嗣的《蘇門集》合刻，稱爲《二家詩選》。在其序中引王弇州兄弟的話，謂「弇州詩評謂昌穀如白雲自流，山泉泠然，殘雪在地，掩映新月，子業如高山鼓琴，沈思忽往，木葉盡脫，石氣自青。談藝家迄今奉爲篤論。其弟敬美又云，更百千年李何尚有廢興，徐高必無絕響，其知言哉！」據是，可知漁洋於詩自是宗主唐音的正統派，不過他是這些正統派中間的修正者而已。

怎樣修正呢？我在以前論嚴羽的詩論時已曾說過：漁洋之與七子，其論詩主張雖多出於滄浪，然而七子所得是第一義之悟，而漁洋所得是透徹之悟；七子所宗是沈著痛快之神，而漁洋所宗是優遊不迫之神。有這一些的不同，所以漁洋可以出於前後七子，而不囿於七子。

論到此，不得不一引舊作《中國文學批評史上之神氣說》一文（《小說月報》十九卷一號）。在此文中我把神與韻兩字分說，以爲滄浪論詩拈出神字，而漁洋更拈出韻字。只拈神字，故論詩以李杜爲宗；更拈韻字，故論詩落王孟家數。因此說：「滄浪只論一個神字，所以是空廓的境界，漁洋連帶說個韻字，則超塵絕俗之韻致，雖猶是虛無飄渺的境界，而其中有個性寓焉。假使埋沒個性徒事摹擬，則繼武詩佛者固將與學步詩聖詩仙者同其結果。」此就舊有的術語，把神與韻兩字分開說，似與向來論神韻者不同，也許可能有人以爲未必合漁洋本意。實則漁洋所謂神韻，單言之也只一「韻」字而已。《師友詩傳續》錄中說「格謂品格，韻謂風神」。謂風神可，謂韻致可，謂神韻也可；單言之，只稱爲「韻」，也何嘗不可。所以以神與韻兩字分說，不過取其比較容易看出前後七子與漁洋所論有些不同而已。這些不同，正是所謂第一義之悟與透徹之悟，沈著痛快之神與優遊不迫之神的分別。

再有，此文以神韻之的爲寓有個性的意義，啓隨園性靈之說，這也與向來言神韻者不同，易啓人家的誤會。實則漁洋之所以由格調而變爲神韻，與此也有關係。我以爲漁洋神韻之說，有先天後天二義。由先天言，前一文中也已說過：

王氏《蚕尾文》中有云：「詩以言志，古之作者，如陶靖節、謝康樂、王右丞、杜工部、韋蘇州之屬，其詩具在，嘗試以平生出處考之，莫不各肖其爲人。」其《分甘餘話》中亦極賞劉節之詩「不如求眞至，辛澹皆可味」之句。所以王氏神韻之説，在食人間煙火食者，雖覺得他如仙人五城十二樓縹渺俱在天際，而在王氏自己，則正非學步得來，所以能肖其爲人。（《中國文學批評史上之神氣說》）

這樣說，格調之說，啓人模擬，而神韻之說，卻令人無從效顰。所以《漁洋詩話》對於雲門禪師之話：「汝等不記己語，反記吾語，異日稗販我耶」，謂得詩家三昧。因此，可知漁洋神韻之說不能謂與個性無關，不過所表現的不是個性，而是個性所表現的風神態度而已。我們再看張九徵《與王阮亭書》中稱頌漁洋詩之語。他說：

竊怪諸名士序言，猶舉歷下、瑯琊、公安、竟陵爲重。夫歷下諸公分代立疆，矜格矜調，皆後天事也。明公御風以行，飛騰縹渺，身在五城十二樓，猶復與人間較高深乎？譬之絳、灌、隨、陸，非不各足英分，對留侯則成傖父；嵇鍛阮酒，非不骨帶煙霞，對蘇門先生則成笨伯；留仙之裾，霓裳之舞，非不絕代，對洛神之驚鴻遊龍，則掩面而泣；屋漏之痕，古釵之腳，非不名世，對右軍之鸞翔鳳翥，則卧被不敢與爭；然則明公之獨絕者先天也。弟知其然而不能言其然。杜陵云：「自是君身有仙骨，世人那得知其故」，此十四字足以序大集矣。（周亮工《尺牘新鈔》四）

這一節話正說到漁洋詩神韻獨絕之處。「自是君身有仙骨」，所以學步不得。才是別才，趣是別趣，所以黏著不得。「藍田日暖，良玉生煙」，煙固非玉而不能離玉。滄浪所謂別才別趣，正應在這些上注意，才能悟出一個「韻」字。這樣講韻，易言之，即是這樣講神韻，當然不必分別唐、宋，矜格矜調，逐逐於詩之後天的事。這是由先天方面闡說神韻之義，所以可以成爲格調說的修正。

由後天言，所謂神韻，又是所謂神韻天然不可湊泊之意。工力到此，不矜才，不使氣，無剩義，無廢語，如初寫《黃庭》，恰到好處。藍田生玉，自有煙霧，方其未成爲良玉的時候，便不會有煙霧。因此，神韻還在於工夫。工夫到家，自然有韻。一樣走臺步，臺步好似格調，人人得而摹仿，然而走得從容不迫，安詳有致，那便關工夫，那便是神韻。此義，在前一文中也曾說過：

《居易錄》云：「陳後山云：『韓文黃詩有意故有工，若左、杜則無工矣，然學左、杜先由韓、黃』，此語可爲解人道」。又《香祖筆記》云：「《朱少章詩話》云：『黃魯直獨用昆體工夫而造老杜渾成之地，禪家所謂更高一著也』，此語入微，可與知者道，難爲俗人言。」前一節是謂神韻的境界雖重在無意自得，然須從有意中來；後一節是謂從人工的雕琢中亦可到渾成自然的境界。（《中國文學批評史上之神氣說》）

這樣說，也是格調可以摹仿，而神韻無從效顰的地方。詩欲合格易，欲有韻則難；欲動人易，而令人玩味則難。所以「神韻得，而風格、才調、法律三者悉舉諸此矣」。

由此二義以言，所以漁洋雖宗唐音，而不會與前後七子一樣，徒成膚廓之音。從這方面說，可以說是漁洋早年標舉神韻的意旨。

在前一節，說明了漁洋早年標舉神韻的意旨；在這一節，又企圖著說明漁洋晚年標舉神韻之旨。漁洋詩風之變，不僅在俞兆晟《漁洋詩話序》中說過，即漁洋門人張雲章所撰《蚕尾詩集序》也說明此意。他說：

雲章嘗見向之為詩者，人盡曰我師盛唐，而規摹聲響，汩喪性靈已甚。自有先生之詩，唐人之眞面目乃出，而又上推漢、魏，下究極於宋、元、明以博其旨趣，而發其固蔽。以迄於今，海內才人輩出，則又往往自放於矩矱，以張皇譎詭為工，滔滔而莫之反。先生近年遂多為淡泊之音，以禁其囂囂無益者。

可知漁洋早年之為唐，原不十分偏向淡泊之音，雖則性分所近，原與王孟為合，但至少可看出與晚年所主有些不同。漁洋於《鬲津草堂詩集序》中也曾說及此種思想轉變之故。他說：「三十年前予初出交當世名輩，見稱詩者無一人不為樂府，樂府必漢鐃歌，非是者弗屑也；無一人不為古選，古選必《十九首》公宴，非是者弗屑也。予竊惑之，是何能為漢魏者之多也，歷六朝而唐宋，千有餘歲，以詩名其家者甚衆，豈其才盡不今若耶？是必不然。故嘗著論以為唐有詩，不必建安、黃初也；元和以後有詩，不必神龍、開元也，北宋有詩，不必李、杜、高、岑也。」（《蚕尾集》七）這是他從格律而轉變到才調的主張。然而時風衆勢，原自捉摸不定，扶得東來西又倒，所以他再說此種主張所生的影響：「二十年來海內賢知之流，矯枉過正，或乃欲祖宋而祧唐，至於漢魏樂府古選之遺音，蕩然無復存者。江河日下，滔滔不返，有識者懼焉。」他原不是反對漢、魏、盛唐，他只是為一般規撫漢、魏、盛唐者下一針砭；而一般人不知此意，又以向之規撫漢、魏、盛唐者規撫兩宋，這箇直談不到透徹之悟，即所謂第一義之悟而無之了。這那裡是漁洋的意思！袁枚之論漁洋詩云：「清才未合長依傍，雅調如何可詆娸」，所謂清才，所謂雅調，頗能得漁洋詩一部分的眞相。漁洋此種論詩主張之轉變，也可說是以清才救一般人宗唐之弊，以雅調救一般人學宋之弊。施閏章於《漁洋續詩集序》中也說明此意。他說：「阮亭蓋疾夫膚附唐人者了無生氣，故間有取於子瞻，而其所爲《蜀道》諸詩，非宋調也。詩有仙氣者，太白而下，惟子瞻能之，其體制正不相襲。學《五經》《左國》秦漢者，始能爲唐宋八家；學三百篇漢魏八代者，始能爲三唐，學三唐而能自豎立者，始可以讀宋元：未易爲拘墟鮮見者道也。」所以漁洋之有取於宋元，不過博其旨趣，至其所作，依舊不違於唐音。昧者不察，望風而靡，又相率提倡宋詩，以爲清新。雅調淪亡，如何不使「有識者懼焉」。「新靈寖以佶屈」，即因著力爲之，矜才使氣，愈變愈怪，亦愈變而愈俗。所以他以爲學宋人詩而從其支流餘裔，未能追其祖之自出，以悟其以俗爲雅以舊爲新之妙理，則亦未得爲宋詩之哲嗣也（見金居敬《漁洋續詩集序》引先生言）。這是他對於宋詩的態度，所以他的詩不會落於宋格。

不僅如此，他正因恐怕人家落於宋格，所以標舉平淡之旨。《鬲津草堂詩集序》中再說：「昔司空表聖作《詩品》凡二十四，有謂沖淡者曰，遇之匪深，即之愈稀；有謂自然者曰，俯拾即是，不取諸鄰；有謂清奇者曰，神出古異，淡不可收：是三者品之最上。」以此論詩，當然不會張皇譎詭而滔滔不返，當然更不會雷同撏撦，以生吞活剝爲能事。後人對於漁洋詩之認識，對於神韻說之認識，全著眼在這一點，而各種誤會，卻也正從這一點生出。

隨園詩云：「清才未合長依傍，雅調如何可詆娸。我奉漁洋如貌執，不相菲薄不相師。」又《仿元遺山論詩》三十八首之一云：「不相菲薄不相師，公道持論我最知，一代正宗才力薄，望溪文集阮亭詩。」上文我們引及袁詩的時候，便說他僅得漁洋詩一部分的眞相，即因隨園對於漁洋的認識，恐怕也近於耳食，只知其晚年所造的平淡之境，而不曾理會到漁洋詩之全部。林昌彝說得好：「阮亭詩用力最深，諸體多入漢、魏、唐、宋、金、元人之室；七絕情韻深婉，在劉賓客、李庶子之間。其豐神之蘊藉，神味之淵永，不得謂之薄，所病者微多妝飾耳。若謂阮亭詩不喜縱橫馳驟者爲之薄，阮亭豈不能縱橫馳驟乎？簡齋之論，阮亭有所不受。」（《射鷹樓詩話》七）阮亭正不欲爲宋詩之縱橫馳驟，所以「以大音希聲藥淫哇錮習」，謂爲才薄，豈得爲當！

論到此，覺得漁洋之主張宋詩，似乎有些矛盾了。江懋麟與徐乾學的爭論，也即爲這似乎矛盾的問題。但是假使知道上文所述他對宋詩的態度，那麼，他之主張宋詩原不足爲奇。漁洋之《跋陳說岩太宰丁丑詩卷》云：「自昔稱詩者尚雄渾則鮮風調，擅神韻則乏豪健，二者交譏。」（《蠶尾續文》二十）

神韻也，風調也，二而一，一而二者也。他便想於神韻風調之中，內含雄渾豪健之力，於雄渾豪健之中，別具神韻風調之致。這才是他理想的詩境，這才是所謂神韻的標準。清利流爲空疏，恐怕又是一般誤解神韻，只以半吞半吐爲超超元著者流所最易犯的弊病。漁洋所謂神韻，原不是如此。現在可即以漁洋自己所說的話爲證。他於《芝廛集序》中說：

芝廛先生刻其詩若干卷，既成，自江南寓書命給事君屬予爲序。予抗塵走俗，且多幽憂之疾，久之，未有以報也。一日，秋雨中，給事自攜所作雜畫八幀過予，因極論畫理，久之，大略以爲畫家自董、巨以來，謂之南宗，亦如禪教之有南宗云。得其傳者，元人四家，而倪黃爲之冠。明二百七十年，擅名者唐、沈諸人稱具體，而董尚書爲之冠，非是則旁門魔外而已。又曰：凡爲畫者，始貴能入，繼貴能出，要以沈著痛快爲極致。予難之曰：吾子於元推雲林，於明推文敏，彼二家者畫家所謂逸品也，所云沈著痛快者安在？給事笑曰：否，否，見以爲古澹閒遠，而中實沈著痛快，此非流俗所能知也。

予聞給事之論，嗒然而思，渙然而興，謂之曰：子之論畫也至矣。雖然，非獨畫也，古今風騷流別之道，固不越此。請因子言而引伸之可乎？唐宋以還，自右丞以逮華原、營邱、洪谷、河陽之流，其詩之陶、謝、沈、宋、射洪、李、杜乎？董、巨，其開元之王、孟、高、岑乎？降而倪、黃四家，以逮近世董尚書，其大曆元和乎？非是則旁出，其詩家之有嫡子正宗乎？入之出之，其詩家之捨筏登岸乎？沈著痛快，非惟李、杜、昌黎有之，乃陶、謝、王、孟而下莫不有之。子之論，論畫也；而通於詩，詩也而幾於道矣。子之家先生，方屬予論次其詩，請即以此言爲之序，不亦可乎？（《蚕尾集》七）

這樣，所以漁洋之有取於少陵，乃至有取昌黎子瞻，於其標擧王、孟之旨初不衝突。人家以其標擧神韻，宗主王孟，便以爲神韻說是這般簡單，漁洋詩亦這般單調，可謂大誤。陸嘉淑之《序漁洋續詩集》云：「今操觚之家好言少陵者，以先生爲原本拾遺；言二謝、王、韋者又以爲康樂、宣城、右丞、左司；其欲爲昌黎、長慶及有宋諸家者則又以爲退之、樂天、坡谷復出；而先生之詩其爲先生者自在也。」可知漁洋之詩在當時人原還知道他是多方面的。詩非一家之詩，論亦非一端之論。所謂「神韻得而風格、才調、法律三者悉擧諸此矣」，也可作如是觀。

最後，才可論到漁洋所謂神韻之說。

翁方綱之論神韻，與王漁洋不全同，然而他說：「神韻徹上徹下，無所不該，其謂羚羊挂角，無跡可求，其謂鏡花水月，空中之象，亦皆即此神韻之正旨也，非墮入空寂之謂也。其謂雅人深致，指出訏謨定命，遠猷辰告二句以質之，即此神韻之宗旨也，非所云理字不必深求之謂也。」（《復初齋文集》八，《神韻論》上）此文即擧漁洋論詩之語以說明神韻徹上徹下，無所不該之義，便與一般人所見不同。翁氏之論漁洋之所謂神韻，固未必全合漁洋意思，然而他說：「漁洋變格調曰神韻，其實即格調耳。而不欲復言格調者，漁洋不敢議李、何之失，又惟恐後人以李、何之名歸之，是以變而言神韻，則不比講格調者之流弊矣。」（同上，《格調論》上）

這也與一般人對於漁洋神韻說之認識，有些不同。一般人只以三昧興象云云，爲漁洋之所謂神韻，所以不免墮入空寂。翁氏在這方面原較一般人爲高，不過翁氏卻欲以肌理實之，又不免矯枉過正。

我以爲漁洋神韻之說確是有些空寂，不過我們說到神韻之說卻不必墮於迷離恍惚之境，而且要看出漁洋所論並非全屬空際縹渺之談。神韻之說，漁洋還說得明白，覃溪卻說得模糊。漁洋之講神韻，並沒有寫成一篇系統的論文，然而隨處觸發，都見妙義，只須我們細心鉤稽，自可理出系統。覃溪之論神韻，除零星散見者不計外，特地寫了三篇《神韻論》。然而歸結一句話，「在善學者自領之，本不必講也」，則反而有些使人模糊了。

神韻之說何以墮入空寂？則因：㈠神韻只指出一種詩的境界，本是以前唯心論者玩弄名詞的手法。《漁洋詩話》曾述施愚山語，稱漁洋詩論「如華嚴樓閣彈指即現，又如仙人五城十二樓縹渺俱在天際」。而愚山自己之詩論則如「作室者瓴甓水石，須一一就平地築起」。這個比喻也相當妙。神韻之說，只從一種詩的境界立論，當然與腳踏實地，從平地築起者不同，那麼墮入空寂也不足怪。㈡即就詩的境界立論，如所謂自然也，綺麗也，豪放也，典雅也，似乎還都有由入之途，獨所謂神韻也者，眞如東坡所謂：「道可致而不可求。」越處女之與勾踐論劍術曰：「妾非受於人也，而忽自有之。」忽自有之，則正無由入之途。司馬相如之答盛覽曰：「賦家之心得之於內，不可得而傳。」不可得而傳，則思維路絕。雲門禪師曰：「汝等不記己語，反記吾語，異日稗販吾耶？」不用記人家的話，則又言語道斷。而這數語偏偏是《漁洋詩話》中所稱謂詩家三昧者。論詩到此，如何不墮入空寂。㈢何況建立在這種境界的詩論，如所謂作詩方法也，讀詩方法也，又都重在語中無語，重在偶然欲書，重在須其自來，重在筆墨之外，重在不著一字，重在得意忘言，重在不可湊泊，重在興會風神。這些方法，又都待於悟，都待於領會。逞才則爲才蔽，說理則成理障，講學問則易變堆砌，稍刻畫便流於排比，欲如初寫《黃庭》，恰到好處，眞是難之又難。這簡直是指出一種標準而不是說明一種方法，無從捉摸，亦無從修養，論詩到此，又如何不墮入空寂！

所以空寂不足爲漁洋病，不足爲神韻說之病。問題乃在如何說明此種建立在詩的境界上面的詩論。徐夤謂詩是儒中之禪（見《雅道機要》），詩原不能與禪無關。禪義可以入詩，禪義可以論詩，禪義亦可以喻詩，這在以前講滄浪詩論的時候，也已經說過。七子之格調說，是以禪喻詩，漁洋之神韻說，是以禪論詩，而有時也可以以禪義入詩。以禪喻詩，則詩是詩，而禪是禪，工夫還在詩上面。以禪論詩，則禪通詩，而詩通禪，工夫乃在悟上面。至以禪義入詩，則詩即禪，而禪即詩，神韻天然，不可湊泊，卻沒有可以加以工夫的餘地。工夫在詩上面者，所以成爲格調說，因爲求之於繩墨之中；工夫不在詩上面者，所以成爲神韻說，因爲須求之於蹊徑之外；格調與神韻之分別乃如此。

因此，我們分別漁洋之神韻說，須知其有以禪義言詩者。如云：

嚴滄浪以禪喻詩，余深契其說，而五言尤爲近之。如王、裴《輞川絕句》，字字入禪。他如「雨中山果落，燈下草蟲鳴」，「明月松間照，清泉石上流」，以及太白「卻下水晶簾，玲瓏望秋月」，常建「松際露微月，清光猶爲君」。浩然「樵子暗相失，草蟲寒不聞」，劉眘虛「時有落花至，遠隨流水香」。妙諦微言，與世尊拈花，迦葉微笑，等無差別。通其解者，可語上乘。（《蠶尾續文》二，《畫溪西堂詩序》）

唐人如王摩詰、孟浩然、劉眘虛、常建、王昌齡諸人之詩，皆可語禪。（《居易錄》二十）

類此之例，不能備舉。本來漁洋幼年學詩，即從王、孟、常建、王昌齡、劉眘虛、韋應物、柳宗元數家入手，結習難忘，原不足怪。此種詩所以可以語禪者，即因唯心論者神經質地疑神疑鬼，似乎覺其語中無語，覺其在筆墨之外而不知這些語句之妙，正在即景生情，善寫眼前景色。《居易錄》引《林間錄》載洞山語云：「語中有語，名爲死句，語中無語，名爲活句。」自謂此即選《唐賢三昧集》之旨。《香祖筆記》又引王楙《野客叢書》所稱「《史記》如郭忠恕畫，天外數峯，略有筆墨，然而使人見而心服者，在筆墨之外也」（卷六），以爲此語得詩文三昧，即司空表聖所謂不著一字，盡得風流之意。根據此種見解，所以漁洋論詩，重逸品而不重神品。

神品還可於繩墨中求之，只須能化，便是入神。逸品則只能求之於蹊徑之外，稗販舊語，根本不成。這也是漁洋詩論所以覺得空寂的原因。其實，神品是純藝術論者的講法，逸品是唯心論者的講法。漁洋論詩正因兼此二者，而更偏重在唯心的方面，所以會使人不可捉摸。我們只須看王船山的論詩，一樣講情景融洽，一樣講咫尺有萬里之勢，也很有些近於神韻之說，但是何曾像漁洋這般講得迷離惝怳。這即因王船山的思想有唯物論的觀點，而王漁洋的論調全是唯心論的話語。所以一個講得中肯，而一個則越講越糊塗。

現在，我們姑且仍用王漁洋的話語來說明他的神韻說。

漁洋論詩既重在逸品，那麼如何做到這逸品呢？他認爲：此中有性分焉，有興會焉，又是使人無可著力之處。劉公㦷《與漁洋書》稱，嘗與同人言：讀同時他人作，雖心知有什倍於我，竊復漫臆，儻假以問學，似若可追；至吾阮亭，即使虛更讀詩三十年，自覺去之愈遠，正如仙人嘯樹，其異在神骨之間；又如天女微妙，偶然動步，皆中音舞之節：當使千古後謂我爲知言。這正是就性分說的。《池北偶談》中引宋時吳中孚絕句：「白髮傷春又一年，閒將心事卜金錢。梨花落盡東風軟，商略平生到杜鵑。」（卷十七）謂此詩竟使當時能成誦九經注疏的糜先生無從效顰。這即所謂「詩有別才非關學」之說。

有了性分，還須佇興。《漁洋詩話》中引蕭子顯：「有來斯應，每不能已，須其自來，不以力構」，及王士源序孟浩然詩「每有制作佇興而就」諸語，以爲「生平服膺此言，故未嘗爲人强作，亦不耐爲和韻詩也」。不强作，不和諧，在隨園說來，是求詩之眞；在漁洋說來，便是佇詩之興。所以他以爲興來便作，意盡便止。而當與會神到之時，雪與芭蕉不妨合繪，地名之寥遠不相屬者，亦不妨連綴，所謂「古人詩只取興會超妙，不似後人章句但作記里鼓也」（《漁洋詩話》上）這即所謂「詩有別趣非關理」之說。而所謂別才別趣，都是無可致力的。

這些都是與性靈相近而終究不近的地方。我在舊作《中國文學批評史上之神氣說》一文中說過：「若於此種消息參得透徹，則知袁枚性靈之說，蓋亦即從漁洋神韻說一轉變而來者。」實則豈但如此。性靈之說，袁中郎諸人早已說過，而中郎論詩亦頗雜禪義，那麼簡直可說神韻之說，原是從性靈說轉變得來的。假使說七子之詩論爲正，則公安之詩論爲反，而漁洋之詩論爲合。因此，知覃溪謂神韻爲格律說之轉變，猶不過得其一端。「神韻得，而風格、才調、法律三者悉舉諸此矣」，也可作如是觀。

這些富有禪義的詩，在作的方面，性分興會，既都難力構，於是在讀的方面，亦尚領會，而不宜執著。他說：「古人詩畫只取興會神到，若刻舟緣木求之，失其指矣。」（《池北偶談》十八，《王右丞詩》條）作詩之法，須其自來，讀詩之法，又重神會。這是他所以贊同滄浪「空中之音，相中之色」以及「羚羊挂角，無跡可求」諸語的理由。然而這樣說，不使讀者仍有空寂之感嗎？那眞沒法。我們要用王漁洋的話語來說明這些問題確是比較困難的。無已，我們只能再說明爲什麼必須這樣說得不著邊際的理由。我們要知道他所以說盛唐人詩往往入禪，即因可以一言契道的關係。可以一言契道，然而所說的卻不是道。所說的雖不是道，而可以一言契道，所以爲無跡可求，所以如鏡中之象，水中之月，可以領會而不可執著。這是所謂語中無語，這是所謂在筆墨之外。要是不然，如寒山詩之「泯時萬象無痕跡，舒處周流遍天下」，所能說出的是什麼？如邵康節詩之「詩揚心造化，筆發性園林」，所能揚所能發的又是什麼？他們果能把造化天機具體地表現出來嗎？康節雖說：「天且不言人代之」，實則他何嘗代來！在康節，或者確有他自得之處，但是他何曾舉以示人。他只是嚷嚷而已，造化天機，幾曾在他的筆端露出！因爲這是所謂「語中有語，名爲死句」。唐人詩之可以語禪者，正不如此。詩人所言本不曾拖泥帶水，雜以禪義，不過於情景融洽之中，妙造自然，讀者卻不妨因此一言契道。這正是優遊不迫一類詩之入神的境界，何嘗特特注意在空寂。作者有意求之，「學我者死」，斯成笨伯；讀者有意求之，疑神疑鬼，遂見空寂。這樣說，非空寂不足以說明神韻，空寂又何足爲漁洋病。

以上是就其以禪義言詩一點而言。我們須知漁洋之神韻說更有以禪理論詩者。以禪理論詩，只以詩禪有相通之處，詩句卻不必入禪，不必帶禪義。固然說話不能這般仔細，這般呆板；以禪義言詩與以禪理論詩，也不能有多大分別。不過照這樣分別以後比較便於說明。漁洋所說，如：

> 捨筏登岸，禪家以爲悟境，詩家以爲化境，詩禪一致，等無差別。大復《與空同書》引此，正自言其所得耳。顧東橋以爲英雄欺人，誤矣。豈東橋未能到此境地，故疑之耶？（《香祖筆記》八）

這便是以禪理論詩的地方。禪家行腳名山，遍訪大師，求善智識，也是從工夫上來；一旦頓悟，得到自己應付生死的智慧，便是捨筏登岸，而工夫便成爲陳跡。悟境化境原無二致，所以可以相提並論。到此地步，無工可言，無法可言，渾成天然，色相俱全，才是漁洋理想的詩境。何大復告空同以捨筏登岸，而李空同亦病昌穀詩之蹊徑未化，是七子於詩原重在化，與漁洋論詩並無分別。然而後人對這問題都覺得七子之詩未到化境，卻不用不化來譏議漁洋，這又是什麼原因呢？則以：㈠七子所宗是滄浪所謂第一義之悟。由第一義之悟言，所以李空同有宗漢、魏、盛唐之說，所以李滄溟有唐無五言古之說，他們先懸了高格以論詩，於是知其正而不知其變，取徑既狹，如何能化！王漁洋便不是如此，兼取宋元以博其趣，「波瀾愈闊，格律愈精，變化愈極其致」（見陸嘉淑《漁洋續詩集序》），所以不蹈七子覆轍。㈡漁洋所宗，是滄浪所謂透徹之悟。由透徹之悟言，故以色相俱空，無跡可求者爲極致，而詩格遂近於王孟。他知道神品難到，逸品易至，能使逸品入妙，自然也入神境。這便是所謂化。翁方綱謂「少陵供奉之詩，縱橫出沒不主故常；彼空同者，未能知其故也，然亦未嘗不自以爲縱橫出沒，不主故常也。」（《復初齋文集》八，《徐昌穀詩論》一）彼李何、李王之所以自以爲化而終不能化者在是。看到此，知道昌穀之所以較爲成功，知道漁洋之所以更爲成功。

這又是神韻說與格調相近而終究不近的地方。

格調之說，是怎樣起的呢？起於《滄浪詩話》之所謂氣象。翁方綱之《格調論》上謂：「夫詩豈有不具格調者哉！《記》曰：『變成方謂之音』，方者音之應節也，其節即格調也。又曰『聲成文謂之音』，文者音之成章也，其章即格調也，是故噍殺嘽緩直廉和柔之別由此出焉。是則格調云者非一家所能概，非一時一代所能專也。」此話極是。可是明人所謂格調其意義並不如此。翁氏再說：「唐人之詩未有執漢、魏、六朝之詩以目爲格調者，獨至明李何輩乃泥執《文選》體以爲漢魏六朝之格調也，泥執盛唐諸家以爲唐格調焉。於是不求其端，不訊其末，惟格調之是泥，於是上下古今只有一格調，而無遞變遞承之格調矣」（《復初齋文集》八）。這即是明人泥於格調之失，也可謂是誤解格調之失。蓋明人所謂格調，是合滄浪所謂第一義之悟與氣象之說體會得來。重在第一義，所以只宗漢、魏、盛唐；重在氣象，所以又於漢魏盛唐中看出他的格調。這是格調之說之所自起。

格調之說重在氣象，而神韻之說，更是建築在氣象上的。二者都是給人以朦朧的印象。於是翁方綱便以爲「漁洋變格調曰神韻，其實即格調耳」，此則似是而非，不能不說其辨析之未細了。實則格調說所給人以朦朧的印象的是風格，神韻說所給人以朦朧的印象的是意境。讀古人詩而得朦朧的印象這是格調；對景觸情而得朦朧的印象，這是神韻。懸一風格而奔赴之，所以成為摹擬；懸一意境而奔赴之，則只有能到與否的問題，不會有能似與否的問題。這也是第一義之悟與透徹之悟的分別。

論到此，我覺得翁方綱之論徐昌穀詩，頗足以說明其關係。他說：「夫李雖與徐同師古調，而李之魄力豪邁，恃其拔山扛鼎闢易萬夫之氣，欲擧一世之雄才而掩蔽之；為徐子者乃偶拈一格具體古人，以少勝多，以靜攝動，藉使同居蹈襲之名，而氣體之超逸據其上矣。」（《徐昌穀詩論》一）這是徐昌穀所以勝李空同的地方。他再說：「廸功詩七古不如五古，七律不如五律，七古七律又不如七絕，蓋能用短不能用長也。夫勢短字少則可以自掩其鑿痕，故蹈襲者弗病也，篇長則將何展接乎？是以凡能用短不能用長者，皆執一而廢百者也。然而陶韋之短篇則眞短篇也，豈其襲之云乎？由所病在襲，則短亦襲也。」（《徐昌穀詩論》二）這又是說同一蹈襲，也是昌穀較空同高明的地方。同一摹擬，而拈一格者勝，用短者勝，這是漁洋所以用淸角之音易黃鐘大呂之音的緣故。說神韻為格調，原不能謂為大錯誤，不過其間有個分別。我們以前說滄浪詩論是以神韻說的骨幹而加上了一件格調說的外衣，那麼，可以說漁洋詩論即使有同於格調的地方，也是以格調說的骨幹加上了一件神韻說的外衣。這是漁洋較七子聰明的地方。

何況漁洋詩還不出於模擬。不出於模擬，而用荊浩論山水所謂：「遠人無目，遠水無波，遠山無皴」的方法，給人以朦朧的印象，當然覺其味在酸鹹之外，而與僅主格調者有別了。

何況漁洋詩還不盡在於朦朧。朦朧，有時可以以短取勝，即所謂如郭忠恕畫天外數峯，略有筆墨，意在筆墨之外者。這好似漫畫，寥寥數筆，神態畢現，然而此中也有學問，也見本領。正如翁方綱所謂：「陶韋之短篇則眞短篇也。」同樣的性情，同樣的用短，同樣的欲以朦朧見長，然而學問根柢既有差別，工力等第又有區分，所以後人之追跡漁洋者，不免有枯寂之感了。

這是所謂以禪理論詩。

兼此二義而漁洋神韻之說始全；兼此二義而漁洋前後提倡神韻之旨亦顯。

◎六九　從馮班吳喬到趙執信◎

上面說明王漁洋的神韻說，好像神韻說可以包羅萬有，是詩論之大成，也是詩論之正宗。但是儘管怎樣講吧！它的唯一的缺點，就是脫離現實。我們要知道這種詩論是以前士大夫階級於酒醉飯飽之餘以詩消遣，而仍是從唯心論純藝術論出發的主張。假使眞是關心人民疾苦，要暴露社會現實，那麼像白居易這般痛哭流涕以道之，激昂慷慨以道之，纏綿悱惻以道之，縱橫反覆以道之，還只怕不夠，那會只取天外數峯，說得隱隱約約朦朦朧朧，才算是雅人深致呢？

所以這種論調當時趙執信就加以反對，後來袁枚也加以糾正，只可惜他們也是士大夫階級，所以糾駁之說還不能深中漁洋之病痛。

趙執信，字伸符，號秋谷，益都人，論詩之著有《談龍錄聲調譜》諸書。

秋谷本爲王漁洋甥婿，後來以事互相詬厲，致成仇隙，所以他的《談龍錄》也很排詆漁洋。秋谷《談龍錄序》自言「得常孰馮定遠先生遺書，心愛慕之」，甚至具朝服下拜，自稱私淑門人，也可見其傾倒之誠了。定遠名班，號鈍吟，常熟人，所著有《鈍吟集》、《鈍吟文稿》、《鈍吟雜錄》諸書，其《鈍吟雜錄》第五卷爲《嚴氏糾謬》，專駁滄浪妙悟之說，所以論詩宗旨與漁洋不同。定遠生年雖比漁洋要早二十年，但是時代相接，他可以說是反對神韻說的第一人。

馮班以後則有吳喬。喬一名殳，字修齡，太倉人，或云昆山人，所著有《圍爐詩話》、《西昆發微》諸書。秋谷《談龍錄》中之所稱許，除馮說外，當推吳氏《圍爐詩話》了。秋谷自言「三客吳門，遍求之不可得」，可知他於此書也是引為同調的。吳氏《圍爐詩話》自序稱：「嚴滄浪學識淺狹，而言論似乎玄妙，最易惑人」，所以可說是反對神韻說的第二人。

至趙秋谷的《談龍錄》則是反對神韻說的第三人，不過他們雖力排嚴羽，其詩論也不能無流弊，因為他們同樣是士大夫階級，所以不會由於神韻說之沒有人民性而著眼在人民性方面。

馮氏《馬小山停雲集序》說：

詩以道性情。今人之性情，猶古人之性情也。今人之詩，不妨為古人之詩。不善學古者不講於古人之美刺，而求之聲調氣格之間，其似也不似也則未可知，假令一二似之，譬如偶人芻狗徒有形象耳。黠者起而攻之以性情之說，學不通經，人品污下，其所言者皆里巷之語，溫柔敦厚之教，至今其亡乎？（《鈍吟文稿》）

這樣一講，就從反對格調，反對神韻之說輕輕一轉，就歸到溫柔敦厚方面，而學不通經的里巷之語就受到排斥了。他雖反對《滄浪詩話》之以禪喻詩，但是重在隱秀。他說：

詩有活句，隱秀之詞也。直敘事理，或有詞無意，死句也。隱者興在象外，言盡而意不盡者也；秀者章中迫出之詞，意象生動者也。（《鈍吟雜錄》五）

他以隱秀來講溫柔敦厚，於是覺得詞應該縟，情應該隱。詞取其縟才顯其工，情取其隱才顯其深。這樣，馮氏之學也就「出入於義山飛卿之間」（見王應奎《柳南隨筆》三）。這樣，馮氏之詩也就脫離了現實，仍在純藝術論中打盤旋。

馮氏《葉祖仁江村詩序》云：

> 虞故多詩人，好爲脂膩鉛黛之辭，識者或非之；然規諷勸戒，亦往往而在，最下者乃綺麗可誦。今一更爲罵詈，式號式呼，以爲有關係，紈袴子弟不知户外有何事，而矢口談興亡，如蜩螗聒耳，風雅之道盡矣。（《鈍吟文稿》）

又其《陸敕先玄要齋稿序》云：

> 以屈原之文，露才揚己，顯君之失，良史以爲深譏。忠憤之詞，詩人不可苟作也。以是爲教，必有臣誣其君，子訟其父者，溫柔敦厚其衰矣。（《鈍吟文稿》）

那麼，他竟忘記了他所處的時代，反覺式號式呼，矢口談興亡之詩爲不足取了，反覺忠憤之詞爲不可苟作了。這樣，否定了神韻格調之說，反爲紅紫傾仄之體找到了理論上的根據。他說：

> 韓吏部，唐之孟子，言詩稱鮑謝；——南北朝紅紫傾仄之體，蓋出於明遠。西山眞文忠公云：「詩不

必顯言性命而後爲義理。」則儒者之論詩可知也已。(《陸敕先玄要齋稿序》)

他再說:

徐、庾爲傾仄之文,至唐而變;景龍、雲紀之際,渢渢乎盛世之音矣。溫李之於晚唐,猶梁末之有徐、庾,而西昆諸君子則似唐之有王、楊、盧、駱;杜子美論詩有江河萬古流之言,歐陽永叔論詩不言楊、劉之失而服其工,古之論文者其必有道也。蓋徐、庾、溫、李,其文繁縟而整麗,使去其傾仄加以淳厚,則變而爲盛世之作。(《陳鄴仙曠谷集序》)

那麼他不僅忘記了時代,還要以此種作風爲盛世之作呢!

吳氏也是這樣,他雖反對格調神韻之說,卻仍不取宋詩。他甚至說:「嚴絕宋、元、明,而取法乎唐,亦足自立矣。」(《答萬季埜詩問》)他和格調神韻不同的,不過不限盛唐,而兼取中晚罷了。《圍爐詩話》中說:

學盛唐詩乃天經地義,安得有過!過在不求其意與法而仿效皮毛;苟如是以學中唐,亦人奴也。余謂盛唐詩厚,厚則學之者恐入於重濁,又爲二李所壞,落筆先似二李。中唐詩清,清則學之者易近於新穎,故謂人當於此入門也。(卷四)

這樣,他們所學的是古人用心之路,所以會有入處。他們看到「唐人詩意不必在題中,如右丞《息夫人怨》云:

『莫以今時寵，能忘舊日恩，看花滿眼淚，不共楚王言』，使無稗說載其爲寧王餅師妻作，後人何從知之！」（《圍爐詩話》一）因此，他們知道這種方法，即是昔人比興的方法。「比興是虛句活句。賦是實句。有比興，則實句變爲活句；無比興，則虛句變成死句。」（同上）「文章實做則有盡，虛做則無窮。雅頌多賦，是實做；騷多比興，是虛做。唐詩多宗風騷，所以靈妙。」（同上）所以他們即以比興求唐詩之意，即以比興爲唐詩之法。吳氏說：

文之辭達，詩之辭婉。書以道政事，故宜辭達；詩以道性情，故宜辭婉。意喻之米，飯與酒所同出；文喻之炊而爲飯，詩喻之釀而爲酒。文之措辭必副乎意，猶飯之不變米形，啖之則飽也。詩之措辭不必副乎意，猶酒之盡變米形，飲之則醉也。（《圍爐詩話》一）

人有不可已之情，而不可直陳於筆舌，又不能已於言，感物而動則爲興，託物而陳則爲比，是作者固已醞釀而成之者也。所以讀其詩者，亦如飲酒之後，憂者以樂，莊者以狂，不知其然而然。（同上）

由這樣說，所以覺得明詩之病即在無意，也就無法。不但明詩如此，即王漁洋之貪求好句，也不免落此病，所以有「清秀李于鱗」之稱。他再說：

唐詩有意而託比興以雜出之，其辭婉而微，如人而衣冠；宋詩亦有意，唯賦而少比興，其辭徑以直，如人而赤體。明之瞎盛唐詩，字面煥然，無意無法，直是木偶被文綉耳。此病二高萌之，弘嘉大盛。識者只斥其措詞之不倫，而不言其無意之爲病。是以弘嘉習氣，至今流注人心，隱伏不覺。習氣如乳母衣，縱經灰滌，終有乳氣。人之惟求好句，而不求詩意之所在者，即弘嘉習氣也。若詩句中無「中原」、「吾黨」、「鳳凰城」、「鳷鵲觀」，即以爲脱去弘嘉惡道，不亦易乎？（《圍爐詩話》一）

這即隱譏王漁洋的作風。漁洋作風，儘管欲避免弘嘉惡道，然而習氣依然，終難洗滌，即因病在無意。他們這樣重在有法，——欲託於比興，所以馮班與吳喬都有取於義山之詩；他們又這樣重在有意，——欲以道性情，所以趙秋谷本以推闡，遂逗露了性靈之說。《談龍錄》云：

昆山吳修齡（喬）論詩甚精。……見其與友人書一篇中有云：詩之中須有人在。余服膺以爲名言。夫必使後世因其詩以知其人，而兼可以論其世，是又與於禮義之大者也。若言與心違，而又與其時與其地不相蒙也，將安所得知之而論之！

詩以言志。……今則不然。詩特傳捨，而字句過客也，雖使前賢復起，烏測其志之所在。

唐賢詩學類有師承，非如後世第憑意見，竊嘗求其深切著明者，莫如陸魯望之敍張祜處士也。曰「元和中作宮體小詩，辭曲艷發，輕薄之流合噪得譽，及老大稍窺建安風格，讀樂府錄知作者本意，短章大篇往往間出，講諷怨譎，與六義相左右，善題目佳境言，不可刊置別處，此爲才子之最也」。觀此，可以知唐人之所尚，其本領亦略可窺矣。不此之循，而蔽於嚴羽囈語，何哉？

這些話，即是後來袁枚《隨園詩話》之所本，《隨園詩話》中亦引陸魯望語（見卷一二）可知其主張之相同。而袁氏評漁洋詩稱：「阮亭主修飾，不主性情，觀其到一處必有詩，詩中必用典，可以想見其喜怒哀樂之不眞矣」

（卷三），則更與秋谷是同一見地。所不同者，秋谷仍本於詩教的見地，重溫柔敦厚，重發乎情，止乎禮義，以為「詩之為道也，非徒以風流相尚而已」。這些話恐怕又是對當時尤侗一流人講了。

◎七〇　袁枚之文論◎

袁枚字子才，號簡齋，錢塘人，居於小倉山之隨園，世稱隨園先生，晚年自號倉山居士或隨園老人，所著有《小倉山房文集》。

隨園文學批評之重點，固在論詩，然其論文也未嘗不有特殊的見地。又隨園之文在恪守義法的桐城文人看來，每議其小說氣，詆為野狐禪，然而袁氏所自負者卻正在古文。其《答平瑤海書》云：「今知詩者多，知文者少，知散行文者尤少。枚空山無俚，為此於舉世不為之時自甘灰沒。」（《小倉山房文集》三十）此種態度，儼然與韓愈相同。又《與孫俌之秀才書》云：「僕年七十有七，死愈近而傳愈急矣。奈數十年來，傳詩者多，傳文者少，傳散行文者尤少。」（《小倉山房文集》三十五）是則袁氏之所痛心，不為人知不得其傳者，也正在散行的古文。我們即就他所自信的一點而言，已不能隨一般人之毀譽，以耳為目，摒袁氏於古文家之外。我們只能說正因一般人不了解隨園之古文學，所以他在文學批評史上的影響，文論便不如其詩論。

所謂文論不如其詩論者，只是就影響的大小而言，卻不是說他文論本身的沒有價值。在清代中葉漢學風行的時候，一般學者大都從事於煩瑣破碎的考據工作，求其識解通達，再能繼承清初學者的思想而加以發揮的，我每推許章實齋與袁簡齋。他人之學問，盡可以超越袁、章，但他們之才識卻不如袁章。因此，他人在文學批評上之貢獻，也不如袁、章。袁、章二人之學問思想儘管不同，但從這一點言，卻是相類，因為各有成就；而其成功之因，又由他們為學態度之相似。

章實齋自謂「時人以補苴襞績見長，考訂名物爲務，小學音畫爲名，吾於數者皆非所長」，「惟於史學蓋有天授」（均見《章氏遺書》九，《家書》二）這即是他自度性之所近，不追逐風氣之處。而袁氏《答友人某論文書》亦謂：「人必有所不能也，而後有所能。……僕不敢自知天性所長，而頗自知天性所短，若箋注，若曆律，若星經地志，若詞曲家言，非吾能者，決意絕之。」（《小倉山房文集》十九）他深知凡百事業，「專則精，精則傳」，所以說「要知爲詩人，爲文人，談何容易！入文苑，入儒林，足下亦宜早自擇，寧從一而深造，毋泛涉而兩失也」（同上）。這即是他們態度相近的地方。正因袁氏抱此種態度，故能卓然有以自立。他不震於淵博之名，他又不懾於通經明道的口號。人家以著書自矜，而他則只須作詩作文；人家以大賢君子自居，而他則只須爲詩人爲文人。舉凡一切大帽子，足以壓倒一般人者獨獨不能壓倒他。當時惠定宇（棟）勸他窮經，勸他攻漢學，而他於《答書》中謂「宋學有弊，漢學更有弊。宋偏於形而上者，故心性之說近玄虛；漢偏於形而下者，故箋注之說多附會。」（《小倉山房文集》十八）是則在他看來，當時風靡一時的漢學，並不高出於宋學。不僅如此，正因附會之多，所以一哄之市是非麻起；在考訂家自以爲煩稱博引，無徵不信者，而他則以爲不是徵實，正是搏虛。爲什麼？古人終不復生，不能起而質之，則各據所見，各是其是，擾擾不休，也不過徒滋糾紛而已。假使不是附會，則是非早定，一人之心所能得，亦即衆人之心所能得，如射舊鵠，雖后羿操弓，必中原來所受穿之處。那麼，在考訂家所矜爲創獲，矜爲心得者，又正是履人之舊跡，何嘗是新得呢？附會則搏虛，不附會則蹈舊，所以他不欲再入此種旋渦之中。然而他不宗漢學，卻不是便宗宋學。他於《宋儒論》云：「宋儒之講學而談心性者，際其時也；氣運爲之也。」「漢後儒者有兩家，一箋注，一文章。爲箋注者，非無考據之功，而附會不已；爲文章者，非無潤色之功，而靡曼不已。於是宋之儒，捨其器而求諸道，以異乎漢儒，捨其華而求諸實，以異乎魏、晉、隋、唐之儒。」（《小倉山房文集》二十一）這是宋儒所以爲天下所尊之故。宋儒雖有可尊之道，而於下文又接著說：「孔子之道若大海然，萬壑之所朝宗也。漢、晋、唐、宋諸儒，皆觀海赴海者也。其注疏家，海中之舟楫桅篷也；其文章家，海中之雲煙草樹也；其講學家，赴海者之郵驛路程也。路程至宋，至矣盡矣；但少一行者耳。未之能行，惟恐有聞，何暇再爲之貌其跡而拾其瀋乎！有源而無流，溝井之水也。有本而無末，槁暴之木也。安得不考名物象數於漢儒，不討論潤色於晋唐之儒乎？」（同上）那麼，在今日固不必揚漢抑宋，但也不必以尊宋之故而絀漢與晋唐。他不廢漢之注疏家，也不廢晋唐之文章家，更不廢宋之講學家；一方面要從一而深造，求其專而精，一方面卻又能窺學問之全量，不持門戶之見。這也是與實齋相同的地方。

由隨園的思想學說言，在當時，尤其在漢學盛行的時候，似乎是獨來獨往，沒有人能夠影響他；可是，他可以不受漢學的影響，卻不能不受清初新興的市民階級的影響，因此，我們在他同時人之中也就找到了足以影響隨園思想的程綿莊（延祚）。程氏謂「墨守宋學已非，有墨守漢學者爲尤非。孟子不云君子深造之以道，欲其自得之乎？」（見《小倉山房文集》四，《徵士程綿莊墓誌銘》）他的態度即與隨園相同。他們二人好尚雖異，而往還頗密。所以綿莊這種態度，便給予袁氏以很深的影響。綿莊是顏、李學的信徒。當然不會墨守宋學，也不會墨守漢學。他的《漢宋儒者異同論》（《青溪文集》三）即袁氏《宋儒論》之所本。袁氏思想所以能得大解脫，不爲大帽子所壓倒者，恐也在這一點。蓋顏、李學有一大貢獻，即是思想的自由解放，毫無保留地推翻了宋明以來唯心的理學。所以我說袁氏之學獨來獨往，在當時學者中能影響其思想者，恐怕除宗主顏李學的程綿莊外，沒有第二人。袁氏《與程蕺園書》云：「綿莊寄足下與彼之來札，道顏、李講學有異宋儒者，足下以爲獲罪於天，僕頗不謂然。」（《小倉山房文集》十九）然則袁氏也是顏、李學的信徒了。他論宋學流弊以爲「周孔有靈，必嘆息發憤於地下，而不意我朝有顏、李者已侃侃然議之」（同上）。那麼，我們說袁氏思想之解放，由於受顏、李學的影響，於此文即是重要的證據。

不過袁氏在這方面洗刷得很乾淨，因爲他甘心願意做個顏元所反對的詩人文人。綿莊雖從事於古文，然對於古文的態度，猶側重在「有物」一邊。其《與家魚門論古文書》云：「夫三代以來，聖賢經傳皆文也，其別稱古文自近日始，一則對科場應試之文而言，一則由唐宋諸子自謂能復秦漢以前之文而言。後代言古文者率以唐宋爲依歸而日趨於時。以日趨於時之文，而命爲古文，明者之所哂者。」（《青溪文集》十）可知他根本便不承認有所謂古文。他再說：「夫古未有言爲文者，漢以下乃言某善屬文，某工於文，某言語妙天下，自時厥後，文乃不逮於古，有志者其何適之從乎？」（同上）可知他根本不主張古文宜學。他又說：「若古文之敝則始於宋，當時之學者已譏其不尚實而以浮論虛詞靡敝學者之精神，可不知戒與！由宋以後，作者愈不逮宋矣。」（同上）可知他根本更不贊同爲古文而規範歐曾，取法震川。因此，他非惟與桐城派不同，即與隨園也有些出入。他說：

> 古先聖賢之論文，大要以立誠爲本。有物即誠也。言之中節則曰有序，如是則容體必安定，氣象必清明，遠乎鄙倍而文之至矣。古之立言者期至於是而止，故曰辭達而已矣。故爲文之道本之以誠，施之以序，終之以達，以此發揮道德，則董仲舒、揚雄不足道也；以此敷陳政事，則賈誼、晁錯不能過也。前可以考諸先王，後可以俟諸百世，尚何規摹他人之有！（《與家魚門論古文書》）
>
> 孔子曰：「修辭立其誠」；又曰：「辭達而已矣。」以誠爲本，以達爲用，蓋聖人之論文，盡於是矣。因文以見道，非誠也；有意而爲之，非達也。不反其本而惟文之求，於是體制繁興，篇章盈溢，徒敝覽者之精神而無補於實用，亦奚以爲！……古之有至德卓行者，多不以文自見。不得已而欲見於文，其取

精用宏，固自有術，而要之以進德修業爲本源，以崇實黜浮爲標準，以有關係發明爲體要；理充者華采不爲累，氣盛者偶儷不爲病；陳言不足去，新語不足撰；非格式所能拘，非世運所能限。（《青溪文集》十，《復家魚門論古文書》）

這是他論文的根本主張。此種主張，仍是本於顏、李學的立場。本於顏、李學的立場，所以李塨要勸方苞勿爲古文，而程廷祚也要勸程魚門（晉芳）勿爲詩文（見《青溪文集》十，《與家魚門書》，及《寄家魚門書》等）。「以丘明之才而使經降爲傳，以退之之才而使天下惟知記誦詞章，豈不重可嘆息哉？」「若退之之張皇號叫，永叔之纏綿悲慨，皆內不足而求工好於文，豈古人所有哉！」（均見《復家魚門論古文書》）總之，不務其本而惟詞章是務者，決不是顏、李學的主張。然而袁氏受了顏李學的影響，卻甘心爲詩人文人以終老，所以洗刷得特別乾淨，絕不會有人承認他是顏、李學的信徒。

大抵袁氏之不爲顏、李學，不外二因：㈠是自審個性的關係。他自知天性所長，不欲再强以天性所短。他並非不了解或不承認顏、李學之長，然而他更知道「藝苟精，雖承蜩畫莢亦傳；藝苟不精，雖兵農禮樂亦不傳。傳不傳以實求，不以名取」（《答友人某論文書》）。所以他可以吸收顏、李學的思想，卻不必捨己而耘人之田，成爲顏、李學的傳人。㈡又是審度環境的關係。環境的壓迫使他雖不甘隨俗，卻又不敢立異。以他這樣才氣，在當時不接受顏、李之學，難道將沾染時好，也侷促於漢學宋學的範圍以內嗎？然而顏、李之學在當時已不適於公開的宣傳，卻又是事實。他又說過：「古之聖人兵農禮樂工虞水火，以至贊《周易》，修《春秋》，豈皆沾沾自喜哉！時至者爲之耳。若欲冒天下難成之功，必將爲深源之北征，安石之新法；欲著古今不朽之書，必將召崔浩刊史之災，熙寧僞學之禁。今天下文明，久已聖道昌，而異端息矣。而於此有人焉褒衣大袑，猶以孟軻、韓愈自居，世之人有不怪而嗤之者乎？」（《答友人論文第二書》）是則顏、李學派之以道自任，原不免有些不合時宜。程廷祚之轉變態度趨於和緩，轉變方向趨於治經，也與此不無關係。何況隨園又是性情通脫的人，所以寧願放棄儒林，遁入文苑。

於是，他再在這方面說明其理由。顏、李學風，致用重於窮經，窮經又重於爲文。乃其結果，綿莊既變爲窮經，隨園又傾向於爲文，多岐亡羊，似乎愈趨愈遠了；然而在隨園也自有其理由。他於《虞東先生文集序》說明之云：

文章始於六經，而范《史》以說經者入儒林，不入文苑，似强爲區分，然後世史家俱仍之而不變，則亦有所不得已也。大抵文人恃其逸氣，不喜說經，而其說經者，又曰吾以明道云爾，文則吾何屑焉。自是而文與道離矣。不知六經以道傳，實以文傳。《易》稱修詞，《詩》稱詞輯，《論語》稱爲命至於討論修飾而猶未已，是豈聖人之溺於詞章哉？蓋以爲無形者道也，形於言謂之文；既已謂之文章，必使天下人矜尚悅繹而道始大明。若言之不工，使人聽而思卧，則文不足以明道，而適足以蔽道。故文人而不說經可也，說經而不能爲文不可也。（《小倉山房文集》十）

是則窮經之結果，不能不重文。爲文正有助於說經，有益於明道，那麼，顏、李學中既不妨有經生，又何妨有文士！我們即視袁氏爲顏、李學中之文人也可。

明白這一點，然後知道隨園對於詩的態度和對於文的態度所以絕不相同的緣故。他《與邵厚庵太守論杜茶村文書》說明詩寬文嚴之旨，以爲：

詩言志，勞人思婦都可以言；三百篇不盡學者作也。後之人雖有句無篇，尚可採錄。若夫始爲古文者，聖人也。聖人之文而輕許人，是誣聖也。六經，文之始也；降而三傳，而兩漢，而六朝，而唐宋，奇正駢散體制相詭，要其歸宿，無他，曰顧名思義而已。名之爲文，故不可俚也；名之爲古，故不可時也。古人懼焉！以昌黎之學之才而猶自言其迎而距之之苦，未有絕學捐書而可以操觚率爾者！（《小倉山房文集》十九）

這些話又何等嚴正！拉長了臉說話，似乎不是隨園的態度。假使他不受顏、李學的影響，何嘗不可如袁中郎一樣，如尤西堂一樣，仍以性靈論文！而他竟不如此！然則袁氏豈好文哉！亦不得已也。環境的壓迫，不得不使顏、李學中有主張古文的文人。他《答友人某論文書》云：「嗟乎！士君子意見不宜落第二義。足下好著書，僕好詩文，此豈第一義哉！」然則窮經也，爲文也，都已落第二義了。他雖甘心爲詩人文人，但是他豈眞甘心落第二義爲詩人文人！

明白這一點，然後知道隨園論文雖不言明道，不言適用，卻也不欲徒託空文以自見。其《與友人論文第二書》云：「文人學士必有所挾持以占地步，故一則曰明道，再則曰明道，直是文章家習氣如此。」又云：「文之佳惡原不繫乎有用無用。」這些話似乎與顏、李學有些衝突。然而他所反對者，乃是一般人「矜矜然認門面語爲眞諦，而時時作學究塾師之狀」，此則所謂「持論必庸，而下筆多滯」，這才是隨園所反對的。一股酸氣，一股腐氣，道既不會因是而明，文也不會因是有用。這正是宗主宋學的桐城派的習氣。隨園哪肯如此！但是假使說隨園專重在文，那也不然。隨園也與綿莊一樣，重在爲文之本；不過他不欲作學究塾師之狀，所以寧願犧牲此種門面語而已。我們只須看他《答平瑤海書》，對於平氏矜寵其文，甚至狂喜，甚至感泣，以爲「得一知己死且不恨」。他何致如此呢？原來即因道著中心之隱，所以如此。他說：

> 枚讀書六十年，知人論世，常謂韓、柳、歐、蘇其初心俱非託空文以自見者。惟其有所餘於文之外，故能有所立於文之中。雖王半山措施不當，致禍宋室，而其生平稷契自命，欲有所建立之意，何嘗不矜矜自持。故於所爲文，勁折逋峭，能獨往來於天地間。札中道枚干濟之才，十不施一；枚何敢當！然以論文，故是探本之言。《毛詩》云：「惟其有之，是以似之」，得毋先生之懷抱，言至此而亦不自覺其流露耶？（《小倉山房文集》三十）

據是，可知他的才學原來也是欲致用的。求致用而不得，於是不得不發之於文，於是不得不成爲顏李學派中的文人。所以他所謂有餘於文之外，決不與一般古文家所謂文以明道者相同。一是中有所見，一是得人之得。他於《答友人某論文書》中又說：「王荊公云，『徒說經而已者，必不能說經』。僕固非徒爲詩文者也。」他於此，不是明白表示態度了嗎？

明白這一點，然後知道隨園論詩論文，不僅態度不同，即主張也不一樣。論詩要合時，而論文則主復古；論詩主性靈，而論文則重在有本。其《答惠定宇書》云：

> 夫德行本也，文章末也。六經者亦聖人之文章耳；其本不在是也。古之聖人，德在心，功業在世，顧肯爲文章以自表著耶？（《小倉山房文集》十八）

這又儼然是道學家的論調了。我們假使明白他受顏、李學的影響，則此種陳陳相因的話，在他仍不失為創見。蓋他所以提倡古文，即是站在此種見地上的。所以說：「始為古文者聖人也。」所以說：「名之為文，故不可俚也；名之為古，故不可時也。」他正以為古文足以翼贊聖人之道，其功也正與窮經講學者相同，所以會這般嚴正。因此，他論詩有時代觀念，而論文則非復古不可。他《與孫俌之秀才書》云：

不知者動引隋柳虬之言，以為時有古今，文無古今。唐宋之不能為漢秦，猶漢秦之不能為三代也。此言是也。然而韶舞樂也，孔子云：「樂則韶舞」，使夫子得邦家，則韶樂未必不可復。文章之道何獨不然！僕以為欲奏雅者先絕俗，欲復古者先拒今。俗絕不至，今拒不儳，而古文之道思過半矣。韓子非三代兩漢之書不觀，柳子自言所得亦不過《左》、《國》、《荀》、《孟》、《莊》、《老》、《太史》而已。當唐之時所有之書非若今之雜且夥也，然而拒之惟恐不力；況今日之僕遬相從，紛紛喋喋哉！（《小倉山房文集》三十五）

此種論調，出諸隨園之口，似乎與其性靈之說有些衝突。然而假使知道程綿莊早已說過這類話，那就不足奇怪。綿莊《與家魚門論古文書》云：「古語云，取法乎上，僅得乎中，足下亦慎其所取法者而已。」又《復家魚門論古文書》所附尺牘云：「今欲專力於古文，惟沈潛於六籍以植其根本，閱歷於古今以達其事變，寢食於先漢以取其氣味，不患文之不日進於高古。」那麼隨園所論，恐即受綿莊的影響，所以認為古文可復，而這樣復古文仍不失為「敷贊聖旨」。異途同歸，隨園之與綿莊所以同為顏、李學者以此。

明白這一點，然後再知道隨園所以分別古文與考據之故。他《與程蕺園書》云：

古文之道形而上，純以神行，雖多讀書，不得妄有摭拾；韓柳所言功苦盡之矣。考據之學形而下，專引載籍，非博不詳，非雜不備，辭達而已，無所爲文，更無所爲古也。嘗謂古文家似水，非翻空不能見長；果其有本矣，則源泉混混，放爲波瀾，自與江海爭奇。考據家似火，非附麗於物，不能有所表見，極其所至，燎於原矣，焚大槐矣，卒其所自得者，皆灰燼也。以考據爲古文，猶之以火爲水，兩物之不相中也久矣。《記》曰：「作者之謂聖，述者之謂明」，六經三傳，古文之祖也，皆作者也。鄭箋孔疏，考據之祖也，皆述者也。苟無經傳，則鄭孔亦何所考據耶？《論語》曰：「古之學者爲己，今之學者爲人。」著作家自抒所得，近乎爲己；考據家代人辨析，近乎爲人。此其先後優劣，不待辨而明也。近見海內所推博雅大儒，作爲文章，非序事噂沓，即用筆平衍，於剪裁提挈烹煉頓挫諸法，大都懵然。是何故哉！蓋其平素神氣沾滯於叢雜瑣碎中，翻擷多而思功少；譬如人足不良，終日循牆扶杖以行，一旦失所依傍，便悵悵然臥地而蛇趨，亦勢之不得不然者也。且胸多卷軸者，往往腹實而心不虛，藐視詞章以爲不過爾爾，無能深探而細味之。劉貢父笑歐九不讀書，其文具在，遠遜廬陵，亦古今之通病也。（《小倉山房文集》三十）

這一篇文，後來孫星衍焦循均有駁難，似乎隨園之說不能成立，然而他們所爭只是字面問題，至於「考據之作與抒寫性靈者不同，則固不易之確論」（見劉師培《論近世文學之變遷》）。而且，我們更應注意他所謂古文，也是有本之文。「果有其本矣，則源泉混混，放爲波瀾，自與江海爭奇」，可知古文雖以翻空見長，卻不是不須學問，不需見識的。必有本而後可放爲波瀾，學問見識即所以培植其本，不過不同考據家之騖於博雜而已。窮經與爲文同樣落於第二義，但是由這一點言，無寧取爲文而不欲窮經了。

明白這一點，然後再知道隨園之所謂古文，仍是顏、李學者之主張。程綿莊云：「詩之爲道，性情寄焉；

古文之爲道，事物之要用存焉。」（《寄家魚門書》）據是，可知隨園論詩主性靈，而論文則言有本，不欲託諸空言，不欲剿襲陳言，原來仍是程綿莊的主張。他既受環境的壓迫，不能明顯地以宣傳顏、李之學，則古文之爲道似乎不足以致用了，然而他於《再答陶觀察書》中卻輕輕一轉，說明文章之用亦等於功業。他以爲「嘗謂功業報國，文章亦報國，而文章之著作爲尤難。……所謂以文章報國者，非必如《貞符典引》刻意頌諛而已。但使有鴻麗辨達之作，踔絕古今，使人稱某朝文有某氏，則亦未必非邦家之光。」（《小倉山房文集》十六）那麼，由這一點言，爲文與窮經，同樣不能致用，又無寧取爲文而不欲窮經了。

明白這一點，然後再知道隨園之爲古文，所以多爲名人碑誌而不必待其子孫之請求者，原來也有他的原因，也有他的苦心。他蓋以爲「作文戒俗氣，亦戒有鄉野氣。無科名則不能登朝，不登朝則不能親近海內之英豪，受切磋而廣聞見；不出仕則不能歷山川之奇，審物產之變」（《小倉山房文集》三十五，《與俌之秀才第二書》），所以他以爲侷侷促促以小題目自限者，都不免有一些鄉野氣。他正因不要有鄉野氣，所以欲得大題目而爲之。他自負「文章幼饒奇氣，喜於論議，金石序事徽徽可誦」（《小倉山房文集》十八，《答程魚門書》）。而他之批評方望溪又議其才力之薄，以爲「試觀望溪可能吃得住一個大題目否？可能敍得一二大名臣眞豪傑否？可能上得萬言書痛陳利弊否？」（《小倉山房尺牘》十，《答孫俌之》）那麼，他之爲名人傳誌，一方面爲不負其才，一方面亦報國之道。故其《與家東如》尺牘中云：

從古文章家替人作碑銘傳誌者，其道有三：第一，是其人功德忠勛，彪炳海內，我爲表章，不獨彼藉我傳其名，而我亦藉彼以傳其文。此不待其子孫之請，而甘心訪求以爲之者。次則其人雖無可紀，而生平與我交好則爲之傳誌，以申哀感之情，此亦古人集中，往往有之。再次，其人雖於世庸庸，於我落落，而

無奈其子孫欲展孝思，大輦金幣，來求吾文，則亦不得不且感且慚，貶其道而爲之。（《小倉山房尺牘》六）

他且以不待其子孫之請者爲當然，而出子孫之請者爲貶其道而爲之。然而世人反以此譏議隨園，也眞可謂不知隨園了。在袁氏生時，彭紹升已有書與之商討及此，而袁氏沒有聽他的話，應當就是這個關係了。

明白這一點，然後再知道隨園爲文所以與桐城不同之故。他正因爲要吃得住大題目，所以尙奇峭而不尙平鈍，主宗唐而不言法宋。他《與孫俌之秀才書》，謂古文之體最嚴，「一切綺語、駢語、理學語、二氏語、尺牘詞賦語、注疏考據語，俱不可以相侵」（《小倉山房文集》三十五）。這可謂與桐城派的論調一樣。然而其入手不同，桐城由時文入，而隨園則最反對功令之文（見《與俌之秀才第二書》）；其歸宿又不同，隨園兼取六朝駢儷，而桐城則只尙散行而遠絕駢儷（見梅曾亮《管異之文集書後》）。由這一點言，似乎隨園之論古文，也比桐城文人爲通達。

隨園遠絕時文，故不言法。其《書茅氏八家文選》云：「若鹿門所講起伏之法，吾尤不以爲然。六經三傳，文之祖也，果誰爲之法哉！能爲文，則無法如有法，不能爲文，則有法如無法。霍去病不學孫吳，但能取勝，是即去病之有法也。房琯學古車戰，乃致大敗，是即琯之無法也。文之爲道，亦何異焉！」（《小倉山房文集》三十）即使古文眞有所謂作文方法，猶且不能拘泥，何況古文家之所謂法，乃又從時文得來！他說：「今百家回冗，又復作時藝，弋科名，如康昆侖彈琵琶，久染淫俗，非數十年不近樂器，不能得正聲也。」（《答友人論文第二書》）是則他所深惡於時文者，也正因時文之法，時時足以纏繞筆端，爲古文之累耳。所以說：「劃今之界不嚴，則學古之詞不類。」（同上）然而桐城文人卻都由時文入手，所以爲法所泥，當然吃不住大題目了。

隨園不遠絕駢文，故又不廢駢。他以爲「文之駢即數之偶也」（《小倉山房文集》十一，《胡稚威駢體文序》）。他以爲「一奇一偶，天之道也，有散有駢，文之道也。文章體制如各朝衣冠不妨互異，其狀貌之妍媸固別有在也」（《書茅氏八家文選》）。是則駢散二體原不妨並存。他以爲「高文典册用相如，飛書羽檄用枚皐，文章家各適其用」（《答友人論文第二書》）。是則駢散二體各有所宜，又不得以駢體爲無用。他又以爲「文章之道，如夏、殷、周之立法，窮則變，變則通，……徐、庾、韓、柳亦如禹、稷、顏子，易地則皆然」（同上）。是則八代之文固未嘗衰，又不得以古文爲獨尊而輕視駢儷。他又以爲「古之文不知所謂散與駢也。《尚書》曰：『欽明文思安安』，此散也；而『賓於四門納於大麓』，非其駢焉者乎？《易》曰『潛龍勿用』，此散也；而『體仁足以長人，嘉會足以合禮』，非其駢焉者乎？」（同上）是則眞由古文而言，原無駢散之分。何況「古聖人文以明道，而不諱修詞。駢文者，修詞之尤工者也。……駢文廢則悅學者少，爲文者多，文乃日敝」（見《胡稚威駢體文序》）。可知學駢原有學駢之長。何況「學六朝不善不過如紈袴子弟，薰香剃面，絕無風骨止矣；學八家不善，必至於村媪呶呶，頃刻萬語而斯文濫焉」（見《書茅氏八家文選》）。可知學散更有學散之敝。這是他的駢散合一說。清代文人之主駢散合一者，實以隨園之論啓其先聲。桐城文人之吃不住大題目，於此也不無關係。

桐城文人拒駢過甚，所以一瀉無餘，其末流至於淺弱不振，於是曾國藩不得不矯之以相如子雲，用漢人作賦之法以爲文。故知駢散之合，原是自然之趨勢。隨園《答友人論文第二書》中云：「韓柳琢句時有六朝餘習，皆宋人之所不屑爲也。惟其不屑爲，亦復不能爲，而古文之道終焉」。桐城文人之於八家，宗歐曾而不宗韓柳，即其有取於韓柳之處，也看不到這一點，所以與隨園不同。然而以吃得大題目的隨園，其古文卻被人稱作野狐禪。眞賞難得。於此可見。

桐城文人宗主歐曾而復泥於起伏之法，所以易庸易弱。隨園說：「曾文平鈍如大軒騈骨，連綴不得斷，實開南宋理學一門，又安得與半山六一較伯仲也。」（《書茅氏八家文選》）但是桐城文人卻正從震川以上溯南豐。作始者既已如此，則其末流之失，當然趨於庸弱了。所以他分別唐宋文之異同，以爲「唐文峭，宋文平；唐文曲，宋文直；唐文瘦，宋文肥」（《與孫俌之秀才書》）。而於宋文之中認爲可爲學唐入門者，惟有王介甫。即因王介甫之文拗折類其爲人，所以奇峭動目。程綿莊云：「韓愈師古，實則別成一派。今欲學其篇章字句，徒爲畫虎，其勝人處卻在無腔調蹊徑。歐蘇以下力量不足，則有腔調蹊徑，一學而能，面目令人可憎，尤不足法。」（《復家魚門論古文書》，附《尺牘》）是則隨園尊唐抑宋之說，綿莊早已說過了。隨園之論依舊不脫顏李學者之主張。他《與孫俌之秀才書》云：「夫古文者即古人立言之謂也。能字字立於紙上則古矣。今之爲文者，字字卧於紙上。夫紙上尚不能立，安望其能立於世間乎！」其《詩話》中也有此類語言。他因爲欲矯桐城作風之庸弱，所以主張字字能立，這才是隨園論文通於論詩之處。眞想不到顏李學派乃與性靈派之文人發生關係。

◎七一　袁枚之詩論◎

袁氏詩論除《隨園詩話》外，散見於《小倉山房詩文集》中。其主張頗爲一般人所誤解。誤解的原因，我想約有幾種：㈠由於他的爲人，放誕風流，與舊禮教不相容，於是輕視其詩，於是抹煞其詩論。章學誠便可算是這方面的代表。不僅如此，即在與隨園齊名的趙翼猶且有不滿的論調。不過章氏說得嚴正一些，而趙翼則以遊戲筆墨出之，多少帶些幽默風味而已。㈡由於他的爲詩淫哇纖佻，與正統派不相容，於是稱其詩爲野狐禪，而詩論遂也連帶遭殃了。王昶等又可說是這方面的代表。沈德潛所以與之往復辯難者，也在這一點。㈢由於他的詩話收取太濫，不加別擇。梁章鉅《退庵隨筆》卷二十亦稱其「所錄非達官，即閨媛，大意在標榜風流，頗無足觀」。此也是招章學誠攻擊的一點。因此論詩之語，亦不復爲人所注意。㈣由於他的爲學；隨園雖喜博覽，也談考據，然不免蕪雜，不免浮淺。孫志祖《讀書脞錄》中訂正其詩話謬誤之處，便有好幾條。在清代考據學風正盛之時，此類書籍，當然不易爲人所推重。

有了上述的幾種原因，所以隨園詩論，在當初雖曾披靡一時，然而一到身後，非惟繼起無人，即求不背師說者已不可多得了；非惟不背師說，即求不至入室操戈者也不可多得了。吳嵩梁《石溪舫詩話》中稱：「攻之者大半即其門生故舊。」惲敬《孫九成墓誌銘》稱「天下士人名子才弟子，大者規上第冒膴仕，下者亦可奔走形勢，爲囊槖酒食聲色之資。及子才捐館舍，遂反唇睽目，深詆曲毀以立門戶」（《大雲山房文稿二集》四）。此中關係，我以爲決不是很簡單的勢利問題。假使他的學說不致爲人誤解，未必會有此現象；——雖則這也脫不了一些勢利的關係。

我嘗以爲一個人的詩論，與其詩的作風，固然有關係，然也不必一定有太密切的關係。《滄浪詩話》之論詩，其所見到的，未必即是《滄浪吟卷》中所做到的。因此，我們看《小倉山房詩集》中的詩，他所做到的，未必全是《隨園詩話》中所論到的。一般人不滿意於他詩的淫哇纖佻，遂以爲性靈說只是爲此種作風之護符而已。以這種關係去看性靈說，於是也減低了性靈說的價值。隨園之門生故舊，生前則用以標榜，身後則反唇相譏，恐怕全從這種誤解上來的。

我們須知隨園的天分既高，其所持論也確能成立系統。論其詩的作風，尤其是袁派詩學的作風，誠不免有纖佻之弊，賣弄一些小智小慧，有使詩走上魔道的危險，至於由其詩論而言，則四面八方處處顧到，卻是無懈可擊。所以我說隨園的詩論埋沒在他的詩話中間，而被誤會於其詩的作風。

所以我們對於他的詩論，應當注意兩點：㈠爲什麼在其身後遭到後人的攻擊詆娸？這即是我們上文所論述的。除了這點，我們更應注意㈡爲什麼在他生前卻又遭到時人的擁護，不見論難，而只見他的摧敗論敵？「筆陣橫掃千人軍」，在當時，整個的詩壇上似乎只見他的理論；其他作風，其他主張，都成爲他的敗鱗殘甲。這更是值得注意的一點。

近人每謂他的詩論是格調派，神韻派，和考證詩的反動（顧遠薌《隨園詩話的研究》頁七十），實則隨園對於神韻說還相當的推崇。而且王漁洋的時代較早，神韻一派在當時已成强弩之末，只有沈歸愚所創導的格調派，卻正在幸運時期。假使說他對於當時詩壇的反抗，那麼無寧指格調一派爲較爲近理。格調派很有些像明代的前後七子，有褒衣大袑氣象，立論不可謂不正，而所得卻在膚廓形貌之間，隨園則又有些公安竟陵的派頭，好與正統派反抗。然而沈歸愚的論詩主張，既攙以溫柔敦厚的成份；袁隨園的詩論主張，也不全是公安的話語。所以公安竟陵之詩論，猶易爲人所詬病，而隨園之詩論，雖建築在性靈上面，卻是千門萬戶，無所不備。假使僅就詩論而言，隨園的主張還是疵病比較少的。

隨園的詩論，除了對格調派表示反抗外，其次便是對於浙派的反抗。格調派執了當時詩壇的牛耳，浙派則執了隨園本鄉詩壇的牛耳。此二種詩風，恐怕給予隨園的不快之感爲最深一些。他說：「七子擊鼓鳴鉦，專唱宮商大調，易生人厭。」（《詩話》四）他說：「明七子貌襲盛唐，而若輩（浙派）乃皮傅殘宋，棄魚菽而啗豨苓，尤無謂也。」（《文集》十一，《萬柘坡詩集跋》）受了這種刺激，所以他要標擧性靈二字，以爲當時詩流的針砭。

這些都是指詩人之詩。又當時詩壇，實在再有一派是學者之詩。清代學者既以淹博自矜，那麼作詩當然要塡書塞典，一字一句自注來歷了。這些詩，也是隨園所反對的。一言性靈，這些詩全在打倒之列。

那麼對於神韻取怎樣的態度呢？性靈和神韻是比較接近的。在神韻詩中雖不易見其個人強烈的感情，卻易見其個人的風度。神韻說與性靈說同樣重在個性，重在有我，不過程度不同：神韻說說得抽象一些，性靈說說得具體一些罷了。

在這一點上，隨園與漁洋是並不反對的。其《再答李少鶴尺牘》云：「足下論詩，講體格二字固佳，僕意神韻二字尤爲要緊。體格是後天空架子，可仿而能；神韻是先天眞性情，不可强而至。」這即是神韻說所以必須有我的原因。講格調可以離性情，講神韻卻不能離性情。所以他的《續詩品》論神悟云：「鳥啼花落，皆與神通，人不能悟，付之飄風，惟我詩人，衆妙扶智，但見性情，不著文字」，使無性情可見，則神韻也流爲空格調耳。不過神韻詩之見其性情，是在情景融浹之中，所以說來不著跡象，不呆相，不滯相。須於鳥啼花落之中皆與神通，然後才見詩人之能事，所以我說神韻說之於性情，不過朦朧一些而已，原不是與性靈有衝突的地方。漁洋之失，正在拈出神韻二字，所以落了王孟格調。王船山便比他聰明，只講情景融浹之妙，卻不肯建立門庭。隨園詩話中於這一方面恐怕未加注意，否則他對於船山詩說，一定可有相當的發揮。

我們明白了上文所述，然後知道隨園對於漁洋的批評，所謂「清才未合長依傍，雅調如何可詆娸，我奉漁洋如貌執，不相菲薄不相師」云云（《論詩》），所謂「本朝古文之有方望溪，猶詩之有阮亭，俱爲一代正宗，而才力自薄。近人尊之者詩文必弱，詆之者詩文必粗」云云（《詩話》二），以及「阮亭於氣魄性情俱有所短」云云（《詩話》四），原來都有考究的。這些話若由性靈說的立場而言，不能不說是極公允的評論。

隨園是個極通達的人，他是不肯執著一端的，所以他儘管四面八方樹立詩敵，卻能四平八穩建立詩論。他尚才情，可是也不廢學問，所以他的性靈說可以說是諸種近於矛盾觀念的綜合。

假使說「性」近於實感，則「靈」便近於想像。而隨園詩論也即是實感與想像的綜合。《詩話》卷十云：「予最愛言情之作，讀之如桓子野聞歌輒喚奈何。」這即是重在實感說的。他不肯和他友人的《扈從紀事詩》，即因爲「目之所未瞻，身之所未到，勉强爲之，有如茅檐曝背，高話金鑾」（《尺牘》四，《答雲坡大司寇》），所以想像也須從實感引起的。由想像言，則可以說：「星月驅使，華岳奔馳」（《續詩品．用筆》）；由實感言，則畢竟是「心爲人籟，誠中形外」（《續詩品．齋心》）。所以說「詩難其眞也，有性情而後眞」（《詩話》七）。

因此，假使說「性」是情的表現，則「靈」便是才的表現，而隨園詩論也可說是情與才的綜合。他說：「才者情之發，才盛則情深。……苟非弇雅之才，難語希聲之妙」（《外集二》，《李紅亭詩序》），即是說情的表現有藉於才。他批評「東坡詩有才而無情」（《詩話》七），是又說才的表現也有藉於情。《詩話》九云：「詩有音節清脆，如雪竹冰絲，非人間凡響，皆由天性使然，非關學問。」此所謂「天性」，固有才的成分，而更重在情。《詩話》十五云：「詩文自須學力，然用筆構思，全憑天分。」此所謂天分，也有情的成分，而更重在才。至性出於天賦，靈機亦本天成，於是情與才可以相合了。這樣講才，也不陷於唯心。

假使說「性」近於韻，則「靈」便近於趣，而隨園詩論又可說是韻與趣的綜合。他說：「詩如言也，口齒不清，拉雜萬語，愈多愈厭；口齒清矣，又須言之有味，聽之可愛，方妙。若村婦絮談，武夫作鬧，無名貴氣，又何藉乎？」（《詩話》三）「口齒不清」，由於無韻。「言之有味，聽之可愛」，又由於有趣；談笑風生，便是趣的表現。他批評「東坡詩多趣而少韻」（見《詩話》七），東坡雖不能謂爲俗物以口齒不清相擬，然而他不足於東坡者，乃在其「近體少醞釀烹煉之功，……絕無弦外之音，味外之味」（《詩話》三），則是由於才掩其情，所以有此情形。不解風趣，固是不妙；太講風趣，似乎覺得風光狠籍，也有些煞風景。

因此，由情與韻的表現則重在眞；由才與趣的表現則重在活，重在新。《詩話》三引王陽明說云：「人之詩文先取眞意。譬如童子，垂髫肅揖，自有佳致，若帶假面，傴僂而裝鬚髯，便令人生憎。」又引顧寧人說云：「足下詩文非不佳，奈下筆時胸中總有一杜一韓放不過去，此詩文所以不至也。」所以他論詩處處重在一「眞」字。眞是性分的事，然而仍不能不涉及筆性。「筆性靈，則寫忠厚節義俱有生氣；筆性笨，雖詠閨房兒女，亦少風情」（《詩話補》二），所以要重在活。《詩話補遺》卷五云：「一切詩文總須字立紙上，不可字臥紙上。人活則立，人死則臥，用筆亦然。」他所謂「立」，即是活的表現。《詩話》卷十五云：「人可以木，詩不可以木。」他所謂「木」，又即不靈之謂。不靈則近於死，所以引陸放翁詩云：「文章切忌摻死句。」（《詩話》七）不摻死句參活句，這便是靈分的事。活句如何摻？在戛戛生新，在超雋能新。《詩話》四引姜白石云：「人所易言，我寡言之；人所難言，我易言之」，詩便不俗。所以他論作詩之法，常講到進一步著想，常講到從翻案著想。這樣，自然新也自然活。惟活能創造新，也惟新能顯出活。

看到他「眞」與「活」和「新」的意義，然後知道他的性靈說，處處在這幾點闡發。《詩話補遺》九引左蘭城說云：「凡作詩文者，寧可如野馬，不可如疲驢」，又卷十云：「詩不能作甘言，便作辣語荒唐語，亦復可愛。」因爲這是眞，然而眞中帶著活氣。《詩話》六謂：「詩情愈癡愈妙」，因舉紅蘭主人《歸途贈朱贊皇》句「此宵我有逢君夢，夢裡逢君見我無」等爲例，這也是眞，然而眞中有新意。《詩話補遺》十云：「左思之才，高於潘岳，謝脁之才，爽於靈運。何也？以其超雋能新故也。」這是新，然而新中有活氣，有眞意。《詩話》卷一云：「熊掌豹胎，食之至珍貴者也，生吞活剝，不如一蔬一筍矣。牡丹芍藥，花之至富麗者也，剪彩爲之，不如野蓼閒葵矣。味欲其鮮，趣欲其眞，人必知此而後可與論詩。」這即是他的性靈說。

如上文所述，僅僅可以說明性靈說的意義，然而尚不能窺見隨園詩論之全。我們須知如上文所述，是楊萬里、袁宏道諸人所同具的見解，隨園似乎更進乎此。後來一輩人對於性靈詩的誤解，對於性靈詩論的誤解，全由於只見到這一點。

大概隨園也就恐怕人家會有這種誤解，所以他不贊成「矢口而道自誇眞率」的詩（《詩話補遺》三）。所以他要分別淡之與枯，新之與纖，樸之與拙，健之與粗，華之與浮，清之與薄，厚重之與笨滯，縱橫之與雜亂（見《詩話》二及《續詩品・辨微》）。我們須知隨園詩論雖重天分，然而卻不廢工力；隨園作詩雖尚自然，然而卻不廢雕琢。他正因要防範這種眞而帶率，新而近纖的流弊，故其論詩，天分與學力，內容與形式，自然與雕琢，平淡與精深，學古與師心，舉凡一切矛盾衝突的觀點，總是雙管齊下，不稍偏畸的。這樣講性靈詩，然後有性靈詩之長，而沒有性靈詩的流弊。

性靈詩的流弊是什麼？即是滑，即是浮，即是纖佻。纖佻之弊，由於賣弄一些小聰明，小涉風趣，亦復可愛，但是總嫌其薄，讀過數首以上便不免令人生厭了。欲醫此病，端賴學力。有學力才能生變化，才能耐尋味。生變化則不覺其單調，耐尋味則不覺其淺薄。所以說：「萬卷山積，一篇吟成，詩之與書，有情無情。鐘鼓非樂，捨之何鳴！易牙善烹，先羞百牲。不從糟粕，安得精英！曰『不關學』，終非正聲。」（《續詩品・博習》）隨園在這方面可說是極端注意的，他以爲初學者逞才而不知學，則縱有佳思不免淺露。所以說：「初學者正要他肯雕刻，方去費心；肯用典，方去讀書。」（《詩話》六）到了晚年，學問成就，但是老手頹唐，所謂「老去詩篇渾漫與」，即杜老也不能免此。於是再爲老年人說法。其《人老莫作詩》一首云：「鶯老莫調舌，人老莫作詩。往往精神衰，重覆多繁詞。香山與放翁，此病均不免，奚況於吾曹，行行當自勉。」（《小倉山房詩集》二十五）所以他的詩看似自然，實則都經錘煉而出的。《續詩品》中論精思云：「疾行善步，兩不能全。暴長之物，甚亡忽焉。文不加點，興到語耳！孔明天才，思十反矣。惟思之精，屈曲超邁。人居屋中，我來天外。」

因此，由隨園之詩言，或不免有浮滑纖佻之作；由隨園之詩論言，實在並無主浮滑纖佻之旨。不僅如此，並且有力戒浮滑纖佻之意。

他以爲詩有先天，有後天。「詩文之作意用筆，如美人之髮膚巧笑，先天也；詩文之徵文用典，如美人之衣裳首飾，後天也。」（《詩話補遺》六）作意用筆關於才，徵文用典關於學，所以天分學力兩不可廢。於是再以射喻：「詩如射也，一題到手，如射之有鵠，能者一箭中，不能者千萬箭不能中。能之精者正中其心，次者中其心之半，再其次者與鵠相離不遠，其下焉者則旁穿雜出，而無可捉摸焉。其中不中，不離天分學力四字。孟子曰：『其至爾力，其中非爾力』。至是學力，中是天分。」（《詩話補遺》六）據此，他何嘗偏重在天分方面！「詩難其眞也，有性情而後眞；否則敷衍成文矣。詩難其雅也，有學問而後雅；否則俚鄙率意矣」。（《詩話補遺》六）。提出一雅字爲目標，所以他並不反對師古，也不反對用典，因爲這是後天的事。《續詩品．安雅》云：「雖眞不雅，庸奴叱咤。悖矣曾規，野哉孔罵。君子不然，芳花當齒；言必先王，左圖右史。沈誇徵栗，劉怯題糕。想見古人，射古爲招。」詩論到此，幾疑隨園持論，自相矛盾了。但是隨園的詩論，卻正要以學問濟其性情。

詩既有先天後天之別，於是也有天籟人巧之分。《詩話》四云：「蕭子顯自稱凡有著作，特寡思功，須其自來，不以力構。此即陸放翁所謂『文章本天然，妙手偶得之』也。薛道衡登吟榻構思，聞人聲則怒。陳後山作詩，家人爲之逐去貓犬，嬰兒都寄別家。此即少陵所謂『語不驚人死不休』也。二者不可偏廢。蓋詩有從天籟來者，有從人巧得者，不可執一以求。」天籟人巧也難偏廢，所以隨園論詩也並不偏重在天籟方面。不僅如此，他正要以人巧濟天籟。《詩話》一云：「人稱才大者，如萬里黃河與泥沙俱下，余以爲此粗才，非大才也。大才如海水接天，波濤浴日，所見皆金銀宮闕，奇花異草，安得有泥沙汚人眼界耶？」有才且不可恃，何況無才！才人膽大，猶且須加檢點，何可高言天籟，而不重人巧！《詩話》五引葉書山語云：「人功未極則天籟亦無因而至，雖云天籟，亦須從人工求之。」這即是所謂以人巧濟天籟的意思。

以學問濟性情，以人巧濟天籟，然後有篇有句方稱名手。《詩話》五云：「詩有有篇無句者，通首清老，一氣渾成，恰無佳句，令人傳誦；有有句無篇者，一首之中非無可傳之句，而通體不稱，難入作家之選。二者一欠天分，一欠學力。」以學問濟性情，以人巧濟天籟，然後用的雖是名家的工夫，而到的卻可以是大家的境地。《詩話》一云：「余道作者自命當作名家，而使後人置我於大家之中；不可自命爲大家，而轉使後人摒我於名家之外。」這話很妙。必須如此，然後大家才氣與名家工夫可以合而爲一。《詩話》三云：「詩雖奇偉，而不能揉磨入細，未免粗才；詩雖幽俊，而不能展拓開張，終窘邊幅。有作用人，放之則彌六合，收之則斂方寸，巨刃摩天，金針刺綉，一以貫之者也。」我所謂他於矛盾觀念中能得到調和者，便是如此。

現在，索性再講一些關於詩之後天的事。

他不反對藻飾。《續詩品．振采》云：「明珠非白，精金非黃。美人當前，爛如朝陽。雖抱仙骨，亦由嚴妝。匪沐何潔！非薰何香！西施蓬髮，終竟不臧。若非華羽，曷別鳳凰！」又《答孫俌之》云：「詩文之道總以出色爲主，譬如眉目口耳，人人皆有，何以女美西施，男美宋朝哉？無他，出色故也。」（《尺牘》十）《詩話》七亦有此說，並引韓昌黎、皇甫持正之語，以伸色采貴華之說。他以爲「聖如堯舜，有山龍藻火之章；淡如仙佛，有瓊樓玉宇之號。彼擊瓦缶，披短褐者，終非名家」。然而我們假使根據這些言語便以爲隨園論詩重在藻飾，那便大誤。《詩話》卷十二又引宋詩話云：「郭功甫如二十四味，大排筵席，非不華侈，而求其適口者少矣。」以爲此喻當錄之座右，然則隨園如何肯在藻飾上用工夫！《詩話補遺》四云：「今之描詩者東拉西扯，左支右吾，都從故紙堆來，不從性情流出。」可知詞藻原應以性情爲根本。

他不反對音節。他以爲音韻風華都不可少（見《詩話》五）。「同一著述，文曰作，詩曰吟」（見《詩話補遺》一）。便可知詩之音節，不可不講。因此，凡「但貪序事，毫無音節者」不能謂爲詩之正宗。「落筆不經意，動乃成韓蘇」，這正是他所引以爲戒的（見《詩話》二）。不過他雖重音節，而對於「開口言盛唐及好用古人韻者」，也認爲「木偶演戲」（見《詩話》五）。對於「講聲調而圈平點仄以爲譜者，戒蜂腰、鶴膝、疊韻、雙聲以爲嚴者」，他也認爲詩流之弊（見《詩話補遺》三）。那麼，他又何嘗專在音節上作考究！

他也不反對用典，他自謂每作詠古詠物詩，必將此題之書籍無所不收（《見詩話》一），可知他不廢獺祭的工夫。他以爲「用典如陳設古玩，各有攸宜，或宜堂，或宜室，或宜書舍，或宜山齋」，（《詩話》六）可知他又何嘗一定要廢典不用。「不從糟粕，安得精英？」他對於初學，正以爲「肯用典方去讀書」呢！然而他又以爲杜詩韓文無一字無來歷，乃宋人之附會，二人妙處正在沒來歷。「憐渠直道當時事，不著心源傍古人」，這是元微之稱杜甫的話。「惟古於詞必己出，降而不能乃剽賊」，這是韓愈銘樊宗師的話。二人之詩文何嘗以來歷自豪（見《詩話》三）！其《仿元遺山論詩》云：「天涯有客太（《詩話》五太作號）詅癡，錯（《詩話》作誤）把抄書當作詩。抄到鍾嶸《詩品》日，該他知道性靈時。」（《小倉山房詩集》二十七）則又顯然的以爲「詩之傳者都自性靈，不關堆垛」了（見《詩話》五）。「用一僻典，如請生客，如何選材，而可不擇」（《續詩品・選材》），是則僻典不宜用了。「人有典而不用，猶之有權勢而不逞」（《詩話》一），是則即普通之典也不宜多用了。用典雖如陳設古玩，然而明窗淨几，正有以絕無一物爲佳者。那麼，專想以用典逞能者，又適爲隨園之所笑了。

他也不反對學古。《詩話》五謂「古來門戶雖各自標新，亦各有所祖述」，又謂「古人各成一家，業已傳名而去，後人不得不兼綜條貫，相題行事」。由前一義言，是標新立格，全由學古得來；由後一義言，是各種風格，各種體制，都可研習，以獵取精華。然而他才說學古，接著就說學古之弊。「不學古人，法無一可；竟似古人，何處著我？」（《續詩品．著我》）所以說：「人悅西施，不悅西施之影，明七子之學唐，是西施之影也。」（《詩話》五）這樣，所以要得魚忘筌，不要刻舟求劍（見《詩話》二）；要與之夢中神合，不可使其白晝現形（見《詩話》六）；要字字古有而言言古無（見《續詩品．著我》）。所以說：「人閒居時不可一刻無古人，落筆時不可一刻有古人。平居有古人，而學力方深；落筆無古人，而精神始出。」然則他的主張，還是以性靈爲根本。

此外，他不主理語，而又以《大雅》「于緝熙敬止，不聞亦式，不諫亦入」諸語，爲何等古妙（《詩話》三）！謂考據家不可與論詩，然又謂太不知考據者，亦不可與論詩（《詩話》十三）。類此諸例，多不勝舉。總之，他關於詩的後天諸事，是才立一義便破一義，才破一義復立一義的。爲什麼要如此？他即怕人家執著，即怕人家不達。扶得東來西又倒，爲詩說教，他不得不有這番苦心。

我們須認請他所講的許多詩的後天的事，仍是以性靈爲根本。惟其以性靈爲根本，所以不要在這些問題上充分講究以別立一格。他蓋以一般講性靈者只重在先天的方面，而不注意後天的方面，所以頗有流弊。他便想矯正這些流弊，所以兼顧到詩之後天的事。由其不欲在這些問題上充分講究以別立一格言，所以他才立一義便破一義，才破一義復立一義者，不爲矛盾自陷。由其不欲只重在詩之先天的方面而兼顧到後天的方面言，所以他一方面講性靈，而一方面講音節風華等等，也不爲自相矛盾。

所以我們稱他爲修正的性靈說。

一般性靈說所標榜者爲自然，爲渾成，爲樸，爲淡。隨園所論，也是如此，不過他較人家爲多用一番工夫。「詩宜樸不宜巧，然必須大巧之樸；詩宜淡不宜濃，然必須濃後之淡」（《詩話》五）。大巧之樸，樸而不拙；濃後之淡，淡而不枯。毫釐之差，失以千里。其分別在是，其所以欲辨別者也在是。《詩話》七引陸鈛語云：「凡人作詩一題到手，必有一種供給應付之語，老僧常談，不召自來。若作家必如謝絕泛交，盡行麾去，然後心精獨運，自出新裁；及其成後，又必渾成精當，無斧鑿痕，方稱合作。」《詩話》八引《漫齋語錄》云：「詩用意要精深，下語要平淡。」總之，都是深入顯出之義。「得之雖苦，出之須甘；出人意外者，仍須在人意中」（《詩話》六），這兩句，眞是至理名言。論及隨園詩論，不可不注意及此。

惟然，所以他要勇改。《續詩品》云：「千招不來，倉卒忽至，十年矜寵，一朝捐棄。人貴知足，惟學不然。人功不竭，天巧不傳。知一重非，進一重境。亦有生金，一鑄而定。」惟然，所以他於勇改之後，更要滅跡。《續詩品》又云：「織錦有跡，豈曰蕙娘。修月無痕，乃號吳剛。白傅改詩，不留一字。今讀其詩，平平無異。意深詞淺，思苦言甘。寥寥千年，此妙誰探！」

這即是所謂以學問濟性情，以人巧濟天籟的意思。《詩話》三云：「詩不可不改，不可多改。不改則必浮，多改則機窒。要像初搨黃庭，剛到恰好處。」不可不改者，指人巧言，不可多改者，指天籟言。從人巧再還到天籟，這是隨園與一般主性靈說者不同的地方。

隨園詩論，何以會如此呢？這有二因：其一，即我們以前屢屢提及的清代文學批評共同的風氣。他們都想於調和融合之中以自成其一家之言。其二，我們更須知隨園詩論與其詩之作風有關。舒鐵雲《瓶水齋詩話》有云：「袁簡齋以詩古文主東南壇坫，海內爭頌其集，然耳食者居多。惟王仲瞿遊隨園門下，謂先生詩惟七律爲可貴，餘體皆非造極。余讀《小倉山房集》一遍，始嘆仲瞿爲知言。嘗論七律至杜少陵而始盛且備，爲一變；李義山瓣香於杜而易其面目，爲一變；至宋陸放翁專工此體，而集其成，爲一變，凡三變而諸家之爲是體者，不能出其範圍矣。隨園七律又能一變，雖智巧所寓，亦風會攸關爾！」我覺得此論頗具卓識。論隨園之詩與其詩論，都應看出這一點。隨園正因長於七律，所以他論詩之談，眞能將此中甘苦和盤托出者，也即在七律方面。《詩話》五有一節便論到這問題：

作古體詩，極遲不過兩日，可得佳構。作近體詩，或竟十日不成一首。何也？蓋古體地位寬餘，可使才氣卷軸，而近體之妙，須不著一字，自得風流，天籟不來，人力亦無如何。今人動輕近體而重古風，蓋於此道，未得甘苦者也。葉庶子書山曰：「子言固然，然人功未極，則天籟亦無因而至，雖云天籟，亦須從人功求之。」知言哉！

這一節話很有關係。他所謂天籟不來，人力亦無如何，即是他的性靈說。葉氏所謂人功未極，則天籟亦無因而至，即是他的修改的性靈說。一般主性靈說者不一定長於律詩，所以可以擱置學問；而隨園卻欲於七律之中講究性靈，則安得不顧到學問，安得不注重人巧！因此，其非自相矛盾明甚。

◎七二　經學家的文論◎

經學家雖不重在詞章，但是也未嘗不有他們的論文見解。現在先講戴震。震字東原，休寧人，所著有《戴東原集》等書。《東原集》中論文之語雖不多，但如《與方希原書》就可看出他的論文主旨。在此文中謂「古今學問之途，其大致有三，或事於義理，或事於制數，或事於文章」（《戴東原集》九）。此所謂制數，段玉裁在戴東原年譜中即易爲考核。那麼戴氏於學，分義理、考據、詞章三者與姚鼐同，而欲溝通此三者而使之合一，亦與姚鼐同。不過他於此三者之中，以爲不能無先後本末之異。以先後本末言，他便以詞章爲末，而以義理、制數爲文之大本。這就是和姚氏不同的地方。再有，義理、制數二者僅得一端，仍不足以見其全；粗涉其藩，也不足謂窺其奧；必融而爲一，而復能窮其極，始可謂得聖人之道。得聖人之道，才爲得文之大本，於是可成爲至文。所以他是站在此種關係上，以使義理、考據、詞章三者之合一的。段玉裁《戴東原年譜》中亦稱「先生合義理、考核、文章爲一事，知無所蔽，行無少私，浩氣同盛於孟子，精義上駕乎康成程朱，修辭俯視乎韓歐」。固不免稍涉阿私，然而我們於此，正可看出當時論文的共同傾向，所以考據詞章兩派能有相近的主張。這種意思，在錢大昕也是如此。大昕，字曉徵，號辛楣，又號竹汀，江蘇嘉定人，所著有《潛研堂文集》等書。其《味經窩類稿序》云：

> 昔人稱昌黎以六經之文爲諸儒倡，……嘗慨秦漢以下經與道分，文又與經分，史家至區道學、儒林、文苑而三之。夫道之顯者謂之文，六經子史皆至文也。後世傳文苑，徒取工於詞翰者列之；而或不加察，輒嗤文章爲小技，以爲壯夫不爲，是恥鞶帨之繡而忘布帛之利天下，執糠秕之細而訾菽粟之活萬世也。……昌黎不云乎？「言，浮物也」。物之浮者罕能自立，而古人以立言爲不朽之一，蓋必有植乎根柢而爲言之先者矣。草木之華，朝榮而夕萎，蒲葦之質，春生而秋槁，惡識所謂立哉！（《潛研堂文集》二十六）

在此文中，主張經道文三者合而爲一，與戴東原同。以六經之文爲立言的根柢，也與戴氏所謂本末之說合。所以經學家之主張雖亦以義理、考據、詞章合一爲宗旨，而與桐城派的見解仍有些出入。

經學家中，如戴東原這樣眞是比較能「由文字以通乎語言，由語言以通乎古聖賢之心志」（見其《古經解鉤沈序》）。所以東原雖以文章爲末，而於此三者的關係，猶以義理爲「考核」「文章」二者之源。但是，到他的弟子段懋堂（玉裁）便以爲「義理、文章，未有不由考核而得者」。於是以考核爲本而義理文章爲末了。他的理由是：

> 自古聖人制作之大，皆精審乎天地民物之理，得其情實，綜其始終，擧其綱以俟其目，與以利而防其弊。故能奠安萬世，雖有奸暴不敢自外。《中庸》曰：「君子之道本諸身，徵諸庶民，考諸三王而不繆，建諸天地而不悖，質諸鬼神而無疑，百世以俟聖人而不惑」，此非考核之極致乎？聖人心通義理，而必勞勞如是者，不如是不足以盡天地民物之理也。（《戴東原集序》）

原來他擴大了考核的範圍，所以以爲義理也是從考核得來。段玉裁《戴東原先生年譜》中明明說過：「先生初謂天下有義理之源，有考核之源，有文章之源。吾於三者皆庶得其源。後數年又曰義理即考據文章二者之源，義理又何源哉！吾前言過矣。」是則戴東原並不承認義理有源，而段懋堂卻硬以考核爲義理之源，在這裡戴段的見解顯然有些衝突了。然而這個衝突，卻是用字的義界的關係。戴氏之所謂考核，是對於經籍的考據言的。段氏之所謂考核，是指超於經籍的考據言的。戴氏之學博而精，故能由考據「以通乎古聖賢之心志」，所以義理不妨爲考核之終點。反過來說，也以能通乎古聖賢之心志，然後能知其所考核者確爲十分之見，所以義理又爲考據之源。至於段氏則於義理無所得。他的成就，僅僅到考核而止，當然不免以考核爲中心。然而離開了經籍，考核便無所憑藉，則考核的結果，似乎不能不以經典的義理爲依歸。因此，他說得再遠一些，以爲經典的義理，所以能顚撲不破，放諸四海而皆準者，原來也是從考核得來。這樣，當然可說考核爲義理之源了。此種關係，好似以前講過的文與道的關係。謂文原於道，是超儒家之道言的，謂文以明道，便是局於儒家之道言的。所以我說戴段之衝突，是用字義界的關係。至於東原之所謂「道」，原是欲「盡物情，遊心物之先」，始能了解的，那便與段氏之所謂考核是同樣意義。

無論是主義理為考核之源也好，主考核為義理之源也好，總之，都以詞章為末。這一點態度，與道學家相同，而與古文家不同。蓋他們是無意於為文，而不是有意於為文的。段玉裁《潛研堂文集序》云：「古之神聖賢人作為六經之文，垂萬世之教，非有意於為文也，而文之工侔於造化。……自詞章之學盛，士乃有志於文章，顧不知文所以明道而徒求工於文，工之甚，適所以為拙也。」這即是說文人之文不得其本，所以愈求其工而愈形其拙。又云：「中有所見，隨意抒寫，而皆經史之精液，其理明，故語無鶻突，其氣和，故貌不矜張，其書味深，故條鬯而無好盡之失，法古而無摹仿之痕，辯論而無詆訾攘袂之習。淳古淡泊，非必求工，非必不求工，而知言者必以為工。」則又是說學者之文，不必求工，而自能工，即因得其本的關係。錢大昕《半樹齋文稿序》說得更明白：

> 別於科舉之文而謂之古文，蓋昉於韓退之，而宋以來因之。夫文豈有古今之殊哉？科舉之文志在利祿，徇世俗所好而為之，而性情不屬焉。非不點竄《堯典》，塗改《周詩》，如剪彩之花，五色具備，索然無生意，詞雖古猶今也。唯讀書談道之士，以經史為菑畬，以義理為灌溉，胸次灑然，天機浩然，有不能已於言者，而後假於筆以傳，多或千言，少或寸幅，其言不越日用之恆，其理不違聖賢之旨，詞雖今猶古也。文之古，不古於襲古人之面目，而古於得古人之性情。性情之不古若，微獨貌為秦漢者非古文，即貌為歐曾亦非古文也。退之云，「唯古於詞必己出」；即果由己出矣。而輕佻佚蕩，自詭於名教之外，陽五古賢人，今豈有傳其片語者乎？（《潛研堂文集》二十六）

所以他們所謂古文，乃是「以經史爲菑畬，以義理爲灌漑」的古文。此所以得古文之本，而不必襲古文之貌。這是與桐城派不同之處。不過段玉裁《潛研堂文集序》又說：「有見於道矣，有見於經矣，謂不必求工於文而率意言之，則又孔子所謂『言之無文，行之不遠』者。」這樣說，雖有本末之分，卻不是廢末不爲。因此，他們對於入手之方法又不能無異。

上所云云於義理、考據、詞章三方面，經學家與古文家雖均認爲不可偏廢，然而所側重的畢竟互不相同。姚姬傳所提出者，是意與氣的問題，而經學家所提出者，則是意與事的問題。在這方面，可以說是經學家與古文家對於所謂義法問題之不同的看法。

焦循，字理堂，江蘇甘泉人，所著有《雕菰樓集》及《劇說》等書。他比戴、段、錢諸人年輩稍後，但其思深悟銳，所以有些見解，每爲戴錢諸氏所不及。焦氏《與王欽萊論文書》云：「吾子論文，於古取韓昌黎，於今取朱梅庵（疑當作崖），不樂字句瑣細及文氣佶聱者，足見天分之高。雖然，此猶據昌黎梅庵以言文，而未嘗即文以言文也；是猶即文之當然者以言文，而未嘗即文之所以然者以言文也。」（《雕菰樓集》十四）此分別頗重要，因爲這即是古文家與經學家文論分別之點。古文家之所謂文，自有其標的，而所得也總在音節字句之間，所以覺其未嘗即文以言文，未嘗即文之所以然者以言文。於是古文家之所謂義法，在經學家看來，也就不值一顧。

焦氏在《與王欽萊論文書》中以用爲標準，分文爲四種。科舉應試之文，用之一身；應酬交際之文，用之當時；二者皆無足輕重。至於朝廷之誥，軍旅之檄，銘功記德之作，興利除弊之議，則是文之用於天下者，然必仕而在上者任之，所以又無可論。他們所可論的，只是布衣之士所爲的第四種文。這惟有窮經好古，闡彰聖道，才能成爲百世之文。於是他說爲文之方，謂：

總其大要，惟有二端，曰意曰事。意之所不能明，賴文以明之，或直斷，或婉述，或詳引證，或設譬喻，或假藻繪，明其意而止。事之所在，或天象算數，或山川郡縣，或人之功業道德，國之興衰隆替，以及一物之情狀，一事之本末，亦明其事而止。（《與王欽萊論文書》）

這些話自表面看來，似與古文家所言沒有甚麼不同。古文家所謂敍事議論之分，即事與意之別，然而他下文接著說：「明其事患於不實，明其意患於不精」，那便與古文家所言有些小出入了。

由明其事患於不實的問題言，於是引起二種問題：一是稱名問題，又一是體制問題。這都是與一般古文家見解不盡同的地方。

在稱名問題方面，他們以爲宜從時制，不宜用古稱。錢大昕《與友人書》中說：

昨偶讀足下文，篇末自題太僕少卿，僕以爲不當脫漏「寺」字。足下殊不謂然。足下所據者唐宋石刻；僕謂惟唐宋人結銜不得有「寺」字，自明以來，官制與唐宋異，不當沿唐宋之稱。……自明中葉，古文之法不講，題銜多以意更易，由是學士大夫之著述轉不若吏胥文移之可信。足下方以古文提倡一世，當起而正之，勿以爲無足重輕而置之也。（《潛研堂文集》三十三）

在此文中，爲了一個字的關係，細加考核，眞可謂一字不苟。此種態度，在古文家不一定如此。錢氏《跋方望溪文》，據李巨來（紱）譏望溪《曾祖墓銘》稱桐城爲「桐」之非，然而望溪雖無以難李氏，卒不肯從其說以改其文，而後來文人反爲望溪辯護。這即是古文家與經學家見解不同之處。袁枚《小倉山房文集·古文凡例》，謂碑傳標題則應書本朝官爵、本朝地名，至行文處則不可泥論，並舉古大家文以為例；則可知古文家之不從時制，原亦未可厚非。袁氏此文雖不必為錢氏而發，又袁氏之文也與桐城派不同，然而經學家與文人見解之不同，卻正可從這些地方看出來。

在體制問題方面，焦氏於《與王欽萊論文書》中以言算與言琴為例。他說：

言算者先以甲子乙丑等施諸圖，然後指而論之；言音者，先講明勾挑吟揉之例，然後按而志之。閱二者之書布算以推其數，撫弦以理其音，不差毫末，此文之至奇至巧至瑣細而佶聱者也。使避瑣細佶聱之名，則琴音不可紀，算數不可明，周公之《儀禮》不必作，孔子之《說卦》《雜卦》不必撰，豈理也哉？如謂此非文，則惟如韓之記毛穎，蘇之論范增留侯，而始謂之文乎？顧足下窮文之所以然，主於明意明事，且主於意與事之所宜明，不必昌黎梅庵，不必不昌黎梅庵；不必瑣細佶聱，不必不瑣細佶聱也。（《雕菰樓集》十四）

此即窮文之所以然，故以為只須明意明事便謂之文。此意，與後來章太炎《文學總略》所謂「以有文字著於竹帛故謂之文」，是同樣意思。經學家的文學觀，至此可謂趨於極端。於是所謂「文」者，不僅有有韻無韻之分，並且有有句讀與無句讀之分。最初不過以考據義理為本，詞章為末，至是便不免不顧詞章，無關義理，而僅僅以考核為主了。我們看到焦氏所言，就可知章太炎之說原非獨創，原為經學家文學觀之必然的結論。由述事言，經學家重在絕對眞實；由作意言，經學家亦重在極端質樸：因為他只須明其意而止。明其意而止，然則有韻無韻，為偶非偶，以及有句讀無句讀種種，都所以明其意而已。都可以明其意，所以都謂之文。

論到這方面，當時經學家在文學批評上又提出了下列諸問題。一是意的眞確性問題，二是箋疏與文的問題，三是著述與考據的問題，四是繁簡問題。

對於意的見解，在古文家看來，只是創見而不必爲定論；在經學家看來，則是灼見而必出於眞知，所以說：「明其意患於不精。」在文人所矜爲翻新出奇者，在戴震則稱爲「以己自蔽」，稱爲「未至十分之見」。戴氏《與姚姬傳書》云：「所謂十分之見，必徵諸古而靡不條貫，合諸道而不留餘議，巨細畢究，本末兼察。」這才是意之精。焦氏《與王欽萊論文書》云：「學者知明事之難於明意矣，以事不可虛，意可以縱也。」這正說破了古文家的誤解。文人只知意可以縱，而不知意之未至十分之見者，未爲經學家之所許。戴震《與任孝廉幼植書》云：「好學深思如幼植，誠震所想見其人不可得者，況思之銳，辯議之堅而致，以此爲文，直造古人不難；以之治經，則思之所入，願弗遽以爲得，勿以前師之說可奪而更之也。」這即是對於意的見解之不同。

既重在意之精，就不必顧及詞之美。焦德《與王欽萊論文書》又云：「說經之文主於意，而意必依於經，猶敍事之不可假也。孔子之《十翼》即訓詁之文，反覆以明象變，辭氣與《論語》迻別。後世注疏之學實起於此。依經文而用己之意，以體會其細微，則精而兼實，故文莫重於注經。」他以訓詁爲文，而且以爲文莫重於注經，那眞是經學家的見解了。其後羅汝懷《與曾侍郎論文書》，謂「文事固有不得盡廢箋疏，箋疏又非始於本朝文家」，就是本這種宗旨以闡說的。

既以說經爲文，於是又引起了著作與考據的問題。袁枚本於王充著作者爲文儒，傳經者爲世儒之言，於是每有輕視考據之意。他說：「形上謂之道，著作是也；形下謂之器，考據是也。」又說：「作者之謂聖，述者之謂明。」因此認爲古文是作，考據是述，古文應比考據爲高。爲此問題，孫星衍與焦循均有駁難之說。孫氏《答袁簡齋前輩書》云：

侍推閣下之意蓋以抄摭故實爲考據，抒寫性靈爲著作耳。然非經之所謂道與器也。道者謂陰陽柔剛仁義之道，器者謂卦爻彖象載道之文，是著作亦器也。(《問字堂集》四)

這是駁考據爲形下之器之說。因此，他以爲正須因器以求道，由下學而上達。他又說：

古人重考據甚於重著作，又不分爲二。何者？古今論著作之才，閣下必稱老、莊、班、馬，然老則述黃帝之言，莊則多解老之說，班書取之史遷，遷書取之古文《尚書》，《楚漢春秋》，《世本石氏星經》，顓頊、夏、殷、周、魯歷，是四子不欲自命爲著作。……他如《禮論》、《樂書》、《勸學》、《保傅》諸篇，互見於諸子，不以爲復出，是古人之著作即其考據，奈何閣下欲分而二之。

這又是駁以古文爲作而考據爲述之說。照這樣講，袁氏所分爲二者，他則合而爲一，於是說經之文，也正是著作。後來袁氏對於此書雖有答覆，然變爲遁辭，對於孫氏所舉各點，未能切實辯答。不僅如此，後來焦循見到孫氏此文復有《與孫淵如觀察書》，補充孫氏之說，以爲「仲尼之門見諸行事者曰德行，曰言語，曰政事，見諸著述者曰文學。自周秦以至於漢，均謂之學，或謂之經學。……其詩賦家則謂之曰詞章，……未聞以通經學者爲考據，善屬文者爲著作也。」(《雕菰樓集》十三)這是溯源而言。雖不合後世之情形，但可以證實經學家與文人的意見之不同。他又說：

經學者，以經文爲主，以百家、子史、天文、術算、陰陽、五行、六書、七音等爲之輔，彙而通之，析而辨之，求其訓故，核其制度，明其道義，得聖賢立言之指，以正立身經世之法；以己之性靈合諸古聖之性靈，並貫通於千百家著書立言者之性靈，以精汲精，非天下之至精，孰克以與此！不能得其精，竊其皮毛，敷為藻麗，則詞章詩賦之學也。……蓋惟經學可言性靈，無性靈不可以言經學。故以經學為詞章者，董、賈、崔、蔡之流，其詞章有根柢，無枝葉。而相如作《凡將》，終軍言《爾雅》，劉珍著《釋名》，即專以詞章顯者，亦非不考究於訓故名物之際。晉宋以來，駢四儷六，間有不本於經者，於是蕭統所選，專取詞采之悅目。歷至於唐，皆從而仿之，習為類書，不求根柢，性情之正，或為之汩。是又詞章之有性靈者必由於經學，而徒取詞章者不足語此也。趙宋以下，經學一出臆斷，古學幾亡，於是為詞章者亦徒以空衍為事，並經之皮毛，亦漸至於盡，殊可閔也。王伯厚之徒習而惡之，稍稍尋究古說，摭拾舊聞，此風既起，轉相仿效，而天下乃有補苴掇拾之學。此學視以空論為文者，有似此粗而彼精；不知起自何人，强以考據名之，以為不如著作之抒寫性靈。嗚乎，可謂不揣其本而齊其末矣。（《雕菰樓集》十三）

此又窮流而言，以見考據之稱原屬後起，以見經學之旨本合性靈，所以更成為經學家極端的主張了。正因如此，所以他以為清代如顧、閻、惠、戴、段、王之學直當以經學名之。至如袁氏所謂考據，稱為擇其新奇隨時摘錄者，此與經學絕不相蒙。論證到此，於是斷言袁氏之說為不足辨。

由於述事述意的態度不同，方法不同，於是更引起了文章的繁簡問題。文章繁簡，原非昔人所注意。昔人所言，不過重在鎔裁方面，不使句有可削，字有可減而已！自《史通》言敍事以簡要為主，歐陽修、尹洙等復揚其波，於是古文家論文，遂多偏於尚簡。古文家既主於簡，經學家遂主於繁；至少也說不必主於簡，不必以繁為病，而繁簡問題遂起了爭論。顧炎武《日知錄》「文章繁簡條」，以為：「辭主乎達，不論其繁與簡也；繁簡之論興而文亡矣。」（卷十九）這已是與古文家立異的論調。至後來錢大昕《與友人書》則更進一步，由繁簡問題，討論到古文家之所謂義法問題，甚且以爲方望溪爲未喻古文之義法。於此可以看出經學家之所謂義法，與桐城派絕不相同了。他說：

夫古文之體，奇正濃淡詳略，本無一定；要其爲文之旨有四，曰明道，曰經世，曰闡幽，曰正俗，有是四者而後以法律約之，夫然後可以羽翼經史，而傳之天下後世。至於親戚故舊聚散存沒之感，一時有所寄託而宣之於文，使其姓名附見集中者，此其人事跡原無足傳，故一切闕而不載，非本有可紀而略之，以爲文之義法如此也。方氏以世人誦歐公王恭武、杜祁公諸志不若黃夢升、張子野諸志之熟，遂謂功德之崇，不若情義之動人心目。然則使方氏援筆而爲王杜之志，亦將捨其勳業之大者，而徒以應酬之空言了之乎？……文有繁有簡。繁者不可減之使少，猶之簡者不可增之使多。左氏之繁勝於《公》《穀》之簡，《史記》、《漢書》互有繁簡，謂文未有繁而能工者，非通論也。（《潛研堂文集》三十三）

是則由述事言，文之繁簡應視其事，不應以簡爲行文的標準。再稍後，湘潭羅念生（汝懷）復有《與曾侍郎論文》一書，以爲即就述意而言，也不應以簡潔爲標準，因爲文之繁並不傷文之氣。他說：

夫文之得以氣言者，莫過於唐之韓與宋之蘇，而韓之狀復仇兩引《周官》，一引《公羊》，而疏解之，辭句不下十；其《上宰相書》則尤繁。蘇之合祭六議，雜引《詩》、《書》、《周禮》、《春秋》、《左氏》並及鄭注、賈疏、《水經注》之屬，句不下數十，而詮釋之繁且數倍焉。然則唐宋文家，未嘗不崇古法，而無掩於其氣

之浩然。(《綠漪草堂文集》二十)

是則稱引之繁，詮釋之繁，與排比重疊之繁，均無傷於氣，且亦不悖於古法。只有後世文人，崇尚空靈，於是每謂繁證博引，則氣不足以舉其詞，始有尙簡之說，而不知文之貧弱亦自此始。

再有，古文家以義法裁文，於是以爲繁冗非法度所許，羅氏亦不以爲然。他說：

物必先有體而後氣附之，則文家論氣當兼論體。文有論議，有紀敍，有解說，而篇幅有大小修短詳簡之不同，體有殊而氣亦有殊矣。(同上)

則是文之繁簡，當視其體。「體不同而同歸於達，然達則可簡，未達弗可簡也。」(見同上)又如何可以一味主簡呢？錢大昕《與友人書》謂：「韓退之撰《順宗實錄》載陸贄陽城傳，此實錄之體應爾，非退之所創，方亦不知，而妄譏之。」此即是論法當兼論體之義。古文家只取文中一格以論文氣，以論文法，所以時多不合之處。羅氏時代較後，本可不必論及，以討論的是同一問題，故附帶及之。

最後，羅氏再從義的方面，以討論繁簡問題。他說：

今有事物之紛紜蕃變，生人之材行志義，繁不勝書，則將損其繁重，就其簡便，以成吾文之雅潔乎。是自爲文計而文之，不繫乎事與人也。其貽誤實自「參之太史以著其潔」之言。柳州取潔於馬遷，屢索不得其說。而文家於字稍粗俗，相戒蠲除，豈知胥腸見《書》，狐鬼見《易》，孟説糞而莊説屎溺乎？甚至郡縣歲月，率多不詳，揆厥由來，無非尚潔。夫古人之於辭也曰修，何嘗不言灑刷，然以潔故而至使人不得其端委，則亦何事於文矣。

由氣言，由法言，由義言，繁簡都不應當成爲問題。古文家有意求簡，適成爲古文家之陋。在經學家看來，只須明其事，明其意而止，原不必注意到繁簡問題。焦循有《文說》三篇，其一云：「學爲古文者，必素蓄乎所以言之者而後質言之。古文者，非徒質言之者也。」其二云：「文有達而無深與博。達之於上下四旁，所以通其變，人以爲博耳。達之於隱微曲折，所以窮其原，人以爲深耳。」其三云：「夫謂文無深與博，亦即無所謂簡。行千里者以千里爲至，行一里者以一里爲至。」（《雕菰樓集》十）這正與羅氏之說相同。所以經學家之論文重在達而不重在簡。

◎七三　翁方綱肌理說◎

假使說前一節是經學家的文論，那麼這一節可說是經學家的詩論。

翁方綱，字正三，號覃溪，大興人，所著有《復初齋詩文集》與《石洲詩話》等。他的詩學雖出漁洋，但以欲矯神韻之弊，所以拈「肌理」二字以救之。神韻之說偏於虛，於是肌理之說偏於實。而翁氏論詩所以偏於實的緣故，又自有其關係，蓋漁洋雖不廢宋詩，卻不宗宋詩中之江西派，而覃溪所得則於山谷爲多。又漁洋雖不廢學問，卻不尚考據，而覃溪學問又以受當時考據派的影響爲多。所以現在假使欲溯肌理說之淵源，則凡論詩主學或論詩主宋之人，其論調每與覃溪爲近。朱彝尊之論詩，謂「天下豈有捨學言詩之理」（《曝書亭集》三十九，《棟亭詩序》）。毛奇齡之論詩，謂「必窮經有年而後能矢歌於一日，故夫風人者學士之爲也」（《毛西河合集》序十，《俞石眉詩序》）。厲鶚之論詩謂「故有讀書而不能詩，未有能詩而不讀書。……書，詩材也。……詩材富而意以爲匠，神以爲斤，則大篇短章均擅其勝」（《樊榭山房文集》三，《綠杉野屋集序》）。這些話都與肌理之說相合，不過片言隻語，未成系統，而且也不曾標舉肌理二字罷了。

翁氏論詩，所不滿者即是隨園一派的性靈之說。至於神韻、格調二說，他並不反對，不過想本於肌理說的立場加以修正而已。

現在，先講他對神韻的看法。翁氏於新城縣新刻《王文簡古詩平仄論序》中說「方綱束髮學爲詩，得聞先生緒論於吾邑黃詹事」（《復初齋文集》三）。黃詹事，即黃叔琳，受學於漁洋，所以覃溪詩學直接出於黃叔琳，間接出於王士禎，只因他所處的時代，正是漢學極盛的時代，不能不受考據學風的影響，所以拈出肌理二字，而對神韻說遂取修正的態度。

他根本不承認神韻爲空寂，爲風致情韻。他於《坳堂詩集序》中說：「神韻者非風致情韻之謂也。今人不知，妄謂漁洋詩近於風致情韻，此大誤也。神韻乃詩中自具之本然，自古作家皆有之，豈自漁洋始乎？……漁洋所以拈舉神韻者，特爲明朝李何一輩之貌襲者言之，此特舉其一端而非神韻之全旨也。」（《復初齋文集》三）是則一般人之認漁洋詩爲神韻，既有所未盡，而漁洋之所謂神韻，也不是神韻之全旨了。那麼什麼是神韻之全旨呢？他又於《神韻論》闡說之云：

盛唐之杜甫，詩教之繩矩也，而未嘗言及神韻。至司空圖、嚴羽之徒，乃標擧其概，而今新城王氏暢之。非後人之所詣，能言前古所未言也；天地之精華，人之性情，經籍之膏腴，日久而不得不一宣洩之也。自新城王氏一倡神韻之說，學者輒目此爲新城言詩之秘，而不知詩之所固有者，非自新城始言之也。

且杜云「讀書破萬卷，下筆如有神」。此神字即神韻也。杜云「熟精文選理」，韓云「周詩三百篇雅麗理訓詁」，杜牧謂「李賀詩使加之以理，奴僕命騷可矣」。此理字即神韻也。神韻者徹上徹下，無所不該，其謂羚羊挂角，無跡可求，其謂鏡花水月，空中之象，亦皆即此神韻之正旨也，非墮入空寂之謂也。其謂雅人深致，指出訏謨定命，遠猷辰告二句以質之，即此神韻之正旨也，非所云理字不必深求之謂也。然則神韻者是乃所以君形者也。（《復初齋文集》八，《神韻論》上）

神韻無所不該，有於格調見神韻者，有於音節見神韻者，亦有於字句見神韻者，非可執一端以名之也。有於實際見神韻者，亦有於虛處見神韻者，有於高古渾樸見神韻者，亦有於情致見神韻者，非可執一端以名之也。此其所以然，在善學者自領之，本不必講也。（《神韻論》下）

照這樣講神韻，眞是徹上徹下無所不該了。然而此所謂神韻，已與漁洋之所謂神韻不盡相同。蓋他所說是一種境界，一種造詣，所以可以無所不該，而同時也可於種種方面見神韻。《神韻論》中曾闡說之云：

「君子引而不發，躍如也，中道而立，能者從之。」……中道而立者，言教者之機緒引躍不發，只在此道內，不能出道外一步以援引學者助之使入也。只看汝能從我否耳。其能從者自能入來也。道是一個大圈，我只立在此大圈之內，看汝能入來與否耳。此即詩家神韻之説也。

照這樣講神韻，也眞是只有隨其人之自得，而非人人可得問津了。這樣講神韻，當然與漁洋所言不盡相同，但是卻可以本於肌理的立場以講神韻。因爲只須會得此意，則橫看成嶺，側看成峯，虛處固可見神韻，實際也何嘗不可見神韻呢？

於次，再講他對格調的看法。他也不反對格調，不過與李何之言格調又不同。其《格調論》上云：

> 詩之壞於格調也，自明李、何輩誤之也。李何、王李之徒，泥於格調而僞體出焉，非格調之病也，泥格調者病之也。夫詩豈有不具格調者哉？記曰：「變成方謂之音」，方者音之應節也，其節即格調也。又曰「聲成文謂之音」，文者音之成章也，其章即格調也。是故噍殺嘽緩直廉和柔之別由此出焉。是則格調云者非一家所能概，非一時一代所能專也。（《復初齋文集》八）

他所謂格調也是無所不該的。不是一家所能概，不是一時一代所能專，所以說「古之爲詩者皆具格調，皆不講格調，格調非可以口講而筆授也。唐人之詩未有執漢魏六朝之詩以目爲格調者，宋之詩未有執唐詩爲格調，即至金元詩亦未有執唐、宋爲格調者，獨至明李、何輩乃泥執《文選》體以爲漢魏六朝之格調焉，泥執盛唐諸家以爲唐格調焉。於是不求其端，不訊其末，惟格調之是泥，於是上下古今只有一格調而無遞變遞承之格調矣」（同上）。他本於此種見地以反對明人之格調說，故其所謂格調又與明人之說不同，因爲他又是本於肌理說的立場，以肌理說爲中心的。

本於肌理說的立場，以肌理說爲中心，所以不滿於格調，同時也不滿於神韻。所不滿於格調的，因爲是摹擬，是襲取，所以說：「化格調之見而後詞必己出也，化格調之見而後教人自爲也，化格調之見而後可以言詩，化格調之見而後可以言格調也。」（《格調論》下）所不滿於神韻的，也因爲是摹擬，是襲取，所以於《徐昌穀詩論》又發其義云：「夫李雖與徐同師古調，而李之魄力豪邁，恃其拔山扛鼎，闢易萬夫之氣，欲舉一世之雄才而掩蔽之，為徐子者乃偏拈一格，具體古人，以少勝多，以靜攝動，藉使同居蹈襲之名，而氣體之超逸據其上矣。」又云：「迪功詩七古不如五古，七律不如五律，七古七律又不如七絕，蓋能用短不能用長也。夫勢短字少則可以自掩其鑿痕，故蹈襲者弗病也。」（《復初齋文集》八）這些話正說出神韻之弊。漁洋論詩，推尊高徐二家，固稍異於李、何、李、王諸子，然而不免仍墮入明人格調一路，其關鍵即在於此。翁氏於題《漁洋先生戴笠像》云：「夫空同滄溟所謂格調，其去漁洋所謂神韻者奚以異乎？夫貌為激昂壯浪者謂之襲取，貌為簡淡高妙者，獨不謂之襲取乎？」（《復初齋文集》三十四）同樣是襲取，所以在他看來，神韻與格調簡直沒有分別。他曾肯定地說：「漁洋變格調曰神韻，其實即格調耳。」（《格調論》上）他看到一般貌為簡淡高妙，一味走入空洞而按之沒有實際的，其弊也正與格調相等，所以由這一義言，肌理之說正所以救神韻之弊。

再有，本於肌理說的立場，以肌理說為中心，則格調固不能立格，神韻也不能立格。格調之不能立格，即因非一家所能概，非一時一代所能專，強舉某一時代之格調以為格，則無遞變遞承之格調，所以頑鈍而弗靈，泥滯而弗化。神韻之不能立格，又因好似能化，而不是根本解決，所以一樣有弊。其《神韻論》中云：「射者必入彀，而後能心手相忘也。筌蹄者必得筌蹄，而後筌蹄兩忘也。詩必能切己切時切事一一具有實地，而後漸能幾於化也。未有不有諸己，不充實諸己，而遽議神化者也。是故善教者必以規矩焉，必以彀率焉。神韻者以心聲言之也，心聲也者，誰之心聲哉！吾故曰先於肌理求之也。知於肌理求之，則刻刻惟規矩彀率之弗若是懼，又奚必其言神韻哉！」所以由這一義言，肌理之說，又為所以得神韻之法。

從這樣講，所以他的所謂神韻格調都是本於肌理說之立場而言的。於是，我們可以講到他的肌理說。他講神韻講格調，都是無所不該的，當然他的肌理說也應該是無所不該的了。

翁氏肌理之說，與其《詩法論》一文，可以相互映發。《詩法論》云：

法之立也，有立乎其先，立乎其中者，此法之正本探原也。有立乎其節目，立乎其肌理界縫者，此法之窮形盡變也。杜云「法自儒家有」此法之立本者也。又云「佳句法如何」，此法之盡變者也。夫惟法之立本者，不自我始之，則先河後海，或原或委，必求諸古人也。夫惟法之盡變者，大而始終條理，細而一字之虛實單雙，一音之低昂尺黍，其前後接笋乘承轉換開合正變必求諸古人也。乃知其悉準諸繩墨規矩，悉校諸六律五聲，而我不得絲毫以己意與焉，故曰禹之治水行其所無事也。行乎所不得不行，止乎所不得不止，應有者盡有之，應無者盡無之，夫然後可以謂之詩，夫然後可以謂之法矣。（《復初齋文集》八）

他論法，有正本探源之法與窮形盡變之法之分，故其論肌理，亦有義理之理與文理條理之理二義。由義理之理言，所以藥神韻之虛，因爲這是正本探源之法。由文理條理之理言，又所以藥格調之襲，因爲這又是窮形盡變之法。翁氏固曾說過：「格調皆無可著手也，予故不得不近而指之曰肌理。」（《復初齋文集》十五，《仿同學一首爲樂生別》）那麼肌理之說，正是他的著手之法。

這是肌理說的主要意義。我們上文說過，翁氏於詩，以得宋時江西派者爲多；翁氏於學，以得於當時考據派者爲多。所以由正本探源之法言，可見其受考據的影響；由窮形盡變之法言，又可見其受山谷的影響。所謂正本探源之法，先河後海，或原或委，必充實學問。故其論徐昌穀詩以爲所以不免於蹈襲，即因學古不得其法——不得正本探源之法。他說：「夫徐子知少作之非，悟學古之是，此時若有眞實學古之人，必將引而深之，由性情而合之學問，此事遂超軼今古矣。」（《徐昌穀詩論》一）所以學古不足非，學古而不得其法才足誤人，因此，他要以肌理之實以救神韻之虛。其《神韻論》下云：

詩自宋金元接唐人之脈而稍變其音。此後接宋元者全恃眞才實學以濟之。乃有明一代徒以貌襲格調爲事，無一人具眞才實學以副之者。至我國朝文治之光乃全歸於經術，是則造物精微之秘衷諸實際，於斯時發洩之。然當其發洩之初，必有人焉先出而爲之伐毛洗髓，使斯文元氣復還於沖淡淵粹之本然，而後徐徐以經術實之也。所以賴有漁洋首唱神韻以滌蕩有明諸家之塵滓也。其援嚴儀卿所云，鏡中之花水中之月者，正爲滌除明人塵滓之滯習言之。即所謂詩有別才非關學之語，亦是專爲務博滯跡者，偶下砭藥之詞，而非謂詩可廢學也。須知此正是爲善學者言，非爲不學者言也。司空表聖《詩品》亦云「不著一字盡得風流」，夫謂不著一字，正是涵蓋萬有也。豈以空寂言邪？

他以涵蓋萬有解釋不著一字，即是以肌理爲本的神韻說。神韻說而以肌理爲本，才能涵蓋萬有而不滯於跡，有學而不爲學所累。這是他一方面受經術影響，一方面又受神韻影響的關係。他甚至說：「考訂詁訓之事與詞章之事未可判爲二途」（《復初齋文集》四，《蛾術篇序》）。又說：「詩必研諸肌理而文必求其實際」（同上，《延暉閣集序》）。本於這種見地，於是斷然地說：「士生今日，經籍之光盈溢於世宙，爲學必以考證爲準，爲詩必以肌理爲準。」（同上，《志言集序》）所以我說肌理之說是受當時考證學風的影響。

然而我們上文說過，覃溪之學除受考據學派影響之外又深受山谷的影響，所以我們更須一述山谷的詩法。覃溪之所得於山谷詩法者有二語：曰「以古人爲師，以質厚爲本」，這是他與天下賢哲講詩論文宗旨之所在（見《復初齋文集》三，《漁洋先生精華錄序》；又《文集》四，《貴溪畢生時文序》），所以這也是肌理說的中心。我們假使本於上述二義而分別言之，則所謂以質厚爲本者，即是正本探源之法；所謂以古人爲師者，又是窮形盡變之法。蓋宋詩作風與唐不同。唐詩可重在境象超詣，而宋詩則重在著實，所以與肌理之說最爲吻合。《石洲詩話》之論宋詩云：

> 唐詩妙境在虛處，宋詩妙境在實處。……天地之精英，風月之態度，山川之氣象，物類之神致，俱已為唐賢占盡。即有能者不過次第翻新，無中生有，而其精詣，則固別有在者。宋人之學全在研理日精，觀書日富，因而論事日密。如熙寧元祐，一切用人行政往往有史傳所不及載，而於諸公贈答議論之章，略見其概。至如茶馬鹽法河渠市貨一一皆可推析。南渡而後，如武林之遺事，汴上之舊聞，故老名臣之言行，學術師承之緒論淵源，莫不藉詩以資考據，而其言之是非得失與其聲之貞淫正變，亦從可互按焉。（《詩話》四）

所以肌理之說也只有宋詩作風才可與之配合，有這樣正本探源的眞才實學，於是所本於山谷以古人爲師一語，也成爲窮形盡變之法。爲什麼？因爲他所謂師古，原不是摹擬其形貌。所以以古人爲師，一樣可以窮形盡變。他說：「凡所以求古者，師其意也，師其意則其跡不必求肖之也。孔子於三百篇皆弦而歌之以合於韶武之音，豈三百篇篇篇皆具韶武節奏乎？抑且勿遠稽三百篇，即以唐音最盛之際，若杜若李，若右丞、高、岑之屬，有一效建安之作，有一效顏謝之作者乎？宋詩盛於熙豐之際，蘇黃集中有一效盛唐之作者乎？」（《格調論》中）他所謂師其意而不求肖其跡，即是一方面求諸古人，而一方面仍不失爲窮形盡變之法。因此他再說：「古今不善學杜者，無若空同、滄溟；空同、滄溟，貌皆似杜者也。古今善學杜者，無若義山、山谷；義山、山谷，貌皆不似杜者也。」（《復初齋文集》三十四，《題漁洋先生戴笠像》）義山、山谷何以能不似杜而又學杜呢？即因他得窮形盡變之法。他說：「義山以移宮換羽爲學杜，是眞杜也；山谷以逆筆爲學杜，是眞杜也。」（《復初齋文集》十五，《同學一首送別吳穀人》）所謂移宮換羽，所謂逆筆，都即是他論窮形盡變之法所謂「大而始終條理，細而一字之虛實單雙，一音之低昂尺黍，其前後接筍乘承轉換開合正變」之意義。山谷於詩，本是講究詩法的。這樣師古，盡可以盡古作之變，也可以成已作之變。然而，此種講法，與文人之論文所謂學古而又重神化者，沒有什麼分別了。

尤其相像的，他溝通此正本探源之法與窮形盡變之法之關係，即用古文家有物有序之語。他以有物爲理之本，有序爲理之經，於是肌理之說更與文人之論文相近。翁氏有一篇《杜詩熟精文選理理字說》。謂：

若白沙定山之爲擊壤派也，則直言理耳，非詩之言理也。故曰「如玉如瑩，爰變丹青」，此善言文理者也。理者治玉也，字從玉從里聲，其在於人則肌理也，其在於樂則條理也。易曰「君子以言有物」，理之本也。又曰「言有序」，理之經也。天下未有捨理而言文者。……自王新城究論唐賢三昧之所以然，學者漸由是得詩之正脈，而未免歧視理與詞爲二途者，則不善學者之過也。而矯之者又直以理路爲詩，遂蹈白沙定山一派，致啓詩人之訾謷，則又不足以發明六義之奧，而徒事於紛爭疑惑，皆所謂泥者也。（《復初齋文集》十）

所以由窮形盡變之法言，雖受宋詩影響，然亦未嘗不兼受考證學風的影響。蓋他所謂肌理，本是義理與文理並重的。一方面，義理即出於文理，所以謂「蕭氏之爲選也，首原夫孝敬之準式，人倫之師友，所謂事出於沈思者，惟杜詩之眞實足以當之」（《杜詩熟精文選理理字說》）。因此，正本探源之法即是窮形盡變之法。另一方面，文理又本於義理，所以謂「理者綜理也，經理也，條理也，《尙書》之文直陳其事，而《詩》所以理之也。直陳其事者非直言之所能理，故必雅麗而後能理之，雅正也，麗葩也，韓子又謂『《詩》正而葩』者是也」（《復初齋文集》十，《韓詩雅麗理訓詁說》）。因此，窮形盡變之法，又即是正本探源之法。這樣雙管齊下，兩面照顧，而後肌理之義始全。

◎七四　章學誠◎

章學誠，字實齋，會稽人。他邃於史學，以纂修方志爲時所重；所著有《文史通義》諸書，劉承幹合刊爲《章氏遺書》。

章氏之學，以識見長。他自謂「神解精識，能窺及前人所未到處」（見《章氏遺書》九，《家書》三），這話一些也不誇誕。能見其大，所以不局一端，舉凡昔人所謂經學、理學、心學、文學之方而綜合爲一；能見其精，所以仍貴專門，雖合昔人德行、文章、經濟、事功諸學而自成一家。他何以能如此呢？我以爲不外二種關係：

㈠是由他抱定不隨風氣爲轉移之故。《文史通義．說林》篇云：「學問經世，文章垂訓；如醫師之藥石偏枯，亦視世之寡有者而已矣。以學問文章徇世之所尚，是猶既飽而進粱肉，既暖而增狐貉也。非其所長而强以徇焉，是猶方飽粱肉而進以糠秕，方擁狐裘而進以裋褐也。……學問文章隨其風尚所趨，而瘴厲時作者，不可不知檳榔犀角之用也。」又云：「鴆之毒也，犀可解之；瘴之厲也，檳榔蘇之。」（《遺書》四）這即是說，隨波逐流，徇世俗之所尚，則以水濟水，不是因病發藥。學問文章正在能持風尚之偏，然後才有價值。故其《家書》五云：「君子學以持世，不宜以風氣爲重輕。」（《遺書》九）這即是他所謂「識須堅定」（見《家書》四）的地方。有了這樣特識，所以當時人以《爾雅》名物六書訓詁爲學問者，而他則不以爲學問；當時人分考訂、義理、文辭爲三家者，而他則欲泯三家之畛域（見《遺書》九，《與陳鑒亭論學》）。這即是能見其大的地方。他《答沈楓墀論學書》云：「三代以還，官師政教不能合而爲一，學業不得不隨一時盛衰而爲風氣。當其盛也，蓋世豪傑竭才而不能測其有餘。及其衰也，中下之資抵掌而可議其不足。大約服、鄭訓詁，韓、歐文辭，周、程義理，出奴入主，不勝紛紛。君子觀之，此皆道中之一事耳。未窺道之全量，而各趨一節以相主奴，是大道不可見，而學士所矜爲見者，特其風氣之著於循環者也。」（《遺書》九）一般人隨風氣爲轉移，所以永遠株守一端，而未能窺學問之全量。實齋不如此，所以能見其大。

㈡是由善於發展他個性之故。《家書》二自謂：「吾於史學，蓋有天授。」又謂：「學問文章與一時通人全不相合，蓋時人以補苴襞積見長，考訂名物爲務，小學音畫爲名，吾於數者皆非所長，……不強其所不能，……此吾善自度也。」《家書》四又謂：「學貴專門，識須堅定，……至功力所施，須與精神意趣相爲浹洽。」這又是說明他的自得，即在善於發展天資之故。其《與朱滄湄中翰論學書》云：「經師傳授，史學世家，亦必因其資之所習近，而勉其力之所能爲，殫畢生之精力而成書，於道必有當矣。」（《遺書》九）《與周永清論文》云：「學問文章因天質之所良，則事半而功倍；強其力之所不能，則鮮不躓矣。」（同上）又云：「功力可假，性靈必不可假。」（同上）所以他對於一般人之不問天質所近，不求心性所安，而惟追逐風氣者，都認爲是好名無識之流（見《答沈楓墀論學書》）。章氏之長正在本其天資，堅定不易，故能成爲專家之學。其《家書》四云：「猶行遠路者旋折惟其所便，而所至之方則未出門而先定者矣。」這又是他所以能見其精的重要原因。

此種態度，即是袁枚的爲學態度，不過實齋說得尤其精粹，尤其透徹。《說林》篇云：「道公也，學私也，君子學以致其道，將盡人以達於天也。人者何？聰明才力分於形氣之私者也。天者何？中正平直本於自然之公者也。故曰道公而學私。」（《遺書》四）由前者言，不逐風氣爲轉移，故不欲出奴入主，自限於一曲，這是所謂道公。由後者言，發展自己的個性，盡其聰明才力以達於天，即是所謂學私。而世人正與相反，尤其是當時的學風，正與之相反。實齋能看到這一點，所以能卓然自立。

能得這樣卓然自立，才可算是成家之學問。學問何以能成家呢？即在於有所見，即在於能通。這二端又是章氏治學得力的地方。

怎樣能有所見？章氏於《家書》一曾指示之云：「爾輩於學問文章未有領略，當使平日此心時體究於義理，則觸境會心，自有妙緒來會，即泛覽觀書，亦自得神解超悟矣。」又云：「札記之功必不可少，如不札記，則無窮妙緒如雨珠落大海矣。……今使逐日以所讀之書與文，作何領會札而記之，則不致於漫不經心。且其所記雖甚平常，畢竟要從義理討論一番。」這即是叫人讀書要運用思想，不可漫不經心。一方面體究於義理，則自能從大處著眼而所見者大；一方面領會所讀之書與文，則都是自抒其見，故能所見者精。其《答周篔谷論課蒙書》云：「古學俗學之分不在文字，在乎有為而言與無為而言。」其《再答周篔谷》一書云：「立言者必於學問先有所得，否則六經三史皆時文耳。」（均見《遺書》九）所以他對治學最重要的，即是有所得。能有所得，然後寫之為文，自然是有為而言。這是所謂成家之學問。

怎樣能通？章氏也很注意到這問題。《文史通義．橫通》篇云：「通之為名，蓋取譬於道路，四衝八達無所不至，謂之通也。亦取其心之所識，雖有高下偏全大小廣狹之不同，而皆可以達於大道，故曰通也。」（《遺書》四）他對於「通」有這二種解釋，即因達於大道的通，由於能觀其會通，而四衝八達的通，又重在能得以貫通。觀其會通，故能泯異以為同，而所見者大；得以貫通，故能為成家之學問，而所見者精。見大，所以知通之量；見精，所以致通之原（見《遺書》八，《通說》）。這又是他治學得力的所在。

《文史通義．辨似》篇云：

理之初見，毋論智愚與賢不肖，不甚遠也。再思之，則恍惚而不可恃矣，三思之則眩惑而若奪之矣。非再三之力轉不如初也！初見立乎其外，故神全；再三則入乎其中而身已從其旋折也。必盡其旋折而後復得初見之至境焉。故學問不可以憚煩也。然當身從旋折之際，神無初見之全。必時時憶其初見，以爲恍惚眩惑之指南焉。庶幾哉有以復其初也。吾見今之好學者，初非有所見而爲也，後亦無所期於至也，發憤攻苦，以謂吾學可以加人而已矣。泛焉不繫之舟，雖日馳千里何適於用乎？（《遺書》三）

初須有所見，即是我們上文所說的要運用思想；後須有所期於至，又即是上文所說的達於大道。合此二者，才算得學問，才算得成家之學問。據其初見，即所以發展其天資之所近；入乎其中從其旋折，而仍須復到初見之至境，即是不欲爲風氣所轉移。他再說：「孟子善學孔子者也，夫子言仁知，而孟子言仁義；夫子爲東周，而孟子王齊梁；夫子信而好古，孟子乃曰：『盡信書，則不如無書。』而求孔子者必自孟子也。」（同上）善學孔子而不求其似孔子，即由於有所見；不似孔子而仍不失爲善學孔子，即由於能通。章氏之所謂「學」，必兼此二義而始全。對以前封建文人之所謂學，也只能憑這一點來論述。

《文史通義・博約》下云：「是以學必求其心得，業必貴於專精，類必要於擴充，道必抵於全量，性情喩於憂喜憤樂，理勢達於窮變通久，博而不雜，約而不漏，庶幾學術醇固，而於守先待後之道，如或將見之矣。」（《遺書》二）我們即可引他這一番話作上文的總結。

明白了章氏之學之長，與其所以爲學之方，然後可以論到他對於學問之態度。

他也與經學家古文家一樣主張義理、博學、文章三者之合一。《文史通義・原道》下云：

訓詁名物將以求古聖之跡也，而侈記誦者如貨殖之市矣；撰述文辭欲以闡古聖之心也，而溺光采者如玩好之弄矣。……宋儒起而爭之，以謂是皆溺於器而不知道也。夫溺於器而不知道者，亦即器而示之以道，斯可矣。而其弊也，則欲使人捨器而言道。夫子教人博學於文，而宋儒則曰玩物而喪志；曾子教人辭遠鄙倍，而宋儒則曰工文則害道。夫宋儒之言，豈非末流良藥石哉！然藥石所以攻臟腑之疾耳！宋儒之意似見疾在臟腑，遂欲併臟腑而去之。將求性天，乃薄記誦而厭辭章，何以異乎？然其析理之精，踐履之篤，漢唐之儒未之聞也。孟子曰：「義理之悅我心，猶芻豢之悅我口。」義理不可空言也，博學以實之，文章以達之，三者合於一，庶幾哉！周孔之道雖遠，不啻累譯而通矣。（《遺書》二）

這正是清代學者共同的主張。在清代的學術風氣之下，一方面獎勵專攻，而一方面幾個學問成家的大師，又無不主張綜合，必須綜合才能觀其會通，才爲見其大。彼以窄而深自詡者，適以自見其陋而已。章氏《與陳鑒亭論學》云：「其稍通方者，則分考訂、義理、文辭爲三家，而謂各有其所長，不知此皆道中之一事耳。著述紛紛，出奴入主，正坐此也。」（《遺書》九）

何以是道中之一事呢？他《與朱少白論文》中再說明其義云：「道混沌而難分，故須義理以析之；道恍惚而難憑，故須名數以質之；道隱晦而難顯，故須文辭以達之。三者不可有偏廢也。義理必須探索，名數必須考訂，文辭必須閒習，皆學也；皆求道之資，而非可執一端謂盡道也。」（《遺書》二十九）這樣講，義理、考據、詞章都是道中之一事，同時也即是學中之一事。由道之全量言，由學之全量言，都不可泥於一端以求之。

然而所謂綜合，也不是盲目的綜合，無意義的綜合。義理、考據、詞章三者之分，原出於自然的趨勢；强爲之合，必窒礙而難通。不過道術分裂以後，互爲水火，以爭門戶，則其弊也不能不有以矯正之。這是當時人所以主張綜合的原因。章氏爲了恐怕人家再有什麼誤解，故於《文史通義．博約》下復申言之云：「後儒途徑所由寄，則或於義理，或於制數，或於文辭，三者其大較矣。三者致其一不能不緩其二，理勢然也。知其所致爲道之一端，而不以所緩之二爲可忽，則於斯道不遠矣。徇於一偏而謂天下莫能尚，則出奴入主，交相勝負，所謂物而不化者也。」（《遺書》二）因此，章氏所謂綜合，只是「知其所致爲道之一端，而不以所緩之二爲可忽」而已。不以所緩之二爲可忽，即所謂「道貴通方」；三者致其一不能不緩其二，即所謂「業須專一」。章氏固云：「道遺通方，而業須專一，其說並行而不悖也。」（同上）並行不悖，即是他的通達之處。他再說：「學貴博而能約，未有不博而能約者也；……然亦未有不約而能博者也。」（《博約》中）又說：「學問文章須成家數，博以聚之，約以救之。」（《遺書》九，《與林秀才》）所謂博，即求其通方；所謂約，即期其專一。雙管童齊下，於是章氏論學之義始備。他豈若一般人之出奴入主，物而不化的呢？

這種說法，或者還嫌於籠統，不見章氏論學之特點，那麼，我們再可引他《答沈楓墀論學》所說的話。

由風尚之所成言之，則曰考訂、詞章、義理；由吾人之所具言之，則才學識也。由童蒙之初啓言之，則記性、作性、悟性也。考訂主於學，詞章主於才，義理主於識，人當自辨其所長矣。記性積而成學，作性擴而成才，悟性達而爲識，雖童蒙可與入德，又知斯道之不遠人矣。（《遺書》九）

他一方面不欲趨風氣，而一方面又欲問天質之所近。所以由前者言，不欲矜於一端以出奴入主，記性所積，作性所擴，悟性所達，知斯道之不遠；由後者言，又必須自忖己長，勿離天質之良，蓋即因才、學、識三者不能無偏，不得不自辨其所長。由前者言，主三者之合一；由後者言，又不能求三者之兼有。他是基於這樣的觀點上，所以以爲並行而不悖的。

這種說法，固然足以見章氏論學之特點了，然而尚不見與章氏之學有什麼關係。那麼，我們再引《文史通義．史德》一篇以證實其說：

史所貴者義也，而所具者事也，所憑者文也。孟子曰，其事則齊桓、晉文，其文則史，義則夫子自謂竊取之矣。非識無以斷其義，非才無以善其文，非學無以練其事，三者固各有所近也。（《遺書》五）

又《申鄭》篇云：「孔子作《春秋》，蓋曰其事則齊桓、晉文，其文則史，其義則孔子自謂有取乎爾。夫事即後世考據家之所尚也，文即後世詞章家之所重也，然夫子所明不在彼而在此，則史家著述之道，豈可不求義意所歸乎？」（《遺書》四）於是所謂義、事、文三者，有才、學、識的關係，有義理、考據、詞章的關係，即由章氏一家之學言之，即由史家著述之道言之，也有如此關係。所以於此可以看出章氏對於學問的態度。

推究到此，於是章氏之學與其對文學的主張有何關係，始可得而言。章氏蓋以詞章爲其著述之文，而以考據與義理爲其自得之學。著述之文與自得之學不能分開，所以此三者都是道中一事，也都是學中一途。他是在此種關係上以說明他對學問的態度，同時也說明他對文學的主張。

於是，我們更得分析章氏之所謂道與學是什麼？章氏《原道》一文傳稿京師，讀者皆議其陳腐，於是他在《與陳鑒亭論學》書中，再說明其意。他以爲「古人著《原道》者三家，淮南託於空蒙，劉勰專言文指，韓昌黎氏特爲佛老塞源，皆足以發明立言之本，鄙著宗旨則與三家又殊。」他又以爲「篇名爲前人疊見之餘，其所發明，實從古未鑿之竇」（《遺書》九）。所以我們不要以爲他用前人的名詞，便同於前人的意義。

先言「道」。章氏所謂道，不是道學家之所謂道。《原道》上云：「道者萬事萬物之所以然，而非萬事萬物之當然也。」（《遺書》二）這話很重要。「所以然」，是先起的，是出於衆人不知其然而然的。「當然」，是後起的，是出於聖人有所見而不得不然的。他以三人居室爲喩：分工合作即是道，聖人見其然從而名之，指出他當然的關係，那已是後起的事。至於再從這些當然的關係，從而敍述之，說明之，那更是後起的事。而這些述說的話，還不能說是託於空言；至於再從這些可以指名的道，從而闡說之，發揮之，完全成爲形上的傾向，那更是後起的事。實齋之所謂道，即是從這三人居室上體會來的。用現代的話，實在即是所謂文化。以文化爲道，所以以爲集大成者爲周公，而不是孔子。以文化爲道，所以以爲六經皆史，而古人未嘗離事而言理。他對於孔子所述的六經，猶且以爲皆先王之政典，則當然與宋儒以六經爲載道之書，而發揮其義理者不同。宋儒離器而言道，而他則以爲「道不離器，猶影不離形」（《原道》中）。這是很重要的分歧之點。所以宋儒譏韓愈之因文見道，而他則以爲「因文見道又復何害，孔孟言道亦未嘗離於文也」（《遺書》九，《與林秀才》）。宋儒譏李漢「文者貫道之器」一語，以爲道無不在，不當又有一物以貫之，而他則反以「李漢之言爲深有味」（《遺書》四，《說林》），他似乎處處與宋儒立異，實則即因他所謂「道」，與宋儒所見根本不同。宋儒不免在六籍中以言道，而他則以爲「彼捨天下事物人倫日用而守六籍以言道，則固不可與言夫道矣」（《原道》中）。他的見解如此，而當時之古文家卻仍蹈宋儒覆轍，死守六籍以言道，又如何不成爲高頭講章之道呢？

這一點的分別雖極微細，然頗重要。蓋守六籍以言道，則在淸代復古的潮流中間至多只能進到西漢，進到先秦，以窺孔子述作之旨。從天下事物人倫日用以言道，則可以進到孔子，進到周公，以窺詩書六藝之原。所以由前者言，訓詁章句，疏解義理，考求名物既不足以言道，即使於經旨閎深之處有所窺到，然而仍不過「爲一經之隅曲，未足窺古人之全體」。由後者言，則不捨器而言道，正符孔子述作之旨。所以說：「夫道備於六經，義蘊之匿於前者，章句訓詁足以發明之；事變之出於後者，六經不能言，固貴得六經之旨而隨時撰述以究大道也。」（《原道》下）這樣，通於古，同時亦通於今，通於一經之隅曲，同時也通於古人之全體。這才是實齋之所謂「道」。

於次，再言學。由道言，以窺古學之全體者爲能見其大；由學言，又以能明道者爲能見其精。章氏《與朱滄湄中翰論學書》云：「學問之事，非以爲名，經經史緯，出入百家，途轍不同，同期於明道也。……文章學問毋論偏全平奇，爲所當然，而又知其所以然者皆道也。」（《遺書》九）這樣，所以途轍儘管不同，而有所見有所自得則無不同。這是學與道的關係之一。道既重在天下事物人倫日用，所以學也應如此。《原學》上云：「專於誦讀而言學，世儒之陋也。」（《遺書》二）是則學以明道，而所明者正是切於人事的道。他《與陳鑒亭論學》云：「故知道器合一，方可言學。」（《遺書》九）這是學與道的關係之二。以此言學，所以不應捨今而求古。《史釋》篇云：「君子苟有志於學，則必求當代典章以切於人倫日用，必求官司掌故而通於經術精微，則學爲實事，而文非空言，所謂有體必有用也。」（《遺書》五）這樣，所以覺得浙東學派言性命者必究於史，爲具卓識。這是學與道的關係之三。這樣，擴充了考據的範圍，於古之外，再講究今，同時也即擴充了義理的範圍，於經術之外，再講究人倫日用。所以他不廢考據，而與當時考據家之襞績補苴者不同。襞績補苴只是功力而不是學問，因爲尚未進於道。章氏《與林秀才》云：「成者爲道，未成者爲功力，學問之事則由功力而至於道之梯航也。」又《答沈楓墀論學》云：「夫考訂、辭章、義理雖曰三門，而大要有二，學與文也。理不虛立，則固行乎二者之中矣。學資博覽，須兼閱歷，文貴發明，亦期用世，斯可與進於道矣。」這是學與道的關係之四。學到「成者爲道」，即是有所自得，而自得原亦出於資性之所近。《博約》中云：「夫學有天性焉，讀書服古之中有入識最初而終身不可變易者是也。學又有至情焉，讀書服古之中有欣慨會心而忽焉不知歌泣何從者是也。功力有餘而性情不足，未可謂學問也；性情自有而不以功力深之，所謂有美質而未學者也。」（《遺書》二）有功力仍須有性情，功力是學，性情也是學。功力有餘，性情亦足，於是學問以成而道亦以明。這又是學與道的關係之五。這樣論「學」，處處與道發生關係。通於性情，故能「初有所見」；通於功力，故能「後有所期於至」。這也是實齋之所謂「通」。

實齋所謂「學」所謂「道」是如此，於是可以進究他所謂「文」是什麽？他分文爲文人之文與著述之文二種。《原道》下云：「立言與立功相準，蓋必有所需而後從而給之，有所鬱而後從而宣之，有所弊而後從而救之，而非徒誇聲音采色以爲一己之名也。」（《遺書》二）這即是說爲文應持風氣究大道，以適於用。《文理》篇云：「夫立言之要，在於有物，古人著爲文章，皆本於中之所見，初非好爲炳炳烺烺，如錦工綉女之矜誇采色已也。」（同上）這即是說爲文應有所見，應有自得之處。這樣，所以重視著述之文而輕視文人之文。《答問》篇云：

> 文人之文與著述之文不可同日語也。著述必有立於文辭之先者，假文辭以達之而已。譬如廟堂行禮，必用錦紳玉佩，彼行禮者不問紳佩之所成，著述之文是也。錦工玉工未嘗習禮，惟藉製錦攻玉以稱功，而冒他工所成爲己制，則人皆以爲竊矣；文人之文是也。故以文人之見解而譏著述之文辭，如以錦工玉工議廟堂之禮典也。（《遺書》六）

這即是章氏《言公》篇之旨。《言公》中云：「世教之衰也，道不足以而爭於文。則言可得而私矣；實不充而爭於名，則文可得而矜矣。言可得而私，文可得而矜，則爭心起而道術裂矣。」（《遺書》四）這即是有意爲文與無意爲文的分別。有意爲文，求工於文字之末，所以可矜一己之私；無意爲文，求其實有所見，所謂「志期於道，言以明志，文以足言」（《言公》上）。所以不矜於文辭。《史釋》篇云：「道不可以空詮，文不可以空著，三代以前未嘗以道名教，而道無不存者，無空理也；三代以前未嘗以文爲著作，而文爲後世不可及者，無空言也。」（《遺書》五）正因他反對空理，所以與當時之漢學宋學不同；亦正因他反對空言，所以與當時之古文家又不同。他論學則以著述與比次之學相較，論文則又以著述與文人之文相較，所以他是站在這種觀點以使義理、考據、詞章三者之合一的。《原學》下云：「學博者長於考索，侈其富於山海，豈非道中之實積！而騖於博者，終身敝精勞神以徇之，不思博之何所取也。才雄者健於屬文，矜其豔於雲霞，豈非道體之發揮！而擅於文者終身苦心焦思以構之，不思文之何所用也。言義理者似能思矣，而不知義理虛懸而無薄，則義理亦無當於道矣。」（《遺書》二）三者分裂之弊有如此。學以明道，而「文非學不立，學非文不行」，所以只有「攻文而仍本於學，則既可以持風氣，而他日又不致爲風氣之弊」（均見《答沈楓墀論學》）。

自「子史衰而文集之體盛，著作衰而辭章之學興」（《詩教》上），「自學問衰而流爲記誦，著作衰而競於詞章」（《周書昌別傳》），於是文人之文以興。文人之文興，而人才愈下，學識愈以卑汚，那正是實齋所痛惜的了。

《文史通義．詩話》條云：「學問成家則發揮而爲文辭，證實而爲考據，比如人身，學問其神智也，文辭其肌膚也，考據其骸骨也，三者備而後謂之著述。」（《遺書》五）是則他所謂著述之文，原是成家之學之所發揮，與一般人之所謂文當然有些不同了。

實齋既重著述之文而不重文人之文，故其論文，雖不同道學家之故爲高論，視爲玩物喪志，然亦不同古文家之溺於文辭，徒取詠嘆抑揚之致以自娛。其《答沈楓墀論學》云：「今之宜急務者古文辭也。」他正與一般古文家一樣以提倡古文辭爲急務。《文理》篇云：「求自得於學問，固爲文之根本，求無病於文章，亦爲學之發揮。」這與方望溪所謂言之有物，與言之有序，也有一些相近。所以由對文學的態度言，實齋與古文家的主張並不相差甚遠。

不過對於什麼是古文的問題，二家便有些出入。章氏以爲「古者稱字爲文，稱文爲辭，辭之美者可加以文，言語成章亦謂之辭，口耳竹帛初無殊別」（《遺書》九，《雜說》下）。是則古文之稱原屬後起，並非在文章中應有此一種特殊的體裁。他又說：「文緣質而得名，古以時而殊號。自六代以前，辭有華樸，體有奇偶，統命爲文，無分今古。自制有科目之別，士有應舉之文，制必隨時，體須合格，……自後文無定品，俳偶即是從對，學有專長，單行遂名爲古。古文之目，異於古所云矣。」（同上）此種論調也有一些駢散合一的傾向，以爲後世所稱之古文，不能稱之爲古文，因爲這不是古文的眞意義。所以他以爲「凡著述當稱文辭，不當稱古文，然以時文相形，不妨因時稱之」（同上小注）。是則章氏之所謂古文辭，無寧稱之爲文辭。因此他的《文史通義》，不僅文辭時雜駢儷，並且句調好作長排，有類時文之排比。此種體裁，段玉裁即不以爲然，而他則以爲「文求是耳，豈有古與時哉！」他再用嘲笑的態度以說明段玉裁見解的不對。他說：「使彼見韓非《儲說》、淮南《說山》《說林》、傅毅《連珠》諸篇，則又當爲秦漢人惜有時文之句調矣。論文豈可如是！此由彼心目中有一執而不化之古文，怪人不似之耳。」（《遺書》九，《與史余村簡》）

這種說法，仍是論文不拘形貌的主張。他先要人去掉一種執而不化的古文體裁，然後爲能知古文辭。他不但以爲文辭中雜有時文句調，爲無妨於古，並且以爲正須如此運用，才爲能合於古。他《與邵二云論文》再說明其意云：

文人之心隨世變爲轉移。古今文體升降，非人力所能爲也。古人未開之境，後人漸開而不覺，殆如山徑蹊間，介然用之而成路也。方其未開，固不能豫顯其象；及其既開，文人之心即隨之而曲折相赴。苟於既開之境，而心不入，是桃李不豔於春，而蘭菊不芳於秋也。蓋人之學古，當自其所處之境而入，古人亦猶是也。譬冀趙之人詣京都，自不須渡洪河，陳許之人詣京都，亦不必涉大江；非不能渡江河也，所處之地然也。今處吳會之間，欲詣京都，問程而得江河，則曰彼冀趙陳許之人未嘗不至京都，吾何取於江河，則亦可謂不知言矣。凡學古而得其貌同心異，皆但知有古，而忘古所處境者也。

古文之與制義，猶試律之與古詩也；近體之與古風，猶駢儷之與散行也。學者各有擅長，不能易地，則誠然矣。苟於所得既深，而謂其中甘苦不能相喻，則無是理也。夫藝業雖有高卑，而萬物之情各有其至，苟能心知其意，則體制雖殊，其中曲折無不可共喻也。每見工時文者則曰不解古文，擅古文者則曰不解時文，如曰不能爲此，無足怪耳，並其所爲之理而不能解，則其所謂工與擅者，亦未必其得之深也。僕於時文甚淺近，因攻古文而轉有窺於時文之奧，乃知天下理可通也。（《遺書補遺》）

這樣說，從時文也可以窺古文之奧，以到古文的境界，而且由文體升降言，正須如此，才能開古人未開之境；而一般古文家卻以此視爲大防，此疆彼界，强分畛域，以爲絕不可闌入時文語句，未免所見之淺了。要知有古，再要知古所處境，那麼通於古自然也會適於今。

天下之理可通，古文家也未嘗不知此。不過古文家如歸震川、方望溪諸人所傳的標識評點之册，以時文的手法窺古文之脈絡，則不免有害於文。此種方法，實齋只認爲可資修辭之助，卻不能定爲傳授之秘。他於時文，猶且反對故意强作虛實緩緊之勢（見《遺書補遺》，《論課蒙學文法》）；況於古文，當然更不贊成泥於收縱抑揚之節（見《遺書》二，《文理》篇）。而古文家卻只於這一方面看到了時文與古文心營意造之相通，所以不足法。章氏則以為「學文之事，可授受者規矩方圓，其不可授受者心營意造」（同上）。所以只於規矩方圓之間看到古文時文相通之處。因此，甘苦曲折可以共喻，而於古文中間卻也不妨闌入時文語句。這也是實齋與古文家看法不同之處。

綜上所言，可知古文家之所謂古文，是有一套已被公認而趨於凝化的句法，是有一套所謂疏宕頓挫轉折呼應的作法。這是唐宋以後的古文，而在實齋看來不是眞古文。

這個分別，即因古文家雖講言之有物，而實在無物，所以只能在分段結構意度波瀾上揣摩，所以不敢在唐宋各家習用之句調格式外有所創造或變化。至於章氏之所謂古文則不然。他所謂古文，即是上文所謂貴於中有所見之文辭。中有所見，自能與古文之眞意義相貫通而不在這些為文之末務上作考究了。

不僅如此，上所云云，本是明清以來之所謂古文，對於古人深際本無所見，所以不免有此逐末之弊。實則即就唐宋諸家之古文言之，章氏於此也有不同的見解。蓋章氏為學，既為成家之學，故他所謂古文，即是史家之古文。他先分別史與文之差異，以為：

> 志傳不盡出於有意，故文或不甚修飾，然大體終比書事之文遠勝。蓋書事之文如盆池拳石自成結構，而志傳之文如高山大川神氣包舉，雖咫尺而皆具無窮之勢，即偶有疏忽，字句疵病，皆不足以為累，此史才與文士才之分別。（《遺書補遺》，又《答朱少白書》）
>
> 余嘗論史筆與文士異趣。文士務去陳言，而史筆點竄塗改，全貴陶鑄群言，不可私矜一家機巧也。（同上，《跋湖北通志檢存稿》）

此種區別，即因文士重在修飾形式，而史家則較重內容，所以對於行文注意之點各不相同。因此，他以為「比事屬辭春秋教也，必具紀傳史才乃可言古文辭」（《遺書外編》一，《信摭》）。因此，他再以為古文至韓而失傳，而惟史家為古文辭之大宗。《與汪龍莊書》云：

> 左丘明古文之祖也，司馬因之而極其變；班、陳以降，眞古文辭之大宗。至六朝，古文中斷，韓子文起八代之衰，而古文失傳亦始韓子。蓋韓子之學宗經而不宗史，經之流變必入於史，又韓子之所未喻也。近世文宗八家以為正軌，而八家莫不步趨韓子，雖歐陽手修《唐書》與《五代史》，其實不脫學究《春秋》與《文選》史論習氣。而於《春秋》馬、班諸家相傳所謂比事屬辭宗旨，則概未有聞也。八家且然，況他人遠不八家若乎？（《遺書》九）

又《上朱大司馬論文》云：

> 古人著述必以史學為歸，蓋文辭以敍事為難。今古人才騁其學力所至，辭命議論恢恢有餘，至於敍事汲汲形其不足，以是為最難也。……古文必推敍事，敍事實出史學。其源本於《春秋》比事屬辭，《左》、《史》、班、陳家學淵源，甚於漢廷經師之授受。馬曰好學深思，心知其意，班曰緯六經綴道綱，函雅故通古今者，春秋家學遞相祖述，雖沈約魏收之徒去之甚遠，而別識心裁時有得其彷彿，而昌黎之於史學實無所解，即其敍事之文亦出辭章之善，而非有比事屬辭心知其意之遺法也。……然則推《春秋》比事屬辭之教雖謂古文由昌黎而衰，未為不可，特非信陽諸人所可議耳。（《遺書補遺》）

此意亦古人所未發。章氏既以六經爲史，故以爲經之流變，必入於史，而惟史才可當古文。古文之中又有三種分別，「春秋流爲史學，官禮諸記流爲諸子，論議詩教流爲辭章辭命」（見《上朱大司馬論文》）。因此，文辭既以敍事爲難，古文既必推敍事，則謂古文至昌黎而衰，未爲不可。

這是章氏之所謂古文。這樣論文，很有一些矛盾觀點，所以比較通達。

章氏之所謂古文既如此，那麼，可以知道古文家之所謂文法，也不是章氏之所謂文法。其《文格舉隅序》云：「古人文無定格，意之所至而文以至焉，蓋有所以爲文者也。文而有格，學者不知所以爲文，而競趨於格，於是以格爲當然之具而眞文喪矣。」（《遺書》二十九）此語雖爲時文而發，然亦與古文之理相通。古文家之所謂法，實在是格，而不是法。章氏之所謂法，則是上文所謂規矩方圓，而不是評點標識之格。

不過，他所謂規矩方圓到底是什麼？《文理》篇中並未加以說明，所以仍有闡說的必要。我們根據章氏其他諸文所言，而知他所謂規矩方圓——即所謂文法，不外二義：一是文理，一是文例。

他於《文理》篇中反對古文家之所謂法，即因古文家之所謂法不合於文理。「比如懷人見月而思，月豈必主遠懷！久客聽雨而悲，雨豈必有悲況！然而月下之懷，雨中之感，豈非天地至文！而欲以此感此懷藏爲秘密，或欲嘉惠後學，以謂凡對明月與聽霖雨，必須用此悲感方可領略，則適當良友乍逢，及新婚宴爾之人，必不信矣。」（見《文理》篇）所以作者之文雖合於文理，而經古文家特爲指出以爲文法，那就不合文理了。「如啼笑之有收縱，歌哭之有抑揚，必欲揭以示人，人反拘而不得歌哭啼笑之至情矣。」（同上）這即是經人揭示之法，不合文理之例。所以這些法即使出於古文家會心有得，也不可據爲傳授之秘。「吐己之所嘗而哺人以授之甘，摟人之身而置懷以授之暖」，也未免風光狼籍了。

所以他說：「古人論文多言讀書養氣之功，博古通經之要，親師近友之益，取才求助之方」（《文理》

篇）。此種方法，即是所以明其理。能明其理，自然不會有種種拘泥，束縛於古文家之所謂法。章氏《古文十弊》所舉諸例及《黠陋》《俗嫌》《雜說》所言各節要不外二種意義：在積極方面，使人知道怎樣才合於義；必須自己具有卓識，不隨流俗，然後才能當於事理。在消極方面，使人知道怎樣避免古文家之所謂法，不致拘泥摹古，襲其形貌。所以文理之說，是他建立文法之說的理論。

理論既立，原則既定，於是條例不妨瑣屑；因此，有所謂文例之說。論文定例，原不始於章氏，重考據者如顧亭林黃梨洲諸氏即已開此風氣；即文人如袁子才也於其文集明定體制。所以清代學者之講文例，自是一時風氣使然。然而文例之起，實始碑誌之學。自潘昂霄《金石例》後，繼者紛起，可知文例原出於史學。章氏論文所以好言義例者在此。其《與邵二云論文》自謂「於體裁法度義例，殆與杜陵所謂『晚節漸於詩律細』也」。可知他對於文例是如何重視的了。

章氏討論文例之文，如《與邵二云論文書》，《答周永清辨論文法》，《答某友請碑誌書》（均見《遺書》九）及《論文示貽選》（《遺書》二十九）與《文史通義．繁稱》篇諸文所討論的，都是辨正稱名用詞之誤，而其標準則折衷於事理，取則於史法，所以文例之說也不是與文理無關。以上諸文所講，固不免過於瑣屑，但亦不可忽略，因爲這即是他的所謂規矩方圓。

不要以爲規矩方圓是很簡單的。稱名用詞，雖是很微末的事，作文者大都能之，但須知其間也自有各種變化，有的由於文體的關係，有的由於時代的關係。即如實齋《墓銘辨例》（《遺書》八）及《報謝文學》（《遺書》九）諸篇所舉，亦難以一端求之。章氏《與邵二云》云：「法度猶律令耳。文境變化，非顯然之法度所能該；亦猶獄情變化，非一定之律令所能盡。故深於文法者必有無形與聲而復有至當不易之法，所謂文心是也。精於治獄者，必有非典非故而自協天理人情之勘，所謂律意是也。文心律意非作家老吏不能神明，非方圓規矩所能盡也。然用功純熟可以旦暮遇之。」(《遺書》九)我們假使以文例爲規矩方圓,那麼文理即是所謂文心了,所以文理之說必得文例而始具體,而文例之說也必得文理而始完備。章氏《書郎通議墓誌後》謂官名地名濫用古號即爲文理不通,即爲乖於法度。所以文理文例原是互有關係。章氏之所謂文法是如此。「文求其是」,這即是「是」的標準。

於是,我們可以結束上文而討論到實齋所謂文律,即淸眞的問題。他《與邵二云》云:「僕持文律不外淸眞二字。」眞的,實齋文論,一言以蔽之,淸眞之教而已。何以言之?上文所謂成家之學,所謂義理博學文章之合,所謂道與學與文之關係,無不可用淸眞二字解釋之;上文所謂對於古文的看法,所謂文理與文例,也無不可用淸眞二字解釋之。實齋文論之能一以貫之者,即淸眞二字而已。

他說:「淸眞者,學問有得於中,而以詩文抒寫其所見,無意工辭而盡力於辭者莫及也。」(《遺書》五,《詩話》)由這一點言,淸眞之義,即他所謂著述之文。「著述必有立於文辭之先者,假文辭以達之而已!」能有立於文辭之先,則自然符其淸眞之教。實齋之學期於明道,故重在理;而道既不可以空詮,故又重在事。理與事合,溝通了宋學與史學,而成爲實齋之學。及其發而爲文,約六經之旨以究大道,即是所謂理;就事變之出於後者而隨時撰述,即是所謂事。理與事合,即所謂立於文辭之先,那又成爲實齋之文。實齋之學是如此,故實齋之文也如此。實齋之學與文如此,而又符於孔子述作之旨,這是他的通達之點一。

由理與事言,他再說:

《易》曰:「神以知來,智以藏往。」知來,陽也;藏往,陰也;一陰一陽,道也。文章之用,或以述事,或以明理。事溯已往,陰也;理闡方來,陽也。其至焉者,則述事而理以昭焉,言理而事以範焉;則

> 主適不偏，而文乃衷於道矣。遷、固之史，董、韓之文，庶幾哉有所不得已於言者乎？（《原道》下）

言理言事，本是古文家常說的話。魏叔子云：「文章以明道適事」（魏禧《惲遜庵文集序》），李穆堂云：「論事之文以說理出之，則根柢深厚而無小非大矣；說理之文以論事出之，則精神刻露而無微不著矣。」（李紱《秋山論文》）類此的話，稍一翻翻昔人論文之著，眞是多不勝舉。何以在古文家說時便成爲空套，便是言之無物；在章實齋說來，便符孔子述作之旨呢？則以古文家所謂言理言事，係分析文章之體，是論述作文之法，所以不聞稱之爲道。至實齋所言，則由其所謂著述之例推之：言理是作，言事是述；議論是作，敍記是述；義理是作，考據是述；學問是作，功力是述；述作相關，理事無別，所以「其至焉者則述事而理以昭焉，言理而事以範焉」。其《禮教》篇云：

> 夫名物制度，繁文縟節，考訂精詳，記誦博洽，此藏往之學也；好學敏求，心知其意，神明變化，開發前蘊，此知來之學也。（《遺書》一）

此則本於知來藏往之說，以溝通義理考據的分別，而成其所謂著述之文。其《跋香泉讀書記》云：

> 古之能文者，必先養氣；養氣之功，在於集義。讀書服古，時有會心，方臆測而未及爲文，即札記所見以存於錄，日有積焉，月有匯焉，久之久之，充滿流動，然後發爲文辭，浩乎沛然，將有不自識其所以者矣。此則文章家之所謂集義而養氣也。《易》曰：「神以知來，知以藏往。」存記札錄，藏往以蓄知也；

詞鋒論議，知來以用神也。不有藏往，何以遂知來乎？（《遺書》二十九）

這樣說，又以藏往爲功力，知來爲學問了。「藏往以蓄知，知來以用神」，那麼，又以藏往爲學問，而知來爲文辭了。於是衡以清眞之說，又可以清眞二字分屬於文與學二方面。清是文的問題，所以說：「清則就文而論」（《遺書外編》一，《信摭》），眞是學的問題，所以又說：「眞之爲言，實有所得而著於言也。……眞則未論文而先言學問也。」（同上）本來他講「學」固不廢「文」，故講「文」也不廢「學」。《說林》篇云：「諸子百家悖於理而傳者有之矣，未有鄙於辭而傳者也。」（《遺書》四）這可見文的重要。《詩話》篇注云：「論詩文皆須學問，空言性情畢竟小家」（《遺書》五），這更可見學的重要。所以他《答沈楓墀論學》云：「夫文非學不立，學非文不行，二者相須若左右手，而自古難兼，則才固有以自限；而有所重者，意亦有所忽也。」他正不欲在此二方面有所輕重，故理與事合，所以成其學，也即所以成其文。是則清眞二字分屬文與學兩方面原未爲不可。實齋之說，其四通八達每如此！這是他的通達之點二。

清眞之說，再有一個分析的解釋，即是所謂「清則氣不雜也，眞則理無支也」（《遺書》九，《與邵二云》）。在這裡，他又以清眞二字分講氣與理了。而氣與理，又未嘗不與文與學有關係。因此，我們再應分別言之。

「清則氣不雜也」，我們必先推究他如何以氣言文，而歸於清之旨。其《爲梁少傅撰杜書山時文序》云：「學以致道，而文者氣之所形」（《遺書》二十九），可知他是本於蘇轍之語而推闡之的。

怎樣爲不雜呢？他似乎較偏於文例的見解以說明清的原則。他以爲「清則主於文之氣體，所謂讀《易》如無《書》，讀《書》如無《詩》，一例之言，不可有所夾雜是也」（《遺書外編》二，《乙卯札記》），此其一。他又以爲

「時代升降，文體亦有不同，用一代之體，不容雜入不類之語」（同上），此其二。體制不純，則辭不潔。「辭不潔而氣先受其病矣」，「辭不潔則氣不清矣」（見《遺書補遺》，《評沈梅村古文》）。這些理由，猶與古文家的論調相近。他說：「辭賦綺言不可以入紀傳。……太史遷《伯夷列傳》有云：『伯夷叔齊雖賢，得夫子而名益彰；顏淵雖篤學，附驥尾而行益顯』。夫驥乃馬名，而尾乃馬體，以此而代先聖門牆，得毋不潔不清之尤者歟？……韓子曰：『文無難易，惟其是耳』。學者動言師古，而不知古人亦有不可法者，後人亦有不可廢者。體裁義例，規矩法律，古人小有出入不妨於寬，而今則實有不得不嚴之勢。」（同上）可知文例之嚴，即所以俟其氣之不雜，即所以求其文之清。

「眞則理無支也」，我們更須說明他如何以理言學而歸於眞之旨。《說林》篇云：「君子學以致其道，將盡人以達於天也。」（《遺書》四）是則他又本於子夏之語而推闡之了。

怎樣爲無支呢？他似乎較偏於文理的見解以說明眞的原則。他以爲「理出於識」，他以爲「學以練識」，而他又以爲「識之至者大略相同，蓋理本一也」（均見《爲梁少傳撰杜書山時文序》）。所以由學以練識，而進究夫理，則其識之至者自然也不會支了。章氏《答沈楓墀論學》云：「夫文求是而學思其所以然。」文求是，是求清之道；學思其所以然，是求眞之道。這樣解釋，於是文例與文理之說也得以貫通。這是他的通達之點三。

然而實齋之論淸眞，雖可有此分別，卻更重在溝通。因此他講到「淸」，也有理的問題；講到「眞」，也有氣的問題。論到這，他有兩篇比較重要的文不可不加以論述。一篇是《史德》，一篇是《質性》。《史德》一篇是於史才史學之外討論著書者之心術。他說：「能具史識者必知史德。」所以史德所重者是識，而所辨者是心術。因此，由理的問題便成爲氣的問題。《質性》一篇又是於文情文心之外討論文性。他以爲「文性實爲元宰，離性言情，珠亡櫝在」。所以要辨別何者爲狂，爲狷，爲中行，何者爲僞狂，僞狷，僞中行，於是又由氣的問題，講爲理的問題了。由「眞」言，重在理無支；而求理之無支，仍不能不講到氣與情。他說：「氣合於理，天也；氣能違理以自用，人也。情本於性，天也；情能汩性以自恣，人也。」（《史德》篇）是則情與氣均不能無失。情與氣一有所偏，可以自用，可以自恣，則「發爲文辭至於害義而違道」（同上）。所以理之無支，尤貴氣得其平，情得其正。他再於《文德》篇發其義云：「凡爲古文辭者必敬以恕。」（《遺書》二）所謂恕，謂論古必恕，是理的問題；所謂敬，謂臨文必敬，又是氣的問題。所以說「主敬則心平而氣有所攝，自能變化從容以合度也」（同上）。這是他由理以兼講到氣之處。由清言，重在氣不雜；而求氣之不雜，又必重在心術之養，這仍是理的問題。養其心術即是學問。所以說：「人秉中和之氣以生，則爲聰明睿智，毗陰毗陽，是宜剛克柔克，所以貴學問也。驕陽沴陰，中於氣質，學者不能自克，而以似是之非爲學問，則不如其不學也。」（《質性》篇）於是所謂「理無支」云者，即靠學以變化其氣質。韓愈所謂「仁義之人其言藹如」，謂爲理無支，可；謂爲氣不雜，也可。這又是由氣以兼講到理之處，所以說：「故理徹而氣益昌，清眞之能事也。」（《爲梁少傅撰杜書山時文序》）

不僅如此，清與眞原不能分爲二事。由文章之體制風格言，宜求其不雜；由文章之內容思想言，宜求其無支。氣不雜，易使理無支，理無支，也能使氣不雜。《言公》中云：「《易》曰『修辭立其誠』，誠不必於聖人至誠之極致，始足當於修辭之立也。學者有事於文辭，無論辭之如何，其持之必有其故，而初非徒爲文具者皆誠也。有其故而修辭以副焉，是其求工於是者，所以求達其誠也。」（《遺書》四）持之必有其故，這即理無支的問題；修辭以副焉，又即氣不雜的問題。形式決定了內容，同時內容又決定了形式。所以再說「《易》奇而法，《詩》正而葩，《易》以道陰陽，《詩》以道性情也。其所以修而爲奇與葩者，則固以謂不如是則不能以顯陰陽之理與性情之發也」（同上）。這樣說，清與眞又不能分爲二事了。

章氏於《文學敍例》云：「文之於學非二事也。」（《遺書》二十一）雖非二事而卻可以分析著講；分析著講而仍不能不明瞭其關係。實齋之言淸眞也亦然。這又是他的通達之點四。

◎七五　桐城文派與其文論◎

桐城文何以能成派？桐城文之成派，即因桐城文人之文論有其一貫的主張之故。淸代文論以古文家爲中堅，而古文家之文論又以「桐城派」爲中堅。有淸一代的古文，前前後後殆無不與桐城生關係。在桐城派未立以前的古文家，大都可視爲「桐城派」的前驅；在「桐城派」方立或既立的時候，一般不入宗派或別立宗派的古文家，又都是桐城派之羽翼與支流。由淸代的文學史言，由淸代的文學批評言，論到它散文的部分都不能不以桐城爲中心。

桐城文何以能這樣卓然有所成就呢？即因他們所標擧的雖是古文，而懲於明代文人强學秦漢之失，不欲襲其面貌，剽其句字，所以宗主唐宋文的目的與作用，又在欲作比較接近口語的文字。桐城文之所以能通於古而又適於今者在此。桐城文素以雅潔著稱，惟雅故能通於古，惟潔故能適於今。這是桐城文所以能爲淸代古文中堅的理由。

不僅如此，他們受淸代學風之影響，即於唐宋古文也不以摹擬其波瀾間架爲能事。他們推崇程朱，而又不廢考據，無論如何，比了明代及淸初之爲古文者，總是切實一點，總是於古學有所窺到一點，故能言之有物。同時，又能不爲淸代學風所範圍，即在考據學風正盛之際，也不染其繁徵博引，臃腫累墜之習，而以空靈雅潔之古文矯之，故又能言之有序。有物有序，而又比較接近口語，爲一般人所了解，自然易於轉移一時之視聽；何況這種學風又最適合封建社會，配合當時統治階級的胃口呢？這就是「桐城文派」所以能屹然自立的緣故。

「桐城派」之名稱，起於程晉芳周永年諸人之戲言。曾國藩《歐陽生文集序》云：「乾隆之末，桐城姚姬傳先生鼐，善爲古文辭，摹效其鄉先輩方望溪侍郎之所爲，而受法於劉君大櫆，及其世父編修君範。三子既通儒碩望，姚先生治其術益精。歷城周永年書昌爲之語曰：『天下之文章其在桐城乎？』由是學者多歸向桐城，號『桐城派』，猶前世所稱『江西詩派』者也。」此文論述「桐城派」得名之故，由於周書昌。而其後，李詳《論桐城派》一文（載《國粹學報》四十九期），復謂「乾隆中程魚門（晉芳）與姚姬傳先生相習，謂『天下文章其在桐城乎？』此乃一時興到之言，姬傳先生猶不敢承」。並自加注云「曾文正謂周書昌，非是」，則又以爲「桐城派」之得名由於程魚門。實則「桐城派」得名之由，與程周二人都有關係。姚鼐《劉海峯先生八十壽序》明明說：「曩者鼐在京師，歙程吏部，歷城周編修語曰：『爲文章者有所法而後能，有所變而後大。維盛淸治邁逾前古千百，獨士能爲古文者未廣。昔有方侍郎，今有劉先生，天下文章，其出于桐城乎？』」則是「桐城文派」之所由得名，原出於程周二氏共同之戲言。至姚姬傳用以入文，於是始爲一般人所習知，由戲言而成爲定論。

到後來，再經方東樹（植之）之宣傳，於是桐城三祖的地位遂以確定。桐城宗派之建立，至是遂不能動搖了。他於《書惜抱先生墓誌後》一文稱方深於學，劉優於才，而姚尤以識稱，稱方文靜重博厚，像地之德，劉文風雲變態，像天之德，姚文淨潔精微，像人之德，於是此三家遂若鼎足之不可廢一。他說：「夫以唐宋到今數百年之遠，其間以古文名者何止數十百人，而區區獨舉八家，已爲隘矣；而於八家後又獨舉桐城三人焉！非惟取世譏笑惡怒，抑眞似鄰於陋且妄者。然而有可信而不惑者，則所謂衆著於天下人之公論也。」（《儀衞軒文集》六）他竟不認爲標榜，不認爲鄉曲之私。故於《劉悌堂詩集序》再申言之云：「方、劉、姚之爲儒，……蓋非特一邑之士而天下之士，亦非特天下之士而百世之士也。雖其人氣象不侔，學問造詣不侔，文章體態不侔，要其足通古作者之津，而得其眞，無不若出於一師之所傳。……非有眞人孰能眞知而篤信之哉！」（《儀衞軒文集》五）他竟自信甚眞，所以不怕譏訕，不怕謗議，毅然決然以此三人爲八家之續。在當時，姚姬傳纂輯《古文辭類纂》於清代錄望溪海峯，晚年嫌起爭端，頗有悔意，欲删去之，而他則以爲「只當論其統之眞不眞，不當問其黨不黨。」（見《儀衞軒文集》七，《答葉溥求論古文書》）這種態度，由一方面言，原可稱爲他們之眞知篤信；由另一方面言，卻仍不免明人壇坫自雄的習氣。

古人自視甚高，不可謂妄；清代稱許甚蘄，也不可謂陋。韓、柳、歐、蘇、曾、王之在當時，即已如此，何獨至吾徒而疑之！這也是方東樹的主張（見《儀衞軒文集》八，《送毛生甫序》）。在他們看來，宗派之建立，原屬當然的事，不知宗派既立，途轍歸一，末學無識，競相附和，也就有很大的流弊。所以吳敏樹《與筱峯論文派書》即已不滿曾國藩流派之說，而其後王先謙、李詳諸人也均不以宗派之說爲然。蓋文章一道，即就當時傳統眼光來看，也是一方面須師古，一方面須有我。師古則宜無所不學，原無所謂派；有我則重在自爲，更不應限之以派。所以建立宗派，只是純藝術論者無聊的舉動。我們現在所以仍沿用「桐城文派」的名稱，只因就文學史言，容易看出一時之風氣；就文學批評言，又容易看出他們一貫的主張罷了。

尤其是後者，——從文學批評而言，桐城文人也確有其一貫主張與共同標的。這一貫主張與共同標的是什麼？即是所謂古文義法的問題。桐城文人正因有古文義法之說，爲其文論之中心，所以能成爲派。一般人只從作風方面去論「桐城派」，所以對於劉海峯之文，使覺其與方、姚異趣。不僅劉氏，即如姚門四大弟子之一之方東樹，其作風也何嘗與方、姚相類！此所以泥於其跡，不免窒礙難通。若從他們的思想言之，從他們的文論言之，則言論意見縱使有小出入，而中心問題卻是不變的。

那麼桐城文人怎樣建立其文論呢？桐城文人既以古文義法之說爲其文論之中心，所以桐城三祖之學問造詣盡有不同，風格也盡不一致，而由文學批評言之，則眞如方東樹所說，「如鼎足之不可廢一」，而「無不若出於一師之所傳」。

何以見其如鼎足之不可廢一？古文義法之說原是桐城初祖方望溪的主張。此說初立，本極簡單；其後經劉海峯爲之推闡而使之具體化，再經姚惜抱爲之補充而使之抽象化，於是到方東樹再加以綜合而集其大成。所以方、劉、姚三家之說不必盡同而互有關係。因此，遂如鼎足之不可廢一。

何以見其若出於一師之所傳？古文義法之說，原有些近於昔人所謂文道合一的問題。然而，這是老生常談。桐城文人之論義法，不妨仍有此見解，但決不能限於這些陳陳相因的膚論。蓋桐城文論既集以前文論中正統派之大成，當然不能不蹈襲昔人的舊說；但同時，桐城文論之所以能成爲桐城文論，也即因在舊說之中又能別開生面的緣故。所以古文義法之說，決不能以文道合一的膚論視之。

方望溪，比較還重在道的方面；可是，他《答程夔洲書》自謂「此雖小術，失其傳者七百年」（《望溪文集》六），是則他所自負而自矜者原來正在「小術」方面，易言之，正在「文」的方面。劉海峯，便不復用這些煙幕彈了。他竟直截痛快謂義理是材料，而不是能事，故撇開義理不談，而只講文人之能事。姚惜抱，雖仍不免兼顧義理考據，但他所謂「文」，是廣義的文，是詩文合一的文，故所側重的也在文人之能事。即如後來方植之，似乎頗能於道的方面加以闡發，然而他猶且說：「古文之道非得之難，爲之實難。」是則他所講的仍屬於「爲文之方」。此所謂「文人能事」，此所謂「爲文之方」，才是桐城文人自認爲獨到之處。是則古文義法云者，正應在這一方面求之，才見桐城文論之眞。因此，桐城文人之論調雖異，遂若出於一師之所傳。

桐城三祖之文論以有其共同標的，所以各人不妨就其才學識之所近而分途發展，不必蘄其一致。各人所得雖不一致，而主張仍是一貫，歸宿仍是相同，所以桐城文論又始終不離所謂古文義法的問題。蓋在此名詞之下，可以範圍以前理學家的文論，也可以範圍以前唐宋八家之文論；不僅如此，桐城文論之所自出，固然是明代爲唐宋古文者歸震川諸人的關係，實在也受明代爲秦漢古文者前後七子的影響。因此，義法之說，有牽涉到道的方面的門面語，也有專重在文的方面的眞知語。門面語可以不述，眞知語則不能不述；眞知語之出於歸、唐諸子者可以不述，眞知語之出於前後七子者則不能不述。

在明代，宗主秦漢與宗主唐宋的兩派文人，從表面上看，固是門戶各立；從骨子裡看，則是沆瀣一氣。爲什麼？即因他們都是復古，都是摹仿，本出同一手法；所異者只在宗主不同，爭一頭面而已。同樣是學古，只因古今語言之變遷，形成古今文章形貌之距離，於是摹擬有難易，而成功也有高下。宗秦漢者，以其距離之遠，不得不先摹形跡，從語句組織入手，所以覺其泥古不化；宗唐宋者不必如此，可從語氣神情上揣摩，遂有所謂開闔抑揚之法，而似覺神明在心，變化由己了。這些意思，我們以前論述明代文學批評時已曾講過。再有，秦以前之文重在著述，其形式爲經爲史爲子而不成爲集。至由著述而流爲集部，則是漢以後一輩文人開始的。自漢以迄六朝，文人所作始由著述之體成爲單篇散文。這好似小說之由長篇而變爲短篇，戲劇之由多幕而進爲獨幕，誠是一種進步。隨此進步而起的，有所謂謀篇結撰之法，有所謂開闔照應之論，因爲這是單篇散文必須注意的技巧。不過六朝以前，一般人所注意的，更重在遣詞使事這方面，所以不覺其有抑揚開闔起伏照應之法而已。韓柳諸人矯之，雖易駢而爲散，然於著述之單篇化則仍而不變，於是不得不在規矩繩墨上更加以注意，而爲文遂有蹊徑可尋，因爲這是散體的單篇散文之惟一的技巧。這樣，所以學秦漢者删節助詞，餖飣古語，固成爲窠臼；而學唐宋者，只講轉折波瀾也成爲窠臼。李空同之於秦漢，茅鹿門之於唐宋，都有這種缺點。實則摹擬古人的語言與學習古人的規矩繩墨，二者之間，並非不能發生聯繫。秦漢之文雖疑於無所謂法，而仍有法可窺，即因出於語氣之自然。唐宋之文雖不能無法，而神明變化不是死法所得範圍，又因與語言接近的緣故。所以古文家之文論，說得抽象一些，便是「氣」，即是語氣之自然；說得具體一些，便是「法」，即是謀篇的結構。氣盛言宜，自然能合抑揚開闔起伏照應之法；文成法立，也自然能有涇暢歇宣之氣。這樣講，於是語言的問題與規矩繩墨的問題，便發生聯繫了。在明代，由秦漢以折入唐宋的唐順之，與本秦漢而加以修正的屠隆，以及由秦漢而更進一步的孫鑛，或專主唐宋的艾南英，都已約略窺到這點，不過不曾在這方面組成系統的文論而已。而桐城文人，即是在這方面組成其系統的文論的。

◎七六　方苞古文義法◎

什麼是古文義法？古文義法有二種意義，即如上文所述：就文之整體言之，則包括內容與形式的調劑，而融合以前道學家與古文家之文論。就文之局部言之，即專就學文方式而言，則又能融合秦漢派之從聲音證入以摹擬昔人之語言，與唐宋派之從規矩證入以摹擬昔人之體式。這樣，所以能集古今文論之大成。

義法之說，是桐城初祖方望溪的主張。望溪名苞，字靈皋，桐城人，所著有《望溪文集》等書。他所提出的義法問題，即已包含上述二重意義。蓋望溪所謂義法，可看作兩個分立的單詞，也可看作一個連綴的駢詞。由分立的單詞言，則義是義，而法是法；義法之說，即所以謀道與文的融合。由連綴的駢詞言，則義法又是學古之途徑，只成爲學文方式而已。

先由「義」「法」二字爲單詞的意義言，則望溪與姜宸英等論及立身祈向，所謂「學行繼程朱之後，文章介韓歐之間」（見王兆符《望溪文集序》），即已逗露此意。所以義法之說，可以看作他的文學觀，也可以看作他的人生觀。義者期其文之思想之不背於理，即以程朱爲祈向者是；法者期其文之形式之不越於度，即以韓歐爲宗主者是。姚永樸《文學研究法綱領》篇嘗分析義法之意義云：

《易．家人卦》大象曰，「言有物」，《艮》六五爻曰，「言有序」：物即義也，序即法也。《書．畢命》曰，「辭尚體要」：要即義也，體即法也。《詩．正月》篇曰，「有倫有脊」：脊即義也，倫即法也。《禮記．表記》曰，「情欲信，辭欲巧」：信即義也，巧即法也。左氏襄二十五年《傳》曰，「言以足志，文以足言」：志即義也，文即法也。

自來言義法者，當以這一節解釋得最爲明晰，證以方氏所言，亦相符合。方氏《又書貨殖傳後》云：

《春秋》之制義法，自太史公發之，而後之深於文者亦具焉。義即《易》之所謂「言有物」也，法即《易》之所謂「言有序」也。義以爲經而法緯之，然後爲成體之文。（《望溪文集》二）

這是就文的整體而言，所以「義以爲經而法緯之」。義指內容，法指形式；義求有物，法求有序：然後爲成體之文。我們再看方氏義法的根據，實本於《史記．十二諸侯年表序》中「孔子次《春秋》，上記隱，下至哀公之獲麟；約其文辭，治其煩重，以制義法，王道備，人事浹」諸語。《史記》所謂「王道備，人事浹」云者，即由有義以主之；至「約其文辭，治其煩重」云者，則又因有法以裁之之故。方氏自述義法之源，遠本於《易》而近出於史遷，其意義亦正與姚永樸所言相合。

大抵望溪處於康、雍「宋學」方盛之際，而倡導古文，故與宋學溝通，而欲文與道之合一，後來姚鼐處於乾嘉「漢學」方盛之際，而倡導古文，故復與漢學溝通，而欲考據與詞章之合一。他們能迎合當時統治階級的意圖而爲古文，又能配合當時知識分子所倡導的學風以爲其古文，桐城文之所由成派，而桐城文派之所由風靡一時，當即以此。

他看到古文之學與詩賦異道，所以有序必求其有物。其《古文約選序例》謂「學者以先秦盛漢辨理論事，質而不蕪者爲古文，蓋六經及孔子孟子之書之支流餘肄」（《望溪集外文》四），可見其託體之尊。惟其如此，所以對於震川之文，猶且以爲「於所謂有序者蓋庶幾矣，而有物者則寡焉」（《望溪文集》五，《書歸震川文集後》）。震川之文且未能滿意，何況其他！故於《答申謙居書》再說明其義云：

僕聞諸父兄，藝術莫難於古文；自周以來，各自名家者僅十數人，則其艱可知矣。苟無其材，雖務學不可强而能也；苟無其學，雖有材不能騁而達也。有其材，有其學，而非其人，猶不能以有立焉。蓋古文之傳，與詩賦異道。魏晉以後奸僉汚邪之人，而詩賦爲衆所稱者有矣。以彼瞑瞞於聲色之中，而曲得其情狀，亦所謂誠而形者也；故言之工而爲流俗所不棄。若古文則本經術而依於事物之理，非中有所得不可以爲僞。故自劉歆承父之學，議禮稽經而外，未聞奸僉汚邪之人，而古文爲世所傳述者。韓子有言：「行之乎仁義之途，游之乎詩書之源」，茲乃所以能約六經之旨以成文，而非前後文士所可比並也。（《望溪文集》六）

謂古文本於經術而依於事物之理，所以必須有其學。謂古文必中有所得，不可以爲僞，所以更須是其人而後始能以有立。核其文而平生所學不能自掩，所以他的立身祈向，即是他的文學觀。古文既依於事物之理，則有其理而法於次，再由義法二字爲駢詞的意義言，則義之與法，本是分離不開。古文既依於事物之理，則有其理而法自隨之，所以法隨義生，而義法遂不可分離了。方氏《與孫以寧書》謂：「古之晰於文律者，所載之事，必與其人之規模相稱。太史公傳陸賈，其分奴婢裝資瑣瑣者，皆載焉。若《蕭曹世家》，而條舉其治績，則文字雖增十倍，不可得而備矣。故嘗見義於《留侯世家》曰，留侯所從容與上言天下事甚衆，非天下所以存亡，故不著。此明示後世綴文之士，以虛實詳略之權度也。」（《望溪文集》六）此文所謂記事稱其人之規模是論義，虛實詳略之權度是論法。又《答喬介夫書》云：「蓋諸體之文，各有義法。表志尺幅甚狹，而詳載本議，則臃腫而不中繩墨；若約略剪截，俾情事不詳，則後之人無所取鑒，而當日忘身家以排逆議之義，亦不可得而見矣。《國語》載齊姜語晉公子重耳，凡數百言，而《春秋傳》以兩言代之。蓋一國之語可詳也，傳《春秋》總重耳出亡之跡，而獨詳於此，則義無取。今試以姜語備入《傳》中，其前後尚能自運掉乎。世傳《國語》亦丘明所述，觀此可得其營度爲文之意也。」（《望溪文集》六）此文所謂有所取鑒是義，中繩墨而能自運掉爲法。又《與程若韓書》云：「來示欲於志有所增，此未達於文之義法也。昔王介甫志錢公輔母，以公輔登甲科爲不足道，況瑣瑣者乎。……在文言文，雖功德之崇，不若情辭之動人心目也。而況職事族姻之纖悉乎？」（《望溪文集》六）此文所謂不述流俗瑣瑣不足道之事是義，而情辭動人是法。故其所謂義法云者，隨文之內容而異，隨文之體制而異，同時復隨文之作用而異。法本無定，明其義自能合於法。於是義法之說，便變成不能分離的事物了。

大抵就議論文言，則義是理而求其心有所得，法屬辭而期其必自己出，所以「義」「法」二字，尚可看作兩個分立的單詞。就敍記文言，則剪裁去取虛實詳略，自有權度，必得體要，而「義法」也就不得不看作連綴的駢詞。方氏論文所以偏重在記事之文者即以此。其《書五代史安重誨傳後》云：

> 記事之文，惟《左傳》、《史記》各有義法。一篇之中，脈相灌輸而不可增損，然其前後相應，或隱或顯，或偏或全，變化隨宜，不主一道。《五代史．安重誨傳》總揭數義於前，而次第分疏於後，中間又凡舉

四事，後乃詳書之，此書疏論策體；記事之文，古無是也。《史記．伯夷、孟荀、屈原傳》議論與敘事相間，蓋四君子之傳，以道德節義，而事跡則無可列者，若據事直書，則不能排纂成篇，其精神心術所運，足以興起乎百世者，轉隱而不著。故於《伯夷傳》嘆天道之難知，於《孟荀傳》見仁義之充塞，於《屈原傳》感忠賢之蔽壅，而陰以寓己之悲憤，其他本紀世家列傳有事跡可編者，未嘗有是也。《重誨傳》乃雜以論斷語！夫法之變，蓋其義有不得不然者。歐公最爲得《史記》法，然猶未詳其義，而漫效焉。後之人又可不察而仍其誤耶？（《望溪文集》二）

是則所謂義法云者，必須洞明乎義，始能暗合於法。義爲法之根據，法爲義之表現，法隨義變，亦從義出，於是義法雖分，可以看作一件事了。其《古文約選序例》中謂「義法最精者莫如《左傳》《史記》」，謂「子長世表年表月表序，義法精深變化」。以及「序事之文，義法備於《左》《史》」云云，此處所用義法兩字，都可看作一個語詞，這是方氏所謂義法的另一義。

這樣講義法，於是法爲活法而不是死法，所以他以爲秦漢以前之文合義法，而唐宋以後反有不合義法者（見《望溪文集》五，《書韓退之平淮西碑後》）。又必這樣講義法，於是法有常法，而同時復有變法。所以他以爲左氏韓子之義法顯然可尋，而太史公則於雜亂而無章者寓焉（見《望溪文集》二，《又書貨殖傳後》）。於並無定法以前求義法，於神明變化不可端倪之中求義法，所以他所謂法，常隨意變，不能拘泥求之。桐城文論由這一點言，不僅較明代七子之以摹擬秦漢格調爲法者爲高，即較歸茅諸人僅僅以開闔呼應論法者也勝一籌。但是其論雖高，而古文本身到此時已成强弩之末，所以沒有起什麼作用。

方氏論文對於班馬優劣，往往申馬而絀班，如《書漢書禮樂志》等文皆推尊史遷，而斥班史之疏於義法。我們若以此種議論與王若虛《滹南文辨》所言較之，則正相反背。其所以抵牾之故，即因王氏所謂「法」，只就「文」言，而方氏所謂「法」，乃兼指「義」言的。

法而與義相合，於是義法之說又可視為「雅潔」之稱之同義詞。沈蓮芳《書方望溪先生傳後》稱引望溪語云：「南宋元明以來，古文義法不講久矣。吳越間遺老尤放恣，或雜小說，或沿翰林舊體，無雅潔者。」（《清文錄》六十八）據是，便可看出文之雅潔由於講義法，而義法之標準也即在雅潔。下文再舉出具體的例，謂：「古文中不可入語錄中語，魏晉六朝人藻麗俳語，漢賦中板重字法，詩歌中雋語，南北史佻巧語。」（見同上）即因古文中用入這些語，便有妨礙文之雅潔的可能。呂璜所纂吳仲倫《初月樓古文緒論》中也說：「古文之體忌小說，忌語錄，忌詩話，忌時文，忌尺牘，此五者不去，非古文也。」桐城派之異於其他古文家者原在這一點，這是所謂雅潔的一種意義。此種意義，實即從明代「秦漢派」摹擬古人語言之法轉變得來。

此外，雅潔的另一種含義，便是謹嚴樸質刊落浮辭之謂。其《書柳文後》所指斥柳子厚文之病，有所謂「辭繁而蕪，句佻且稚」者（《望溪文集》五），所謂佻稚，便是不合上文所述的雅潔的意義；所謂繁蕪，便是不合現在所說的雅潔的另一含義。其《書歸震川文集後》云：「又其辭號雅潔，仍有近俚而傷於繁者。」（《望溪文集》五）近俚即不合前者的標準，傷於繁即不合後者的標準。所以他所謂雅潔，於刊除俚語俳語雋語佻巧語及二氏語之外，更須刊落浮辭，蕪辭。必須於虛實詳略之間自有權度，然後才不致若市肆簿籍，使覽者不能終篇。他說：「夫文未有繁而能工者，如煎金錫，粗礦去，然後黑濁之氣竭而光潤生。《史記》《漢書》長篇乃事之體本大，非按節而分寸之不遺也。」（《望溪文集》六，《與程若韓書》）這也是他所謂義法的標準。由這一義言，又從明代「唐宋派」摹擬古人法度之法轉變得來。

合此二者，於是去取刪潤之間，自能明於體要。其《書蕭相國世家後》云：「柳子厚稱太史公書曰潔，非謂辭無蕪累也；蓋明於體要而所載之辭不雜，其氣體爲最潔耳。」（《望溪文集》二）是則所謂雅潔云者，正即是上文所謂法隨義生的意義。

因此，我們所以說方氏義法之說有二重意義：分析言之，則「義」是學與理的問題，而「法」屬於文。綜合言之，則義法又是學古之途徑，也可稱爲古文的標準。後來，劉海峯重在「法」的問題，專就文的方面發揮，而義法之說遂成爲具體化；姚姬傳重在「義」的問題，兼就學與理方面推闡入微，而義法之說又成爲抽象化。

◎七七　劉大櫆義法說之具體化◎

劉大櫆，字耕南，一字才甫，號海峯，桐城人。

他是「桐城派」的中堅人物；遊京師時，以文謁方苞，苞大驚服，力爲揄揚，由是名著。後來姚鼐又從之遊，以是遂有「桐城派」之目。他可以說是方姚之間的聯繫。方重在道，劉重在文，而姚則兼擅其美；方局於唐宋，劉出入諸子，而姚亦兼取其長。後人之論桐城文者，往往稱方姚，而擯棄海峯，這實在不是公允之論。現在，且看他怎樣使義法之說成爲具體化？

義理，是方、姚文論的中心，而在海峯論文則並不如此。海峯謂義理是材料，而不是能事。能事應當在神氣音節中求。於神氣音節中求行文能事，於是義法之說，便成爲具體化了。

海峯文論之最重要的部分，即是《論文偶記》。而《論文偶記》所說，即重在能事方面。如云：

行文之道，神爲主，氣輔之。曹子桓、蘇子由論文以氣爲主，是矣。然氣隨神轉，神渾則氣灝，神遠則氣逸，神偉則氣高，神變則氣奇，神深則氣靜，故神為氣之主。至專以理為主，則未盡其妙。蓋人不窮理讀書，則出詞鄙倍空疏；人無經濟，則言雖累牘，不適於用。故義理書卷經濟者，行文之實；若行文自另是一事：譬如大匠操斤，無土木材料，縱有成風盡堊手段，何處施設；然有土木材料，而不善設施者甚多，終不可為大匠。故文人者，大匠也。神氣音節者，匠人之能事也。義理書卷經濟者，匠人之材料也。

這一節話很能自占地步。義理，即望溪之所謂道；書卷，也相當於後來惜抱之所謂考據；經濟，又是袁枚曾國藩諸人所提到的。他們不是欲合詞章、義理、考據而為一，即是合詞章、義理、經濟而為一。但他則完全撇開不談。他以為「作文本以明義理適世用，而明義理適世用，必有待於文人之能事」。程子謂無子厚筆力發不出，即是此意。他再以為「當日唐虞紀載，必待史臣；孔門賢傑甚衆，而文學獨稱子游、子夏，可見自古文字相傳另有個能事在。」曰能事，曰筆力，那全有賴於文人的手法。

因此，他不講材料，而講能事。

能事，分成幾個步驟：一神氣，「文之最精處也」；二音節，「文之稍粗處也」；三字句，「文之最粗處也」。此三者之關係：「音節者，神氣之跡也。字句者，音節之矩也。神氣不可見，於音節見之；音節無可準，以字句準之」。所以他的所謂精粗，用現在的話來說，實在有些近於抽象具體的意義。愈具體即其最粗處，愈抽象即其最精處。昔人未發之義，我們應在這方面闡說一下。昔人論文，往往只重在最精處而忽其粗跡，但在海峯卻說：「論文而至於字句，則文之能事盡矣。」這是昔人未發之義，我們應在這方面闡說一下。

先論神氣。他說：「神氣者，文之最精處也。」即是說神氣是文的最抽象處。他又說：「神只是氣之精處」，那即是說，神比了氣更為抽象。同是抽象的名詞，所表示的同是抽象的意義，而中間再有最抽象和較抽象的分別。其最抽象者似乎覺得更難捉摸，而同時也覺更為基本，所以說：「神者氣之主，氣者神之用。」所以說：「氣隨神轉」。

然而，這樣講法，用了一大堆抽象名詞，我們能明白嗎？我們總想說得具體化一些。假使不會十分引起誤會的話，我覺得他所謂「神」，即是高妙之「法」，而所謂「氣」，有些相當於「勢」。「神」與「氣」較抽象，「法」與「勢」則具體化了。

法之最具體化的，是可以指示的斷續呼應抑揚起伏諸問題。然而這，只是死法而已！以前魏叔子即已說過：「人知所謂伏應而不知無所謂伏應者，伏應之至也；人知所謂斷續而不知無所謂斷續者，斷續之至也。」（《陸懸圃文序》）那麼，只重在這些具體化的法，僅能知所謂斷續伏應，而不知更有無所謂斷續與伏應者在。知道無所謂斷續與伏應者也是法，那即所謂得其神。海峯說：「古人文字最不可攀處，只是文法高妙而已。」又說：「神者文家之寶。」可知文法高妙之處即是神，因為即是無所謂斷續伏應之高妙之法。魏叔子再說：「今夫入壇壝，履鬼神之室，明神肅森，拱挺異列，若生人之可怖，按以人經之法，頰胲廣狹股腳脽尻之相距，皆不差尺寸，然卒以為不若人者，俯仰拱挺終日累年不能自變化故也。」不能自變化，即因土塊木偶不得人之神明的緣故。必須體會到古人文法高妙之處，那就得古人之神明了。所以海峯再說：「古人文章可告人者惟法耳。然不得其神而徒守其法，則死法而已。要在自家於讀時微會之。」讀時怎樣微會呢？所能微會的又是些什麼呢？於是海峯再於高妙之法與死法中間，提出一個「勢」以說明其關係。此所謂「勢」，其意義即相當於氣，所以他說：「論氣不論勢不備。」一本於勢以論法，則其所以需要斷續伏應之處便可不煩言而喻，而於古人文法高妙之處也不難體會得到。因為這是語勢之自然。韓愈所謂氣盛言宜，即是如此。後人專從「言宜」上著眼，所以只講「法」；假使重在氣盛上著眼，便應講到「勢」。氣盛勢壯，則言之短長與聲之高下皆宜。言之短長與聲之高下皆宜，即是古人文法高妙之處，所以說：「神只是氣之精處」，所以說「氣者神之用」。能體會到這些文法高妙之處而暗與之合，不僅行文合法，抑且可以立格。因爲具體言之則是「法」，抽象言之即是「格」。又因爲讀書時得古人之神，那麼行文時也能傳自己之神。王世貞《藝苑卮言》所謂「熟讀涵泳令其漸漬汪洋，遇有操觚，一師心匠，氣從意暢，神與境合」，也有這種意思。不過海峯不僅重在摹肖古人，他知道古人之神各不相同，即今人之神也有分別，甚至作者因於臨時之感興而每篇之神也不相一致。於是再說到氣隨神轉。——「神渾則氣灝，神遠則氣逸，神偉則氣高，神變則氣奇，神深則氣靜」，這樣說，所以「神者氣之主」。由立格言，得其神而氣自隨之；由行文言，得其勢而法自隨之。所以氣與勢成爲高妙之法與死法中間的媒介。所以說，「神只是氣之精處」。

海峯所謂文法高妙，所謂神，都是從熟讀涵泳體會得來。不過涵泳體會仍令人無入手之處，於是他再由神氣講到音節字句，以使抽象理論之具體化。音節字句是以前望溪所不大提到，以後惜抱僅偶或提到的問題，而海峯則於此大加闡說。欲由音節問題以使聲之高下皆宜，由字句問題以使言之短長皆宜，都從極淺近極具體的地方入手，以進窺古人文法高妙之處；這即是海峯文論之特點。「音節者神氣之跡也」，「神氣不可見，於音節見之」，所以他說：「音節高則神氣必高，音節下則神氣必下。」求神氣於音節，而神氣可有著手之處。「字句者音節之矩也」，「音節無可準，以字句準之」。所以他說：「一句之中或多一字，或少一字；一句之中或用平聲，或用仄聲；同一平字仄字，或用陰平陽平上聲去聲入聲，則音節迥異。」再求音節於字句，而音節也變爲比較具體的方法。明代「秦漢派」的文人，知道重在字句方面，然而只成爲剽竊，即因他摹擬其跡，而不是由字句以定音節，由音節以窺神氣的關係。明代「唐宋派」的文人，知道重在神氣方面，然而又只成爲死法，又因虛構其神，而不是求神氣於音節，求音節於字句的關係。如海峯之論於下植其基，於上明其變，深處說得淺，淺處說得深，自然無「秦漢派」摹擬之失，而也不必在死法上講究，落入時文的蹊徑中了。

海峯這種主張，是在古文範圍以內比較完善的文論。蓋後世文人既以古文相號召，則勢不能不取則於古作。然而取則古作，學其字句則嫌太似，學其法度又怕太拘，若欲學其精神則理論雖高，奈苦無下手之處。論文到此，眞入窮途。所以桐城文人在音節字句上以體會古人之神氣，則學古有途徑可循；同時再在音節字句以體驗己作之是否合古，於是作文也有方法可說。海峯所謂「學文而至於字句，則文之能事盡矣」，正應如此看法。

以神氣爲之本，則音節字句皆文之能事，而非初學入門之階；以音節字句爲能事，則神氣原非不可捉摸的名詞，而不致墮入迷離恍惚之境。由前者言，是示人以作古文之法。所以說：「近人論文不知有所謂音節者，至語以字句，則必笑爲末事。此論似高實謬。作文若字句安頓不妙，豈復有文字乎？」由後者言，又是示人以學古文之法。所以又說：「積字成句，積句成章，積章成篇。合而讀之，音節見矣；歌而詠之，神氣出矣。」

這樣論文，所以下啓姚曾，而尤以曾國藩的主張爲最有關係。曾國藩謂「爲文全在氣盛，欲氣盛全在段落清。每段分束之際，似斷不斷，似咽非咽，似吞非吞，似吐非吐，古人無限妙境難於領取。每段張起之際，似承非承，似提非提，似突非突，似紓非紓，古人無限妙用，亦難領取」（辛亥七月日記）。又說：「雄奇以行氣爲上，造句次之，選字又次之，然未有字不古雅而句能古雅，句不古雅而氣能古雅者，亦未有字不雄奇而句能雄奇，句不雄奇而氣能雄奇者。是文章之雄奇，其精處在行氣，其粗處全在造字選句也。」（咸豐十四年正月初四日《家訓》）我們假使再看下面海峯說的一些話：

奇氣最難識，大約忽起忽落，其來無端，其去無跡。

讀古人文於起滅轉接之間，覺有不可察識處，便是奇氣。

凡行文多寡短長抑揚高下，無一定之律，而有一定之妙，可以意會而不可以言傳。學者求神氣而得之於音節，求音節而得之於字句，則思過半矣。其要只在讀古人文字時，便設以此身代古人說話，一吞一吐皆由彼而不由我。爛熟後，我之神氣即古人之神氣，古人之音節都在我喉吻間。合我喉吻者，便是與古人神氣音節相似處，久之，自然鏗鏘發金石。

就可知道曾國藩的方法，全從此處得來。文到「無一定之律而有一定之妙」，這不是活法是什麼？然而此種活法，正是從音節字句上玩索得來的。唐荊川《董中峯侍郎文集序》所謂：「氣轉於氣之未湮，是以湮暢百變而常若一氣；聲轉於聲之未歇，是以歇宣萬殊而常若一聲」。這即是海峯所謂「不可察識處」。明人論文，講到學古方面，自以此論爲最高，亦最切實。海峯有取於是，而不取震川鹿門的見解，正是桐城文論之高處。上所云云，只是學古而已，至於自運，則又不能爲古人所範圍。他一方面要熟讀古人之文，以使「我之神氣即古人之神氣」，以使「古人之音節都在我喉吻間」，然而一方面卻絕對不許襲用古人一言一句。他本於韓昌黎所謂陳言務去之說，本於李習之所謂創意造言之說，對於遣詞造句處處欲戛戛獨造，不襲前人已陳之言，於是這樣講字句問題，便只成音節之矩，而不是剽竊之護符。桐城之文一方面須程於古，一方面又適於時；一方面雖有類於因，而一方面實同於創，其原因即在於此。他說：

文貴去陳言。昌黎論文以去陳言爲第一義。後人見爲昌黎好奇故云爾。不知作古文無不去陳言者，試觀歐蘇諸公曾直用前人一言否？

《樊誌銘》云：「惟古於詞必己出，降而不能乃剽賊，後皆指前公相襲，自漢迄今用一律」，今人行文，反以用古人成語，自謂有出處，自矜典雅，不知其爲襲也，剽賊也。

大約文字是日新之物，若陳陳相因，安得不目爲臭腐！原本古人意義，到行文時，卻須重加鑄造。一樣言語不可便直用古人。此謂去陳言，未嘗不換字，卻不是換字法。

他看出了文字是日新之物，他又看出了古人作文之法；因此，他便絕不被復古的口號所蒙蔽。他以爲詩可用陳言，文則絕不可用陳言；時文可用陳言，散體古文則絕不可用陳言。古人之難即在於讀之甚熟之後，卻須另作一番言語。正以如此之難，始能「終古常見而光景常新」。明代「秦漢派」的文人也見到這一點。屠隆謂「借聲於周漢而命辭於今日」（《文論》），李維楨謂「句意超今人而不必襲跡於古人」（《許覺父詩序》），但以語言變遷的關係，易範而鑄，大非易事，所以「秦漢派」於這方面不易有成功。這又因「秦漢派」不注重「言之短長」的問題之故。他們不知道一句之中多一字或少一字，則音節迥異，自然更不會知道再進一步，由音節以窺神氣。所以不是剽竊字句落於摹擬，便是見到而不能做到，僅示人以目標，而不能指人以途徑。

桐城文人於音節字句中講作文法，故不必泥於起伏照應；又於音節字句中求合語文法，故不妨自鑄新詞，不必落於剽竊摹擬。這即是桐城文的成功。蓋昔人寫文，不用標點符號，又不能分段分行，於是只有在文章中間，注意這些問題。必須在文辭的組織上有可以代替標點符號的作用，有可以代替分段分行寫的作用，始能使人一覽了然。他們文章之所以能通順，即因注意這些問題的關係。能注意這些問題，於是一方面以古爲程，儘管力求通順，易於斷句，易於明其通篇的脈絡，卻不必如語錄體之不文。一方面以創爲高，儘管戛戛獨造，自鑄新詞，卻又不必如樊紹述一流之流於艱澀。這是桐城文章的優點，也即是海峯所謂求音節於字句的意思。

姚鼐《與石甫書》云：「夫道德之精微，而觀聖人者，不出動容周旋中禮之事。文章之精妙，不出字句聲色之間，捨此便無可窺尋矣。」（《惜抱尺牘》八）然則桐城文人之於字句音節上講究，原也是不得不然的辦法。

◎七八 姚鼐義法說之抽象化◎

姚鼐，字姬傳，桐城人，所著有《惜抱軒集》，學者稱惜抱先生。他繼方劉之後，倡為古文，所選《古文辭類纂》一書，尤為學者所宗。其論文比方氏更精密，所以桐城文派至姚氏而始定，因此，他的論文主張亦更為重要。

現在，且看他如何使義法之說成為抽象化。

姚氏論文不必復標義法之說，而所言無不與義法合。蓋方氏專就作品言，故言義法，姚氏則兼就作者言，故進於義法而言天人，此其一。又，即就作品論之，方氏以雜文學的見解論文，故專指散體古文；姚氏則以純文學的見解論文，故其義可兼通於詩；因此，方氏言義法，而姚氏則超於義法而言道藝，此其二。再有，即就散體古文論之，義法之說仍本於昔人文道合一之論，姚氏既廓充了方氏的範圍，而兼重考據，故也不必言義法而言意與氣，此其三。「天與人一」，「道與藝合」之說，固是超於義法的義法；即「意與氣相御而為辭」之說，也比義法為抽象。這是方姚的不同之點；同時也即是惜抱所以能使義法之說成為抽象化之故。

「天與人一」，「道與藝合」，「意與氣相御而為辭」，這是惜抱文論的三部曲。

他不言作文方法，作文標準，而言作文所能到的一種境界，故欲天人合一。天是才分，人是學力，必須天人合一，才為文之至。他《與陳石士書》云：「學文之法無他，多讀多為，以待其一日之成就，非可以人力速之也。士苟非有天啓，必不能盡其神妙，然苟人輟其力，則天亦何自而啓之哉！」（《惜抱尺牘》五）此即天人合一之說，所以此說與作者的天分有關。能到天人合一的境界，則所謂作文方法作文標準云云，都可以不必講求；因此，不必言義法。

這樣講天與人一，其理可通於詩。故他在《敦拙堂詩集序》中也論及此，他說：「言而成節，合乎天地自然之節，則言貴矣。其貴也，有全乎天者焉，有因人而造乎天者焉。……夫文者藝也，道與藝合，天與人一，則為文之至。」（《惜抱軒文集》四）蓋由詩與文的性質言，文重在學，以人為的工力為多；詩重在才，有時猶可只憑天分。所以說：「今夫六經之文，聖賢述作之文也。獨至於詩，則成於田野閨闥無足稱述之人，而語言微妙，後世能文之士有莫能逮；非天為之乎？然是言詩之一端也。文王周公之聖，大小雅之賢，揚乎朝廷，達乎神鬼，反覆乎訓誡，光昭乎政事，道德修明而學術該備，非如列國風詩采於里巷可並論也。」（同上）是則天者性分之事，極其才可以成為藝；人者修養之功，充其學可以進於道。於是便由天與人一，而講到道與藝合。方氏謂「古文之傳與詩賦異道」，姚氏則謂「詩之與文固是一理」（見《惜抱軒文後集》三，《與王鐵夫書》），所以又不妨超於義法，而言道藝。因此雖不言義法，而自與義法之說合。

這樣講道與藝合，而復合以天與人一之說，於是所用的術語，便不是義法，而是意與氣。意近於義，氣近於法，但是這兩個字的含義，都比較抽象一些，故其所論，也比較圓通一些。其《答翁學士書》云：「夫道有是非，而技有美惡。詩文皆技也，技之精者必近道，故詩文美者命意必善。文字者猶人之言語也；有氣以充之，則觀其文也，雖百世而後如立其人而與言於此；無氣則積字焉而已。意與氣相御而為辭，然後有聲音節奏高下抗墜之度，反覆進退之態，採色之華。故聲色之美因乎意與氣而時變者也。是安得有定法哉！」（《惜抱軒文集》六）因此，他雖不標義法之名，卻仍合義法之實。

這是他的論文之三部曲。由此縱的一貫的三部曲，於是再分析為三部分，以成為橫的三部曲。由「天」的方面言，拈出「氣」字，而主陽剛陰柔之合一。陽剛陰柔須求其調劑，於是欲以學力補天性之所偏，而仍合於天與人一之說。由「人」的方面言，拈出「意」字，而主義理、考據、詞章之合一。義理、考據均所謂學問之實，以學問之實合以文章之虛，則又仍是道與藝合之說。由天與人一道與藝合之關係言，於是再拈出「法」字，謂才衷於法，則不以才壞法，謂法歸於悟，則復不以法限才；如是則法非定法而成爲活法，是又意與氣相御而爲辭之說。所以此三部分仍與其一貫的思想生關係。惜抱文論之所以精密，即在這一點。

其論陽剛陰柔之說，莫詳於《復魯絜非書》。他說：

> 鼐聞天地之道，陰陽剛柔而已。文者天地之精英，而陰陽剛柔之發也。惟聖人之言，統二氣之會而弗偏，然而《易》《詩》《書》《論語》所載，亦間有可以剛柔分矣。值其時其人告語之體，各有宜也。自諸子而降，其爲文無弗有偏者；其得於陽與剛之美者，則其文如霆，如電，如長風之出谷，如崇山峻崖，如決大川，如奔騏驥；其光也如杲日，如火，如金鏐鐵；其於人也，如馮高視遠，如君而朝萬衆，如鼓萬勇士而戰之。其得於陰與柔之美者，則其文如升初日，如清風，如雲，如霞，如煙，如幽林曲澗，如淪，如漾，如珠玉之輝，如鴻鵠之鳴而入寥廓。其於人也，漻乎其如嘆，邈乎其如有思，暖乎其如喜，愀乎其如悲。觀其文，諷其音，則爲文者之性情形狀，舉以殊焉。且夫陰陽剛柔，其本二端，造物者糅而氣有多寡進絀，則品次億萬，以至於不可窮，萬物生焉。故曰一陰一陽之爲道。夫文之多變亦若是已！糅而偏勝可也。偏勝之極，一有一絕無，與夫剛不足爲剛，柔不足爲柔者，皆不可以言文。（《惜抱軒文集》六）

又《海愚詩鈔序》亦謂：「文章之原本乎天地，天地之道，陰陽剛柔而已。苟有得乎陰陽剛柔之精，皆可以爲文章之美。陰陽剛柔，並行而不容偏廢，有其一端而絕亡其一，剛者至於僨強而拂戾，柔者至於頽廢而暗幽，則必無與於文者矣。」（《惜抱軒文集》四）然則陰陽剛柔之精，雖可以爲文章之美，而過於偏勝，一有一絕無，則也不可以言文，所以又有賴於調劑。調劑，則陽剛陰柔之美始益以顯著。陽剛陰柔，出於天賦，調劑之功，則在人爲。由這一點言，也可謂他的天人合一說。

其論義理、考據、詞章之說，莫詳於《述庵文鈔序》。他說：

鼐嘗論學問之事，有三端焉。曰義理也，考證也，文章也。是三者苟善用之，則皆足以相濟；苟不善用之，則或至於相害。今夫博學強識而善言德行者，固文之貴也；寡聞而淺識者，固文之陋也。然而世有言義理之過者，其辭蕪雜俚近如語錄而不文。爲考證之過者，至繁碎繳繞而語不可了。當以爲文之至美而反以爲病者，何哉？其故由於自喜之太過，而智昧於所當擇也。夫天之生才雖美，不能無偏，故以能兼長者爲貴，而兼之中又有害焉。豈非能盡其天之所與之量，而不以才自蔽者之難得與。（《惜抱軒文集》四）

他對於當時漢學之蔽，雖有不滿的論調（見《復蔣松如書》及《贈錢獻之序》）；他對於語錄體之不文，雖亦深以爲戒（見《復曹云路書》）；然而他說：「以考證累其文則是弊耳！以考證助文之境，正有佳處，夫何病哉！」（《惜抱尺牘》六，《與陳碩士》）則是並不廢考據。他又說：「夫古人之文，豈第文焉而已！明道義、維風俗以昭世者，君子之志；而辭足以盡其志者，君子之文也。」（《惜抱軒文集》六，《復汪進士輝祖書》）是則他更重在義理。他蓋欲合眞、善、美而爲一，欲合儒林、道學、文苑而爲一。他固說過：「凡執其所能而毗其所不爲者皆陋也；必兼收之乃足爲善。」（《惜抱軒文集》六，《復秦小峴書》）他的態度，正欲「袪末士一偏之弊，爲羣才大成之宗」，所以欲此三者之合一，這即是道與藝合之說。然以「天之生才雖美，不能無偏，故以能兼長者爲貴」。那麼，此三者之合一，仍本於他的天與人一之說了。

其論「法」：由天言，是才的關係；由人言，是悟的關係。

他於才與法之關係，有一段很好的說明。他《與張阮林》尺牘中有云：

> 文章之事能運其法者才也，而極其才者法也。古人文有一定之法，有無定之法。有定者，所以爲嚴整也；無定者，所以爲縱橫變化也。二者相濟，而不相妨，故善用法者，非以窘吾才，乃所以達吾才也。非思之深功之至者，不能見古人縱橫變化中所以爲嚴整之理。思深功至而見之矣，而操筆而使吾手與吾所見之相副，尚非一日事也。（《惜抱尺牘》三）

才屬於天，天分高者，往往馳驟縱橫，不甘以法度自縛。「手之所至，隨意生態」，才高者原不妨如此，而他則以爲正是善用法的結果。沒有規律的跳舞，縱多變化，不是上乘，一般才子派之文屬之。加上各種限制，甚至加上各種桎梏，法度森嚴了，然而一跳一舞又覺其費力，又覺其牽强，也不是理想的標準，一般局於法度之文屬之。而在姚氏則以爲必離於法而逞才，其才不大；必在法度之中而猶能運用自如，才見其才，所以說「運其法者才也」。才能運法，於是只覺其自然，不覺其拘泥。帶上了桎梏以跳舞，而猶能博得觀衆之欣賞，這不是才是什麼！所以說：「極其才者法也」，所以又說：「善用法者非以窘吾才，乃所以達其才也。」能到此地步，固由天分之高，亦緣學力之深，所以必思深功至。思深功至，而後可使法爲吾用而不爲吾累。於嚴整之中仍有縱橫變化，所以爲「達吾才」。思深功至，可不受法的束縛而依舊合於法度，仍於縱橫變化之中見其嚴整，這又所以爲善用法。這樣講，才是天人合一；這樣講，所以又成爲超於義法的義法。

由悟與法的關係言，他也有很好的說明。他《與陳碩士》尺牘中云：

寄來文字無甚劣，亦非甚妙。蓋作文亦須題好，今石士所作之題，本無甚可說，文安得而不平也。歸震川能於不要緊之題，說不要緊之語，卻自風韻疏淡，此乃是於太史公深有會處，此境又非石士所易到耳。文家有意佳處，可以著力，無意佳處不可著力，功深聽其自至可也。（《惜抱尺牘》六）

所謂有意佳處，便有法可見，無意佳處，則無法可講。這是超義法的義法，不可强求，惟有有待於悟，所以說：「功深聽其自至可也。」又他《寄陳碩士》另一尺牘中云：「寄來《文章體則》，此是一鄙陋時文家所爲。……必須超出此等見解者，便入內行。須知此如參禪，不能說破，安能以體則言哉！」（《惜抱尺牘》六）是則體則云者，原非所以論文。義法之說，不免說破，故只是入手門徑。至於超然自得，不從門入，便非言說可喻，存乎妙悟了。然則妙悟還是從工夫中來，從實踐中來。

由這樣講，才雖屬於天分，而必思深功至，始可以極其才。悟固由於工力，然而「或半年便得，或一年乃得，又或終身不得」，那仍關於天分。此則所謂天人合一。由天言，則運法之前須有才；由人言，則運法之後須歸於悟。因此，義法不成爲古文文論之中心。姚氏又有《與陳碩士》尺牘云：「望溪所得，在本朝諸賢爲最深，而較之古人則淺。其閱太史公書，似精神不能包括其大處、遠處、疏淡處及華麗非常處，止以義法論文，則得其一端而已。」（《惜抱尺牘》五）這便是姚氏所得比方氏更進一步的地方。所以我們稱之爲超義法的義法。

然而我們假使說姚氏文論不重在義法，那也非是；他不但不反對方氏之所謂義法，即明代唐宋派之所謂法，他也主張的；即明代秦漢派之所謂法，他也一樣贊同的。法的問題，在他的文論中，依舊是一中心。他《答徐季雅》尺牘云：「夫文章之事，有可言喻者，有不可言喻者。不可言喻者要必自可言喻者而入之。韓昌黎、柳子厚、歐、蘇所言論文之旨，彼固無欺人語，後之論文者，豈能更有以逾之哉！若夫其不可言喻者，則在乎久為之自得而已！震川閱本《史記》，於學文者最為有益，圈點啓發人意，有愈於解說者矣。」（《惜抱尺牘》二）他即因「不可言喻者，要必自可言喻者而入之」。所以即如章實齋所攻擊的評點之學，他也認為足以啓發人意，最為有益。

不僅如此，他於明代秦漢派之所謂法，他也不反對。他《與管異之》尺牘中說：「今人詩文，不能追企古人，亦是天資遜之，亦是塗轍誤而用功不深也。若塗轍既正，用功深久，於古人最上一等文字，諒不可到，其中下之作，非不可到也。昌黎不嘗云『其用功深者其收名遠』乎？近世人習聞錢受之偏論，輕譏明人之摹仿。文不經摹仿，亦安能脫化！觀古人之學前古，摹仿而渾妙者自可法，摹仿而鈍滯者自可棄。雖揚子雲亦當以此義裁之，豈但明賢哉。」（《惜抱尺牘》四）然則前後七子之所謂「取法乎上」云云，也是姚氏之所贊同的。

明代秦漢派之文固受人攻擊，即唐宋派之文，也同樣只爭一頭面。同樣的主張，也同樣的學古，然而桐城派之文，卻受人崇拜，桐城派之古文義法，卻使人遵從，那恐即由於超義法的義法之關係了。由超義法的義法言，所以有一定之法，也自有無定之法，有正格也自有變格，須摹擬同時也需要創造。姚氏《與石甫》尺牘中云：「文章之事，欲能開新境。專於正者其境易窮，而佳處易為古人所掩。近人不知詩有正體，但讀後人集，體格卑卑，務求新而入纖俗，斯固可憎厭，而守正不知變者，則亦不免於隘也。」（《惜抱尺牘》八）這些話便不是汪鈍翁、沈歸愚諸人所敢說，然而也不同於袁中郎、袁子才諸人的言論。所以我說：他不必復據義法之說，而所言無不與義法之說合。他不言義法，即因義法二字不足以盡之；但是仍合義法，即因基礎依舊築在義法上面。

◎七九　姚門諸人之闡說桐城之學◎

什麼是桐城之學？我們還得附帶涉及某些在鴉片戰爭之後的古文家。

桐城之學重在有物有序。有物，指考據、義理而言；有序，指詞章言：這在上文已經說過了。文求有物，已不容易；文求有序，尤爲困難。由有物言，欲其明道，必有入理之功；欲其徵實，須具考證之學；然而義理又不能落於腐，考據也不能陷於雜。——義理須求其貫通，如樹著花，旁見側出，不離其本，始不是糟粕；考據須求其融化，如鹽入水，變形滅跡，僅留其味，始不見飣餖。這是有物之難。何況有物更須求其有序！同一有物之語，不劌心刳腹以出之，則不成爲文；不中乎法律以肖乎古人，則又不成爲古文；不創意造言使吾之心胸面目聲音笑貌顯現於文字之中，則更不成爲自己一家之古文。一方面欲逼肖古人，一方面又欲不襲其貌；一方面欲中乎法律，一方面又欲深究乎古今文家之變。這又是有序之難。

有物有序之說，言之甚易，而爲之實難。於是義理、考據、詞章三者之合一，殆爲事實上所不易爲。非惟不易爲，由桐城文之作風言之，尤其爲不可能。桐城之文，「有序之言雖多，而有物之言則少」，這是昔人早有定評了。此其故，即因桐城文規範震川，而歸氏之文即是曾國藩所謂「浮芥舟以縱送於蹄涔之水，不復憶天下有曰海濤者」，那麼桐城文規模之狹也就可想而知了。他們欲於小規模的抑揚吞吐之中以容納複雜的思想，殆爲事實上之所不可能。這在桐城文人中就有這種現象。桐城文人之所得，多在有序之詞章，惟方植之（東樹）則重在有物。然而植之自言其文，於姚門不及管異之（同）梅伯言（曾亮），這即因管梅之學不如植之，所以吹皺了一池春水，起些小小波瀾，尚能覺其情韻不匱。至如植之之義蘊繁富，大開大闔者，便似溟渤之濤，海寧之潮，當然不是文家法度所能限了。植之自序其文集云：「昔吾亡友管異之評吾文曰：『無不盡之意，無不達之辭，國朝名家無此境界』，吾則何敢自謂能然，然所以類是者亦有故。蓋昔人論文章不關世教，雖工無益，故吾爲文務盡其事之理而足乎人之心。竊希慕乎曾南豐、朱子論事說理之法，顧不善學之，遂流爲滑易好盡，發言平直，措意濡緩，行氣柔慢，而失其國能。」又於《復戴存莊書》亦云：「僕之文粗而獷氣未除，其於古人精純境地實未能臻。」（《儀衞軒文集》七）據是，可知他的短處正造成了他的長處，而他的長處也限定了他的短處。

事實所限，所以桐城文人只能側重在有序的詞章方面。劉海峯說：「義理、書卷、經濟者行文之實；若行文自另是一事。」桐城文人正因詞章別有能事，所以所講求的即在這一方面。植之於《姚石甫文集序》中又說：「唐宋以來，韓、歐、蘇、曾、王而外，作者如林，曾不多覯其匹，獨明歸熙甫氏出，始有以得夫古人深妙之心，而以續夫數百年不傳之秘，日久論定，無異喙矣。」（《考槃集文錄》三）故所謂桐城之學，實即從學習歸熙甫得來，自謂續數百年不傳之秘，自謂得古人深妙之心而已。

然則桐城文人對於所謂有物之學即所謂義理考據云者，又怎樣呢？我們假使明白上文所述桐城之學的眞相，就可知他們講義理，講考據，都不成爲學，而只是對某種學問所取的態度。他們對於義理考據，如何求其貫通，如何求其融化，乃至如何求其適用，這才是他們所注意的問題。他們原不欲以某種學問自限，所以他們之學不成爲學也不足爲病。

在當時，考據之學盛極一時，而姚惜抱已詆漢學破碎，至方植之更揚其波，著《漢學商兌》一書以攻擊漢學。他們所以如此，即因他們的立場與漢學根本不同。他們以爲學問貴有心得，無別於漢宋；他們又以爲學問貴能受用，必體於身心；因此，寧願側重於義理方面，而有取於考據者也不過認爲學問之一事而已。方植之《漢學商兌》中說：「夫義理、考證、文章，本是一事，合之則一貫，離之則偏蔽」，是則桐城之學雖不成爲學，卻不妨成其爲學之大。

爲學之大，原不僅桐城文人看到這一點。章學誠也說過，乃至與他們立異的戴震、段玉裁也說過。不過戴氏謂「事於文章者等而末者也」（《與方希原書》），那便輕視詞章了。段氏謂「義理文章未有不由考核而得者」（《戴東原集序》），那便以考核爲本了。至於桐城文人雖不以詞章爲本，卻頗以詞章爲重。此種傾向，在劉海峯已是如此，至後來漢學宋學均漸衰微，而桐城文派猶有餘燼，於是更有專重詞章的傾向。李剛己之論即是如此。李氏，南宮人，是吳摯甫的門人，其《續皇甫持正諭業》云：「道者文之實也，而有時行若周程，其文不能工；學者文之本也，而有時博若鄭馬，其文不足貴。故博其材不若精於法，明其義不若浹於神。理有時而倍，事有時而乖，考之於古或不合，措之於時或不宜，而其文則通於微，合於冥，探乎萬物之情狀，而深入乎天下之人心，皆所謂天下之至文也。而況於無其弊者哉！」（《吳門弟子集》三）這樣說來，詞章自有其獨立的價值，不必附麗於義理或考據。

這固是極端的例。其實桐城文人即使重視考據，也不過以古文辭不能不重內容，不欲僅以機軸、氣體、格律、聲色爲之，所以不廢考證而已。陳碩士（用光）《復賓之書》云：「吾師（姚鼐）之所謂考證，豈世之所謂考證乎？」（《太乙舟文》五）又《與伯芝書》云：「觀韓柳諸君子集中所論辨者，無考證之名，而何一非考證乎？」（同上）那麼，名同而實異，他們雖也用考證之名，但與當時乾嘉學風顯然不同了。於是，他於《復賓之書》中再解釋其義云：

> 用光嘗因吾師之說，而推以合乎宋儒格物致知之學。蓋今之言學者咸以適用爲要矣！而考其見諸事者，或失則重，或失則輕，或畸輕而畸重，或前重而後輕，欲興利而不知利之所由興，欲去害而不知害之所由去，機有由伏莫省其度，流有必濫莫塞其源，苟詡其見之所及，而不知不合乎古人永終知敝之道；其原由於知之不致，故意不能誠，而事不能辯也。以是知格物致知之說之不可易，而循吾師考證之說，則於宋儒之學，未必其無所合也。用光之意蓋在乎是，固非欲以名物象數之能，考證矜其博識也。（《復賓之書》）

蓋他以爲考據之病，即在碎小，如合以宋儒格物致知之學，則考證固不足以爲病。桐城文派本與漢學遠，與宋學近。所以他再說：「世或謂考證之學足以累文辭，是不然。將由夫搜擧細碎矜名物之偶獲以爲美與？是爲考證學者之所不取也。豈徒病其文，固已病其學。將由夫明辨審問以助篤行與？是君子之所以畜德也。既已有其學，自必有其文。」（《太乙舟文》六，《龔海峯文集序》）時而以格物致知爲考據，時而以明辨審問爲考據，於是同一考據之名，而與時人之所謂考據，便不很相同了。不僅如此，即與陳氏討論此問題的魯賓之（繽），其所謂考據，也不是閻百詩（若璩）一流之考據，而是鄭樵馬端臨諸人之學問，他們不欲攻辨於一物之小，一事之異，而欲能於成敗興衰治亂之理，制度因革損益之故，究其大者遠者，而求其致用（見《賓之文鈔答陳碩士書》）。這樣解釋考據，當然可與義理相合，而且也可與詞章相合。因此，我說他們畢竟還以詞章爲中心，畢竟不重在考據。考據，由桐城之學來講，只是一種門面語。

其於義理，也是如此。碩士《上錢辛楣書》中有云：「夫子之文章，子貢以爲可得而聞，誠以性情之際，惟文爲深。昧乎此，措之於事爲則悖，形之於威儀則野，然則所謂性與天道者要亦不外乎此。」（《太乙舟文》

五）於是性與天道即在文章中間，而義理與詞章遂眞可以相合了。這樣講法，仍是以詞章爲中心。方植之《復姚君書》云：

是故吾修之於身，而爲人所取法莫如德；吾飭之於官，而爲民所安賴者莫如功。若夫興起人之善氣，遏抑人之淫心，陶縉紳，藻天地，載德與功以風動天下，傳之無窮，則莫如文。故古之立言者與功德並傳不朽。（《儀衞軒文集》七）

又《與羅月川太守書》中說：

古者自天子以至庶人，莫不由於學，語其要曰修己治人而已。是故體之爲道德，發之爲文章，施之爲政事。故通於世務，以文章潤飾治道，然後謂之儒。（《考槃集文錄》六）

這樣說，修己之道即所謂德，這是形之於威儀的；治人之道即所謂功，這是措之於事爲的。所謂文以載道，亦即載此而已。載此，所以桐城文人之於義理，也不是徒衍宋儒語錄爲能事；必須適於時，合於用，才盡文之功能。因此，他們所謂學，所謂考據，無寧偏向到鄭樵馬端臨諸人之學，究其成敗興衰治亂之理，制度因革損益之故。方植之《辨道論》云：「君子之言爲足以救乎時而已！苟其時之敝不在是，則君子不言。故同一言也，失其所以言之心，則言雖是而不足傳矣。」（《儀衞軒文集》一）可知陳陳相因，徒摭一二古昔聖賢之舊說，在他們看來，已是失其所以言之心。他們所究於成敗興衰治亂之理，制度因革損益之故，不僅通乎古，還須適於時。因爲適時之言，才是體會有得之言。管異之《蘊素閣全集序》云：「無得於己而剽竊古人，是謂無情之辭；無當於道而塗澤古語，是謂無理之作。之二者是爲僞體而已矣。」（《因寄軒文》二集）是則他們之講義理，顯然又與宋明儒者不同。義理，由桐城之學來講，也只是一種門面語。

這樣層層剝落，那麼桐城文人之所謂義理考據，眞如章太炎所謂「援引膚末，大言自壯」了（見《檢論》四）。但是他們卻善於自占地步，於是儘管用義理考據之名，卻並非一般人所認識的義理考據之實。這樣，所以他們可以合考據於義理，同時再合義理於詞章，而姚惜抱論文遂有所謂「官文書」之稱（見《惜抱尺牘》中）。至方植之則因載道與適用的關係，更重在官文書之文。其《復羅月川太守書》云：

且就官文書言之：如《春秋》一經，荊公斥爲斷爛朝報，此眞官文書也；而大義炳如，聖筆謹嚴如彼。推而上之，二《典》三《謨》周《誥》殷《盤》，凡聖帝明王賢臣碩輔，所用明治化，陳政事，孰非官文書耶？……要之文不能經世者皆無用之言，大雅君子所弗爲也。……東樹前論古人文章皆由自道所見，得閣下引賈誼書證之益可信。蓋昔賢平日讀書考道，胸中蓄理至多，及臨事臨文，舉而晝之，若泉之達，火之然，江河之決，沛然無所不注，所以義愈明，思愈密，而其文層見疊出，而不可窮；使待題之至而後索之，烏有此妙哉！（《儀衛軒文集》七）

這樣一說，於是經世之言，所以歸於有用，其故仍在於平日考道之勤，蓄理之多。載道與適用，便可見其相互的關係。所謂「體之爲道德，發之爲文章，施之爲政事」者，正可於官文書見之。不僅如此，這樣一說，於是文之有物，又正所以助其文之有序。「義愈明，思愈密，而其文層見疊出而不可窮」，有物有序，也可見其相互的關係了。「文之所以不朽天壤萬世者，非言之難而有本之難」，這是他《答葉溥求論古文書》中的語。我們於此，可以知其文論之一端。

這是所謂桐城之學之一面。

植之《切問齋文鈔書後》云：「夫有物則有用，有序則有法；有用尚矣，而法不可偝。」（《儀衞軒文集》六）於是他再講到治文之法。治文之法，「必師古人而不可襲乎古人」（方東樹《答葉溥求論古文書》），於是要善因善創二者兼顧，所以說：「文章之難非得之難，爲之實難。」（同上）他再以水爲喩：

嘗觀於江河之水矣！謂今之水非昔之水耶？則今之水所以異於昔者安在！謂今之水猶昔之水耶？則昔之水已前逝，今之水方續流也。古之人不探飮乎今之水，今之人不扱酌乎古之水，古水今水是二非一，人皆知之；古水今水是一非二，則慧者難辨矣。蚩蚩者日飮乎今之水，有人曰我必飮乎古之水而不飮今之水，則人必笑之矣。蚩蚩者日飮乎今之水，有人曰若所飮今之水，實仍即古之水，則人猝然未有不罔於心而中夫惑疾者也。（《答葉溥求論古文書》）

他於文章方面，欲求其通，不欲以其形貌之離合，强分高下。得其同則古水今水是一非二。於是他再說：

夫有孟、韓、莊、騷而復有遷、固、向、雄，有遷、固、向、雄而復有韓、柳，有韓、柳而復有歐、蘇、曾、王，此古今之水相續流者也；順而同之也。而由歐、蘇、曾、王逆推之以至於孟、韓，道術不同，出處不同，論議本末不同，所紀職官名物時事情狀不同，乃至取用辭字句格文質不同，而卒其以爲文

之方，無弗同焉者，此今水仍古水之說也；逆而同之也。古今之水不同，同者濕性；古今之文不同，同者氣脈也。（同上）

那就折入到治文方法了。古今之文面目儘管各異，而性質則同，氣脈則同，爲文之方無弗同。是則他之師古，只是師其爲文之方而已。苟能取其爲文之方，即是得古人深妙之心。旣得其心，又何必襲其貌！所以他又從這一點以說明師古而不襲古的理由。所以他說：「爲文之道，非合之難而離之實難。」（同上）「雖然，合可言也，離不可言也。故凡論文者苟可以言其致力之處，惟在先求其合，苟眞知所以爲合，則以語於離不難知矣。」（同上）因此，古文家之所謂法，即所以求其合。這即是文章眞傳，這即是爲文之方。論到此，桐城文派所矜言之義法，所視爲自得之評點之學，在他人覺其無聊者，而在桐城文人看來，方且認爲是眞知灼見。方植之於《合刻歸震川圈識史記例意劉海峯論文偶記跋》一文中云：

或曰：自昔作者第以其文傳而已，未有擧其所以治文之方而著之爲言者。若此，則幾於陋歟？余曰：然。凡後人之所言，皆前人所不言。非不能言之也，以爲吾不言而使人以意逆之，則其思之深，得之固，而其味長。言之愈悉，使人習口耳而不察，道聽塗說，不得其所以言之意，反以褻吾至教。古之達者，蓋深有見於其得失如是，故不惟不暇，亦不敢，非第爲其名跡近陋，避而不爲也。然則二先生之慮，不及是歟？是其言當從棄置而不足采歟？是又不然。凡後人之所言多前人所未嘗言。孔子之繫《易》，由伏羲觀之則陋矣。漢唐以來儒者說經所發明，由先聖賢觀之皆可曰陋。然而至於今而傳法不廢，以爲不如是不足以有明也。（《儀衛軒文集》六）

由植之此文，再看章實齋《文理》篇便知言各有當，而實齋所言，似也未必能折服桐城文人了。植之在此文中關於陋不陋的問題，還以爲「是二說者，學者兩擇之而取衷焉可也」。這還是比較和緩的口氣。至其《書歸震川史記圈點評例後》則正爲評點之學張目。雙方針鋒相對，各堅壁壘，煞是好看。他說：

古人著書爲文，精神識議固在於語言文字，而其所以成文義用或在於語言文字之外，則又有識精者爲之圈點，抹識批評，此所謂筌蹄也。能解於意表而得古人已亡不傳之心，所以可貴也。近世有膚學顓固僻士，自詡名流，矜其大雅，謂圈點抹識批評沿於時文傖氣，醜而非之，凡刻書以不加圈點評識爲大雅，無眼愚人不得正見，不能甄別，聞此高論奉爲仙都實誥，於是有識眞西山、茅順甫、艾千子爲陋者矣，有識何義門爲批尾家學者矣，試思圈點抹識批評亦顧其是非得眞與否耳。豈可並其眞解意表能得古人已亡不傳之妙者而去之哉！（《考槃集文錄》五）

古文之學，在桐城派看來，既成專門，則精妙所在，自非粗心浮氣，淺涉薄嘗者所能了解。爲文既別有能事，知文亦別有精詣，則評點之學，一般人視之爲陋，在桐城文人便不妨矜爲眞知。在當時，大家都知道崇古文，然而誰眞能合於古文！欲求合於古文，自非得古人不傳之妙不可。於是圈點評識以使人識其秘妙所在，這原是不得已的辦法，並不是吐己之所嘗而哺人以授之甘。因爲不如是不易知古人之甘苦，不能得古人深妙之心。所以說：「眞力不至，則精識不生」，所以說：「文章之難，非眞信之難，眞知之實難。」（《答葉溥求論古文書》）這樣講，桐城文人之自矜其眞知，也未可厚非。桐城文人之缺點，乃在據此不傳之秘自矜正宗。自矜正宗，所以招致一般人之非議。學術風氣一至分門別戶，相激相蕩，其言論往往都不免失之偏宕的。

桐城文人如何能得此不傳之秘呢？其道又在於精誦。方氏《書惜抱先生墓誌後》云：「夫學者欲學古人之文，必先在精誦，沈潛反覆，諷玩之深且久，暗通其氣於運思置詞迎拒措注之會，然後其自為之以成其辭也，自然嚴而法，達而臧，不則心與古不相習，則往往高下短長齟齬而不合。此雖致功淺末之務，非為文之本，然古人所以名當世而垂為後世法，其畢生得力深苦微妙而不能以語人者，實在於此。今為文者多而精誦者少，以輕心掉之，以外鑠速化期之，無惑乎其不逮古人也。」（《儀衛軒文集》六）又其《答友人論文書》亦云：「世之為文者不乏高才博學，率未能反覆精誦以求喻夫古人之甘苦曲折。甘苦曲折之未喻，無惑乎其以輕心掉之，而出之恆易也。」（《儀衛軒文集》七）由這樣言，桐城文人之獨得者，即在反覆精誦而體會有得的治文之法。

桐城文人之於治文之法，何以又須這般講究呢？植之《答友人論文書》中又說明其理由云：「唐劉希仁與韓歐陽齊名，退之文中亦嘗推之，今讀其集亦尚不失風軌，然而世未有稱其文，甚或不識其名字，彼為文而不務其至，而徒自踴躍於一世者，視此可以懼矣。」然則他人之為古文，即使不能稱為非正宗，卻不能不稱為不務其至。不務其至者不易傳，是則桐城文人之致力於淺末之務，就以前封建時代的文人來講，也有它不得已的苦衷了。

一般人沒有像桐城文人這般致力於文，當然他們所領略的，不會和桐城文人相同。而桐城文人既這般致力於文，當然也會神經質地自覺有所領略。這是所謂桐城之學之又一面。

陳碩士《與管異之書》云：「夫古文辭傳之於世，必才與學兼備，而後能有成。才不可強能而學則可勉致。然學有二：其存乎修辭者，異乎南北朝人之所學，為古文而得其途者知之矣。其存乎學而銖積寸累以求其義理，其所得又有淺深之分焉。」（《太乙舟文》五）是亦足證桐城之學所重的即在這兩方面。其一是銖積寸累的義理之學，所以能包賅考證；其又一即所謂修辭之功，這才是桐城文人所獨得的地方。故他於《答賓之書》中又說：「格律聲色古文辭之末且淺也；然不得乎是，則古文辭終不成。自韓歐而外，惟歸震川得此意，故虞文靖、唐荊川皆莫逮焉。本朝則桐城之文，非他人所能及，亦惟在於是爾。」（《太乙舟文》五）當時受桐城影響的文人，大抵都有這種見解。

◎八〇　各家對於桐城文之批評◎

桐城文既是清代散文的中心，那麼，除桐城派的文人以外，對於所謂桐城之學又作若何的批評呢？論到此，我們還得一述桐城文學在整個古文學上的地位與價值。在這方面，我以爲方植之與魯通甫（一同）說得最爲扼要。植之《書惜抱先生墓誌銘》云：

> 夫唐以前無專爲古文之學者，宋以前無專揭古文爲號者。蓋文無古今，隨事以適當時之事而已！然其至者乃並載道與德以出之，三代秦漢之書可見也。顧其始也，判精粗於事與道；其末也，乃區美惡於體與辭；又其降也，乃辨是非於義與法。噫！論文而及於體與辭，義與法，抑末矣。而後世至且執爲絕業專家，曠百年而不一覯其人焉，豈非以其義法之是非，辭體之美惡，即爲事與道顯晦之所寄，而不可昧而雜冒而託耶？文章者道之器，體與辭者文章之質；範其質使肥瘠修短合度欲有妍而無媸也，則存乎義與法。
>
> （《儀衛軒文集》六）

這是爲古文之學者最有系統的說明了。判精粗於事與道，是有物的問題。一般學者之爲古文，重本輕末，所注重的即在這方面，而古文家即從這方面解放出來，而兼注意到有序的問題，當然桐城文人亦同此傾向。區美惡於體與辭，是有序的問題之一部分。一般古文家之為古文，重散輕駢，所注重的又在這方面，而桐城文人再於這方面勘進一步而注意到辨是非於義與法的問題。論文而注意到體與辭，已為捨本，再注意到義與法更為逐末，然而質（即體與辭）之美惡，即事與道顯晦之所寄，而範其質使肥瘠修短之合度又在乎義與法。那麼，桐城文學在古文學上的地位與價值，也就可以了然了。魯通甫《與左君論文書》云：

夫文章無他，徵理於實，從實入微，從微得彰，因彰得暢，制暢以約，調約以和。六者無戾，文乃大昌。故辨而不實，浮游之理也；實而不微，疏粗之致也；微而不彰，恍惚之詞也；彰而不暢，轄結之章也；暢而不約，奔逸之品也；約而不和，微芒之累也。實以始之，和以終之。（《通甫類稿續編》上）

他所謂「徵理於實，從實入微」，是學問工夫，即義理與考據之合一。言義理不廢考據。故徵理於實；言考據不廢義理，故從實入微。至於彰暢約和，則都是為文工夫。「從微得彰，因彰得暢」，故為文以散行為宜。「制暢以約，調約以和」，故古文又以義法為主。這樣一講，桐城之學成為系統化了。魯氏所言與方氏所論正可相互印證。照這般講，所以可說古文之學至桐城而集其大成，也至桐城而顯其特徵。特徵既顯，門徑亦成，然而正因此關係，又招致多方面的非難與批評。這些非難與批評，我們為論述的方便，也可約為上學三端，即所謂事與道、體與辭，及義與法諸問題而加以論述。

由事與道言，桐城文人即遇到兩個勁敵，即是戴東原與章實齋。戴東原《與方希原書》，就義理、制數、文章三者之第，肯定地說：「事於文章者，等而末者也。」那已與古文家的態度不相一致。古文家所推尊的子長、孟堅、退之、子厚諸人，自以為是道而非藝，然而在他看來，「如諸君子之文亦惡睹其非藝歟？」蓋他認爲諸君子之文，不過比一般從事於文章者稍勝一籌而已。譬諸草木，「世人事其枝，得朝露而榮，失朝露而悴，其爲榮不久；諸君子事其根，朝露不足以榮悴之」，所以爲較高一著。然而「又有所得而榮，所失而悴者矣」，所以又必有道以浸灌之培植之。一般古文家知道「本」之重要，固與徒知浮華者有別，然而不知所以培植其本根，則仍不能有榮而無悴。欲使有榮無悴，必有得於聖人之道。所以他說：

文章有至有未至，至者得於聖人之道則榮，未至者不得於聖人之道則瘁。以聖人之道被乎文，猶造化之終始萬物也。非曲盡物情，遊心物之先，不易解此。（《與方希原書》）

如何能得所謂「聖人之道」呢，一般古文家也說重在義理、考據，然他們於義理考據無所得，他們只是「仰觀泰山，知羣山之卑，臨視北海，知衆流之小」而已。他們並不曾履泰山之巔，跨北海之涯，故其所見，與工考據、長義理者又不同。必須工考據，長義理，以培植浸灌之，然後可謂得其大本。所以他說：「好道而肆力古文，必將求其本，求其本更有所謂大本。」於是他再說明大本之意義云：

聖人之道在六經，漢儒得其制數，失其義理，宋儒得其義理，失其制數。譬有人焉，履泰山之巔可以言山，有人焉，跨北海之涯可以言水，二人者不相謀，天地間之巨觀，目不全收，其可哉？抑言山也，言水也，時或不盡山之奧，水之奇。奧奇，山水所有也；不盡之，闕物情也。（同上）

在此節中，可以看出義理、制數，都是所謂大本。古文家不工考據，不精義理，故爲不得大本；即使能於此二者偶有所見，然不盡其奧與奇，也仍是闕物情。即或能盡其奧奇，然或得其一端而未窺其全，也未可謂得聖人之道。是則古文家所自矜爲義理、考據、詞章之合一者，在東原看來眞是不足道了。章實齋更進一步，又本於史學的眼光以評古文之學。他以爲文辭以敍事爲難，「古文必推敍事，敍事實出史學」（《章氏遺書補遺》《上朱大司馬論文》），所以古文應以史學爲標準。於是說：「比事屬辭，《春秋》教也，必具紀傳史才乃可言古文辭。」（《遺書外編》一，《信摭》）是則桐城文人所自矜之義法，如何使所載之事與其人之規模相稱，如何刪去流俗瑣瑣不足道之事，在實齋看來，都不是紀傳史才，只是在意度波瀾上揣摹而已。因此，他說：「史筆與文士異趨，文士務去陳言，而史筆點竄塗改，全貴陶鑄羣言，不可私矜一家機巧也。」（《遺書補遺》，《跋湖北通志檢存稿》）桐城義法，又正是所謂一家機巧了。實齋《與汪龍莊書》云：「左丘明，古文之祖也，司馬因之而極其變；班陳以降，眞古文辭之大宗。至六朝，古文中斷。韓子文起八代之衰，而古文失傳亦始韓子。」（《遺書》九）他本於何景明古文之道亡於韓之說而加以新的解釋，可見古文家之步趨八家而自矜義法，正是所見之小。

由體與辭言，桐城文人又遇到好幾個勁敵。當時如管同、梅曾亮諸人，也頗能推尊古文之學。管同《贈汪平甫序》謂：「科舉之文，凡物之形也；駢儷之文，佳物之形也；司馬遷韓愈之文，異物尤物之形也。」（《因寄軒文》二集四）梅曾亮《復陳伯游書》謂：「駢儷之文如俳優登場，非絲竹金鼓佐之，則手足無措；其周旋揖讓非無可觀，然以之酬接，則非人情也。」（《柏峴山房文集》二）這兩個比喻都很巧妙；話亦說得相當中肯，然而並不能摧抑當時駢體文之發展。蓋當時文壇，也受「漢學」影響，土苴韓歐，俯視八家，正以駢體爲正宗。在管梅以前，阮元重行提出六朝文筆之稱，於是以韻偶爲文，散體爲筆，以沈思翰藻爲文，而清言質說振筆縱書者爲筆。其《文言說》云：「爲文章者不務協音以成韻，修詞以達遠，使人易誦易記，而惟以單行之語，縱橫恣肆，動輒千言萬字，不知此乃古人所謂直言之言，論難之語，非言之有文者也。」（《揅經室三集》二）這眞給古文家一個大打擊；他們竟與古文家爭起正統來了。古文家重在事與理，而他則以爲「今人所作之古文，……凡說經講學，皆經派也；傳志紀事，皆史派也；立意爲宗，皆子派也。惟沈思翰藻，乃可名之爲文也」（《揅經室三集》二，《書梁昭明太子文選序後》）古文家重在體與辭，而他則以爲「今人所便單行之文極其奥折奔放者，乃古之筆非古之文也」（《揅經室續集》三，《文韻說》）。此種言論，很有力量。古文家唯一的憑藉，所謂文起八代之衰的散行之體，這樣一說，竟喪失其根據。稍後，李兆洛創爲駢散合一之論，或即受其影響。李氏初從陽湖諸子遊，工於古文，及爲翰林院庶吉士，以臺閣之制例用駢體，於是復以駢儷見稱。他有一部較重要的選集，即是《駢體文鈔》。在此書中，溯駢文之源，以司馬子長《報任安書》爲駢，以諸葛孔明《出師表》爲駢，乃至欲以《老子》、《管子》、《韓非子》等爲駢，使人知道駢文之本出於古。這也有與古文家爭文統的意思。因此，他論駢文雖也以爲「齊梁綺靡都非正聲」（《養一齋文集》十八，《答湯子垕》），然而對於古文家之離開了駢以自矜一格者，也覺得不合於理。他說：

> 古之言文者，吾聞之矣！曰雲漢之倬也，虎豹之文也，鬱鬱也，彬彬也，非是謂之野。今之言文者吾聞之矣！曰孤行一意也，空所依傍也，不求工也，不使事也，不隸詞也，非是謂之駢。唐以前爲文者必宗秦漢，唐以後皆曰宗韓退之。退之亦宗秦漢者也，而裴晉公之譏退之也，曰恃其絶足，往往奔放，不以文立律制，而以文爲戲。又曰，文之異在氣骨之高下，思致之深淺，不在磔裂章句，隳廢聲韻也。昔之病退之者，病其才之强，今之宗退之者，則又病其才之弱矣。然則今之所謂文，毋乃開蔑古而便枵腹矣乎？
>
> （《養一齋文集》十八，附代作《駢體文鈔序》）

洛之意頗不滿於今之古文家，但言宗唐宋而不敢言宗兩漢。所謂宗唐宋者，又止宗其輕淺薄弱之作，一挑一剔，一含一詠，口牙小慧，謭陋庸詞，稍可上口，已足標異；於是家家有集，人人著書，其於古則未敢知，而於文則已難言之。（見《文集》十八，《答莊卿珊》）

這種主張，在現在看來，似乎沒有多大意思，然在當時正可以藥桐城派衰苶空疏之失。當方姚以古文義法震撼一世之時，戴震、錢大昕等已起而議其後，然而兩派交惡，並不能影響到古文界的聲勢。則以考據、詞章本可歧而爲二，所以誦習兩家古文者並不因此稍衰。迨至李氏創駢散合一之論，涉及體與辭的問題，這才使桐城文派的憑藉有些根本動搖，而作風也不得不改變了。後來曾國藩的主張，即是桐城作風轉變的明證。至於另一方面，如蔣湘南等，甚至以戴東原、錢竹汀、汪容甫、張皋文、武虛谷、陳恭甫、李申耆、龔定庵、魏默深諸人之文爲眞古文，而以規撫唐宋者爲僞八家，桐城文人至此，可謂完全喪失他的憑藉了（見《七經樓文鈔》四，《與田叔子論古文書》）

由義與法言，是桐城文論的中心問題，所以遇到的批評也更多。章實齋《文理》一文即反對古文家之所謂法。他以爲古文家之所謂法，多不合於文理，比如懷人見月而思，久客聽雨而悲，均是天地至文，然而以此藏爲秘密，嘉惠後學，以爲凡對明月與聽霖雨，必須用此悲感方可領略，那就不合於理了。所以說：「如啼笑之有收縱，歌哭之有抑揚，必欲揭以示人，人反拘而不得歌哭啼笑之至情矣。」在這一方面，方植之雖爲評點之學加以辯護，但在實齋看來，一切經人揭示之法，總多不合文理。蓋學文之事，其不可授受者即在心營意造，而古文家偏欲在這方面會心有得，似乎有所謂法，所以不足據爲傳授之秘。

此外，一般經學家對於義法之說亦頗加攻擊。桐城文人方且以義法自矜，而錢大昕《與友人書》乃謂「望溪之文未喻古文之義法」（《潛研堂文集》三十三），這寧非笑談！他非惟對桐城文論之中心所在加以攻擊，抑且不承認桐城文人能了解其中心問題，於是古文義法之說，就不免根本動搖了。望溪以爲功德之崇不若情辭之動人心目，又以爲文辭未有繁而能工者，而錢氏認爲並非通人之論，因爲「古文之體，奇正濃淡詳略本無定法」的緣故。再有，方氏所評昔人之文，錢氏也認爲未得要領，於是斷然地說：「蓋方所謂古文義法者，特世俗選本之古文，未嘗博觀而求其法也。法且不知，而義於何有！」（同上）古文義法之說所受到的攻擊，未有如此之嚴厲者。其後羅汝懷復本之以說明桐城文致病之因，正在雅潔二字。羅氏《讀東方朔傳》一文以爲「唐以前文以徵實爲主，樸茂典贍，其弊也或失之蕪雜；唐以後文，法愈密，意愈巧，詞愈工，其弊也廓落枯寂而眞意漓」（《綠漪草堂文集》十八）。這是說記載事實，不能盡以雅潔爲宗。又《與曾侍郎論文書》云：「且以傷氣而論，孰過排比重疊，而漢文乃有雜引書傳至五六十句者，其詞意比疊又不待言。以後來文家校之，將毋巧拙利鈍之殊致，然不得以後人之巧利，勝前人之拙鈍也。」又云：「物必先有體而後氣附之，則文家論氣當兼論體。……孔子曰：『辭達而已矣』，故體不同而同歸於達。然達則可簡，未達弗可簡也，而文家乃有尚簡惡繁之辭！夫蕪雜者文之病也，脫略獨非病乎？自雅潔之宗標，而文格高，而文品尊，而文律綦嚴！然因是而適成蹇弱者多矣。」（《綠漪草堂文集》二十）這又是說抒寫思想之文也不能盡以雅潔爲宗。桐城義法之論，歸於雅潔，雅潔固無可非，但是在經學家看來依舊不成爲通論。當時如蔣湘南則說得更斬截。他說：「道之不明，何有於文！文之未是，何有於法！」（《七經樓文鈔》四，《與田叔子論古文第三書》）那麼，桐城派之古文不成爲眞古文，而桐城文論之義法也不成爲眞義法。

這還可說是學者的見解，所以與文人不同，實則義法之說，即在文人，即在古文家，也不能無異議。李兆洛《答高雨農書》云：「古文義法之說，自望溪張之。私謂義充則法自具，不當歧而二之。文之有法，始自昌黎，蓋以投贈酬應之義無可立，假於法以立之，便文自營而已。習之者遂藉法爲文，幾於以文爲戲矣。宋之諸儒矯之以義，而講章語錄之文出焉，則又非也。」（《養一齋文集》十八）那麼主張駢散合一的，也要在義法中求解放了。陽湖文人如惲敬之論義法偏於文例方面，也可以看作對於桐城文論的修正。

桐城文論儘管說得如何有條有理，但是總因偏於純藝術論，所以在無論哪方面都受到人家嚴厲的批評。後來衍桐城派餘脈的曾國藩，他的論文就不敢局守桐城家法，爲文規模也與桐城有出入之處；而是打算吸收各家之長來補充桐城派的狹隘了。當然他也不能挽救桐城派沒落，只是苟延殘喘罷了。

◎八一　惲敬與陽湖派◎

自桐城派之名既立，於是人文稍盛，作風稍異者，遂也多以地域名派，而以陽湖派爲特著。陽湖爲舊常州府治，邑人惲敬、張惠言均倡爲古文，不免與桐城立異，世因稱之爲陽湖文派。然語其淵源所自，則亦出自桐城，只能稱之爲桐城派之旁支。惲敬《上曹儷笙侍郎書》稱：「後與同州張皋文，吳仲倫，桐城王晦生遊，始知姚姬傳之學出於劉海峯，劉海峯之學出於方望溪。」（《大雲山房文稿初集》三）張惠言《送錢魯斯序》亦言：「魯斯大喜，顧而謂余，吾嘗受古文法於桐城劉海峯先生，顧未暇以爲，子儻爲之乎？」（《茗柯文》二編下）又其《文稿自序》謂：「余友王晦生見余《黃山賦》而善之，勸余爲古文，語余以所受於其師劉海峯者，爲之一二年稍稍得規矩。」（《茗柯文》三編）則是惲張二人之爲古文，都是間接受劉海峯的影響。錢魯斯與王晦生都受業海峯之門，而吳仲倫之與姚姬傳又在師友之間，所以惲張之爲古文，其淵源實出於桐城。

不過惲張爲古文之淵源雖出自桐城，而惲張之爲學，則異於桐城諸子。惲張二人本非古文家，本不能爲桐城文。他們受桐城的影響都比較後。陸繼輅《七家文鈔序》云：「乾隆間，錢伯坰魯思親受業於海峯之門，時時誦其師說於其友惲子居張皋文。二子者，始盡棄其考據駢儷之學專志以治古文，蓋皋文研精經傳，其學從源而及流；子居泛濫百家之言，其學由博而返約。二子之致力不同，而其文之澄然而清，秩然而有序，則由望溪而上求之震川、荊川、遵岩，又上而求之廬陵、眉山、南豐、新安如一轍也。」在此節文中，便可知惲張之學爲考據，爲駢儷，甚或泛濫百家之言，原與桐城諸子不同。所以後來雖受桐城影響，「專志以治古文」，而所學既異，作風當然也未能盡合。是則陽湖之別成一派，原非偶然。

抑陽湖諸子之爲考據爲駢儷，乃至泛濫百家之言，固與桐城學風不同，然也正因有此不同，所以駸駸有捨棄唐宋上躋秦漢的傾向。陽湖文人的作風，不惟與桐城異趣，正可以藥桐城文平鈍之敝。我們須知桐城派的功臣，原不必是拘守桐城義法的文人。

惲張以後，爲古文者有秦瀛、陸繼輅、董士錫、李兆洛諸人；其作風除秦瀛外，不免都有些偏於駢儷的傾向。甚至如李兆洛這樣，倡爲駢散合一之論，那麼更與桐城異趣了。

所以陽湖文論，除惲敬外，無可論述。敬字子居，號簡堂，江蘇武進人，所著有《大雲山房集》。

惲氏論文頗有不滿意於桐城諸家的論調。如於方望溪則謂：「旨近端而有時而歧，辭近醇而有時而窳。」（《大雲山房文稿初集》三，《上曹儷笙侍郎書》）論劉海峯則謂：「識卑且邊幅未化」（《二集》二，《上舉主陳笠帆先生書》），「字句極潔而意不免蕪近」（見《大雲山房言事》一，《與章灃南》），論姚姬傳則言其「才短不敢放言高論」（見同上）。他不僅對於桐城派如此，即對於明末清初諸文人，亦有所不滿。他《與舒白香》一文中說得最妙。

近世文人病痛多能言之。其最粗者，如袁中郎輩，乃卑薄派，聰明交遊客能之；徐文長等乃瑣異派。

風狂才子能之；艾千子等乃描摹派，占畢小儒能之。侯朝宗魏叔子進乎此矣，然槍楛氣重。歸熙甫、汪苕文、方靈皋進乎此矣，然袍袖氣重。能摔脫此數家，則掉臂遊行另有蹊徑，亦不妨仍落此數家。不染習氣者入習氣亦不染，即禪宗入魔法也。（《言事》一）

這種態度，可以代表陽湖派的態度。我們假使要知道陽湖派的風格與桐城派同異之處，便不可不注意他自己說的幾句話：「能摔脫此數家，亦不妨仍落此數家。」他要比桐城有些槍楛氣，比侯魏又帶些袍袖氣。他要於粗豪中帶些學養，學養中又足於氣勢。醇中見肆，肆中有醇，這才是他的理想。

他以為南宋後簡直沒有大文字，其《上舉主陳笠帆先生書》中說：「自南宋以後束縛修飾，有死文無生文，有卑文無高文，有碎文無整文，有小文無大文。」（《二集》二）欲救其弊，惟有不局於義法的觀念。必須濟以灝然流行的氣勢，蓬蓬勃勃，有生氣而後有生文；高視遠矚，有豪氣而後有高文；積其氣，逆其勢，「想當施手時，巨刃摩天揚」，「橫空盤硬語，妥貼力排奡」，這樣才能有整文，有大文。南宋以後的古文家，大都侷促於古文的成法之下，有其嚴整而無其變化，所以覺得於袍袖氣之外，更應濟之以槍楛氣。

但是槍楛氣的文字多不衷於理。劉海峯之文筆銳而才健，在桐城派中要算是特出的人物了。然而他說：「姬傳以才短不敢放言高論，海峯則無所不敢矣。懼其破道也。」（《與章澧南》）他對於劉海峯猶如此，當然對於袁中郎、徐文長以及當時趙甌北一班人都不能滿意了。他說：「大江南北以文名天下者幾於猖狂無理，排溺一世之人，其勢力至今未已。」（《上曹儷笙侍郎書》）所以覺得槍楛氣也有缺點，更應濟之以袍袖氣。

在當時，袁子才頗想做些大文字，於桐城文外別樹一幟，然而惲氏主張雖頗與相近，而品評卻不加推崇，大概也嫌其猖狂無理，懼其破道吧！隨園與桐城立異，他則不必與桐城立異。他要摔脫此數家，所以成為不袍袖，不槍梧的文風；而同時卻又不妨仍落此數家，於是成為亦袍袖，亦槍梧的文風。「不染習氣者入習氣亦不染」，陽湖文之異於桐城者在此。

明白了他這種不袍袖，不槍梧，而亦袍袖，亦槍梧的文風，然後再去看他的文學觀，研究他的論文標準，就更容易明白。關於這，只能先引他一篇比較重要的文章——《上曹儷笙侍郎書》。

古文，文中之一體耳！而其體至正。不可餘，餘則支；不可盡，盡則敝；不可為容，為容則體下。方望溪先生曰：「古文雖小道，失其傳者七百年。」望溪之言若是。是明之遵岩、震川，本朝之雪苑、勺庭、堯峯諸君子，世俗推為作者，一不得與乎望溪之所許矣。望溪謹厚兼學有源本，豈妄為此論邪。蓋遵岩、震川常有意為古文者也。有意為古文，而平生之才與學，不能沛然於所為之文之外，則將依附其體而為之。依附其體而為之，則為支為敝為體下，不招而至矣。是故遵岩之文贍，贍則用力必過，其失也少支而多敝。震川之文謹，謹則置辭必近，其失也少敝而多支。而為容之失，二家緩急不同，同出於體下。集中之得者十有六七，失者十而三四焉；此望溪之所以不滿也。李安溪先生曰：「古文韓公之後，惟介甫得其法。」是說也，視望溪之言有加甚焉。敬嘗即安溪之意推之。蓋雪苑、勺庭之失，毗於遵岩，而銳過之；其疾徵於三蘇氏。堯峯之失，毗於震川，而弱過之；其疾徵於歐陽文忠公。歐與蘇二家所畜有餘，故其疾難形。雪苑、勺庭、堯峯所畜不足，故其疾易見。噫，可謂難矣！（《初集》三）

在這一篇文章裡，他先舉出了古文的三種病，一是支，一是敝，一是體下。而所以支所以敝的原因，又有一部分在於為容。「為容則體下」。於是古人為文之失，又不妨以「支」與「敝」二者盡之。昔人文之犯「支」病者，他舉了震川與堯峯。震川之文謹，堯峯之文弱，謹則不能變化，弱則不敢恣肆，其作風緩而毗於陰，所以「其失也少敝而多支」。昔人文之犯「敝」病者，他又舉了遵岩與雪苑、勺庭。遵岩之文贍，侯魏之文銳，贍則用力必過，銳則近於縱橫，其作風急而毗於陽，所以「其失也少支而多敝」。因此，所謂「支」與「敝」二病，即近於上文所說的袍袖氣與槍梧氣。這二者——袍袖氣與槍梧氣，同出於文體之正，不可謂古文之傳之盡失，然而袍袖氣之失在支，槍梧氣之失在敝，又不能不謂古文之不失其傳。於是，他深究其原因癥結所在，而得到一個結論，即是——「有意爲古文」。有意爲古文，所以只能以古文的標準作品爲模範而依附其體而爲之；依附其體而爲之，當然使其「平生之才與學不能沛然於所爲之文之外」。於是沈潛者其失支，高明者其失敝，得其正者不能變，敢於肆者不能醇，遂使一般爲古文者不是帶袍袖氣，便是帶槍梧氣。所以他注意到文人之所畜。歐陽與三蘇也不免有袍袖槍梧之弊，只以「所畜有餘，故其疾難形」。後人之爲古文者正須注意在這一點，所以說：「如能盡其才與學以從事焉，則支者如山之立，敝者如水之去腐，體下者如負青天之高，於是積之而爲厚焉，斂之而爲堅焉，充之而爲大焉，且不患其傳之盡失也。」（見同上）

這原是清代爲古文者所常持的論調，不過在他似乎另有一種說法。我們假使要問這種講法與桐城派有什麼關係，那麼與姚姬傳所謂義理、考據、詞章合一，陽剛陰柔合一之說，似乎都有些相近。硬性的槍梧氣，有類於陽剛；而軟性的袍袖氣，有類於陰柔。要調劑之，使成爲不槍梧不袍袖，而同時卻亦槍梧亦袍袖，那麼只有在詞章之外，求之於考據或義理，於是陽剛陰柔之說與義理考據詞章之說也得到連繫了。所畜愈厚，則雖依附古文的標準作品以學文以作文，而能不流於支，亦不流於敝。何以故？因爲得爲文之本故。得爲文之本，則不是有意爲古文，而是無意爲古文了。

這樣才能得古文之傳。才是惲氏理想中所謂得古文之傳。

然則，這樣講法，是不是又同於道學家所謂「理明則文自至」呢？則又不然。他在《大雲山房文稿初集序》中自述其學文經驗，說得很明白。這也是一篇惲氏文論中比較重要的文字。他自己說：「十一學爲文，十五學六朝文，學漢魏賦頌及宋元小詞，十七學漢唐宋元明諸大家文。」這是他少年學文時期。後來其父告以讀書之序，窮理之要，攝心專氣之驗，於是復反而治小學，治經史百家。這又是他壯年治學時期。最後，走京師，遊中原，與天下士交，始欲以所得發之於文，而力祛下筆迂迴細謹之弊。則是他一生經歷，少年學文，中年窮理，最後再發而爲文，以文始，亦以文終，這是他異於道學家之處。

我們明白他的學文經歷，然後知道他所謂「有意爲古文」，與「沛然於所爲文之外」的意思。原來他所指摘的依附其體而爲文，有類於他少年的學文經歷。使才與學沛然於所爲文之外，又有類於他中年的學文經歷。必須經過他中年的學文經歷，然後到後來再返而發之爲文，便與依附其體以爲文者不同。所以由他的理論推之，所謂讀書窮理攝心專氣，是爲文之本，而所謂依附其體，則是爲文之末。

他自己批評昔人的文論謂：「退之、子厚、習之，各言其所歷者也，一家之所得也。於天下之文，其本末條貫，有未備者焉。」（《初集》三，《與紉之論文書》）所以我們於惲氏之論文，也正應在本末條貫上著眼。

我們先看他的所謂本是什麼？他說：

孔子曰：「辭達而已矣。」孟子曰：「詖辭知其所蔽，淫辭知其所陷，邪辭知其所離，遁辭知其所窮。」古之辭具在也！其無所蔽所陷所離所窮四者，皆達者也。有所蔽所陷所離所窮四者，皆不達者也。然而是四者，有有之而於達無害者焉，列御寇、莊周之言是也，非聖人所謂達也。有時有之，時無之，而於達亦無害者焉，管仲、荀卿之書是也，亦非聖人之所謂達也。聖人之所謂達者，何哉？其心嚴而愼者，其辭端；其神暇而愉者，其辭和；其氣灝然而行者，其辭大；其知通於微者，其辭無不至。言理之辭，如火之明，上下無不灼然，而跡不可求也。言情之辭，如水之曲行旁至，灌渠入穴，遠來而不知所往也。言事之辭，如土之墳壤咸潟，而無不可用也。此其本也。（〈與紉之論文書〉）

他所謂辭達，有聖人之所謂達與常人之所謂達。聖人之所謂達，是無所蔽，無所陷，無所離，無所窮，所以其辭端，其辭和，其辭大，其辭無不至。常人之所謂達，則不妨有所蔽，有所陷，有所離，有所窮，只須能達其意而已。

他是以聖人之所謂達爲標準的，所以他重在培養其本。而培本之法，有先天的，有後天的。其〈與來卿書〉謂：「古文之訣，歐陽文忠公已言之。曰多讀書多作文耳，然必有性靈有氣魄之人方能。語小則直湊單微，語大則推倒豪傑，本原穢者文不能淨，本源粗者文不能細，本源小者文不能大也。」（〈言事〉二）這便是指先天方面說的。其〈答來卿書〉所謂：「作文之法，不過理實氣充，理實先須致知之功，氣充先須寡欲之功。致知非枝枝節節爲之，不過其心淵然，千萬物之差別一一不放過，故古人之文無一意一字苟且也。寡欲非掃淨斬絕爲之，不過其心超然，千萬事之攻取，一一不黏著，故古人之文無一字一句塵俗也。」（〈言事〉二）這即是指後天方面說的。先天方面，非人力所能強，不足以示爲學門徑。後天方面，所指出的「理」與「氣」二者，正所以藥「支」與「敝」之病。窮理則不「敝」，自然無槍梏氣；養氣則不「支」，自然無袍袖氣。所以他說：「須平日窮理極精，臨文夷然而行，不責理而理附之；平日養氣極壯，臨文沛然而下，不襲氣而氣注之。則細入無倫，大含無際，波瀾氣格，無一處是古人，而皆古人至處矣。」（〈言事〉二，〈答來卿〉）這是他的文本論。

那麼，我們再看他所謂末是什麼？他說：

> 蓋猶有末焉。其機如弓弩之張，在乎手而志則的也；其行如挈壺之遞下而微至也；其體如宗廟圭琮之不可雜置也，如毛髮肌膚骨肉之皆備而運於脈也，如觀於崇岡深岩進退俯仰而橫側喬墮無定也。如是，其可以爲能於文者乎。（《與紉之論文書》）

文之機，文之行，與文之體，都是所謂末。機欲其熟，行欲其順，體欲其宜。這都是技的方面的問題。由本及末，則又有所謂從入之途。他說：「若其從入之途則有要焉：曰其氣澄而無滓也，積之則無滓而能厚也。其質整而無裂也，馴之則無裂而能變也。」（《與紉之論文書》）在這裡，用了很多抽象的名詞，似乎不容易明白。實則按其所言，依舊不脫上文所說的「理」與「氣」二字。不過言理與氣，則可以離開了「文」而言，因爲這是文人的修養，所以是文之本。言質與氣，則可以就文而言，因爲這又可以表現在「文」的中間，所以又成爲從入之途。氣，就文的風格言而兼及內容；質，就文的內容言而兼及風格。於是所謂理與氣，有文以外的理與氣，有文以內的理與氣。

這樣，我們可以看到他的所謂本末條貫的關係了。原來他的所謂本末，雖說得極分明，極清楚，然而實際依舊即是一件事。我們只須看他《答來卿書》中所言：「看文可助窮理之功，讀文可發養氣之功。」（《言事》二）那麼，所謂窮理養氣云者，也仍舊變爲「有意爲古文」的方法。一轉再轉，仍舊落到有意爲古文的方面。

再看他在這篇文中所舉的看文之法與讀文之法。其論看文之法云：

譬如《史記．李將軍列傳》「匈奴驚，上山陣」，一山字便是極妙法門。何也？匈奴疑漢兵有伏，以岡谷隱伏耳。若一望平原，則放騎追射矣。李將軍豈能百騎直前，且下馬解鞍哉？使班孟堅爲之，必先提清漢與匈奴相遇山下，亦文中能手。史公則於匈奴驚下銷納之，劍俠空空兒也。此小處看文法也。《史記．貨殖列傳》千頭萬緒，忽敍忽議，讀者幾於入武帝建章宮、煬帝迷樓，然綱領不過「昔者」及「漢興」四字耳。是史公胸次眞如龍伯國人可塊視三山，杯看五湖矣。此大處看文法也。

此處所窮的理，何嘗是窮文以外的理！其論讀文之法云：

讀文則湛浸其中，日日讀之，久久則與爲一，然非無脫化也。歐公每作文，讀《日者傳》一遍。歐公與《日者傳》何啻千里，此得讀文三昧矣。

此處所養的氣，也何嘗是養文以外的氣。

這是不是矛盾呢？是的，但這是沒法避免的矛盾。蓋明清的古文家，都是「有意爲古文」，不過明代文人只注重在如何模擬的方面，而清代文人則爲要建立一番理論，所以再欲求之於文之外。然而古文之體，自唐宋以後規模已具，後人無論如何也不能越其範圍，於是說來說去，依舊不能不求之於文之中。這樣，所以看文讀文，可爲窮理養氣之助，而造成了理論上的矛盾。惲氏《上曹儷笙侍郎書》中有兩句話：「文人之見日勝一日，其力則日遜焉，是亦可虞者也。」這眞是再愜當不過的話。我們假使要找尋他的原因，恐即在依附其體而爲之的關係。一方面欲求其文體之正，不得不依附其體；而一方面又知依附其體的流弊，所以論雖日高，而力則日遜。惲氏一方面求其見之日高，一方面又恐其力之日遜，所以雖不欲有意爲古文，卻不自覺的仍墮入有意爲古文的圈套中去。

因此，惲氏雖建立了一套似乎有系統的理論，實則也與桐城諸老一樣，仍以詞章爲事。所謂義理，所謂考據，所謂沛然有餘於文之外，都不過用以藥僅僅模古之失，兼以助其文論系統之建立而已。

我們若從這一點以論陽湖派的作風，那便不會爲他的文論所蒙蔽，而知所謂亦袍袖亦槍棓云者，初不必與其「文本說」有何關涉。蓋桐城諸子從歸唐入手以進窺歐曾漸及馬班，於統雖正，而於體不免近弱。章實齋《文理》篇謂「歸唐諸子得力於《史記》者，特其皮毛，而於古人深際未之有見」，即因他們以文章法度去論《史記》，當然不能窺其深際。而桐城諸子復蹈其覆轍，侷促於義法之說，其體亦不得不弱。後來王先謙《續古文辭類纂》之評惲子居文，每謂其「不可爲法」。實則惲子居卻正以「不可爲法」自負。他正因有許多不可爲法之處，然後才能於袍袖氣外再加以槍棓氣。假使說惲子居所不滿意於「有意爲古文」之處，那麼正在這一點。

然而他雖不滿意於「有意爲古文」的桐城文，而實際上陽湖文之有意爲古文，也正與之同。不過桐城文爲了求其統之正，所以只以儒家爲宗，而陽湖文則參以諸子而已。只以儒家爲宗，故不免陳陳相因，而落於腐。即使有些生發，也往往其說愈正，則其體愈弱。這在惲氏《大雲山房文稿二集自序》中已說得很明暢。他說：

> 昔者班孟堅因劉子政父子《七略》，爲《藝文志》序六藝爲九種；聖人之經，永世尊尚焉。其諸子則別爲十家，論可觀者九家，以爲雖有蔽短，合其要歸，亦六經之支與流裔。至哉此言，論古之圭臬也。敬嘗通會其說：儒家體備於《禮》及《論語》《孝經》，墨家變而離其宗；道家陰陽家支駢於《易》；法家名家疏源於《春秋》；縱橫家雜家小說家適用於《詩》《書》，孟堅所謂《詩》以正言，《書》以廣聽也。惟《詩》之流，復別爲

詩賦家而樂寓焉。農家兵家術數家方技家，聖人未嘗專語之，然其體亦六藝之所孕也。是故六藝要其中，百家明其際會；六藝舉其大，百家盡其條流。其失者孟堅已次第言之，而其得者窮高極深，析事剖理，各有所屬。故曰修六藝之文，觀九家之言，可以通萬方之略。後世百家微而文集行，文集敝而經義起，經義散而文集益漓。學者少壯至老，貧賤至貴，漸漬於聖賢之精微，闡明於儒先之疏證，而文集反日替者，何哉？蓋附會六藝，屏絕百家，耳目之用不發，事物之賾不統，故性情之德不能用也。敬觀之前世，賈生自名家縱橫家入，故其言浩汗而斷制；晁錯自法家兵家入，故其言峭實；董仲舒、劉子政自儒家道家陰陽家入，故其言和而多端；韓退之自儒家法家名家入，故其言峻而能達；曾子固、蘇子由自儒家雜家入，故其言溫而定；柳子厚、歐陽永叔自儒家雜家詞賦家入，故其言詳雅有度；杜牧之、蘇明允自兵家縱橫家入，故其言縱厲；蘇子瞻自縱橫家道家小說家入，故其言逍遙而震動。至若黃初、甘露之間，子桓、子建氣體高朗，叔夜、嗣宗情識精微，始以輕雋爲適意，時俗爲自然，風格相仍，漸成軌範，於是文集與百家判爲二途。熙寧、寶慶之會，時師破壞經說，其失也鑿，陋儒襞積經文，其失也膚。後進之士，竊聖人遺說，規而畫之，睇而斫之，於是經義與文集並爲一物。太白、樂天、夢得諸人，自曹魏發情；靜修、幼清、正學諸人，自趙宋得理。遞趨遞下，卑冗日積。是故百家之敝當折之以六藝，文集之衰當起之以百家。其高下遠近華質，是又在乎人之所性焉，不可强也已。

這是一篇很重要的文；也許惲氏受了章實齋的影響，所以看到後世文集之敝。陽湖文與桐城文作風不同之點，也即在這兩句：「百家之敝當折之以六藝，文集之衰當起之以百家」。他是要以百家而起文集之衰，所以自謂帶些槍梧氣，而王先謙等當然議其不可爲法了。

所以我們說他依舊落於有意爲古文的圈套裡。

◎八二　何紹基和其他◎

清季宋詩運動中有所謂「同光體」者，即指同治光緒以來詩人不專宗盛唐的一派。同光體之詩宗主三元，上元開元，中元元和，下元元祐。於開元取杜，於元和取韓，於元祐取黃而兼及於蘇。這是同光間詩人所奉的圭臬。這本是鴉片戰爭以後的詩風，但由於風氣之開，還在其前，故在此附帶及之。

宋詩運動之發軔原不始於同光。嘉道之間就已開此風氣，何紹基的詩論就是這方面的代表。陳衍《石遺室詩話》謂：「有清一代詩宗杜韓者，嘉道以前推一錢籜石侍郎，嘉道以來則程春海侍郎祁春圃相國，而何子貞編修鄭子尹大令皆出程侍郎之門。益以莫子偲大令曾滌生相國諸公率以開元、天寶、元和、元祐諸大家爲職志，不規規於王文簡之標舉神韻，沈文慤之主持溫柔敦厚，蓋合學人詩人之詩二而一之也。」在此數語中已把「同光體」的眞面目暴露無遺。清代詩學從道光以來誠是一大關捩。道光以後，直至清亡，一般爲舊詩者大都籠罩於此種風氣之下，一直走上學人與詩人之詩相合爲一的道路，所以也可說是肌理說之餘波。

蓋當時詩人一方面受文人學者的影響，看不起性靈一派，不欲流於滑易，即神韻之空寂，格調之浮響也在摒棄之列。所以對於黃山谷詩特加推崇。早些的如姚範《援鶉堂筆記》之對山谷詩已稱「其神兀傲，其氣崛奇，玄思瑰句。排斥冥筌，自得意表」（見卷四十）。姚鼐本之，故於《五七言今體詩鈔序目》稱：「山谷刻意少陵，雖不能到，然其兀傲磊落之氣，足與古今作俗詩者澡濯胸胃，導啓性靈。」方東樹《昭昧詹言》之論詩也常以「杜韓」或「韓黃」並稱，並謂「學黃必探源於杜韓。」（《詹言》十）可知桐城文人早已看到這一點。其後曾國藩學宗桐城，故論詩亦推尊山谷。其《題彭旭初詩集後》云：「大雅淪正音，箏琵實繁響。杜韓去千年，搖落吾安放。梧翁差可人，風騷通肸蚃。造意追無垠，琢辭辨倔強。伸文揉作縮，直氣摧爲枉。自僕宗涪公，時流頗忻向。」(《詩集》一)那麼可知「同光體」的作風，與桐城文人實有連帶的關係了。另一方面則又受時局動盪的影響。當時海禁已開，國家多故，具有敏銳感的文人更覺得前途的黯淡不安，於是言愁欲愁，其表現力量，也就更能深刻而眞摯。黔中詩人莫友芝與鄭珍，尤足爲其代表。姚永概《書鄭子尹詩後》云：「生平怕讀鄭莫詩，字字酸入心肝脾。」在這種詩格中，也眞覺談神韻談格調都無是處，即侈言性靈，如與隨園一流之矜弄聰明者，也不大相侔。

於是，可以談到何紹基之詩論。

何紹基字子貞，號猨叟，湖南道州人，有《東洲草堂集》。

何氏《東洲草堂文鈔》卷五有《與汪菊士論詩》十九則，又《題馮魯川小像册論詩》十五則，均其論詩精湛之語，而提要鈎玄，則在《使黔草自序》。他說：

詩文不成家不如其己也；然家之所以成，非可於詩文求之也，先學爲人而已矣。規行矩步，儒言儒服，人其成乎？曰非也。孝弟謹信，出入有節，不慭於中，亦酬應而已矣！立誠不欺，雖世故周旋，何非篤行！至於剛柔陰陽稟賦各殊，或狂或狷，就吾性情，充以古籍，閱歷事物，眞我自立，絕去摹擬，大小偏正，不枉厥材，人可成矣。於是移其所以爲人者發見於語言文字；不能移之斯至也，日去其與人共者，漸擴其己所獨得者，又刊其詞義之美而與吾之爲人不相肖者，始則少移焉，繼則半至焉，終則全赴焉，是則人與文一。人與文一，是爲人成，是爲詩文之家成。(《東洲草堂文鈔》三)

這些話亦屢見於與馮魯川、汪菊士二人論詩語中，可知是他論詩主旨之所在。實則方東樹《昭昧詹言》卷一早已說過，「詩文與行己非有二事」，不過方氏於此，不曾詳加闡說而已。

何氏謂「學詩者無不知要有眞性情，卻不知眞性情者非到做詩時方去打算也。平日明理養氣，於孝弟忠信大節，從日用起居，及外間應務，平平實實，自家體貼得眞性情，時時培護，字字持守，不爲外物搖奪，久之，則眞性情方才固結到身心上，即一言語，一文字，這個眞性情時刻流露出來」（《與汪菊士論詩》）。照這樣講性情，便與道學家之理論相溝通。論性情而與道學家之理論相溝通，自然不會落於隨園一流之性靈說，而與溫柔敦厚之詩教反而有些類似了。他又說：「溫柔敦厚詩教也，此語將三百篇根底說明，將千古做詩人用心之法道盡。凡刻薄吝嗇兩種人，必不會做詩。詩要有字外味，有聲外韻，有題外意，又要扶持綱常，涵抱名理；非胸中有餘地，腕下有餘情，看得眼前景物，都是古茂和藹，體量胸中意思，全是愷悌慈祥，如何能有好詩做出來！」（《題馮魯川小像册論詩》）是則溫柔敦厚，正是眞性情的流露處。以前袁子才與沈歸愚之爭論，如明瞭這一點，便覺其無謂了。所以他講性情，不是口角婉媚輕率之語，不是目前瑣屑猥俗之事。他《與汪菊士論詩》有一則談得尤妙。他說：

是道理精神都從天地到人身上，此身一日不與天地之氣相通，其身必病；此心一日不與天地之氣相通，其心獨無病乎？病其身則知之，病其心則不知，由私意物欲蒙蔽所致耳。今想不受其蒙蔽，除卻明理，更無別說。雖然，亦有二說焉：讀書閱事看到事物之所以然，與天地相通是一境；清明之氣生於寂處，心光一片自然照徹通明，亦是一境。此二境者，相爲表裡。離此二境，非靜非動時但提起此心，要它刻刻與天地通。尤要請問談詩何爲談到這裡，曰此正是談詩。

我們必須明瞭他這一些話正是談詩的理由，然後可知道他所謂性情是何等樣的性情。他說此心須與天地之氣相通，固然不免說得太抽象，又墮入唯心思想的圈子裡去。但是，「天視自我民視，天聽自我民聽」，所謂天理，所謂天地之氣，原從人情物理體會得來，只因他仍用唯心的話頭去解釋，所以變得迷離恍惚了。他再說，「做人要做今日當做之人，即做詩要做今日當做之詩」，那麼照此推去，如果他生在現在的時代，也可能使此心與人民的痛癢息息相關的。不過，他不重在生活實踐，也就不可能脫離唯心論調。所以在他當時所處的時代，他就認為本此種性情以寫出的詩，才是義理與詞章之合一。

但是此等性情將如何培養呢？他上文所說的讀書即是一境。他說：「作詩文必須胸有積軸，氣味始能深厚，然亦須讀書看書時從性情上體會，從古今事理上打量。於書理有貫通處，則氣味在胸，握筆時方能流露。蓋看書能貫通，則散者聚，板者活，實者虛，自然能到腕下；如餖飣零星，以强記爲工，而不思貫串，則性靈滯塞，事理迂隔，雖塡砌滿紙，更何從有氣與味來。故詩文中不可無考據，卻要從源頭上悟會。有謂作詩文不當考據者，由不知讀書之訣，因不知詩文之訣也。」（《題馮魯川小像册論詩》）他再說：「六經之義，高大如天，方廣如地，潛心玩索，極意考究，性道處固啓發性靈，即器數文物那一件不從大本原出來！考據之學，往往於文筆有妨，因不從道理識見上用心，而徒務鉤稽瑣碎，索前人瘢垢；用心旣隘且刻，則聖賢眞意不出，自家靈心亦閉矣。」（《與汪菊士論詩》）那麼，照這樣講，義理與詞章之合一，即藉考據爲之媒介。論證到此，始可謂是義理、考據、詞章三者之合一。所謂合學人詩與詩人詩而爲一，即是從此種理論上出發的。

因此，何氏論詩有與隨園似相近而實異的地方。隨園講趣講情致，何氏也未嘗不講到這些。不過他說：「詩貴有奇趣，卻不是說怪話，正須得至理。理到至處發以仄徑，乃成奇趣。詩貴有閒情，不是懶散，心會不可意傳；又意境到那裡，不肯使人不知，又不肯使人遽知，故有此閒情。」那麼，同一講趣味，而有厚薄深淺高下之可分了。「同光體」詩人最不喜隨園詩，也即在這一點。

以上是就詩人言，即是如何先學爲人，於是第二步再講到如何移其所以爲人者發見於語言文字。這也不是容易的事。他說：「心聲心畫無可矯爲，然非刻苦用一番精力，雖人已成就，不見得全能搬移到紙上。所以古來名人不是都會詩文字畫。」（《題馮魯川小像册論詩》）他又說：「作詩文自有多少法度，多少工夫，方能將眞性情搬運到筆墨上；又性情是渾然之物，若到文與詩上頭，便要有聲情氣韻，波瀾推蕩，方得眞性情發見充滿。」（《與汪菊士論詩》）那麼，詩文自有能事，而所謂神韻格調云者，也不是可以全置不講。不過，他爲顧到上文所講的基本條件，即如何先學爲人，故對於神韻格調之說，不能完全滿意。他說：「晨起日出，庭中諸花不如影好。何以故，花不如花影之渾成無垠堮也。然究之，由小花無大氣質耳。奇松古柏，干霄蔽日，眞氣眞骨眞形，豈待渾成於影哉！」（《題馮魯川小像册論詩》）那麼，如有先學爲人的基本工夫，便不必沾沾於神韻之說了。他又說：「落筆要面面圓，字字圓。所謂圓者，非專講格調也。一在理，一在氣。理何以圓？文以載道，或大悖於理，或微礙於理，便於理不圓。……非平日平心積理，凡事到前，銖兩斟酌，下筆時又銖兩斟酌，安得理無滯礙乎？氣何以圓？用筆如鑄，元精耿耿貫當中，直起直落可也，旁起旁落可也，千迴萬折可也，一戛即止亦可也。氣貫其中則圓。」（《與汪菊士論詩》）那麼，仍是積理養氣之說，而亦不必拘拘於格調之說了。當時張際亮常與何氏論詩，亦主積理養氣之說（見《張亨甫全集》三，《答姚石甫明府書》），可知既成一時風氣，各人所見自會相同的。稍後如鍾秀之《觀我生齋詩話》，朱庭珍之《筱園詩話》，其所言也是積理養氣之說。詩品與人品之合一，文論與詩論之合一，眞是當時詩人共同的趨向。

他以積理養氣救性靈之弊，而復以性靈救格調神韻之弊，所以詩品人品可以合一。他說：

地盤最要打得大。如有一塊大地，則室屋樓亭聽其所爲。若先止方丈地，則一亭已無可布置矣。苟且之見，動云學陶、韋，不知陶、韋胸中多少道理，人品多少高冷，而果能陶、韋乎？好高者動云兩京，不知兩京時所見所聞皆周秦，家世傳衍皆周秦，其人並不必爲詩也，一篇一句偶然傳後，而吾乃以多篇多句者效之，與《法言》、《文中》僭擬聖經何異！即使眞肖，亦優孟衣冠耳。做人要做今日當做之人，即做詩要做今日當做之詩。必須書卷議論，山水色相，聚之務多，貫之務通，恢之務廣，煉之務重，卓之務特，寬作丈量，堅作築畚，使此中無所不有，而以大氣力包而舉之。然未嘗無短篇也，尺幅千里矣；未嘗無淡旨也，清潭百丈矣。譬如一所大院，正房客屋，幽亭曲榭，林鳥池魚，茂草荒林，要無所不有，才好才好。

（《與汪菊士論詩》）

論詩到此，亦眞是無所不有。覺得漁洋、歸愚、隨園諸人雖立論能圓，而作風尙偏，不免依舊沾染明人習氣。必如此無所不有，才見得是清代的學風。這即是所謂大地盤。

於是，他再舉出用力之要，曰「不俗二字盡之矣」。他說：

所謂俗者，非必庸惡陋劣之甚也。同流合污，胸無是非，或逐時好，或傍古人，是之謂俗。直起直落，獨來獨往，有感則通，見義則赴，是謂不俗。高松小草，並生一山，各與造物之氣通。松不顧草，草不附松，自爲生氣，不相假借。泥塗草莽，糾紛拖沓，沾滯不別，腐期斯互。前哲戒俗之言多矣，莫善於涪翁之言曰，臨大節而不可奪，謂之不俗。欲學爲人，學爲詩文，舉不外斯旨。（《使黔草自敘》）

做人要做到「道理所在，隨步換形，毫無沾滯」，便是不俗，要做到「素位而行，利害私見本不存於中，臨大節時也止是素位而行，如何可奪」，便是不俗。做詩文要做到「直起直落，脫盡泥水」，便是不俗；要做到「不黏皮帶肉則潔，不强加粉飾則健，不設心好名則樸，不橫使才氣則定，要起就起，要住就住，不依傍前人，不將就俗目」，才是不俗。所以不用彼此公共通融的話，不用聽來看來而與我無涉的話，不必索佳句，也不必與人談詩文。這也是素位而行，這也是獨來獨往。這樣做，才是人與文一。陳衍《石遺室詩話》卷八有云：「作詩文要有眞實懷抱，眞實道理，眞實本領。」可知「同光體」詩人之立志，是如何力爭上游的了。然而這種講法，多少受些肌理說的影響。

清代學風不僅影響到文論詩論，抑且影響到詞論。清詞自「常州派」後，闡意內言外之旨，別裁僞體，上接《風》《騷》，於是風氣一變，襟抱學問噴薄而出，詞體始尊，而詞格始正。實則關鍵所在，也不外由才人之詞與詞人之詞一變而爲學人之詞而已。此風既啓，直至淸末，爲詞者殆無不受其影響。譚獻《復堂日記》卷二謂「塡詞至嘉慶，俳諧之病已淨。……周介存有從有寄託入，從無寄託出之論，然後體益尊，學益大。近世經師惠定宇、孔艮庭、段懋堂、焦理堂、宋于庭、張皋文、龔定庵多工小詞，其理可悟」。這幾句話，即說明淸代詞風轉變的關鍵。

「常州派」始於張惠言。張氏《詞選序》始標意內言外之旨，以爲詞蓋詩之比興，與變風之義，騷人之歌爲近；故以深美閎約爲宗，推崇正聲，而不取放浪通脫之言。自此以後，始立門庭。周濟《詞辨》本其旨而推闡之，謂「感慨所寄不過盛衰，或綢繆未雨，或太息厝薪，或己溺己飢，或獨清獨醒，隨其人之性情學問境地，莫不有由衷之言；見事多，識理透，可爲後人論世之資。詩有史，詞亦有史，庶乎自樹一幟矣」。這即是詞壇中的肌理之說。至於入手之方，他以爲「初學詞求空，空則靈氣往來；既成格調求實，實則精力彌滿。初學詞求有寄託，有寄託則表裡相宣，斐然成章；既成格調求無寄託，無寄託則指事類情，仁者見仁，智者見智」。此種理論，仍是肌理之說。即其講針鏤，講鉤勒，講片段，講離合，也還是肌理說中注意的問題。

此後晚清詞家沿襲其風，雖宗主不免稍有出入，而大體傾向，寧晦無淺，寧澀無滑，寧生硬無甜熟，則相一致。這種主張，也可看作與「同光體」的詩論有息息相通之處。

出版聲明

在知識的殿堂裡，學術的傳播不分國界，
每個靈感、每道聲音、每個思想、每個研究，
在「五南」都會妥善的被尊重、被珍視
進而
激盪出更多的火花，
交融出更多的經典！

國家圖書館出版品預行編目資料

中國文學批評史 ／ 郭紹虞著--初版,--
臺北市：五南,民83
面；　公分

ISBN 957-11-0866-9(平裝)

1.中國文學 - 歷史與批評

829　　　83007193

中國文學批評史

作　者　郭紹虞
編　輯　陳貞吟
校對者　張玉蓉・劉叔美・楊如萍
出版者　五南圖書出版股份有限公司
發行人　楊榮川
地址：台北市和平東路二段三三九號四樓
電話：〇二—二七〇五五〇六六
傳真：〇二—二七〇六六一〇〇
郵政劃撥：〇一〇六八九五—三
網址：//www.wunan.com.tw
電子郵件：wunan@wunan.com.tw
顧　問　財團法人資訊工業策進會科技中心
版　刷　一九九四年　八月　初版一刷
　　　　二〇〇三年　一月　初版二刷
定　價　六〇〇元

凝煉知識 品味閱讀